Ulrich Woelk

Liebespaare

Roman

Deutscher Taschenbuch Verlag

Ungekürzte Ausgabe
Juni 2003
Deutscher Taschenbuch Verlag GmbH & Co. KG,
München
www.dtv.de
© 2001 Hoffmann und Campe Verlag, Hamburg
Umschlagkonzept: Balk & Brumshagen
Umschlaggestaltung: Stephanie Weischer unter Verwendung einer
Fotografie von © photonica / Mauro Speziale
Druck und Bindung: Druckerei C. H. Beck, Nördlingen
Gedruckt auf säurefreiem, chlorfrei gebleichtem Papier
Printed in Germany · ISBN 3-423-13092-X

Es ist das modernisierte unglückliche
Bewußtsein, an dem Aufklärung zugleich
erfolgreich und vergeblich gearbeitet hat.

Peter Sloterdijk, ›Kritik der zynischen Vernunft‹

Für Tina

1

Nächte

Jack: Wie hast du herausgefunden,
daß ich unschuldig bin?
Rose: Gar nicht.

TITANIC

Ein Mann und eine Frau in einem Hotelzimmer auf einem Bett, dessen Decke dabei auf den Boden gerutscht ist. Haut und Nacht. Es ist zwei, halb drei vielleicht, draußen regnet es, der Schein der Straßenlaternen dringt von dort herein, und ein weiches Ineinander von Licht und Dunkelheit füllt den Raum. Neben ihr, auf dem Nachttisch, glimmen die roten Ziffern des Radioweckers, starr wie die Augen eines Tieres, das einen verschlingen wird. Zeit. Drei Uhr sieben, mit nutzloser Genauigkeit. Es ist kühl jetzt, so ohne Decke. Auf dem Boden liegen ihre Sachen, seine. Wirre Häuflein aus Dunkelheit. Einander ausziehen: Schultern, Arme, Nervosität. Jetzt liegt sein Körper reglos auf dem Laken, das Gelände seines Rückens weiß und flach wie der Mond. So nah und so fern. Mit den Händen seine Haut berühren, noch einmal darüberstreichen ...

Als sie aufsteht vom Bett, behält das kurz aufraschelnde Laken ihre Wärme zurück, einen unsichtbaren Abdruck ihres Körpers, der sich auflösen und bis zum Morgen verwehen wird. Der Flor des Teppichbodens schluckt das Geräusch ihrer Schritte, als wäre sie schon jetzt nicht mehr da. Sie geht zum Fenster und sieht

9

hinaus auf den Platz, es ist der Gendarmenmarkt, kein Mensch dort unten jetzt, das Pflaster eine weite wäßrige Leere heute nacht, über den Türmen der beiden Dome vermischt sich der Regen mit den Lichtern der Stadt zum kuppelförmigen Glitzern eines riesigen Schüttelglases. Eine Puppenstadt. Ist alles nur ein Spiel, die Liebe. Nicht weit von hier, auf der Oranienburger Straße, warten die am aufwendigsten herausgeputzten Huren Berlins auf Kundschaft, drollige Nuttenkarikaturen, die Haare so lang wie die Beine, die Körper erotisch gepanzert, mit sonderbar unlogischem Kostümierungsaufwand. Zu Touristenattraktionen geworden, fragt man sich manchmal, ob sie eigentlich noch sind, was sie vorgeben zu sein. Ein Hauch von Unwirklichkeit hängt im Himmel dieser Nacht.

Sie dreht sich um und geht zum Bad, pflückt auf dem Weg ihre Dessous vom Teppich. Der Stoff ist weich in ihren Händen und kühl und leicht. Als sie im Badezimmer Licht macht, steht sie sich in einem deckenhohen Spiegel gegenüber, unerwartet, im grellen Weiß. Ist sie schön? Sie ist vierunddreißig. Die zarten Zwischentöne des Strumpfgewebes auf ihrer Haut, Nuancierungen von schimmerndem Schwarz vor dem Hintergrund der hellen Kacheln – als Ärztin muß sie an die Schattierungen auf einem Röntgenbild denken. Wie irritierend es manchmal ist, auch jetzt noch, nach Jahren, zu sehen, daß Körper eigentlich nichts sind, Schleier, mal dichter gewebt, mal weniger dicht. Als könnte man einander durchdringen, und doch bleibt man am Ende das einzelne Wesen, das man vorher schon war.

Als sie angezogen ins Zimmer zurückkommt, liegt er da wie zuvor, auf dem Bauch, die Arme von sich gestreckt, umgeben vom leisen Geräusch seines Atems. Obwohl sie miteinander geschlafen haben, ist ihr seine blasse Nacktheit fremd, jetzt, da sie selbst nicht mehr nackt ist. Seine Kniekehlen, so verletzlich und hohl zwischen den Sehnen, seine Oberschenkel überflaumt mit dunklen Härchen, die sich bis hinauf in seinen Schritt kräuseln. So wird er ihr in Erinnerung bleiben, sie wird ihn nicht wiedersehen, es sei denn, ein Zufall wollte es anders.

Gehüllt in ihren Mantel, der sie zurückverwandelt in die, die sie vor ein paar Stunden gewesen ist: eine Frau, die er nicht gekannt hat, ebensowenig wie sie ihn, verläßt sie das Zimmer und betritt den Gang, der tief ist und halbhell, eine Helligkeit von der Art, die keine Schatten wirft. Auf Hotelfluren verschwindet man, wird unsichtbar für sich selbst. Kleine rosa Rauten mustern das matte Türkis des nahtlosen Läufers, die Luft riecht entfernt nach Mensch, so muß es sein, wenn Prostituierte ihre Freier verlassen, durch lange Fluchten aus männlichem Schlaf. Türen, die vorbeifließen, eine wie die andere.

Als sie den Fahrstuhlknopf drückt, seufzt irgendwo ein Motor auf, und das Abrollen der Seile im Schacht wird leise hörbar – ein monotones Laufgeräusch, das nicht näherkommt, eine ferne Anstrengung, die zu nichts zu führen scheint, aber dann erklingt ein kurzer glockiger Ton, nah. Die Aufzugtüren öffnen sich, und sie betritt die Kabine, in der es nach einer vor längerem gerauchten Zigarette riecht und der Feuchtigkeit der Nacht, die mitgefahren ist vom Erdgeschoß hier herauf. Die Türen schließen sich, und die Kabine setzt sich so unmerklich in Bewegung, als gleite nicht sie hinab, sondern das Gebäude hinauf; es ist ganz still. Als Hure wäre es immer so: Herauf führe sie zu zweit, hinunter alleine. Als lieferte sie Mann für Mann irgendwo ab.

Auf der Straße dann die Nacht, die Nässe. Die Feuchtigkeit löst sich kühl vom Boden, das Licht der Straßenlaternen liegt weiß und glitzernd auf dem weiten Areal, als wäre der Platz nicht mit Steinen gepflastert, sondern mit Kristallen; wie schön Regen sein kann, der sich selbst überlassen ist. Greta – sie heißt Greta Bergmann – winkt ein Taxi heran, dessen Wärme, als sie einsteigt, eine fremde, eine gleichgültige Wärme ist. Sie nennt ihre Adresse, die Wischerblätter summen, und je weiter sich der Wagen durch die Maschen der Stadt fädelt, um so mehr scheint es ihr, als habe sie heute abend irgend etwas übersehen. Aber es fällt ihr nicht ein, was es sein könnte. Eine Kleinigkeit, ein Gefühl ...

———

Wir ersaufen. Das ist das einzige, was Fred Saltz zu diesem Regen noch einfällt, der einen halben Meter vor seinen Augen auf die Windschutzscheibe prasselt, einem Regen, der nun schon seit zwei Wochen nahezu ohne Unterbrechung über der Stadt niedergeht, nur zwei- oder dreimal hat sich in dieser Zeit die Sonne blicken lassen, so als werde die Tür zu irgendeiner leuchtenden Party über den Wolken für einen Moment aufgestoßen, um einem sofort wieder vor der Nase zugeschlagen zu werden. Hier unten schaufeln Autoreifen in dumpfem Trott Wasser auf Gehsteige, die Köpfe der Fußgänger sind eingeklemmt zwischen Schultern und Schirmen, und die Baumkronen hängen wie schwarze, triefende Wolken über der Straße. Es ist soweit: All das kann nur eine Folge dieses Treibhauseffekts sein, vor dem irgendwelche Wissenschaftler die Menschheit nun schon seit Jahren warnen, nachdem sie ihre Computer jahrelang mit all dem gefüttert haben, was diesem geschundenen Planeten tagein tagaus zugemutet wird, und wer kann sich wundern, daß diese unbestechlichen Elektronengehirne die globalen Daten – wissenschaftlich verwandelt – wieder als das ausspucken, was sie sind: Müll.

Fred schaltet einen Gang tiefer, was ihm einen kurzen befriedigenden Moment der Konzentration abverlangt, denn der Wagen, den er fährt, ein Citroën DS 21, Baujahr 1971, hat eine altertümliche Lenkradschaltung. Die schmucke Karosse ist ein langgehegter Traum von ihm, ein bordeauxrotes Autojuwel, das von vorne besehen so gewieft dreinblickt, wie kein Modell, das vor oder nach ihm jemals gebaut worden ist. Vor ein paar Monaten hat er sich diesen Traum erfüllt. Alles geht den Bach runter, es bleibt einem nichts mehr übrig, als für sich selbst das Optimum herauszuholen. Und die Anzeichen, daß demnächst alles zu Ende ist, mehren sich: Im ›Spiegel‹ war vor kurzem zu lesen, daß sich die Oberflächentemperatur des Meeres um 0,4 Grad erhöht hat, die Polkappen schmelzen rapide, und wie es aussieht, ist es nur noch eine Frage der Zeit, bis sich die Ostsee bis zum Stadtrand von Berlin ausgedehnt haben wird. Aber nicht nur das Wetter spielt verrückt, die Dinge geraten auf breiter Front aus dem Lot: Die Börsenkurse stürzen ab, Garri Kasparow hat in neunzehn Zügen gegen *Deep Blue* verloren, und seit Monaten rennen die Leute in ›Titanic‹, um den größten Untergang aller Zeiten hautnah mitzuerleben, als gelte längst die Parole: Was soll's, demnächst ist sowieso Schluß. Noch anderthalb Jahre, dann ist das Jahrtausend vorbei.

Die Straßenränder sind zu Bächlein angeschwollen, die an die Bordsteine schwappen, und die dort geparkten Autos glänzen im Scheinwerferlicht, als wären sie allesamt nagelneu. Lauter kleine Titanics. Aber ganz egal, wie lange der Untergang sich hinzieht, denkt Fred, er wird in jedem Fall bis zum letzten Moment obenauf schwimmen, denn er liefert den Stoff, den diese untergehende Menschheit braucht, um nicht ständig in den dunklen Strudel ihres eigenen Schicksals starren zu müssen. Als Leiter des Storyliner-Teams von ›Wo die Liebe hinfällt‹, einer auf dem ehemaligen Ufa-Gelände in Potsdam-Babelsberg produzierten Fernsehserie, die montags bis freitags von achtzehn Uhr dreißig bis achtzehn Uhr fünfundfünfzig ausgestrahlt wird und dabei im Schnitt eine Quote von vier Millionen Zuschauern erzielt, kann er sich auf den simplen Mechanismus verlassen, daß es ihm um so besser geht, je schlechter es mit den Dingen auf diesem armen Planeten bestellt ist. Die Menschen wollen unterhalten sein, während das Schiff absäuft. Der originellste Storyeinfall bei diesem ›Titanic‹-

13

Film war ja jene Musikkapelle, die noch einen Walzer nach dem anderen gespielt hat, als schon die ersten Wellen an den Schuhspitzen der Musiker leckten. *Danse macabre.* Den mochte Fred schon immer gern.

Was den heutigen Abend angeht, ist ihm allerdings doch ein wenig mulmig zumute. Eigentlich hatte er sich vorgestellt, nur eine weitere Perle aus dem uferlosen Angebot zu picken, das dieses verlotterte Fin de Siècle ihm und all seinen gierigen, genußsüchtigen und verlorenen Zeitgenossen bietet, aber allmählich dämmert ihm, daß dieser Leckerbissen schwerer verdaulich sein könnte als ein alter legendärer französischer Wagen; doch daran ist jetzt nichts mehr zu ändern. Und bei genauerem Hinsehen ist es ja immerhin das Gegenteil von einem Eisberg, auf das er zusteuert, den Regen wie einen großen glitzernden Vorhang zerteilend.

Auf dem Beifahrersitz neben ihm sitzt Nora, seine Frau. Auch sie ist ungewöhnlich wortkarg, seit sie vor einer Viertelstunde mit hastiger Entschiedenheit die Wagentür zugezogen hat. Sie ist dreiunddreißig, und ihre glatten dunklen streichholzlangen Haare umranden ihr schmales Gesicht wie ein enganliegendes Tuch, ein amselfarbenes Gefieder, das ihr mal eine unbekümmerte Zwanziger-Jahre-Note verleiht, mal aber auch die protestantische Strenge ihres Elternhauses, obwohl sie nicht an Gott glaubt. Fred ist katholisch aufgewachsen und glaubt auch nicht an Gott. Die Unterschiede zwischen den Religionen verschwinden. Mit ihren leichten Schultern und ihren langen, dünnen Beinen war Nora äußerst begehrt zu der Zeit, als Fred sie in einer der Studiohallen auf dem Ufa-Gelände an einem Set-Buffet kennenlernte. Sie stand dort mit ihrem Teller unschlüssig vor den belegten Käse- und Lachsbrötchen herum, und er gab ihr den Tip, es doch besser mit der etwas versteckt angerichteten Zucchini-Quiche zu versuchen, die, wie er ihr versicherte, durchaus passabel sei. Sie assistierte damals bei einem dieser locker-schmierigen Nachmittags-

Talker, bis sie den Job hinschmiß und an die Universität zurückkehrte, um über Döblin zu promovieren. Schon damals haftete ihrem Wesen und ihrer Intelligenz etwas grazil Trotziges an, dem Fred nicht widerstehen konnte und das in ihrem schmalen, spitzen Gesicht einen hübschen Ausdruck gefunden hatte. Jetzt allerdings wirkt sie nachdenklich.

»Was ist eigentlich, wenn wir jemanden treffen, den wir kennen?« überlegt sie besorgt und stellt das Radio leiser, als könne man auf der anderen Seite des Äthers möglicherweise mithören, was sie gerade sagt.

»Nun ja …«, sagt Fred nach einer Weile. Das Wasser scheint jetzt zentimeterhoch über den Asphalt zu fließen, und er hat auf einmal das unangenehme Gefühl, keine präzise Gewalt mehr über sein Schmuckstück zu haben, als bediene er nicht ein Steuer, sondern etwas wie ein Ruder. Die Häuserfronten hinter der Frontscheibe zerspringen in Millionen von Splitter, die Wischerblätter fegen die Scherben von rechts nach links, von links nach rechts. Das Radio summt einfache Melodien vor sich hin, und die Lüftung pustet kühle Feuchtigkeit gegen Freds Schuhe. Es riecht nach Ozon und süßem Parfum. Nora, die sonst das Leichte und Dezente bevorzugt, hat sich heute für schwere, sackende Düfte entschieden, sich gewissermaßen getarnt und mit undurchsichtigen Gerüchen bis zur Unkenntlichkeit verschleiert. Der Grund dafür ist derselbe, der auch Fred mit einer gewissen Bangigkeit erfüllt: Es ist möglich, daß sie heute abend nicht nur von interessierten Blicken gemustert werden, sondern darüber hinaus von schnüffelnden lüsternen Nasen. Denn das ist es, wo sie hinfahren: zu einer Pärchenparty, die sie vor kurzem in einer Stadtmagazin-Kleinanzeige unter *Diverses* in der Rubrik *Lonely Hearts* entdeckt haben.

»Nun ja …«, setzt Fred noch einmal zu einer Antwort auf Noras Frage an, was wäre, wenn sie dort einen Bekannten treffen würden, und erklärt: »Alles in allem ist es doch eine faire Angelegenheit. Was die anderen von dir erfahren, erfährst du von ihnen. Dasselbe Geheimnis, das man enthüllt, bekommt man auch mitgeteilt. Anders würde es nicht funktionieren. Alle bewegen sich im Schutz dieser Symmetrie. Eigentlich mache ich mir keine Gedanken.«

Aber das stimmt nicht. Was, wenn er dort – wo auch immer das sein mag, in einem dunklen Keller oder einem schummrigen Loft – jemandem begegnet, den er kennt, seinem Zahnarzt, seinem Friseur oder einem seiner Arbeitskollegen? Thilo Flatten zum Beispiel oder Andrea Paculi. Storyliner sind Spürhunde, angesetzt darauf, zu wissen, was die Menschen treiben. In der Party-Anzeige, die kein bißchen anders ausgesehen hat als all die anderen kleinen Suche-Biete-Dreizeiler darüber oder darunter, hieß es: *Tolerante Paare treffen sich in gehobener Atmosphäre ...* Das Problem dabei ist: Fred ist nicht tolerant, oder genauer gesagt, er kann sich nicht vorstellen, es zu sein, aber wer setzt sich schon mit Fragen auseinander, auf die es keine theoretischen Antworten gibt? Die Konzentration, die ihm das Fahren abverlangt, läßt einen leichten Kopfschmerz hinter seinem rechten Ohr aufwärts kriechen.

»Sollen wir es lassen?« fragt er.

Nora schüttelt den Kopf. »Jetzt sind wir doch fast da. Und du sagst es ja selbst: Was soll schon passieren? Wenn es ekelhaft ist, gehen wir einfach wieder.«

Auf den Gedanken, es könne ekelhaft sein, ist Fred noch gar nicht gekommen – wie unterschiedlich Nora und er gewisse Dinge doch beurteilten. Nicht verwunderlich, daß sie es in Babelsberg nicht ausgehalten hat mit ihrem wissenschaftlichen Ethos. Fred hat nie ein Studium abgeschlossen, und die theoretischen Aspekte dieser Welt waren ihm von jeher gleichgültig, mit einer Ausnahme: der Evolutionslehre. Die Behauptung, daß alles vor ein paar

Millionen oder Milliarden Jahren mit einem Schleimklumpen begonnen hat, fasziniert ihn, seit er vor ein paar Monaten darauf gestoßen ist, eher zufällig, weil er sich für ›Wo die Liebe hinfällt‹ mit den theoretischen Grundlagen genetischer Vaterschaftstests hat beschäftigen müssen und Thilo Flatten in diesem Zusammenhang behauptet hat, es sei bis heute ein Geheimnis, was den Menschen zum Menschen macht, da unsere Spezies genetisch zu 94 Prozent dem Pavian und zu 98 Prozent dem Schimpansen gleiche, dessen nächste Verwandte mithin nicht etwa die Gorillas seien, sondern wir. Seitdem würde Fred gerne einmal Darwins ›Ursprung der Arten‹ im Original lesen, doch dazu fehlt ihm die Zeit, und so stapelt sich auf seinem Nachttisch eine Reihe von kürzeren populärwissenschaftlichen Darstellungen all dieser genetischen Theorien, denen zufolge der Mensch also nur ein ausgeklügelter Affe ist. – Es ist erstaunlich: Während Nora mit ihrer literarischen Bettlektüre gewissermaßen das vorläufige Ende der biologischen oder kulturellen Entwicklung beackert, widmet sich Fred vor dem Einschlafen ganz dem Anfang dieser gewaltigen Skala, dem Neandertaler oder irgendwelchen urtümlichen Amphibien; und doch sitzen sie jetzt im selben Wagen und fahren demselben ungewissen Abend entgegen durch denselben Regen, der sich zu einem unergründlichen schwarzen Vorhang verdichtet hat, zu schwerem, feuchtem Stoff, den die Scheinwerfer Bahn um Bahn zur Seite schieben. Das ist das Schöne an dieser Welt: Sie läßt alles zu, wenn es nur hinreichend unwahrscheinlich ist.

Fred steuert den Citroën nach links in eine ziemlich unauffällige Seitenstraße, deren Namen ein gewisser Bernd ihm vor wenigen Tagen telefonisch durchgegeben hat. Hinter der 5-Etagen-Normalität dieser verregneten Fassaden zu beiden Seiten soll also die geheimnisvolle Party stattfinden. Erstaunlich. Wirklich hier? Links, in einem kleinen, noch geöffneten und von schwachen Neonröhren grau erleuchteten Getränke- und Zeitschrif-

17

tenladen trinken ein paar heruntergekommene Gestalten ihr Bier. Um diese Zeit ist in den meisten Fenstern der Häuser Licht, die Menschen essen oder sehen fern, ›Wo die Liebe hinfällt‹ läuft heute ja nicht, schade eigentlich, auf jeden Fall macht hier alles den Eindruck eines ganz und gar durchschnittlichen Samstagabends, so daß einem die Vorstellung, sich in wenigen Minuten auf einer Party wiederzufinden, deren alleiniger Zweck es ist, kreuz und quer miteinander zu vögeln, irgendwie schwerfällt angesichts der Banalität, daß man sich hier, wie immer und überall in Berlin, erst einmal einen Parkplatz suchen muß und sich, wenn man glücklich einen gefunden hat, beim Rangieren darauf konzentriert, weder vorne noch hinten eine fremde Stoßstange zu berühren. Als Fred den Motor abstellt, bleibt als Geräusch einzig das Flüstern des Regens zurück, der etwas schwächer geworden ist und irgendeine sanft unverständliche Botschaft auf das Wagendach tuschelt. Da wären sie also.

Nora, die wegen des Regens ihre Pumps nicht schon zu Hause angezogen und diese in der offensichtlichen Annahme, daß Frauen bei Pärchenpartys Pumps tragen, in einem Leinensäckchen verstaut hat, angelt sich diesen unauffälligen Schuhbeutel vom Rücksitz.

»Wir gehen also?« fragt Fred.

»Wir gehen«, nickt sie schnell. Zu schnell. Fred meint in ihrem Blick etwas zu erkennen, das mehr ist als bloße Neugier oder die trotzige Entschlossenheit, so kurz vor dem Ziel nicht aufzugeben: einen Anflug von Lüsternheit. Bei der Idee, hierherzukommen, hat er naturgemäß immer nur an die zu erwartenden Frauen gedacht, und an die Männer keinen Gedanken verschwendet. Nun erwägt er erstmals die Möglichkeit, bei Nora könnte es umgekehrt gewesen sein. Er beobachtet sie, wie sie die Wagentür mit einer kurzen alltäglichen Bewegung schließt und mit schnellen Schritten über die regennasse Fahrbahn springt, so daß es aussieht, als könnte sie es kaum erwarten, endlich dort zu sein, wo auch immer. Ihre schmale, dunkle Gestalt fließt willig in die große unbeleuchtete Fassade, verwandelt sich in einen Schatten unter vielen, wird eins mit dem Regen, und dann steht sie dort, im Hauseingang, eingefaßt von reichhaltigem Stuck, aus dem die Gesichter zernarbter Putten lugen. So sind die Naturgesetze, alles fällt vom Himmel auf die Erde: Regen, Engel. Auf einmal erscheint ihm Nora geheimnisvoll und statuenhaft begehrenswert; eine Unbekannte – aber als er sie erreicht, ist sie doch wieder seine Frau, die, neben der er Morgen für Morgen erwacht. Nun denn. Das Klingelschild glimmt schwach weißlich, sie müssen ins oberste Stockwerk. Nora schlüpft in ihre Pumps, und als sie sich aufrichtet, ist sie größer, sind ihre Augen nah. Auf ihrem dunklen Braun, das er so gut kennt, spiegelt sich der Regen. Nora verstaut ihre Straßenschuhe in dem mitgebrachten Leinensäckchen und zieht die Schlinge zu. Sie nickt, er nickt. Also dann …

Das Treppenhaus, alt und stuckverziert, umhüllt den Besucher mit zartem, honigfarbenem Glühbirnenlicht. Marmor, Holzpaneele und Bleiglasintarsien säumen den Anstieg bis zum Hochparterre, und filigran gedrechselte Stützpfeiler mit Wespentaillen tragen den Handlauf des Eichengeländers. Doch nach dem ersten Stockwerk verliert sich ein Teil dieser herrschaftlichen Pracht, und der Aufgang verwandelt sich in eine gewöhnliche, mit Linoleum belegte Holztreppe, deren Stufen selbst unter dem damenhaften Druck von Noras schlanken Stöckelschuhen leise ächzen. Absatz für Absatz windet die Treppe sich hoch bis zum fünften Stock, um dort noch einmal kompakter zu werden, stabiler, enger. Leise Popmusik rieselt einem hier entgegen, deren samtiger Baßrhythmus so gedämpft, wie er auf diesem vorletzten Treppenabsatz erklingt, etwas Einschläferndes hat. Am oberen Ende des Geländers stehen Straßenschuhe herum, sieben oder acht Paare, wie vor Wohnungen von Leuten, die sich vor Allergien

19

fürchten. Vor Berührungen mit den Stoffen dieser Welt. Seltsam hier. Fred klingelt. Wie leer Schuhe aussehen, die auf dem Fußboden herumstehen.

Die Tür öffnet sich, die Flurbeleuchtung ist schwach und gelb und faserig. Es muß jener Bernd sein, der Fred und Nora da so unvermittelt real gegenübersteht, der, mit dem Fred vor ein paar Tagen telefoniert hat. Er erkennt ihn an der Stimme. Fred hat ihn sich anders vorgestellt, jünger. Sein Gesicht ist zerfurcht, seine Haare sind grau, und keinesfalls hat er etwas Androgynes, was Fred aus irgendeinem Grund angenommen hatte, sondern mit seinen gut ein Meter achtzig und dem gebräunten Teint wirkt er eitel, stabil und männlich.

»Du bist also Fred«, sagt er, nachdem der sich vorgestellt hat, und streckt ihm seine große Hand entgegen, die trocken ist und kalt. »Und du«, wendet er sich mit einem sehr charmanten Lächeln, das eine Reihe von kurzen breiten Zähnen sichtbar werden läßt, an Nora, deren fremdes Parfum Fred wieder irritierend in die Nase steigt, »du bist demnach Nora. Ich freue mich immer, neue Gesichter begrüßen zu dürfen. Kommt herein und fühlt euch ganz wie zu Hause.«

Wie zu Hause? Merkwürdige Vorstellung. Fred folgt also diesem Bernd in den Wohnungsflur, in dem eine Vielzahl von Spiegeln jeden Ankömmling verdrei- oder -vierfacht, wie um ihn gleich zu Beginn in seine körperlichen Einzelteile zu zerlegen. Als Bernd Nora aus dem Regenmantel hilft, ist sie kurzzeitig vor Freds Blick verborgen, aber rechts gleitet ihr nackter Ellbogen aus der Röhre des Ärmels, und links schraubt sich ihm das Spiegelbild ihres Dekolletés entgegen. Bernd ist ein formvollendeter Gastgeber: Sein gewinnendes Lächeln ist fest installiert, jedes Kompliment ein galanter Treffer und seine kühle Hand kaum zu sehen, als er die von Fred bereits abgezählten und zusammengerollten Geldscheine entgegennimmt und, ohne sie auch nur eines Blickes zu würdigen, in einer der weiten Taschen seiner karamelfarbenen Leinenhose verschwinden läßt. Dabei bemerkt Fred, daß die Tür schon zu ist, er hat gar nicht gemerkt, wie ihr neuer Freund sie geschlossen hat …

Und diesem Bernd folgt das neue Paar jetzt in die tropische Wärme seiner Wohnung, eines niedrigen Dachgeschosses, das den Besucher mit einer verwirrenden Fülle von Säulen, Balken und Schrägen empfängt. Die Böden sind weich, und ebenso weich ist die Beleuchtung. Gelee. Wo man hinsieht, schichten sich dämmerungsähnliche Farbverläufe übereinander. Blau fließt in Rot fließt in Silber. An der linken Seite des in etwa quadratischen Raumes findet sich eine Bar aus perlgrauem, terrazzoartig gemustertem Marmorimitat, hinter deren S-förmigem Tresen eine von Bernds Mitarbeiterinnen Dienst tut, in einem schulterfreien Schlauchkleid, dessen Malvenrot gut zu der schwülstigen Lichtarchitektur paßt, die den Tresen und das dahinter angebrachte Glasregal mit den Flaschenbatterien in eine Art Limettengrün taucht. Auf der rechten Seite bestimmen niedrige Glastische die Atmosphäre, die von einer über Eck gestellten Ledercouchgarnitur eingefaßt werden, die kleine, in der Zimmerdecke eingelassene Halogenspots mit Lichtinseln übersprenkeln. Transparente oder getönte Kristallglasschälchen in der Form von geöffneten Blüten oder gewölbten Blättern, die mit Kartoffelchips, Käsecrackern, Kümmelgebäck und Erdnußflips gefüllt sind, laden dort zum Platznehmen ein, aber man muß feststellen: Hier oben ist im Moment noch absolut nichts los. Die Partygäste, einzelne Paare und kleinere Grüppchen, die es sich an der Bar oder in den gut einsehbaren Nebengelassen gemütlich gemacht haben, stecken alle noch in der Schale, in die sie sich für den Abend geworfen haben, hauptsächlich figurbetonte, kurze Cocktailkleidchen und Anzüge mit lockeren Sakkos, deren Ärmel von den Männern mindestens ein- oder zweimal umgeschlagen worden sind. Was das Alter angeht, liegen Fred und Nora im Mittelfeld, beziehungsweise genau-genommen liegt mit dreiunddreißig nur Nora im Mittelfeld, während Fred mit seinen neunundreißig Jahren schon zu den sexuellen Senioren zu gehören scheint. Das aber muß an Bernds Partypolitik liegen, denn schon bei dem Telefonat vor ein paar Tagen hat er wiederholt darauf hingewiesen, daß ihm an junger Erotik und nicht an seniler Geilheit gelegen sei. In dem Punkt, das stellt sich auch jetzt wieder heraus, hat er offenbar ein gewisses Sendungsbewußtsein, denn gerade erläutert er die Spielregeln des heutigen Abends, die aber nicht schwer zu begreifen sind. Kurzgefaßt lauten sie: Erlaubt ist, was gefällt. Während sie durch die Wohnung schlendern, und Bernd ihnen alle geheimen Winkel und Nischen und Kabinette und das Klo zeigt, spricht er über die Praxis des Partnertauschs charmant und beschlagen und ohne aufklärerisches Pathos. Es fällt Fred aber trotzdem schwer zuzuhören, weil er sich immer wieder vorstellen muß, daß dieser Bernd mit seinen großen ledrigen Lippen an Noras kleinem weichen Busen saugt. Vorerst indes besteht kein Grund zu erhöhter Wachsamkeit, denn die meisten Räume, durch die sie gerade schlendern, sind noch vollkommen leer und riechen frisch gesaugt. Es erstaunt Fred, wie viele es sind. Dachgeschoßwohnungen sind verschachtelte Angelegenheiten. Hinter jeder Säule kann wieder eine Kammer lauern, und tatsächlich gibt es da noch ein paar kleinere Kemenaten, in die Bernd sie anläßlich dieser Wohnungsführung geleitet, die ganz offensichtlich nicht mehr fürs Plaudern gedacht sind, sondern nur noch fürs Pimpern, denn hier gibt es endgültig keine Tische und Stühle mehr, sondern statt dessen liegen mit glutroten Seidenstoffen bezogene Matratzen auf dem Boden, wellige blau-schwarze Futons und goldene Berge von Kissen, die die Ecken der Räume einladend polstern. Die einzige Klasse von Gegenständen, die sich sowohl hier findet als auch an der Bar eine Rolle gespielt hat, sind diese kleinen Porzellan- und Glasschälchen in der Form von Feigenblättern, weit geöffneten Tulpenkelchen und hübsch geschwungenen Muschelschalen, die sich – dezent in schattige Raumecken plaziert – an den Enden der Matratzen und Futons wiederfinden. Aber einen Unterschied gibt es doch: Statt Crackern liegen in diesen Schälchen Kondome – ein Angebot, so Bernd, dieser Neunziger-Jahre-Oswalt-Kolle, von dem man in der heutigen Zeit ja vernünftigerweise Gebrauch mache, auch wenn hier oben kein Paar zur Kontrolle auseinandergerissen werde. Wie man sich das wohl vorzustellen hätte? Gummicheck. In ›Wo die Liebe hinfällt‹ ist das Thema Aids bisher ausgeklammert worden. Werbekunden machen nicht alles mit, wollen nicht, daß ihre schönen Produkte im Umfeld einer dunklen unheilbaren Krankheit auftauchen. Wie auch immer, all dies ist hier oben noch unberührt: die Gummis, die Betten, die Frauen. Und als sie sich auf den Rückweg zur Bar machen, wo inzwischen ein Paar nach dem anderen eintrudelt, betreut von den zwei oder drei Partyhostessen, die hier oben mit der Freundlichkeit von Flugbegleiterinnen für ein Gefühl der Sicherheit und der Familiarität sorgen, lotst Bernd das neue Paar – vermutlich sind alle anderen alte Swinger-Hasen, für die er sich so viel Zeit nicht mehr zu nehmen braucht – noch in die Küche, in der ein Buffet aufgebaut ist, in dessen Mitte eine große silberne, eisgefüllte Schale mit Champagnerflaschen thront, von denen er sich eine schnappt, um mit Fred und Nora auf das Gelingen des Abends anzustoßen. ›What's Love?‹ singt Tina Turner in dem Moment, da sie die Gläser erheben, und, ja, denkt Fred und spürt das herb-süßliche Bouquet des Veuve-Clicquot seine Speiseröhre hinunterkrabbeln, wer das wüßte …

Nachdem dieser Teil des Abends nun über die Bühne ist, steuert Bernd mit Fred und Nora im Schlepptau zielsicher auf einen Bistro-Stehtisch zu, an dem eine nicht eben groß gewachsene Blonde mit ihrem Partner herumsteht, einem sportlichen Typ mit kantigem Kopf und recht voluminösem Brustkasten. Es sind dies Conny und Hartmut, man nennt sich hier oben beim Vornamen. Bernd macht die Paare miteinander bekannt, die beide heute abend zum ersten Mal dabei sind, woraus sich die Gelegenheit ergibt, einander erst einmal in aller Ruhe zu beschnuppern und sich gemeinsam an die diversen Spielarten der Liebe heranzutasten, findet er mit seiner dunklen Stimme, die plötzlich etwas sexuell Anstößiges hat: pudrige, entblößte Vokale ohne hinreichende konsonantische Kleidung, und mit kleinen gehauchten Atemwölkchen parfümierte Zischlaute. Als Bernd geht und Fred und Nora führungslos dem Dahinfließen dieses in weiten Teilen immer noch ziemlich nebulösen Abends überläßt, entfernt sich mit ihm auch seine Aura aus erotischer Souveränität. Einen Moment lang stehen sich die beiden Paare unbeholfen gegenüber, nicht recht wissend, was nun miteinander anzufangen. In den Gläsern perlt der Champagner nach oben, dem Regen entgegen, der, wie Fred bemerkt, immer noch auf das Dach prasselt, auf die milchige Deckenluke über ihren Köpfen, die mit ihrer matten Wölbung aussieht wie das Innere eines Bildschirms. Das also sind sie: das Nachtprogramm.

Der Tisch, an dem sie stehen, ist rund und klein, so daß sich Freds und Hartmuts Schultern fast berühren. Keine Frage, dieser Hartmut tut etwas für sich, von selbst bläht sich kein Oberkörper so auf, unter seinem Pfeffer-und-Salz-Hemdsakko trägt er ein T-Shirt aus einer seidig schimmernden, cremeweißen Stretchfaser, die seine paketartigen Konturen so paßgenau umspannt, daß sich seine Brustwarzen abzeichnen wie zwei kleine Materialfehler. Seine kräftigen Haare sind zu einem melierten Mecki gefönt, an dessen geradem Ansatz über der niedrigen Stirn eine Naht aus winzigen Schweißperlen glänzt, und die kleinen Knopfaugen in seinem flachen Gesicht begutachten voller Entzücken Noras Figur.

»Ihr seid also zum ersten Mal hier?« fragt er mit einer Stimme, die im Vergleich zu seinem Oberkörper allerdings recht klein ist. Ihr fehlt eine satte Brustresonanz, die Laute verenden irgendwo gleich unterhalb seines Adamsapfels. Conny, die neben ihm steht und also Fred gegenüber, nimmt sich eine Zigarette aus der *Lucky-Strike*-Schachtel, die sie vor sich auf den Tisch gelegt hat. Ob Hartmut ihr Mann ist? Er könnte ja auch ihr Freund, Geliebter oder Kunde sein? Wie will man das hier oben wissen? Die *Luckys* passen ins Konzept des Abends: Paare. Sonst nichts.

»Ja, zum ersten Mal«, sagt Fred zurückhaltend.

Nora nippt mit spitzen Lippen an ihrem Champagner und sieht sich um. »Noch wirkt ja alles ziemlich normal.« Ihr Blick ist verhangen wie ein Schaufenster, das gerade umdekoriert wird. Die Sprödigkeit, die einen Teil ihres Wesens ausmacht, tritt jetzt deutlich hervor. Sie steht auf die Unterarme gestützt und leicht vorgebeugt am Tisch, wodurch sie ihre drahtige Figur eher verhüllt, als sie diesem Hartmut vorzuzeigen. Gut so!

Conny sagt: »Freunde von uns waren mal hier.«

Fred schätzt sie auf Ende Dreißig, sein Alter also, was sie ihm sympathisch macht, auch wenn sie nicht die Art Frau ist, für die er sich interessieren würde. Sie trägt ein jadegrünes, unspektakuläres Strickkleid über ihrer Solariumsbräune, die ihre Haut wächsern aussehen läßt, und glänzende Creolen ziehen ihre Ohrläppchen herab. Sie macht einen bodenständigen Eindruck, aber nicht so bodenständig, daß die Situation sie nicht doch auch nervös machen würde. Man merkt es daran, wie sie sich ihre Zigarette anzündet. Das Feuerzeugflämmchen vergrößert das unmerkliche Zittern ihrer Hand wie ein Projektionsapparat. Ihr Schatten auf der Wand verrät für einen Augenblick ihre innere Anspannung.

»Und?« erkundigt sich Fred nach diesen Freunden. »Hat ihnen der Abend gefallen oder eher nicht?«

»*Ihm* nicht so sehr«, sagt Conny und klopft mit dem chilirot lackierten Nagel ihres rechten Zeigefingers auf die Zigarette ein, um Asche abzuschlagen; an ihrem rechten Handgelenk klimpern ein paar Goldreife. »*Ihr* schon.« Und dabei sieht sie Fred zum ersten Mal direkt an, aus Augen in der Farbe ihres Kleids, ohne allerdings diesem Blick eine Botschaft oder irgendein interpretierbares Signal beizufügen. Nichts als ein blasses, leeres Grün richtet sich auf ihn, hinter einem dünnen Schleier aus Zigarettenrauch.

Noras Wangen sind vom Champagner und von den mindestens dreißig Grad, die hier oben herrschen, schon erhitzt. Ihre dünne Gesichtshaut bekommt immer schnell einen rosigen Schimmer. Fred ist sich sicher, daß dieser Hartmut nicht im entferntesten ihr Typ ist. Sie kann so wunderbar arrogant sein und Männer mit unerhörter Kaltblütigkeit abblitzen lassen, Männer wie Hartmut, denn eigentlich steht sie nicht auf Sportlertypen, zumindest behauptet sie das immer, aber im Moment scheint sie in einer anderen Laune zu sein: Sie taut auf. Ihre Augen sind groß, und ihr Blick ist unscharf.

Sie sagt: »Geht man denn irgendwann ... nun ja, wie soll ich das sagen? ... Geht man irgendwann so einfach aufeinander los?«

Hartmuts gepolsterte Schultern sind das präzise Gegenteil von ihren; wo sich bei ihm Muskeln wölben, versickert auf ihrer Haut das seifige Licht in sanften Gelenkmulden. Die beiden würden zusammenpassen wie Puzzlesteine. Fred hat den Eindruck, daß Hartmut, dieser Bodyfanatiker, seine ganze offensichtliche Sexbesessenheit bereits auf Nora fixiert hat. Mit fettiger Stimme erklärt er: »Es gibt am Ende des Ganges eine Garderobe, und soviel ich weiß, läßt man dort die Hüllen fallen.« Er ist übrigens der einzige hier am Tisch, der keinen Champagner, sondern nur Mineralwasser trinkt. Er wird schon wissen, warum, dieser durchtrainierte Lüstling.

Conny, die im Gegensatz zu ihm ja wirklich eine sympathische Erscheinung ist, hat ihr Glas bereits geleert. Ihre Wangenknochen sind breit und weiten ihr eher schmales Gesicht zur Form einer Vase. Der Rauch ihrer Zigarette schwebt in pagodenartiger Schichtung über dem Tisch. »Ich glaube«, sagt sie mit ihrer rauhen, monotonen Stimme – in ›Wo die Liebe hinfällt‹ könnte Fred sie sich als Taxifahrerin oder Bademeisterin vorstellen –, »dieser Bernd, unser Maître de plaisir, wird das alles irgendwie schaukeln. Jedenfalls tut sich hier so langsam etwas.«

Alle sehen sich um. Am linken Ende der Bar steht, wie seit einer halben Stunde schon, eines der inzwischen vielleicht zwanzig Paare, er in einem lockeren Leinen-Einreiher mit Weste, sie in einem Fähnchen aus Silberlamé. Die beiden nippen einsilbig und einen eher gelangweilten Eindruck machend an zwei Margheritas herum. Am rechten, dunkleren Ende des Tresens allerdings, dort, wo ein grüngoldener Lichtbrei auf dem Marmor liegt, hat sich ein Pärchen eingefunden, das der Party eine neue unerwartete Note hinzufügt: Die beiden tragen außer seidigen Dessous nichts am Leib. Die Ausbeulung zwischen den Beinen des jungen Burschen ist umspannt von einem knappen metallicblauen Tanga, der schillert wie ein riesiger Skarabäus, und um den birnenförmigen Busen und den spitzen Bauch des Mädchens ranken sich, in der Form kleinblättrigen Efeus, BH und Höschen aus violetter Spitze. Sie ist höchstens zwanzig, Fred könnte ihr Vater sein. Wie um Himmels willen kann sie in ihrem Alter nur an denselben Dingen Spaß haben wie er? Und mehr noch: Während er, Fred, noch hier steht, ist sie schon bereit. Ihr Gesicht gibt keine Antwort auf diese Frage, denn es steht nicht viel darin geschrieben. Sie sitzt nur da, auf dem kunstledernen Polster des Barhockers, und unterhält sich kaum. Vermutlich tut sie gut daran: Man muß mit den Ressourcen haushalten heute abend. Wer sich zu früh verausgabt, dem werden am Ende die nötigen Ener-

27

gien fehlen. Fred, der schon das zweite Glas Champagner leert, hat das Gefühl, sich unklug zu verhalten. Seine Trinkerei wird am Ende nur Hartmut nützen, der sich besser im Griff hat. Seine Fingernägel sind kurz und breit, seine Zähne klein und nur sichtbar, wenn er das Mineralwasserglas an die Lippen setzt. Die Vorstellung, ihn zu küssen, wenn man eine Frau wäre ... Könnte darin für Nora ein Reiz liegen? *So* unterschiedlich können sie doch nicht sein.

Alkohol hin, Alkohol her: Um ein wenig lockerer zu werden, bietet Fred der Runde an, die nächste Flasche Champagner zu organisieren. Unter den in der Zimmerdecke eingelassenen Halogenspots schlendert er an den Glastischen vorbei, an denen jetzt zwei Paare in Warenhaus-Dessous sitzen: scharlachrote Körbchen, violette Strapse, knappe Futterale. Straff, als würden die Körper von Häkchen und Klipsen zusammengehalten. Die Frauen sitzen zwischen den Männern wie Kupplungen zwischen Waggons. Nicht zu entscheiden, wer da zu wem gehört. Breite Schenkel, die sich im Sitzen berühren. Worauf wartet all dieses Fleisch? Fred betritt die Küche. Auf dem Buffettisch, am Fuß der eisgefüllten Schale mit den Champagnerflaschen, reihen sich silberne Servierplatten aneinander. Das Übliche: Yellow-Tail-Sushi, Garnelenspießchen, Wantan-Snacks, filetierter Red Snapper, Avocadolocken, Angus-Carpaccio, Tiramisu, Überseeobst. Draußen regnet es immer noch, und aus den Fenstern der gegenüberliegenden Hinterhausfassade scheint Licht zu tropfen. Die bis zum Fußboden reichende Glasfront neben dem Buffet ist nicht mit Rollos oder Jalousien gegen voyeuristische Blicke von der anderen Seite des Hofes gesichert, was nur bedeuten kann, daß es hier, neben all diesen Delikatessen, Appetizern, Schleckereien und exotischen Früchten nicht zum Äußersten kommen soll. Wieso eigentlich nicht? Zu allen Zeiten hat es eine gewisse Nähe zwischen Kulinarischem und Sexuellem gegeben. Fred greift sich ein

Fläschchen Veuve-Clicquot. Wie kalt und schwer so ein Fla-schenhals ist ... – Eines hat der Abend offenbar zur Folge: Man interpretiert alles in demselben paranoid-erotischen System.

»Es regnet immer noch«, klärt er die anderen auf, als er mit der Champagnerflasche zurückkehrt und die Gläser der beiden Frau-en auffüllt und sein eigenes. Irgendwie wächst man hier an die-sem Bistrotisch so langsam zu einer kleinen Mannschaft zusam-men wie die Kandidaten in einer abendlichen Spielshow, die das Schicksal zu einem Team vereint hat. Es gibt eine gemeinsame Aufgabe, aber noch ist unklar, worin genau diese besteht.

»Bei schönem Wetter«, sagt Hartmut irgendwann und senkt die Stimme, sicher unnötig hier, was für eine Schlüpfrigkeit auch immer er vorhaben sollte, von sich zu geben, Fred findet ihn allmählich doch ganz nett, ein umgänglicher Typ, dieser Hart-mut ... – »das haben unsere Freunde jedenfalls erzählt, die schon mal hier waren, kann man es auf der Dachterrasse tun. Soll groß-artig sein so mitten in der Stadt und unter freiem Himmel.«

»Ich weiß nicht«, sagt Conny und schüttelt den Kopf, ihre Haare sind strohgelb und deutlich heller als ihre Haut, die einen leichten Orangeschimmer hat wie das Etikett der Veuve-Clic-quot-Flasche, »ich glaube, es würde mich stören, wenn mir die Nachbarn dabei zuhören könnten.«

»Na, sag mal!« ruft Hartmut, der, wie allmählich deutlich wird, von Natur aus ein ziemlich lauter Mensch ist. »Fred und Nora würden dir doch sogar dabei *zusehen* können.«

»Vielleicht stört mich das ja auch«, sagt Conny. »Woher soll ich das denn jetzt schon wissen?«

Die joviale Verwendung seines Vornamens durch Hartmut ist Fred unangenehm, auch wenn er sich mit dessen Anwesenheit inzwischen abgefunden hat. Was mag dieser Mensch treiben, wenn er nicht gerade auf Pärchenpartys anzügliche Bemerkungen herausposaunt? Seinem ungeniert-selbstbewußten Auftreten nach könnte er so ziemlich alles sein: Autoverkäufer, Makler, Pastor. Gibt es eine bestimmte Berufsgruppe, die besonders anfällig für die Verlockungen des Partnertauschs ist? Fred hat den Eindruck, daß es einem hier oben so geht wie im Urlaub: Man möchte jeden treffen, nur nicht seinesgleichen; überhaupt haben Reisen und Sex ja eines gemeinsam: Man sucht das Unbekannte.

Er sagt:»Wer weiß, ob das mit der Terrasse in diesem Jahr noch jemals was wird. Wenn es so weitergeht, regnet es nämlich durch bis in den September, und dann beginnt der Herbst. Wenn ihr mich fragt, geht es jetzt los: Das Klima kippt um.«

»Den Treibhauseffekt habe ich mir aber anders vorgestellt«, sagt Hartmut mit einer Stimme, die besonders anzüglich sein soll, und spielt zugleich Empörung, in etwa so schlecht wie Guido Blank in ›Wo die Liebe hinfällt‹, wobei sich zeigt, daß seine Augen nicht nur klein, sondern auch basedowisch vorgewölbt sind, hormonelle Geschichte, vermutet Fred, irgendein Defekt in der Körperchemie. Alle Sportler sind irgendwann Wracks.

In diesem Moment gesellt sich Bernd an ihren Tisch, erotischer Steuermann und silberhaariger Dreh- und Angelpunkt des Abends, und sagt:»Wen von euch darf ich denn in die Garderobe geleiten?«

So charmant die Offerte auch daherkommt: Freds Bedürfnis, sich in Unterhose zu präsentieren, ist gering.

Nora allerdings sagt:»Dazu sind wir doch hier.«

Na, so etwas. Eigentlich hatten sie nämlich verabredet, hier oben nur gemeinsam zu handeln, hatten sich ein kleines Versprechen gegeben, in dessen Licht ihnen der Abend überhaupt erst denkbar erschien: Nichts ohne Absprache. Und schon bei der ersten sich bietenden Gelegenheit bricht Nora diese Vereinbarung und ist bereit, sich einem abgehalfterten Erotik-Animateur anzuvertrauen und ihm in irgendeine Garderobe zu folgen. Gut: Sie ist nervös und moderat angetrunken, aber was heißt das schon? Fred ist auch nervös und mittlerweile vielleicht sogar etwas mehr als moderat angetrunken. Noras mal fahrige, dann wieder konzentrierte Vorbereitungen auf den heutigen Abend erscheinen ihm auf einmal ziemlich abgebrüht: Der Streifzug durch die hellen, wohlriechenden Dessousgeschäfte, das Lackieren ihrer Finger- und Zehnägel, das Überstreifen des *Gucci*-Kleids, dessen feiner Stoff sich einen Moment lang auf ihren Hüften staute – ein routiniertes Spektrum aus femininen Verrichtungen. Selbstbewußt, zielgerichtet. Fred ist irritiert. Seine schöne Frau eine protestantische Schlampe? Auf ihrem Gesicht tanzen ein paar flimmernde Lichtreflexe aus dem Champagnerglas. Und Hartmut, wen wundert's, erklärt sich auf der Stelle bereit, sie in die Garderobe zu begleiten. Seine Äuglein platzen gleich. Noras knochige Schultern, die eine Stunde lang sicher in Freds Augenwinkel gebettet waren, geraten in Bewegung. Bernd grinst und bleckt dabei seine breiten, gelben, betagten Zähne. Je älter man wird, desto perverser denkt man.

»Laßt euch Zeit«, zwinkert er Conny und Fred zu, wobei die zahlreichen Falten in seinen Augenwinkeln sich kräuseln wie Strapsseide. »Irgendwann juckt es jeden. Ihr werdet schon sehen.«

Als routinierter Rattenfänger ist er mit seiner Ernte fürs erste zufrieden. Er umfaßt Nora und Hartmut voller Liebenswürdigkeit und zieht mit den beiden ab. Drei kleiner werdende Rücken, zwei wuchtige und ein zerbrechlicher. Bernds große Hand auf Noras kleinem bloßen Nacken. Da geht sie also hin, Freds kluge schöne wortbrüchige – aber Gott sei Dank arrogante Frau. Unmöglich sich vorzustellen, sie könnte in den halbdunklen Tiefen dieser Wohnung *wirklich* die Kontrolle über sich verlieren. Nicht neben Hartmut. Fred ist verärgert, aber im Innersten ist er vollkommen ruhig.

»Komische Situation.« Conny zündet sich nach einer kurzen Pause eine Zigarette an. »Wer weiß, wann wir die wiedersehen.«

Fred sagt: »Ich glaube nicht, daß sie ohne uns anfangen.«

»Sicher?«

»Ich denke schon.«

»Es ist ja nicht so, als müßten wir nur ihnen vertrauen, sondern sie auch uns.« Dabei lacht sie kurz und trocken auf und stößt Rauch aus, der auf dem Tisch auseinanderstiebt. »Ausziehen wird man sich vermutlich überall dürfen.«

Nicht zu entscheiden, wie sie das meint: hypothetisch oder konkret. Diese Conny, so allein hier in diesem Wald aus Säulen und Dachsparren, so angezogen in diesem Unterholz aus Reizwäsche. Seit Hartmut gegangen ist, verlängert einer der vielen Spiegel, die an den Wänden hängen wie Fenster, die beweisen, daß es keine andere Welt gibt, außer dieser hier, kein anderes Licht außer Bernds karibischem Glühbirnenzauber... – so ein Spiegel verlängert Freds Blick in einen der Nebenräume und zeigt: Die Party hat begonnen. Leiber treiben dort in rotblauen Lichtpfützen, ineinander verschlungen, seltsam statisch, ein Fresko. Nichts zu sehen, außer Körperteilen. Nichts außer Rückenhälften, Fußsohlen oder Händen auf Schulterblättern. *Wenn* dort etwas geschieht, dann geschieht es tief im Innern dieses Knäuels Fleisch, aus dem man einen Leib nach dem anderen herauslösen möchte, bis endlich nur noch ein Paar übrigbleibt, Mann und Frau, zwei Menschen, ein klarer, ehrlicher Fick. Zu viele Körper für die Liebe, zu viele sogar für Sex. Wie findet dort zusammen, was zusammengehört? Schwere Brüste gehen über dem Horizont eines gebeugten Rückens auf, rund und rosa, zu einem sahnigen Crescendo aus dünnem Stöhnen, leisem Schmatzen und dem schwül betörenden Klang einer Frauenstimme, die von allem, was diesen niedrigen Raum hier anfüllt, den meisten Sex hat: *Ready or not, here I come, you can hide...* Fred möchte sich nicht verstecken, aber er ist noch lange nicht bereit. Was hat er denn erwartet? Daß alle Männer hier Nora als Königin der Party voller Ehrerbietung zu Füßen liegen und er währenddessen deren Frauen abgrast? Es heißt, Rom sei an seinen Ausschweifungen zugrunde gegangen, Orgien in heißen Thermen, Fleisch und Dampf, die Menschen gehen, das Laster bleibt, Renaissance, Feudalismus, lachende herzallerliebste, dreckige Kurtisanen. Aber die Bilder von Ausschweifungen und Wollust, die Freds Fin-de-siècle-Phantasie auszuspucken vermag, passen nicht zu dem, was er dort sieht, dieses Geschehen im Spiegel, zu diesem seltsam faden Menschenknoten.

Conny sagt: »Ich bräuchte all die anderen nicht dabei.«

Fred sagt: »So sind die Spielregeln.«

»Hat es nicht geheißen: Erlaubt ist, was gefällt?«

»Hat es.«

»Und wenn man nun Zweisamkeit bevorzugt?«

»Vielleicht sollte man nicht vorschnell handeln.«

»Könntest du dort mitmachen?« fragt sie.

Fred versucht es sich vorzustellen. Vielleicht steht man als Mann neben Männern unter Erfolgsdruck. Erektionsvergleich. Was, wenn sich nichts tut? »Soll ich ehrlich sein? Mich stören nur die Männer.«

»Und die Frauen nicht? Egal welche?«

Fred läßt den Spiegel und all das Rosa dort aus seinem Blickfeld gleiten und sieht Conny an. »Was ist mit dir?«

»Dort mitmachen?« Sie zieht, die Zigarettenspitze glüht auf. Nach ein paar Sekunden sagt sie: »Doch, schon.« Die beiden O dieser Bemerkung ergeben zwei verbeulte *Lucky-Strike*-Rauchkringel, die auf Freds Gesicht zutreiben. »Dazu sind wir doch hier. Hat jedenfalls deine Frau vorhin gesagt. Und offenbar auch gemeint.«

Fred schüttelt den Kopf »Wir haben verabredet, uns in allem abzustimmen.«

»Euch abzustimmen? So, so. Und was machen die beiden dort hinten gerade?«

33

»Ich weiß es nicht. Jedenfalls nicht *das*.«

»Du hältst ja ziemlich viel von deiner Frau, was?«

»Du von deinem Mann etwa nicht?«

»Nun ja, aus welchem Grund bist *du* denn hier?«

Er weiß es nicht mehr. »Ich gebe zu, ganz klar ist mir nicht, wo die beiden bleiben.«

»Was denkst du? Finden wir es heraus?«

Er sieht sie an, ihre hellgrünen Augen sind dunkler geworden. »Ja«, sagt er, »warum auch nicht?«

»Das sind doch die Spielregeln.«

Er fühlt sich leer. »Ja ... das sind sie.«

»Gehen wir?«

Er nickt, aber es kommt nicht dazu, wozu auch immer, denn in diesem Moment schält sich Noras Körper storchenhaft aus der Dunkelheit. Wie dünn ihre Beine sind, wenn sie geht, fast wie Arme, und doch ist Fred erleichtert, sie zu sehen, denn als ihr Mann glaubt er sicher zu wissen, daß die Zeit zu kurz für sie war. Aber was heißt das schon? Anzunehmen, daß dieser Hartmut nicht mehr von ihrer Seite weichen wird heute nacht, und wenn nicht er, dann werden andere versuchen, ihren Körper zu ergattern, denn durch den Raum spannt sich jetzt ein unsichtbares Netz: Blicke. Noras Gestalt, so vertraut, so fremd, hier in diesem schwülen Ambiente. Die Bündchen des Slips schnüren die Haut oberhalb ihrer Hüftknochen ein, ihr Becken sieht groß und eckig und hart aus. Sie ist es, und sie ist es nicht, als umhülle eine fremde Larve ihren Körper, die ihrer Erscheinung bis aufs Haar gleicht, so wie das rohseidene schwarze Dreieck ihres Slips dem dunklen Dreieck ihres Buschs gleicht, paßgenau, aber kalt. Die Hitze hier oben ist eine Täuschung, und wirklich krabbelt jetzt eine Art zorniges Frösteln über Freds Rücken, als Nora ihm da so in Laufstegmanier entgegenkommt. Ihn überfällt das Bedürfnis, sie an ihrem mageren Handgelenk zu packen, bei dem man das

Gefühl hat, unter der Haut jedes Knöchelchen einzeln zu spüren, und sie hier hinauszuzerren, weg von diesem ganzen Neunziger-Jahre-Partnertausch-Spuk, dieser Sex-Paranoia, die offenbar alle erfaßt hat, sie und ihn und Conny und Hartmut, wie Werbeblökke nach Mitternacht.

Noras Haut huscht durch die gläserne Härte des Spiegels, in dem sich immer noch Leiber stapeln, und hinter ihr taucht Hartmut aus der Dunkelheit auf, ein elastischer, melonengrüner Tanga verleiht seinem Gehänge Halt und Sitz. Nackt wirkt er nicht mehr ganz so sportlich wie im Anzug, sein Brustbein ist die Sohle eines eher breit und knorpelig zwischen seinen Rippen herabrinnenden Tals, und seine Oberschenkel scheinen sogar ein wenig schlaff. Aber darüber möchte sich Fred lieber nicht erheben. Kein Zweifel, im großen und ganzen hat dieser Hartmut eine ganz passable Figur, und Noras hellem Rücken folgend, ruht der gesenkte Blick seiner Basedow-Knopfaugen auf ihrem Po.

»Es ist alles ganz einfach«, sagt Nora, als sie sich neben Fred stellt, es soll ungezwungen klingen, aber ihr Lächeln ist verlegen. Hartmut, sich endlich von ihrer Fährte lösend, steuert seinen alten Platz auf der linken Seite des Tisches an. Seine Nacktheit dünstet jenen Geruch aus, wie man ihn von Umkleidekabinen kennt, und Fred fühlt sich in die Zange genommen von so viel Blöße. Er spürt, daß auch Nora sich nicht wohl fühlt, es aber möchte, daß sie eine Show abzieht, doch für wen? Ihre emporgezogenen Augenbrauen, ihre geröteten Wangen. Sie greift nach ihrem Glas, das noch halbvoll auf dem Tisch steht, sie trinkt, und über der Helligkeit ihrer bloßen Schultern schwebend, scheint ihr Kopf kleiner geworden zu sein. Fred muß daran denken, daß ihr Kleid jetzt irgendwo zwischen fremden weitgeöffneten Hosen hängt.

»Habt ihr schon mal einen Blick in die verschiedenen Räume geworfen?« sagt Hartmut, und die Aufforderung, die darin liegt, stößt Fred ab.

Conny sagt zu ihm: »Ich denke, jetzt sind wir an der Reihe.«
Fred sieht Nora an, sie nickt. »Ich warte hier.«

Wie schnell es jetzt auf einmal geht. Fred geht auf Noras Seite
um den Tisch herum, vorbei an ihren Schultern mit den schmalen, rohseidenen BH-Trägern und ihrem kaum verhüllten Po,
und folgt Connys amarettofarbenem Rückendekolleté. Vom spitzen Grund dieses V-förmigen Ausschnitts wächst ihre Wirbelsäule
wie der Stamm einer Palme ihren strohgelben Haaren entgegen.
Erst jetzt bekommt Fred die untere Hälfte ihres Körpers zu sehen.
Ihre Figur ist konturlos, alles sitzt etwas zu tief, ein langgezogener
Tropfen, und einen Moment lang fühlt er sich ihr nah in seiner
eigenen, stets drohenden oder längst schon real gewordenen
Übergewichtigkeit. Sie ist wie er: zu schwer, um sich je von der
Welt zu lösen. Zum ersten Mal riecht er sie auch: Zedernholz und
Zigarettenasche. Ineinander verschlungene Körper zur Rechten
und Linken: sonderbar fachmännisch vollzogene Liebesakte, de-
nen hier und da etwas ehrgeizig Trainiertes anhaftet wie den
Schwüngen und Drehungen bei einem Preistanzen. Männer,
Frauen, Rudel. Wovon der Spiegel nur einen Ausschnitt gezeigt
hat, hier ist alles echt und in Farbe und verwirrend wie eine che-
mische Fabrik. Hingehen und sich irgendwie nützlich machen.
Bienen, die Honig produzieren. Milch, die aus Eutern fließt.
Aber nicht jeder, der hinzukommt, findet Halt. Unsichtbare
Kräfte gewähren Zutritt oder weisen ab. Es sind nur Männer, die
dort mit schlaffen Halberektionen herumlungern und auf ihre
Chance warten. Wo haben sie ihre Frauen gelassen? Irgendwo
müssen sie sein, man hat hier oben nur zu zweit Zugang. Frauen:
Eintrittskarten. Oder doch nicht nur? Dieser Funken von Lüsternheit vorhin in Noras Blick. Wo ist sie? Immer noch dort oder
schon woanders? *Ich warte hier.* Worauf? Darauf, daß der Garde-
robenvorhang ihn, Fred, endlich schluckt? Brüste schweben heran und vorüber, einfach so, wie Waren in einem Schaufenster,

spitz in der Form und mit Warzen, die nach außen streben, es gibt ein Gesicht dazu, aber es ist schon vorbei. Regen. Diese Deckenluken geben einem das Gefühl, sich in einer jener durchlöcherten Schachteln zu befinden, in der man als Kind seine Insekten hat kreuchen lassen. Was soll man tun, wenn nur eines von einem erwartet wird? Kreatur zu sein.

Conny zerteilt mit beiden Händen die silberglitzernden Wellen des Garderobenvorhangs. Es ist grell dahinter, wenn man aus dem anderen Teil der Wohnung kommt, gelbe und rote Glühbirnen überziehen Freds Haut mit einem Sonnenbrandfarbton und verwandeln Connys Solariumsbräune in ein leuchtendes Orange. So säuberlich wie hier Kleider, Röcke und Anzüge auf Bügeln hintereinanderhängen, hat man das Gefühl, es müsse einen tieferen Grund dafür geben, daß die Begriffe Ordnung und Orgie mit denselben Buchstaben beginnen. Auf dem Boden stehen aufgereiht klobige und feuchte Straßenschuhe, in denen Socken liegen wie abgeschnittene Zungen. Wozu reden? Fred kann sich nicht daran erinnern, wann er sich zum letzten Mal in Gegenwart einer Frau beim Ausziehen unwohl gefühlt hat. Ob er dieses Gefühl überhaupt schon jemals gehabt hat. Wie war es beim ersten Mal? Seine Nacktheit als junger Mann: leichtgewichtig, streichholzfarben. Viel ist ihm nicht davon geblieben. Wenn er in wenigen Minuten hinter den Vorhang treten wird, der die Garderobe vom Rest der Wohnung trennt, wird es das sein, was er der Party hinzuzufügen hat: einen unaufhaltsam alternden Männerkörper. Er ist gezwungen, *sich* zu präsentieren und nicht Nora mit ihrer straffen Haut und ihren teuren Dessous. Einer der vielen Irrtümer, die diesem Abend zugrunde liegen. Er streift sein Jackett von den Schultern. Neben ihm beugt sich Conny über einen Stapel Handtaschen und forscht nach ihrer eigenen. Wie ihr tief ausgeschnittenes Rückendekolleté zeigt, trägt sie keinen BH unter dem Kleid und wird einen suchen. Die ungeschriebene Kleiderordnung: Keine Titten am Tresen. Fred knöpft sein Hemd auf. Warum eigentlich nicht? Und warum, zum Teufel, keine am Buffet? Dort, wo sie hingehören: neben die Äpfel, die Feigen, die Trauben? Er öffnet die Gürtelschnalle seiner Hose und streift die Schuhe ab. Wieso sehen Schuhe bei nackten Männern lächerlich aus und bei Frauen nicht? Reiten mit Pumps – kein Problem. Aber im Stehen mit Slippern? Woraus sich, wie ihm jetzt auf einmal dämmert, im übrigen ergibt, daß er hier barfuß raus muß, barfuß auf die kuschelige Auslegware und über die wolligen Berber; zumindest seine Füße werden heute abend also gewissermaßen mit allen ins Bett gehen. Inzwischen hat Conny ihre Handtasche gefunden und tatsächlich einen BH herausgefischt. Champagnerfarben. Fred steht in Unterhose neben ihr. Bis auf ihren Slip ist sie jetzt nackt, das jadegrüne Kleid bildet an ihren Füßen einen moosartigen Kranz, Fred hat gar nicht mitbekommen, wie es an ihrem Körper herabgeglitten ist. Im unechten Ton des Garderobenlichts haben ihre Brüste die Farbe von Apfelsinen, doch in ihrer samtweichen Form sammelt sich alle Vollendung, die Connys Körper sonst fehlt. Geschwungen wie Champagnerschalen und noch kaum zu einer ovalen Schwere zerdehnt, verrät an den Seiten lediglich je eine kleine, zu den Achseln strebende Falte eine erste Müdigkeit des Gewebes. Eine ihrem Alter geschuldete Fußnote, mehr nicht. Als Fred die Brüste berührt, kommt es ihm vor, als führten sie eine eigenständige und hochmütige Existenz. Glocken auf einem Kirchturm, und er folgt ihrem lautlosen Schwingen ins Bad, verschließt die Tür, und es geschieht leise. Sie sind nicht mehr zwanzig. Aus dem champagnerfarbenen BH, den Conny noch in der Hand hält und den sie neben eine der muschelförmigen Seifenschalen legt, zieht sie ein Kondom hervor. Wir sind in den Neunzigern. Die Jahre der Vermischung und des gegenseitigen Durchdringen-Wollens sind vorüber. Jeder bleibt auf seiner Seite. Die Gummimembran zit-

38

tert schlaff und ist in wenigen wortlosen Sekunden aufgezogen. Wie viele Jahre sind vergangen, seit man es zum ersten Mal gemacht hat? Auf Autositzen. Irgendwo. Nicht aber in Marmorbädern, und nicht in Dachgeschoßwohnungen. Nicht mit einem Arsenal von Eau-de-Toilettes und Parfumfläschchen, Skin-Cleansern, hydrotonischer Körpermilch, Peeling-Cremes, Hautberuhigungslotions und Augen-Make-up-Entfernern im Rücken. Nicht mit dem Hintern auf einem bordeauxroten Waschbeckenrand, und schnell zur Seite geschobenem champagnerfarbenen Slip. Und nicht unter einem Dach mit zwanzig oder dreißig Paaren, die etwas suchen, was keinem damals gefehlt hat. Fred nicht. Manche Dinge ändern sich, andere nie. Irgendwann signalisiert Conny, daß sie soweit ist, und Fred ist es auch.

———

Im Regen rücken Städte zusammen, alles, was geschieht, wird berührt von der einen großen Feuchtigkeit, fast ist es so, als würden sich Menschen und Fassaden einer tieferen Verwandtschaft bewußt als zufällige Partikel dieser Welt. Auf dem schmalen Fenster neben dem Badezimmerspiegel, vor dem Christa Hanson steht, wird der Regen der heutigen Nacht zu einem leise wispernden Lichtschnee. Das Bad ist lang und schmal, das Fenster hoch, aber kaum breiter als ein Blatt Papier. Manchmal erzittern die Bodenfliesen, wenn draußen ein Lkw vorüberfährt, und die kleinen Fläschchen auf dem Sims über dem Waschbecken klirren dann leise. Christa legt ihren Schmuck ab, zwei silberne, spiralförmige Ohrklipps und einen Armreif mit einem roten Turmalin, und träufelt Gesichtswasser auf einen Wattebausch, mit dem sie sich die Reste ihres Make-ups von Stirn und Wangen wäscht. Abgeschminkt wird ihre Haut heller, ein dichter Elfenbeinton mit einer leichten oberflächlichen Rötung. Ihre Haare sind schwach gewellt und mittelblond und ihre Augen hellblau. Sie ist schwerer geworden in den letzten Jahren, vielleicht ist sie schon nicht mehr schlank zu nennen.

Nachdem sie sich abgeschminkt hat, verläßt sie das Bad. Sie geht vorbei am Schlafzimmer, in dem sie vorhin zwei Kerzen angezündet hat, die dort ruhig herunterbrennen. Die Wohnung, die sie durchquert, ist eine typische Berliner Altbauwohnung aus der Zeit um die Jahrhundertwende mit langen Fluren und hohen Räumen. Am Ende des Eingangsflurs schimmert bleiches Licht aus dem Arbeitszimmer ihres Mannes. Christa bleibt auf der Schwelle stehen, lehnt sich gegen den weißen Türrahmen und stellt einen Fuß auf den anderen, denn der Dielenboden ist kühl und ihre Zehen sind klamm.

Sie sagt: »Bist du enttäuscht?«

Robert sitzt am Schreibtisch vor dem Monitor, der ein kühles, lebloses Licht aussendet, ein Scheinen, wie es von Monitoren eben ausgeht. Er ist Schriftsteller, und auf dem Bildschirm wartet eine seiner Geschichten auf einen nächsten Satz, einen Einfall. Nur sein Hinterkopf und seine schmalen Schultern sind zu sehen, die weder vorgebeugt noch zurückgelehnt sind, eine angespannte Haltung, die seine Konzentration verrät. Ein kurzes Tastaturklappern flattert über ihm auf wie nervöse Tauben.

»Na ja. Was denkst denn du?«

»Mir hat dein Text gefallen.«

»Nett von dir. Warst du wohl die einzige.«

Die Fußbodendielen haben den Farbton von Herbstlaub, grob gemasertes Holz mit den kleinen, dunklen Strudeln von Astlöchern. Der weiße Stuck an der Decke war einmal mit einem Muster aus Weinreben, Efeuranken und Feigenblättern verziert, aber das ist schon lange her, die Zeit hat sich in dicken Schichten weißer Farbe auf dem Relief abgesetzt, und was an Struktur noch übriggeblieben ist, fällt dem diffusen Licht des Bildschirms zum Opfer, das alle Konturen einebnet, so daß kaum noch etwas zu erkennen ist. Die runden prallen Trauben sind zu kleinen flachen Tränen geworden.

Christa geht auf Robert zu, legt ihm die Hände auf die Schultern und beginnt, ihn mit den Fingerkuppen zu massieren. Sein Nacken ist ein Gelände voller Mulden und Sehnen. Sie sagt: »Das stimmt nicht. Sei nicht so pessimistisch.«

»Ich bin nicht pessimistisch, sondern nur realistisch. Ich mache mir nichts vor.« Er neigt den Kopf vor, um Christas massierenden Fingern Platz zu machen, ihnen das gesamte Areal seiner Verspannung darzubieten.

»Bei deinem Text«, bemüht sich Christa die vergangenen Stunden in ein gutes Licht zu rücken, »herrschte eine aufmerksame und neugierige Atmosphäre. Eine Lesung ist kein Rock-Konzert. Was hast du erwartet?«

»Hm«, macht Robert mißmutig, der längst beschlossen hat, den Abend als Niederlage zu verbuchen, »man spürt einfach, ob die Leute dabei sind oder nicht. Mir kam es so vor, als würden sie schlafen.«

Während sie ihn massiert, schließt Christa die Augen, für einen Moment ist nur das Wispern des Regens auf den Fenstern zu hören, und sie erinnert sich: Unter tropfenden Bäumen durchlaufen, ohne Schirm, den man zu Hause liegengelassen hat ... Die beiden sind vor einer guten Stunde von einer Autorenlesung zurückgekommen. Der Verlag, bei dem Robert seine Bücher publiziert, hat einen Sammelband mit erotischen Kurzgeschichten herausgebracht, und je drei Autorinnen und Autoren haben heute abend bei der Präsentation dieses Buches, die durchaus auf ein gewisses Interesse gestoßen ist und etwa fünfundvierzig Zuschauer angelockt hat, ihre fünf- bis zehnseitigen Beiträge vorgestellt – eine Veranstaltung, mit der am Ende aber keiner so recht glücklich gewesen ist. Offenbar hatte man sich vorab nicht genau genug überlegt, daß erotische Geschichten nicht in jedes Ambiente passen. Der erst vor kurzem fertig gewordene und eingerichtete Veranstaltungsraum – alles wirkte noch sehr frisch, sehr unberührt – erinnerte an ein Konferenzzimmer: Die frisch verlegte, venenblaue Auslegware, der schwache Geruch nach Alleskleber in der trockenen Raumluft, das kühle, neue Weiß der Wände und die sauberen, etwas wächsern anzufassenden Sitzflächen der Stühle – all das schaffte eine insgesamt doch eher nüchtern zu nennende Atmosphäre. Die Sprechanlage, übrigens hervorragend ausgepegelt, übertrug die Stimmen so klar in den Raum, als vernähme man sich selbst über Kopfhörer, und es gab nicht die geringsten Verzerrungen bei dem einen oder anderen dem heiklen Thema geschuldeten Zischlaut. Gleichsam plastisch und rein wie durch eine akustische Lupe drangen Wörter wie Sex, Möse oder Fotze an die Ohren des Publikums. Auf den Fensterscheiben tröpfelte der Regen dazu.

»Und wenn der eine oder andere ein wenig gedöst hat«, sagt Christa, »dann nicht wegen dir.« Sie ertastet die eingeklemmten Sehnen unter der Haut ihres Mannes, ein Geruch nach Papier weht um sein Genick.

Robert stiert nachdenklich geradeaus. »Du sagst es also auch: Sie *haben* geschlafen.« An den Fenstern, in die sein Blick sich bohrt, sind zwei cremefarbene Jalousien angebracht, deren gewölbte Lamellen schräggestellt sind, um tagsüber die Helligkeit in dem nach Süden gelegenen Zimmer etwas zu dämpfen. Jetzt sehen sie aus wie zwei große Textseiten mit dunklen Zeilen aus Nacht. Robert sieht sie unverwandt an, als sei dort bereits zu lesen, wonach er immer noch sucht, als müßten alle Einfälle und Formulierungen, die er für sein Werk benötigt, schon vorhanden sein, irgendwo hier in diesem Zimmer, zwischen seinen Büchern, nur ist sein erschöpftes Gehirn nicht in der Lage, die umherschwebenden Worte einzufangen und hinunter zu seinen wartenden Händen zu leiten.

»Und wenn schon!« sagt Christa aufmunternd. »Es war einfach

ungerecht, daß du als letzter gelesen hast.« Und dann beugt sie sich zu ihm hinunter und flüstert direkt in seine Ohrmuschel: »Willst du denn jetzt noch arbeiten? Ich glaube, ich hätte eine bessere Idee …« Ihre Hände gleiten zu seinen Hemdknöpfen hinab, und sie versucht es so einzurichten, daß die weichen Wölbungen ihrer Brüste sanft gegen seinen Hinterkopf und Nacken federn. Wenn die Sätze sich ihm schon nicht hingeben, wird sie es tun. »Die Texte heute abend waren eigentlich doch pornographisch, findest du nicht?« flüstert sie.

Robert trommelt kurz und nervös mit seinen dünnen, behaarten Fingern auf dem Schreibtisch herum. Das Weiße seiner Nägel ist kurz und präzise geschliffen wie seine Sätze, sobald sie fertig sind. »Natürlich waren sie pornographisch.« Er atmet abfällig aus. »Im übrigen«, fügt er hinzu, »waren in erster Linie die Texte der Frauen pornographisch.«

»Na ja, warum denn auch nicht?«

Sie schiebt ihre rechte Hand unter sein Hemd, um mit den Fingerspitzen seine Brustwarzen zu kraulen, doch es kommt nicht dazu, weil Robert sich mit seinem Stuhl herumdreht, so daß Christa ihn jetzt ansehen kann. Wenn er müde ist, scheint sein schmales Gesicht an seinen Augen zu hängen. Trotz des Hanteltrainings, mit dem er seit ein paar Monaten seinen Verspannungen entgegenarbeitet und das seinen Oberkörper breiter gemacht hat, kommt er ihr in seinem Schreibtischstuhl immer recht klein vor. Sie schiebt ihren Rock hoch und setzt sich rittlings auf seine Knie.

»Frauen lieben das Konkrete«, sagt sie leise, läßt ihre Bluse von den Schultern gleiten und legt ihre Arme um seinen Hals. Ihr Bauch wirft zwei, allerhöchstens drei weiche horizontale Falten, und auf dem Grund ihres Nabels erkennt man immer noch die feine Zeichnung der einstmals sternförmigen Narbe. »Sätze sind Papier. Wie will man herausfinden, ob sie stimmen, wenn man sie nicht mit Leben füllt?«

Robert schüttelt den Kopf: »Bitte, Christa. Ich möchte noch ein paar Ideen nachgehen, die ich vorhin hatte.« Haarfeine, waagerechte Fältchen überziehen seine Stirn, dicht wie die Seiten eines geschlossenen Buches.

»Morgen ist auch noch ein Tag«, sagt sie. »Und übermorgen. Warum willst du diesen Ideen denn ausgerechnet *jetzt* nachgehen?« Der Bildschirm neben ihm kommt ihr vor wie eine dritte Person, die kein Wort sagt, die nur beobachtet.

Er legt seine Hände auf ihre Schenkel, aber die Berührung ist eine Enttäuschung: Sie spürt, daß es kein Glimmen von Lust ist, das ihn die Wärme ihrer Haut suchen läßt, sondern der Wunsch, sie durch eine kleine Zuwendung davon abzubringen, mehr zu verlangen. »Eine Viertelstunde noch«, sagt er, »bitte!«

Sein Schreibtischstuhl ist für Liebesgebaren so unzugänglich wie eine Festung. Christa steht auf und schiebt enttäuscht ihren Rock hinunter. »Laß es nicht später werden.«

Er nickt und wendet sich wieder dem Bildschirm zu. Das Licht des Monitors steigt an ihm hoch wie grauer Nebel.

Sie dreht sich um und geht zur Tür: Der helle Klang ihrer Schritte. Ihre nackten Sohlen auf den kühlen Holzdielen. Von der Bildschirmhelligkeit dringt nicht mehr als ein körniger Schimmer in den Flur. Mäntel hängen hier, die ihre Haut streifen. Hüllen ihres Mannes, Hüllen ihrer selbst. Daran Spuren fremder Körpergerüche. Spuren zufälliger Berührungen. Berührungen von Menschen, von Leibern, nebenbei. Großstadtberührungen: Körper-an-Körper-Gedränge in U-Bahnen, in Kaufhäusern. Das Dicht-an-dicht von Stoffen in der Enge von Opern- und Theatergarderoben. Zum Beispiel heute abend: Wer weiß, neben wessen Mantel der ihre gehangen hat während Roberts Lesung? Wessen Stoff hat der ihre da berührt, wessen Geruch ist in das Gewebe eingedrungen, wen hat sie sich am Ende mit ihrem Mantel übergezogen, mit nach Hause genommen? Die kleinen rosa

Zettelchen oder gestanzten Metallplaketten, die man an Theatergarderoben bekommt: Sich einfach mit der nächsten Nummer einlassen, noch an Ort und Stelle. Warum nicht? Ein Platz findet sich immer. Es noch am selben Abend tun, schnell und ohne umständliches Drumherum. Ohne darum betteln zu müssen … Die Schlafzimmertür treibt heran, die Klinke ist kalt. Messing, fingerdick. Die Kerzen brennen immer noch vor sich hin, riechen nach verdampfendem Wachs beim Ausglühen. Über das Bett rinnt Straßenlicht, verflüssigt im Regen, Schlieren auf ihrer Nacktheit im Spiegel. Es stimmt, daß sie schwerer geworden ist, breiter um die Schenkel herum. Die Nacht drängt sich an ihren Körper, zergeht auf ihrer Haut. In der Wohnung ist es still, als wäre niemand da. Sie setzt sich auf die Bettkante. Der Wecker auf dem Nachttisch zählt die Sekunden. Sie weiß: Robert wird nicht kommen. Sie legt sich ins Bett, zieht die Decke über ihren Körper und denkt an die Lesung. All diese Geschichten – wenn doch nur ein Hauch davon wahr wäre, aber sicher stimmte nicht ein einziges Wort. Wie lächerlich es ist, solche Dinge zu *hören.* Und hinterher steht man voreinander und hält sich an Sektgläsern fest, die über den Hosengürteln schweben wie kleine kalte Zepter. An Zigaretten wurde gesaugt. Literaten sind von allen Rauchern die hartnäckigsten. Warum wohl? An irgend etwas müssen sie ja lutschen. Buchstaben werden nicht feucht. Kein Glanz zwischen den Schenkeln eines U. Keine Tropfen auf den Spitzen der I. Alles nur Papier, leere Versprechungen. Sprache, Wörter. Wäre es einfacher mit Frauen? Oder mit diesem Kollegen von Robert, der irgendwann vor ihr stehenblieb? Er war älter als Robert, mit breitlippigem Gesicht und dicken, melierten Haaren. Er stand so nah vor ihr, daß sie den Eindruck hatte, jedes einzeln sehen zu können. Er hätte es bestimmt gewollt. Alle Männer wollen es, außer Robert. Schon seine erste Frage, ob ihr die Texte *gefallen* hätten? Keine Frage war das ja, sondern eigentlich eine Anzüglichkeit. Aber sie hat nicht schlagfertig genug reagiert. Was hätte sie sagen sollen? Was nur?

- *Haben Ihnen die Texte gefallen?*
- *Literarisch oder von der Sache her?*
- *Literarisch natürlich.*
- *Sie sind nicht authentisch. Das spürt man.*
- *Ach ja?*
- *Ganz deutlich. Ihrem Blick fehlt die weibliche Perspektive.*
- *Ich bin ein Mann.*
- *Das reicht eben nicht…*

Ja, das wäre schon besser gewesen. Was hatte er überhaupt geschrieben? Irgend etwas über beängstigend große Brüste. Die Sehnsucht älter werdender Männer nach dem weichen Volumen der Mutterbrust. Verhält es sich wirklich so? Wollen sie es irgendwann mit ihren Müttern machen? Mit ihren Müttern oder mit ihren Töchtern, nur nicht mit ihren Frauen, die sie unbefriedigt in den Betten liegenlassen, verurteilt dazu, an die Decke zu stieren, wo das Straßenlicht wie schmutzige Milch über die Weintrauben und Feigenblätter des Stucks fließt – weit, weit weg…

Dabei haben Robert und sie es am Anfang *nur* gemacht, als sie sich kennengelernt haben, nichts anderes haben sie da gemacht, sobald es ging, nur daß es nicht gleich ging, was für eine erotische Geschichte *das* war, neben einem Unbekannten wie ihm bei Schneesturm in einem Sessellift festzuhängen, der plötzlich Betriebsausfall hatte, länger als eine halbe Stunde, und sie saßen fest, zwei einander vollkommen fremde Menschen in einer weißen Blase aus peitschenden Eiskristallen, Winden, die wütend an dem Tragseil über ihren Köpfen zerrten, und von Minute zu Minute sinkenden Temperaturen, bis über die Lautsprecheranlage des Lifts durchgegeben wurde – und die Stimme kam aus dem eisigen Nirgendwo des Schneesturms, als spräche da Gott –, daß es länger dauern könne, aber daß an dem Problem gearbeitet werde und kein Grund zur Besorgnis bestehe … Oh, Robert war wunderbar. Mit welchem Charme er gesagt hat, daß er, sofern sie es nicht mißverstehe, ihr anbiete, den Arm um sie zu legen. Und sie sagte mit steifen Lippen, wenn *er* es nicht mißverstehe, werde sie dieses Angebot annehmen. Ja, *das* war schlagfertig. Und dann preßte sie sich an ihn, zwischen ihren von Skianzügen gepolsterten Körpern jede Ritze verschließend, durch die der Wind ein ums andere Mal seine eisigen Säbel stach, und so bildeten sie in den immer länger werdenden Minuten irgendeines weit entfernten technischen Versagens ein frierendes und zitterndes Ganzes. Irgendwann waren die Beine so steif wie die Skier an den fernen Füßen und die Hände so blutleer wie Schneebälle, die Welt schien nur noch aus vereisten Wimpern und kriechender Zeit zu bestehen, doch in all der Aussichtslosigkeit strömten Wärme und Vertrautheit von Roberts Männerschutz in sie hinein – ja, so war es. Und als der Sessellift sich endlich wieder in Bewegung setzte und nach und nach Hunderte von bewegungsunfähigen und verfrorenen Skiläufern ausspuckte, schleppten sie sich mit krampfgeschüttelten und vom Blutstau schmerzenden Beinen zur Seilbahn, deren naßkalte, aber geschlossene Kabine mit den vom Kondenswasser tausendfachen Skifahreratems zerfressenen Scheiben ihnen auf einmal behaglich vorkam. Robert, der Hamburger Kaufmannssohn, wohnte nahe der Talstation in einem alten Hotel mit einem Haufen Sternen über dem Namen, und als sich die holzumfaßten Glastüren mit würdevoller Langsamkeit hinter ihnen schlossen und den Sturm aussperrten und den wirbelnden Schnee, trank Christas verfrorener Körper die unerschütterliche brokatschwere schweizerische Wärme des Foyers voller Dankbarkeit und Gier. Und in Roberts Zimmer verdunstete alle Kälte von ihrer Haut in seiner sprachlosen Gegenwart …

Ein Lkw versetzt das Haus in lautlose Vibrationen, Lichtspäne flirren durch den Raum. Schnee, endlich wieder Schnee? Kann es denn nicht von vorne beginnen? Christa spürt, wie sich der Schlaf in den Raum schleicht. Die unscharfen Schleier des Regens auf der gegenüberliegenden Wand scheinen Gestalt anzunehmen. Erste, noch undeutliche Besucher auf der Bühne der Müdigkeit sind es. Ein aus samtiger Nacht gewebter Vorhang zu einem Traum hebt sich, und von weit her dringt aus der Lichtlosigkeit das leise Quietschen einer Tür an dein Ohr, ein vertrautes, ein zu spätes Geräusch. Robert? Oder ist es einer dieser Besucher, die du nicht kennst? Stoff raschelt, und irgend jemand ist jetzt ganz in deiner Nähe. Du möchtest zu ihm, möchtest dich in ihn hineinrollen. Wie du es schon einmal getan hast, damals, du sehnst dich so sehr nach Berührung. Aber immer unaufhaltsamer weitet sich die Dunkelheit, in der du treibst, und das Rufen deines Körpers verhallt unbeantwortet in dem tiefen Raum deines Schlafs …

———

Es regnet immer noch, die Stadt hängt an tausend seidenen Fäden, als Fred den Wagen aus der Parklücke rangiert. Halb drei ist es. Auf den weißen würfelförmigen Monden der Straßenuhren vergeht die Zeit im Rhythmus von U-Bahn-Stationen, mal ist es eine Minute, mal sind es zwei oder drei, die der Citroën von einer zur nächsten braucht. Die Vorausfahrenden pflügen Fächer aus glitzerndem Wasser zur Seite, und die langen Straßenfluchten teilen sich auf der Frontscheibe wie Reißverschlüsse aus dunklen Fassaden. Fred denkt: Davorstehen, einfach so. Dort, auf einem dieser nächtlichen Bürgersteige stehen und den Regen spüren, spüren, wie sich die weichen, kühlen Tropfen auf der Haut zu einem kitzelnden Schleier vereinigen, der sachte nach Kindheit und Zuhause riecht. Nach jenen Momenten, als man noch nicht wußte, daß Oberflächen nur Täuschungen sind. Noch nichts von den Höhlen im Bauch der Städte, von den Gedanken hinter den Gesichtern. Nach jenen Momenten, als die Welt nur das war, was jeden Tag um einen herum vorging, ein immerwährender Zauber aus Dingen und Geschehen …

»Du hast schon recht, es ist wohl besser so«, sagt Nora, deren Gesicht im Rhythmus der Straßenlaternen heller und dunkler wird. Seit sie die Party verlassen haben, sieht sie müde aus. Sie verströmt immer noch Spuren dieses ungewöhnlichen Parfums, für das sie sich vor Stunden entschieden hat und das Fred gefällt, wie ihm erst jetzt bewußt wird. Er nickt und läßt den Wagen auf eine Kreuzung zurollen, deren Ampeln seinem Blick immer wieder entgleiten, sobald er die Konzentration lockert. Clowns, die mit Farbbällen jonglieren. Er hat zuviel getrunken.

»Weißt du«, fährt Nora fort, »ich beschwere mich ja nicht, daß du es nicht mit irgendwelchen Partygästen treiben wolltest, aber du hättest mir doch sagen können, wie es in dir aussieht. Ich war einfach perplex, als du aus der Garderobe gekommen bist. Ich habe gedacht, du kommst mir in Unterhose entgegen, so wie alle dort oben rumgelaufen sind, ich ja auch, und dann trägst du immer noch deinen Anzug und machst ein komisches Gesicht. Ich wußte einfach nicht, was ich davon halten sollte. Ich meine, ich hatte mir gerade ein bißchen Mut für das große Experiment angetrunken, und dann sollte es nicht dazu kommen. Versteh mich nicht falsch, es ist nicht so, als hätte ich nun unbedingt loslegen wollen, ganz und gar nicht, ich war lediglich nicht in der Lage einzuschätzen, was überhaupt los war.«

Hinter ihrem Profil zieht im Seitenfenster ein Werbeplakat vorbei, darauf eine lächelnde Bubikopf-Blonde, jung, nackt, braungebrannt, durchweicht vom Dauerregen. *Styled by Sunpoint.*

»Ich glaube, jetzt bin ich aber wieder nüchtern«, sagt sie nach einer Weile und scheint einen Moment in sich hineinzuhorchen, ob es so ist. Fred ist nicht nüchtern, das weiß er nur zu gut, aber es bedeutet nichts, was diesen Abend und ihn betrifft, bis auf die Tatsache, daß er eigentlich nicht fahren sollte.

Nora sagt: »Ich finde, du müßtest doch wissen, daß jemand wie Hartmut für mich keine Gefahr ist. Er mag ein netter Kerl sein, aber er ist absolut nicht mein Typ. Nur weil er ein paar Muskeln mehr hat als du, werde ich nicht gleich schwach. Ich könnte mir vorstellen, daß er Steuerberater ist oder Jurist. Irgendwas, bei dem man auf Leute einreden muß. Was meinst du? Und im übrigen, finde ich, hast du dir mit seiner Frau ja auch Zeit gelassen, das hat mich ebenso irritiert. Ich konnte ja nicht wissen, daß du die ganze Zeit über nur unschlüssig warst und hin- und herüberlegt hast, ob du es überhaupt *wolltest*.«

Fred steuert den Citroën in die Französische Straße, links der Gendarmenmarkt mit dem Schauspielhaus und den beiden Domen, dem deutschen und dem französischen. Seltsame Gebäude: Das Schauspielhaus ist in Wahrheit kein Schauspielhaus, und die beiden Dome sind in Wahrheit keine Dome. Es stimmt wohl: Großstädte sind nichts als grandiose Täuschungen.

Er fragt: »Hättest du dir einen Tausch denn vorstellen können?«

Nora zögert, dann sagt sie: »Eigentlich nicht.«

»Eigentlich?«

Sie besinnt sich: »Nein, Unsinn. Über*haupt* nicht. Es ist nur so, daß man, wie soll ich sagen, auf ein anderes Gleis kommt, wenn alle nackt sind und man ständig dabei zusieht, wie es an allen Ecken und Enden geschieht. Aber es hat mich nicht direkt angemacht, glaub mir. Ich mußte das nicht auch haben.« Sie dreht sich zu Fred, mit einem offenen, aber wehrhaften Gesicht, als habe sie nun doch ein Geständnis zu machen. »Es war lediglich so«, sagt sie, »daß Hartmut es *versucht* hat. Das ist alles. Ich konnte ihm doch keine scheuern deswegen, denn ich meine, dazu waren wir doch da. Und er war nicht zudringlich oder grob, sondern nur, wie soll ich sagen … werbend. Ich habe seine Hände zur Seite geschoben, und das war's. Du kannst mir glauben, es ist nichts passiert. Wenn mir die Atmosphäre dort oben Lust auf etwas gemacht hat, dann auf *dich* und auf niemanden sonst. Es wäre dumm, wenn du eifersüchtig wärst. Glaub mir, das ist alles, was in der Garderobe passiert ist. Mehr war nicht.«

Fred schweigt, die Scheibenwischer hinterlassen Schlieren auf dem Glas, in denen die Lichter der Stadt zu Halbkreisen werden, durch die Prostituierte und eingerüstete Häuserfassaden ziehen. In Zeiten fortwährender Regierungs- und Parlamentsumzüge, täglicher Grundsteinlegungen und pausenloser Richtfeste dürften die Baustellen in Berlin zahlreicher sein als die Huren.

»Und bei euch?« fragt Nora. »Keine Berührungen? Nichts?«

Nach ein paar Kreuzungen antwortet er: »Ich hatte mir die ganze Geschichte dort oben ja nicht reibungslos vorgestellt, aber daß *ich* das Problem sein könnte, auf die Idee wäre ich nicht gekommen. Weißt du, das ging schon viel früher los, und das ist wirklich wahr: Irgendwann ist mir nicht mehr aus dem Sinn gegangen, daß ich mich würde ausziehen müssen wie alle anderen auch, und natürlich ist es etwas anderes dort als in einem Schwimmbad oder am Strand. Als ich mich dann in der Garderobe im Spiegel gesehen habe, fand ich mich … ach, ich weiß nicht: ein Mann um die Vierzig eben, und im Gegensatz zu diesem Hartmut nicht mehr wirklich attraktiv. Ich meine, es war kein Komplex, das nicht. Ich würde es eher so ausdrücken: Ich habe mich selbst nicht angemacht. Das war das Problem.«

»Deswegen hast du dich wieder angezogen?«

»Ja, ich glaube, in erster Linie deswegen.«

»Und in zweiter Linie.«

Für eine Weile ist nur der Regen zu hören.

»Nichts«, sagt Fred. »Nichts in zweiter Linie. Du sagst es ja selbst. Es gibt dort oben Wahrnehmungsverschiebungen, aber sie sind nicht real.«

Nora nickt nachdenklich: »Nein, das sind sie nicht.«

Der Verkehr dünnt allmählich aus, hier, in den nicht ganz so zentralen, nicht ganz so mit Leben vollgestopften Stadtvierteln, so daß man auf einmal das Gefühl hat, sich verfahren zu haben. Und als Fred von der Hauptstraße biegt, scheinen alle Lichter zu verlöschen und die Stadt sich im Rückspiegel zu entfernen wie ein kleiner werdendes erleuchtetes Passagierschiff. Wie dunkel solche Seitenstraßen sind. Die Bäume treten dichter zusammen, der Asphalt scheint welliger zu werden, und auf einmal hat man das Gefühl, weit fort zu sein von allem. Es gibt Momente bei Regen, da möchte man sich alles von der Seele reden. Diese Klarheit des einfachen Geschehens. Vielleicht sind Naturgesetze in Wahrheit ein Trost. Sehen, riechen, nichts wollen. Manche Seelen vermag Regen zu reinigen, andere nicht.

Nora hebt den Beutel mit ihren Pumps vom Boden auf, denn gleich sind sie zu Hause, eine leere Wohnung, keine Musik, keine Menschen. Sie sagt: »Ich glaube, es war in Ordnung, dort aufzuhören, wo wir aufgehört haben. Wir wissen jetzt, was wir wissen wollten, und um etwas anderes ging es uns doch nicht: Wir waren neugierig. Wir wollten wissen, was uns dort erwartet, ob das etwas ist oder nichts. So sehe ich es jedenfalls. Ich wollte dich nicht betrügen, jedenfalls ist mir nicht bewußt, daß ich es wollte. Ich denke, alles in allem ist es gut, wie es gelaufen ist. Oder?«

Fred nickt langsam. »Ich denke, schon.« Und nach einer Weile, in der er nach einem Parkplatz sucht und in der abermals nur das Wispern des Regens zu hören ist, wiederholt er leiser, wie sein eigenes fernes Echo: »Ich denke, schon …«

———

Die Erde, dieses alte Karussell, hat sich von der einen auf die andere Seite gewälzt, es wird Morgen. Greta Bergmann sitzt in ihrer Küche am Fenster vor einer Tasse Kaffee. Ein trüber Tag dämmert über der Stadt auf, trägt Gebirge aus felsengrauen Wolken heran, aber zum ersten Mal seit langem scheinen sie keinen Regen mit sich zu führen, nur feuchtkalte nordwestliche Luft.

Auf dem Tisch, neben der Kaffeetasse, liegt seine Visitenkarte: Er heißt Thomas Hoffmann und ist Architekt. Er hat ihr die Karte nicht gegeben, sie hat sie sich genommen, als er einmal auf der Toilette war. Sie konnte der Versuchung nicht widerstehen: ein kurzer Griff in die Brusttasche seines Jacketts. Auf dem Führerscheinfoto sah er jung aus und zuversichtlich; davor steckten ein Bild von seiner Frau und eins von seinem Kind, einem hübschen, scheu in die Kamera blickenden Jungen. Seine Frau ist Anfang Dreißig, jedenfalls war sie es auf dem Foto. Es sah aus, als wäre sie unglücklich, obwohl sie gelächelt hat, ein ungenaues, mürbes Lächeln. Vielleicht war es nur das Wissen darum, daß er sie betrügt, das Greta eine Brüchigkeit in diesem Lächeln hat sehen lassen. Im Münzfach, zwischen Groschen und Pfennigen, sein Ehering.

In der Küche stehen die Dinge grau und schattenlos herum, als wären sie selbst nur Schatten. Die Kaffeekanne, die Tasse davor, der tönerne Weinkühler mit dem Strauß aus hölzernen Kochlöffeln, die Waage, der Salzstreuer, der Pfefferstreuer, der stets Zwillinge gebärende Toaster, die Haken an den Wänden, an denen Handtücher hängen, starr wie Stuck. Alle Dinge erscheinen in ihrem Grau so flach und ernst und andächtig, als würden sie beten.

Neben der Visitenkarte liegt der Telefonhörer, ein Schatten wie alles, aber Greta könnte diesem Hörer seine Stimme entlocken, eine verschlafene, verwirrte Stimme wohl, aber seine. – Natürlich schläft er noch, er ist nicht aufgewacht, als sie gegangen ist, wieso sollte er aufwachen, weil sie fort ist? Er schläft seinem Tag entgegen, seiner Arbeit, seiner Frau und seinem Sohn: Das ist sein Leben, so wie ihres das Krankenhaus ist, ihre Patienten. Zwei Welten ohne Berührungspunkte. Die einzige Verbindung zwischen ihm und ihr ist diese Karte, die dort liegt, weiß und beschriftet mit kleinen Buchstaben, kaum lesbar in der Morgendämmerung. Das Bett mit einem Mann zu teilen ist eins, den Schlaf ein anderes.

Als sie unter der Dusche steht, fällt das Wasser warm und weich auf ihre Schultern und trägt seinen Geruch von ihrer Haut, der in Spuren immer noch an ihr haftet. Unsichtbar plätschert er in klaren Bächlein hinab zu ihren Füßen und über das holprige Gelände ihrer Zehen dem Ausguß entgegen, von wo aus die Reise weitergeht durch dunkle Rohre, dorthin, wo sich schließlich alles mit allem vermischt. Man begegnet sich, man trennt sich, und irgendwann landet man doch in derselben Erde. Vergangenheit, Gegenwart, Zukunft. Seltsam, was einem von einem Abend wie diesem in Erinnerung bleibt: Als sie einander begegnet sind, hat ihr seine Art gefallen, beim Zuhören mit dem Ohrläppchen zu spielen.

In ein Badetuch gehüllt steht Greta am Küchenfenster. Sie trinkt ihren Kaffee aus, der kühl geworden ist und bitter, und stellt die Tasse auf den Tisch. Wenn man hier an einem Sommermorgen steht, kann man sich selbst im Fenster sehen, als schwache Reflexion, aber groß gegenüber den Häusern auf der anderen Seite, den vielen Fenstern dort, hinter denen sich so viel Leben verbirgt, so viele Möglichkeiten, so viele Geschichten. Man möchte überall sein. Irgendwann wird der Sommer kommen, mit seinen lichten nördlichen Abenden, die so langsam in den Horizont fließen wie Wanderdünen. Das alles soll geschehen und noch viel mehr. Die Karte auf dem Tisch. Eine Nummer, gewählt in Sekunden... Wie soll man wissen, was man tun soll, wenn man alles tun kann? Wenn die Welt so groß geworden ist, daß sich selbst unsere Herzen in ihr verirren...

2

Trennungen und Begegnungen

> Harry: Erzähl mir deine Lebens-
> geschichte.
> Sally: Meine Lebensgeschichte?
> Harry: Wir müssen 18 Stunden tot-
> schlagen bis New York.
> Sally: Meine Lebensgeschichte
> reicht nicht mal bis Chicago.
>
> HARRY UND SALLY

Das diffuse Vormittagsblau eines Julihimmels, der in die Höhe steigt, überzogen mit einem Schleier aus feinem Dunst. Hier und da ziehen kleine blasse Wolken mit sommerlicher Langsamkeit über ein in den zwanziger Jahren erschlossenes Wohngebiet am Stadtrand von München hinweg. Zwischen den Häusern, deren schnörkellose kubische Strenge mit den flachen Pyramidendächern beinahe wieder modern wirkt, steuert Thomas Hoffmann seinen kleinen flaschengrünen Mazda MX-4 über den leicht verwitterten Asphalt. Die Fassaden sind in klaren, hellen Tönen gestrichen, und mit ihren alten Gärten und den Birken und Ahornbäumen am Straßenrand sind die Häuser in jüngster Zeit wieder sehr begehrt. Ursprünglich einander gleichend, haben sie sich im Laufe der Jahre durch Um- und Anbauten stetig verändert. Umgeben mit hohen trennenden Gürteln aus Hecken und Sträuchern wirkt es so, als hätten sie sich auseinandergelebt.

Thomas Hoffmann bringt den Mazda zum Stehen und steigt

aus, mit einer gewissen Eile, denn schon in knapp anderthalb Stunden geht seine Maschine nach Berlin. Er ist Architekt und hat heute morgen ausgerechnet jene Mappe mit wichtigen Unterlagen zu Hause liegen lassen, die er dort braucht. Mit schnellen Schritten eilt er um den Wagen herum zur Haustür, vorbei an dem weingelben Nissan Sunny seiner Frau und den vor knapp einem Jahr gesetzten Scheinzypressen, deren Grün schwach ist und an der Wurzel in Gelb übergeht. Im Haus ruft Thomas den Namen seiner Frau Kathrin in die Leere des Erdgeschosses. Als er die Tür schließt, ist es, als schiebe jemand das Licht beiseite. Alte Flure sind dunkel. Wie zur Antwort auf seinen Ruf kommt ihm aus dem Wohnzimmer sein vierjähriger Sohn Leonhard entgegen und bleibt seltsam scheu im Türrahmen stehen. Die Anwesenheit des Kleinen ist ungewöhnlich, denn eigentlich sollte er jetzt im Kindergarten sein. Thomas geht in die Hocke und tätschelt seinem Sohn die rötlich schimmernden Haare. Das Kind riecht nach Schokolade.

»Na, Chef, hast du dir heute mal freigenommen?«

Leonhard hält eines seiner Lieblingsspielzeuge in der Hand, einen postgelben Blechkran. Der Junge ist verrückt nach Autos und in der Lage, im fließenden Verkehr einen Nissan Sunny von den ganz ähnlich aussehenden Toyota- oder VW-Konkurrenzmodellen zu unterscheiden. Er hebt den Kran an und sagt mit einer Betonung, bei der nicht ganz klar ist, ob es sich um eine Feststellung oder eine Frage handelt: »Papa, kaputt.«

Thomas Hoffmann sieht auf die Uhr. »Na, laß mal sehen«, sagt er und nimmt den Kran entgegen. In den Gelenknieten zwischen den dünnen Verstrebungen hat sich das Zugseil verheddert, und die kleine Kurbel über dem Radkasten läßt sich weder vor- noch zurückbewegen. Unter rein praktischen Erwägungen wären die kleinen Finger des Jungen sehr viel geeignetere Werkzeuge, um den Schaden zu beheben. »Also, das haben wir doch ruckzuck in

Ordnung gebracht«, sagt Thomas. »Wir suchen erst mal das Ende des Seils, na, wo ist es denn? – Hier, ja, das ist es, siehst du, und jetzt müssen wir lediglich versuchen, es irgendwie durch diese Öse zu fädeln, die zwar verdammt klein ist, aber irgendwie schaffen wir das schon … also am besten machen wir die Schnur an der Spitze feucht, dann läßt sie sich besser manövrieren, beziehungsweise, ich glaube, wir müssen erstmal diesen Knoten hier aufdrö- seln, denn der ist so dick, daß er sowieso nicht durch die Öse geht. Wie mag dieser Knoten überhaupt an dieser Stelle in das Seil gekommen sein? – Da muß uns doch ein böser Zaubermechani- ker einen Streich gespielt haben, aber, ich denke, jetzt müßte es gehen, nein, also irgendwo sitzt die Schnur noch fest … Weißt du was, wir gehen ins Wohnzimmer, da haben wir mehr Licht.«

Er richtet sich auf, und der Junge sieht ihn aufmerksam an. Das Licht im Wohnzimmer kommt Thomas fremd vor, ein Wo- chentagsvormittagslicht, das er kaum kennt.

»Papa, Papa!« taut der Junge jetzt auf und springt voraus zur Fensterfront am Ende des Raumes, in deren Mitte die Tür zum Garten einen Spalt offensteht, einen kühlen Luftzug ins Zimmer einlassend. Dort nimmt er sein kleines Plastik-Zauberschwert vom Boden, dessen matte graue Klinge normalerweise aus dem Griff heraussaust, wenn man es durch die Luft schwingt, aber auch dieses Spielzeug scheint nicht mehr recht zu funktionieren, denn die Klinge bleibt verborgen, obwohl das Kind mit ein paar heftigen Hieben, die es jeweils mit einem »Hahhh!« begleitet, auf einen unsichtbaren Drachen losgeht, der sich in dem halbhohen Kirschholzvertiko an der Stirnseite des Raumes zu verbergen scheint, auf dem eine kleine Sammlung von gerahmten Familien- fotos steht.

Thomas stellt den Baukran auf den Boden. »Wenn ich wieder da bin, sehen wir uns alle deine Spielsachen mal an, alles klar? Papa ist ein wenig in Eile.«

Leonhard läßt das Schwert sinken. »Aber heute?«

»Nein, heute abend bin ich nicht da. Morgen, da komme ich wieder. Ich fliege nach Berlin, das ist eine ganz große Stadt. Und aus der bringe ich dir was mit, einen, einen … also, was du willst. Du kannst mir heute abend am Telefon sagen, was du dir wünschst. Was hältst du davon?«

In diesem Moment betritt Kathrin den Raum. Thomas geht auf seine Frau zu und küßt sie kurz. »Hast du meine Unterlagen gesehen?« Aus ihrem Gesichtsausdruck schließt er, daß sie an ihrer Mappe gesessen hat. Sie ist Grafikerin und arbeitet seit ein paar Jahren an einer Präsentationsmappe, mit der sie sich bei Werbefirmen und Designerbüros vorstellen möchte. Sie sieht müde aus, und aus ihren hochgesteckten Haaren, die die Farbe von Rost haben, fallen einzelne Strähnen heraus.

»Es ist nicht zu schaffen«, sagt sie.

»Vielleicht habe ich sie im Arbeitszimmer stehengelassen«, überlegt Thomas. »Warst du nicht gerade oben? Manchmal stelle ich sie an den Fuß des Schreibtischs.« Er glaubt jetzt, daß sie dort ist und Kathrin sie gesehen haben müßte. »Ich bin wirklich in Eile. Meine Maschine geht in einer guten Stunde.« Pro forma sieht er sich noch einmal um, aber wie erwartet ist die Mappe hier unten nirgendwo zu entdecken. Er wendet sich Kathrin zu. »Du schaffst es. Bestimmt. Manchmal sieht man das Ende nicht und möchte verzweifeln. Das geht vorbei.«

»Nein.« Sie schüttelt den Kopf. »Es ist nicht nur das. Es geht grundsätzlich nicht. Wie soll ich mich konzentrieren, wenn Lenni hier herumspringt?«

Jetzt weiß er, was ihn irritiert: Das Licht im Wohnzimmer ist so blaß gegenüber dem Sommer draußen. »Richtig«, sagt er. »Was ist mit Lenni? Wieso ist er überhaupt hier? Wieso ist er nicht im Kindergarten?«

»Er hatte heute morgen Temperatur.«

»Er hatte Temperatur?«

»Ja.«

»Aber er springt doch quicklebendig hier herum.«

Das Kind trägt soeben eine Kiste mit Matchbox-Autos in die Mitte des Raumes, die schwer vor seinem Bauch hängt. Die Anstrengung des Tragens scheint ihm einen besonderen Ernst abzuverlangen.

Kathrin sagt: »Es geht ihm nur deswegen wieder gut, weil ich ihm eine Tablette gegeben habe. Weil ich mich um ihn *gekümmert* habe. Was meinst du wohl, warum ich mit meiner Mappe nicht vorankomme?«

»Vielleicht kümmerst du dich *zu sehr* um ihn. Ich habe gehört, daß es normal ist, daß Kinder manchmal Temperatur haben.«

»Es soll normal sein, daß er krank ist?« Ihr Blick, der gerade noch müde und richtungslos gewesen ist, bohrt sich in das Gesicht ihres Mannes.

»Nicht daß sie krank sind, ist normal«, sagt er, »sondern daß sie Temperatur haben. Kinder kennen die ganzen Viren noch nicht, die es gibt. Und jedesmal, wenn sie sich einen einfangen, erhöhen sie kurz ihre Temperatur.«

»Wie interessant. Sie erhöhen also *kurz* ihre Temperatur.«

»Ich glaube, ja. Ihr Immunsystem übt so.«

»Ich wußte gar nicht, daß du *Pädiatrie* studiert hast.«

Ihr Versuch, ironisch zu sein, stößt ihn ab. Sie ist die humorloseste Person, die er kennt.

»Mein Gott, ich hab's so gehört, und ich finde, es klingt logisch«, sagt er.

»Wie bitte? Logisch? – Thomas! Er hatte neununddreißig *sechs*!«

»Kinder sind in allem extremer. Ihre Körper kennen die Mitte noch nicht. Das vernünftige Maß.«

»Warum kümmerst *du* dich denn nicht um ihn?« sagt sie eingeschnappt und wendet sich ab.

Er vertut seine Zeit. Ihre unumstößliche Überzeugung, recht zu haben, zeigt sie ihm mit einem Mal in einem neuen Licht: als untherapierbar weiblich. Sie sind so verschieden voneinander, wie Menschen voneinander verschieden sein können. Mit ihr zu streiten ist vollkommen sinnlos, weil sie nicht in der Lage ist, klar zu denken. Nie findet sie ein Ende, alle ihre Überlegungen ufern aus. Überhaupt alles, was sie anfängt, ufert aus: ihre Mappe, ihre Mutterliebe. Der arme Junge. Wie hält er das nur aus? Irgendwo im Innern seines kleinen weißen Körpers findet gerade ein Kampf statt, von dem er nicht einmal etwas ahnt. Ein aussichtsloser Kampf: Einen Virus zu besiegen bedeutet nur, Platz zu schaffen für den nächsten und den übernächsten. Kinder sind Schwämme für Krankheitserreger. Sie nehmen alles in sich auf: Viren ebenso wie die traurigen Figuren, die ihre Eltern vor ihnen abgeben.

»Ich muß los«, sagt Thomas.

Kathrin sagt: »Du könntest Nike anrufen. Vielleicht hat sie heute abend noch nichts vor.«

»Ich habe den Eindruck, sie ist meistens unterwegs.«

»Ich mache mir Sorgen um sie. Sie meldet sich so selten.«

»Sie wird viel zu tun haben.«

Nike ist Kathrins Schwester. Sie arbeitet seit ein paar Monaten in Berlin beziehungsweise in Potsdam-Babelsberg als Storylinerin für irgendeine Vorabendsoap, die Thomas noch nie gesehen hat, die aber, so hat er gehört, recht beliebt ist. Wie heißt die Sendung noch gleich?

Kathrin sagt nachdenklich: »Vielleicht macht Nike es ja richtig. Sie ist jünger als ich und hat längst einen Job. Ich will zuviel und erreiche nichts.«

Sie macht einen Schritt auf Thomas zu. Auf einmal überrascht es ihn, wie groß sie ist, als wäre sein inneres Bild von ihr im Laufe des heutigen Vormittags geschrumpft. Lediglich ihr Gesicht ist wirklich klein.

»Was Nike macht, ist doch banal«, sagt er versöhnlich.

»Wenn wir doch nur etwas mehr Zeit für uns hätten«, sagt Kathrin, schlingt ihre Arme um seinen Hals und lehnt ihren Kopf bei ihm an, der seltsam leicht ist. Ihr Körper hingegen erscheint Thomas heiß, als habe sie das Fieber des Jungen nicht durch ein Medikament kuriert, sondern durch einen Transfer der Krankheit in ihre eigenen Blutbahnen. Auch ihr Atem riecht süß schokoladig wie der des Kindes.

Seit sie über den Jungen reden, widmet sich das Kind mit ganz besonderer Konzentration seinen Autos. Es nimmt eins nach dem anderen aus der Kiste und reiht sie präzise hintereinander auf, Stoßstange an Stoßstange wie in einem Stau. Sogar der Größe nach sortiert er sie, die Laster fahren vorneweg. Thomas erkennt in diesem Ordnungstrieb einen Zug von sich selbst wieder. Unangenehm berührt, wendet er sich ab.

»Nicht wahr, wir finden einen Weg?« sagt Kathrin.

»Klar«, sagt er. »Ganz bestimmt. Man ist doch heutzutage nur für zwei oder drei Jahre Mutter.«

»Ich habe letzte Nacht beinahe kein Auge zugemacht. Wenn ich Lenni heute abend ins Bett bringe, lege ich mich auch hin. Ich habe mich noch nicht daran gewöhnt, hier draußen alleine wach zu sein. Es ist so beängstigend ruhig.«

»Ich bin morgen zurück. Wenn ich nur wüßte, wo meine Mappe geblieben ist.« Er sieht über ihre Schulter auf seine Uhr und stellt fest, daß ihm eine gute Stunde bleibt. Er kann es noch schaffen. Um diese Zeit ist nicht viel los, und wenn er ohne Verzögerungen zur Autobahn durchkommt, hat er eine reelle Chance. Als versöhnliche Geste und um sich endlich von ihr zu lösen, küßt er sie auf den Kopf und wundert sich, wie tief er in ihre Frisur eintauchen muß, bis er mit seinen Lippen ihre Schädeldecke erreicht. Nicht nur ihr Gesicht ist klein, ihr ganzer Kopf ist es. Von ihren Haaren geht ein stechender Geruch aus, der ihm als Architekt bekannt vorkommt, ein Geruch wie von altem Mörtel.

»Die Mappe ist im Flur neben dem Schuhschrank«, sagt sie in seine Schulter hinein. »Da habe ich sie gestern hingestellt, damit du sie nicht vergißt.«

Sie hat ihm die Geschichte eingebrockt, er hat es von Anfang an gewußt. »Bis morgen«, sagt er und geht in den Flur.

»Ruf mich heute abend an«, schickt sie ihm hinterher, und dann, im Gefolge dieses Satzes, breitet sich im Haus ein Schweigen aus, das wie ein Verlöschen ist. Etwas Endgültiges liegt darin. Schritte, Schlüsselklappern, Türeschließen – alle Geräusche sind mit einem Mal nur noch Spritzer auf dem leeren Grund dieses Schweigens, das Thomas zu folgen scheint, als er das Haus verläßt und die Tür hinter sich schließt. Das Schweigen folgt ihm durch den Vorgarten, es folgt ihm auf die Straße. Erst im Wagen nimmt die Lautlosigkeit eine andere Qualität an und wird zur Ruhe der Funktionalität. Thomas atmet auf.

Er läßt den Wagen an und wendet. Die Häuser der Siedlung ziehen in den niedrigen Seitenscheiben des Mazda vorbei, regelmäßig wie die Glieder einer endlosen Kette, von der nicht loszukommen ist. Kathrin. Als er sie das erste Mal gesehen hat: Eine Hautfarbe wie von Sommerwolken am späten Nachmittag, Augen wie der Himmel, in dem sie treiben. Diese Kathrin Meyer. Durch Zufall ist sie seinerzeit in ihre Clique geraten. Die Namen von damals gehen Thomas durch den Kopf: Hajo Huber, Bernd Winek, Uschi Berger ... Namen, an die man lange nicht gedacht hat, jagen einem einen Schrecken ein, haben den Beiklang von Tod, als wäre die Vergangenheit ein Grab. Berti Winek. Er rückte irgendwann – es muß Anfang der Neunziger gewesen sein – mit einem polnischen Ableger seiner Familie an, von dessen Existenz niemand, Berti selbst am allerwenigsten, überhaupt etwas gewußt hatte. Doch wo sie schon einmal da und nicht mehr fortzuschikken waren, die polnischen Verwandten, wollte man ihnen wenigstens etwas bieten: Bayern. Starkbierzeit kurz vor Ostern, Nokkerberg. Höllenlärm an den Biertischen, doch saß man sich stumm gegenüber, denn niemand konnte Polnisch und die Polen kein Deutsch. Aber dann spülte das Schicksal Kathrin, diese schöne Unbekannte, an Thomas' Seite. Ihre schmalen Hände mit dieser zauberhaften grafischen Begabung. Wie gut er sich noch an diese Hände erinnert. Ihre zeichnenden Finger schufen elementare Dinge: Bierseidel, Weißwürste, Lederhosen. Da lachten die polnischen Verwandten. Völkerverständigung mit Papier und Bleistift. Mehr als alles andere wünschte Thomas sich an diesem Abend, Kathrins unermüdlich zeichnende, ein wenig bläuliche Hand zu halten. Wie lange all das schon her ist. Auf einmal durchfährt ihn ein kurzer, heftiger Schmerz über die Tatsache, daß sie sich nicht mehr lieben. Der Schmerz vergeht.

Er biegt auf die Hauptstraße, die sich in langen Biegungen durch einen dörflichen Kern schneidet, und die Geschwindigkeit, die deutlich zu hoch ist für diese Straße mit ihren Läden rechts und links, bringt ihn auf andere Gedanken. ›Wo die Liebe hinfällt‹ – das ist's, jetzt hat er den Namen der Fernsehserie, an der Kathrins Schwester Nike mitarbeitet. Hauptdarstellerin Rita Zaff: grellgeblitztes, apfelförmiges Gesicht, das zur Zeit auf jeder zweiten Fernsehzeitschrift zu sehen ist, immer glänzend, als wäre sie verschwitzt. Ein Friseurlektürengesicht. Sie spielt eine Alkoholikerin, die versucht, trocken zu werden. Sonja Liebstein. Im Profil hat sie eine gewisse Ähnlichkeit mit Kathrins Schwester, die große flache Stirn. Diese Storyliner werden sie nicht von der Flasche loskommen lassen. Warum sollten sie? Die Menschen lieben Trinker. Juhnke, Hemingway. Wer weiß, ob nicht auch Nike trinkt und mehr. Die Nächte in Berlin.

Beim letzten Mal, als Thomas dort war, hat es geregnet. Was für ein wunderbar einfaches Geschehen: Regen! Tropfen, die in

Pfützen fallen und Kreise ziehen. Flimmernde, silberne Sekunden. Kostenlose Zeit… Und dann diese Frau, die auf einmal in seiner Nähe saß, mit diesem irgendwie altmodischen Namen und ihrer so wenig altmodischen Art. Greta. Kinderärztin sei sie, hat sie gesagt. Haare wie Seide, zimtfarbene Haut. Irgendwann in der Nacht ist sie gegangen, ohne ihn zu wecken, und als er aufgewacht ist, war das Hotelzimmer so leer ohne sie. Wunder hinterlassen keine Spuren. Schon im Bad haben sie es nicht mehr ausgehalten. Ihr Po auf dem Waschbeckenrand, ihre Arme auf seinen Schultern. Hinter ihr die Glätte des Spiegels und die hotelartig flüchtige, nur für eine Nacht gedachte Anordnung der Dinge auf dem Sims davor: Fläschchen, Tuben, Doppelklingen und Pinsel, Zahnbürste, Becher, die auf den Boden rasselten. Dünnes Glas, nervöses Klirren. Ihre Beine um seine Hüften geklammert, seine Hände zwischen ihrem Po und dem kühlen Email des Beckens. Heiß und kalt. Heiß und kalt. Und sein Gesicht ganz in ihren Atem getaucht…

Thomas blickt auf die Uhr, nicht ganz eine Stunde bleibt ihm noch. Am Ende der Straße, dort, wo sie sich zwischen einer Schreinerei und einer gelbgetünchten Kirche verliert, vor der ein Wegkreuz mit einem ausgezehrten leidenden Jesus mit rosa Haut und mageren Armen steht, tauchen jetzt Bremsleuchten auf. Noch sind diese Wagen so fern, so klein, als könnte man sie mit Daumen und Zeigefinger von der Fahrbahn heben – ja wirklich: Sie sehen aus wie die Spielzeugautos des Jungen. Aber sie kommen näher und näher. Die Hauptstraße, soeben noch ein schlankes Band, gewebt aus feinem, glitzerndem Grau, wird kürzer und stumpfer und kürzer. Fremde Kofferräume und Heckscheiben begrenzen bald die Sicht, und schließlich läßt Thomas den kleinen Mazda an das Ende der Schlange rollen. Nur noch schleichend geht es jetzt vorwärts, doch die Straße ist nicht übersichtlich genug zum Überholen, immer noch windet sie sich zwischen

Häusern und Häusern durch, und die Mittellinie ist eine endlose
weiße Schlange, die Thomas lückenlos auf seiner Seite der Fahrbahn einsperrt und ihn zwingt, hinter all diesen Nuckelpinnen
zu bleiben, die ihm den Weg verstopfen. Durch die Heckscheibe
des letzten Wagens sieht man die des vorletzten und durch dessen
Scheibe die des vorvorletzten. Den ersten sieht man nicht. Mit
jedem zurückgelegten Meter fließt der Verkehr zäher, kriecht
schließlich nur noch. Es ist wie mit Kathrins Mappe, und eigentlich ist es wie mit ihrem Leben: Es geht nicht vorwärts, Stau seit
Jahren. Manchmal glaubt Thomas, sie schlagen zu müssen, um
sie und seine Ehe wieder in Gang zu bringen wie eine stehenge-
bliebene Uhr. Sie, Kathrin, ist es, die ihm den Weg versperrt. Sie
will dich nicht fortlassen. Geh!

Überholen. Eine unmerkliche Drehung des Lenkrads, und
schon schert man aus diesem deprimierenden Hintereinander
von übervorsichtig defensivem Fahren aus. Ein kleiner Schlenker,
und siehe da! – die störenden Heckscheiben gleiten nach rechts
aus dem Blickfeld. Angsthasen. Gas geben, atmen. Der Himmel
ist nah. Kleine isolierte Wölkchen, versprengte Einzelgänger, treiben in seinem niedrigen Weißblau, in dieser Farbe von dickem
Glas. Und jetzt verändert sich auch der Charakter der Straße, sie
läßt das Dorf hinter sich und streckt sich als Zubringer zur Autobahn, neu und breit, wenngleich immer noch unübersichtlich,
vor Thomas aus. Der Wagen macht sie sich zu eigen, nimmt sie
mit seiner Beschleunigung in sich auf, verwandelt sie in einen
endlosen hellen Luftstrom, den der weitgeöffnete Mund der
Windschutzscheibe mit tiefem Zug einatmet. Das Überholen
vermittelt Thomas ein Gefühl der Leichtigkeit und des Jünger-
Werdens. Es ist, als verkehre sich die Richtung der Zeit: All diese
schleichenden Golf, Vectra und Passat strömen dorthin zurück,
wo sie hergekommen sind, wo sie hingehören. Kleiner und kleiner werden sie im Rückspiegel, bis sie am Ende wieder in

Kinderhände zu passen scheinen. So soll es sein: Zurück mit ihnen in die Kiste des Jungen. Papa, kaputt!

Und schon wird auch der Kopf der Wagenschlange in einiger Entfernung sichtbar. Na, so etwas: Ein Sattelschlepper ist es, auf dem ein zusammengeklappter Kran transportiert wird! Auch wenn er rot ist und nicht postgelb, so liegt darin etwas wie ein Beweis: Der Junge und seine Mutter sind es, die den Stau heraufbeschworen haben. Sie sitzen im Wohnzimmer, schweigend, und weben Auto an Auto – ein finsterer, alles erstickender Zauber. Thomas sieht sie förmlich vor sich, wie sie nach ihm greifen. Sie lassen das Haus im selben Maße größer werden, in dem er sich davon entfernt, so daß er in Wahrheit gar keinen Abstand gewinnt. Sie wollen dich nicht fortlassen! Der Himmel ist so weiß wie die Wände der Zimmer, so weiß wie Kathrins Mutterhaut. Doch mehr als alles andere ist es vielleicht der Geruch ihrer Haare, den er nicht mehr erträgt. Geh!

Die Straße führt bergauf und tippt an ihrem Ende an die kalkige Horizontlinie. Ihr höchster Punkt kommt näher, wie eine große glitzernde Welle rollt ihr Scheitel heran, versperrt jede Sicht auf die andere Seite, doch warum sollte ausgerechnet jetzt Gegenverkehr aufkommen, nachdem bisher alles gutgegangen ist? Auf breiter Front wächst der Asphalt in den Himmel, hebt sich, atmet, strahlt Ruhe aus. Habe Vertrauen! scheint er zu sagen. Gib nicht auf! Sieh doch: Das Heck des Sattelschleppers ist schon zum Greifen nah. Der ist noch zu schaffen! Achte nicht auf das rote Fähnchen, das an seinem Ende flattert, nervös und voller Ängstlichkeit, als hätte Kathrin es dort angebracht. Sie will dich nicht fortlassen. Die Querverstrebungen des Krans bilden ein Gitter, das sich vor den Himmel schiebt, einen Käfig, der sich langsam über dich stülpt. Schnell weiter! Nur jetzt nicht aufgeben! Noch immer ist die Fahrbahn frei. Luftwirbel zerren und rütteln an der Karosserie des kleinen

Mazda, dieses tapferen japanischen Wagens. Kamikaze, Harakiri. Du schaffst es …

Oder du schaffst es nicht: Aus dem hellen Grau der Fahrbahn wächst das Führerhaus eines Lkw, richtet sich auf wie ein Sumoringer, erhebt sein quadratisches Haupt aus dem Scheitelpunkt der Straße, bis es auf dem Asphalt hockt wie auf Schultern. Zornig blitzen die Scheinwerfer, die Dieselmotoren brüllen. Wie groß Lkw-Führerhäuser sind. Man erkennt schon den Fahrer darin, in dessen Blick Überraschung und Entsetzen liegen, aber auch Wut und Angriffslust, als habe er schon lange darauf gewartet, solches Mazda-Ungeziefer einmal von der Straße zu fegen. David gegen Goliath. Mücken, die auf Windschutzscheiben zerplatzen. Wie schnell jetzt alles geht: Das Nummernschild ist bereits zu lesen, und die einzelnen Schlitze am Kühlergrill sind deutlich zu erkennen. Man möchte sich ducken. Die Höhe des Lasters nährt die Illusion, unter ihm lasse sich hindurchschlüpfen. Doch seltsam: Auf einmal scheinen die Dinge stillzustehen. Für Momente ist es, als würden sich alle Bewegungszustände gegenseitig aufheben. Die Gesetze der Geometrie verschaffen sich Geltung, sind es, die diese Täuschung erzeugen: Drei Punkte in einer Ebene, Strahlensatz und Kongruenz. Die Welt ein Reißbrett, das Leben ein Entwurf. Projektion und Goldener Schnitt. Parallelen schneiden sich im Unendlichen …

Dann ist es vorbei, ganz plötzlich. Im Rückspiegel hat sich die Lkw-Zange geschlossen, doch der Mazda ist ihr entkommen, schlingert leicht, mehr nicht. Wunder hinterlassen keine Spuren. Die Straße ist frei, auf ihrer Anhöhe eine Kreuzung, deren Ampeln auf Grün stehen. Baumkronen erstrecken sich bis zum Horizont, und der Himmel ist ein endloser Bogen Pergamentpapier, unbeschrieben, mattweiß. Bietet Raum für neue, für bessere Entwürfe. Der Fahrtwind säuselt leise, als wär's das Wispern deiner Schutzengel. Nicht allzuweit entfernt startet ein

Flugzeug. Steigt langsam in den Himmel und dreht, Höhe gewinnend, ins Licht. Ganz allmählich löst es sich dort oben in der reinen Helligkeit des Tages auf. Ein anderes wird dich mitnehmen.

———

Schmale Gäßchen, belebte Plätze, glitzernde Vokale … Wir sind in Italien! Oleandersträucher, beladen mit weißen und zartrosa Blüten, säumen die Straßen, Olivenbäume winden und knoten sich silbergrün in den hohen Himmel, geduldig auf verkrusteten Böden hockend, und dunkelviolett hängen die Feigen an den Ästen, große süße samtige Tropfen, die bald herunterregnen werden. In weiten Wellen fließen die Hügel hinunter in die Ebene, die sich im Dunst des nicht allzu fernen Meeres verliert. Auf ihren Kuppen liegen erdfarbene Dörfer, die Häuser dicht geschart, Schulter an Schulter, als hätten sie sich vor langer Zeit dort versammelt, die Aussicht über die Landschaft in sich aufzunehmen, versunken in tiefes Schweigen. Verstreut an den Hängen finden sich einfache Anwesen, schlichte Bauernhäuser aus grobem Sandstein, längst eins geworden mit der Landschaft und so elementar und ehrlich wie Brote. Man erreicht sie über kaum befahrene und eigentlich auch nicht befahrbare Wege, die sich unauffällig und schilderlos von den Hauptstraßen entfernen, sich in die Büsche stehlen, Paaren gleich, deren Liebe vor den Augen der Welt verborgen bleiben soll.

»Christa Hanson paßt nicht gerade zu ihrem Mann«, sagt Fred Saltz zu seiner Frau Nora, die soeben auf die kleine Steinterrasse auf der Rückseite ihres Ferienhauses kommt, das umgeben ist von Rosmarinsträuchern, Maulbeerbäumen und Disteln und in einer langgezogenen Mulde liegt, die sich zum Himmel hin sanft öffnet. Wenn man nur wüßte, was diesen Zauber Italiens ausmacht. Das Tal am Fuß des Hangs, an den die Terrasse grenzt, weitet sich zu einer blaugrünen Ebene, die sich unter flockigen Luftwirbeln kräuselt.

»Findest du?«

»Sie sind ziemlich unterschiedlich.«

»Ja, schon. Wir auch.«

»Nicht so sehr wie sie.«

»Wo die Liebe hinfällt ...« sagt Nora und bleibt vor ihm stehen. Sie trägt ein kurzes, lachsfarbenes T-Shirt und eine helle Hose aus dünnem Baumwollstoff, deren Beine sich bis hinunter auf ihre Füße rockartig weiten. Ihre Zehnägel leuchten campari-rot lackiert im gleißenden Licht. Als sie ihre Sonnenbrille lässig auf den Kopf schiebt, wird zwischen dem Bund ihrer Hose und dem Saum ihres T-Shirts für eine Sekunde die schattige Mulde ihres Bauchnabels sichtbar, violett und schrumpelig und lockend wie eine kleine Feige. Am gekrümmten Zeigefinger der linken Hand baumeln Sandaletten mit dünnen Knöchelriemchen. Sie läßt die Schuhe auf den Boden fallen.

»Wir müssen los«, sagt sie.

Es ist später Nachmittag, doch die Sonne steht noch hoch am Himmel. Die Hitze vom Terrassenboden kriecht unter Freds Hemd. Sein Schatten ist ein korpulenter Zwerg, der ihm auf Schritt und Tritt folgt. »Hoffentlich wird es nicht anstrengend«, sagt er.

»Warum sollte es?«

»Mit Schriftstellern ist das so eine Sache, weißt du. Sie haben einen miesen Job. Wer liest denn heutzutage noch Bücher?«

Nora, in ihre Sandaletten geschlüpft, legt die Arme um Freds Nacken, sieht ihn von unten her an, blinzelnd aus einem Gesicht, das sich, wie immer im Süden, schnell mit einer warmen Bräune überzogen hat, Sand am Abend, was Fred gefällt, auch wenn es die Fältchen in ihren Augenwinkeln deutlicher zutage treten läßt. Sie sagt: »*Ich*, mein Lieber.«

Das Ehepaar Hanson, von dem die Rede ist, hat in einem der

Nachbartäler ein Haus. Zum Einkaufen fährt man sowohl von dort wie auch von hier aus in das auf halbem Wege gelegene Örtchen Tatti. In einem der wenigen Geschäfte dort sind Nora und Fred den Hansons begegnet, und man hat verabredet, sich einmal zu besuchen. Alles, was die beiden Ehepaare übereinander wissen, haben sie in einer halben Stunde bei einem Espresso erfahren. Es ist nicht eben viel.

Fred sagt: »Ich bin einfach nicht besonders glücklich darüber, mich hier mit Berlinern zu treffen. Dafür brauche ich nicht nach Italien zu fahren. Wir hätten uns nicht unbedingt mit ihnen verabreden müssen.«

Nora löst sich wieder von ihm. »Ist doch eine Abwechslung. Warum sollten wir uns hier abschotten?«

»Vielleicht langweilen sich die beiden miteinander, und wir kommen ihnen zur Zerstreuung gerade recht.«

»Weißt du, wo die Wagenschlüssel sind?«

Fred geht ins Haus, das ihnen seit nunmehr gut zwei Jahren gehört, in dem sich jedoch für die Wagenschlüssel noch kein fester Platz gefunden hat. Sie liegen mal hier herum, mal da. Während er seinen Blick suchend über die Einrichtung gleiten läßt, sagt er: »Ich fand Christa Hansons Beruf recht interessant, auch wenn ich mir nichts Genaues darunter vorstellen kann. Oder wußtest du, daß sich Firmen wie Daimler oder Sony einen eigenen Begleitservice leisten?«

Im Haus ist es kühl wie in einer Kirche, das Mauerwerk, uneben und mit grober Tünche geweißt, verströmt den schweren Geruch monatelangen Unbewohntseins. Die Wasserrohre, obgleich an vielen Stellen feucht, sind nirgendwo wirklich leck, schwitzen in der hereindringenden Sommerwärme. In einem der Deckenbalken aus reichgemasertem schwarzbraunem Olivenholz hat sich im Laufe des Winters ein Volk unsichtbarer Organismen eingenistet, die kratzend und knuspernd miteinander kommunizieren, und die elektrischen Leitungen scheinen jedesmal ein wenig zu zittern, wenn man das Licht einschaltet.

»Wenn ich das richtig verstanden habe«, ruft Nora von draußen herein, »ist es doch so eine PR-Sache, bei der sie unter anderem Reiseprogramme für ausländische Firmengäste zusammenstellt.«

Die Schlüssel finden sich in einer Obstschale neben ein paar Feigen, von denen Fred sich eine in den Mund steckt. Der süße Fruchtbrei unter der weichen pelzigen violetten Schale. Seltsam eigentlich, daß ausgerechnet der Apfel, diese kühle harte Frucht, zum Symbol für die Sünde geworden ist. »Und führt sie anschließend herum …«

»Bei dir klingt das so, als ob man sich etwas Anstößiges darunter vorzustellen hätte.«

»Vielleicht hat man das ja«, sagt er, nimmt die Wagenschlüssel und kehrt zurück in den Halo aus Kräuterdüften, Insektensirren und Ereignislosigkeit, der ihr altes Haus umgibt. »Sie hat ständig mit mächtigen und attraktiven Männern zu tun«, sagt er und schließt die Tür hinter sich ab. »Sie wäre eine interessante Nebenfigur.«

»Woher willst du denn wissen, ob sie attraktiv sind?« Ein warmer Windstoß plustert Noras Haare auf, und ihre Frisur sieht einen Moment lang so aus wie die Kronen der Schirmpinien auf den Hügeln ringsum. Ihre Haare verspritzen ein paar Splitter Sonnenlicht, als sie sagt: »Etwa weil sie mächtig sind? Vielleicht sollte ich Christa Hanson warnen, daß du planst, sie in deine Serie einzubauen.«

Fred geht auf sie zu. »Warum denn nicht? Das klingt jetzt bei *dir* so, als wäre es unstatthaft, sich inspirieren zu lassen. Wie willst du denn sicher sein«, läßt er den Haustürschlüssel in seine Hosentasche rutschen, »daß Robert Hanson dich nicht in seinen nächsten Roman einfließen läßt?«

Als sie im Wagen sitzen, muß Fred feststellen: Robert Hanson mag Romane schreiben können – über ein Talent zum Anfertigen von Bleistiftskizzen und Wegbeschreibungen verfügt er nicht. Auf seinem Plan sehen die Straßen aus wie Spaghetti und die Dörfer wie Tortellini. Der Maremma genannte Landstrich hier ist noch relativ unerschlossen. Bis zum Anfang des Jahrhunderts hat in diesen Tälern die Anophelesmücke uneingeschränkt geherrscht, jetzt scheint die Gegend unter Berlinern recht beliebt zu sein. Jedesmal bei der Anreise sind gerade auf den letzten vierzig oder fünfzig Kilometern bemerkenswert viele große deutsche Wagen mit B-Kennzeichen unterwegs.

Nora, die mit ihrer Sonnenbrille am Steuer des Citroën wirklich entzückend aussieht, behauptet, Robert Hansons Wegskizze zu durchschauen. Irgendwann steuert sie den Wagen nach links auf einen dieser typischen Macchiawege, die steil und ungeteert hinabführen in die Maremma-Täler. Wer auch immer sich hier hineinwagt, muß sich seiner Sache sehr sicher sein, denn alle Weggabelungen sehen gleich aus, eine Kurve ist wie die andere, und die wenigen Häuser liegen versteckt hinter einem dichten Baum- und Buschgeflecht aus fedrigen, waldmeistergrünen Nadelfächern, den Zweigen zottig behaarter Sträucher und den rosa und weißen Blüten der stacheligen Zistrosen. Bis heute hat sich niemand die Mühe gemacht, die Wege mittels Serpentinen zu zähmen, und so ist es das natürliche Gefälle des Geländes, in das Nora den Bug des Citroën nach ein paar anfänglichen harmloseren Windungen dreht. Fred ist nicht ganz wohl auf dem Beifahrersitz, die Reifen schleudern Geröll in die Büsche. Citroën schaukeln anders als andere Autos. Seltsam, daß die hydraulische Federung des Fahrgestells, dieses Wunderwerk französischer Ingenieurskunst, als Konstruktionsprinzip von keinem anderen Fahrzeughersteller jemals übernommen worden ist. Einmal treiben sie schaukelnd ein Stachelschwein ein Stück vor sich her, bis es ins Geäst der Macchia flüchtet, die rechts und links immer dichter wird. Wände aus tiefem Grün. Malariagrün. Sie fahren hinein in die ehemals tödlichen Feuchtgebiete. Sümpfe, die man erst unter Mussolini trockengelegt hat. Für die Deutschen, wie sich jetzt herausstellt.

Nora dreht das Lenkrad rechtsherum und linksherum mit einer Beharrlichkeit, als hätte sie einen Tresor mit einer unendlich langen Kombination zu öffnen. Vor fünf Jahren haben Fred und sie geheiratet, in einer Kirche, die nach unvergänglichen Steinen und drückender Ewigkeit roch, und Fred (die kirchliche Zeremonie ging auf seine Initiative zurück, nicht etwa, weil er an Gott glaubt, sondern wegen des größeren dramatischen Effekts) fühlte sich wohl an Noras Seite. Mit dem weißen Kleid, den kurzen dunklen Haaren und dem schmalen, harten Schnitt ihres Gesichts sah sie aus wie eine Klosternovizin. Wegen einer beginnenden Parkinsonschen Krankheit zitterten die Hände des Pastors beim Segen ein wenig, während Fred ganz ruhig war; sein Ja ist ihm leichtgefallen. Erst der Glaube macht die Dinge schwer. Lediglich vor dem Kirchenportal, als Reis auf ihn herabregnete und er Noras vor Ergriffenheit trockenen Mund küßte, überfiel ihn plötzlich ein Gefühl der Einsamkeit ...

Nora steuert den Citroën auf eine kleine vertrocknete Lichtung, Fred steigt aus, Fliegen kommen herbeigeschwirrt, es summt und zirpt und raschelt. Links steht ein geländegängiger japanischer Jeep mit breiten Reifen in einer Einfahrt, wer hätte gedacht, daß Schriftsteller solche Kutschen fahren. Fred stapft durch metallisch sirrendes Bodengestrüpp, vorbei an hoch aufragenden Disteln um den bulligen Wagen herum, dem jede Eleganz fehlt. Das Haus dahinter sieht kaum anders aus als ihr eigenes. Es hat die gleiche Größe, den gleichen Zuschnitt, und zum Bau sind die gleichen sandfarbenen Steine verwendet worden. Man könnte tauschen. Vor der Eingangstür steht Christa Hanson. Die Fensterläden sind taubenblau gestrichen. Die Mauern haben die grauschattierte Oberflächenstruktur von zerknittertem und wieder geglättetem Papier.

Christa winkt Fred zu. Ihre blaßblonden Haare hat sie hochgesteckt, und vor der kleinen Haustür wirkt sie stattlich und schwer. Sie trägt ein buttergelbes, mit kleinen mohnroten Blümchen übertupftes Sommerkleid, ein luftiges Hängerchen, das sich mal hier, mal dort an ihren reichgerundeten Körper schmiegt. Ihre Augen haben das Blau des dunstigen Nachmittagshimmels, überhaupt wirkt es, als hafte dieser heiße, allmählich in sein letztes Stadium eintretende Sommertag an ihrem Körper, die staubige Hitze, dieses Warten auf etwas. Sie ist barfuß und an ihren Zehen kleben die Spitzen kleiner vertrockneter Grashalme.

»Herzlich willkommen«, sagt sie mit einer leichten Förmlichkeit, die Fred charmant findet, weil er dahinter ein Interesse an seiner Person zu spüren glaubt.

»Vielen Dank für die Einladung«, erwidert er. »Schön habt ihr's hier. Ein einzigartiges Plätzchen.«

Nora, die im Wagen noch schnell einen Lippenstift aus ihrem Handtäschchen gezückt und den Rückspiegel auf ihr Gesicht gerichtet hat, kommt jetzt um den Jeep herum auf die beiden zu. Die helle Rockhose schlingert um ihre Beine, die im Vergleich zu Christa Hansons Beinen rehhaft mager sind. Ihre Neugier in bezug auf die Hansonschen Lebensverhältnisse verbirgt sie hinter einer künstlichen Herzlichkeit. Das Rot auf ihren Lippen wirkt unangemessen frisch.

»Es ist ja wirklich nur ein Katzensprung von uns zu euch«, übertreibt sie schon ein paar Schritte, bevor sie Christa Hanson erreicht hat. »Was für ein Zufall!«

Fred fragt sich, was daran zufällig sein soll. Wenn sie in Berlin in derselben Straße oder gar im selben Haus wohnen würden, könnte man vielleicht von Zufall sprechen. Alles andere erscheint ihm im Moment wie glasklare Notwendigkeit: Daß es außer ihnen noch andere Berliner hier gibt, daß sie einem dieser Paare im einzigen Lebensmittelgeschäft weit und breit begegnet sind, daß sie hier stehen und Höflichkeiten austauschen und daß er trotz der Normalität all dessen das Gefühl hat, von seinem Lieblingsland erstmals hintergangen worden zu sein.

Die Frauen geben sich die Hand. »Kommt herein«, sagt Christa, dreht sich um und ruft seltsam laut in das dunkle Haus. »Robert, kommst du?«

Drinnen zeigt sich, daß die Hansons mehr Sorgfalt auf die Einrichtung verwandt haben als Nora und Fred. Der Raum, in den sie treten, ist mit alten Bauernmöbeln bestückt, der Tisch in der Mitte möglicherweise sogar antik, das durch die bäuerlich kleinen, quadratischen Fenster hereindringende Licht sieht darauf aus wie rautenförmige Bögen Pergamentpapier, beschrieben mit der furchigen Maserung des alten Holzes. Die elektrischen Leitungen sind irgendwann erneuert worden; weiß, geradlinig und arrogant setzen sie sich über das unruhige Gelände des rohen Mauerwerks hinweg wie die Motorboote über die Wellen des nahe gelegenen Golfs von Follónica. Robert Hansons Wasserrohre sind an den Ventilen und in den Rohrknien nicht mit pelzigem Grünspan überwachsen, sondern schimmern in dem schönen blassen trockenen Kupferton, den Noras Haut am Ende dieses Urlaubs annehmen wird.

Fred folgt Christa Hanson durch die Hintertür in den Garten. Als die Sonne ihren Körper nach der Dunkelheit im Haus hell aufleuchten läßt, zeichnen sich unter dem dünnen Stoff ihres Kleids die Konturen ihres Slips ab, der einen flächigen Schnitt hat und sich in der Form eines breiten Dreiecks in ihren Po schneidet. Aus ihren hochgesteckten Haaren fallen einzelne Strähnen heraus, kleine Kräuselungen aus weißem Licht. Rechts, im Schatten des Hauses, steht, umgeben von vier Stühlen, ein runder Tisch aus grauem Teakholz, darauf Weingläser und die landesüblichen Knabbereien: Pistazien, Oliven, Salamischeibchen.

»Setzt euch«, sagt sie, »Robert kommt gleich.«

»Wo habt ihr diese Möbel her?« erkundigt sich Nora. »Der Tisch und die Stühle im Wohnzimmer sehen aus, als wären sie hier aus der Gegend.«

»In Roccastrada, das ist nicht weit von hier, gibt es ein paar Antiquitätenläden und ein Geschäft für alte Bauernmöbel, in dem man hin und wieder noch Entdeckungen machen kann.«

In diesem Moment kommt Robert Hanson aus dem Haus. Er ist schlank und gebräunt und mit seinen Bewegungen, den ruhigen Schritten und den begrüßenden Gesten, die zugleich phlegmatisch und weltmännisch sind, und seinem weißen Hemd und der hellen cremefarbenen Leinenhose fügt er sich sehr stimmig in diesen mediterranen Nachmittag. Mit einer gut nuancierten Mischung aus Melancholie und Selbstironie sagt er: »Unsinn. Um Entdeckungen zu machen, sind wir zu spät dran«, und streckt Nora seine knochige Hand entgegen mit einem arroganten und zugleich einnehmenden Lächeln, wie es Menschen eigen ist, die sich ihrer Fähigkeiten bewußt sind. Sein schmaler Kopf sitzt auf einem ungewöhnlich langen Hals. Er stellt fest: »Unser Schicksal ist es, uns im Bekannten einzurichten.«

»Kennen wir uns denn?« sagt Nora, und Fred spürt, daß Hanson bei ihr den richtigen Ton getroffen hat; die beiden geben sich die Hand.

»Wer weiß?« sagt er. »Habt ihr gut hergefunden? Das Haus liegt etwas versteckt.«

»So kompliziert ist es nicht«, sagt Fred.

Man nimmt Platz, der Zufall läßt ein Kreuz entstehen, von dem die Männer die eine Achse bilden, die Frauen die andere. Nora sitzt links von Fred, Christa Hanson rechts.

»Man entwickelt ein gewisses Gespür für die Wege hier«, greift er Hansons Bemerkung noch einmal auf. »Am Anfang war es hin und wieder etwas verwirrend, weil wir ortsunkundig und schlecht informiert waren. Freunde aus der Immobilienbranche hatten uns einen ziemlich chaotischen Makler empfohlen.«

»Barresi?« erkundigt sich Robert Hanson. Seine Augen haben die kühle Farbe von Pfefferminzbonbons.

»Ja, genau.«

»Der macht nahezu sämtliche Verkäufe hier. Netter Kerl. Ein wenig habgierig wie alle Italiener.«

Fred sagt: »Im großen und ganzen sind wir gut mit ihm klargekommen. Angesichts der Tatsache, daß er praktisch nur mit Deutschen zu tun hat, sind seine Deutschkenntnisse allerdings ziemlich dürftig. Aber man mag ja diese südländische Euphorie und diese Sturzbäche aus klangvollen Silben. *Aaah, Signora Saltz!, venga, venga...* Einen Nachmittag lang hat er uns ein Objekt nach dem anderen angepriesen und Nora mit Komplimenten überhäuft. Am Ende hatten wir das Gefühl, für einen Spottpreis ganz Italien kaufen zu können.«

»Sprecht ihr Italienisch?« Christa beugt sich vor, um sich eine Pistazie zu nehmen. Im Ausschnitt ihres buttergelben Kleids wird die weißgewölbte Innenseite ihrer rechten Brust sichtbar.

»Das Übliche«, sagt Nora. »*Buon giorno, ciao, andiamo a...* Dieses Instant-Italienisch. Und ihr?« wendet sie sich an Robert Hanson.

»Recht gut«, sagt er.

»Er untertreibt«, sagt Christa.

Fred fragt: »Würde es reichen, um einen Roman auf Italienisch zu schreiben?«

»Warum sollte ich das tun?«

»Hat es nicht immer wieder Schriftsteller gegeben, die sich entschieden haben, in einer anderen als in ihrer Muttersprache zu schreiben?«

Hanson nickt. »Elias Canetti hat sich für Deutsch entschieden.«

»Für Deutsch? Das kann man sich heute kaum noch vorstellen.«

Fred beobachtet Hanson beim Öffnen der Weinflasche. Die Falten zwischen seinen Nasenflügeln und Mundwinkeln schneiden sich wie Drähte in sein Gesicht, als er beginnt, an dem Korken zu ziehen, der offensichtlich im Flaschenhals steckt, als wäre er einzementiert, und für Momente wird hinter der selbstsicheren Fassade des Schriftstellers etwas anderes sichtbar, ein Mensch, dessen Leben eine rätselhafte, irgendwie unlogische Anstrengung ist, denn der Grund für seinen statischen Kraftakt, die Weinflasche, ist unter der Tischplatte verborgen. Dann macht es plopp, ein Ruck geht durch seinen Körper, und wie aus großer Tiefe zieht er eine Flasche *Vernaccia di San Giminiano* an die Oberfläche dieses Nachmittags.

Er schenkt ein, man stößt an. Der Wein leuchtet im Sonnenlicht so golden wie die katholischen Monstranzen, die man hier in Italien in den Kirchen gelegentlich noch zu sehen bekommt. Hanson setzt das Glas an seine schmalen Lippen. Auch Literatur ist ja so eine Art Religion.

Christas glasblaue, an eine Puppe erinnernde Augen richten sich auf Fred. »Die Gegend ist traumhaft, findet ihr nicht?«

Nora sagt: »Wir haben vor ein paar Tagen bei Casalina Mare einen wunderbaren Strand entdeckt. Man muß vom Parkplatz aus zwanzig Minuten zu Fuß gehen, um hinzugelangen, deswegen ist er wohl unbeliebt.«

»Und womit wird man am Ende des Weges belohnt?« fragt Robert Hanson.

Für Nora sitzt er auf der Lichtseite des Gartens, so daß sie blinzeln muß. »Ich finde, das Meer vermittelt einem ein gutes Gewissen beim Nichtstun.«

Ein Windhauch fährt raschelnd durch die zartgrüne Krone des Olivenbaums hinter Hanson, ein Sommer auf dem Lande, aber irgend etwas stört ihn. »Nichtstun – du sagst es. Schön würde ich die Gegend hier nämlich nicht nennen, oder wenn, dann höchstens in einem morbiden Sinn. Wir kommen her und sagen: Jawohl, *das* ist das wahre Leben! *Dolce fa niente!* Als wäre die Zeit dazwischen nichts und unser Leben in Berlin nur eine Art Überbrückung, ein Irrtum.«

Nora streift ihre Sandaletten von den Füßen und schiebt das linke Bein unter ihren rechten Oberschenkel. »Ach«, sagt sie, »das liegt daran, weil wir gelernt haben, das Leben zu lieben.«

Robert sagt: »Wir sind ausgebrannt, das ist die Wahrheit. Wir perfektionieren nur noch die Ideen, die wir vor langer Zeit einmal gehabt haben. Wir rennen uns hinterher und holen uns nicht mehr ein, unser Leben ist zu einem Anhäufen von ablaufenden Uhren geworden, egal ob wir Häuser kaufen oder uns verlieben – überall steckt so ein Ticktack drin. Und es wird immer lauter.«

Christa sagt: »Dann bräuchtest du überhaupt nichts mehr zu tun. Keine Bücher zu schreiben, nicht zu heiraten.« Sie wendet sich an Fred. »Man muß auch loslassen können.«

Robert sagt zu Nora: »Die Ehe ist auch nur eine von diesen Uhren, die wir unserem Leben hinzufügen, und eine Promotion ist nichts als die Perfektionierung dessen, was man einmal zu studieren begonnen hat. Ist es nicht so?« Er füllt sein Weinglas wieder auf. »Warum beginnt man überhaupt, etwas zu studieren? Entweder aus Langeweile oder – nehmen wir ruhig den erfreulicheren, wenngleich zweifellos sehr viel selteneren Fall an – aus Interesse. Man ist begierig darauf, etwas zu lernen. Gut und schön. Aber diese Gier verliert sich mit der Zeit.«

Fred öffnet eine Pistazienschale und entnimmt ihr den kleinen grünbraunen Kern: »Zwischen zwanzig und dreißig«, sagt er, »hab ich's eher locker angehen lassen. Fünf Semester Germanistik und vier Jura oder so.« Er wendet sich an Christa. »Und wie bist du zu deinem Job gekommen?«

»Oh«, sagt sie und schlägt ein Bein über das andere, so daß sich ihre Oberschenkel aufeinanderpressen. Ihre Waden haben die Farbe von Vanilleeis. »Ich habe Pharmazie studiert und eine Zeitlang für Schering Apotheken abgeklappert. Nach ein paar Jahren bin ich in die Öffentlichkeitsarbeit gerutscht und dann von Daimler abgeworben worden.«

Fred läßt die Pistazie in seinen Mund kullern, und der salzige, an erhitzte Haut erinnernde Geschmack breitet sich auf seiner Zunge aus. »Und was genau machst du dort?«

»Geschäftspartner umtutteln.« Sie greift mit ihren hellen Fingern nach einer dunkel glänzenden Olive. »Da kommen Leute aus aller Welt, die nicht nur verhandeln wollen. Wir besichtigen Schlösser mit ihnen, organisieren Bootstouren, reservieren Restauranttische oder bestellen Theaterkarten. Wir erfüllen ihnen jeden Wunsch und tun alles, damit sie sich wohl fühlen.« Sie steckt sich die Olive in den Mund, ihre Finger glänzen klebrig, und es bleiben winzige schwarze Partikelchen auf den weißen Kuppen zurück, die sie ableckt.

Nora läßt sich von Robert ihr Weinglas auffüllen. »Glaubst du denn nicht, daß Schreiben eine Form von gedanklicher Evolution ist, etwas Unvorhersehbares?«

»Unbedingt«, sagt er und setzt wieder sein gefälliges Lächeln auf. »Ich weiß nichts über meine Bücher, wirklich nichts. Alles, was ich schreibe, entsteht unbewußt. Man darf nicht versuchen, die Dinge zu kontrollieren. Beim Schreiben muß man sich treiben lassen.«

Füße. Links von Fred Noras gelbliche, vom vielen Barfußgehen der letzten Tage rauh gewordene Hornhaut. Ihre Zehen von unten sehen niedlich aus. Shrimps. Rechts Christas rasenbesprenkelter Ballen. Ihre Zehen sind länger. Der dicke zeigt ein wenig nach oben, während die anderen vier gewissermaßen die Köpfe hängen lassen. Der Schatten, in dem der Tisch steht, hellt sich allmählich auf, die Strahlen der nach Westen weitergewanderten Sonne biegen sich um die Hausecke und treffen Christa hart ins Gesicht, und für einen Moment leuchtet ein erstaunlich reichhaltiges Spektrum von Farben auf ihren Wangen und ihrer runden Stirn auf: Grün, Umbra, Rosé, Grau. Ihre hochgesteckten Haare werden zu einem Nest aus Abendsonne. Als sie erneut nach einer Olive greift, schaukelt die Innenseite ihres Busens im Ausschnitt. Einen BH trägt sie nicht. Freds Blick läßt sich treiben. Wie Hanson beim Schreiben.

Er trinkt einen Schluck des *Vernaccia di San Giminiano* und wendet sich an Christa: »Und was für Leute kommen da so? Wer genau muß man sein, um von dir so aufwendig umtuttelt zu werden?«

Als es dunkel ist und erste Sterne am Himmel aufleuchten – ungefähr halb zehn ist es jetzt –, kommt Fred von der Toilette. Im Wohnzimmer sitzen Nora und Robert, denen es draußen zu kühl geworden ist, und außerdem wollte Nora einen Blick in Roberts Bücher werfen. Sie hat ihre Arme hinter dem Kopf verschränkt und präsentiert ihm ihre Achselhöhlen. Auf dem Tisch stehen zwei Weinflaschen, die eine leer, die andere halbvoll. Roberts Romane liegen auf dem Steinfußboden neben Noras kurzen rotlackierten Zehen. Wenn sie über Literatur redet, hat sie stets etwas Affektiertes, besonders wenn sie dabei trinkt.

Fred tritt hinaus auf die Terrasse, im Garten wartet Christa Hanson auf ihn. Es hat sich herausgestellt, daß sie sich am Nachthimmel sehr gut auskennt und in der Lage ist, Sternbilder zu identifizieren und einzelnen Sternen, die zusammenhanglos zwischen den Ästen des Olivenbaumes im hinteren Teil des Gartens hindurchblinken, ohne Umschweife einen Namen zuzuordnen;

verblüffend. Ebensogut könnte sie nach Freds Dafürhalten die Oliven des Baums einzeln benennen. Seine Augen brauchen einen Moment, um sich an die Dunkelheit zu gewöhnen. Er setzt sich, in der Grillschale verglühen die letzten Kohlen, lautlos flimmernd, ein Firmament im kleinen.

»Siehst du den?« Christa taucht ihren Arm in das Schwarz über ihren Köpfen und deutet auf irgendeinen der Sterne dort. »Der ist weiß und sehr hell. Manche sind bläulich, andere rot. Sie haben eine Individualität. Als wir hier eingezogen sind, habe ich mir eine drehbare Sternkarte gekauft. Es ist nicht so kompliziert, wie man im ersten Moment vielleicht denkt. Ich gebe dir eine Einführung.« Sie steht auf und wirft ihr Stuhlpolster flach auf den warmen Boden, der mittlerweile dunkler ist als der Himmel über ihnen, und fügt hinzu: »Am besten, wir legen uns dazu hin.«

Fred steht auf, die Kohlen in der Grillschale knistern leise. Er sieht zu, wie Christa sich bückt und das Sitzpolster in eine Richtung dreht, die ihr offenbar besonders gut geeignet zu sein scheint, aus diesem großen Fenster zu sehen: Nacht. Dann blickt sie auf zu ihm, ihr Körper ein Bündel blasses Licht zu seinen Füßen. Halb neugierig, halb sich ihrem Willen fügend, erweitert er ihr Lager mit seinem Sitzpolster zu einer Art Doppelbett. Das Zirpen der Grillen und der süßliche Geruch der Nacht. Er streckt sich aus: Wie groß der Nachthimmel ist, wenn man ihn liegend betrachtet; die Erde hängt an einem riesigen schwarzen Fallschirm. Am Boden sind die Düfte besonders intensiv, die Luft ist überladen mit Blütenstäuben und Fortpflanzungsentschlossenheit. Nächte wie diese wecken in Fred das Bedürfnis, Teil zu sein von all diesen undurchschaubaren Evolutionskreisläufen um einen herum, er möchte sich in irgend etwas vergraben, in die pausenlose Fruchtbarkeit der Erde, in die warme Masse von Mutter Natur.

Christa streckt ihren Arm aus, erhebt ihre seidig schimmernde

Elle zum Zeiger dieser größten aller Uhren: Kosmos. Der Polarstern, um den sich alle anderen drehen, auch wenn davon bei noch so genauem Hinsehen nicht das geringste mitzubekommen ist, doch Fred ist gewillt, es zu glauben, ist eher unscheinbar. Wega, höher stehend und angeblich bläulich-weiß, wirkt bedeutender. Sterne und Planeten werden unter Christas Anleitung zu den Fähnchen eines weitgeschwungenen Zeigefinger-Slalomlaufes auf dem schwarzen Schnee der Nacht. Venus ist nicht mehr zu sehen; sie, die Schöne, geht immer als erste unter.

»Ich suche Schönheit lieber auf der Erde«, philosophiert Fred. Der Rasen ist noch schwärzer als das Weltall, sie liegen in einem See aus dunklen Pflanzendüften. »Außerdem würde mir wohl die Geduld für die Astronomie fehlen. Der Himmel kommt mir vor wie ein riesiger Knoten, bei dem man erst einmal den Anfang finden muß, um weiterzukommen. Aber schon daran würde ich scheitern.«

»Ich frage mich«, sagt Christa und senkt ihren Arm, um einen Moment auszuruhen, »ob die Beschäftigung mit dem Nachthimmel einen in religiösen Dingen weiterbringt.«

Freds Blick bohrt sich in das hohle Gerippe eines Sternbildes, das sie ihm vor ein paar Minuten erklärt und dessen Namen er schon wieder vergessen hat. Er sagt: »In puncto Glauben sind ja heutzutage mehr oder weniger alle gleich. Unfreiwillige Atheisten oder so.«

»Schade eigentlich«, überlegt sie. »Alle glücklichen Menschen sind davon überzeugt, daß es noch etwas hinter den Dingen gibt.«

»Alle unglücklichen auch«, sagt er.

Sie schweigen einen Moment, und die laue sirrende Wärme der Luft sickert in die Pause. Kaum zu glauben, wie hauchdünn dieses Reich der Fruchtbarkeit ist und wie bald es sich nach oben hin verliert, um irgendwo in das kalte physikalische Vakuum des

Weltraums überzugehen. Vielleicht hatte die Kirche ja recht, den Himmel mit ein bißchen göttlicher Wärme anzufüllen. Rom ist nah, und all diese Päpste haben ihre Blicke in die gleiche Nacht gebohrt und dieselbe Luft geatmet wie Fred jetzt. Sie wußten schon, wovon sie redeten. Liebe und Lust. Astronomie ist eine grausame Wissenschaft. Dieser erbarmungslos leere Himmel, dieses eiskalte Nichts zwischen den Sternen: Deneb, Gemma, Sirrah, Albireo – Fred stellt fest, daß ihre Namen ebenso schnell aus ihm hinaustropfen, wie Christa sie hineingeträufelt hat. Die Sicherheit, mit der sie den Lichtpünktchen Namen zuweist, erscheint ihm irgendwie blasphemisch. Warum reißt man die Sterne überhaupt aus der Anonymität ihres stolzen namenlosen Scheinens? Das Firmament oder die Liebe: Wie kompliziert die Dinge werden, sobald Namen ins Spiel kommen.

Er sagt: »Man kann sich nicht selbst betrügen und so tun, als ob man gottesfürchtig oder in irgendeiner Weise religiös wäre. Andere kann man damit vielleicht täuschen, aber sich selbst nicht.«

Christa richtet ihren Arm wieder auf, und von unten sieht es so aus, als werde sie nun gleich dirigieren, als seien Sternbilder und Planeten ihr Orchester; Fred findet allmählich Gefallen an diesem Nocturne, und er hat das Bedürfnis, seinen Gedanken zur Religion eine versöhnliche Note hinzuzufügen.

»Es kann schon vorkommen, daß ich an Gott glaube«, sagt er. »Gelegentlich halt. Aber im großen und ganzen wohl eher nicht. Ich will mir da nichts vormachen. Das Problem ist doch: Wie will man ohne Notlage herausfinden, ob man religiös ist?«

Christa dreht sich zu ihm und sagt: »Siehst du den dort, diesen hellen Stern im Adler? Findest du denn nicht auch, daß er rot ist? Tiefrot?« Und unterhalb des Sternbildes des Schwans, befindet sich das des Pfeils.

Etwas später möchte sie ihm einen Nebel zeigen, ein angeblich ovales verwaschenes Objekt, das sich ihrem Arm zufolge in der Nähe eines hellen Sterns namens Schedir befinden müßte, was soviel wie Brust bedeutet, wie sie erklärt, und der nun wiederum orange sein soll, und ganz unerwartet hat Fred diesen Eindruck von Farbigkeit jetzt erstmals auch. Diesen Schedir wird er sich merken, ein sympathischer Stern. Allerdings vermag er an der bezeichneten Stelle weder einen Nebel noch sonst irgend etwas zu erkennen. Oder ist da ein verwaschener Fleck? Ein Fingerabdruck? Etwas, das man auf einer Scheibe würde wegwischen wollen? Seine Augen schmerzen, weil er versucht, sie auf irgend etwas scharf zu stellen, von dem er nicht einmal weiß, ob es existiert. Er hat den Wunsch, kleine Reißzwecken an den Himmel zu heften, überall dorthin, wo er schon gesucht hat. In seinem Arm lauert der Impuls, sich einfach auszustrecken und nach oben zu greifen. Der Himmel wirkt auf einmal ganz nah: Ihn zu sich hinziehen wie eine Frau, ihn auf sich herabsinken lassen, langsam seine laue Schwere spüren. Welches Gewicht hat die Nacht? Vielleicht hat Christa recht: Irgend etwas *muß* dort sein. Freds Augen weigern sich, wie blind herumzuirren in der Leere des Weltraums, und auf einmal sieht er dort oben Kreuze, hier eines und dort eines und dort, kleine und große Kreuze, liegend, stehend und auf dem Kopf. Je länger er ins Nichts starrt, um so mehr scheinen sich alle Sterne zu Kreuzen zusammenzufinden; sämtliche Tiere und Figuren, das gesamte Dickicht der Sternbilder, durch das Christa ihn geführt hat, ist nur noch eine einzige Mischung von hunderten, mit silbernen Nägeln ans Firmament geschlagenen Kruzifixen. Und irgendwo in diesem Über- und Nebeneinander von Kreuzen erscheint jetzt ein winziger, nebliger Fleck: ein Auge. Was Christa Andromedanebel nennt, ist ein Auge, stellt sich heraus, ein Auge, das sich öffnet, müde und diffus zuerst, aber dann gewinnt es an Schärfe, pulsiert und richtet sich immer präziser auf ihn, Fred, der auf dem Boden liegt wie auf der harten Couch eines übermächtigen, ihn aus allen Richtungen des Weltalls scharf beobachtenden Psychiaters. Hilfe! – Er ist das Versuchskaninchen Gottes. Er ist hierher neben Christa Hanson gelegt worden zum Zwecke einer bestimmten Untersuchung, deren Sinn ihm niemals mitgeteilt werden wird … Ihr ein- und ausatmender Leib … Jungfrau, Steinbock, Schlange, Krebs – der Himmel eine gigantische Soap, eine monströse Mythenmaschine, dazu geschaffen, Leute wie ihn ins Unglück zu stürzen … Fred schließt die Augen, und seine Gedanken sinken zurück auf die Erde … Unangenehme Vorstellung, dort draußen könnte *tatsächlich* jemand sein, jemand, der sich das Recht herausnimmt, über einen zu urteilen. Der Himmel ist zu groß, zuviel Platz will angefüllt werden. Wenn es einen Gott gibt, dann weil man die Leere nicht erträgt, all diesen immensen schwarzen schweigenden Raum zwischen diesen winzigen verlorenen Sternennägeln …

»Tut mir leid.« Fred dreht sich zu Christa und deutet mit ausgestrecktem Finger auf den vor lauter Sternen mittlerweile aus allen Nähten platzenden Maremma-Nachthimmel. »Wenn du mich fragst, dann täuschst du dich: Da oben ist nichts …«

Aber hier unten, hier unten …

Scheinwerferkegel quälen sich stolpernd über die Straße, verlieren sich, geschüttelt von Schlaglöchern, mal in der Ferne und versiegen dann wieder kurz vor der Stoßstange. Im Wagen riecht es nach den beim Grillen verbrannten Fetten der Lammkoteletts, deren Dunst sich in der Kleidung festgesetzt hat. Nora, die neben Fred sitzt, ist betrunken. So, wie es aussieht, hat sie mit Hanson rund zwei Flaschen Wein im Wohnzimmer gekippt. Es kommt Fred vor, als seien ihre Haare dadurch aufgequollen. Ihr Kopf wirkt runder, und ihr Gesicht hat seinen feinen Schnitt verloren. Als er mit Christa ins Wohnzimmer gekommen ist, weil es im Garten zu kühl wurde, saßen Nora und Robert immer noch auf dem Sofa. Das gelbe Kerzenlicht, das sie umgab, war kugelförmig und abweisend. Als er vorschlug zu gehen, war Nora wahrscheinlich nur deswegen dafür, weil es keine Möglichkeit gab, dagegen zu sein. Sie nahm Hansons drei Bücher vom Boden, und auf ihre Bitte hin signierte er sie mit einer lautlos und beinahe wie von selbst auf dem Papier erscheinenden Unterschrift. Zum Abschied küßte er sie zuerst auf die rechte Wange und dann auf die linke. Fred hatte den Eindruck, als hätten sie auf einmal sogar die gleiche Hautfarbe.

»Die beiden sind ja wirklich sehr nett«, faßt Nora ihre Eindrücke vom heutigen Abend mit schwerer Zunge zusammen.

»Die beiden? Mit *ihr* hast du doch kein Wort geredet.«

»Wir sollten sie in Berlin mal einladen.«

»Wenn du meinst.«

»Worüber habt ihr euch denn unterhalten?«

»Über dieses und jenes.«

In Noras Schoß liegen Hansons Bücher. Sie nimmt das oberste in die Hand und schlägt es irgendwo auf. »Das ist ein Sammelband mit erotischen Kurzgeschichten, der vor kurzem erschienen ist. Von dem hatte ich schon gehört.«

»Erotische Geschichten? Von ihm? Traut man ihm gar nicht zu.«

»Wieso nicht? Nur weil seine Frau ein wenig mollig ist?«

»Mollig? Sie ist doch schlank.«

»Sie ist nicht dick. Aber auf keinen Fall schlank. Was bin ich denn dann?«

»Mager.« Fred steuert den Wagen auf die Hauptstraße, auf der er ruhiger läuft, und sagt: »Ich habe den Eindruck, Christa ist klüger als Robert. Wir haben uns über den Nachthimmel unterhalten. Wußtest du, daß Stern keineswegs gleich Stern ist. Bei genauerem Hinsehen haben sie sogar unterschiedliche Farben.«

Wie zum Beweis versucht er irgendeinen Stern hinter der

Windschutzscheibe zu entdecken, aber die Scheinwerfer sind zu hell und blenden ihn.

Nora legt Hansons Buch wieder in ihren Schoß. »Ich fand, es sah so aus, als hätte Christa Neurodermitis. Manchmal war ihre Haut etwas fleckig.«

»Neurodermitis? Mag sein. Haben heute ja scheinbar alle.« Die Nacht säuselt friedlich an den Scheiben vorbei, von vorn nähern sich grelle Scheinwerfer. Sie sind nicht weiß, sondern weißlich-violett, in etwa so wie Wega. Die sonnengelben Lichtkegel des Citroën haben keine Chance gegen den Farbton, und auf einmal mischt sich alles, was man sieht, zu grau.

»Oder hast du etwas dagegen, sie in Berlin einzuladen?«

»Nein, warum?«

»Vielleicht kannst du mit ihm ja mal zusammenarbeiten.«

»Mit wem? Mit Hanson?« Sie muß wirklich betrunken sein.

Sie nickt. »Er hat mir erzählt, daß er eine Reihe von guten Ideen für Drehbücher hat.«

»Gleich eine Reihe. Na dann!«

»Du willst doch raus aus dem Seriengeschäft.«

»Wer sagt das?«

»Du.«

»Alle wollen irgendwann raus aus dem Seriengeschäft.«

»Ich könnte mir vorstellen, daß Roberts Ideen wirklich gut sind.«

»Ich nicht.«

Nora sieht ihn an, und die Bewegung weht die Spur eines Geruchs zu ihm hin, den er nicht kennt. »Also abgemacht: Wir laden sie ein, und ihr unterhaltet euch mal.«

»Meinetwegen«, antwortet Fred.

In diesem Moment erreicht die Straße mit einer letzten weiten Biegung eine Anhöhe, der schwarze Baumtunnel der Macchia öffnet sich, und auf einmal ist er wieder da: der Sternenhimmel.

Groß und hoch. Ein anderer Himmel ist es, als er es vor diesem Abend war. So sollte es immer sein: In einem alten Citroën durch die italienische Nacht gondeln und dabei zusehen, wie die Lichtkegel der Scheinwerfer trichterförmiges Nachtleben aus der Dunkelheit schälen. Silberne Nachtfalter und Zikaden, in die Flucht geschlagen auf hell blitzenden Bahnen. Und irgendwo dahinten, dort, wo die Scheinwerfer schon längst nicht mehr hinreichen, ist auch noch Leben, und dahinter auch noch, es hört niemals auf, das ist es, was man so leicht vergißt, was man sich niemals so richtig klarmacht, diese Endlosigkeit …

Als sie sich ihrem Haus nähern und die Straße vertrauter und einspurig wird, verschwindet der Sternenhimmel wieder hinter dem sich zuziehenden Vorhang der Macchia. So wie damals gegen Ende ihrer kirchlichen Trauung der goldene Hostienkelch unter dem quadratischen Meßtuch verschwunden ist, das die zittrigen Hände des grauhaarigen Pastors über ihm ausbreiteten. Von der Orgelbühne herunter tönte eine dünn registrierte Fuge dazu, so gleichförmig wie ein abendlicher Landregen. Eigenartig, daß sich Fred gerade an diesen Moment des Stillstands so deutlich erinnert. Nach einem letzten Gebet hob der Pastor seine Hände zum Segen. Er wirkte so schwach, der alte Herr, so verletzlich. Wie die Ehe selbst.

Es gibt nur wenige Augenblicke, von denen man weiß, daß sie einem ein Leben lang mit unverminderter Klarheit in Erinnerung bleiben werden. Splitter, die am Ende das sind, was gewesen sein wird. Und auf einmal hat Fred den Eindruck, als habe er heute abend einen dieser so seltenen, so wertvollen Augenblicke erlebt: Den, als Christa Hanson neben ihm lag und, ihren Zeigefinger in den Himmel bohrend, sich mit einem sanften Flüstern seinem Ohr näherte: »Aber sieh nur genau hin! Er ist doch rot! Tiefrot.«

———

Graue Äste und graue Blicke. In den Baumkronen und auf den Gesichtern der Menschen hat sich der Herbst eingenistet. In die Rinnsteine gewehtes Laub säumt die Straßen, und in den Hausecken sammeln sich raschelnde Häufchen aus verdorrten Blättern, die mit den Winden über Münchens Plätze ziehen, brüchig und gelb, Krümel vom großen Laib des Sommers. Die Erinnerung an ihn verblaßt schon; er war heiß, aber kurz. Der Himmel verliert von Woche zu Woche an Höhe, die Tage werden kürzer. Weiche Polster aus Warmluft wallen aus den Eingängen der Warenhäuser, und in den Schaufenstern, diesen ständig vorgehenden Uhren, ist längst Winter. Dieses Jahr sind gedeckte Braun-, Umbra- und Lehmtöne in Mode, durchweg Farben, die sich verlieren, sobald man die Kleidungsstücke auf die Straße trägt. Zwischen den trockengelegten Springbrunnenhauben, grauen Zementsitzblöcken und Abfallkörben am Karlsplatz suchen Tauben den Boden nach Eßbarem ab. Die Tiere sind rund wie Bälle, aber nicht, weil sie satt wären, sondern weil sie frieren. Ansonsten ist in den Einkaufsstraßen momentan nicht viel los, denn es ist Mittagszeit.

Kathrin Hoffmann betritt ein Café mit graublauen Sitzbezügen, dünner Auslegware in der Farbe von süßem Senf und rötlichgelben Paneelen aus imitiertem Wurzelholz an den Wänden. Hier drin verliert sich alles Herbstliche, das Licht scheint plötzlich aus einem anderen Material zu sein, statt kalt und fern ist es jetzt nah und gelblich schlaff. Es riecht nach Mänteln und Kaffee, und im Eingangsbereich wird süßlicher Gebäckduft durch die Türflügel herein- und wieder hinausgeschoben. Sahnetorten, Blechkuchen, Obstböden – hinter dem gebogenen Glas des Tresens leuchten noch die Farben des Sommers, die höchstens durch manch dicken Tortenguß hier und da etwas künstlich wirken wie zu dick aufgetragenes Make-up. Das Rot und Orange der halbierten Erdbeeren und Aprikosen erscheint unter der Gelatine kandiert-kräftig, und das Grün der Kiwischeiben ist so intensiv wie das von Laubfröschen. Die aus schwerer Sahne aufgeschichteten Torten sind nicht so bunt, dafür aber dreimal so hoch. Ein übriggebliebenes, einzelnes Stück Schwarzwälder Kirschtorte läßt Kathrin an den Bug der Titanic denken, an die Spitze, auf der Leonardo DiCaprio und Kate Winslet der Sonne entgegengeschwebt sind mit ausgebreiteten Armen. Im Kino haben alle um sie herum geweint.

Im vorderen Teil des Cafés nahe den Fenstern gibt es kleine runde Tische im Bistrostil, an denen dünnbeinige Stühle mit Flechtlehne stehen, während man im hinteren Teil zwischen kugeligen Milchglasleuchten auf gepolsterten Sitzbänken Platz nimmt. Nachdem Kathrin sich dorthin gesetzt hat, kommt die Bedienung, eine falsche Blondine um die Fünfzig, an den Tisch. Auch ihr Make-up ist zu dick aufgetragen, und der Bewegung ihrer Hand nach zu urteilen, macht sie auf ihrem Block gerade mal ein Häkchen, als Kathrin einen Kaffee und einen Cognac bestellt. Ihr zerflossenes Kellnerinnengesicht bleibt ausdruckslos dabei, Kathrin fühlt sich von ihr durchschaut und wendet sich ab. In einem viereckigen Plastikbottich neben dem Tisch hält sich ein mageres Farngewächs mit harten, gefiederten Blättern, die es aufgegeben haben, den Fenstern zuzustreben. Die Pflanze wurzelt in einem rötlichen Tongranulat, genaugenommen scheint sie nur darin zu stecken, denn ihr Stumpf verschwindet einfach zwischen den harten, trockenen Kügelchen, die vollkommen geruchlos sind. Wie zäh Leben sein kann. Selbst ohne Erde und Licht weigert es sich noch einzugehen.

Nach einer knappen Viertelstunde öffnet sich die Eingangstür, und ihre Schwester Nike stürmt herein. Sie ist vier Jahre jünger als Kathrin und hat ein V-förmiges und leicht nach innen gewölbtes Gesicht. Ihre Haare sind lang, dünn und von einem grünlichen Hellblond; hochgesteckt, vergrößern sie ihren Kopf mit einem Polster aus blaß umsponnener Luft.

»Hall*oo!* meine Liebe«, ruft sie überschwenglich, und die Euphorie, die sie mitbringt, schlägt wortreich über Kathrin zusammen: »Wo sind wir denn *hier* gelandet? Ich bin so froh, daß es geklappt hat. Ich hatte so eine panische Angst, wir würden uns verpassen. Als ich dich hier sitzen gesehen habe, ist mir ein Stein vom Herzen gefallen. Ich habe mich den ganzen Vormittag über wie verrückt auf dich gefreut.«

Ihre Umarmung gießt einen Schwall kalter Herbstluft über Kathrin aus. Sie sagt: »Es ist so ruhig hier, und man kann sich gut unterhalten. Wenn du mehr Zeit mitgebracht hättest, wäre die Auswahl größer gewesen.«

»Ja, furchtbar, ich weiß.« Nikes Bedauern haftet, wie allen ihren Gefühlsregungen, etwas Vorgefertigtes an. »Wenn es nach mir ginge, würde ich jedesmal über Nacht bleiben.«

»Das klingt, als wärst du sehr häufig hier. Aber oft kommt es ja nicht vor.«

»Ja, du hast recht. Ich sollte mir die Zeit einfach nehmen. Man muß sich nehmen, was man will, sonst bekommt man nichts. Wir leben in einer unbarmherzigen Zeit.« Mit diesen Worten klappt sie die Karte auf und sieht sich um. »Ob man es hier riskieren kann, ein Glas Wein zu bestellen? Wohl kaum. Ich überlege, was ich nehmen könnte. Ist das Cognac oder Weinbrand?«

»Wann mußt du denn wieder los? Weißt du, daß du schon beinahe seit einem Jahr nicht mehr zu Hause warst. Mama macht sich große Vorwürfe. Neulich wollte sie am Telefon von *mir* wissen, wie es *dir* geht.«

»Was soll ich machen? Ich muß ja erst einmal Tritt fassen. Die Filmbranche ist hart. Da heißt es: Mädchen, lerne erst mal, wie bei uns der Hase läuft.«

Die Bedienung kommt an den Tisch, Nike sieht auf und begrüßt sie mit ihrem taghellen Lächeln, die beiden Gesichter sind sich so fern wie Sonne und Mond.

»Ich nehme dasselbe, was meine Schwester hat«, sagt sie.

Die geschwisterliche Gemeinsamkeit, die sie auf diese Weise herzustellen versucht, kommt Kathrin vor wie ein geschäftlicher Dreh, ein Griff in die Trickkiste ihres Jobs. »Wir könnten heute abend nach Endnang fahren«, schlägt sie vor. »Übernachten kannst du anschließend bei mir, und morgen früh nimmst du die erste Maschine. Ich fahre dich raus.«

»Ich muß heute abend wieder in Berlin sein. Ich sehe da ein paar wichtige Leute.« Nike läßt die Bemerkung einen Moment lang im Raum stehen. Dann sagt sie: »Wie geht es Lenni?«

»Ich habe ihn zu den Eltern gebracht. Es gefällt ihm dort.«

»Kommst du denn zurecht?«

Kathrin fühlt sich überrumpelt vom direkten Ton dieser Frage, die ihr darüber hinaus aus zu grobem Holz geschnitzt ist: Zurecht kommt man immer. Zurechtkommen heißt den Alltag bewältigen. Waschen, einkaufen, kochen. Heißt Lenni in den Kindergarten bringen oder nach Endnang. Heißt Tage aneinanderreihen. Morgens aufstehen und abends zu Bett gehen. Fünfzehnter, sechzehnter, siebzehnter … – das heißt zurechtkommen.

»Ja, ich komme zurecht«, sagt sie kühl. »Hast du gedacht, ich würde es nicht schaffen? Alle scheinen das zu glauben.«

»Aber nein. Wie kommst du denn darauf? Du bist empfindlich zur Zeit, und das ist nur zu verständlich.«

»Die Eltern glauben jedenfalls, daß ich es nicht schaffe. Ich nehme an, sie sehen mich schon in irgendeiner Nervenheilanstalt. Sie wollen, daß ich zu ihnen ziehe. Zumindest haben sie es mir angeboten.«

»Und?«

»Sie könnten auf Lenni aufpassen und ich endlich mit meiner Mappe fertig werden.«

»Dazu brauchst du doch nicht nach Endnang zu ziehen!«

»Ich habe nicht ernsthaft daran gedacht. Aber warum eigentlich nicht?«

»Weil es absurd ist.« Nikes Entsetzen über den Punkt ist ihre erste glaubwürdige Reaktion. Ihr Gesicht fällt für einen Moment zusammen, als hätte sich die Arretierung eines Sonnenschirms versehentlich gelöst. Es wird spitz, und auf einmal erkennt man das Gestänge darunter: In Wahrheit sieht sie müde aus. Sie gestattet sich nicht mehr als drei oder vier Stunden Schlaf pro Nacht und nimmt Drogen – das ist es, was Kathrin vermutet.

Nike bekommt ihren Kaffee, die Milch ist grob geschäumt, die Blasen zerplatzen schon. »Warum ergreifst du die Gelegenheit nicht, neu anzufangen? Es ist eine Chance. Arbeite nicht weiter an deiner Mappe, sondern nimm, was du hast, und geh dich vorstellen. Deine Entwürfe sind perfekt, soviel sieht jeder. Und letztlich zählt der persönliche Eindruck.«

Dieser penetrante Dünkel, sich in der harten Wirklichkeit besser auszukennen. Kathrin sagt: »Es gibt Hunderte wie mich. Hunderte *ohne* Kind.«

»Du schaffst es, wenn du es willst.«

»Das hat Thomas auch immer gesagt.«

»Weißt du, daß ich ihn nie besonders gemocht habe. Er hat kein Stehvermögen. Sobald es Schwierigkeiten gibt, läuft er weg. Du solltest ihm keine Träne nachweinen. Aber was deine Arbeit angeht, hat er recht. Irgendwann muß man ins kalte Wasser springen, daran führt kein Weg vorbei.«

Kathrin trinkt ihren Cognac. Durch den bauchigen Schwenker betrachtet, erscheint Nike verzerrt und fern und klein. Zerflossen zu einem schmalen sichelförmigen Horizont, fristet sie, eingezwängt zwischen dem Glas und der Flüssigkeit, ein Randdasein.

»Ich bin nicht wie du.« Sie stellt den leeren Cognacschwenker zurück. Das Zerrbildchen huscht aus dem Glas wie ein Geist aus seiner Flasche, und da sitzt sie wieder, groß und schön: Nike.

»Du bist es, die die Wahl hat«, sagt sie. »Du kannst von deinem geschiedenen Mann finanziell abhängig werden oder eben nicht.«

»Noch sind wir ja nicht geschieden.«

Nike stutzt. »Wie meinst du das? Gibt es irgendeine neue Entwicklung, von der ich noch nichts weiß?«

»Das soll einfach nur heißen, daß wir noch nicht geschieden sind. Es gibt ja noch nicht einmal einen Gerichtstermin.«

»Na gut, ihr könnt euch noch eine Weile ums Geld streiten, wenn du das meinst.«

»Wir streiten nicht ums Geld. In dieser Hinsicht ist es einfacher, als du denkst: Thomas will nichts. Er sagt, ich kann alles haben. Das Haus, das Kind.«

»Ach? Das wußte ich gar nicht.« Da sich keine Gelegenheit gefunden hat, einander zuzutrinken, nimmt Nike das Cognacglas, schiebt den kurzen Stiel zwischen Mittel- und Ringfinger, umgreift den Schwenker und versenkt ihren Blick in die Flüssigkeit. Regungslos sitzt sie auf einmal da, und ihre hochgesteckten Haare wirken einen Moment lang wie ein verlassenes Nest. Irgend etwas hat ihre Aufmerksamkeit erlöschen lassen. Noch nie hat sie sich lange konzentrieren können, als Kind saß sie manchmal da wie tot. Sie hat immer nur das An oder das Aus gekannt – so war es damals, und so ist es noch. Als wäre man mit drei schon, was man mit dreißig einmal sein wird.

Kathrin sagt: »Geld ist zwischen uns kein Thema. Thomas ist in irgendeiner dieser hundert Krisen, die Männer im Laufe ihres Lebens durchlaufen. Frag mich nicht, wie diese nun wieder heißt. Jedenfalls ist *er* es, der ganz neu anfangen will.«

Nike erwacht mit einer kleinen Drehung ihres Handgelenks und einem kurzen Senken ihrer Augenlider: ein kaum merklicher Blick auf ihre Uhr. »Das ist ein Trick«, sagt sie und stellt das Cognacglas, ohne getrunken zu haben, wieder auf den Tisch. »So etwas gibt es nicht, glaub mir. Geld ist immer ein Thema. Dein

Ex oder zukünftiger Ex, oder wie auch immer du ihn am liebsten bezeichnet haben möchtest, hat irgend etwas vor. Aber selbst wenn es nicht so sein sollte und er einfach nur kopflos davonläuft, mußt du dich auf deine eigenen Füße stellen. Vielleicht zahlt er dieses Jahr und auch das nächste noch. Aber irgendwann wird er sich fragen, wofür er eigentlich zahlt. Was das alles noch mit ihm und seinem Leben zu tun hat. Und dann kannst du hinter ihm herrennen und ihn um jeden Pfennig anbetteln.«

Das sagt auch Beutler, Kathrins Anwalt, aus dessen lachsrosa Gesichtszügen sein Atem stets süß wie eine Wolke verdampfender Gummibärchen hinausweht. Bei dem Gedanken an ihn steigt in Kathrins Leib jene drückende Übelkeit auf, die nunmehr seit Wochen in ihr wohnt, ein launischer Parasit, der immer zu Unzeiten erwacht und ihren Bauch zugleich aussaugt und aufschwemmt, so daß sie sich manchmal ausstülpen möchte. Die Welt hat zuviel in sie hineingestopft, Fremdes, Angstmachendes, seit Jahrzehnten. Und jetzt auch wieder das: Leben.

Sie schüttelt den Kopf. »Es dreht sich nicht immer alles ums Geld.«

Nike nimmt ihr Cognacglas wieder zur Hand. »Worum soll es sich denn sonst drehen bei einer Scheidung? Und warum auch nicht? Geld schafft übersichtliche Verhältnisse. Gott sei Dank. Ich fühle mich wohl darin.« Diesmal trinkt sie.

»Und was ist mit den Kindern?«

»Ich denke, er will es nicht.«

»Das eine nicht. Aber vielleicht will er ja das andere.«

»Wie meinst du das?«

»Wie denn wohl?« Sie hat es nicht sagen wollen, aber einmal muß sie es ja sagen. Man kann so etwas nicht wochenlang mit sich herumtragen. Vielleicht hat sie sich nur mit Nike getroffen, um es endlich loszuwerden. Nike mag eine unerträgliche Person sein, maniert, charakterlos und erfolgssüchtig – aber sie ist immer noch ihre Schwester. Als sie sich vorbeugt, ihren Kopf ein wenig in den Nacken lehnend, scheint ihr V-förmiges Gesicht nur noch aus Neugier zu bestehen.

»Sorry, aber da komme ich nicht ganz mit.« Ihre Oberlippe steht fragend vor. Im Vergleich zur Unterlippe ist sie groß und fleischig – Vaters Lippen, dessen Küsse immer feucht und großflächig waren.

Die Übelkeit in Kathrins Leib schwillt an und durchsäuert ihren Atem, als sie sagt: »Thomas und Lenni haben nie eine Beziehung zueinander gefunden, aber vielleicht bringt ihn ja eine Tochter zur Vernunft. Deswegen sage ich, daß wir noch nicht geschieden sind.«

»Das heißt also …?«

»Ja, das heißt es.«

»Ein Mädchen?«

»Ich glaube, ja. Es ist ein Gefühl.«

Im Moment aber fühlt sie dort unten nur das: diese moderige Flauheit. Sie macht sich Vorwürfe wegen des Cognacs, den sie durch ihr Blut zirkulieren spürt. Wie hat sie Alkohol trinken und so ihr Ungeborenes mit hineinziehen können in die trostlose Region ihres Lebens. Sie ist keine gute Mutter, und sie ist eine schlechte Schwangere. Wahrscheinlich sind alle Vorhaltungen, die Kinder ihren Eltern irgendwann einmal machen, ganz einfach wahr.

Nike lehnt sich zurück. »Wann ist es denn passiert?«

Ihre platte Neugier, nachdem das Geheimnis nun gelüftet ist, stößt Kathrin ab. »Ich bin im dritten Monat.«

»Aber ihr habt euch doch schon vor einem halben Jahr getrennt oder so. War das nicht im Sommer? Als du mich damals angerufen hast, war ich auf einer Gartenparty, die stinklangweilig war. Es war unglaublich heiß, und es hat mich furchtbar deprimiert zu hören, daß es dir so schlechtging.« Sie sieht Kathrin mit einem Blick an, in dem sich Verachtung in Mitgefühl kleidet. Mutters Blick. »Wie ist es denn dazu gekommen?«

Kathrin wendet sich ab. »Wie schon!«

»He, *du* wolltest doch reden.«

»Ja, reden. Aber du fragst mich aus.«

»Das stimmt nicht.«

»Schon gut.« Eine neue Woge des Unwohlseins steigt in Kathrin auf, verebbt zögernd unterhalb ihres Rachens. Die nächste Welle wird über das Ufer ihrer Kehle treten, und ein falscher Reflex läßt Speichel in ihrem Mund zusammenfließen, dessen Geschmack bitter ist vom Kaffee. »Es ist eben passiert. Nachdem Thomas ausgezogen ist, haben wir uns manchmal noch gesehen. Das ließ sich gar nicht verhindern.«

»Und jetzt?«

»Ich weiß es nicht. Vielleicht sollte ich wirklich nach Endnang ziehen.«

»Ich glaube nicht, daß das eine gute Entscheidung wäre.«

»Endnang ist so schlecht nicht. Du solltest nicht alles ablehnen, was nicht in dein Berliner Leben paßt. Bist du denn glücklich? Du kannst ja nicht einmal eine Stunde ruhig dasitzen und zuhören, ohne auf die Uhr zu sehen.«

»Sorry«, Nikes Ton verhärtet sich, »aber nicht *ich* bin in eine Sackgasse geraten, Schwesterherz.« Sie trinkt ihren Cognac aus und sagt dann: »Es stimmt, Endnang ist mir schnurzpiepegal. Ich finde, wir sind dort nur unterdrückt worden, und zwar nicht, weil Mama und Papa besondere Monster wären, sondern weil sie es gerade nicht sind. Sie haben uns mit ihrer Durchschnittlichkeit gequält.«

»Du bist undankbar«, sagt Kathrin.

Nikes Stimme wird weicher, nachdenklicher. »Ja, vielleicht bin ich das. Ich könnte meinen Bauch niemals mit einem anderen Wesen teilen.«

»Bist du sicher?« sagt Kathrin. Die Übelkeit steigt wieder in ihr auf, aber vielleicht ist es auch Haß. »Vielleicht will man nur dort, wo du lebst, keine ...«

»Keine was?«

»... Mütter ...« Sie springt auf, in ihrer Kehle findet sich kein Platz mehr für Worte. Mit einer Drehung ihres Körpers windet sie sich zwischen der künstlichen Marmorierung des Bistrotisches und den Farnfächern durch, deren Fiedern hart sind und stechen wie Nägel. Von unten her füllt sich ihr Rachen mit jenem ekelhaften Gebräu aus Halbverdautem, das ihr Magen zurückweist, aber irgend etwas hindert sie daran, den widerlichen Brei einfach auf den senffarbenen Teppichboden zu spucken. Ihre Backen blähen sich, doch ihr Mund bleibt verschlossen. So ungeschützt im Zentrum von Neugier und Schaulust zu stehen ist schlimmer als der Aufruhr in ihrem Innern, und als sich die Blicke der anderen Gäste auf sie richten wie Kompaßnadeln, verriegelt dieses Angestarrtwerden ihre Lippen noch fester. Tränen treten ihr in die Augen. Die Toilettentür, gestrichen in einem leberfarbenen Braun, taucht mit grober Maserung vor ihr auf, eine Messingfigur ist daran angebracht, die an eine verschnörkelte Laubsägearbeit erinnert und eine Frau in einer Tracht darstellen soll. Pralle Landgesundheit, Endnang. An den Garderobenhaken direkt neben der Toilettentür hängen Mäntel und Jacken, drohend und abweisend in ihrer Sauberkeit: sich darüber ergießen. Doch Kathrin ist schon daran vorbei, die WC-Tür springt auf, und der helle Käfig gekachelter Toilettenwände nimmt sie auf, linker Hand das rettende Waschbecken, ganz weiß und unberührt ist es, sanft schimmernd wie die Höhlung einer Muschel, und hier endlich sprudelt es aus ihr heraus, grünbraun schießt es in das Weiß des Beckens. Irgendwann lasten Nikes Hände auf ihren Schultern, schwer vor Nutzlosigkeit. Sie hat sich aufs Abwarten verlegt, die schöne Schwester, und murmelt Beruhigungsformeln, die nicht helfen.

In regelmäßigen Abständen drängt es aus Kathrins Mund ins Becken, die Krämpfe ihres Magens werden zu einem beinahe berechenbaren Geschehen, Ebbe und Flut, Ebbe und Flut – und auf einmal ist es, als sei sie Teil von etwas Größerem, in dem das, was geschieht, keine Bedeutung hat, etwas, das immer schon war und immer sein wird. Ein fließender Raum des Lebens, in dem ihr Schmerz sich allmählich verliert.

Kathrin richtet sich auf. Nike – froh, endlich etwas Dienliches tun zu können – dreht sich zum Handtuchspender und zieht Meter um Meter Papier heraus. »Hast du's überstanden?« Sie überreicht ihrer Schwester das weiße Papierknäuel mit einem Blick, als habe sie eine Wolke vom Himmel geholt. »Ich würde dich sonst nicht allein lassen. Aber eigentlich müßte ich allmählich los.«

Kathrin nickt. »Geh ruhig, ich schaffe es schon.«

»Ich ruf' dich heute abend an.«

Die beiden Schwestern umarmen einander. Nikes Körper ist leicht und biegsam. Man hat das Gefühl sie hinstellen zu können, wo immer man sie gerade haben möchte.

Kathrin steht allein in der Toilette. Das Deckenlicht ist nicht weiß, sondern grünlich, eine unterschwellige leere Farbe. Sie beugt sich über das Becken, der saure Geschmack des Erbrochenen ist hartnäckig und bleibt, obwohl sie ihren Mund mehrmals spült. Ihr Rachen schmerzt; wenn sie schluckt, kommt es ihr vor, als sei er aus Holz, aber es ist *nur* der Rachen, der schmerzt. Sie fühlt einen neuen, festen Zusammenhalt in ihrem Körper. Es ist, als hätte sich zwischen dem, was in ihr ist, und allen Organen und Fasern eine anderes Verhältnis herausgebildet, ein Zustand der Zuneigung. Als sie Nike vorhin angesehen hat, in dem flachen Licht hier, hat sie auf einmal geglaubt, sich selbst in den Zügen ihrer Schwester zu erkennen. Nur die Beleuchtung und der Blickwinkel machen Nike und sie zu unterschiedlichen Menschen, in

Wahrheit aber sind sie sich gleich, Kinder desselben schlichten Endnanger Horizonts. Irgend etwas hat sie mit den Jahren einander fremd werden lassen, so wie Thomas ihr fremd geworden ist und wie ihr eines Tages Lenni fremd werden wird, als wären sie alle nur Treibgut auf der Oberfläche der Zeit. Es kann nur ein Glück sein, etwas in sich zu tragen, dessen Nähe mehr ist als ein flüchtiger Moment der Begegnung, ein Augenblick gelungener Liebe. Was da in ihr heranwächst, vertraut ihr, wie kein Mensch ihr jemals vertrauen wird. Kathrin stellt das Wasser ab und sieht sich im Spiegel an. Und auf einmal denkt sie: Es ist doch das Gleiche, ein anderes auf die Welt zu bringen oder sich selbst.

———

Immer wenn Nora einem Mann gegenübersitzt, gibt es einen Moment, da geht ihr durch den Kopf, daß auch er einmal ein Junge war, ein Wesen mit dünnen weißen Beinen und aufgeregt fiebrigem Atem und einer pausenlosen Betriebsamkeit, die Inseln der Unruhe erschaffen hat in den stehenden Gewässern seichter verplauderter Erwachsenennachmittage, Inseln der elementaren Tätigkeiten, des Grabens und Tragens, des Rennens und Springens, des Bauens und Zerstörens. Jungen, sieht Nora, die auf asphaltierten Schulhöfen ihre Kräfte messen, ihre unversehrten Körper ineinander knäuelnd mit würgenden Griffen und fuchtelnden Schlägen, Jungen, die mit trocken scharrenden Turnschuhen um einen Ball wetteifern, der so seltsam groß ist im Vergleich zu ihren kurzen Beinen, Jungen schließlich, denen die Mädchen beginnen fremd zu werden, so fremd, daß sie nicht mehr neben ihnen in der Schulbank sitzen wollen und es schließlich verlernen, sich ihnen unbefangen zu nähern. Das ist es, was Nora sieht: kleine hilflose ungeschickte Wesen.

Sie stellt ihr Weinglas ab. Ihr gegenüber sitzt Professor Albrecht Seiding im griechischen Restaurant »Symposion« in Berlin-

Dahlem. Professor Seiding ist ein gedrungener flinker Mittfünf-ziger mit kurzen gekrausten platingrauen Haaren und einer Brille mit dünnem mattschwarzen Gestell und eiförmigen Brillenglä-sern, die seine Augen verkleinern, als säßen sie ein wenig zu tief im Innern seines runden Kopfes. Neben seinem Ehering an der rechten Hand trägt er an seinem linken Mittelfinger einen wei-teren goldenen Ring mit einem großen achteckigen Stein, einem flachen glänzend polierten Lapislazuli. Als Noras Doktorvater, der er seit gut drei Jahren ist, bespricht er mit ihr regelmäßig den Fortgang der Arbeiten an ihrer Dissertation; heute vormittag hat er sie angerufen und dieses Treffen vorgeschlagen mit seiner nä-selnden, lässig eleganten Art zu reden, die frei ist von Füllwörtern und unvollständigen Sätzen. Noras Idee, eine Dissertation über die Frauengestalten Döblins zu verfassen, hat er von Anfang an unterstützt, und jetzt, da sie damit beginnt, erste Kapitel zu for-mulieren, zumeist zu Hause oder in der Staatsbibliothek arbei-tend, häufen sich seine Anrufe, als erzeuge jedes Gespräch neuen Gesprächsbedarf und jede Begegnung neuen Begegnungsbedarf. Er füllt ihr Weinglas auf, aus dem mit einer mattgebrannten schwarzen Liebesszene verzierten Tonkrug, dessen Henkel er mit seinen weichen Fingerkuppen geschickt zu fassen weiß.

Nora sagt: »Eine These meiner Arbeit ist es ja, daß Schriftstel-ler nicht die Frauengestalten erschaffen, die sie lieben, sondern solche, die sie fürchten.«

Der Professor nickt. Er hat als Vorspeise Oktopussalat bestellt, während Nora sich ein Tellerchen mit Oliven hat bringen lassen. Er sagt: »Sie wissen, daß ich diesen Gedanken sehr fruchtbar finde. Aber halten Sie es für plausibel, daß sich Döblin vor einer Person wie Franz Biberkopfs Mieze gefürchtet hat? Vor einem jungen einfältigen Ding aus Bernau?« Er stellt den Weinkrug zu-rück auf den Tisch, sticht mit der Gabel in ein Stück Oktopus-tentakel und läßt es zwischen seinen gerundeten Lippen verschwinden. »Denken Sie immer daran, daß Sie auch die attraktivste These anhand von Texten belegen müssen. Sonst nützt Ihnen der brillanteste Gedanke nichts.«

»Sowohl die Figur der Irene im ›Schwarzen Vorhang‹«, sagt Nora, »als auch die der Mieze im ›Alexanderplatz‹ werden am Ende umgebracht. Döblin erträgt sie nicht, deswegen muß er sie töten. Es scheint sogar so, als habe er sie nur erschaffen, um sie umbringen zu können. Um sich von ihnen zu befreien. Und warum tötet man, wenn nicht aus Furcht?«

Seiding entgegnet: »Es gibt viele Motive, einen Menschen zu töten: nicht erhörte Liebe, Eifersucht, Haß.«

»Haß ist nur eine spezielle Form von Angst.«

»Das mag sein.«

Albrecht Seiding liebt Griechenland, seine Schneidezähne sind so weiß wie Tempelmarmor. Er nimmt ein Stück helles Fladenbrot aus dem Weidenkörbchen und beißt hinein. Dann tupft er sich mit der Papierserviette, die mit der zartblauen Federzeichnung einer Aphrodite verziert ist, die offenstehenden Lippen trocken, die ein wenig von dem Salatöl glänzen. Beim Trinken fällt gelbliches, vom Wein gefärbtes Licht auf seine Kehle. – Etwas zwingt Nora, ihn anzusehen. Die Weltläufigkeit, mit der er ihr gegenübersitzt, und der bodenständige Vorgang der Nahrungsaufnahme. Fred liebt es zu essen und ebenso Seiding. Immer gerät sie an Männer, denen es möglich ist, sich durch die Welt zu bewegen wie durch einen Kuchen.

Der Professor fährt fort: »Wissen Sie, heutzutage behauptet ja nahezu jeder, daß wir in Wirklichkeit samt und sonders verängstigte Würstchen sind.«

»Vielleicht stimmt es ja, und wir *sind* verängstigte Würstchen. Ich glaube, die meisten Männer fürchten Frauen. Sie fürchten das Weibliche auf einer elementaren Ebene: der biologischen. So war es immer schon. Sie ertragen es nicht, daß wir anders sind. Sie können sich nur in Frauen verlieben, die sie selbst erschaffen haben. So entstehen Mythen. Mieze: die naive Hure.«

Seiding kneift seine von den Brillengläsern verkleinerten Augen zusammen. Seine Intellektualität ist irgendwie ausgekocht und leutselig. Nora muß sich vorstellen, daß er als Junge mit der gleichen Geschicklichkeit Frösche gefangen hat, mit der er sie jetzt auf die Schwachstellen ihrer Überlegungen hinweist. Er sagt: »Das mag schon sein. Aber nicht jeder ist Schriftsteller. Nicht jeder verfügt über die nötige Phantasie, sich seinen eigenen Mythos von Frau zu erschaffen.«

Sie erwidert: »Bei allen anderen hilft eine ganze Industrie tätig mit. Von der Arbeit am Mythos Frau leben eine Menge Menschen. Ich denke, es hat sich nicht sehr viel geändert: Früher hat man alles, was man fürchtete, in Götzenbilder verpackt und angebetet. Krankheit, Lust, Fruchtbarkeit. Die Grundlage aller Mythen ist nicht verstandene Biologie.«

Seiding wendet seinen Blick in den Gastraum, um einen zweiten Krug Wein zu bestellen. Obgleich die Musik im Hintergrund dieses übliche Sirtakigedudel ist, muß man das »Symposion« ein gehobenes griechiches Restaurant nennen; nirgendwo wallt unechtes Weinlaub von falschen Säulen herab, und lediglich eine umlaufende blaue Bordüre mit einem mäandernden Muster unterhalb des Stucks an der Decke fungiert als mediterranes Stilzitat. Seiding peilt über den Rand seines Brillengestells hinweg, das auf dem Rücken seiner kegelförmigen Nase ein Sück herabgerutscht ist, nach dem Kellner. Seltsam, wie schwer es ist zu bestimmen, ob jemand fünfzig oder sechzig ist; als würde die Lebensuhr in der Mitte aufhören zu ticken, bevor sie anfängt, rückwärts zu laufen. Männer in mittleren Jahren umweht dieser Hauch von Vergeblichkeit.

Nachdem Seiding den Wein bestellt hat, sagt er: »*Wenn* einer biologische Zusammenhänge verstanden hat, dann doch wohl

Döblin. Der Mann war immerhin Arzt und Psychiater und hat über die Funktionsweise des Gehirns promoviert.«

»Das besagt nicht viel«, entgegnet Nora. Da sie noch kaum etwas gegessen hat, spürt sie den Wein, doch die entspannende Wirkung stößt irgendwo in ihrem Innern auf Widerstand. Sie fühlt sich unwohl unter dem Diktat des Weines, sich wohl zu fühlen. Sie konzentriert sich auf ihren Gedanken und fügt hinzu: »Weitaus prägender als ein Studium ist eine verkorkste Mutterbeziehung. Es ist doch sehr ungewöhnlich, daß Döblin seine Dissertation *seiner lieben Mutter* gewidmet hat. Er hat sie überhöht, und das zweifellos aus Furcht. Sie muß eine Person von ziemlich schlichtem Verstand gewesen sein. Wie die Mieze. Döblins Hang zum Mystifizieren ist jedenfalls in seinem gesamten Werk präsent und widerspricht vollkommen dem Bild vom aufgeklärten Rationalisten, der er vielleicht gerne gewesen wäre. Ich glaube, das macht ihn als Schriftsteller so interessant: Daß er geglaubt hat, eine Krankheit zu diagnostizieren, und in Wirklichkeit nur sich selbst beschrieben hat.«

Seiding verteilt den restlichen Wein auf ihre beiden Gläser. »Verstehe ich Sie richtig, daß Sie in seinem Mannsein eine Art Krankheit sehen?«

Sie spürt, daß er es sagt, um sie zu verunsichern. Sie entgegnet schnell: »Ich glaube, er hat es selbst so gesehen. Die beiden Morde, sowohl der im ›Schwarzen Vorhang‹ als auch der im ›Alexanderplatz‹ werden von Männern vollbracht, die sich nicht zu kontrollieren wissen. Es kann sein, daß er selbst es war, der sich nicht kontrollieren konnte, in einem intellektuellen Sinn, meine ich. Seine Sprache hat etwas Getriebenes. Sie sagen es ja: Er war Arzt, und das heißt, er wußte um die Biologie des Mannes. Alles ist nur Materie. Atome. Das waren die wissenschaftlichen Erkenntnisse seiner Zeit.«

Auf einmal sträubt sich etwas in ihr dagegen, diesem ergrau-

105

ten, kleinlockigen Professor gegenüber ihre Überlegungen, die ein Teil von ihr sind, zu rechtfertigen. Es widerstrebt ihr, weil er ein Mann ist, und noch etwas: Sie reden nicht von gleich zu gleich, wie es mit Fred wäre. Seiding hat nicht nur ein mittleres Alter, sondern er hat das falsche Alter. Vielleicht stellt man irgendwann als Generation fest, daß man nicht mehr dazugehört zu dem großen Strom ständig neu quellenden Lebens, sondern daß man eine Insel bildet, die immer kleiner und kleiner wird. Der Ehering, den er an der rechten Hand trägt, hat sich ein Bett in sein Fleisch gegraben. Irgendwann wechselt vermutlich die Perspektive: Vorher sieht man, was man noch bekommen kann – hinterher, was man nicht mehr bekommen wird. Wann ist dieser Punkt im Leben eines Mannes erreicht? Und wie wird Fred sein, wenn er über Fünfzig ist? Er kämpft dagegen an zuzunehmen, dabei steht ihm seine Masse; Nora mag ihn, wie er ist, nicht so groß, um andere zu überragen, aber groß genug, um nicht dick zu wirken, noch nicht. In zwei Wochen wird er vierzig, und seit ein paar Monaten beschäftigt er sich mit der Evolutionslehre – vielleicht deswegen. Im Schlafzimmer, auf seiner Seite des Bettes, liegen zwei oder drei populärwissenschaftliche Darstellungen dieser biologischen Mechanismen aus Veränderung und Anpassung, die uns hervorgebracht haben sollen; Bücher, die Fred abends vor dem Einschlafen liest, irgend etwas fasziniert ihn an der Darwinschen Lehre vom Überleben des Stärkeren. Vielleicht liegt es an diesem martialischen Theoriejargon. Der Kampf ums Dasein. Aber was nützt es einem zu wissen, welches Verhalten im Tierreich das angepaßte ist? Nora sieht Seiding an, der sein Besteck auf den Teller mit den Resten des Oktopussalates legt. Eigentlich entspringt der Darwinismus als Theorie ja auch einer Knabenwelt, in der das ganze Leben ein Kräftemessen ist.

Seiding dreht seinen Lapislazuliring ein wenig hin und her, als sei dieser beim Essen verrutscht. Er sagt: »Es sind ja nicht nur die

Männer, die aus Atomen und Naturgesetzen bestehen, sondern auch die Frauen.«

Noras Unmut, sich ihm gegenüber rechtfertigen zu müssen, verfliegt: Sie glaubt, daß sie recht hat. Mit engagiertem Ton sagt sie: »Frauen standen schon immer für materielle Seite des Daseins, für Erde und Fruchtbarkeit. Der Mythos der Frau ist irdisch, ist ein biologischer Mythos. Jahrtausendelang hat man den Frauen ja überhaupt keine geistige Existenz zugesprochen, und so gab es auch nichts, was sie durch den Materialismus hätten verlieren können. Für die Selbstinterpretation des Mannes hingegen stellt er ein Problem dar: Wenn das Geistige eine Illusion ist, dann ist er selbst in seinem Kern eine Illusion. Die Naturgesetze können den Frauen nicht gefährlich werden, sondern nur den Männern.«

»Mag sein, mag sein ...« Seiding sieht sie durch seine kleinen ovalen Brillengläser mit einem weichen, irgendwie karamelisierten Blick an. Irgend etwas bewundert er an ihr, und sie fragt sich, was es sein könnte. Er sagt: »Vielleicht erscheinen Ihnen die Dinge, die ich zu bedenken gebe, ja ein wenig nörgelig, aber ich rate lediglich zur Ökonomie: Die Kunst des Beschränkens ist eine der Grundlagen unseres Gewerbes. Und was die Naturgesetze angeht, möchte ich Sie nur noch darauf hinweisen, daß sich in jüngster Zeit gewisse Anzeichen verdichtet haben, daß sie keine objektive Realität erfassen, sondern ein soziales Metakonstrukt sind. Eine nachgereichte formale Abbildung realer Herrrschaftsverhältnisse. Ich denke, das müßte für Sie von zentralem Interesse sein. Nicht eine zeitlose kosmische Legislative hat uns so werden lassen, wie wir sind, sondern wir machen uns selbst – das ist die neueste Einsicht. Und im übrigen«, fügt er mit leicht verändertem Ton hinzu, als wende er nun eine List an, »können wir, denke ich, allmählich einmal zum Du übergehen!«

Sein schmaler femininer Mund verharrt in der Schwebe eines

erwartungsvollen Lächelns. Die Ellbogen hat er aufgestützt und die Hände mit den kurzen Fingern in der Luft über dem Oktopusteller ineinanderfließen lassen, so daß ein kleines Knöchel- und Hautplateau entstanden ist, über dem sein gelockerter honiggelber Krawattenknoten schwebt.

»Ja ...«, sagt Nora, von diesem Angebot vollkommen überrascht, als sähe sie ihn zum ersten Mal in der Badehose, »... natürlich ... gern ...«

Erneut schenkt er ihr Wein nach, und füllt auch sein eigenes Glas wieder auf. Männer in mittleren Jahren trinken schnell. Als nächstes werden sie wohl anstoßen auf dieses Du, das er ihr offeriert hat, und Nora fragt sich, was danach kommen soll. Die Vorstellung, ihn verbrüdernd auf den Mund mit den hellen Zähnen zu küssen, irritiert sie. Gewisse Aspekte seiner agilen, windigen und von sich selbst überzeugten Art sind zweifellos attraktiv; Gott sei Dank sind seine Umgangsformen zu sensibel und gewandt, um das kleine Trinkritual, das jetzt folgt, in die slapstickhafte Verrenkung eines über den Tisch gebeugten Kusses münden zu lassen. Sie stoßen an, und nachdem sie getrunken haben, sagt er lediglich: »Ich freue mich, daß du dich entschieden hast, bei mir zu promovieren. Du bist ein Gewinn für das Institut und ein Gewinn für mich.«

Nora stellt ihr Glas ab, einen Augenblick gelähmt von diesem Kompliment. Ein Satz mit Du muß folgen, etwas Warmherziges. Warum fällt es ihr so schwer, die Zwiespältigkeit ihrer Gefühle zu übergehen, und ihrer ja vorhandenen Zuneigung spontan Ausdruck zu verleihen? Fred könnte dies besser, er folgt seinen Instinkten, und wenn er jemanden liebt, dann fällt er ihm um den Hals, mit der ganzen Wucht seines Körpers, der ebensogut hart und kalt und abweisend werden kann, wenn er jemanden nicht mag. Er dosiert seine Emotionen mit dem Löffel, sie mit der Messerspitze.

Sie sagt: »Und du bist ein Gewinn für mich ...«

Doch auch dieser Satz kommt ihr falsch dosiert vor, er ist geborgt und er ist gelogen, etwas in ihr sträubt sich dagegen, ihm mehr zu zeigen, als sie empfindet, sie mag ihn, sie mag ihn als Doktorvater und als intellektuellen Herausforderer, aber mögen ist ein weites flaches Land. Die Teller werden abgeräumt, und der Vorgang und die Anwesenheit eines Dritten tauchen den Tisch für Momente in ein Schweigen, dessen Gewicht sich mit jeder Sekunde erhöht und das an dem letzten Satz haftet, als wäre Bedeutsamkeit eine spezielle klebrige Form der Materie.

Albrecht Seiding sagt mit warmem Ton: »Als ich dich das erste Mal gesehen habe, war mir seltsamerweise auf der Stelle klar, daß wir zueinanderkommen würden. Es war nach einer Vorlesung, und du hast mich etwas gefragt. Ich habe vergessen, was es war, aber die Frage hat mir eines sogleich deutlich gemacht: Wir haben die gleiche Art zu denken, und das habe ich gespürt.«

Seine Brille ist inzwischen auf seiner Nase so weit nach unten gerutscht, daß der dünne dunkle obere Rand des Gestells als waagerechter Strich auf seiner Nasenspitze aufliegt. Seine Augen, die die Farbe eines alten schweren süßen Sherrys haben, erscheinen Nora nun, ohne die Gläser, seltsam groß. Er sieht sie an, erwartungsvoll und mit dem verläßlichen Interesse des älteren Mannes, und auf einmal sieht sie sich selbst, wie sie dort sitzt: eine dunkelhaarige Frau Anfang Dreißig, mit braunen Augen, einem schmalen Hals und einer nicht gerade üppigen, aber sportlichen Dekolleté- und Schulterpartie. Auf ihrem Gesicht liegt nicht mehr die jugendliche Frische von einst, die Ansätze einer Reife formen ihre Züge, von der sie hofft, daß sie ihr auch noch mit vierzig und fünfzig Attraktivität geben wird. Vielleicht ist sie zu dünn, das mag sein, aber sie kann nicht mehr essen, als sie ißt, sie findet nicht einmal, daß es wenig ist, nur haftet die Materie nicht an ihr, so scheint es, doch immer wieder spürt sie, daß sie Männern gefällt, gerade so, wie sie ist, Männern, die in ihr etwas Verletzliches sehen, das sie beschützen müssen, ein zerbrechliches Wesen, und vielleicht möchte sie ja beides, beschützt werden und doch unverletzlich sein, dieser Wall aus Bildung, den sie um sich herum aufgetürmt hat. Sie hat das Gefühl, sich zu begreifen und sich dennoch hilflos ausgeliefert zu sein. Und manchmal scheint es ihr, als würden alle sie durchschauen, doch niemand sie sehen.

Was ist mit Seiding – mit Albrecht? Wie sieht er sie? Hat er es ihr denn nicht gerade zu verstehen gegeben? Die Furcht der Männer vor Frauen ist die der Jungen vor den Mädchen, nur größer und unförmiger und schwerer zu überwinden, wie ihre Körper. Sein Blick so erwartungsvoll, so seltsam ergeben. Etwas darin wird sich immer an den Glauben klammern, daß alles möglich ist ...

Unter dem langen Dach des S-Bahnhofs wird die Nacht zu einem neongrünlichen Schimmer irgendwo über dem rostigen Strang der Gleise. Hier, auf dem Steg aus Betonplatten, der geteilt ist von Werbeplakaten, gibt es keine Zeit, obwohl der Zeiger der Uhr, die über dem einen Ende des Bahnsteigs schwebt, fast immer eine Minute weitergesprungen ist, wenn man einmal hinsieht, aber nie erwischt man den Moment, da er sich bewegt, als wäre die Welt in Wirklichkeit eine Kulisse, die immer dann ausgetauscht wird, wenn wir ihr den Rücken zukehren, und alles, was geschieht, ist eine Aneinanderreihung von vorgefertigten Bildern.

Nora setzt sich auf eine der Holzbänke, deren Sitzfläche herbstlich kühl ist. Was geschehen ist, verwirrt sie. In der äußeren Verknüpfung der Dinge liegt alles nur daran, daß sie heute morgen ihren *Twingo* in die Werkstatt hat bringen müssen, dessen Lenkung in den vergangenen Wochen schwergängig geworden ist; nicht mehr lange, und sie wäre den Richtungslaunen des kleinen Wagens auf Gedeih und Verderb ausgeliefert gewesen. Und doch hätte sie, was den heutigen Abend angeht, auch mit defekter Lenkung mehr Steuerungsmöglichkeiten besessen als ohne, so angewiesen auf fremde Mobilität. Immer wieder hat sie diesen Eindruck: daß nicht sie es ist, die ihr Leben bestimmt, sondern Kräfte, die sie nicht beherrscht. Die bürgerlich-akademische Prägung ihres Elternhauses, die Mutter Studienrätin, der Vater Dozent für Materialkunde an der Technischen Universität in Clausthal-Zellerfeld, ist ihr stets schal und langweilig erschienen, seit sie sich ihrer bewußt geworden ist. Sie hätte nicht einmal sagen können, warum, wegen einer gewissen Leblosigkeit vielleicht, die dem bloßen Weiterreichen von Wissen anhaftet. Sie muß an das Haus in der Bergstraße denken, gebaut in den späten Fünfzigern, mit seiner rückwärtigen Fenster-Glastür-Kombination mit Hebelmechanik, die auf eine Waschbetonterrasse hinausging, über der im Sommer stets der Stoff einer lind- und moosgrün wellig gestreiften Markise schwebte, die dem Licht einen blassen Farbton verlieh, der die Gesichter aller darunter ein wenig ungesund aussehen ließ, wenn an den Wochenenden dort Kaffee getrunken wurde. Ihre Eltern wohnen immer noch in diesem Haus, das Nora mit achtzehn verlassen hat, sie wollte nicht studieren damals, es erschien ihr sinnlos, und sie unterzog sich einer Reihe von Existenzexperimenten und engagierte sich anderthalb Jahre in einer Lebens- und Wohngemeinschaft in einem kargen heufarbenen Seitental im südlichen Elsaß, die sich makrobiotischen Idealen und bäuerlichen Traditionen verpflichtet fühlte, aber ihre Hände wurden hart davon und mehr nicht. Irgendwann hat sie in sich diese Liebe zur Literatur zugelassen, zum Erzählen, zu der Schönheit und Melodie gelungener Sätze.

Eine Maus folgt hastig und nervös dem starren Geradeaus der Bahnschienen in ihrem schwarzgrauen Bett aus Kies. Schatten und Rost. Das blanke Metall der Lauffläche, ein Strang in der

Farbe des Neonlichts: dieses leere grünliche Weiß einer Helligkeit ohne Gegenstand. Darüber die Werbeplakate, eine Galerie aus erstarrten Versprechungen, momenthafte Wünsche, die ihrer Erfüllung harren, aufgereiht auf der rissigen bröckelnden Backsteinfläche einer schwarzroten Brandmauer. Nora wendet ihren Kopf in die Richtung, aus der in den nächsten Minuten ein Zug in den Bahnhof einrollen müßte, auch wenn es um sie herum nicht danach aussieht, als würde hier irgendwann in dieser Nacht überhaupt noch einer fahren. In der Dunkelheit und Leere ballt sich ihre Vergangenheit zusammen, die ihr einen Moment lang wie eine ernüchternde Halde aus Zeit erscheint, aus halbherzigen Kompromissen. So, wie sie nicht hatte studieren wollen, wollte sie nach dem Abschluß des Studiums auch nicht promovieren, es erschien ihr nicht notwendig und ihrem Wesen unangemessen, aber ihre Assistenz bei einer Produktionsgesellschaft für Nachmittags-Talkshows, die auf dem ehemaligen Ufa-Gelände in Potsdam-Babelsberg produziert wurden, war ein Mißerfolg. Sie war nicht in der Lage, etwas Fruchtbares zu Fragen beizusteuern der Art, ob es verwerflich wäre, mit dem besten Freund des Freundes zu schlafen oder ob Alkohol der Lust zuträglich ist oder nicht – und sie wollte es auch nicht. Doch in einer Hinsicht barg diese Hospitanz eine Überraschung: Sie lernte Fred kennen. An irgendeinem ihrer verlorenen Tage dort stand er auf einmal neben ihr, es war im Eingangsfoyer einer der denkmalgeschützten Studiohallen aus den zwanziger Jahren, er trank dort einen Kaffee an einem Buffet für den Stab irgendeiner Arztserie, die in dem alten Backsteinbau produziert wurde. Er selbst war in der Werbung, jedenfalls nannte er es so, in Wahrheit versuchte er mit ein paar Freunden Werbespots zu produzieren, allerdings ohne nennenswerten Erfolg; die Firma, die sie zu diesem Zweck gegründet hatten, ging ziemlich schnell in Konkurs. Fred, der Spieler.

Nora sieht auf die Uhr. Wann ist sie das letzte Mal S-Bahn

gefahren? Es muß schon lange her sein, denn mit der Erinnerung
daran, die durch den schwachen Geruch der Metalle, der über
den Gleisen liegt, und den Anblick der langen Flucht aus T-för-
migen Eisenträgern, auf denen die hölzerne Bahnsteigüberda-
chung ruht, belebt wird, verbindet sich ein sentimentales Gefühl
nach einer leichteren Zeit, nach kostbarer, unwiederbringlicher
Jugend, eine Zeit, die ihr im Rückblick ganz rein erscheint, dieser
verrückte Glaube an irgend etwas, an den Frieden oder die Natur
oder dich selbst, die Welt ist so groß, und doch fühlst du sie als
Ganzes noch in dir, während sie heute verstreut daliegt, hier und
dort in Bruchstücken, die nicht zusammenpassen wollen.

Oh, Fred und sie und dieses Frühjahr dreiundneunzig! Dieser
trockene, heiße Mai, der ihrer Liebe so verschwenderisch Räume
bot. Träumende weltlose Stunden des Ineinanders. Einer des anderen Ergänzung zu sein, daran glaubten sie. Sie und dieser
Glücksritter, der es vorzog, die Leinwand ihres Körpers mit seiner
Phantasie auszuleuchten, anstatt sich um die Geschicke seiner
Werbefilm-Firma zu kümmern, die kurz darauf pleite ging. Es
war nicht der erste Schiffbruch, den Fred erlitt, und danach be-
saßen sie erst einmal nichts, oder fast nichts; sie liebten sich in
jener Besitzlosigkeit, die in Noras Vorstellung von ihrem persönlichen Schicksal das untere Ende der materiellen Verhältnisse
markierte, in die sie einmal geraten könnte; mit der S-Bahn sind
sie auch damals schon nicht mehr gefahren, für einen Wagen hat
es immer gereicht. Nora hat sich nie gefragt, wo bei Fred das Geld
zu Zeiten seiner verschiedenen gescheiterten Unternehmungen
eigentlich hergekommen ist, sie nahm an, daß ihm sein Vater, ein
Grundstücksmakler, und seine Mutter, die damals erfolgreich
eine Kette von Fitneßstudios betrieb, die sie derzeit peu à peu in
Wellness-Center umwandelt, gelegentlich etwas zugesteckt haben. Als Fred bei der *ComFilm* mit seiner Serienidee gelandet ist
(die im Grunde aus nichts anderem bestand und besteht als dar-

aus, daß Menschen Firmen gründen und pleite gehen und sich in Beziehungen stürzen, die zum Scheitern verurteilt sind – eine Idee, die auf fruchtbaren Boden fiel in einer Zeit, in der aus Ermangelung an Arbeitsplätzen der Ruf nach einer Kultur der Selbständigkeit laut wurde, auf die aber keiner vorbereitet und zu der kaum einer befähigt war), spielte es für Nora keine Rolle mehr, wo das Geld herkam, denn es war immer genug davon da. Das war ungefähr zu der Zeit, als sie an die Universität zurückkehrte, mit der Idee einer Promotion über Döblin. Nora Saltz war sie da schon, denn Fred hat nie etwas vom Warten gehalten – worauf denn? –, und sie heirateten schnell, schon bald nach jenem Frühjahr der Liebe, in dem sie ihn so oft umklammert hat, in einen Himmel blickend, so staubig hell, so stillstehend hoch …

Die Minuten verstreichen. Gelegentlich weht ein Luftzug über das Unkraut hinweg, das zwischen den Schwellen im Gleisbett wurzelt, die Natur läßt sich überall nieder, vielleicht wären die trockenen grauen zähen Pflanzen Fred ein Beweis für die Überlegenheit der evolutionären Kräfte über die Gestaltungskraft des Menschen, die Nora manchmal so gering erscheint. Sie fragt sich, wieso sie Seidings Angebot, sie nach Hause zu fahren, überhaupt angenommen hat. Schöneberg liegt nicht auf seinem Weg, im Gegenteil. Nervös steht sie auf und stellt sich an die Gleiskante. Die Nacht über der Brandmauer schimmert leblos gelb von fernen Natriumdampflampen. Am Ende des Bahnsteigs, dort, wo das Holzdach ihn nicht mehr schützt, ist der Boden grau übersprenkelt mit Taubenmist und Gefieder. Plakatschichten kleben an einem Bauzaun, gewellt wie alte Haut: das Gesicht der Stadt, je mehr geschieht, um so älter wird sie, zerfällt zu Erinnerungen, was war vor zwei Jahren, vor drei, vielleicht ist jede Vergangenheit bedeutungslos, eine Schicht unter Schichten unter Schichten, auch die, die gerade erst eine Stunde zurückliegt, fest verleimt in einem Stoß verflossener Zeit.

Und es ist nicht so, als hätte sie nicht vorausgesehen, was geschehen könnte, als sie die Wagentür hinter sich zuzog. Jetzt kommt es ihr sogar vor, als habe sie es genau gewußt, es mit erzählerischer Klarheit auf sich zukommen sehen, aber in dem Moment, als sie Seidings Angebot, sie nach Hause zu fahren, annahm und sie das Lokal verließen, erschien es ihr lediglich als eine Möglichkeit unter vielen und eine, die nicht mit Gewißheit eintreten mußte, auch wenn er ja das war: ein Mann. Die Phantasie wirft einem Bilder zu, und man vergißt sie, wenn sie sich nicht verwirklichen. Erst als er den Wagen nicht sofort startete, sondern sich ihr zuwandte, und ihr noch einmal sagte, welche Bereicherung die Begegnung mit ihr für sein Leben sei, begriff sie, daß sie einen Fehler gemacht hatte. Seine weiche Hand, die eben noch das Steuerrad umfaßt hatte, legte sich auf ihren linken Schenkel, und die Feuchtigkeit der Berührung drang durch das Nylongewebe ihrer Strumpfhose mit der Wärme eines Haustiers. Es war ein anderes, von ihm begehrt zu werden als von Fred oder einem der Männer vor Fred, denn noch keiner hatte ihren Körper mit dieser ehrfürchtigen Lüsternheit betrachtet, mit der Seiding sie ansah, eine Lüsternheit, in der eine Bereitschaft zu jeder Form der Erniedrigung lag, wenn sie ihm nur ihre Gunst erwies. Sein rundes Gesicht mit den hellen Zähnen. Das aschige Grau seiner Haare. Die Spiegelung der aufgerissenen Neon-o des »Symposion«-Schriftzugs in seinen Brillengläsern. Der Stau der Wärme unter seiner Hand, schon wie sein Atem. Sie legte die Hand zurück, mit einer Entschiedenheit, die wohl unangemessen war, und die abweisende Bewegung entfernte sie so weit voneinander, wie der Wagen es zuließ. Die ganze Breite der Frontscheibe tat sich zwischen ihnen auf. Die Leere des Parkplatzes vor ihnen und das vollkommene Schweigen der Armaturen. Auf einmal tat er ihr leid.

Dort, wo die perspektivische Verlängerung des Gleisstranges ihren dunklen Endpunkt hat, wird jetzt ein Licht sichtbar, als hätte die Stadt ein Fenster hinzugewonnen, eines, das sich bewegt. Die lange Bahnsteigflucht ins Nirgendwohin, von der sie ein Teil ist, wird kürzer. Das Gehäuse des Triebwagens um sich spüren. Sich in einem festgefügten Raum wissen, der einem Ziel entgegenstrebt. Der Fahrkartenautomat, stumm und undurchschaubar wie ein Butler; sie müßte bezahlen, aber ihr ist nicht danach, auf der bleichen Automatenfront mit ihren zwanzig oder dreißig Tasten nach der richtigen zu suchen. Sie sehnt sich nach diesem heranrollenden Zug, sehnt sich danach, mit seiner Schlichtheit zu verschmelzen, die keine Freiheit kennt, sondern nur Gleise. Dabei ist nichts geschehen, nichts. Er hat sich nicht einmal beschwert, sondern sich entschuldigt und ihr angeboten, sie nun nach Hause zu fahren, aber das wollte sie nicht. Sie ließ sich zur S-Bahn bringen. Auf dem kurzen Weg redeten sie nicht miteinander. Vielleicht hat er die Zurückweisung sogar gesucht. Was hat man noch zu verlieren, wenn man einmal über Fünfzig ist?

Der Geruch nach Metall und Gleisschotter steigt in die Höhe, heraufbeschworen von dem heranrollenden Zug, und das wehmütig glückliche Gefühl erlebter Jugend kehrt zurück: Luftwirbel, die an den Haaren zerren, eine sonderbar unerwartete Wärme mit sich führend … Eine fragile emotionale Balance stellt sich ein, zwischen dem, was so lange her ist, und dem, was heute abend war. Am Ende ist alles Vergangenheit. Die Zugtüren öffnen sich mit einem zischenden Geräusch. Sie geht hindurch. Die gleichmäßige Helligkeit im Innern. Zu den Sitzen gehen, sich setzen. Hören, wie die Türen sich schließen. Spüren, wie der Zug beschleunigt. Sie sieht hinaus. Häuser ziehen vorüber. Baumkronen, Straßen, Autos. Die Stadt, in der du lebst. Aber da ist noch etwas in deinem Blickfeld, etwas das dir näher ist. Eine schwache Reflexion. Du selbst.

Stürmisches Hallo! – Nhyre Sr'tengki hat Geburtstag.

Im hellen Flur von Nhyres Charlottenburger Altbauwohnung haben in der vergangenen Stunde die Schuhe seiner Freunde unter einem majestätischen, wurzelholzumrahmten Garderobenspiegel nebeneinander eingeparkt. Lederne vierundvierziger Limousinen und schlanke achtunddreißiger Coupés reihen sich zu einer, man könnte sagen: italienisch verfaßten Gästeliste. *Vero Cuoio* dürfte es unter den meisten Sohlen heißen; in den noch kaum ausgetretenen Modellen, die hier nebeneinander stehen, trifft sich beides: Stilbewußtsein und Individualität. Ganz rechts ist sogar ein Paar jener kothurnenartigen Schuhe aus den Siebzigern zu finden, die aussehen wie Bügeleisen und zur Zeit wieder in Mode sind, aber eigentlich nicht gerade bei der Generation, deren Füße man nebenan, auf dem weichen Teppichboden des Wohnzimmers vermuten darf. Denn das Jahrzehnt, das mit den hohen Sohlen zitiert wird, ist das ihrer Jugend, ist ihre Vergangenheit und nicht ihre Gegenwart. Die Rede ist von Fred und Noras Bekanntenkreis, einem robusten, kultivierten Knoten in jenem lose geknüpften, urbanen Konversations- und Kochkunstnetzwerk, das sich immer wieder als so überraschend klein, ja engmaschig erweist.

Was, so fragt Fred sich gelegentlich, ist eigentlich der Reiz solcher Abende, die ein fester Bestandteil von Noras und seinem Leben sind und die einander immer ähnlicher zu werden scheinen. Die Minuten gleiten dahin, als wäre die Zeit eine leichte Kräuselung auf dem großen See der Gesprächsthemen; beispielsweise meint Fred sich zu erinnern – aber da ist es auch schon zu spät, weil Gespräche noch unumkehrbarer sind als Sekunden, als Zehntelsekunden –, daß er schon einmal von seinem im Frühjahr erwachten Interesse für die Evolutionslehre berichtet, daß er schon einmal gesagt hat: »Man lernt eine Menge dabei. Eigentlich alles. Warum wir arbeiten, lieben, heiraten, afrikanisch essen …«

Nhyre, der heute eingeladen hat, stammt aus Malawi, ist in Nkata Bay am Njassasee aufgewachsen, hat in Zomba und anschließend in London Geschichte, Politik und Philosophie studiert und arbeitet seit drei Jahren als Korrespondent für Reuters in Berlin. Er hat, wen wundert's, afrikanisch gekocht. Schwarz und Gelb sind die Grundfarben des Kontinents, dem er entstammt, und schwarz und gelb sind auch seine Kreationen, rätselhafte Speisen aus Süßkartoffeln und samtigen Auberginen, Kichererbsen und Kokosrippen, von denen schwere, süße Gerüche ausgehen. Zimt, erkennt Fred, Ingwer, Erdnüsse. Im honigfarbenen Reis glänzen dunkle Rosinen, und in den halbierten, buttrig schimmernden Kochbananen funkelt grober brauner Zucker; riesige, staunend hochgezogene Augenbrauen könnten es sein. In hellen, mit schmalen konzentrischen Rillen verzierten Kalebassen serviert Nhyre Gerichte aus Ndole-Blättern, Maniok-Wurzeln und Yams, neben denen das goldene Hähnchencurry ganz vertraut, beinahe heimisch wirkt. Für Fred allerdings, der seit drei Monaten die allmählich anschwellende Flut seines Übergewichts mit dem Damm einer Trennkost-Diät bekämpft, sind diese zusammengerührten, afrikanischen Speisen eine Katastrophe.

»Eva hieß übrigens in Wirklichkeit Lucy und gehörte zur Gattung der Australopithecen«, hört er sich gerade sagen und hat das sichere Gefühl, daß Nora, die mit abwesendem Blick ihr Glas zum Mund führt, sich neben ihm langweilt. »Ihr Skelett steht jetzt in irgendeinem äthiopischen Nationalmuseum«, bringt er die Sache mit dem sensationellen Knochenfund vor zwanzig Jahren zu einem schnellen Abschluß. »Sie war nur gut einen Meter groß und hatte ein ziemlich kleines Gehirn.«

»Und Adam? ...« näselt eine Stimme belustigt und anzüglich eingefärbt über den Tisch, die Harald Schlehfeld gehört, der neben Boris Brand sitzt, seinem Liebsten. Die beiden sind seit vier oder fünf Jahren das, was viele so gerne wären: ein glückliches

Paar. Ihre Küsse kommen Fred immer vor wie gepflegte Cocktails, und ihre Haut ist auch im Herbst von so kräftiger Farbe und seidenmatt schimmernd, daß er – nicht ganz ohne schlechtes Gewissen – hin und wieder an Zierkürbisse denken muß. Schon kurz nachdem Harald und Boris sich kennengelernt haben, sind sie gemeinsam ins Immobiliengeschäft eingestiegen und haben *Schlehfeld & Brand Liegenschaften* gegründet. Jedes Jahr verdoppelt sich die Größe ihrer Anzeige im Branchenbuch, und vor kurzem hat Harald Boris eine zehntägige Weltreise zum Geburtstag geschenkt. Die beiden sind von allen am teuersten gekleidet, weil sie direkt aus ihrem jadegrünen, in der Nähe des ehemaligen Checkpoint Charlie gelegenen Büro hierhergekommen sind und noch ihre Kammgarn-Zweireiher tragen. Ihre Haare liegen perfekt, und ihre Hände sind gepflegt wie Tafelsilber.

Fred häuft sich eine kleine Portion Orangen-Minze-Couscous auf den Teller. Wer ist sonst noch heute abend dabei? Zwischen Boris Brand und Nhyre sitzt die verrückte Ärztin. Eigentlich heißt sie Greta Bergmann, und niemand weiß mehr, warum sie hinter ihrem Rücken von allen nur *die verrückte Ärztin* genannt wird. Seit Jahren arbeitet sie auf der Kinderstation irgendeines Krankenhauses, und eine ihrer Verrücktheiten besteht zur Zeit darin, daß sie die Rückkehr der Siebziger-Jahre-Mode begrüßt, was aber genaugenommen kaum ausreicht, ernsthaft an ihrem Verstand zu zweifeln. Sätze wie Noras *Weißt du eigentlich, ob die verrückte Ärztin heute abend kommt?* werden denn auch seit Jahren ohne Hintergedanken oder süffisante Einfärbung gesagt, so wie auch Freds Reaktion im Wagen vorhin lediglich aus einem Achselzucken und einem *Ich nehme an* bestand. Darüber hinaus gilt die verrückte Ärztin allgemein als ausgesprochen gutaussehend: In ihrem schmalen Gesicht schimmern hinter einer rätselhaften Mattigkeit zwei bronzefarbene Augen, beschirmt von zuerst waagerechten, dann flügelschlagartig abwärts geschwungenen, dunklen Brauen. Ihre eleganten, hohen Wangenknochen verleihen ihrem Blick immer einen mediterranen Stolz und eine gewisse Kühle. Womit es allerdings zusammenhängt, daß es bei ihr mit den Männern nie etwas wird und ihre Bindungen immer nach kurzer Zeit zerbrechen, ist nicht ganz klar. Fred vermutet, daß sie anstrengend ist, und wirklich neigt sie nach ein paar Gläsern Wein gelegentlich dazu, in eine Art euphorische Unberechenbarkeit zu verfallen. Nora dagegen glaubt, daß es umgekehrt ist: Sie trinkt nur, weil sie unglücklich ist, und hält ihre Überdrehtheit für Show, für eine Dinner-Party-Maske. In diesem Punkt sind sie sich bis heute nicht einig geworden.

Freds Blick fällt auf die Weltreisenschnappschüsse, die Harald und Boris vorhin herumgereicht haben, Sehenswürdigkeit um Sehenswürdigkeit – Harald mit Sonnenbrille und Kamelzügeln vor der goldenen Cheopspyramide, Boris Brand auf der Chinesischen Mauer, den Arm in die immobilienhafte Weite der Landschaft gestreckt – und Kontinent um Kontinent, als wäre die Erdkugel auf Tischgröße geschrumpft.

Greta Bergmann sagt soeben: »Da gab's doch mal diesen Schmachtstreifen. ›Out of Africa‹ oder so. Mit Meryl Streep und diesem süßen Robert Redford. War das nicht ein Buch von einer *Frau!*?«

Robert Hanson legt sich ein goldbraun glänzendes Moi Moi auf den Tellerrand. Es sieht aus wie eine kleine Frühlingsrolle, ist aber ein Bohnenfleischpäckchen. Er nickt. »Tania Blixen, eine dänische Schriftstellerin. ›Afrika, dunkel lockende Welt‹ heißt der Roman, und so liest er sich auch. Kein Wunder, daß Hollywood drauf gestoßen ist.«

Ja, die Hansons sind auch da – immerhin!, denkt Fred, denn das unterscheidet den heutigen Abend von allen vorangegangenen. Nora hat Christa und Robert in ihren Freundeskreis eingeführt, nachdem man sich in Italien noch drei- oder viermal besucht hatte und sie schließlich nicht mehr davon abzubringen war, daß sich ein Schriftsteller in ihren Kreisen gut machen würde. Fred nimmt aber an, daß sie aus ihrem Bekanntenkreis nach wie vor die einzige ist, die Robert Hansons Bücher tatsächlich gelesen hat. Es war sonderbar, als sie vor dem Einschlafen Seite um Seite umblätterte, ihre saugenden Blicke auf Hansons Worten wie Buchstaben-Strohhalme; sie lag neben ihm und schien doch mit einem anderen im Bett zu sein, einen anderen in sich eindringen zu lassen.

»Du wirst es nicht glauben«, tönt Harald Schlehfeld gerade, der im Zuge seiner Geburtstagsweltreise schließlich vor kurzem erst *da* war, »aber Afrika *ist* dunkel und lockend.«

»Wir wären *so* gerne nach Malawi geflogen ...«, säuselt Boris Brand zu Nhyre.

Der kommt gerade mit einem Berg frittierter Yamsplätzchen aus der Küche, die aussehen wie Kartoffelpuffer und mit leuchtenden Ananasscheiben vermengt sind. Allgemeine Begeisterung, *Wow!*-Rufe. Er trägt ein luftiges, mit regenbogenfarbenen Zickzacklinien und hypnotisierenden Spiralen folkloristisch verziertes Nesselhemd. »Man hat am Njassasee ein paar Schädelfragmente gefunden«, sagt er und stellt die Yamsplätzchen in die Tischmitte. Seine Aussprache ist vollkommen akzentfrei – er ist, was man ein Sprachgenie zu nennen pflegt. Aus seinem afrikanischen Mund scheint die deutsche Sprache sogar besonders elegant herauszufließen.

»Schädelfragmente? Ist ja unheimlich.« Greta Bergmann sieht Nhyre einen Augenblick lang so durchdringend an, als wäre er selbst einer dieser Schädel.

»Von einem Massaker?« Boris Brand entrollt seine Serviette, ein Brillantring an seinem Finger versprüht winzige blauweiße Blitze.

»Aber, nein. Die Schädel sind fast zwei Millionen Jahre alt.«

»Warum sollen sie denn nicht trotzdem von einem Massaker stammen?« macht Robert Hanson seinem Ruf als Zyniker, den er sich unter seinen neuen Freunden hier schnell erworben hat, sogleich alle Ehre. »Es waren ja *Menschen.*«

»Ihr solltet mal«, ruft Greta Bergmann in die Runde, »der pathologischen Sammlung an der Charité einen Besuch abstatten. Hat schon mal jemand einen Kopf mit zwei Mündern und ohne Nase gesehen?«

Schalen und Servierplatten werden herumgereicht. Die weißen Teller füllen sich nach und nach mit prächtigen Farben. Nhyre stellt mit Bedauern fest: »Für Touristen ist Malawi leider nicht sehr interessant.«

»Apropos Reisen«, wendet sich Christa an Fred. Sie sitzt neben ihm, eine Kokoshähnchenkeule auf dem Teller, deren Fleisch ein wenig faserig ist und sich nur mit Mühe vom Knochen löst, so daß sie sich nicht lange mit Messer und Gabel aufhält, sondern die Finger zu Hilfe nimmt. »Wart ihr schon mal bei einer dieser Opernaufführungen auf dem Marktplatz von Massa Maríttima? Robert glaubt nicht, daß es sich lohnt, weil sie drittklassig sind.«

Harald Schlehfeld wendet sich an Robert Hanson. »Sag mal, Robert, wie viele Bücher muß man eigentlich verkaufen, um sich in Italien ein Feriendomizil leisten zu können?«

Robert erwidert: »Und wie viele Grundstücke muß man verkaufen, bis man sich ein Buch leistet?«

Harald und Boris kichern.

»Schreib doch mal einen Thriller.« Gretas Gesicht flackert im Licht der blutfarbenen Massai-Stammeskerze neben der Schale mit den Yamsplätzchen. »Stephen King zum Beispiel, der hat's raus. Hat jemand ›Das Spiel‹ gelesen? Da fesselt ein Typ für eine Nummer seine Frau mit Handschellen ans Bett und macht dann den Abgang. Infarkt oder so. Man kennt ja diese schwabbeligen Mittvierziger.«

»Wie eklig«, sagt Christa. »Und dann?«

»Sie versucht sich zu befreien und führt dabei ziemlich viele Selbstgespräche mit ihrem inneren Ego, das sich psychologisch aufspaltet. Vaterkonflikt und so, das Übliche: Daddy ist ihr bei einer Sonnenfinsternis an die Wäsche gegangen. Diese Geschichten laufen ja alle irgendwie auf Sex hinaus.« Sie streicht ihre dunklen Locken in den Nacken. »Übrigens habe ich mal gehört, daß man tausend Bücher oder so *täglich* verkaufen muß, um auf die Bestsellerliste zu kommen! Stimmt das?«

Harald schnappt sich eine Kochbanane. »Klingt eigentlich nicht soviel. Wie ist das, Fred, bei dir schalten doch täglich ein paar *Millionen* ein, oder?« sagt er und wendet sich an Boris Brand. »Gibst du mir mal die Pellegrino-Flasche, Hasi?«

»So kannst du nicht rechnen«, meint Greta. »Überleg dir doch mal, wann du zuletzt ein Buch in die Hand genommen hast. Die Glotze dagegen macht man *jeden Tag* an, da kommen schon rein statistisch pro Sendung ein paar Millionen zusammen.«

Auf einmal sehen alle Fred an und erwarten, daß er diese Überlegung kommentiert. »Na ja, stimmt schon«, sagt er, einen Hauch Übelkeit verspürend. »Fernsehen ist angewandte Statistik. Ein Jonglieren mit Mittelwerten.«

Nhyres afrikanischer Speisenmix liegt schwer in seinem an Trennkost gewöhnten Magen. Vielleicht ist es die Chilischärfe von Nhyres Nkatse-Huhn, die er nicht so recht verträgt. Bald gehört auch er zum Club: schwabbeliger Mittvierziger. Vor kurzem ist er vierzig geworden, und am nächsten Morgen hatte er ein Kilo mehr auf der Waage. Geburtstage. Für einen Moment klinkt er sich aus dem Gespräch aus und füllt sein Glas, Nhyre hat ein paar vorzügliche südafrikanische Weine da, einen 95er Little Karroo und einen 96er Villiera Sauvignon, und außerdem – er hat noch nicht verraten, wo er diese Kostbarkeit aufgetrieben hat – Mwenge Bigere, ein Bananenbier aus Uganda, für das Christa sich entschieden hat. Sie verströmt mildes Lavendel-aroma, einen Hauch Italien, angenehm. Wer weiß, ob *sie* Roberts Bücher gelesen hat? Der arme Kerl: sich anhören zu müssen, Stephen King habe den Bogen raus. Was ja stimmt. Ebenso wie Greta den Bogen raus hat. Die verrückte Ärztin. Rauchige Stimme, pergamentblasser Blick. Ihr Körper: eine gespannte Feder. Ihre Bewegungen: seltsam eckig, immer ein wenig über das Ziel hinausschießend. Sie zu berühren muß sein, als tippe man an zittrigen Farn. Sie vibriert in einem Halo aus Hysterie. Vielleicht steckt dahinter die Angst, irgendwann einmal nicht mehr von allen angebetet zu werden; vielleicht auch nicht. Das ist Psychologie: raten. Immer, wenn Greta betrunken ist, wirft sie sich irgendwem an den Hals, so scheint es zumindest, Gerüchte. Niemand weiß, ob es am Ende jemals zu etwas gekommen ist. Viele würden es gerne herausfinden, wollen Licht in ihre Dunkelheit bringen, in ihren mediterranen Typus. Wieso heißt sie eigentlich Bergmann? Ihre Haare: Espresso, Aubergine, Nacht.

Gerade macht sie eine Ankündigung: »Leute, bevor wir uns eingehend diesen ganzen komplizierten Themen widmen, habe ich noch eine kleine, irrwitzige Überraschung auf Lager!«

»Ja, und?« drängelt Harald Schlehfeld. »Raus mit der Sprache.«

»Nein, ihr müßt raten!«

Ein kurze, dumpfe Stille senkt sich über den Tisch, in der jene Unlust liegt, die einen erfaßt, wenn man statt allgemeiner Ansichten und unverbindlichem Dafürhalten auf einmal etwas Genaues von sich geben soll. Programmwechsel: statt Talkshow nun Quiz. Ein paar Sekunden lang sitzen alle da wie Endrundenkandidaten, erstarrt wie Kaninchen, schwelend vor Konzentration. Fred meint fast, jene artifiziellen Pieptöne zu hören, mit denen man all diesen armen Rateseelen das Verrinnen der Zeit anzuzeigen pflegt, das kalte Nahen ihrer Niederlage.

Harald Schlehfeld eröffnet das Fragespiel mit der für ihn als

Unternehmer naheliegenden Vermutung, sie könne sich als Ärztin selbständig machen und ein eigene Praxis eröffnen, was Greta voller echter oder gespielter Aufregung verneint. Christa nimmt an, daß sie schwanger ist, Boris Brand tippt auf einen Wechsel ins Ausland, New York oder so, und Fred präsentiert die glorreiche Idee, ihr Chef könnte sich wegen ihr scheiden lassen, wie er es gerade in einem Nebenstrang von ›Wo die Liebe hinfällt‹ geschehen läßt. Als Nora schließlich die Vermutung äußert, Greta könnte demnächst mit irgend jemandem zusammenziehen, richtet diese sich in ihrem Stuhl auf, wobei sich ihr filzstiftbrauner Feinripprolli, wesentlicher Teil ihres Siebziger-Jahre-Outfits, strafft, so daß die Maschen sich wie das Höhenliniengitter einer topographischen Karte über ihren Busen spannen, zwei deutlich sichtbare Gipfel markierend, und verkündet: »Ich heirate!«

Stille. Fred spürt das dumpfe Völlegefühl in seinem Magen jetzt besonders deutlich, ein schwammiges Unbehagen, das sich mehr und mehr in seinem übergewichtigen Körper ausbreitet.

»Nein!« schluckt Boris Brand.

»In zwei Wochen!« triumphiert Greta.

Alle schreien durcheinander, und es ist, als würden die Wände des Zimmers für ein paar erstaunliche Momente durchlässig für das paranoide Johlen der Stadt, für die Millionen und Millionen von überreizten Stimmen.

»Ja, aber *wen* denn, um Himmels willen?« bringt Harald Schlehfeld die Stimmung schließlich auf den Punkt.

»Kennt ihr nicht. Einen Münchner Architekten.«

»Einen *Münchner*?!!« kräht Harald.

»Ich sage euch, das ist eine irre Geschichte! Wir sind uns im Juni einmal begegnet, haben uns aber wieder aus den Augen verloren, obwohl ich auf der Stelle verliebt war, das habe ich sofort gespürt, auch wenn ich es nicht gleich zugelassen habe oder so.

Und gestern haben wir uns wiedergetroffen, ganz zufällig, und auf der Stelle beschlossen zu heiraten. Ist das nicht grandios!? Was sagst *du* dazu, Fred? Ist das eine *Story* oder nicht?«

»Ja, hmm, gewiß …«

»In zehn Tagen fliegen wir nach L.A., und dort, ihr Lieben, werden wir uns das *Ja-Wort geben!*« trällert sie.

»Warum denn gleich heiraten?« sagt Robert Hanson kühl. »Du bist doch eine schöne Frau.«

Sie haucht ihm einen Kuß über den Tisch: »Und *er* ist ein Bild von einem Mann! Wir passen wunderbar zusammen. Wir sind *das* Traumpaar. Im übrigen heiraten wir vorerst nur inoffiziell, denn Thomas – so heißt er – ist noch nicht geschieden. Aber das ist ja das Tolle in Amerika: Man geht zu irgendeinem Pfarrer und läßt sich schon mal trauen.«

»Ist das denn korrekt?« wendet Harald ein. »Die Ehe ist doch ein heiliges Sakrament. Ich finde, man sollte sie nicht entweihen.«

»Eben! Deswegen ja!« erklärt Greta. »Keine Bürokratie, sondern Romantik pur. Wie Bonnie und Clyde, sage ich nur. Die haben sich auch nicht um Gesetze gekümmert. Wußtet ihr im übrigen, daß die katholische Kirche standesamtliche Hochzeiten gar nicht anerkennt? Es ist nämlich so: Wenn man geschieden ist, darf man als Katholik, wenn man kirchlich geheiratet hat, nicht noch einmal kirchlich heiraten. Wohl aber, wenn man nur standesamtlich geheiratet hat!«

»Verstehe ich nicht«, sagt Boris Brand. »Man muß doch immer standesamtlich heiraten.«

»Ja eben, aber nicht kirchlich.«

»Und wo ist da nun der Unterschied?«

»Wer nur standesamtlich geheiratet hat, ist für die katholische Kirche sozusagen ledig.«

»Aber dann muß man sich doch gar nicht scheiden lassen.«

»So ist es. Nur juristisch muß man das.«

Alle sind ratlos, bis Robert Hanson sagt: »Wenn ich das richtig verstehe, braucht ihr einen katholischen Pfarrer, um Bigamie zu begehen.«

»Genau«, nickt Greta. »Nur daß ich es nicht Bigamie nennen würde, sondern Liebe.«

Fred sagt: »Das wird schwierig. Finde mal in den USA einen katholischen Pfarrer. Die haben da nämlich kaum Katholiken.«

»Sucht euch doch einen Mormonenprediger für eure Trauung«, scherzt Nhyre, »soviel ich weiß, erlauben Mormonen die Vielehe, zumindest haben sie das früher getan.«

»Kommt nicht in Frage«, sagt Greta. »Ich finde nämlich, der Papst hat recht: Eine echte Eheschließung ist eigentlich nur eine katholische. Mit Orgel und Weihrauch und allem drum und dran.«

Nhyre entkorkt eine Flasche Villiera Sauvignon. »Johannes Paul ist ein sehr guter Papst. Er tut gut daran, Kurs zu halten.«

»Finde ich auch«, sagt Robert Hanson. »Denn wie wir ja seit ›Titanic‹ wissen, säuft der Dampfer auf diese Weise unter Garantie bald ab.«

Nora verschwindet mit Boris Brand in Richtung Küche, um Sektgläser zu besorgen und die *Dom-Perignon*-Magnumflasche, die Boris und Harald mitgebracht haben, als hätten sie irgend etwas geahnt. Nhyre sagt zu Robert: »Ehrlich, ich verstehe nicht, daß hier alle auf den Papst schimpfen. Hätten die Deutschen ihn denn lieber als Weichei?«

Robert, der allmählich in Fahrt kommt, erklärt der Runde: »Die ganze abendländisch-christliche Geistesgeschichte hat doch erwiesenermaßen nur ein Ziel: die Abschaffung des Sexes! Was die Evolution angeht und diese Eva oder Lucy, oder wie auch immer diese Skelette alle heißen, ist eines klar: Es wird bald eine Globalisierung der Gene geben, in der Sex wie eine mittelalterliche Fortpflanzungspraktik erscheint, eine Technik so überkommen wie pflügen. Und gegen die neuen virtuellen Online-Befrie-digungen wird Sex sowieso grenzenlos langweilig sein. Der Homo sapiens ist ein Auslaufmodell, wir gehören der Vergangen-heit an. Man kann es doch jeden Tag in der Zeitung lesen: In ein paar Jahren erscheint der *Homo Dolly* auf der Bildfläche, da gehe ich jede Wette ein.«

Christa Hanson trinkt ihr Weinglas aus, das vierte oder fünfte, vermutet Fred überschlagsweise, und raunt ihm halblaut zu: »Ich gehöre jedenfalls noch zur lüsternen Spezies des Homo sapiens. Ob spätere Generationen ohne Sex auskommen, kann uns ja ei-gentlich piepegal sein.«

Harald Schlehfeld zückt eine Havanna aus der Brusttasche sei-nes Jacketts. »Jemand was dagegen?« Und als seine gepflegte Haut hinter Rosetten aus Rauch verschwindet, die so silbern sind wie sein Feuerzeug, sagt er: »Weißt du, was ich toll finde, Nhyre. Daß es bei dir immer so philosophisch wird. Das finde ich wirklich klasse.«

Nora und Boris kehren mit der Champagnerflasche und Glä-sern aus der Küche zurück. Greta springt auf, vollführt so etwas wie drei Tangoschritte mit rhythmisch schaukelndem Hintern, der von einer schokoladenbraunen Cordjeans umspannt wird, und legt eine Afrika-Ethno-CD in den Player. Als einer nach dem anderen mit ihr anstößt und sie umarmt und küßt, ist sie den Tränen nahe und schluchzt: »Ich danke euch. Ihr seid wunderbar. Ihr werdet immer meine Freunde sein.«

Alle trinken. Das plötzliche Schweigen und die elfenbeinfarbe-ne Atmosphäre von Nhyres Wohnzimmer. Für Sekunden hallt nur ein auf trockenen Hölzern und Häuten gehauener Busch-rhythmus durch den Raum. Alles so fern: Gretas überdrehtes Glück, Nhyres weißes Lachen, Roberts zynische Kommentare. Er sieht alt aus. Die Haare gehen ihm aus, geben den Blick frei auf eine nelkenrosa gefärbte, von Flechten angegriffene Kopfhaut. Sie alle sehen alt aus. Bei Boris und Harald beginnen mit Wangen,

Schläfen, Kinn und Stirn die einzelnen Liegenschaften ihrer Schädel zu zerfließen. Wie bei den Kontinenten, die sie überflogen haben, ist es eine unmerkliche Drift, die ihre Gesichter auseinanderreißt. Weiches, gepflegtes Fleisch begräbt die Wangenknochen unter sich, drängt die Ohren nach hinten und die Augen nach oben, als würde der Platz für die Gehirne von Mal zu Mal kleiner. Je älter man wird, um so mehr drängt der Australopithecus in uns ans Licht. Selbst an Greta nagt die Zeit: Ihr Gesicht hat sich im Laufe der vergangenen Jahre verbreitert. Spätabends, nach ein paar Gläsern Wein, schwillt ihre Nase manchmal an, wird porig wie eine Morchel. Und was sich unter ihrem Make-up verbirgt, wissen nur die, die sie einmal am frühen Morgen zu sehen bekommen haben, wer auch immer das sein mag. Ihr Münchner Architekt offenbar. Fred spürt es deutlicher als jemals zuvor: Sie zerfallen. Noch ist die Zeit kein reißender Strom, sie fließt eher verstohlen, hinterrücks, aber sie fließt. Sie steckt in allem, im Durchweichen der inzwischen lappigen Yamsplätzchen, im Ausschalen des Champagners, in der archaischen Bantu-Musik: klöppelnde Rhythmen, afrikanische Sekunden. Ein kompliziertes Klopfen an die Wände dieses Augenblicks. Knochen auf Holz. Der Tod trommelt mit. Klanggerippe. Dazu Sprechgesang. *Jumalemu nyimolute.* Und Lachen und Bananen und *Little Karroo…* Der Abend läuft jetzt, alle sind erhitzt, unterwegs in diesen vergehenden Sekunden, nur Fred hat den Anschluß verpaßt. Der purpurfarbene Dessertwein hat die Gesichter getönt. Neue Blicke, neues Lachen, neue Themen. Fred ist mittendrin und ist doch so weit draußen wie selten zuvor. Und einen Moment lang scheint es ihm, als werde das Leben immer einsamer, je geselliger es ist.

Irgendwann steht Fred in Nhyres hellem, in einem zarten Hautton gekachelten Badezimmer, in dem es nach dem regelmäßigen Herunterschwelen von Räucherstäbchen riecht. Auf dem Sims über dem Waschbecken reihen sich Fläschchen und Tuben aneinander, die Parfums in der Mitte, Rasierzeug und Zahnbürste eher an der Peripherie, als sei für Nhyre der Wohlgeruch das Herz der Hygiene. Freds Reinigungsbedürfnisse sind elementarer: Seine Finger werden umhüllt von einem dünnen angetrockneten Film Nkatse-Huhn. Er dreht den Wasserhahn auf und nimmt das frische, noch mit den Resten einer Markenprägung versehene Seifenstück zur Hand, das die vornehme Blässe eines Karamelbonbons hat, aber leider kaum schäumt. Der Huhnsaft scheint sich unter dem kühlen Wasserstrahl lediglich zu verflüssigen und gleichmäßig um Freds Hände zu legen. Als er sie anschließend abtrocknet, sind seine Finger immer noch klebrig, und er hat das Gefühl, die Minuten sind es auch.

Manche dieser Abende kommen nicht recht voran, und das schwere Gefühl in Freds Magen scheint wie ein zusätzliches Gewicht an der Zeit zu hängen. Er betrachtet sich im Spiegel: Ein Mann, der vor kurzem vierzig geworden ist, nicht mehr jung, noch nicht alt, einer, der sich durchgesetzt hat, und der, denkt er in letzter Zeit hin und wieder, endlich Kinder bekommen sollte. Wenn diese Schwere in seinem Magen nicht wäre und seine Hände nicht klebrig, dann würde ihn sein Anblick mit Zufriedenheit erfüllen. Er fährt sich mit der Rechten durch die Haare, die leicht gewellt und dunkelbraun sind und die er nach hinten gestrichen trägt. Sein Gesicht ist eher rund, seine Stirn hoch, und seine Züge lassen keine regionale Prägung erkennen, niemand weiß, woher der Name Saltz kommt, wahrscheinlich waren seine Vorfahren Herumtreiber – Salz war überall gefragt. Seine Nase ist groß, seine Augen sind klein. Als Kind ist ihm gelegentlich der Gedanke gekommen, das Gesicht sei eine Maske, und wenn es einem gelinge, sie abzunehmen, dann komme man selbst dahinter zum Vorschein. Und eigentlich hat er diesen Eindruck immer noch, nur daß er heute weiß, daß man fest verwachsen ist mit dieser

Maske, daß man sie nicht loswerden kann. Niemand wird jemals erfahren, was dahinter ist. Nicht einmal man selbst.

Als er das Badezimer verläßt und auf den Flur tritt, wendet er sich nicht nach rechts, um ins Wohnzimmer zurückzukehren, sondern nach links und betritt Nhyres Küche, um sich dort das dringende Bedürfnis nach einem Glas Leitungswasser zu erfüllen. Im stillen See des Waschbeckens und auf den präzisen Wellen der Nirosta-Dünung treiben Holzbestecke und gelbe Reisreste. Die Kehrseite von Nhyres leuchtendem Mahl sind angelaufene Gebirge aus Metall und Porzellan, die sich auf und neben dem erkalteten Gasherd stapeln. Im feuchten Halbdunkel der Spülmaschine stehen die Teller Schlange.

In einem der Hängeschränke findet sich ein sauberes Glas, und als Fred es füllt, hört er im Flur weiche, wenn auch mit einem gewissen Gewicht behaftete Schritte, die er automatisch Christa Hanson zuordnet, und sie ist es auch, die Sekunden später in den Raum kommt. Sie ist von den übriggebliebenen Moi-Mois in die Küche gelockt worden, zumindest tut sie so: Sie reckt ihr flaches helles Gesicht über die tiefen dunklen Schlote der Töpfe und Kasserollen und sagt: »Nicht wahr, man bekommt schon wieder Appetit.«

Die Bodenkacheln vor dem Herd sind mit Soßenspritzern gesprenkelt, und das Rot von Christas Zehnägeln schimmert unter der bleichen Rasterung des Nylongewebes ihrer Strümpfe im Farbton der Süßkartoffelschalen in Nhyres Bioeimer. Ihr einteiliges knielanges Kleid ist aus einem taubenblauen Leinenmaterial gefertigt, das sich, vornübergebeugt, wie sie jetzt dasteht, straff wie ein windgefülltes Segel um ihre Pobacken und Oberschenkel legt.

»Dieses Bananenbier«, meldet sie sich aus der fleischgefüllten Tiefe eines Bräters zu Wort, »ist ein wenig gewöhnungsbedürftig.«

Fred betrachtet sie, ihre Waden wirken beinahe zierlich unter der Breite ihres herausgestreckten Pos. Er sagt: »Ich habe mir erlaubt umzusteigen. Möchtest du auch ein Glas Wasser?«

Sie richtet sich auf und kommt auf ihn zu, irgendwie verändert im Aussehen, jener glashafte Eindruck, den ihr Blick bei Fred gelegentlich hinterläßt, ist einem Paar Kontaktlinsen zuzuschreiben, von dem sie sich im Laufe des Abends befreit hat, und jetzt, ohne die Linsen, hat ihr Blick etwas Suchendes und schwimmt auf Fred zu, so blaßblau wie jene Disteln, die er vor wenigen Wochen in Italien abgesenst hat. Um ihre Haare vibriert der Geruch von Kokosmilch und kaltem Huhn.

»Danke, aber mir ist mehr danach, mich zu betrinken«, sagt sie.

»Nur zu. Irgendwelchen Ärger?«

»Im Gegenteil. Ich freue mich, wenn andere glücklich sind.«

»Die Bonny-und-Clyde-Hochzeit? Bei Greta ist das immer so: euphorischer Beginn, und drei Wochen später ist es aus.«

»Was soll's. Wenn's drei *gute Wochen* sind.«

Sie schweigen einen Moment, dann sagt Fred: »Alles okay zwischen Robert und dir?«

»Ja schon«, nickt sie. »Er ist zur Zeit etwas nervös.«

»Es läuft nicht so gut?«

»Geht so. Na ja, ehrlich gesagt, ich weiß es nicht. Er erzählt nicht soviel.« Sie hebt ihre Schultern und fragt: »Kennst du seine Bücher? Hast du mal eins gelesen?«

»Nora ist es, die bei uns liest.«

»Und?« Sie dreht sich zum Kühlschrank, der in ihren Augen so etwas wie ein margarinefarbener Vorhang sein dürfte. Was mag sie ohne ihre Linsen sehen? Aquarellhafte Flächen, weiche Farbkissen. Eine Plüschwelt ohne scharfe Konturen, ohne Linien und ohne Schrift; eine Welt, in der es – welch eigenartige Konsequenz – den Beruf ihres Mannes überhaupt nicht gäbe.

Fred sagt: »Wenn ich ehrlich sein soll: Ich bin nie über die ersten fünf Seiten hinausgekommen. Aber ich bin ein miserabler Leser. Zu ungeduldig.«

»Bei mir brauchst du dich nicht zu entschuldigen.«

»Und du? Hast du seine Bücher gelesen?«

»Ja, schon.« Sie kommt mit einer Flasche Sauvignon vom Kühlschrank zurück und lehnt sich mit der rechten Schulter gegen den Besenschrank, das linke Bein vor das rechte gekreuzt steht sie da, blond, mittelgroß, mittelschwer. Vielleicht hat Nora recht, und sie *ist* schon mollig zu nennen. So mit eingeknickter Hüfte preßt sich ihr Körper gegen den Leinenstoff ihres Kleids wie gegen einen Käfig aus Abnähern und Säumen, als wolle er hinaus, bald, jetzt. Seit Fred in Italien neben ihr auf der steinernen Terrasse gelegen hat – das schimmernde Schwarz der Nacht und der Geruch des italienischen Sommers: Heu und Honig –, ist es manchmal, als gäbe es zwischen ihnen ein Geheimnis, an das sie sich aber nur vage erinnern können. Und auf einmal ist Christas Gesicht so nah und das aufgefrischte Rot auf ihren Lippen so deutlich. Hinter ihr leuchtet, auf einem Holzbord, eine Phalanx aus Gläschen mit fremdartigen Gewürzen: violette Körner, samtrotes Pulver, silberne Kristalle. Sie reicht Fred die Weinflasche. »Machst du sie auf?«

Der Korkenzieher findet sich neben dem Waschbecken, dann ist die Flasche geöffnet und sind zwei Gläser gefüllt. Fast ist es, als habe sich die Küche vom Rest der Wohnung entfernt. Der Strom ineinander verflochtener Stimmen und aufspritzender Lacher, der vom Wohnzimmer her durch den Flur fließt, scheint schmaler geworden zu sein. Christa nimmt ihr Glas entgegen. Einander gegenüberstehend, trinken sie.

Fred fragt: »Hat Robert nicht vor, den Winter über in Italien an seinem neuen Roman zu arbeiten?«

Sie nickt. »Doch, hat er.«

»Und du?«

»Was soll mit mir sein?«

»Gehst du mit?«

»Ich habe hier meine Arbeit.«

»Hm, sicher. Ich dachte nur …«

Sie streicht eine Haarsträhne hinters Ohr und sieht ihn an, irgend etwas erwartend: »Ja?« Mit dieser Frage schwebt ihr Gesicht etwas näher auf ihn zu. Die brüchige Struktur ihrer Lippen erinnert ihn an das Unterholz der Macchia, an die borkigen Zweige dort, die man tagsüber sammelt und abends im Grill zum Glühen bringt. Der aufsteigende Rauch des Süßholzes …

Fred sagt: »Ach nichts. Ich frage mich nur, ob man sich auf Dauer nicht langweilt. So allein.«

Sie stehen so dicht voreinander, daß ihm ihr Lavendelduft in die Nase steigt. »In Italien vielleicht. Aber hier in Berlin doch wohl nicht.«

»Glaubst du?«

»Nun ja, es kommt auf einen selbst an.«

Mit Bedacht sagt er: »Nicht nur, denke ich.«

»Nein«, nickt sie langsam und senkt ihre Stimme, »nicht nur.«

Ihr schwerer Sauvignon-Atem weht ihm ins Gesicht, dem ein Ingweraroma von jener Speise beigemischt ist, an der sie vorhin genascht hat, am Maniok-Eintopf also. In ihren Augen, die den seinen jetzt so nahe sind, scheint alles ineinanderzufließen, sind sie und er schon eins. Sie hebt ihren Kopf an, ihr Kinn überschattet ihre Kehle, ihr Hals spannt sich, zwei Sehnen werden unter der Haut sichtbar, die Ansätze ihrer Brüste rücken näher zusammen und lassen eine kurze halbdunkle Furche entstehen, die an ihrer Spitze in ein Bündel kleiner Hautfältchen mündet. Was auch immer sie erwartet, auf der Leinwand ihres Dekolletés wirft es ein reichhaltiges Licht- und Schattenspiel voraus. Ein paar Sekunden lang stehen sie in einer unklaren Distanz voreinander.

Zwei Gäste in Nhyres Küche zwischen all den abgegessenen Tellern voller bleicher Poulardenknöchelchen und angetrocknetem Koriandergrün.

In diesem Moment trudelt Greta Bergmann, die verrückte Ärztin, auf der Suche nach einer Flasche Little Karroo in eben diese Küche. »Alles im grünen Bereich, ihr beiden?« kommentiert sie die Situation, reißt den Kühlschrank auf, nimmt zwei Flaschen heraus und schließt die Tür mit einem schnellen Schwung ihres cordumspannten knabenhaften Pos. »Ich soll euch zu Tisch rufen! Christa, dein Mann ist einfach zauberhaft, aber du solltest ein wenig auf ihn aufpassen, sage ich nur, es sei denn … Jedenfalls hat dein Süßer irgendeine Lustbarkeit vorgeschlagen, die sich Lexikonspiel nennt, und versprochen, es sei das komischste Spiel, das er kennt. Daraufhin ist Nora ihm beinahe auf den Schoß gehopst und hat unermüdlich Stimmung gemacht. Die beiden sind ganz heiß drauf und haben alle anderen damit angesteckt… Öfter mal was Neues, sage ich nur …«

Die beiden Sauvignon-Flaschen zu irgendwelchen Massai- oder Banturhythmen wie Sambarasseln auf- und abschwingend, tänzelt sie zur Tür und verschwindet. Vom Kühlschrank her streicht kalte Luft über den Boden, das kleine blaue Flämmchen in der Gastherme zittert ganz leicht, und in einem roten, von der Decke herabhängenden Drahtkorb stapelt sich, müde und blaßfarbig, nicht verwendetes Gemüse.

»Ja …«, sagt Fred nach ein paar Momenten der Besinnung. »Ich denke, dann sollten wir mal …«

Christa nickt. »Ja, gut.« Sie tritt einen Schritt zurück und ordnet ihre Haare im Nacken. »Wie sieht's aus? Treffen wir uns mal?«

Fred stellt sein Wasserglas ab. »Ich denke, eher nicht«, sagt er.

»Ich mache abends ganz unterschiedlich Schluß. Mal früher, mal später. Wie es sich eben ergibt.«

»So sind unsere Jobs.«

»Mir gefallen die Dinge, wie sie sind.« Sie dreht sich zur Tür, eine Laufmasche kriecht unter ihr Kleid.

Um sie noch für einen Moment aufzuhalten, sagt Fred: »Hast du schon mal das Gefühl gehabt, das Leben könnte ein Trick sein?«

Sie bleibt stehen und dreht sich noch einmal um. »Ein Trick? Ein Trick wozu?«

»Ich weiß nicht. Uns fertigzumachen.«

Sie überlegt einen Moment und lächelt dann auf eine hübsche, sehr leichte Art, die ganz unerwartet Freds leise schlagendes Herz berührt. »Ja, was denn sonst? Oder worum geht es *dir*?«

Sie tauchen zurück in den akustischen Fluß aus Kongas, Mandingogesängen und allgemeinen Erläuterungen seitens Hanson zum Lexikonspiel. Die Regeln sind erstaunlich einfach: Alle sind aufgefordert zu schwindeln. Definitionen unbekannter Fremdwörter sind zu erfinden, und am Ende wird nicht die Nähe zur Wahrheit belohnt, sondern die Plausibilität der Lüge … So weit, so gut – denn wie so viele Dinge im Leben, hat man auch die Prinzipien des Lexikonspiels so recht erst nach ihrer mehrmaligen Anwendung intus, und so legt Robert Hanson das Wörterbuch jetzt beiseite und eröffnet das Spiel mit dem Begriff *Aschug* …

Das Steuer in Freds Hand scheint sich etwas ungenauer zu drehen als üblich – mag sein, daß er zuviel getrunken hat. Helle Wülste aus Herbstlaub zu beiden Seiten der Straße weisen ihm den Weg, ziehen durch das Scheinwerferlicht wie große, feste Gleise, denen er sich nur anzuvertrauen braucht. Nora sitzt stumm auf dem Beifahrersitz, als habe sie ihre Energie bei Nhyre auf dem Garderobentisch liegen lassen. Noch vor einer halben Stunde wurde mit großem Trara und Gelächter gespielt, wurde echten Wörtern ein falscher Sinn gegeben: Wer weiß schon, was man unter *Uroboros* versteht? Altgriechischer Männerarzt? Zwillingsbruder des Uranus? Enthaltensein des Ichs im Unbewußten? Spezial-phiole für Borwasser? Neolithische Form des Borkenkäfers? Ri-tuelle außereheliche Sexualpraktik auf Borneo? Sagenumwobener Großvater des Oberon? Im sechsten Jahrhundert in Vergessenheit geratener Friedenssegen der ersten Päpste? – Das Spiel war ko-misch, Hanson hatte nicht zuviel versprochen.

Fred läßt den Wagen auf die Hauptstraße rollen, auf der sich das Laub verliert. Die Strecke, die sie zu fahren haben, ist zu kurz, um die kriechende Feuchtigkeit des Herbstes aus dem Wagenin-nern zu vertreiben.

Die außereheliche bornesische Sexualpraktik, die den größten Lacherfolg der *Uroboros*-Runde darstellte, schrieb Fred im ersten Moment Christa Hanson zu, aber als an ihn gerichtete Botschaft erschien sie ihm dann doch zu plump. Zwei Punkte machte die Definition bei den anderen: Boris Brand entschied sich aus ho-mosexueller Lust am Schlüpfrigen für den fernöstlichen Ehe-bruch, Nora dagegen schien ihre Wahl durchaus ernst zu meinen. Als die Runde aufgelöst wurde, stellte sich heraus, daß sich Ro-bert Hanson die Sache ausgedacht hatte und damit sowohl die Lacher als auch die beiden Punkte für sich verbuchen konnte. – Und wer hat den Borkenkäfer aus dem Neolithikum ins Rennen geschickt? Jene ausgesprochen plausible Anwendung der Evolu-tionslehre? Leider ohne Erfolg und Punkte …

Fred versucht den Lüftungsschlitzen ein wenig Warmluft zu entlocken, um seinen Füßen zurückzugeben, was Nhyres Fußbo-den ihnen genommen hat. Oder sind auch seine eisigen Zehen bereits ein Symptom jenes unmerklichen Alterns, dem sie alle längst unterworfen sind? Verstopfte Adern, absterbendes Gewe-be, chronisches Frösteln. Und war denn nicht auch jene von Nhyre aus dem Lexikon gefischte Wortüberraschung ein mah-nender Hinweis, eine Botschaft, ein Zeichen?

Opodeldok. Schiffsfriedhof in Überseehäfen. Norwegisch für

Altersheim. Afrikanischer Verjüngungsstein aus Quarzopal. Einreibemittel gegen Rheumatismus. Dorfältester der Sioux. Im siebzehnten Jahrhundert gebräuchliche Hörhilfe. Schieferhaltige Gesteinsschicht aus dem Erdmittelalter. Nicht mehr praktizierender Landarzt im kleinen Walsertal ...

Acht Lacherfolge, acht Wahrheiten, acht Mahnungen. *Carpe diem*. Auf jede Erschöpfung pfeifen. Keine Möglichkeit auslassen, egal welche, egal wann. Aber im Moment kann sich Fred weder eine außer- noch eine innereheliche Sexualpraktik vorstellen, für die er zu gewinnen wäre.

»Worüber hast du dich eigentlich so lange mit Christa Hanson unterhalten?« Nora lebt also noch, aber ihre Stimme ist müde und belegt.

»Sie hat mir ihr Leid geklagt. Robert und sie haben sich nichts mehr zu sagen.«

»Ach ...?« – neugieriger, wacher: – »Seit wann schüttet sie dir ihr Herz aus?«

»Ich weiß nicht. Laub fällt im Herbst von den Bäumen, egal wer darunter steht.«

»Wie poetisch. Du glaubst, ihre Ehe ist im Novemberstadium?«

»Ja, das glaube ich, und es hat mich nicht überrascht. Roberts zynische Kommentare schienen mir irgendwie gegen sie gerichtet. Jedenfalls mußte sie es einfach loswerden, und ich war zufällig in der Küche. Bis auf Robert hätte es wohl irgendeiner von uns sein können.«

»Und weiter?« erkundigt sich Nora nach einer Weile.

»Ich glaube, sie hält Robert für einen Versager. Offenbar hat sie nicht einmal seine Bücher gelesen.«

»Hat sie das gesagt? Ich nehme an, das hat dir gefallen.«

»Wieso bist du eigentlich so fest davon überzeugt, daß ich etwas gegen Robert habe?« fragt er und fügt, um die Sache abzuschließen, hinzu: »Ich glaube nicht, daß die beiden sich trennen. Vorerst jedenfalls nicht. Oder was meinst du?«

Nora hebt ihre Schultern. »Woher soll ich das wissen? Du hast mit ihr geredet.«

»Und du hast seine Bücher gelesen.«

»Was hat das damit zu tun? Sie sind nicht autobiographisch.«

»Alle Schriftsteller schreiben nur über sich.«

»Woher willst du das wissen? Du liest doch überhaupt nicht.«

»Aber es ist so.«

Nora schüttelt den Kopf. »Sie übersetzen sich in Literatur. Das ist etwas anderes.«

Fred steuert den Wagen auf die Stadtautobahn, die um diese Zeit nur Singles kennt: vereinsamte Nummernschilder, einzelne Kühler. Die Neonbeleuchtung der Unterführungen ernüchtert ihn, nimmt ihm das Gefühl, zuviel getrunken zu haben.

»Du und Robert«, sagt er, »ihr habt euch ja bestens verstanden, wie ich gehört habe.«

»Wie meinst du das?«

»Wie ich's sage.«

Sie dreht sich zu ihm, jetzt ganz wach. »Du bist doch nicht etwa eifersüchtig?«

»Sollte ich es sein?«

Sie sieht ihn eine Weile bewegungslos an, dann dreht sie sich nach vorne. »Nein.«

»Die Frage war nicht ernst gemeint«, sagt er. In der für Autos geschaffenen Umgebung der Unterführungen scheint der Wagen den Weg von selbst zu finden. Wieder ein Abend vorbei, einer wie alle. Die Hansons fahren nach Hause. Schlehfeld & Brand fahren nach Hause. Er und Nora fahren nach Hause. Und Greta?

»Glaubst du, es wird etwas mit der verrückten Ärztin und ihrem großen Unbekannten?«

139

»Nun ja. Sie werden heiraten.«

»Das ist doch Unsinn. Sie wird nicht Bigamie begehen. Oder sagen wir, *er* wird es nicht tun. Wenn er wirklich Architekt ist, wie sie's behauptet. Architekten sind vernünftige Menschen.«

»Reizt sie dich eigentlich?«

»Nicht wirklich. Sie ist nicht mein Typ.«

Sie schmiegt sich an seine Schulter. »Sag mir etwas Schönes.«

Er setzt den Blinker und läßt den Wagen, der sich der Ausfahrt nähert, langsamer werden. »Ich liebe dich«, sagt er, und der Satz fließt so leicht und berührungslos über seine Lippen wie die Luft, die er ein- und ausatmet.

»Weißt du noch«, ihre Stimme wird jetzt wieder unschärfer, entfernt sich, »was *Uroboros* war? Der Männerarzt, glaube ich …«

»Das Ich im Unterbewußten.« Und wie, um es sich selbst zu erklären, fügt er hinzu: »Du suchst nach fremden Kräften, die dich bestimmen und die für deine Fehlleistungen verantwortlich sind, und findest immer nur dich selbst. Die Schlange, die sich in ihren Schwanz beißt.«

Nora, ungläubig, schläfrig: »Wirklich? So was Kompliziertes? Und *Opodeldok*?«

»Das Rheumamittel.«

»Stimmt. Daran erinnere ich mich noch.«

Und damit ist der Abend beendet. Die Scheinwerferkegel streichen über den Asphalt, als würden sie ihn fegen für den sich bald erhebenden Sonntag. Alle, die heute abend bei Nhyre waren, sind wieder dort, wo sie hergekommen sind. *Uroboros* und *Opodeldok,* Vereinzelung und rheumatisches Altern. Und wieder einmal hat die verrückte Ärztin den Abend mit einer Überraschung gewürzt, mit einer Behauptung von Leben und Spontaneität – hinter der aber, diesen Verdacht hat Fred schon seit längerem, überhaupt nichts steckt. Nicht die verrückte Ärztin erschafft die Sensation, sondern alle anderen, die Runde, seine

Freunde, Nora und er. Sie sind das Publikum, und Greta Bergmann ist die Diva. Warum auch nicht ...

Parkplatzsuche. Stoßstangen ziehen vorüber. Irgendwo hinter den Häusern regt sich der Sonntag, streckt seine Glieder über die Dächer. Zwei oder drei Stunden noch, und die herbstliche Morgendämmerung wird das Abendessen endgültig in eine Reihe von Erinnerungen verwandeln: Nyhre, der die strahlende Klaviatur seines Lachens in die Runde wirft, Boris und Harald, die ihr schwules Glück verströmen, das Fred so real vorkommt wie eine Schaufensterdekoration. Und irgendwo in dieser Sammlung von Momentaufnahmen steht er mit Christa Hanson in der Küche, ein Glas Wein in der Hand. Mehr nicht. Mehr nicht?

Fred findet eine Lücke für den Wagen. Nora döst, wie so oft, wenn sie von einem Fest kommen. Sie schnarcht schon leise. Auf ihrem Gesicht ein seltsamer Ernst. In welchem Stadium ist ihre Ehe? Im Frühling nicht, aber auch nicht im Herbst. Es muß wohl der Sommer sein. Eine warme, aber träge Jahreszeit. Fred stellt den Motor ab, und die Stille, die sich danach im Wagen ausbreitet, ist die Stille der Nacht, die jetzt am größten ist. Die Stadt hat sich zu Bett gelegt. Fred sieht Nora an. Sie sieht schön aus, so friedlich, so träumend. Sie vertraut ihm ihren Schlaf an, so wie er ihr den seinen anvertrauen würde. Er bleibt sitzen, neben ihr, betrachtet sie, doch nach ein paar Minuten wird es feucht und kühl im Wagen. Hinter den Scheiben der November, diese große graue Strecke ...

3

Jobs

Kurz vor Weihnachten betritt Fred Saltz die Büros der *ComFilm*. Winterliche, naßkalte Stagnation liegt über dem ehemaligen Produktionsgelände der Ufa in Potsdam-Babelsberg, der Morgen ist so schwarzweiß und tonlos wie die Stummfilm-Klassiker, die hier vor langer Zeit gedreht worden sind, und die nächtliche Feuchtigkeit hat auf der Straße einen dünnen öligen Film sichtbar werden lassen. In der Absicht, an die lange Tradition der Filmproduktion hier im Süden von Berlin anzuknüpfen, und um die Attraktivität des Geländes zu steigern, hat man einer der großen Studiohallen aus den zwanziger und dreißiger Jahren den Namen *Marlene-Dietrich-Halle* gegeben. Und wenn auch das Geschäft mit internationalen Großproduktionen noch nicht recht in Gang gekommen ist, so ist es doch gelungen, eine Reihe von Vorabendserien nach Babelsberg zu locken, unter anderem ›Wo die Liebe hinfällt‹, den bisher größten Erfolg der *ComFilm*. Am Fuß der Marlene-Dietrich-Halle tüfteln ein paar Special-Effect-Produzenten an ihren Tricks herum, die Kollegen von *Tricky*

142

Mac und *Fake up.* Die *ComFilm* ist in der Nähe des stets menschenleeren Billy-Wilder-Platzes hinter den Wellblechcontainerbüros der Lufthansa etwa fünf Minuten entfernt vom Haupteingang des Geländes in einem flachen Plattenbau untergebracht, der neben den schwarzbraunen Backsteinhallen aus den Zwanzigern wirkt wie eine Datscha zwischen Wagnerschen Burgen. Zu DDR-Zeiten war in dem niedrigen, zerbrechlich wirkenden Gebäude ein Parteisekretär untergebracht, von dessen Tätigkeit ein paar Regalmeter an Aufzeichnungen und Dossiers übriggeblieben sind, die noch niemand studiert hat. Im Frühjahr, so ist es geplant, wird die *ComFilm* mit ihren Büros ins Obergeschoß einer der hoch aufragenden Studiohallen ziehen. Es ist also keineswegs so, als würde sich niemand für das ehedem so berühmte Areal interessieren, und es ist sogar eine Touristenattraktion: Höchstens einen Steinwurf von Freds Büro entfernt fährt, je nach Jahreszeit bis zu sieben- oder achtmal am Tag, der rumpelnde Zug der »Studiotour« vorbei. Zwar gibt es bei der einstündigen Rundfahrt genaugenommen überhaupt nichts zu sehen, aber die Leute kommen trotzdem. An sich ist die Sache ein Rätsel, aber Fred hat den Eindruck, das ist die Art und Weise, wie die Dinge zur Zeit laufen: Weil keiner mehr Großes erwartet, vermißt es auch niemand.

Fred läßt das mit Zinkblechen verkleidete Fundusgebäude links liegen, an dessen Eingang vor kurzem das Schild mit dem neuen Babelsberg-Logo angebracht worden ist, das man sehr schlicht gestaltet hat unter Verwendung des Schriftzugs *Studio Babelsberg,* der vor einem wasserblauen Hintergrund nach links hin abfällt wie ein untergehendes Schiff. Nach ein paar Schritten erreicht Fred das *ComFilm*-Gebäude und öffnet die Tür, deren Weiß in etwa das von Tupperware ist und die ihm, obwohl er nun schon seit zwei Jahren hier ein- und ausgeht, jedesmal seltsam masselos vorkommt, viel leichter als alle Türen, die er im Westen

143

Berlins je geöffnet hat. Links ist in Augenhöhe das Firmenschild der *ComFilm* angebracht; das große schwarze *C,* das wie ein hungriger Mund das grüne *F* zu verschlingen scheint. Das Fenster daneben kommt Fred immer ein wenig trübe vor, was eigentlich nicht sein kann, weil es sich nicht mehr um das ursprüngliche Fenster aus DEFA-Tagen handelt, das eine verzerrende Wirkung gehabt hatte, als habe der jahrelange Blick des Parteisekretärs das Glas verquellen lassen, sondern um eine beim Einzug der *Com-Film* neu eingesetzte Thermopenscheibe. Dennoch wirkt sie blaß und nicht ganz durchsichtig, es muß am östlichen Licht liegen. Sobald sich die Tür hinter Fred schließt, hat er aber das angenehme Gefühl, wieder zu Hause zu sein, denn die Einrichtung der Zimmer und Flure ist auf der Höhe der Zeit. Es riecht nach Kopiergeräten und regelmäßigem Staubsaugen.

Fred tritt sich die Füße ab, auf dem Gang begegnet ihm Thilo Flatten. Er kaut auf einer Minisalami herum und riecht nach einem fichtenartigen After-shave und gepökeltem Rindfleisch. »Hast du schon gesehen?« sagt er. »Der ›Spiegel‹ hat mal wieder eine Serie über Sex aufgelegt: *Frust, Lust, Wirrnis, Chance ...*« Er steht am Kopierer und drückt gerade die Starttaste.

»Chance?« Fred hängt seinen Mantel an die Garderobe.

»Die neue Moral setzt sich durch. Alles Verhandlungssache, behaupten sie. Solche Bürogeschichten à la Clinton schätzen sie aber ingesamt eher selten ein.«

»Seit diese Lewinsky-Sache über die Bühne ist, müssen sie das Thema erstmal wieder niedriger hängen.«

»Das ist ein Trick. Ich bin gespannt, wer als nächstes dran ist. Hast du schon die Zahlen von letzter Woche gesehen? Wir sind einen halben Prozentpunkt runter.«

»Das ist jedes Jahr so. Liegt an Weihnachten. Die Leute kaufen die letzten Geschenke ein.« Fred bemerkt, daß Thilo Flatten ein neues Jackett trägt. Es ist aus einem graugelben, sehr weichen, spannungslosen Material gearbeitet, so wie seine Haut, eine Art Flanell. Er steht in der Mitte des Ganges, den er mit seinen ausladend wattierten Schultern etwa zur Hälfte ausfüllt. Plattenbauten haben schmale Gänge. Kommt hinzu, daß er immer etwas diffus wirkt wie ein Gas. Vielleicht ist das der Grund dafür, daß man bei jeder Begegnung mit ihm das Gefühl hat, daß er einem zu nahekommt. Man ist sich nie ganz sicher, ob er an seinen sichtbaren Grenzen wirklich endet.

»Sonst was Neues?« fragt Thilo. »Was hältst du davon, wenn wir Sonja rückfällig werden lassen? Wenn sie es schafft, trocken zu bleiben, könnten sich die Leute von ihrer Willensstärke gedemütigt fühlen. Helden kann man nicht allzulange ertragen.«

Als Fred sich an ihm vorbeidrückt, steigt ihm noch einmal der Geruch der Paprikasalami in die Nase. So wie sich Thilos Körper stets ein Stück über seine Grenzen hinaus auszudehnen scheint, so tut es auch sein Atem. Und seine Art, sich den Figuren einer Geschichte zu nähern. Immer wenn er ihren Schicksalen einen Baustein hinzufügen möchte, liegt darin ein Akt der Mißhandlung. Das macht ihn für die Serie so wertvoll.

»Sag den anderen Bescheid, daß ich in fünf Minuten jeden brauche. Wir haben ein Problem.«

Fred geht in das obere Stockwerk und betritt dort sein Büro, in dem die Konferenzen des Teams stattfinden. Es ist mit einem dunkelblauen Teppichboden ausgelegt, auf dem ein fuchsbraun gebeizter Tisch mit einem umlaufenden schieferfarbenen Rahmen steht, um den Fred herumgeht. Wenn an diesem Tisch gearbeitet wird und sich alle rundum schweigend den Kopf zerbrechen, wie es weitergehen könnte bei ›Wo die Liebe hinfällt‹, erscheint in den Gesichtern seiner Mitarbeiter jene angestrengte Leere, die Fred irgendwie als den Kern des Lebens auszumachen scheint. Links in der Ecke steht der Fernseher, getaucht in das mehlige Licht des Winters. Fred schaltet ihn an und schlägt auf den Videotextseiten die Einschaltquoten vom Vortag nach. Zahlen. Hinter der Kargheit ihres Zeichenvorrats verbirgt sich die Fülle ihrer Macht. Freds Verhältnis zu Zahlen ist distanziert, ihn stört diese Strenge: Drei ist drei und niemals vier; Menschen müssen flexibler sein.

Er geht um den Tisch herum, unter dem die Stühle wie große Schubladen stehen; eine für ihn, vier für die anderen. Niemals ist eine Sitzordnung festgelegt worden, doch hat jeder seinen festen Platz. Rechts neben Fred, der am Kopfende residiert, sitzt Thilo Flatten, dessen Finger, die er beim Reden vor sich auf den Tisch zu legen pflegt, enorm dünn sind wie bei einer Frau. Ihm gegenüber, also links von Fred, sitzt Andrea Paculi, deren Hände wiederum sehr kräftig, fast männlich sind und in breite Fingernägel münden. Fred tauscht sie in Gedanken hin und wieder gegen Thilos aus und umgekehrt. Links von Andrea Paculi sitzt Paul Gilles, der, obwohl keineswegs außergewöhnlich schlank, neben ihrer imposanten Fülle wirkt wie ein Vorhangschal an der Seite einer Kinoleinwand. Er ist der Schweigsamste in dieser Runde, seine Einfälle zeichnen sich immer durch eine schockierende Kälte aus und sind an Präzision kaum zu überbieten. Er leidet nicht mit den Figuren, vielmehr scheint es so, als seien sie ihm gleichgültig. Paul Gilles ist ein vollkommen anderer Autorentypus als Thilo Flatten, dessen Lust am Leiden seiner Geschöpfe bei genauerem Hinsehen ja in einer uneingeschränkten Liebe zu ihnen wurzelt. Er peinigt sie, um ihnen Leben einzuhauchen, während sie für Paul Gilles Versuchskaninchen sind.

Die ungeschriebene Sitzordnung vervollständigt sich mit Nike Meyer. Sie sitzt Paul Gilles gegenüber und rechts von Thilo Flatten am hellsten Platz des Tisches. Dorthin fällt das Licht sowohl von der Längs- als auch von der Stirnseite des Raumes und ebnet die Gesichter ein. Nike Meyer ist die jüngste in der Runde und blond. Sie stammt aus Bayern und aus irgendeinem Grund haßt sie Mütter, deshalb wacht sie darüber, daß speziell die Töchter bei ›Wo die Liebe hinfällt‹ gut wegkommen. Ihre Vorschläge klingen lebendig und sind tot. Sie entstehen nicht aus einer makabren psychologischen Raffinesse wie die gemeinen Einfälle von Andrea Paculi, sondern aus einer Reihe von Irrtümern, deren größter es ist, daß sie sich mit Anfang Dreißig noch für jung hält. Aus diesem Grund fühlt sich Fred ihr nah. Er fühlt sich ihr nah, weil sich immer wieder zeigt, daß die, die nicht altern wollen, besonders schnell altern. Ihr jugendlich-optimistisches Dauergetue rührt ihn an, wenn es ihm nicht auf die Nerven geht. Wahrscheinlich ist es kein Zufall, daß der für Schicksalsschläge zuständige Thilo Flatten neben ihr sitzt. Wenn er mit ihr redet, dreht er sich nicht zu ihr hin, vielmehr treibt seine diffuse Anwesenheit wie eine Wolke in ihre Richtung, nimmt ihr von einer Seite das Licht und verwandelt ihr grünliches Blond mit seinem Schatten in ein lebloses Grau.

Paul Gilles, Andrea Paculi, Thilo Flatten und Nike Meyer – sie allesamt trudeln jetzt innerhalb der von Fred anberaumten fünf Minuten ins Konferenzzimmer.

Als alle sitzen, sagt er: »Rita Zaff ist schwanger.«

Die Neuigkeit breitet sich am Konferenztisch aus wie eine Welle, die sich an unterschiedlichen Klippen unterschiedlich bricht. Die Katastrophe zwingt ein Lächeln auf Thilo Flattens Gesicht, schiebt die Augenbrauen von Andrea Paculi beinahe bis zum Haaransatz hinauf, öffnet Nike Meyers Mund zu einem fingerdicken Spalt und verebbt schließlich auf Paul Gilles' Gesichtszügen, ohne größere Spuren zu hinterlassen.

Andrea Paculi erholt sich als erste. Ihr rundes, knetbar scheinendes Gesicht wird hart. »Vertragswidrig, nehme ich an.«

»Wir könnten sie feuern«, nickt Fred, »aber ich denke, jedem hier ist klar, daß das keine Option ist.«

147

Thilo Flatten sagt: »Seit Sonja trocken ist«, – Sonja Liebstein ist die von Rita Zaff gespielte Serienfigur –, »sind ihre Sympathie-werte nicht mehr so hoch wie in den vergangenen Monaten. Ich schreibe sie dir in drei Monaten in Grund und Boden, und wir können sie aus der Serie rausnehmen. Autounfall oder so, das Übliche.«

»Im wievielten Monat ist sie denn?« fragt Nike Meyer, deren Make-up morgens wie eine blutleere Maske auf ihrer Haut liegt.

»Im zweiten«, sagt Fred.

»Das heißt«, Thilo beugt sich vor, seine dürren Finger krabbeln auf den Tisch, »wir haben noch drei bis vier Monate, bevor man's ihr ansieht. Das wäre hinzukriegen. Sie hat aufgehört zu trinken – sie könnte statt dessen anfangen zu essen und schwemmt auf. Sie ist in dem Alter, in dem Frauen anfangen, sich gehen zu lassen.«

»Ich merke schon, Thilo, du bist heute prächtig in Form«, spottet Andrea Paculi, der ja deutlich anzusehen ist, daß sie gutes Essen zu schätzen weiß.

Fred unterbricht die Diskussion an dieser Stelle. »Ich habe gesagt, wir können sie nicht aus der Serie herausschreiben, und dabei bleibt es, wir würden mit ihr viel zu viele Werbekunden verlieren. Rita Zaff mag unerträglich sein, mit der Schwanger-schaft gegen ihren Vertrag verstoßen und über keinerlei schau-spielerisches Talent verfügen, aber die Leute lieben sie nun mal. Wir kochen nicht für uns, sondern für andere. Also Vorschläge, bitte.«

Schweigen breitet sich aus im Raum, sogar das Licht, das grau und still von draußen hereinfällt, scheint grübelnd in sich selbst zu versinken. Vielleicht ist es das Thema Schwangerschaft, das diese plötzliche Andächtigkeit der Dinge bewirkt. Fred hat große Achtung vor Schwangerschaften, sie erfüllen ihn mit einer gewis-sen Ehrfurcht vor dem Unergründlichen. Es heißt, schwangere Frauen würden in allem sanfter. Er glaubt es.

148

»Nun gut«, beendet Andrea Paculi das Schweigen nach einer Weile. Ihre Stimme ist helltönend wie ein Glöckchen. »Wonach suchen wir überhaupt? Ich meine, warum wird sie nicht einfach schwanger? Verheiratete Frauen *werden* schwanger.«

»Mag sein ...«, nickt Fred, »aber wenn wir uns schon mit einer Schwangerschaft herumschlagen müssen, dann sollten wir diese nicht einfach verschenken. Ein paar dramatische Funken sollten aus der Sache schon zu schlagen sein.«

»Das sehe ich ebenso.« Thilo Flatten verlagert sein Gewicht von der rechten auf die linke Stuhlseite, die Fred zugewandt ist. »Wie wäre es denn zum Beispiel mit einer Vergewaltigung?«

Fred hat das Gefühl, daß Thilos zu ihm herüberwehender Atem sein Gesicht beschlägt. »Im Vorabendprogramm? Ich bitte dich!«

»Also komm! Zur gleichen Zeit laufen zwei oder drei Nachrichtensendungen, und Sexualdelikte werden ja nicht erst ab acht gemeldet.«

»Was glaubst du, wie viele Werbekunden das mitmachen? Ein gutes Drittel unserer Spots dreht sich um das Wohlergehen von kleinen schnuckeligen Babys. Eine Vergewaltigung paßt da einfach nicht ins Bild, das sollte auch dir klar sein.«

»Ich denke nicht an eine Vergewaltigung im eigentlichen Sinn«, sagt Thilo Flatten in seiner typischen hinterhältigen Art. »Ich stelle mir das eher diffus vor, wie Bettgeschichten nun mal sind. Sonja zieht mit einem dieser jungen Kerle aus ihrem Fitneßstudio los, und am Ende landen sie in seiner Wohnung. Im letzten Moment kriegt sie es aber mit der Angst zu tun oder ihr Gewissen meldet sich, und sie will einen Rückzieher machen. Der Bursche verliert daraufhin die Kontrolle über sich und schafft es nicht aufzuhören. Eine Art halbe Vergewaltigung also, oder so.«

»Ich glaube, ich höre nicht richtig!« empört sich Nike Meyer mit pulsierenden Nasenlöchern. »Am Ende ist Sonja auch noch *schuld*, weil sie Neonleggings anhatte!«

»Tut mir ja leid, wenn dir gewisse Aspekte der Wirklichkeit nicht passen«, entgegnet Thilo, sich zu ihr hinüberlehnend. Beim Anblick des graubraunen Haarwirbels an seinem Hinterkopf muß Fred immer an abfließendes Schmutzwasser denken, das in seinem Kopf hineinstrudelt. »Aber so etwas passiert *jeden Tag*.«

»Warum wohl?« sagt Nike Meyer gallig.

»Oho, ich verstehe! Wahrscheinlich sind *wir* wieder mal schuld, das böse Fernsehen, weil wir all diese schrecklichen Dinge zeigen. Das ist aber eine ziemlich unprofessionelle Haltung.«

»Was ist denn, bitte schön, *halbe* Gewalt?«

Und als habe er nur auf dieses Stichwort gewartet, erklärt Thilo Flatten: »Halbe Gewalt ist das ganze Leben. Halbe Gewalt, halber Einsatz, halbe Wahrheiten.« Danach wendet er sich wieder zum Tisch, mit etwas schiefsitzendem Jackett, das durch die Drehung verrutscht ist.

»Wow!« macht Andrea Paculi. »Wer hätte das gedacht! Die eigentliche Grundlage unserer Arbeit ist lupenreiner Existentialismus.«

»Das ist gar nicht mal falsch«, sagt Thilo. Alle wissen, daß er fließend Französisch spricht, Sartre und de Sade liest und erklärtermaßen frankophil ist. Er geht auf die Bemerkung nicht ein. Nike Meyer preßt ein beleidigtes »Ohne mich, Leute« hervor und verfällt für einen Moment in jene standbildartige Starre, die am Ende jeder Folge von ›Wo die Liebe hinfällt‹ die Gesichter der Darsteller erfaßt, bevor die Titel des Abspanns über ihre eingefrorenen Züge hinunterzulaufen beginnen. Nikes hohe, fleischige Oberlippe, die Fred manchmal erregend findet und manchmal unangenehm vulgär, tritt dadurch besonders deutlich in den Vordergrund. Zwischen ihr und Thilo Flatten liegt ein Streifen kühles Konferenzzimmerlicht.

»Keine ideologischen Diskussionen, bitte«, sagt Fred, rutscht ein wenig tiefer in seinen Stuhl hinein und läßt seinen linken Arm bequem über die Rücklehne baumeln. »Wie wäre es denn zur Abwechslung einmal mit ein paar *brauchbaren* Vorschlägen?«

Nike Meyer sieht ihn an, ihr graues Morgengesicht füllt sich allmählich mit Leben, das aber künstlich ist wie Glühbirnenlicht am Tag. »Was hältst du denn von einem One-Night-Stand? Wir lassen Sonja und Janine nach Italien fahren. Die Sonne, die Hitze, das Meer ... und dort passiert es.«

»Ein Azzurro-Fehltritt, herrje ...«, sagt Thilo Flatten nörgelig.

»Fehltritt? So so ...«

Fred ist sich noch nicht sicher, ob Nike Meyer ein Gewinn fürs Team ist. Die Sonne, die Hitze, das Meer ... Seinem inneren Auge drängt sich ein Bild von ihr in einem Bikini mit bügellosen Sportkörbchen auf. Er sagt: »Ich hätte bestimmt nichts gegen ein kurzes Intermezzo am Mittelmeer, aber so eine Nebengeschichte in Italien ist schlicht und ergreifend zu aufwendig.«

»Und eine aufregende Nacht hier in Berlin?« verbessert sie ihren Vorschlag. »Das wäre die sauberste Lösung: modern, moralisch unbedenklich und preiswert.«

Knappes Höschen, aprikosengelb. Die Farbe würde ihr stehen, weil sie trotz ihrer blonden Haare einen eher dunklen Teint hat. Jetzt, im Winter, und erst recht hier im Konferenzzimmer wirkt sie zwar ein wenig fischig, ein Eindruck, der durch ihren sich vorwölbenden Mund noch verstärkt wird, aber nach ein paar Tagen im Süden und vor dem samtblauen Hintergrund des Mittelmeeres sähe das gewiß schnell anders aus. Jedenfalls ist es bei Nora immer so, deren Haut sich sogar im Oktober noch, als sie das letzte Mal für dieses Jahr in ihrem Haus dort unten gewesen sind, mit einer nussigen Bräune überzogen hat. Aber Nike Meyer interessiert Fred nicht wirklich, auch wenn das Bild von ihr, wie sie mit einem knappen aprikosengelben Bikini am Strand von

Casalina Mare steht, nicht ohne Reiz ist, speziell, wenn man sich das Oberteil wegdenkt. Im Gegensatz zu Noras kleinen norddeutschen Erhebungen, die beim Sonnen im hellen Sand immer eins werden mit der flachen Weite der Strände und mit dieser vollständig verschmelzen, hat man sich Nike Meyers Brüste wohl eher groß und bayerisch vorzustellen. Knödel. Das ist das Schöne im Filmgeschäft: Man lernt, in Bildern zu denken.

»Ja, ja. Ein *One-Night-Stand*«, sagt Fred nachdenklich. »Die Idee ist nicht so schlecht, aber du brauchst einen Schauspieler mit hohen Sympathiewerten und mußt ihn nach einer Folge schon wieder rauswerfen. Im Grunde ist das Verschwendung.«

Andrea Paculi sagt: »Ich finde, *One-Night-Stands* sind weder besonders originell noch modern. Warum gehen wir die Sache nicht psychologisch präziser an? Wir haben folgende Situation: Sonja und Patrick sind seit gut zwei Jahren verheiratet, und wie wir alle wissen, nutzt sich in zwei Ehejahren so manches ab, unter anderem das sexuelle Interesse aneinander. So weit, so gut. Da sich Sonja und Patrick im großen und ganzen aber nach wie vor recht gut verstehen und die beiden mit Sonjas Alkoholismus auch die erste große Krise ihrer jungen Ehe gemeistert haben« – die Druckreife der Inhaltsangaben, die Andrea Paculi so mir nichts dir nichts aus dem Ärmel zu schütteln vermag, fasziniert alle in der Runde hier stets aufs neue –, »wäre es unlogisch, diese Ehe, die sich soeben erst bewährt hat, mit einem Seitensprung zu belasten und gleich wieder aufs Spiel zu setzen. Um dennoch etwas gegen die erotische Fadheit in ihrem Leben zu unternehmen«, kommt Andrea zum Schluß ihrer Ausführungen, »besuchen Sonja und Patrick eine Swingerparty. Und dort passiert es!«

Immer wenn Andrea Paculi redet, bekommen ihre Haare, die sonst von einem glanzlosen Backsteinbraun sind, einen rötlichen Schimmer. Es ist ganz so, als würden sie durch die Eloquenz ihrer Worte zum Leuchten gebracht; unsichtbare Vibrationen, in denen das Licht sich vielfarbig bricht, eine Aureole aus Sachverstand. Der Einfall aber, den sie da soeben präsentiert hat, mißfällt Fred, weil seine persönlichen, nunmehr ein halbes Jahr zurückliegenden Pärchenpartyerfahrungen in seiner Erinnerung den Beigeschmack einer Niederlage haben. Er sagt: »Das kannst du vergessen, Andrea. Das ist eine der blödesten Ideen, die du je gehabt hast.«

»Findest du? Immerhin könnten wir auf diese Weise die Frage, wer der Vater ist, vorerst offen lassen. Sonja wäre nicht in der Lage herauszufinden, von wem sie schwanger ist – nicht, wenn sie sich bei der Party so richtig amüsiert hat.«

»Nein«, entscheidet Fred, »kommt nicht in Frage.«

»Die Idee ist in jedem Fall auf der Höhe der Zeit«, sagt Paul Gilles, und da er fast nie etwas sagt, hat der Satz Gewicht. »Es scheint mir nicht zwingend, daß wir uns mit einer Swingerparty zu weit vorwagen.«

Thilo Flatten sagt: »Wirklich, wir sollten uns das gründlicher durch den Kopf gehen lassen, Fred. Ist dir eigentlich klar, wie sehr die Zeiten sich geändert haben? Wo *wir* noch bei dem Gedanken ans Küssen rot angelaufen sind, reden die heutzutage in der Schule schon ab zehn ganz unverblümt über Sex und Drogen. Das ist bei den Kiddies alles ziemlich positiv besetzt. In diesem aktuellen ›Spiegel‹-Artikel steht, daß schon Siebenjährige ihre Eltern ganz unverblümt fragen, was oraler Sex ist. Und zeigen tun wir natürlich nichts. Ich stelle mir das so vor, daß Sonja und Patrick von irgend so einem Typen, der solche Partys schmeißt, begrüßt werden, dann gibt's erst mal ein Gläschen Schampus zum Aufwärmen und gegenseitigen Abchecken, mit wem man sich's vorstellen kann und mit wem nicht – und dann schieben wir einen Werbeblock rein. Das ist alles.«

Fred gibt sich nachdenklich. So detailliert, wie Thilo den Partyauftakt beschreibt, klingt es fast, als sei er einmal dort gewesen.

Unangenehme Vorstellung, er könnte in derselben kleinen orange ausgeleuchteten Garderobe gestanden haben, an die Fred sich auf einmal deutlich erinnert, mit den bloßen Füßen auf demselben wolligen Teppich. Lange dünne Zehen. Er sagt: »Es bleibt dabei: Ich sage, nein. Die Sache kommt nicht in Frage. Eine Aufteilung in eine anständige und eine unanständige Partyphase funktioniert nicht. Während manche Gäste noch an ihren Gläsern nippen und sich Mut antrinken, kommen andere doch schon zur Sache...«, eine Behauptung, die ihm neugierige Blicke des Teams einträgt, so daß er schnell: »... vermute ich mal«, hinzufügt und sich kurz räuspert. »Wie auch immer es auf solchen Partys zugehen mag: Glaubhaft zeigen kann man das in keinem Fall.«

»Fred, ich sage dir, selbst bei der größten Schweinerei gibt es Spielregeln. Wenn du Wert auf Authentizität legst, erkläre ich mich gerne bereit, das zu recherchieren.« Thilo Flatten dreht sich mit seinem breiigen Grinsen zu Nike Meyer. »Ich nehme allerdings an, ich bräuchte eine weibliche Begleitung, weil man mich sonst nirgendwo reinläßt.«

»Na, da wird sich Dagmar aber freuen«, erwidert Nike Meyer. »Das ist für sie sicher eine willkommene Abwechslung.«

Dagmar ist Thilos Frau, eine schlaffe mittelgroße Brünette mit recht hübschen, teefarbenen Augen. Nicht leicht, sie sich beim Partnertausch vorzustellen, denkt Fred, doch darum geht es nicht. Der Punkt ist: Man läßt sich nicht gehen, wenn man von der Ehefrau beobachtet wird. Thilo, die alte Drecksau, hat natürlich recht: Für eine Swingerrecherche mit allem Drum und Dran müßte ihn nicht seine Frau begleiten, sondern Nike Meyer. Zum Beispiel.

Und diese Nike Meyer sagt jetzt: »Ich finde, Fred hat recht. Das Ganze bringt nichts. Pärchenpartys sind etwas für frustrierte Vierzigjährige. Für Väter mit Karriereknick und Mütter, die sich langweilen.«

»So so«, sagt Thilo Flatten. »Das klingt ja recht beschlagen.«

»Könnten wir das vielleicht mal wieder auf eine sachliche Ebene bringen?« wirft Andrea Paculi an dieser Stelle ein.

Fred beugt sich vor und legt seine Hand auf das kühle weiche Fleisch ihres Unterarms. »Nein, Andrea! Ich werde mich nicht hinstellen und gegenüber unseren Werbekunden irgend etwas von einer Pärchenparty erzählen. Ende der Diskussion. – Hat jemand Kaffee aufgesetzt?«

Schweigen. Fred nimmt den über die Rückenlehne gelegten linken Arm nach vorn und faltet beide Hände auf seinem Bauch übereinander. Oh, Mann, was für eine Truppe kommandiert er nur! Er ist umgeben von Perversen und Sadisten, aber irgendwie mag er alle, obwohl sie einen glatt so weit treiben können, daß man beginnt, Sex zu hassen. Sex und Schwangerschaften. Irgendwie bekommen immer die falschen Frauen Kinder. Warum ist statt Rita Zaff nicht einfach Andrea Paculi schwanger geworden? Mutter Erde. Wie weich ihr Leib sein muß, wenn schon ihre Elle wie Sahne ist. Ihr Körper ein Dom, geschichtet aus seidenen Kissen. Oft trägt sie altmodische, kurzärmelige Blusen, die ihre Oberarme auch im tiefsten Winter unbedeckt lassen. Zuckerweiße Bündel, die an frischgewickelte Babys erinnern. Was für eine Freude muß es für einen Säugling sein, aus Andrea Paculi zu trinken! Alles an ihr ist glatt und rund und nachgiebig. Schade, daß man keine Erinnerungen an die Zeit des Säugens zurückbehält, sondern das Gehirn irgendwann Platz schafft für das Einmaleins, Bruchrechnen und das Alphabet. Was für ein seltsamer Aufwand, wenn sich zwanzig Jahre später wieder alles herumdreht und man es erneut nurmehr auf diese Nippel abgesehen hat. Man entkommt den Hormonen nicht: Je älter man wird, um so mehr wird man zum Staffelholz der Gene ... Wie auch immer, komische Vorstellung, daß Rita Zaff demnächst ein Kind bekommt, denn Rita Zaff ist Sonja Liebstein, und Sonja Liebstein ist ein Geschöpf von Fred, was in gewissem Sinne bedeutet, daß er Großvater wird, noch ehe er Vater ist. Tatsächlich: Sie reden hier nicht über irgendein Seriendetail, sondern über die Zeugung seines Enkelkinds.

Nike Meyer kommt mit einer bauchigen Thermoskanne in den Raum. Die Stimmung ist auf einem Tiefpunkt. Thilo Flatten und Andrea Paculi besorgen aus dem Regal an der lichtlosen Längsseite des Raumes wortlos Tassen und Löffel. Die Kanne wird um den Tisch gereicht, und der Kaffee steigt in den Tassen hoch wie finstere Blicke.

In diese Stille hinein sagt Nike Meyer: »Wie wäre es denn, wenn Sonja sich von Patrick scheiden läßt. Er zieht aus, aber bevor es zur Verhandlung kommt, wird sie schwanger – von ihm.«

»Das verstehe ich nicht«, sagt Andrea Paculi. »Entweder sie lassen sich scheiden, oder sie machen ein Kind. *Beides* wäre ein wenig merkwürdig.«

»Wieso? Wenn sie sich trennen, muß das nicht heißen, daß sie sich nicht mehr sehen. So was kommt vor.«

»Ich weiß nicht. Wir waren uns doch einig, daß es mit der Ehe nach Sonjas Entzug erst einmal aufwärtsgehen sollte.«

»Die Idee hat etwas für sich«, meldet sich Thilo Flatten zu Wort, ohne jede Anzüglichkeit im Ton. Das macht das Arbeiten mit ihm recht angenehm: Eben noch Arschloch, ist er im nächsten Moment wieder Profi. »Mir war das sowieso alles zu sonnig: Sonja trocken, Ehe okay ...«

»Na gut«, sagt Fred, »eine Scheidung, warum nicht. Was bringt uns das unter dem Strich?«

Nike Meyer wächst in ihrem Stuhl wie eine Hyazinthe. »Also, ich habe mir das so gedacht: Während die Angelegenheit schon bei den Anwälten ist, treffen sich die beiden noch mal, um irgendeine Sache zu besprechen, und bei der Gelegenheit passiert es eben. Sonja tritt nicht schwanger vor den Traualtar, sondern schwanger vor den Scheidungsrichter. Das wäre ein Knaller!«

Dünn, denkt Fred. Er sagt: »Nicht so übel.«

»Ich weiß nicht, mir ist das zu simpel«, wiegt Andrea Paculi ihr Haupt. Sie bewahrt in jeder Situation eine beneidenswerte Ruhe, eigentlich ist sie für Fred ein Buch mit sieben Siegeln. Soviel er weiß, ist sie spirituell Richtung Fernost orientiert, Tibet oder so: Mantras, Mandalas und Haikus. Der Glaube dort soll die Menschen ja zu Ausgeglichenheit und innerem Frieden führen, heißt es – zu all jenem also, wohin Fred, so befürchtet er inzwischen, niemals geführt werden wird ...

Thilo Flatten schnippt mit seinen Fingern, das Weiße seiner Nägel hat genaugenommen die Farbe von Mayonnaise. »Leute, ich hab's. Nachdem Sonja mit ihrer tierhomöopathischen Praxis pleite gegangen ist, braucht sie ja Geld und eine neue Geschäftsidee. In dieser Situation lassen wir ihr irgendeine alte Schulfreundin über den Weg laufen, die sich ihre Brötchen bei einem Begleitservice verdient. Kein Scherz! Glaubt mir, das ist im Prinzip eine ganz saubere Angelegenheit. Umfragen zeigen, daß in der Zielgruppe der Vierzehn- bis Achtzehnjährigen solche Geschichten an sich keinen schlechten Ruf haben. Für die ist Geld etwas Positives, und das mit der Prostitution stellen sie sich eher locker vor. Das ist wahr. Wir würden da ein ziemlich aktuelles Thema anreißen. Vor kurzem, in einer dieser Mittags-Talkshows für Jugendliche ging's genau darum. Die finanzieren sich auf diese Weise ihre Sneakers oder ihre *GAP*-Klamotten und so ... – Wie auch immer«, bringt Thilo Flatten seinen Gedankengang zu Ende: »Sonja läßt sich also überreden, es mit dieser Begleitmasche einmal zu probieren, und schon ist es passiert. *La belle de jour* – nur daß sie das Ganze im entscheidenden Moment ein wenig unprofessionell anpackt, was ihren Sympathiewerten aber kaum schaden dürfte, im Gegenteil.«

Fred rührt zwei Süßstoffpillen in seinen Kaffee. Schon wieder Sex. »Okay, okay«, sagt er, »darüber könnte man nachdenken, wenn Sonja eine Nebenfigur wäre. Begleitservice, das klingt sauber, das klingt nach feuchtem Toilettenpapier und Persil Megaperls. Ich habe allerdings den Eindruck, daß Sauberkeit nicht unser Problem ist. Was wir vielmehr brauchen, sind *Gefühle*.« Er unterbricht seinen Redefluß und trinkt einen Schluck Kaffee, dessen künstliche Süße sich wie eine zweite Haut um seine Zunge legt. »Gefühle«, wiederholt er, »das ist der Stoff, mit dem wir handeln. Wenn Sonja schwanger ist, dann steht sie zuerst einmal vor einer ganz einfachen Frage: der, Mutter zu werden oder nicht? Das hat mit Sex überhaupt nichts zu tun. Es hat zu tun mit Ängsten, Unsicherheiten und Hoffnungen. Ich sage euch, wir denken in die falsche Richtung. Wir brauchen weniger Sex und mehr Mutterschaft.«

Er steht auf und geht zum Fenster. Das Schleiflackweiß des Winters. Die Blässe des Lichts, als hätte irgend jemand die Bildschirmfarbe auf ein Minimum reduziert. Alles gefriert dort draußen, und nicht nur dort, auch hier, im bläulich grauen Raum. Andrea Paculis Stirn ist ein flacher See, in den das schmale Rinnsal ihres bleichen Scheitels mündet. Paul Gilles' Schweigen verfestigt sich als autistische Versteinerung auf seinem Gesicht. Nike Meyers Schönheit, die stets etwas Geliehenes hat, vom Lichteinfall oder von der Tageszeit oder der Stimmung anderer, wird zu einem blassen Fleck, einem Schneerest am Straßenrand. Und selbst Thilo Flattens immerzu schmierige Aura aus schöpferischer Unruhe und perverser Nervosität wird allmählich stumpf und gelb, wie seine Augen es immer schon waren. Fred sieht sie an: seine Leute.

Paul Gilles durchbricht die Stille. Er sagt: »Wir machen sie zur Leihmutter.«

Fred sieht auf. »Wie bitte?«

»Es ist eine einfache Rechnung mit drei Größen: weniger Sex, mehr Mutterschaft und eine neue Geschäftsidee. So wie ich das sehe, paßt eine Leihmutterschaft ideal zu dem, wonach wir suchen: Sie bringt Geld, funktioniert ohne Sex, und es ist abzusehen, daß sie als Geschäftsidee ein Fiasko ist. Sonja wird erneut scheitern, weil sie eine emotionale Bindung zu dem Embryo in ihrem Leib aufbaut. So ist es fast immer: Nicht wenige Leihmütter wollen das Kind am Ende behalten.«

»Geht das denn so einfach?« sagt Nike Meyer. »Das ist ja noch perverser als eine Vergewaltigung.«

»Es geht alles«, sagt Paul Gilles. »Die Frage in diesem Fall wäre wohl eher, wie legal es ist. Die biologischen Grundlagen sind einfach, die rechtlichen kompliziert.«

»Was meinst du?« Fred sieht Thilo Flatten an, der sich noch nicht entschieden hat, auf welche Seite er sich schlagen soll.

»Ich weiß nur eins«, sagt er gedehnt und nörgelig, »mit Sex kenne ich mich aus, mit Paragraphen nicht. Das muß jemand anders schreiben.«

Wenn Thilo dagegen ist, wer ist dann wohl dafür? »Es ist ein Frauenthema. Ich finde, es ist ein Frauenthema.« Nike Meyer als Leihmutter: Groß genug wären ihre Brüste ja.

Andrea Paculi sagt: »Na denn, Thilo! Du warst doch ganz scharf auf eine Recherche. Der Unterschied zwischen Samenbanken und Swingerclubs ist ja, wenn man es genau nimmt, nicht so fundamental.«

»Sehr komisch«, sagt er mit finsterer überstimmter Miene. »Und was, glaubt ihr, sagt die Werbung *dazu*? Sex ist nie sauber, egal in welcher Form. Gott sei Dank! Und daran ändert sich auch nichts, wenn man eine Plastikspritze benutzt.«

Fred betrachtet den leeren Stuhl am Kopfende, der sein Stuhl ist. Davor auf dem Tisch: sein Kaffee, lau und schmutzig schimmernd, ein öliges Blauschwarz, auf dessen Oberfläche sich ein rissiger Film gebildet hat, ein kleiner schwarzer zerbrochener Spiegel. Sein Stuhl, sein Kaffee, sein Platz: Er entscheidet.

Er sagt: »Wir machen es so.« Und der vertrocknete Klang seiner Worte erinnert ihn dabei an die Stimme seiner Großmutter, eine dünne spröde Stimme, überzogen mit künstlicher Herzlichkeit. Die Unfähigkeit zu wahren und großen Gefühlen, denkt Fred, muß er von ihr haben, die eine verbohrte Menschenhasserin gewesen ist, und um so unheimlicher ist es ihm, in seiner Männerstimme nun Reste dieser so lange nicht mehr vernommenen, so lange schon totgeglaubten kargen lieblosen Großmutterstimme lebendig zu finden. Er sagt: »Das war's.«

Das Team ist überrascht von diesem unerwartet kurzen Ende der langen Konferenz. Fred fügt hinzu: »Die Details klären wir in der kommenden Woche.«

Thilo kommt auf ihn zu: »Alles okay?«

Fred nickt und wendet sich an Paul Gilles: »Recherchierst du mal in diese Richtung? Ich verlasse mich auf dich. Die Idee gefällt mir, wir machen das.«

Paul Gilles nickt und verläßt mit den anderen den Raum, Fred bleibt allein zurück, allein mit sich und der Erinnerung an seine Großmutter. Er öffnet den Kühlschrank an der Stirnseite des Raumes, entnimmt der Schale im Gefrierfach ein paar Eiswürfel, die er in ein Glas klimpern läßt, und gibt einen Schluck *Absolut* darüber, der wie flüssiges Glas über die Ritzen und Furchen der Eiswürfel rinnt und zwischen diesen vollständig zu verschwinden scheint. Wie Gefühle in ihm, Fred. Manchmal ist es, als ergieße sich ein Strom aus Zuneigung in ihn, vielleicht sogar Liebe, aber kaum hat die reine, wärmende Flüssigkeit ihn durchdrungen, verschwindet sie auch schon wieder. Alle Emotionen verdunsten in seinem Innern auf geheimnisvolle Weise. Er fühlt sich schwer. Seine Großmutter war ebenso übergewichtig wie er, der seit Jahren versucht abzunehmen, aber sein Körper hat sich bisher allen

160

Diäten widersetzt. Auch mit der Trennkost war es nichts, seine Disziplin nimmt schon wieder ab. Leben: ein beständiges Nachlassen der Kräfte. Fünfzehn Kilo mehr als vor zehn Jahren bringt er inzwischen auf die Waage. Macht anderthalb Kilo pro Jahr oder hundertfünfundzwanzig Gramm pro Monat oder, wie er einmal ausgerechnet hat, 4,2 Gramm pro Tag. Nichts. Eine Erbse. Wie soll man es schaffen, sich an einem Tag auf 4,2 Gramm genau zu ernähren? Seiner Großmutter ist das nicht gelungen, und ihm wird es auch nicht gelingen. Er ist wie sie. Nach außen hin selbstbewußt, im Innersten ängstlich. Nach außen hin eifrig, im Innersten leer.

Vielleicht sollte er sich keine Kinder wünschen. Wozu? Er hat nichts weiterzugeben. Wieso glaubt er überhaupt, daß er fruchtbar ist? Nora glaubt es auch, aber vielleicht ist er's ja nicht. Es könnte sein, daß sie all die Jahre völlig unnötig verhütet haben. Daß sie mausetoten Spermien die Tür vor der Nase zugeschlagen haben. Und Nora? Wäre sie eine gute Mutter? Was hätte *sie* einem Kind zu geben? Worte, statt Milch. Einen winzigen harten Busen. Sie sollte ihre Promotion sausen lassen. Ob es anders sein wird, es mit einer Doktorin zu tun? Wissen und Sex stehen nicht eben in dem Ruf, einander zu beflügeln. Vielleicht wird Nora ja lockerer, wenn sie es hinter sich hat, aber eigentlich mag er sie so, wie sie ist, mag ihren scheuen Intellekt, der den Forderungen von Körpern nie ganz traut, diesem süß-schmerzlichen Ziehen der sexuellen Sehnsucht. Mit ihr in Italien an einem Hang sitzen und Schönwetterwolken dabei zusehen, wie ihre Schatteninseln übers Meer ziehen. Küstenstädte, die ihre Fassaden in den Dunst prägen. Winzige Motorboote, die kurze weiße Striche in die See ritzen. Nächte, die langsam auf die Spitzen der Zypressen herabsinken. Schlendern durch enge Gäßchen, vorbei an unverputzten Hauswänden, zwischen denen Fledermäuse auf wirren Bahnen unsichtbarer Nahrung nachjagen. Keine Zukunft, die aus ihrem

Flug herauszulesen wäre, nur Gegenwart: Nora. Der Eierschalen-ton ihrer Haut dort, wo die Sonne sie nie erreicht. Die nach dem mildem Herbst riechende Höhlung ihrer Achseln, der weiß-schimmernde Grund ihrer Schambehaarung. Salziges Seegras auf wellenreinem Sand.

Fred wendet sich ab vom Fenster, in dem von all dem nichts zu sehen ist, sondern nur ein blasser nördlicher Wintertag, jenes ewige Einerlei, aber es hilft ja nichts. Als er sich setzt, kommt es ihm vor, als sei sein Schreibtisch höher geworden. Oder sein Stuhl niedriger. Oder die Platte tiefer, oder seine Beine länger – nichts scheint mehr zu passen. Was ist nur los heute? Na gut, er ist unzufrieden. Diese Diskussion über Sex und übers Kinderkrie-gen. All das ist irgendwie nervtötend, seit neuestem. Früher war es das nicht; früher hat er das gemocht, seiner Sonja Liebstein Glück und Unglück zuzuteilen, aber irgendwann hat man genug davon. Er sieht jetzt schon Rita Zaff mit dickem Kugelbauch auf dem Set aufkreuzen und dort allen mit ihren aus purer Eitelkeit geborenen Änderungsvorschlägen auf den Wecker fallen. Schau-spieler. Irgendwann sind sie genauso dämlich wie die Rollen, die sie zu spielen haben. Serien sind wie das Leben: Sie lassen keinen ungeschoren davonkommen.

Und Fred denkt: Vielleicht hat Nora ja recht, was Robert Han-son betrifft. Er sollte sich mit ihm zusammensetzen. Warum ihm keine Chance geben? Falls seine Drehbuchideen etwas taugen, wäre es ein Gewinn, falls nicht, kein Verlust. Rita Zaff läuft ihm nicht davon, sondern höchstens die Zeit.

Wie um Distanz zu gewinnen, stößt er sich mit seinem Stuhl vom Schreibtisch ab, und die Luft, die dabei um seine Nase streicht, ruft eine Erinnerung in ihm wach, die in Sekunden durch Jahrzehnte blitzt, die Erinnerung an einen trockenen Ge-ruch, der wie seine fette Großmutter in seine Kindheit gehört, obwohl es ein zeitloser Büro- und Buchstabengeruch ist, einer, der sich aus vielen Komponenten zusammensetzt, die sich in der Ausdünstung eines einzigen winzigen Gegenstandes damals gesammelt haben und auch heute noch sammeln wie in einem stofflichen Brennpunkt, in dem sich jetzt aber nicht nur Substanz zu verdichten scheint, sondern auch Sinn: Die Luft, die Freds Schreibtisch umgibt, riecht nach Radiergummi.

———

Allmähliches Erwachen aus einem Traum von Liebe. Augen, die sich öffnen und widerstrebend eine andere Welt einlassen. Wo ist sie eigentlich? In das Schlafzimmer des Hansonschen Ferienhauses fällt gedämpftes morgendliches Februarlicht, das mit ersten, noch zarten Farbtönen bereits den Beginn des italienischen Frühlings ankündigt. Christa dreht sich langsam zur Seite, neben ihr die zerwühlten verlassenen Überreste von Roberts Schlaf. Ihre eigene Zudecke hat sie halb zur Seite geschoben; ihre Haut im lavendelblauen Licht des Mittelmeerfrühjahrs, ihre Hüften so rund und weiß wie Wolken, ihr Vließ ein Ineinander kleiner Verwirbelungen störrischer weizenfarbener Härchen, die zur Mitte hin gegeneinander zu strömen scheinen, den Kamm einer glitzernden Welle aufwerfend, einen Pfad, der noch tiefer hinab führt, dorthin … Nicht aufwachen, wozu denn? Sich vorstellen, *er* wäre da …

- *Komm, Lieber …*

- *Soll ich?*

- *Ja, aber ja!*

- *Wir müssen vorsichtig sein.*

- *Nicht so sehr. Bestimmt ist er draußen. Er ist immer draußen um diese Zeit und sitzt dort starr wie ein Stein, eine Statue, sein eigenes Denkmal. Weißt du, was ich mir manchmal vorstellen muß? Diese tiefen dunklen Mauerfugen hier zwischen den flachen, grauen Steinen, sie sehen aus wie Textzeilen. Er umgibt mich, er spinnt mich*

ein in den Käfig seiner Buchstaben. Hättest du gedacht, daß er eifer-
süchtig ist…

Langsam erhebt sie sich, schlingt die Decke um ihre Schultern und geht zum Fenster. Es ist so: Dort unten, in der Kühle des Morgens, sitzt Robert, klein und farblos wie das vom Winter noch magere Gras, das ihn umgibt, verloren in seinen Wortwelten. Alles ist unbewegt dort draußen, die Hügellinie des Horizonts wirkt flächig wie eine mit wäßrigen Farben gemalte Kulisse. Vielleicht versucht er zu ergründen, was nicht zu sehen ist, die Rückseite der Bilder. Sein Kopf wird von Tag zu Tag haarloser, von oben sind flache kahle Dellen auf seinem Schädel zu erkennen. Mit was für einem Hunger die Zeit in den vergangenen Jahren zwischen seinen Schläfen gegrast hat, als hätte er jedes geschriebene Wort mit einem Haar bezahlt. Nur dunkle Büschel auf den Gliedern seiner Finger werden ihm bleiben und auf den trockenen Rücken seiner Hände, von denen die eine, die rechte, sich beim Schreiben über ihre stets etwas feuchte, etwas gerötete Innenfläche wölbt, in lippenartig gekrümmte Finger mündend, Daumen und Zeigefinger, die etwas formen, das aussieht wie ein aufgerissener Mund, als wäre die worteschreibende Hand in Wahrheit die Höhle eines dunklen stummen Schreis. Christa wendet sich ab …

- *Nein, ich möchte jetzt nicht an ihn denken.*
- *Wir sollten vorsichtig sein.*
- *Niemals wird er dahinterkommen.*
- *Er ist eifersüchtig, du hast es gesagt.*
- *Ich ertrage ihn nicht mehr. Sein Gesicht ist so schmal wie ein Buch und sein Wesen so verschlossen. Bin ich ungerecht? Papier ist sein einziger Spiegel, nur dort sieht er sich, nur dort findet er sich. Wenn er sich denn findet, vielleicht verpaßt er sich ja, es kann nicht gut sein, von morgens bis abends in einen Spiegel zu starren, der Moment muß kommen, ab dem man sich selbst nicht mehr erträgt, ab dem man sich haßt …Ist es nicht so?*

164

- Vielleicht.

- Oder glaubst du, er ängstigt sich nur? Aber wovor denn? Sag mir, wovor du dich ängstigst.

- Wovor sollte ich mich ängstigen?

- Jeder ängstigt sich vor irgend etwas.

- Ich weiß es nicht. Manchmal kommt es mir vor, als würde alles, was ich tue, beobachtet, als würde alles von stummen und fernen Geschworenen geprüft und beurteilt. Und ich weiß nicht, wovor ich mehr Angst habe: Daß ich schlecht bin oder daß ich nicht schlecht genug bin.

- Sind wir denn schlecht? Ich habe kein schlechtes Gewissen. Nicht ihm *gegenüber.*

Wie fern Robert ihr ist und wie nah er ihr einmal war, damals, als der Schnee sich mit wütendem hellen Knistern gegen die unerschütterlichen schweizerischen Fensterscheiben warf. Nackt lagen sie auf den grünen dickflorigen Teppichen des Hotelzimmers, und die Kälte floß aus ihrem Körper, verdrängt von ihm, von seiner schwellenden Gegenwart. Alles wurde eins in diesen Momenten reinen Begehrens: ihr trotziger Sieg über den Sturm, sein Schriftsteller-sein-Wollen, die so luxuriös leuchtenden Sterne des Hotels. Und als er sich hinterher von ihr lösen wollte, ließ sie ihn einfach nicht mehr los ...

- Nein, davon sollte ich nicht reden, Liebster.

- Aber es macht mir nichts aus: Wir lieben, und dann lieben wir neu.

- Komm, jetzt, komm endlich fort von diesem Fenster. Komm zurück in das weiche Licht meines Raumes ... Sag, findest du mich schön?

- Das weißt du doch.

- Komm, bitte komm ...

Sie friert. Sie schlüpft zurück ins Bett, das sie mit ihrer eigenen einsamen Wärme empfängt. Sich vorstellen, *er* wäre hier, sich vorstellen, ihn sprießen zu lassen, knotige, grünblaue Venen unter hauchdünner Haut, geringelte eingeklemmte Härchen, die langsam freikommen, und obenauf ein lavendelfarbener Pilz, weich und genießbar, und so schmeckte ihre Liebe: nach Meer. Salz, Algen und eine Spur bitteres Basilikum. Und er? Er würde erstarren, würde sich abstützen auf dem Leinen des Bettes, das nicht sein Bett wäre, würde an die niedrige Zimmerdecke stieren, als hätte eine Form von Andacht ihn ergriffen, ein Mann wie alle, und doch ...

- *Betest du?*
- *Sollte ich?*
- *Es sieht so aus.*
- *Ich bin ja schon im Himmel.*
- *Wofür würdest du beten?*
- *Lieber Gott, mach, daß sie nicht aufhört!*
- *Siehst du: Und er erhört dich schon!*

Ihm geben, wonach er sich sehnt, wonach sie sich sehnt: berührt zu werden, wo sie sich jetzt berührt. Und süß und unbeholfen würde er seinen Bauch einziehen, um Platz zu schaffen für das, was dort geschieht, und irgendwann näherte er sich dem Punkt, zu dem er will, zu dem er nicht will: für immer in dieser Schwebe bleiben, nicht steigen, nicht fallen ...

- *Warte noch, Geliebter, warte noch! Gleich bin ich bei dir. Und nie wieder werden wir uns trennen.*

———

Ein Paar, das an einem Wochenende im Februar in die Oper geht. Auf der Straße ist es schneidend kalt, hartflockiges Schneegestöber treibt alle, die da kommen, zur Eile an. An der Gebäudewand stehen, als wären sie dort festgefroren, ein paar vermummte Gestalten und halten dünne »Suche-eine-Karte«-Schildchen in die Luft, mit leeren Blicken, nur manchmal, wenn ihnen zufällig jemand nahe kommt, raffen sie sich auf zu einem »Hätten Sie ...?«, das aber schwach ist und sich schnell in der Kraftlosigkeit des Konjunktivs verliert. Auch der Mann winkt ab. Ihm liegt nicht viel an seiner Karte, aber die Neuinszenierung des ›Tannhäuser‹ hat in der Stadt soweit für Gesprächsstoff gesorgt, daß man wohl hingehen muß. Die Bittsteller, das spürt man indes, die es aus einem rätselhaften Grund verpaßt haben, sich auf regulärem Wege eine Karte zu besorgen, riechen es, daß man ihnen aus purer Übersättigung etwas wegnimmt, wonach sie hungern.

Der Mann schlüpft, seiner Frau folgend, gleich durch die erste Tür hinein ins Warme. Er weiß nicht viel über den ›Tannhäuser‹, es soll um Sex gehen. Um Sex geht es immer. Als er seinen Platz im Parkett einnimmt, schwebt über dem Orchestergraben bereits das übliche Klanggewölk aus versprengten Partiturfragmenten und instrumentalen Lockerungsübungen. Die Aufführung, zu der sich nach dem Verlöschen des Lichts und einem Begrü-ßungsapplaus für den Dirigenten, der eine junge Dirigentenent-deckung sein soll, der Vorhang hebt, soll sich, wie zu lesen war, dem ›Tannhäuser‹-Stoff und vor allem der Liebes- und Sexthema-tik darin ohne Umwege nähern. Dem Programmheft ist zu ent-nehmen, daß zu Wagners Zeiten der Venusberg ein Ort mit Grotten und Wasserfällen war – jetzt ist er ein in tiefes Schwarz und gaumenweiches Rot getauchtes Boudoir. Als sich die Kon-turen der Venus aus dem Ambiente schälen, lagert ihr schwerer, in Lackleder und Satin gekleideter Sopranistinnenkörper auf einer ölig glänzenden Chaiselongue. Aha, sie ist eine Domina. Tannhäuser, ein wuchtiger Tenor, kauert zu ihren Füßen, offen-bar erschöpft von einer hinter ihm liegenden Anstrengung, denn nur ein matter, grünlicher Lichtschein geht von ihm aus wie von einer fernen, unerreichbaren Notausgangsleuchte. Die Musik ist ruhig und ernst. Der Mann überprüft, ob die Klänge seine Ge-fühle nach einem Liebesakt korrekt wiedergeben, jene Minuten, die einmal voll Befriedigung und Aufgehobenheit waren und in den letzten Jahren mehr und mehr zu einem Moment der Leere und des Wegsackens geworden sind – nein, mit diesem Verlöschen hat die Musik, die hier soeben erklingt, nichts gemein, dazu ist sie zu melodisch. Wenn er seine Empfindungen *danach* musikalisch erfassen müßte, wäre es ein langer Ton, der allmählich erstirbt.

Die Musik wird bewegter, die Melodie durch Blechbläser vergrößert. Im Hintergrund des Venusberg-Boudoirs, das sich inzwischen mit einem cognacfarbenen Gegenlichtschimmer überzogen hat, werden peu à peu einige … – ja, es sind wohl Lustsklavinnen, die dort sichtbar werden. Sie sind allesamt ausgesprochen jung und schön und in zwei Fällen sogar beinahe nackt. Biegsame Körper, die sich im Wind der Akkorde wiegen, wunderbar schlanke Figuren wie ferne Zypressen. Der Mann – und da ist er zweifellos nicht der einzige – rutscht ein wenig höher in seinem Sitz, dessen kleiner Klappmund bereits damit beschäftigt war, seinen schläfrigen Körper zu schlucken. Vor ihm sitzt eine ältere Dame, über deren schütter erstarrte Frisur sich sein Blick mit Leichtigkeit hinwegsetzt. Die Mädchen stecken in Schnürkorsagen, Latexmiedern und Reitstiefeletten mit Pfennigabsätzen und werden von Neonröhren in hartem Blau und Rot beleuchtet, die plötzlich von irgendwoher aufgetaucht sind, sich zu Pfeilen und Dreiecken und Parallelogrammen gruppierend. Eine schlecht plazierte und zu breit geratene Säule im Bühnenbild verstellt allen seitlich sitzenden Zuschauern die Sicht auf das Geschehen als Ganzes. In der Musik kommt jetzt etwas Neckisches zum Ausdruck, eine Art Spitzentanz auf der breiten Bühne der Ouvertürenharmonik, und es ist fürs erste ernüchternd, als sich die Neonnymphen daraufhin in ausgebildete Staatsballetttänzerinnen verwandeln und damit beginnen, sich zu einer Abfolge von nichtssagenden Formationen zusammenzufinden mit zierlichen, affektierten Schritten, wie von Ballettänzerinnen ja auch nicht anders zu erwarten. Opern. Doch irgendwann geht das Orchestervorspiel in eine Art Tarantella mit rhythmisch hüpfendem Kastagnettengeklapper über, und der Formationstanz verwandelt sich in ein Nebeneinander von erotischen Einzeldarbietungen, wobei die angedeuteten Kopulationen zwischen den Tänzerinnen und den von den Bühnenrändern herbeistürzenden Jünglingen glatt lachhaft sind. Dafür gibt es aber eine Art Peepshow oder Table-dance-Nummer in einem Neonkäfig hinten links, die im Ganzen nicht einmal schlecht ist. Was dort geschieht, unterscheidet sich, sieht man von der Musik einmal ab, gar nicht so sehr von einer echten Peepshow. Das Mädchen ist eigentlich sogar hübscher als bei den Peepshows, an die der Mann sich erinnert. Die liegen schon Jahre zurück, und obwohl er dort aus eigener Initiative gewesen ist und hier nicht, fühlt er sich hier, in der tausendäugigen Anonymität des Opernpublikums wohler als damals in der voyeuristischen Einsamkeit der Münzkabine. Dort roch es nach Sagrotan und trostlosem Männererguß, während hier die sanften Luftbewegungen mal einen Hauch Chanel No. 5 zu ihm herwehen und mal eine Brise Bulgari. Nur näher dran war man dort, Opernbühnen sind zu groß: Arme wie Luftschlangen, Brüste wie Konfettischnipsel – mehr ist auf Platz sechs, Reihe dreiundzwanzig nicht zu erwarten. Was würde seine Frau denken, wenn er sie jetzt um ihr Opernglas bäte? Aber für die pantomimische Auspeitschung, die gerade von einem der Latexmädchen an einem der jetzt tannhäusergrün beleuchteten Lustknaben vorgenommen wird, interessiert der Mann sich nicht. Er versucht die zweite der beiden nackten Tänzerinnen zu entdecken, aber die breite Säule des Venusberg-Boudoirs schneidet ein ganzes Tortenstück vom Bühnengeschehen aus seinem Blickfeld heraus. Vermutlich hat sie die gleiche Figur wie die, die er sehen kann. Bühnenregisseure denken in Symmetrien. Die Musik ist jetzt laut und hysterisch und schwingt sich zu ihrem Höhepunkt auf. Die Choreographie wird wirr, alles ist überzogen: überzogene Klänge, überzogene Hüftschwünge, überzogener Sex. Der Mann verliert den erotischen Faden. Auch seine nackte Schönheit in ihrem Neonkäfig vermag er nicht mehr als einzelne zu fixieren. Zu viele Leiber löschen sich gegenseitig aus. Und so ist es auch hier: alles verebbt. Das Orchestervorspiel endet in einem Prozeß filigraner Ermattung. Harfentöne hüpfen wie flache Kiesel über die Oberfläche der sich allmählich beruhigenden Akkordseen. Tänzerinnen und Tänzer verschwinden, die Härte des Neonlichts weicht wieder dem fleischigen Dunkel im Boudoir der Venus. Die ganze Zeit über hat sie auf ihrer Chaiselongue regungslos ausgeharrt, jetzt hebt sie ihren Kopf und richtet ihren Blick auf den unruhig gewordenen Tannhäuser. Aus weiter Bühnenferne dringt ihre mit gutturaler Samtigkeit gesungene Frage an das Ohr des Mannes: »Geliebter, sag, wo weilt dein Sinn?«

Ganz unerwartet treffen Fred und Nora beim Schlendern durchs Opernfoyer auf Thilo Flatten und seine Frau Dagmar.

»Na, so was!« sagt Fred und küßt zuerst Dagmars rechte, dann ihre linke Wange, so wie Thilo es bei Nora macht, und wie es seit neuestem in ihren Kreisen alle Männer bei allen Frauen machen. Dabei legt sich in seinem Augenwinkel Noras feingliedrige Hand auf Thilos Oberarm, umklimpert von drei goldenen Armreifen, während Thilos lange Finger gleich auf ihre Schulter springen und dort den hauchdünnen geflochtenen Seidenträger ihres einteiligen schwarzen Samtkleids unter sich begraben. Dagmar Flattens Wange ist kühl wie Mehl.

Da stehen sie nun also, ein sternförmiges Inselchen in all dem gepflegten Geschlendere, und unterhalten sich über ›Tannhäuser‹.

»Und? Wie gefällt es euch?« fragt Thilo, in seinem Ton liegt etwas Lauerndes.

Nach dem Anblick der wuchtig kostümierten Sänger erscheinen sie alle irgendwie zwergenhaft. Die Venus hat Fred an Andrea Paculi erinnert. Er sagt: »Weniger provokant, als ich gedacht habe.«

Nora nickt. »Ziemlich halbherzig.« Sie schiebt den Träger ihres Kleids, der bei der Küsserei heruntergerutscht ist, zurück auf ihre Schulter. »Überhaupt ist es ja eher abgeschmackt, aus dem Venusberg ein Bordell zu machen. Die Venus als Edelnutte – das ist ungefähr so intelligent, als würde man Don Juan mit der Frisur von Bill Clinton auftreten lassen.«

Dagmar Flatten widerspricht dem: »Tannhäuser ist eine Männeroper über ein Männerproblem. Wofür gibt's denn Bordelle? Ich finde schon, daß man das auf die Bühne bringen kann.«

Ihre brünetten Augenbrauen, die sie zweifellos regelmäßig auszupft und tönt, glitzern in der Opernfoyerbeleuchtung, als sie Fred bei diesen Worten ansieht. Sie trägt einen strenggeschnittenen, wollenen Hosenanzug in einem rosastichigen Karamelton, dessen präzise Abnäher ihrer blassen Figur eine gewisse kühle Eleganz, aber auch die Geschlechtslosigkeit einer Schneiderpuppe verleihen. Aus den kleinen Frontöffnungen ihrer schwarzen Wildlederpumps lugen die Nägel ihrer beiden großen Zehen heraus, die im Kupferton von Pfennigstücken lackiert sind. Irgendwie bleibt Fred diese Dagmar Flatten stets fremd und ungreifbar, ein gardinenhaftes Wesen, das einem aus dem Nirgendwo zwischen schön und häßlich, attraktiv und langweilig, klug und dumm gegenübertritt. Nicht hell, nicht dunkel, nicht kalt, nicht warm. Nylon. Ihre Absätze müssen ziemlich hoch sein, man kann fast sagen, daß sie Thilo überragt.

Der sagt: »Wo soll denn der Venusberg schon sein, Freunde? Im Himmel etwa? Das wäre doch Unsinn. Das Ding ist ja nun so irdisch wie nur irgend etwas.«

Nora sagt: »Das meine ich ja: Die Inszenierung ist illustrativ und damit vordergründig.«

Fred sagt: »Warum denn nicht im Himmel? Es geht um die endgültige Befriedigung aller sexuellen Bedürfnisse, und die ist vielleicht nur im Jenseits zu erlangen.«

»Das mag sein«, stimmt Dagmar Flatten ihm zu, »aber seit der Vertreibung aus dem Paradies bleibt uns ja nichts übrig, als diese Befriedigung hier unten zu suchen. Das ist es doch, was uns alle auf Trab hält.« Zu der immer vorhandenen Grundbelegtheit ihrer Stimme, die ihrem Sprechen etwas Angestrengtes verleiht, kommt eine leichte Heiserkeit hinzu. Sie sieht Fred intensiv an mit Augen in der Farbe von frisch aufgegossenem Tee.

Nora führt das Sektglas an ihre Lippen und sagt, nachdem sie daran genippt hat: »Ich finde, die Inszenierung schafft es weder zu provozieren noch mit Erwartungen zu brechen. Sie ist männlich unreflektiert. Offen gestanden, ich mag schon diese *Pariser Fassung* nicht besonders. Diese ganze nachträglich in die Musik hineingerührte Tristanharmonik ist stillos. Wagner hat sich immer als kompromißloses Genie aufgespielt, und dann bedient er aus reiner Opportunität die profanen Wünsche eines oberflächlichen und amüsierwütigen Cancan-Großstadt-Publikums.«

»Nun ja«, sagt Thilo reserviert, dem die Bemerkung in seiner Leidenschaft für alles Französische ein Ärgernis ist. »Ich stehe auf dem Standpunkt, daß man sich Publikumswünsche kreativ nutzbar machen muß. Wenn die *ComFilm* sich so viele Subventionen unter den Nagel reißen würde wie die Theater, dann könnten wir es uns auch leisten, auf den Publikumsgeschmack zu pfeifen, nicht wahr?« wendet er sich an Fred.

»Die Vorstellung ist ausverkauft«, sagt Dagmar.

»Was heißt das schon!« entgegnet Thilo. »Ausverkauft mit Leuten wie uns! Während sich die wahren Fans draußen bei eisiger Kälte den Arsch abfrieren, schlürfen wir hier unseren Champagner und verwandeln zwei oder drei Subventionsmillionen in zwei oder drei Minuten Small Talk.«

»Kunst hat sich noch nie rentiert«, sagt Nora. »Oper und Theater sind nun mal feste Bestandteile aller großen Kulturen.«

»Bordelle auch.« Thilo trinkt seinen Sekt aus. »Warum sollte es also verboten sein, sie auf die Bühne zu bringen? Wenn ihr mich fragt, dann ist Pornographie authentischer als Kunst. Ich gehe ja nicht so weit zu verlangen, daß man Bordelle statt Theater subventionieren sollte, aber über Theater zu schimpfen, die etwas Gefälliges produzieren, finde *ich* abgeschmackt. Diese Peepshow zur Ouvertüre war doch nicht so schlecht, ein bißchen ballettös verkünstelt vielleicht, aber in der Substanz okay. Wonach sucht dieser Tannhäuser denn? Wenn ich das richtig verstanden habe, dann sucht er Titten und Ärsche. Und das *waren* Titten und Ärsche. Wir sind doch nichts als eine Bande von Kulturschnöseln und elitären Nörglern, wenn uns nicht einmal mehr der Anblick einer Riege hübscher, junger, nackter Mädchen zufriedenzustellen vermag. Nicht Pornographie ist pervers, sondern sich bei ihr zu langweilen.«

Fred hat es geahnt: In Wahrheit ist Thilo Moralist. Sichtlich zufrieden mit sich und seiner langen Rede, zieht er jetzt eine *Nil*-Schachtel aus seiner Jackettasche und bietet, bevor er sich selbst eine anzündet, zuerst Dagmar eine Zigarette an. Sie greift mit Fingerspitzen zu, die im gleichen Kupferton lackiert sind wie ihre Zehnägel. Nach dem ersten Zug sagt sie, Rauch ausstoßend: »Das ›Tannhäuser‹-Thema ist ja nicht Sex pur, sondern diese uralte Unvereinbarkeit von geistiger und sinnlicher Liebe.«

Frisuren kreuzen auf einem Meer aus Schultern. Einen Moment lang erinnern dunkle Haare Fred an Greta Bergmann, aber sie ist es nicht. »He, Thilo«, sagt er. »Du machst es dir zu einfach. Natürlich sind unsere Wünsche primitiv, das bestreitet ja niemand. Das Dilemma ist doch, daß wir nicht primitiv *genug sind,* um dabei glücklich zu sein.«

»Ich schon«, grinst er und fügt in dem schmierig-frivolen Ton, den er so pfleglich kultiviert, hinzu: »Ich glaube übrigens, es geht weiter. Der zweite *Akt* wartet auf uns ...«

Alle leeren ihre Sektgläser und lassen sich beim nächsten Klingelzeichen von der Drift der Zuschauer erfassen. Begleitet von präventivem Hüsteln, Gläser- und Tassengeklapper vom Buffet und abebbender Pausenkonversation strebt die Menge zu den Eingangstüren und den Treppen, die auf die Ränge führen. Im Parkett angekommen, fällt Fred in seinen Sitz, der Vorhang öffnet sich, lebhaftes Vorspiel. Eine Sopranistin, die bisher noch nicht in Erscheinung getreten ist, eilt an die Rampe. Ihre Haare sind blond, und sie sieht aus wie Christa Hanson, die gerade in Italien ist, wie Fred weiß, denn vor einer knappen Woche ist eine Postkarte gekommen, die sie an Freds Büroadresse geschickt hat, darauf ein leicht verworrener Gruß, wie schön dieses Italien auch im Februar sei, aber daß es ja immer etwas gebe, das man vermisse, obwohl sie in Italien eigentlich nie etwas vermisse, und daß die Konturen der Hügel, die den Golf von Follónica säumen, im aufkeimenden Frühjahr daliegen wie fließend geformte Strohhüte, Allegorien des südlichen Lebens, das nun bald wieder beginne, und diese Vorfreude sei es vielleicht, die sie in so eine seltsam schwebende Stimmung versetze ... Und während Fred sich an diesen Kartengruß Christa Hansons erinnert, beginnt die Sängerin auf der Bühne mit ihrer Arie. »Dich, teure Halle, grüß' ich wieder«, intoniert sie mit einer Stimme voller Begeisterung und Wärme und scheint Fred dabei von weitem mit drängender Intensität anzusehen.

Nora sagt: »Thilo Flatten ist ein komischer Kerl.«

Fred steuert seinen Citroën vom Ernst-Reuter-Platz in die Straße-des-17.-Juni. Auf einem dünnen Belag aus Schneekristallen, die im Scheinwerferlicht glitzern, ziehen sich Reifenspuren schnurgerade Richtung Siegessäule, deren goldene Skulptur in der Ferne über der Stadt hängt, klein und geflügelt wie eine ganz ähnliche Statue vorhin im Boudoir der Venus. Es hat aufgehört zu schneien, und im Schwarz des Himmels treiben nur noch ein paar silbrige Wolkenfetzen, die aussehen, als wären sie gepeitscht worden. Vollmond. Es kann kein Zweifel daran bestehen, daß der pudrige Schneebelag auf der Straße spiegelglatt ist. Fred ist nicht ganz wohl hinter dem Steuer, denn er und Nora haben mit den Flattens noch zwei Flaschen Wein geleert, und seinen Anteil daran spürt er jetzt deutlich.

»Komischer Kerl? Findest du?«

»Ich weiß nicht. Egal, was er macht oder sagt, es ist immer irgendwie anzüglich.«

»Anzüglich? Nun ja, er ist auf eine überdurchschnittliche Weise sexfixiert. Für die Serie ist das eher von Vorteil. Autoren müssen vor dem Hauptfeld herlaufen, um einen Überblick zu haben.«

Nora reibt ihre Hände gegeneinander. »Ich habe schon lange nicht mehr bei euch eingeschaltet – sollte ich da irgend etwas verpaßt haben?«

»Du weißt, was ich meine. Thilo hat ein untrügliches Gespür dafür, daß alles, was geschieht, irgendwie sexuell ist.«

»Ich finde eher, daß in seiner Gegenwart alles irgendwie sexuell *wird* – das ist ein Unterschied. Das ist es, was ich mit anzüglich meine: sexuell auf eine unangenehme klebrige Art.«

»Ich finde, du tust ihm unrecht. Das Anstößige ist halt seine Masche. Im großen und ganzen mag ich ihn.«

Auf den Bäumen des Tiergartens ist der Schnee nicht liegengeblieben, und das weiße Band der Straße schneidet sich wie ein Steg aus Mondlicht durch die dunkle Masse des Parks.

Nora hält ihre Hände vor einen der Lüftungsschlitze, aus denen mittlerweile lauwarme Luft strömt, und sagt: »Apropos Autoren. Soweit ich mich erinnere, wolltest du dich vor Weihnachten doch mit Robert zusammensetzen. Was ist eigentlich daraus geworden? Zumindest hast du das angekündigt.«

»Habe ich das?«

»Hast du«, nickt sie. »Und zwar recht energisch, weil dir Rita Zaffs Schwangerschaft und überhaupt das ganze Seriengeschäft auf die Nerven gegangen ist.«

»So schlimm war's nicht.« Fred schwenkt den Wagen in den großen schneebedeckten Kreisverkehr um die Siegessäule, in dem sich die wenigen Autos, die noch unterwegs sind, so behutsam vorwärts bewegen, als könne die schwere Säule mit all ihrem Marmor und den eingearbeiteten Kränzen aus goldenen Kanonen bei der leisesten Erschütterung einstürzen. »In gewissem Sinne finde ich Robert mindestens ebenso anzüglich wie Thilo, und zwar auf diese unangenehme intellektuelle Weise: In seiner Gegenwart wird alles zu profanem Scheiß. Das stört mich.«

Nora dreht sich zu ihm. »Ihr würdet euch ergänzen. Mir gefällt die Idee, daß ihr euch zusammensetzt. Wozu sind wir denn mit Robert und Christa befreundet?«

Die Dunkelheit des Tiergartens bleibt zurück, an einem Bauzaun rechts hängen noch ein paar verblichene Wahlplakate vom vergangenen Herbst. Fred erinnert sich: Ach ja, es gibt eine neue Regierung. Er sagt: »Ich bin mir nicht sicher, ob man es Freundschaft nennen sollte.«

»Wie würdest du es denn nennen?«

»Keine Ahnung. Wir sind eine Generation, die sich nicht besonders mag, alle arbeiten gegeneinander. Freundschaften im strengen Sinne sind da extrem selten. Genaugenommen haben wir nur entfernte und weniger entfernte Bekannte, und in dem Punkt machen Christa und Robert keine Ausnahme. Ist das so wichtig? Ich habe übrigens eine Karte von Christa bekommen, sie hat Robert in Italien ein paar Tage besucht. Ich frage mich, wie lange er dort unten an seinem Roman herumtüfteln wird, diese Unabhängigkeit ist ja wirklich beneidenswert am Schrift-stellerjob. Einfach die Koffer packen und los.«

Nora fragt: »Wie meinst du das, *du* hast eine Karte bekommen?«

»Na ja, natürlich nicht *ich,* sondern *wir.* Aus irgendeinem Grund hat sie das Ding aber an die *ComFilm* geschickt. Vielleicht hatte sie unsere Adresse nicht.«

Er ist sich keineswegs sicher, ob das stimmt. Stand als Anrede so etwas wie *Ihr Lieben!, Hallo!* oder *Liebe Nora, lieber Fred!* auf der Karte oder einfach nur *Lieber Fred?*

Nora sagt: »Robert ist übrigens wieder in Berlin. Er sagt, im Moment braucht er die kreative Umgebung der Stadt.«

»Ach?«

»Er hat vor ein paar Tagen angerufen und gefragt, wann er die Schlüssel zurückbringen soll. Ich habe es vergessen, weil es ja nicht so dringend ist.«

Fred fragt sich, wie es sein mag, im Februar in Italien zu sein, immer haben Nora und er sich vorgenommen hinzufahren, aber bisher ist es noch nicht dazu gekommen. Zarte Farben, stellt er sich vor, eine hauchdünne, verletzliche Welt. Wie dickfellig Großstädte sind, man spürt kaum, was um einen herum vorgeht. Er sagt: »Nein, es hat keine Eile. Im Moment habe ich den Kopf sowieso nicht frei. Wegen Rita Zaffs Schwangerschaft schaffe ich es abends nicht vor zehn, halb elf.«

Nora nickt. »Ich weiß.«

»Wir können irgendeins der kommenden Wochenenden mit den beiden verabreden. Anfang April vielleicht. Ich frage mich, ob Christa froh ist, daß er wieder da ist, oder eher nicht.«

Nora sagt: »Wenn wir sie einladen, kannst du mit Robert ja etwas verabreden.«

»Daß wir uns treffen?«

»Warum denn nicht? Warum willst du ihn ignorieren? Das ist ja zwanghaft.«

Wie auf Kommando springen alle Ampeln auf Grün, sobald Fred sich ihnen nähert, er nimmt es als gutes Zeichen und sagt: »Von mir aus. Was auch immer er auf Lager hat, ich höre mir das an. Er kann nur nicht erwarten, daß ich ihn um irgend etwas anflehe. Er muß sich im klaren darüber sein, daß in der Filmbranche Autoren Handwerker sind und keine Heiligen.«

»Laß es doch einfach drauf ankommen«, sagt Nora und rutscht etwas tiefer in ihren Sitz.

Auf der Martin-Luther-Straße wird das strahlende Weiß des frischen Schnees dunkler. Schöneberg ist der Stadtteil für Fred und seinesgleichen: Nicht so reich wie der Berliner Süden, nicht so arm wie der Norden. Komisch, daß sie sich auf einmal in der Mitte zwischen allen Extremen befinden. Fred hat überhaupt nicht das Gefühl, sich großartig bewegt zu haben. Das große Fadenkreuz Gesellschaft muß sie ganz unmerklich ins Visier genommen haben. Man weiß nur nicht so recht, was das zu bedeuten hat; ob man etwas Bestimmtes tun oder lassen soll oder nur beobachtet wird oder damit rechnen muß, jeden Augenblick abgeschossen zu werden.

Auf der rechten Straßenseite, im Anschluß an eine kurze Zeile nachtdunkler Häuser, durch deren Scheiben im Vorüberziehen ab und an Reflexe fliegen wie über das Innere weit verschlossener Augenlider, leuchtet die rote und blaue Neonreklame des *Big Sexyland*. Darunter, in den Schaufenstern, stehen Puppen mit Kleopatra-Perücken, armlangen Seidenhandschuhen und G-Strings. Starre Hinterbacken in der Farbe von Marzipan. Wellenförmige Neonpfeile weisen auf verschiedene Eingänge: Sexshop, Multi-Media-Videokabinen, Liveshow, und dann, ganz links, ein Pfeil, der ins Leere läuft, beziehungsweise auf das rote Fraktur-A der angrenzenden Martin-Luther-Apotheke zeigt. Seit Fred in Berlin ist, seit rund fünfzehn Jahren also, wirbt das *Big Sexyland* mit stets demselben Plakat, auf dem eine nackte Frau zu sehen ist, seitlich hingestreckt, mit V-förmigem Gesicht, goldenen Haaren und Unterarmschonern, deren Rosa an Küchenhandschuhe erinnert. Ihre Figur wirkt längst altmodisch, die Brüste sind für den heutigen Geschmack zu klein, haben in etwa die Größe von Noras Brüsten. Auf den Nippeln Silbersternchen aus Glitterzeiten, und auch der weiße Satinslip ist ein typisches Siebziger-Jahre-Modell, bei dem die Seitenstege nicht mit einem Schwung hinauf zur Taille führen, sondern sich waagerecht in Höhe der oberen Schamhaarkante um die Schenkel schnüren. Der Oberkörper von Freds erster Freundin hat ihn in solchen Bikinis immer an Studien von Egon Schiele erinnert: Der Nabel in der Leere einer straffen, aber schier grenzenlosen Bauchdecke.

Fred biegt von der Martin-Luther-Straße in die Apostel-Paulus-Straße. Es gibt noch ein zweites Plakat, das sich nicht verändert hat, seit er in Berlin ist, seit '85 also. Es ist der Hinweis auf ein Theaterstück, das wohl schon an die zwanzig Jahre gespielt wird oder noch länger. ›Ich bin's nicht, Adolf Hitler ist es gewesen‹, heißt das Stück, und die Plakate, mit denen Werbung dafür gemacht wird, sind schwarzweiß, textreich und klein … Peepshow und Hitlerstück als Plakatveteranen des alten West-Berlins – kann man irgend etwas daraus lernen?

Fred steuert den Wagen nach links, der Schnee zwischen den Häusern ist grau, keine Parkplätze am Straßenrand, lediglich hier und da geschwungene Rangierspuren, Beweise, daß man zu spät kommt. Er muß morgen ziemlich früh raus, die zweite Flasche Wein wäre nicht nötig gewesen. Dagmar Flatten hat bei ihm heute abend zum ersten Mal einen Eindruck hinterlassen, der nicht sogleich wieder verwischt. Rechts ist ein freier Platz, Fred setzt zurück. Die Welt ist so vollgestopft wie noch nie, und doch findet sich immer wieder eine Lücke. Er stellt den Motor ab, und der Citroën senkt sich langsam der Straße entgegen. Über allem hängt ein stummer Mond.

Und? Kann man? Nein.

Als sie im Bett liegen, möchte Nora mit Fred schlafen. Durch den Vorhang schimmert Mondlicht, Freds Kopf liegt schwer auf dem Kissen. Nora dreht sich sanft auf seinen hohen Körper, legt ihre Hände auf seine Schultern und küßt ihn. Im Gegenlicht ist sie ganz dunkel: Er wird es mit einem Schatten tun. Als sie sich zur Seite dreht und ihr Nachthemd über den Kopf streift, verfängt sich ein wenig Licht auf ihrem Oberkörper. Die weichen Schemen ihrer Brüste, kreisrund und flach: zwei kleine vom Himmel gefallene Monde. Dann rutscht sie an Freds Körper herab, ihre Hand krabbelt auf seiner Bauchdecke hinunter zum Gummizug seiner Shorts, und sie belohnt seine Einsatzbereitschaft mit der Wärme und Weichheit ihrer Lippen. Fred stöhnt in einer mittleren Lautstärke, von der er sich erhofft, daß sie von Nora als Lob für ihre Künste interpretiert wird, ihr aber auch verdeutlicht, daß er noch mehr von diesen gebrauchen kann. Wie normal irgendwann ist, was man einmal für unerreichbar gehalten hat. Mit siebzehn in irgendwelchen schmuddeligen Pornokinos: die Sitze so weich wie die des Citroëns und ein unscharfes Bild über einem Horizont aus Köpfen und Hüten. Es war die Zeit, als Celluloid-Filme durch Videoprojektionen abgelöst wurden, deren Farben fast immer schlecht eingestellt waren: Titten in Nestern aus Regenbögen, Schwänze wie Prismen. Das große Land des Sexes ...

Irgendwann liegt Fred auf der Seite hinter Nora und fährt regelmäßig und sanft in sie hinein, vor sich ihren rundgebeugten Rücken wie einen großen Schild, den die Erhebungskette der Wirbelsäule in zwei Hälften teilt und der nun, da sich Freds Augen an die Dunkelheit gewöhnt haben, bläulich metallisch schimmert. Nora stöhnt, er spürt, daß sie ein wenig nachhilft da vorne, die Hand im Schoß, liegt sie da, ganz bei sich, während Fred in Gedanken schon einen Schritt weiter ist und sich vorstellt, daß sie sich aufrichtet und sich mit ihrem schlanken Oberkörper mit den Mondbrüsten auf ihn setzt und ihn reitet, und bei dieser Vorstellung spürt er auf einmal, womit er so bald gar nicht gerechnet hatte: daß er sich bereits jenem Punkt nähert, der eine kurze Unterbrechung unumgänglich macht. Er hält seinen Rhythmus an und streckt sich dem Nachttisch entgegen, wozu er sich auf den Rücken drehen muß, so daß sein Ständer mit einem Schmatzen aus Noras Wärme in die Kühle des Schlafzimmers schnellt. Er zieht die Schublade auf und tastet nach den Kondomen, aber Nora dreht sich um und sagt mit einem Flüsterton, der mehr ist als nur ein dem Augenblick geschuldetes Senken der Stimme: »Die brauchen wir heute nicht.«

»Na, um so besser«, zieht er seinen ausgestreckten Arm zurück. »Ich hatte es irgendwie anders im Gefühl.«

Nora rutscht noch näher auf ihn zu, bis ihre Nasen sich fast berühren, und sagt: »Dein Gefühl stimmt schon.«

Fred taucht aus seiner träge erregten Vögelverfassung auf und versucht zu verstehen, was sie da eigentlich sagt. Auf ihrer Stirn liegt ein schimmernder Lichtnebel wie von einer Erleuchtung. Freds Herz macht einen kleinen Sprung. Nora dreht ihn auf den Rücken und macht Anstalten, sich auf ihn zu setzen, überlegt es sich dann aber anders und sagt: »Ich muß liegen dabei, sonst funktioniert es nicht.«

Sie bugsiert ihn sanft zwischen ihre Beine, er will noch eine Frage stellen, aber er läßt es. Ihr schmaler knochiger Körper kommt ihm auf einmal ungewöhnlich geschmeidig vor. Als sie sich zurücklegt und entspannt, strömt Licht von ihrem Hals zum Becken hinunter, grau, weiß, silbern. Sie schließt die Augen, und auf einmal ergibt sich alles wie von selbst, kommt er an, irgendwann, in ihr, bei ihr ... Hinterher liegt sie in seinen Armen, ihren Rücken an seine Brust geschmiegt.

»Und du glaubst, es könnte so leicht sein?« fragt er und küßt ihren Nacken.

»Ich weiß es nicht«, sagt sie. »Warten wir es ab.« Angefüllt mit wohliger Befriedigung, zieht Fred die Bettdecke über ihre beiden Körper. Er hört ihren Atem regelmäßig und deutlich, als hindere irgend etwas sie daran, in den Schlaf zu finden. Das Zimmer ist so schimmernd neonblau wie immer. Keine Spur dessen, was geschehen ist. Ist etwas geschehen? Das Februardunkel und die Helle des frischen Schnees.

———

Da wären wir endlich: Berlins Mitte. Selbst an diesem schneidend kalten Winterabend schieben sich die Menschen dichtgedrängt durch die Straßen rund um die Hackeschen Höfe, vorbei an all den Bars und Clubs, die hier in den vergangenen Jahren eröffnet haben, einer neben dem anderen, eingerichtet ganz im Stile des Jahrzehnts, kühl und leer. Die Decken sind hoch und die Distanzen groß. In einem davon, im »Poe«, schwimmen die Köpfe in einem trüben Lichtteich, der sich aus flachen Schalen speist, die hier und da an den langen, in einem vergilbten Weiß gestrichenen Wänden hängen. Ein Teil der Gäste sitzt an quadratischen Tischen, die so dunkel sind wie alte Schellackplatten, die Gesichter getaucht in die Schatten derer, die mit ihren Gläsern zwischen den Stühlen herumstehen oder in der Nähe des Tresens, hinter dem es vergleichsweise hell ist, so daß es aussieht, als agierten die Barkeeper auf einer langen schmalen Bühne, Abend für Abend ein präzises Zeitstück aufführend mit ihren immer gleichen eleganten gelangweilten Verrichtungen. Das Publikum in den Clubs hier versteht sich sehr gut darauf, neueste englische Ausdrücke wie muttersprachliche Beiläufigkeiten in die Statements einfließen zu lassen, geschmeidige Worte aus gewandten Mündern, die Gespräche sind Blasen in der weichen Masse einer Musik, die ein DJ in einer Ecke des Raumes erzeugt, der dort, unbeachtet und in sich gekehrt in seinen Kopfhörer lauschend, dessen Ohrmuscheln an gewaltige Saugglocken erinnern, hinter den Zinnen seiner Anlage hockt. Das Kommen und Gehen am Tresen: Man trägt vielfältigstes Schwarz im dunkeldämmrigen Glühbirnengelb dieses Abends, weite tiefgegürtete Breitcordhosen mit Schlag, glänzende Lackjäckchen mit flauschigen Nylonstolas, wuchtige uniformartige Mäntel oder enge Paillettenleibchen, die Körper umschließen, die fast alle winterlich weiß wären, wenn sie sich nicht in die Farbe der Nacht gehüllt hätten. Es scheint, als könne es in der hellen Neonmitte Berlins nur ein Ziel geben: das Licht auszulöschen.

Einer der Gäste im »Poe«, der Architekt Thomas Hoffmann, sagt soeben: »Die Hochhäuser am Potsdamer Platz überzeugen mich nicht. Die mediterranen Erdtöne der Fassaden wirken hier im Norden schmutzig.« Er steht neben seiner Geliebten, Greta Bergmann, die sich, einen Bellini in der Rechten, mit dem Rücken gegen den Tresen lehnt, beide Ellbogen aufgestützt, umrahmt von zwei Männern, jenem Thomas Hoffmann eben und, zu ihrer Linken, Nhyre Sr'tengki. Mit spitzen müden Lippen nippt sie an ihrem Glas, dann sieht sie Thomas an, dessen geölte Haare sich im Licht der Tresenbeleuchtung mit einem bläulichen Glanz überziehen, als er sich Nhyre zuwendet. Thomas und Nhyre: zwei Männer, denen sie sich hingegeben hat. Sie hüllt sich in den Rauch ihrer Zigarette.

Thomas fährt fort: »Vor kurzem war ich übrigens zum ersten Mal in diesem i-Max-Kino mit Kuppelleinwand, das sie dort eingerichtet haben. Der Film, den ich mir ausgesucht habe, hieß ›Blue Planet‹ und war angekündigt als eine Art Kurztrip in den Weltraum. Angeblich haben sie eine ihrer Panoramakameras auf dem Space-Shuttle Huckepack in eine Umlaufbahn befördert. Ich bin mir aber nicht sicher, ob das Ganze nicht ein Marketingtrick war, denn den Start haben sie nicht gezeigt. Ich hatte mir eine Menge von der Illusion versprochen, senkrecht durch die

Wolken ins All zu jagen und hinterher zur Erde zurückzutauchen und Hunderte von Kilometern zu fallen. Die Bilder von der Erdumkreisung waren so, wie man sie seit ›2001‹ kennt. Nur größer natürlich und mit diesem Rundum-Cinemaskope-Effekt. Und während man scheinbar so durchs Orbit gondelte, kamen über Lautsprecher Sphärenklänge oder Texte über die Gefährdung der Ökosphäre im Regenwald oder der Antarktis oder der Sahara und so weiter. Es war insgesamt eher enttäuschend.«

Greta ascht in das himmelblaue Schälchen, das er ihr hinhält. Seit er seine Frau verlassen hat (hat er seine Frau verlassen?), ist er unzugänglicher geworden und nach außen hin oberflächlicher. Von links dringt Nhyres volltönende Stimme in Gretas Bewußtsein.

»Was hast du denn erwartet?« fragt er. »Ein Film bleibt ein Film. Wir leben im Zeitalter der Virtualisierung. Mehr Realität, als wir uns nehmen, werden wir nicht bekommen.«

Thomas entgegnet: »Wie, bitte schön, soll man denn an die Realität eines Weltraumtrips herankommen? Es gibt zu viele, die scharf darauf wären, das ist das Problem, egal worum es geht. Du kannst nicht fünf Milliarden Menschen in ein U-Boot stopfen und zur Titanic abtauchen oder sie auf der Spitze des Mount Everest zusammenpferchen. Die Überbevölkerung zwingt uns, in Zukunft auf praktisch alles zu verzichten. Es ist ein absolut logischer Schritt, die Dinge zu virtualisieren, etwas anderes bleibt uns gar nicht übrig. Irgendwann wird man sich alles Aufregende aus dem Internet herunterladen!«

Zwei Männer, die sich über Spaceshuttles und Computernetze unterhalten, ihre Spielzeuge. Männer: Bastler. Greta nippt an ihrem Bellini: »Claudia Schiffer oder Naomi Campbell, nehme ich an.«

»Na gut. Nicht *alles*«, schränkt Thomas Hoffmann seine Vision von einer virtuellen Zukunft ein. Seine engstehenden runden Augen verleihen ihm gelegentlich etwas von einem Äffchen, lassen ihn zugleich treu, verschlagen und unterwürfig aussehen. Als sie sich kennengelernt haben, mehr als ein halbes Jahr ist das jetzt her, in einem endlosen Frühjahrsregen, gegen den der Sommer keine Macht zu haben schien und der die Sehnsucht nach Wärme so sehr gesteigert hat, war der vorherrschende Zug in seiner Art dieses Versprechen von Treue gewesen, von Männlichkeit ohne Betrug.

»Bist du sicher?«, fragt sie. »Wieso denn nicht?«

Thomas gibt einem der Barkeeper ein Zeichen, ihm noch ein *Perrier* zu bringen. »Ich finde, man sollte das Internet nicht immer auf diese Cybersex-Sache reduzieren. Obwohl es natürlich nicht ganz verkehrt ist. Bei uns im Büro kursiert derzeit eine originelle Übersetzung für *www: weltweites Wichsen.*«

Greta dreht sich zu Nhyre. »Vielleicht ist *herunterladen* ja die neue Form von sich verlieben.«

Nhyre nickt nachdenklich, in seinen dunklen Händen hält er eine Flasche bernsteinfarbenen mexikanischen Biers. Greta versucht sich zu erinnern, wann sie sich das erste Mal verliebt hat. Sie ist in einem Ort aufgewachsen, der einem die Jugend nicht eben leicht gemacht hat, einem Ort, den man über eine Straße erreichte, die durch einen Engpaß führte, der sich auch im Dorfkern nur um weniges öffnete. Die Häuser preßten sich an die Flanken eines Tals, das nicht einmal besonders tief war, und doch ist es den Dächern nie gelungen, das Niveau der Anhöhe zu durchstoßen und die Saat des Dorfes in die sanft sich öffnende Landschaft zu tragen. Unterirdischen Früchten wie den Radieschen und Kartoffeln gleich, die in den Gärten gezogen wurden, gedieh das Dorfleben im schwarzgrünen Dunkel von Monokulturen, Nadelbäume hauptsächlich, deren Stämme im Sägewerk flußabwärts, dem größten Arbeitgeber der Gemeinde, geschält und zerkleinert wurden. Das schrille, modulationslose und im Tal weithin hörbare

Geschrei der Kreissägen im Werk, deren Stahlblätter sich in das noch feuchte, helle Fleisch der Baumstämme fraßen, hatte auf die Stimmen der Einheimischen abgefärbt und ebenso auf ihre Ansichten über das Leben außerhalb ihres Tales, von dessen Nichtsnutzigkeit sie zutiefst überzeugt waren. Vernichtend wurde mit dialektgetränktem Eifer über alles hergezogen, dessen Dimensionen nicht in die Wohnstuben der vielgiebeligen Fachwerkhäuschen paßten, über sämtliche Repräsentanten des Außerdörflichen, also wie Politiker, kirchliche Würdenträger, Filmstars oder Spitzensportler. Aber auch innerhalb des Ortes bot sich hinreichend Stoff für ausgrenzendes Gerede. Über Gretas Mutter zum Beispiel hieß es irgendwann, sie habe sich wohl hinter dem Rücken ihres Mannes mit einem Gastarbeiter eingelassen, anders sei das Aussehen des Kindes nicht zu erklären, in dessen Zügen sich zwar die Mutter wiederfinde, nicht aber der Vater, sondern ein unheimlicher fremdländischer Einschlag. Womit sich zudem wie von selbst zu erklären schien, wieso dieser Mann Gretas Mutter eines Tages verlassen hatte. Es ist Greta bis heute ein Rätsel, wie ihre Mutter es an diesem Ort hat aushalten können und immer noch aushält. Wie rar die schönen Erinnerungen an die Zeit ihrer Jugend doch sind. Am hellsten leuchten noch jene Ausflüge in ihrem Gedächtnis, die sie mit ihrer Mutter unternommen hat, manchmal, im sanft rasselnden Käfer, an jenen schwülwarmen Wochenenden zum Ende des Hochsommers hin, wenn die Luft selbst den Dorfbewohnern zu schwer wurde, um in ihren Vorgärten die Petunien und Fleißigen Lieschen zu gießen, und es auf einmal schien, als seien die Fachwerkhäuser verlassen und friedlich und still, alte freundliche Hausgesichter, nebeneinander aufgereiht im langen Schatten des Tales, und dann fuhren sie hinaus und hinauf auf die Hochebene, deren Helligkeit Greta jedesmal für Sekunden den Atem nahm, und rollten ziellos durch die ruhige Weitläufigkeit der Stoppelfelder mit ihrem Geruch nach Stroh und Erde. Ihre

Mutter trug immer ein Kopftuch am Steuer, um ihre Wochenend-frisur vor dem warmen Zugriff der Luftwirbel zu schützen, und drehte, kaum daß sie die Anhöhe erreicht hatten und der Emp-fang es erlaubte, das Radio an, dessen dürftige Klänge den Wagen mit ungeahntem Leben füllten, Musik, die über den Ozean der abgeernteten Felder herbeizuwehen schien wie von einem fernen, sagenhaften Kontinent. Die lackierten Nägel ihrer Mutter an den Spitzen ihrer schlanken weißen Finger bewegten sich im Rhyth-mus der Schlager auf dem Steuerrad auf und ab, bis sich manch-mal die Verbindung zwischen der Musik und ihren Bewegungen verlor und nur noch ein nervöses Taktecho in ihren Gelenken zurückblieb, das irgendwann verstummte. Ihre Nägel leuchteten mohnrot in der hochstehenden Sonne, die durch die Frontschei-be in den Wagen stach. Dann wieder, wenn sie einen Song kannte und liebte, kehrte das Leben in ihre Hände zurück, und sie be-gann mitzusingen und drehte sich hin zu Greta, der Zwölf- oder Dreizehnjährigen, mit einem Gesichtsausdruck, der besagen soll-te, wie lebenswert das Leben sei, und der schmerzlich das Gegen-teil belegte. Mit dem Lächeln wehte der Geruch ihres Haarsprays herüber, immer hatte sie sich zurechtgemacht für diese Landpar-tien wie in Erwartung von irgend etwas, das nie eintrat. Doch wenn die goldenen Pforten der Felder sich vor ihnen auftaten und der Himmel all sein Licht in den Käfer zu gießen schien, dann erfuhren sie für Momente so etwas wie die besänftigende Macht des Augenblicks, die Wahrheit des kleinen Glücks. Manchmal hielt es einen ganzen Tag. Wenn die Luft die Last der Feuchtigkeit bis zum Abend zu tragen vermochte und sich nachmittags nicht die Wolkengebirge eines nahenden Gewitters am Horizont zu tür-men begannen, endete der Zauber erst spät, erst wenn sie wieder eintauchten in die Dorfniederung und sich die Schatten der Tal-hänge über ihnen schlossen wie die Flügel einer Falltür über einer tiefen Gruft.

Beim Trinken fällt Gretas Blick auf ihre Finger, mit denen sie das *Bellini*-Glas hält und die lang und dünn sind wie die ihrer Mutter, nur nicht so weiß, sondern blaßbraun jetzt im Winter, und das Rot ihrer Nägel ist nicht dieses Blumen-Mohn-Rot, sondern ein Nacht-Rot. Alles ist dunkler geworden seit damals. Wenn einem das doch noch einmal gelingen würde: aufzutauchen.

Greta nimmt ihr Glas vom Tresen und sagt: »Ich glaube, diese Datennetze sind etwas für Angsthasen und Schlappschwänze.«

Nhyre hat in seine *Corona*-Flasche eine halbe Limettenscheibe gestopft, die jetzt, wenn er die Flasche ansetzt, gefangen gegen deren Hals purzelt, von Bier umspült, ein Stückchen Obst in einem goldenen Käfig. Er sagt: »Auf die Idee, daß die Datennetze einmal zu einem virtuellen Puff werden würden, ist vor zehn Jahren eben niemand gekommen.«

»Was man in der Zeitung so liest, geht es in einem Puff aber anständiger zu«, sagt Greta. Sie will nicht moralisch sein, und ein flüchtiger Gedanke treibt durch ihr Bewußtsein, daß es nicht nur die Männer sind, die sie langweilen, sondern nicht weniger sie selbst.

Thomas Hoffman nimmt sein *Perrier* entgegen und sagt: »Das Internet ist so eine Art Vergrößerungsapparat für das menschliche Bewußtsein, im besonderen für dessen dunkle Seite. In Zukunft ist es nicht mehr möglich, irgend etwas geheim zu halten, und man wird nichts mehr tun können, ohne damit nicht auf einer Website zu landen. Egal, was man so treibt – irgend jemand wird einem dabei zusehen.«

Greta schlürft die letzten Reste ihres *Bellinis,* das mit bleichem Prosecco durchtränkte Pfirsichmus ist süß und zähflüssig und lauwarm. »Na gut, dann eben Angsthasen, Schlappschwänze *und* Spanner. Man kommt sich ja geradezu blöd vor, wenn man noch normal ist. Vielleicht sollten wir es heute abend zu dritt machen.

Wer weiß, wie lange wir noch sicher sein können, daß uns keiner dabei zusieht.« Sie läßt ihren Blick über die vielen Gesichter wandern, die sich ihr bieten, die in einem Meer von Möglichkeiten schwimmen, all diese Menschen in den Clubs, all diese Stunden danach, sich vorstellen, was geschieht, Körper und Nächte, Raum und Zeit, irgend etwas muß geschehen, muß aufsteigen aus diesem Meer grenzenloser Langeweile wie Luftblasen in *Perrier*. »Wollt ihr meine Meinung hören: lieber zu dritt im Bett als allein im Weltraum.«

Thomas hebt abwehrend die Hand, im Blick einen Ausdruck echten Unbehagens darüber, daß sie ihre dahingesagte Bemerkung noch einmal aufgreift. »Das kann man nicht vergleichen.«

»Ach komm, Hoffmann, was soll das denn jetzt? Ich find's wirklich eine gute Idee. Was ist mit dir, Nhyre?« Greta wendet sich nach links, doch aus dem dunklen Gesicht mit den großen weichen Lippen, die ihren Körper kennengelernt haben, ist nicht viel herauszulesen.

»Da misch' ich mich nicht ein«, schüttelt er den Kopf.

»Seit wann bist du denn so zurückhaltend?« spottet sie. Männer. Auf einmal kommt es ihr vor, als würde sie für eine Frauensache streiten gegen ein fortgeschrittenes Stadium ignorant mauernder maskuliner Sturheit. Was für eine seltsame Zeit doch diese späten neunziger Jahre sind, die aus lauter Versprechungen ohne jede Erfüllung bestehen. Geld, Gesundheit, Freiheit, Sex.

Thomas legt seine Fingerkuppen auf ihren Unterarm. »Noch einen Bellini?«

»Die Bellinis, die sie hier haben, sind zum Kotzen«, sagt sie unwirsch, stößt sich mit dem Ellbogen ab und läßt ihr Glas auf dem gelblichen Mattlack des Tresens zurück. »Ich verschwinde mal.«

Menschen, die Schulter an Schulter nebeneinanderstehen, doch findet sich immer wieder eine schmale Passage für einen

189

schmalen Körper, in diesem Fall für Gretas asphaltfarbene Bieg-samkeit. Die Nächte zwingen einen, sich zu schlängeln. Sie trägt eine Steghose und eine polange, in der Taille enggegürtete Jacke aus schwarzrot glänzendem Krokoimitat. Die Gesichter sind vor-überziehende Schatten, in denen Augen glimmen. Blicke, die neugierig an den Figuren schnüffeln. Greta schlüpft durch das Gewebe dieser Blicke auf die Treppe zu, die schmal hinabführt in die verbrauchte Kühle der Toiletten, wo sie eine Schachtel *Camel* zieht, für die in letzter Zeit diese dämliche Werbung gemacht wird mit Kamelen, die vom Himmel fallen oder voller Glühbir-nen hängen oder in einem Lack-Leder-Domina-Dress dastehen, als würden sich die Männer die Kippe nicht etwa in den Mund stecken, sondern anderswohin (und trotzdem wird Greta weiter *Camel* rauchen, weil sie gehört hat, daß die Bohemiens in den zwanziger Jahren *Camel* geraucht haben sollen, all diese verrück-ten Berliner Künstler, Angeber, Schriftsteller und schrägen Vö-gel, die die Stadt erst zu dem gemacht haben, was sie heute nicht mehr ist), und sie betritt die Waschbeckenhelligkeit des WCs, das sie mit einem Anblick empfängt, den sie zu gut kennt: Sie steht sich selbst gegenüber, ihrem schmalen, ein wenig hohlwangigen Gesicht, in dessen Zügen sich, so unbeobachtet, wie es ist, im Moment ein Ausdruck von Überdruß findet, der im Innern ihrer Augen seinen Ursprung hat, an jenem unerreichbaren Punkt da-hinter, den man immer sucht, wenn man sich im Spiegel ansieht, und niemals findet, so sehr man sich auch zu durchleuchten müht, noch keine Röntgenaufnahme hat so etwas wie eine Seele zum Vorschein gebracht, es hat keinen Sinn, bei den Männern nach jenem Punkt hinter den Augen zu suchen, den du schon bei dir selbst nicht zu finden vermagst, je mehr Männer es werden, desto niedriger hängen die Erwartungen, Männer sind Möglich-keiten und viele Männer sind viele Möglichkeiten, warum nicht anfangen, sie miteinander zu vermischen, sie durch Kombination beliebig zu vervielfältigen, wo es zehn Männer gibt, gibt es zig Paarungen, zu zweit, zu dritt, wirf dich fort und nimm sie mit in deinen Abgrund, in Cocktails ertrinken, Thomas und Nhyre, ein Schlafzimmer-Bellini, warum nicht? Sie spult einen Streifen Papier von der Rolle, richtet sich auf und zieht ihre Hose hoch, die zu eng sitzt, seit gestern, so kommt es ihr vor. Das Geräusch der Klospülung stürzt laut und gewöhnlich in die dünnwandige Kabine, als dringe mit dem Wasser die gesamte alltägliche Außenwelt in diesen Abend, mit ihrem immerwährenden Beseitigen von Spuren, als mache Leben nur Dreck. Als sie die WC-Tür öffnet, schwappt ihr alles wieder entgegen: Die schwere Luft, die durch Hunderte von Lungen geströmt ist, das gelbstichige Licht, die artifiziellen Musikmeditationen des DJs, und all die Stimmen, die sich zu nichts mischen, ein Stimmenbrei, in dem unerkennbar Thomas und Nhyre schwimmen. Sie liebt Thomas. Sie liebt die oberflächliche Behutsamkeit, mit der er ihr begegnet, mit der er sie umgibt, wenn sie zu zweit sind, es liegt etwas Weibliches in seinem Wesen, das er sich bemüht, zu verbergen, wenn er mit anderen zusammen ist, nur in den Hotelzimmern, deren Türen sie abends hinter sich schließen (sie haben es bisher immer nur in Hotelzimmern getan, noch nie hat sie ihn mit nach Hause genommen, sie weiß nicht einmal warum, es ist, als könnte sie seine Nähe nur in der Distanz zulassen), in diesen kargen Zimmern, die kein Gedächtnis haben, dort erst traut er sich, er selbst zu werden, zu sein, was er ist, ein Mann, der möchte, daß die Frau es genießt, als sei er selbst ein Teil deines Körpers, der mitempfindet, der den Genuß der Frau will, um den eigenen ganz auskosten zu können, erst das Weibliche in ihm bringt das Männliche zum Klingen, macht es so stark, daß du es auf einmal am liebsten hast, wenn es ohne alle Komplikationen geschieht, auf die älteste und schlichteste Weise, du unter ihm liegend, in seinem Schatten, der das kühle Licht der Straße von deinem Körper wischt, und auch er, du spürst es, will es so, will dich ganz umgeben, ein Haus über dir bauen.

Greta steigt hinauf in die Ballung aus Menschen, Schall und schwüler Atemluft. Sie fühlt sich unbeobachteter als vorhin, als sei sie in Vergessenheit geraten, während sie auf Toilette war. Die vielen Hände, die Dinge festhalten, Gläser, Zigaretten, als wären alle hier, so ungezwungen sie sich auch geben, eigentlich nur eins: Haltsuchende. Augen starren durch sie hindurch hinter bonbongelb getönten Brillengläsern, metallicblaue Fingernägel fächern durch die Luft, im dunklen Maschinenrhythmus der Musik blitzen die Chorus-Fragmente eines alten *Police*-Songs auf. Alles zu Tupfern geworden: die Farben, die Melodien, das Glück.

Als sich der letzte Vorhang aus Schultern und Taillen vor Greta teilt und sie Thomas und Nhyre gegenübersteht, ist die Stimmung zwischen den Männern verändert, ihre Oberarme berühren sich fast, sie haben die Köpfe zusammengesteckt, und nun geben sie den Platz in ihrer Mitte wieder frei, auf dem Greta gestanden hat, ihre Körper streben auseinander wie die Greifer einer Zange.

»Nhyre und ich haben uns überlegt«, sagt Thomas, und in der Art, wie er es sagt, liegt eine gewisse Verlegenheit, die in einem deutlichen Kontrast zu der allgemeinen Zur-Schau-Stellung von Selbstsicherheit und Clubarroganz um sie herum steht, »daß es einen Versuch wert sein könnte.«

»Was?« fragt Greta, obwohl ihr klar ist, worum es geht.

»Nun ja«, sagt Thomas, nach dem richtigen Ton suchend, einer Mischung aus urbaner Lockerheit und sachgemäßer Sensibilität, »ich meine, *ich* hätte nichts gegen so ein … hm … erotisches Experiment. Wer weiß, vielleicht gibt es gar keinen Widerspruch zwischen einem Raumflug und so einem irdischen Vergnügen: Vielleicht *heben wir ja ab …*« Da sich niemand von dem Vergleich amüsiert zeigt, bleibt er vorerst beim Grundlegenden. »Ich weiß ja, daß Nhyre und du, ich meine, daß ihr euch nicht ganz fremd seid.«

Nhyre sagt mit sanftem diplomatischem Charme: »Ihr müßt es wollen. Für mich wäre es ein großzügiges Geschenk.«

»Was meinst du?« wendet sich Thomas wieder an Greta. »Wir suchen eine passende Suite und, je nachdem, genehmigen wir uns dort lediglich noch eine Flasche Schampus, und das war's – oder es ergibt sich etwas. Ich denke, wir lassen es laufen und nehmen es, wie es kommt.«

Wie sie steht, muß Greta sich immer dem einen oder anderen zuwenden, aber sie hat den Wunsch, beide Männer gleichzeitig zu sehen, Thomas und Nhyre, nebeneinander wie ein Paar Schuhe. Sie stößt sich vom Tresen ab und sagt: »Okay, fahren wir.«

Sie dreht sich um, und da stehen sie also, zwei Männer, der eine schwarz, der andere weiß, und haben sich vor ein paar Minuten, als sie nicht da war, überlegt, daß sie sie teilen könnten, irgendwie. Beide dürften keine Übung darin haben, so wie sie keine hat, ihren Körper durch zwei zu dividieren, oben und unten, rechts und links, vorne und hinten – man hört so viel und weiß so wenig. Thomas zieht sein Portemonnaie aus dem Jackett, dasselbe, das Greta im vergangenen Sommer geöffnet hat, um sich seine Karte zu nehmen, weil sie wußte, daß er sie ihr nicht würde geben können, weil sie fortgehen würde, noch während er schlief, nachdem sie es getan hatten, in dem weichen, vom Regen zerstäubten Licht dieser ersten Nacht. Jetzt zieht er einen Geldschein daraus hervor, und die Hand, die ihn berührt, ist dieselbe, die damals und seitdem so oft ihren Körper berührt hat, ihre Haut, die im Neonlicht, das von den Straßen in die Hotelzimmer dringt, manchmal so blau schimmert wie dieser Schein. Die beiden Männer bezahlen, und einer von ihnen, Thomas wohl, übernimmt ihre Getränke, oder haben sie sich auch darüber schon verständigt, ihren Körper zu teilen und ihre Bellinis? Sie arbeiten sich durch die Menge. Greta spürt die Männer hinter sich wie Hindernisse, die sie durch das Labyrinth aus Leibern bugsieren muß, an der Tür greift sie sich ihren Mantel vom Haken, den sie irgendwo in der zusammengepreßten Mantelmasse findet, und als sie den Club verlassen, schlägt ihnen auf der Straße die schneidende Kälte der Februarnacht entgegen. Autoscheinwerfer heften den Menschen flüchtige graue Schatten an, die auftauchen, sich erheben und kurz darauf wieder versinken, Stabpuppenspielern in der Tiefe gleich, die für Momente nach dem Rechten sehen in der Oberwelt ihrer Geschöpfe. Winzige Schneekristalle blitzen auf in der Luft, Elementarteilchen, Greta hat irgendwo gelesen, daß es in der Welt der Atome, an den Wurzeln der Materie nichts Bleibendes gibt, sondern nur ein Kommen und Gehen, jeden Moment sterben unsere Körper und werden im nächsten neu geboren, was würde sich ändern, wenn einer der Wagen, die an ihnen auf der weißgrauen, mit einem hauchdünnen Schneefilm bedeckten Straße vorbeirollen, zur Seite wegrutschen würde, über Thomas, über Nhyre, über sie selbst, drei Menschen weniger in dieser unüberschaubaren überbevölkerten Welt und eine Nacht, die niemals stattgefunden haben wird. Sie gehen unter einem Baumgerüst, dessen Äste schwarz in den gelben Nachthimmel über dem Hackeschen Markt wuchern, auf den S-Bahn-Bogen dort zu, unter dem sich ihre Anwesenheit zu einer Folge von hallenden Schritten verdichtet.

»Wißt ihr«, sagt Thomas, und seine vom Backsteinbogen der Unterführung gebündelte Stimme klingt seltsam nah, »was mich an diesem Gewölbekino am meisten irritiert hat? Daß es überhaupt nichts Besonderes war. Man löst ein Ticket, die Leute futtern ihre Erdnüßchen und ihr Popcorn, und auf ihren Gesichtern flackert das Rot irgendwelcher Regenwaldbrände in Borneo. Also ich finde, *das* ist dekadent. So dekadent kann Sex niemals sein, meine ich, oder irre ich mich da?«

»Ich wußte gar nicht, daß du moralisch sein kannst, Hoffmann«, sagt Greta ungewollt spröde.

»He, habe ich etwas Falsches gesagt?«

»Nein, es war okay.«

Nhyre sagt in seiner ausgleichenden Art: »Ich glaube nicht, daß man seinen Standpunkt moralisch nennen sollte. Ich glaube, er hat einfach recht.«

Greta nickt. »Ja natürlich. Das meine ich ja.«

Jenseits der S-Bahntrasse endet der Restaurantbezirk, zehn- oder fünfzehnstöckige Wohntürme ragen in die frostige pulvergraue Nacht, übereinandergestapelte Küchen und Bäder und Dielen und Schlafzimmer. Die Straße schlängelt sich zwischen Parkplätzen und leeren Flächen durch, im Zenit schimmern ein paar Sterne durch die Kälte, weit entfernt. Während sich im Sommer die Dinge an dich schmiegen wie weicher Stoff, verweilen sie im Winter in der Distanz, nicht immer will man berührt werden, will diese Nähe, die das ständige Sterben der Atome in den Körpern zu verlangsamen scheint, das könnte es gewesen sein, wonach sich ihre Mutter bei jenen Sommerausflügen gesehnt hat, eine Nähe, zu wem auch immer, der Blick, mit dem sie Greta angesehen hat, diese Sehnsucht nach Glück darin, allem hätte sie nah sein können, nur nicht sich selbst. Vielleicht lassen Frauen Männer nur an sich heran, weil sie sich selbst nicht erreichen.

Gretas Wagen, ein rostiger Panda, ist am Ende einer Sackgasse geparkt. (Thomas hat seinen noch in München, er wird nicht fortgehen aus dieser Stadt, eine Frau spürt das.) Sie steigen ein; der Wendekreis, umstanden von sechs oder sieben Müllcontainern, der dünne Schneebelag, zerschnitten von Reifenspuren. Greta steckt den Schlüssel ins Schloß und zündet, der Motor wühlt in seinen erfrorenen Gedärmen herum, ein zähes mühvolles erfolgloses Arbeiten von Metall. Zu kalt, alles. Irgendwann gibt sie auf, läßt den Schlüssel los und lehnt sich zurück.

»Ich rufe uns ein Taxi«, sagt Thomas mit blassem Dampf vor dem Mund.

Greta sagt: »Wärt ihr so nett, mich anzuschieben? Ich brauche den Wagen morgen.«

Die beiden Männer schälen sich aus dem Blech des Panda. Im Licht draußen überziehen sich ihre so unterschiedlichen Gesichter mit nahezu der gleichen geisterhaften Hautfarbe. Nur wenige Laternen erhellen diesen toten Ast der Straße. Alte Lampen, noch aus der Zeit vor neunundachtzig. Zehn Jahre ist das jetzt her und ebenso viele Männer. Oder mehr wohl. Nein, ganz sicher mehr. Man vergißt sie so schnell.

Greta dreht den Zündschlüssel herum und löst die Handbremse. Zwei Gesichter tauchen im Rückfenster auf, beide schwarz jetzt, zwei dunkle Gesichtsscheiben, in denen kaum Augen auszumachen sind, und doch geht eine spürbare Entschlossenheit von ihnen aus, die in der Haltung liegen muß, in den stierhaft hochgezogenen Schultern am Halsansatz, von denen sich die Arme, perspektivisch zu Hufen verkürzt, gegen die Heckklappe stemmen. Ein Schaukeln geht durch die Karosserie, als das vordere Rad vom Bordstein springt und der Panda allmählich ins Rollen kommt. Das Stampfen der Männer, ihr leises, entferntes Schnaufen; dort, wo ihr Atem auf die Heckscheibe trifft, entstehen milchige Kreise, die ihre Gesichter verschwinden lassen. Vielleicht macht es keinen Unterschied, ob man es mit einem tut oder mit zweien. Thomas ruft, daß es soweit ist, daß sie einkuppeln soll, damit er kommen kann. Sie legt den Gang ein, im Seitenfenster ziehen die parkenden Wagen vorbei wie ein Zug, den man überholt: als Kind, die Zugreisen, das kleine Gesicht an das Abteilfenster gepreßt und die Welt so groß … Je älter man wird, um so kleiner wird sie, schrumpft zusammen auf wenige Orte, das Krankenhaus, ihre Wohnung, ihr Bett: fick mich, töte mich, rette mich, beschütze mich, errichte ein Haus über mir …

Sie läßt die Kupplung springen, der Panda stoppt für den Bruchteil einer Sekunde, ruckt vorwärts, stoppt und ruckt, stottert, begleitet von den hämmernden Tritten der Männer, die noch fester geworden sind, und ihrem zweifachen Keuchen, das ihre Anstrengung verrät, ihre Kraft zwingt die Kolben durch die Zylinder, der Motor spuckt und hustet und spuckt, Greta tritt das Gaspedal herunter, und auf einmal reagiert der Wagen, wird aus eigener Kraft schneller, wird nicht nur bewegt, sondern bewegt sich selbst, rollt über die narbig dünne Haut der Straße, die bleich ist wie der Mond, und in der sich weitenden Leere des Rückspiegels stehen die beiden, Thomas und Nhyre, gemeinsam haben sie es geschafft, der Motor läuft, und sie stehen dort und warten darauf, abgeholt zu werden, warten auf den Lohn für ihre Mühen, wie klein sie zwischen den Müllcontainern aussehen, und je mehr der Wagen sich von ihnen entfernt, um so kleiner wirken sie, ferne Figuren ohne Gesichter, sie warten und warten, und farblos verschmelzen sie allmählich mit dem Ende der Sackgasse, die Greta jetzt im Panda hinter sich läßt, dessen Motorgeräusch sich allmählich beruhigt und übergeht in ein helles sanftes Rasseln. Sie fährt, wirklich, sie fährt … die Nacht hinter sich lassen, den Winter … zurück … zurück zu den goldenen Toren der Kornfelder …

————

1. Mai, letztes Jahr des Jahrhunderts, lauer Abend. Eine Woge milder südlicher Luftmassen hat den Weg hinauf nach Berlin geschafft. In die Höhe getragen, irgendwo zwischen Marseille und Perpignan, von dort aus Richtung Nordosten über das gelb-grüne Mosaik Burgunds, die dunklen Cols und Pics der Vogesen und die unsichtbare Maginotlinie, und schließlich entlang eines großen Isobarenbogens via Thüringer Wald, Weimar und die noch kühle Mark Brandenburg hat die sanfte Strömung den langen

Weg zwischen Europas Süden und Norden hinter sich gebracht und ist im Laufe des Tages im Berliner Bezirk Prenzlauer Berg auf dem Käthe-Kollwitz-Platz angekommen. Jetzt ist es neun Uhr abends, und die Bürgersteige und Grünanlagen sind angefüllt mit Paaren und Flaneuren und Hunden und allerlei bunt zusammengewürfelten Großstadtexistenzen: Feuerspeiern, Gitarrenspielern, Zauberern, Eisverkäufern, Brezelbäckern, Taschendieben, Hütchenspielern, Künstlern und Betrunkenen. Es ist, als beginne heute der Sommer und die Liebe. Wie ein silberner Planet schwebt die Kugel des Fernsehturms über den Köpfen der Menschen, und breite Ströme aus Schultern und Gesichtern zwängen sich zwischen den Stämmen der Roßkastanien auf der einen und den hohen Gründerzeitfassaden auf der anderen Seite des Gehwegs durch diese Nacht, die seit jeher den Fabelwesen und Unruhestiftern geweiht ist. Gaukler, Akrobaten und Sterndeuter ziehen in den Straßencafés von Tisch zu Tisch, Trommeln wummern über den Platz, und ein Trupp zyanblau geschminkter, besenberittener Hexen benutzt den pulsierenden Rhythmus, um kreuzweise Flüge über ein verlöschendes Feuer zu koordinieren, dessen knisternde rote Glut jedesmal aufstiebt, wenn eins der zu lumpigen Röcken gebundenen Tücher über die Scheite hinwegflattert, das Hexenkreischen dabei ebenso überreizt in die Luft hinaufwirbelnd wie die Brandfunken. Auf der anderen Seite des Platzes arbeiten sich indessen sieben oder acht geschickte Kletterer, deren Oberkörper in den Maifeuern bronzefarben glänzen, an einem Bauwagen hoch, den sie zusammen mit einem am Boden verbliebenen Basisteam in finsterer Kleidung durch rhythmische Gewichtsverlagerungen in Schwingungen versetzen, die das große plumpe Ding schon bald zum Kippen bringen. Eine schwarze Wand aus Schaulustigen begleitet den Vorgang mit anfeuerndem Grölen, derweil aus einer der Seitenstraßen ein stechender Geruch auf den Platz einströmt, ein Geruch wie von angebranntem Ingwer etwa, der schmerzhaft in den Augen und Atemwegen beißt. Mit einem Mal halten sich alle, die hier unterwegs sind, irgendwelche Stoffstücke vors Gesicht, Taschentücher, Jackenzipfel, aber das unsichtbare Tränengas schlüpft durch sämtliche Nähte und Maschen. Eine gebieterische Stimme gellt dazu durch die Straße wie akustischer Schrot und fordert sämtliche Anwesenden zum Räumen der Fahrbahn auf. Die Sprachmelodie der Warnung und vor allem der abwärtsgerichtete Quintsprung von der vorletzten auf die letzte Silbe ist original Berliner Schnauze. Und wie als Materialisation dieser Stimme nähert sich nun die schwere Stahlpanzerung eines Kampfwagens, eine grüne Burg aus Nietnähten, Hartgummi, Vanadiumlegierungen, Wellgittern und dunkler Flachverglasung, auf deren Spitze ein riesiger, mit Schläuchen, hydraulischen Leitungen und Zuflußrohren verbundener Stachel unmerklich zittert. Davor die Straße, halbmatt im Neon. Jongleure, Tänzer und Feuerspucker auf dem grobkörnigen Asphalt. Keulen, die zwischen flinken Händen hin- und herfliegen, feurige Pilze, die in den Nachthimmel schießen. Es ist ein undurchschaubares Gemisch aus Party und Varieté, das die zu verlassende Fahrbahn blockiert, und niemand macht Anstalten, dem noch einmal gellend und unmißverständlich aus dem gepanzerten Wasserwerferungeheuer in die Menge genagelten Räumungsbefehl Folge zu leisten. Das Publikum in den angrenzenden Straßencafés nimmt das Geschehen als Teil eines Sommernachttheaters, rechts die Guten, links die Bösen, eigens inszeniert für diese Maifeier, und so scheinen für einen Moment alle auf allen Seiten den Atem anzuhalten, gespannt, was nun als nächstes geschieht, und das ist folgendes: Ein Strom harten Wassers schießt in die Menge, wischt von rechts nach links über Fahrbahn und Gehweg und wieder zurück und verwandelt die ganze Szenerie innerhalb von wenigen Sekunden in ein lärmendes, splitterndes, glitschiges Chaos. Weizenbiergläser, soeben noch zu erwartungsvoll geöffneten Mündern geführt, trudeln in hohem Bogen durch die Luft wie goldene Knochen, Tänzer poltern auf den Asphalt, und zischend durchschneidet der Wasserstrahl eine letzte aus dem Mund eines Feuerspeiers in den Nachthimmel schießende Flammenwolke, bringt sie über den Köpfen der Maifeierer gleichsam zur Explosion, so daß es für Augenblicke aussieht, als würde Bernstein vom Himmel regnen. Spitze Schreie schießen hinauf in die Nacht, manch einer ist von den heißen Spritzern getroffen worden, aber ernsthaft zu sorgen braucht sich darum im Moment keiner, denn brennen wird hier so schnell nichts und niemand, zwei bis drei Zentimeter hoch steht das Wasser in der Straße, längst sind die vergitterten Münder der Gullis von den Fluten überlastet. Von links preschen Kampftruppen der Polizei heran, mit erhobenen Gummiknüppeln und gebogenen Schilden aus Plexiglas, hinter denen die Beamten aussehen wie kleine wendige Ausgaben des Räumpanzers, dessen Wurf sozusagen. Ihre Stiefel schmatzen im Laufschritt über das geflutete Gelände auf die Gaukler und Tänzer zu, von denen sich die meisten jetzt verzogen haben, aber ein paar sind übriggeblieben und versuchen weiterzutanzen, dem Einsatz zum Trotz, aber von nirgendwoher schlägt mehr der Puls eines Rhythmus über das Gelände; die Party ist vorbei. Die harten Strahlen des Wasserwerfers, aus dem hierhin und dorthin noch einzelne Salven hervorschießen, haben sich in einen diffusen Nieselregen verwandelt, der den ganzen Straßenzug einhüllt und, vermischt mit den Resten des Tränengases, in den Atemwegen kratzt. Die Polizisten schwärmen aus, und unhörbare, per Funk erteilte Befehle verwandeln sich durch ihren Gehorsam in rätselhafte Truppenverschiebungen, in Momente strategischen Abwartens oder blitzschnelle Zugriffe. Hier wird ein Jongleur gejagt, da eine durchnäßte Zwanzigjährige über die Straße geschleift, deren Kleider an ihrem Körper kleben, mal wehrt sie sich zuckend und strampelnd, als wohnte ein dämonischer Geist in ihr, dann wieder hängt ihr magerer Leib durch wie tot, und schließlich wird sie in einen der vergitterten Mannschaftswagen verfrachtet, die sich im Gefolge des Wasserwerfers in der Straße breitgemacht haben; mit einem dumpfen Anlauf fällt die Rolltür hinter ihr und dem Greiftrupp ins Schloß, und zurück bleiben die umlaufenden kalten Blitze aus gletscherblauem Licht. Inzwischen sind auch jene schwarzmaskierten Söldner hier aufgetaucht, die schon vorhin den Hexensabbat überwacht und beim Kippen des Bauwagens die Leitung gehabt haben. Geschickt weichen sie den Wassersalven aus, die auf sie abgefeuert werden, denn da Wasser eine gewisse Trägheit besitzt, läuft der Treffpunkt immer ein wenig nach, und darin liegt, wie man jetzt allenthalben vorgeführt bekommt, die Chance des Angreifers. Die Schlachtordnung ist insgesamt undurchsichtig, hier und da Verhaftungen, andernorts Sichern von Gelände. Fronten. Wände aus Mensch und Material. Die Straße dampft. Von den Fensterbrettern tropft Wasser. Die Maifeuer sind gelöscht. Immer noch ist es warm, und gerade steigt Wega, weißlich violett, Lichtjahre entfernt, über die Dächer der an den Platz grenzenden Gründerzeithäuser wie schon seit Jahrmillionen an diesem Tag …

Fred Saltz und Robert Hanson sitzen im »Canto«, einem dieser neuen italienischen Restaurants am Käthe-Kollwitz-Platz im Prenzlauer Berg. Auf dem Gehweg waren keine Tische mehr frei, und so haben sie sich innen einen Platz gesucht, neben den großen, von schwarzbraunen Holzrahmen eingefaßten Fenstern, die bis zu den frischgeölten Terrakottafliesen hinabreichen wie gigantische Bildschirme, auf denen eine lebensgroße Liveübertragung des Mairummels draußen läuft. Hier, im Innern des Restaurants, ist nicht viel los, ist es ruhiger sogar als sonst, denn kaum einer läßt es sich heute abend nehmen, dort draußen mit dabeizusein. Die Tische, nur zur Hälfte besetzt, sind im italienischen

Campagna-Stil mit quadratischem weißem Papier gedeckt. Von dem nervösen und übermütigen und dichten Lärmgestrüpp unter dem Blätterdach der Linden und Roßkastanien auf dem Kollwitz-Platz rollt immer dann, wenn die Tür des »Canto« sich öffnet, eine Geräuschfuhre herein. Grobes Trommeln und feingewirktes Geplapper, Baumstämme und Reisig, ein akustisches Maifeuer.

Fred sagt: »In Italien komme ich mir in den Restaurants immer ziemlich deutsch vor, während ich mich in italienischen Restaurants hier in Berlin wie ein Italiener fühle. Seltsam.«

An einem Samstagabend vor zwei Wochen hatten Nora und er Christa und Robert zu Besuch und bei einer sizilianischen Lamm-Pasta, die Nora – durchaus nicht selbstverständlich – recht gut gelungen war, eine Flasche Brunello zuviel getrunken. Robert hatte bei seinen Schreibexerzitien in Italien in ihrem Haus gelegentlich nach dem Rechten gesehen und brachte den Schlüssel zurück. Bei dieser Gelegenheit verabredete Fred mit ihm dieses Treffen im »Canto«.

Gerade füllt Robert Hanson seinen Weißwein mit *Pellegrino* auf und sagt: »März und April sind eine gute Zeit da unten. Keine Mücken, keine Deutschen.«

Er stellt die Wasserflasche zurück in die Mitte des Tisches. Magere behaarte Hände. Fred ist sich, was seine Gefühle für ihn angeht, nicht ganz sicher. Ist er lediglich jemand, der seit einem Jahr dazugehört, weil der Zufall es so gewollt hat, oder ist da mehr? Es gibt Menschen, bei denen stellt man eines Tages beinahe verärgert fest, daß man sich freut, wenn man sie sieht, und so scheint es Fred mit Robert Hanson zu gehen. Er mag seine zynischen Kommentare und seinen langen schmalen Kamelhals. Und noch ein anderer Gedanke kommt Fred in letzter Zeit gelegentlich in den Sinn, wenn auch noch fern und undeutlich, an der Peripherie seines Empfindens: der, daß sie es sich als Vierzigjährige eigentlich nicht mehr leisten können, gegeneinander zu arbeiten und sich Steine in den Weg zu legen, denn die nächste Generation steht schon in den Startlöchern und wartet nur darauf, an ihnen vorbeizuziehen. Robert wäre mit seinem herablassenden Phlegma der ideale Partner, um diese leistungsorientierten Kraftpakete vorerst auf Distanz zu halten.

Fred lehnt sich vom Tisch weg, weil die Kellnerin, ein junges Ding um die Zwanzig mit dunklen Haaren, schmaler Figur und perlmuttfarben lackierten Fingernägeln, das Besteck vor ihn hinlegt. Schwer zu sagen, ob sie italienische Wurzeln hat oder nicht. Ihre Waden sind braun wie der Rand einer gelungenen Pizza.

»Seltsam«, sagt er, Roberts Bemerkung aufgreifend, »daß wir Deutschen unsere eigenen Leute so hassen. Andere Völker hocken gern aufeinander.«

Er sieht hinaus. Auf der Straße haben sich die Menschen zu einer dunklen Masse verdichtet, die unter seinem Spiegelbild durchströmt, wie Wasser unter einem ankernden Boot. Früher hätte er die Leinen gelöst und sich mittreiben lassen. Er sagt: »Ich habe in Italien mal so einen Aussteiger mit Milchziegen, selbstgepreßtem Olivenöl und all diesen Sachen kennengelernt. Um an ein paar Lire für Benzin und Gas zu kommen, hat er auf seinem Gut für einen Spottpreis ein kleines schnuckeliges Gartenhaus vermietet. Nora und ich haben uns bei ihm einquartiert, als wir noch keinen Pfennig Geld in der Tasche hatten. Es war wirklich nett.« Er nimmt sich ein Stück Brot, das grob zerteilt in einem ausgebleichten Körbchen liegt, daneben der Wein, ein offener Gavi in einer der üblichen kegelförmigen Mezzo-Litro-Glaskaraffen. »Morgens, wenn wir aufgestanden sind, war unser Ökobauer in seinem Tagewerk schon ziemlich weit vorangeschritten. Manchmal kam er, während wir mit unseren Kaffeetassen vor dem Haus gesessen haben, an unserer Terrasse vorbei, und man hat ein Schwätzchen gehalten, na ja, solche einfachen Konversationen eben auf der Basis dieses Pidgin-Italienischs, das man heutzutage irgendwie beherrscht. Komischerweise hatte ich aber irgendwann das sichere Gefühl, daß er uns mit *seinem* Italienisch gründlich verarscht.« Er nimmt sein Weinglas zur Hand und versetzt die Flüssigkeit nachdenklich in leichte Schwingungen, bevor er den letzten Schluck trinkt.

»Hmm«, macht Robert. Er trägt ein hellblaues Hemd mit weißen Nadelstreifen und ein steingraues, feingewebtes Leinenjackett. Für einen Schriftsteller, denkt Fred jedesmal, wenn er ihn sieht, ist er sehr gut gekleidet, denn alle Schriftsteller, mit denen er sonst gelegentlich zu tun hat, sehen entweder schlampig aus oder tragen Schwarz. Robert richtet sich in seinem Stuhl auf, das Essen wird gebracht.

Durch seine Erzählung in eine wehmütige Stimmung versetzt, sieht Fred die Bedienung mit ihren hübschen Waden an. Er glaubt in ihr jetzt deutlich die junge Italienerin zu erkennen. Bereits wie sie sich bewegt: anders. Ihr Körper setzt ihren Gesten keinen Widerstand entgegen. Und wenn sie spricht, werden die Vokale in ihrem Mund wie kleine Lautpatronen beschleunigt, bevor sie sie losschickt. Bevor sie fragt: »Spaghetti Vongole?«

Fred nickt, und der Teller senkt sich ihm entgegen. Der Duft von Öl und Salz. Er bestellt noch eine Karaffe Wein und faltet seine Serviette auf. Vor Hanson landet die breiig-graue Fläche eines Vitello Tonnato. Warum hat Fleisch nur immer so etwas Derbes? Egal, was man damit anstellt, es wird einen vorzivilisatorischen Stallgeruch nie ganz los. Jagen und töten. Knochen, Sehnen, Fett. Keulenförmiges Muskelgewebe, dunkel und rot. Fische sind weiß, Geflügel ist rosa, Rind blutig. Als hätte die Evolution mit jeder Entwicklungsstufe ein Stück ihrer Unschuld verloren.

»Was für einen Verdacht hattest du denn?« nimmt Hanson den Gesprächsfaden wieder auf. »Daß dieser Ökobauer in Wirklichkeit fließend Deutsch konnte?«

Fred schüttelt den Kopf. »Nein, daß er Deutscher *ist*. Ich glaube, er hat jedes Wort verstanden, das Nora und ich miteinander gesprochen haben, aber aus irgendeinem Grund wollte er sich nicht als Deutscher zu erkennen geben. Es gibt doch überhaupt keine *italienischen* Aussteiger. Die ganze Ökologie ist ja als Bewegung durchdrungen von protestantischem Moralgetue. Ich habe damals sogar gedacht, man könnte eine Story daraus machen. Ehemaliger Terrorist in Italien als Ökobauer untergekrochen oder so, was ja allemal die pfiffigere Idee gewesen wäre, als sich in der DDR niederzulassen. Aber dann war das Thema mit den Exterroristen, die in irgendwelchen Kombinaten Däumchen gedreht haben, auch schon wieder passé, und meine Idee ist im Sande verlaufen.«

»Wenn du mich fragst, war sie einfach nicht gut genug. Ein Terrorist in der Toskana – das kauft dir keiner ab.«

Mit ihren komplizierten Verschlingungen, findet Fred, sind Spaghetti eine Allegorie des Lebens: Handlungsfäden, Schicksale. Warum sollte man nicht auf die Idee kommen können, in der Toskana unterzutauchen? Er sagt: »Die Leute kaufen einem so ziemlich alles ab, glaub mir. Und *so* unrealistisch finde ich das Szenario noch nicht einmal: Dieser Bauernhof war am Ende der Welt, dagegen liegen unsere Häuser dort unten geradezu auf dem Präsentierteller.« Öl, Petersilie, Knoblauch – der Abend läßt sich besser an als erwartet. Eine geöffnete Muschel vom Teller nehmen und mit der Zungenspitze ihr gelbes Herz ertasten … Auf ihre herrlichen Brüste angesprochen, soll Sophia Loren immer geantwortet haben: Alles Pasta. Fred erkundigt sich: »Was ist denn mit deinen Geschichten? Nora meinte, du hättest die eine oder andere Drehbuchidee in der Schublade.«

Robert schiebt eine Scheibe lappiges Kalbfleisch auf seine Gabel, führt sie aber nicht zum Mund, sondern sieht auf die Straße, als irritiere ihn dort irgend etwas. »Ich habe den Eindruck, da muß Tränengas verschossen worden sein. Dahinten halten sich alle ihre Jackettärmel oder Pulloverzipfel vors Gesicht.«

Fred dreht sich um. In einiger Entfernung laufen die Menschen durch das statische Spiegelbild seines Kopfes, klein und aufgeregt, Komparsen, und flüchten, soweit erkennbar, in die nächstgelegenen Kneipeneingänge. Gas? – Könnte sein. Jedenfalls bräuchte man ein üppiges Budget, um eine Szene, wie sie sich dort draußen gerade abspielt, in einem Film zu realisieren. Jedesmal wenn dort ein Feuerspeier eine lodernde Fontäne in den Nachthimmel prustet, flammt eine orange Röte über Robert Hansons seidige Italien-Frühlingsbräune und läßt ihn mit seinen hohen ausgeprägten Wangenknochen für Momente aussehen wie einen glatzköpfigen Winnetou. Es ist Fred noch gar nicht aufgefallen, daß er um die Augen herum eine gewisse Ähnlichkeit mit Pierre Brice hat, dem ersten Filmstar, den er wie einen Gott verehrt hat.

Robert wendet sich wieder seinem Vitello Tonnato zu. »Hast du die ›Truman Show‹ gesehen? Mir hat die Idee gefallen, eine kleine, perfekte, aber von außen gesteuerte heile Welt zu erschaffen, und den Rest der Menschheit zusehen zu lassen, was dort geschieht. Konsequenter wäre es aber, und das ist *meine* Idee, die Verhältnisse auf den Kopf zu stellen: Die ganze Welt funktioniert perfekt, und es gibt lediglich eine kleine, nahezu unsichtbare Zentrale, von der aus all dieses Glück beobachtet und gesteuert wird. Alle verhalten sich so, wie in einer perfekten Soap, alle sind, ohne es zu wissen, ferngesteuert, und zwar in einer Weise, die sie zwingt, glücklich zu sein.«

»Hm«, macht Fred. »Eine Gesellschaft, in der alle glücklich sind? Wie soll denn so eine Glücksfernsteuerung funktionieren? Die Menschen *sind* ja nun mal keine Statisten in einem gigantischen Filmprojekt.«

»Warum nicht?« sagt Robert. »Es könnte ein finsteres Kartell dahinterstecken. Sagen wir, alle haben einen Mikrochip im Kopf, der sie zwingt, unbewußt stets so zu handeln, daß sich sämtliche Konflikte in Luft auflösen. In der Überwachungszentrale werden lediglich die groben Fäden der Weltgeschichte festgelegt: Kriege gehören der Vergangenheit an, alle Staaten haben untereinander friedliche Beziehungen, und die Politiker handeln zum Wohle der Menschheit.«

»Ich wußte gar nicht, daß du Sinn für Humor hast«, sagt Fred und fügt hinzu, »na gut, eine perfekte Welt also. Die Frage, die ich mir sofort stelle, ist: Was geht schief?«

Robert nickt. »Das, was immer schiefgeht. Die Liebe.«

Fred lutscht eine Venusmuschel aus, seine Zungenspitze paßt präzise in die sanfte, nach Meer und weichem Öl schmeckende Schalenhöhlung, all seine Geschmacksknospen scheinen sich für Momente an der glatten Innenseite des kleinen Gehäuses festzusaugen, bevor er es von der Zunge löst und auf den Haufen zu den anderen wirft.

Robert sagt: »Ich frage mich, was geschieht, wenn in einer solchen Welt erzwungenen Glücks zwei Männer eine Frau lieben. In der Regel zieht einer dabei den kürzeren und leidet darunter. In meiner zum Glück verurteilten Filmwelt wäre es dem unglücklich Verliebten aber nicht möglich zu leiden, weil das Leiden – wie auch immer – eliminiert ist. Ich frage mich also: Muß man, um eine Welt des Glücks zu errichten, zuerst einmal die Liebe abschaffen?« Er wischt sich die Lippen ab. »Was wäre nun aber, wenn aus irgendeinem Grund der Glücks-Chip meines unglücklichen Helden nicht funktioniert, und er anfängt, sich dagegen zu wehren, immer glücklich zu sein? Er *will* leiden. Er spürt, daß mit seinem Leben etwas nicht stimmt, auch wenn er nicht zu sagen vermag, was es ist. Aber er fängt an, sich auf die Suche zu machen, und diese Suche ist die Handlung des Films.«

Die Teller werden abgetragen. Auf der Straße pflügt sich ein polizeigrünes plumpes Monstrum von Panzerfahrzeug durch die Menschenmenge. Alle werden aufgefordert zu gehen, und peu à peu bildet sich ein Niemandsland zwischen der Party und dem

Panzer, auf dessen Dach das dünne Rohr eines Wasserwerfers zittert wie eine gewaltige Nadel. Die zarte Haut des Nachgeschmacks der Venusmuscheln auf der Zunge.

»Hm«, sagt Fred. »Mit gefällt deine Idee, ich mag so triviales Zeug. Hast du ›Total Recall‹ gesehen? Arnold Schwarzenegger spielt da einen Bauarbeiter, der sich ein paar Wochen Erinnerungen an einen Marsurlaub erkauft. Das läuft über so eine Art digitale Neuroimplantation. Wie auch immer, er findet dabei heraus, daß nicht etwa dieser Urlaub, sondern seine Bauarbeiterexistenz virtuell ist. In Wirklichkeit ist er Freiheitskämpfer in der Unabhängigkeitsbewegung auf dem Mars. Aber dann stimmt auch das nicht mehr, und er entpuppt sich als Geheimpolizist der Gegenseite. Und am Ende ist alles vielleicht doch nur ein Traum. Der Witz dabei ist, daß sich die Sache bis zum Schluß nicht aufklärt, und am Ende küßt er die schöne Rebellin, bevor sie sich womöglich in Luft oder Datendampf auflöst. Was ich sagen will: Die Frage, was wahr ist oder nicht, ist im Grunde nebensächlich. Die Botschaft lautet: Nimm den Kuß, und laß das Grübeln.«

Robert sagt: »Für meinen Helden ist es nicht nebensächlich. Er will keinen Kuß, sondern das Recht zu leiden.«

Fred nimmt sich noch ein Stück Brot. »Wieso eigentlich eine Frau und zwei Männer?« erkundigt er sich. »Man könnte deine Idee auch herumdrehen und statt eines Mannes eine Frau zur Heldin machen, die unglücklich verliebt ist, weil sie einen Mann nicht bekommen kann. Es muß ja nicht unbedingt Rita Zaff sein, die das Glücks-Chip-Kartell aus den Angeln hebt. Als Autor haben mich Frauen immer mehr interessiert als Männer.«

Robert sagt: »Männer kämpfen um Frauen. So sehe ich es, und so kenne ich es.«

Fred nickt. »Wie du meinst. Es ist dein Film.«

Robert trinkt einen Schluck und sagt: »Mit den Frauen wird man nie fertig.«

Die beiden Hauptgerichte werden gebracht: gegrillter *Loup de mer* für Fred und Kaninchenrücken in Salbeibutter für Hanson. Der *Loup* hat zu lange auf dem Rost gelegen und sieht aus wie ein schwarz-silberner Zebrastreifen. Auch der Koch glotzt also hin und wieder auf die Straße. Fred durchtrennt die Fischkruste und klappt die Haut zur Seite, darunter strahlendes, saftiges Weiß. Manche Leute stören sich an dem Anblick eines ganzen Fisches, diesem immer stumm gewesenen Kopf. Fred hat sich nie daran gestört, im Gegenteil: Auch tot ist ein Fisch noch ein Fisch, ein ganzes Lebewesen, und kein Schnitzel oder Hack oder Gulasch. Hanson säbelt ein Stück von seinem Kaninchenrücken herunter und zieht das Fleisch durch die Salbeibutter, deren Gelb sich im Rhythmus des von draußen hereindringenden Blaulichts zu schmutzigem Grün verfärbt.

Fred sagt: »Mir gefällt dein Stoff, aber du machst den gleichen Fehler wie Peter Weir in der ›Truman Show‹. Eine Soap – das ist der große Irrtum – handelt keineswegs davon, daß die Leute glücklich sind, sondern davon, daß sie *nicht* glücklich sind.« Er klappt die oberen Filets des Loup de mers zur Seite, löst die Mittelgräte am Schwanzende und zieht sie langsam von unten her ab, bis der Kopf des Fischs in der Luft baumelt.

»Stimmt es eigentlich«, erkundigt sich Robert, »daß Rita Zaff schwanger ist?«

Fred nickt. »Wir haben überlegt, sie zur Leihmutter zu machen, aber das wäre für eine Vorabendserie zu kompliziert geworden. Wir haben die Angelegenheit klassisch gelöst: Sie liegt neben ihrem Mann im Bett und sagt ihm kurz vor dem Einschlafen, daß sie sich ein Kind wünscht, und er ist auf der Stelle mit von der Partie. Das ist das Geheimnis einer guten Soap, daß es allen dreckig geht und man trotzdem die Botschaft rüberbringt: Leute, es gibt Momente, in denen ist die Welt noch in Ordnung.«

In diesem Moment trifft – platsch! – ein Wasserstrahl auf das

Fenster neben Fred, mit einem derartigen Getöse, daß sich jeder weitere Satz vorerst erübrigt, und ein paar Sekunden lang ist es an ihrem Tisch ungefähr so, als würde man mit dem Wagen durch eine Waschanlage fahren. Irgendeine Macht dort draußen will eben jene Welt reinigen, in der sie sich Tag für Tag von morgens bis abends bewegen. Für Momente, als der Zielpunkt des Wassers direkt unterhalb einer der Straßenlaternen liegt, gleicht die Explosion des Strahls auf der »Canto«-Scheibe dem radialen Zerplatzen eines Feuerwerkskörpers, es ist ein phantastisches Glitzern und Funkeln, das sich dort eine Armlänge von Fred entfernt ereignet, als schwebte er hoch oben über der Stadt, ein Glitzern verbunden mit einem machtvoll pulsierenden Knattern, das die Pumpe im Innern des Räumpanzers auf die Glasfläche überträgt. Die Restaurantgäste auf dem Gehweg kippen reihenweise von ihren Stühlen – ungefähr so hat man sich wohl ein Erdbeben vorzustellen: Alles wackelt und scheppert, und die Menschen rennen durch die Gegend. Am Eingang des »Canto« hat sich inzwischen eine Traube von triefenden Passanten gebildet, die versuchen, die Tür gegen den Druck des Wassers zu schließen. Durchnäßte Haare, Geschrei, Flüche. ›Titanic‹. Irgendwann verebben die silbernen Wasserfontänen, und auf einmal denkt Fred, daß die Situation nach einem Schnitt verlangt: einem Wassereinbruch an anderer Stelle oder dem Ende der Sequenz. Die Verschnaufpausen sind es, die Helden zu Menschen machen. Als es vorbei ist, verteilen sich die, denen es gelungen ist, sich ins Restaurant zu retten, auf die freien Tische oder setzen sich an den Tresen. Wassertropfen kriechen auf der Fensterscheibe hinab, Schlieren, dickflüssig vermischt mit klebrigem, von den Bäumen geschlagenem Blütenstaub. Von der Tür her zieht der Geruch nach feuchtem würzigem Frühling durch den Raum. Lust, Paarungstrieb, Gewalt. Natur, die urplötzlich über dem Leben in den Städten zusammenschlägt wie eine Welle aus Kräften, die so alt sind wie Ebbe und Flut.

»Was geschieht mit deinem Helden«, sagt Fred, »und mit der Frau, um die er kämpft? Gibt es ein Happy End?«

Robert legt sein Besteck auf den Teller. »Frauen passen sich an. Sie hat dem Mann die Augen geöffnet, daß sein Glück eine Illusion ist, und nun wehrt er sich dagegen, im Paradies zu leben. Er zieht los, jagt die Steuerungszentrale in die Luft und deaktiviert die Paradies-Chips. Was danach geschieht, ist nicht mehr das Thema des Films. Noch subtiler wäre es natürlich«, fügt er hinzu, »die ›Truman‹-Konstruktion als Ganzes aufzugeben und das Thema auf seinen Kern zu reduzieren: Die Welt ist gut, und das ist unerträglich! Aber diese Logik wäre den Leuten wohl kaum zu vermitteln.«

Eine kurze Salve aus dem Wasserwerfer klatscht wie ein Nachhall der großen Explosion gegen die »Canto«-Scheibe, an der soeben eine dunkle Gestalt vorbeigehuscht ist wie eine aus den Schlieren der Nacht zusammengeflossene und schon wieder zerronnene Erscheinung. Gegen die symmetrische Schlichtheit der Fischgräte ist der Rest von Roberts Kaninchenrücken ein brutales Knochenpuzzle.

»Weißt du«, sagt Fred, »mir gefällt dein Stoff wirklich, aber ich glaube nicht, daß jemals ein Film daraus wird. Na ja, wer weiß. Jedenfalls bin ich nicht der richtige Mann dafür. Mir ist das alles ein bißchen zu abstrakt. Das Paradies ist ja mehr so eine fixe Idee aus der Zeit, als das Leben noch qualvoll und kurz war.«

Er verteilt den restlichen Wein und gibt der Bedienung ein Zeichen, noch eine Karaffe zu bringen, obwohl er eigentlich kein Glas mehr trinken sollte, denn im Moment steht eine Menge Arbeit an: Rita Zaffs Schwangerschaft hat sich unerwartet schnell und prall entwickelt, und ganze Szenen müssen dahingehend umgeschrieben werden, daß es nicht auffällt, wenn nur ihr Gesicht im Bild ist. Aber Fred bestellt den Wein trotzdem. Es stimmt ihn seltsam melancholisch, daß er für die Bedienung, die kurz darauf mit distanzierter Freundlichkeit eine neue Karaffe bringt, kein anderer ist, als einer von denen, die hier Abend für Abend aufkreuzen, Fisch essen und am Ende hoffentlich ein ordentliches Trinkgeld geben. Wie weit ihr Leben von seinem entfernt ist, obwohl er sie riechen kann, als sie sein Glas auffüllt: Seife und Flieder und eine Spur Tränengas. Wer weiß, ob sie jemals etwas von Rita Zaff oder Sonja Liebstein gehört hat. Fred sieht aus dem Fenster, das Wasser von der Scheibe ist bis auf wenige Tropfen abgeflossen, und auf der Straße setzt sich der Räumpanzer in Bewegung, irgendwie orientierungslos wirkend jetzt, da ihm die Gegner abhanden gekommen sind. Auf dem Glas bleibt Freds Spiegelbild zurück, seltsam nackt in der dunklen Leere dort draußen. Gelegentlich streift Blaulicht aus den Seitenstraßen über den Platz, als würden sich Kinder mit Taschenlampen Nachrichten zublitzen, so wie man es früher im Wald gemacht hat. Im Grunde hat sich daran bis heute nichts geändert: Man stapft immer noch durch dorniges Gestrüpp und tauscht Botschaften aus, mit Leuten, deren wahres Ich man weder kennt noch zu sehen bekommt, die einfach da sind, in derselben einen Dunkelheit, die alle umgibt, und die sich Leben nennt …

»Weißt du, was ich an *Soaps* so liebe«, sagt er und schnappt sich die Dessertkarte. »Daß die Leute dort nicht schlauer sind als ich.«

Straßenschlachten. Auf dem Weg zum Wagen zerteilt Freds Körper den Pulverdampf, der nach Asphalt und Nässe riecht und die Nacht schwarz und schwer macht bis auf Einsprengsel von Mondlicht hier und da, gefiltert durch die mächtigen Kronen der Roßkastanien und Linden, die über der Straße ineinander wachsen und die Feuchtigkeit am Boden festhalten. Das Gewicht der Nacht scheint Freds eigenes zu verringern, trägt ihn wie Wasser, er fühlt sich leicht. Das nahe Rauschen der Blätter über ihm und die Sirenen der Einsatzwagen von irgendwoher. Es muß gekämpft werden in der Welt, selbst wenn es sich um überhaupt nichts mehr dreht. Alles ist Energie: die Lichtgeschwindigkeit, Storys, der Sommer. So ist es, seit er denken kann. Als Kind durch den Rasensprenger im Garten laufen und aufjauchzen. In den nahen glitzernden Regenbogen springen und wieder zurück. Triefen. Zähneklappern vor Auskühlung und kindlicher Wollust. In eine Decke gewickelt und abgerubbelt werden. Die Elemente spüren: Wasser, Erde, Luft, Feuer. Und hier? Flammen, die aus Autofenstern schlagen, Lack, der Blasen wirft. Doch die Brände sind schon lange gelöscht. Die Wracks stehen zwischen den Baumstämmen, weiß und blättrig, als wären sie aus Papier. An einer Kreuzung ein kleiner Polizeikordon, der eine Fahrbahn sperrt, die niemand benutzen möchte, als hätte man vergessen, die Männer abzuziehen, deren Gesichter im Licht der schmutzigen Leuchtreklamen hier einen kargen Blechton angenommen haben. Bierdosen und zersplitterte Flaschen, farblos im Mondlicht, übersäen den Boden zu ihren Füßen, dahinter die dunklen Wände der Gründerzeitfassaden, kaum noch Licht in den Fenstern jetzt, hier und da hängt der Schein eines Fernsehers wie eine bläulich silberne Gardine hinter den Scheiben, vielleicht läuft dort oben im Kleinen noch einmal, was hier unten im Großen längst vorbei ist. Fernseher sind Papageien, die die Welt nachplappern. Wenn Rita Zaff schwanger ist, ist es auch Sonja Liebstein. Kürbisgroßer Bauch schon im fünften Monat. Vielleicht wird es bei Nora einmal ebenso sein, wenn es soweit ist, doch es ist noch nicht soweit, was aber nichts bedeutet, denn bei Frauen über Dreißig kann es dauern. Außerdem kommen Fred und Nora nicht immer dazu, wenn es sein müßte, wenn es nicht aufgeschoben werden dürfte, um nicht erneut vier Wochen ins Land gehen zu lassen. Die Natur ist in diesem Punkt erstaunlich penibel, als wolle sie sicherstellen, daß die, denen sie am Ende ein Kind schenkt, zu einer gewissen Selbstdisziplinierung auch fähig sind. Es war so sanft und seltsam anders, als Nora im Februar zum ersten Mal ein Kind dabei wollte. Vielleicht hat der Papst ja recht, und es ist etwas anderes, wenn man es tut, um ein Kind in die Welt zu setzen. Seitdem ist Nora wieder vorsichtiger geworden, und seit ihr Prüfungstermin feststeht, ist sie nervös und nur schwer dazu zu überreden. Heute abend wäre ein guter Abend, aber es wird nicht dazu kommen, Fred weiß es. Es sind immer die vergeblichen Abende, die einen erregen. Die laue, nach Straßenverkehr, dampfender Feuchtigkeit und Curry riechende Luft. Die steil aufragenden zartrosa Kastanienblüten mit den fünffingerigen Blättern an der Wurzel. Die Lichtkegel der Straßenlaternen, die Passanten, die mit jeder Stunde, die verstreicht, langsamer zu schlendern und sich näher aneinander zu schmiegen scheinen. – Die erste Nacht in diesem letzten Mai des Jahrhunderts mündet in das gelassene Ende eines schönen warmen Großstadttages. Wenn man es jetzt tun würde, könnte man das Fenster dabei öffnen und spüren, wie einem die Mailuft über Rücken und Schenkel streicht. Diese Lust, plötzlich, auf irgend etwas. Vielleicht hätte es ein Tag wie heute sein müssen, als sie vor einem Jahr auf dieser Pärchenparty gewesen sind, um auf den Geschmack zu kommen. Statt dessen fällt es Fred, seit er dort gewesen ist, nur schwerer, Gruppensex in seine Phantasien einzubauen. Daß alle es mit allen treiben, ist seltsam reizlos geworden. Auf ihre Art ist die Realität ein brutaler Bilderkiller. Eigentlich erinnert er sich nur an die Brüste jener Blonden – wie hieß sie noch? – nach wie vor gern: Wie sie vor ihm baumelten, dieses Schwingen in ihrer perfekten Schwere, diese geschwollenen Nippel, die er sich beim Kneten zwischen Zeige- und Mittelfinger geklemmt hat wie Zigarettenfilterchen. Das Gesicht dieser Blonden dagegen, es tut ihm leid, hat er längst vergessen. Soweit er sich erinnert, war sie ziemlich braungebrannt. Das Geräusch des Dauerregens auf der Dachluke über dem Bistrotisch, an dem sie ihm gegenübergestanden hat, ist ihm deutlicher im Gedächtnis geblieben. Überhaupt Regen, dieses große Geheimnis. Vielleicht wäre an einem Abend wie heute alles anders gekommen; der Geruch solcher Mainächte füllt einen fortlaufend mit Erregung. Luft, überschwemmt mit Botenstoffen, die Paarungsbereitschaft signalisieren. Dieses Wollen, das sich nicht auf *eine* Frau bezieht, sondern auf so viele. Seit der Szene in Nhyres Küche hat Fred gelegentlich an Christa Hanson denken müssen und sich klargemacht, daß es ihm nicht leichtfallen würde, ihr zu widerstehen. Ihre Hüften müssen sein wie ein luftig aufgeklopftes und akkurat zurechtdrapiertes Federkissen, in dessen Mitte man mit einem sanften Handkantenschlag zur Dekoration eine Kerbe gepufft hat. Irgend etwas ist an ihr, das ihn von Anfang an gereizt hat, vielleicht diese vage Ausstrahlung, daß etwas wie Sinnlichkeit in ihrem Wesen ganz anders verwurzelt ist als in Nora. Alles, woraus man rein stofflich besteht, so hat Christa, die Hobbyastronomin, ihm vor zwei Wochen bei diesem Lamm-Pasta-Abend erklärt, ist einst aus gewaltigen Sternexplosionen hervorgegangen: Atome, Moleküle, Hormone – was auch immer zwei Menschen miteinander treiben, in gewissem Sinne sei es ein Echo ihres Ursprungs, meinte sie. Mal schwächer, mal stärker. Wie es mit ihr wohl wäre? In einer Nacht wie dieser? Einer Nacht, die so dunkel und weich und samtig ist wie ein uralter Bordeaux. Und jetzt wird die Straße breiter, die Bäume treten auseinander, und ihre Kronen geben den Blick auf den Himmel frei.

- *Sag mir, welche Sterne dort stehen.*

- *Dieselben, wie wir sie über Italien gesehen haben. Weißt du noch?*

- *Obwohl wir in Berlin sind?*

- *Gemessen an der Größe des Himmels, sind Italien und Berlin sich ganz nah.*

- Das ist seltsam, findest du nicht?

- Aber es ist so. Es gibt keine Entfernung, die wir zu überbrücken hätten ...

Fred erreicht den Wagen, die Straße ist leer, und auf einmal hat er das Gefühl, nicht wirklich hier zu sein in dieser dichtbevölkerten Stadt, sondern in einem seltsam unstofflichen Raum. Es gibt nur Täuschungen und Bilder, er ist eine Fiktion, und niemand nähme Notiz davon, wenn er sich jetzt in Luft auflösen würde, es liegt nichts an ihm. Gut, irgendwann wäre Nora beunruhigt und käme wohl auf die Idee, seine Mobilnummer zu wählen, keinem stünde es morgen zu, die Zankereien zwischen Andrea Paculi und Thilo Flatten in geordnete produktive Bahnen zu lenken, und irgendeine dieser kläglichen Berliner Parteien hätte im Herbst einen Wähler weniger. Aber mit der Zeit würden diese Kräuselungen sich glätten. Es wäre, als hätte man mit einem Löffel einen Tropfen Meerwasser aus dem Golf von Follónica geschöpft, am Strand von Casalina Mare ...

Vielleicht wäre es das ja: Sich in den Wagen setzen und Richtung Süden fahren, so wie man es sich früher einmal für das ganze Leben vorgestellt hat. *Es gibt keine Entfernung, die wir zu überbrücken hätten ...*

Fred öffnet die Fahrertür und sinkt in den weichen französischen Sitz. Merkwürdig, was einem an Abenden wie diesen durch den Kopf geht. Doch was, wenn das hier wirklich ein Traum wäre? Wo bekäme man noch einen Kuß her, jetzt, so schnell ...

4

Partys

Seth: Es tut mir leid.
Kate: Ja, mir tut es auch leid ... –
Seth? ... Willst du mich nicht
mitnehmen?

FROM DUSK TILL DAWN

An einem Wochenende im Mai, dem Pfingstwochenende, liegt Fred Saltz am gleißenden Strand von Casalina Mare, einem winzigen Küstenörtchen am Südzipfel des Golfs von Follónica, der von ihrem Sommerhaus im Hinterland nur etwa dreißig Autominuten entfernt ist. Wunderbar, wenn die warme Luft durchs Wagenfenster strudelt, als würden die blütenübersäten Oleandersträucher am Straßenrand sie aus sich herausschütteln. Jetzt aber ist es windstill und heiß, Mittagszeit. Fred schläft. Das regelmäßige Anrollen der Wellen, die durch die Luft schwirrenden Stimmen der Badegäste und sein eigener gleichmäßiger Atem zerfließen unter der Glut der Sonne zu einer trägen unwirklichen Lautschmelze. Genaugenommen ist Casalina Mare gar kein Ort, sondern besteht nur aus einem Parkplatz, drei Restaurantterrassen und einem Geschäft für Strandbedarf, vor dem tagein tagaus, mit der Schnauze nach oben wie an einem Angelhaken, ein dicker lächelnder aufgeblasener Delphin im Wind schaukelt. Der Küstenstreifen hier erstreckt sich von einem kleinen Hafen, in dem ein paar Sportboote und Einmaster vor sich hindümpeln, bis zu einem zwei oder drei Kilometer entfernten, bläulich ins Wasser ragenden Felsrücken. Der Strand ist schmal und sanft geschwungen, der Sand feinkörnig und weich. Fred liegt flach auf dem Bauch, und sein Rücken heizt sich allmählich auf wie ein heller, frisch in den Backofen geschobener Pizzateig. Diese Mittagshitze ist zuviel selbst für ihn, der die Sonne und die Wärme und Italien liebt und die vielen Körper hier am Strand von Casalina Mare, die in ihren quittengrün oder lachsfarben leuchtenden Badeanzügen und Bikinis an der Wasserlinie auf- und abspazieren, mit glänzenden Schenkeln, als hätten sie sich mit Licht eingecremt. Es ist diese zweite Haut aus Sand, Salzkristallen, Sonnenöl und Schweiß, deren Geruch Fred fast jeden Abend scharf auf Nora werden läßt, leider vergeblich, denn im Moment ist sie vollkommen durchdrungen von der bevorstehenden Verteidigung ihrer Doktorarbeit, Berge von Fachliteratur stapeln sich auf ihrem Nachttisch, und zum Sex ist sie kaum zu überreden. Um so mehr ist es ein Glück, zumindest tagsüber ein Teil der Herdengemeinschaft all dieser Körper hier zu sein, von denen Fred auch jetzt im Schlaf, oder genauer im Halbschlaf, spürt, daß sie ihn umgeben. Menschen in ihrer ursprünglichsten Form, nackt und unschuldig. Paradies und Evolution. Neulich hat er in einem der populärwissenschaftlichen Bücher über die Entwicklung des Homo sapiens, mit denen er sich die sexlose Zeit vor dem Einschlafen vertreibt, gelesen, daß schon der Großvater von Charles Darwin, Erasmus Darwin, eine Form von Evolutionslehre vertreten hat. Er war Arzt, aber eigentlich war er Ästhet. Er wollte wissen, wie es kommt, daß man etwas schön findet und anderes nicht, und wie sich das Schöne gegen das Häßliche durchsetzt. Irgendwann stellte er die Theorie auf, alles Schöne sei in Wahrheit eine Erinnerung an die Mutterbrust; keine schlechte Idee eigentlich, findet Fred. Der Grundgedanke dazu stammte von dem englischen Künstler, Maler und Kupferstecher William Hogarth, der sich in der ersten Hälfte des 18. Jahrhunderts mit diversen Bilderzyklen einen Namen gemacht hat. Fred nimmt an, daß man sich unter solchen Zyklen nichts anderes vorzustellen hat als die Soap-Operas der damaligen Zeit, und der erfolgreichste von ihnen war einer mit dem Titel ›Leben einer Dirne‹. Dieser Hogarth jedenfalls, unter dem sich Fred eine ziemlich fettige Type vorstellt, so eine Art Barock-Thilo-Flatten, hatte im Laufe seiner Arbeiten und bei verschiedenen Feldstudien bemerkt, daß sich menschliche Körper ausschließlich aus geschwungenen Linien zusammensetzen. Und die soll er auf eine Elementarform oder Urlinie zurückgeführt haben, die er *Line of beauty* nannte, der Lüstling, aber eigentlich war diese Linie nichts anderes als ein weit geschwungenes S. Darwins Großvater griff die Idee ziemlich enthusiastisch auf und goß ihr ein theoretisches Fundament: Die angenehmen Empfindungen beim Anblick dieser S-Linien, behauptete er, hätten ihren Ursprung in der Zeit des Säugens. Zu Deutsch: Das Fundament alles Schönen sind hübsche Möpse. Da mag schon etwas dran sein, aber irgendwie findet Fred es doch überraschend, daß dieser Gedanke eine Zeitlang als Erasmus-Darwin-Hypothese quasi wissenschaftlichen Status genossen hat. Verrückte Zeit, dieses Barock.

Wie auch immer – dieser Strand von Casalina Mare hier jedenfalls *ist* ein Teppich aus S-Linien, und er *löst* bei Fred angenehme Empfindungen aus. Wenn er mit Nora am späten Vormittag hierherkommt und sie sich mit ihren Handtüchern zwischen den versetzt siedelnden Familien, die zum Zeichen ihrer territorialen Ansprüche bunte Sonnenschirme aufgeflaggt haben, einen Platz suchen, müssen sie meist bis weit an die Ränder der Badezivilisation ausweichen, dorthin, wo die Sonnenschirme weniger werden, die Atmosphäre ruhiger, die Paare jünger und die Frauen freizügiger. Nur noch das Meer bewegt sich hier, und die Paare liegen im Sand wie Anführungszeichen ohne Text: Wir bräunen, heißt es nur stumm, bitte nicht stören! Selbst die Brüste der Frauen scheinen ganz ins Sonnenbaden versunken, ihr Hogarthscher S-Linien-Zauber verliert sich in der meditativen Leere des Liegens: seichte Wellen, die kaum die gleichförmige Abfolge von Mulden und Hügeln im Sand unterbrechen. Es ist, als lägen alle träge im Paradies und warteten auf den Sündenfall.

Aber es sind nicht nur diese faul daliegenden Körper, diese schwitzenden Spiegelungen seiner selbst, deren Anwesenheit jetzt in Freds schläfrig benommenes Bewußtsein sickern, sondern irgendwo rechts hinter ihm, ungefähr auf der Höhe seiner Füße, stört ihn schon seit geraumer Zeit oder auch erst seit ein paar Sekunden – noch kein verläßliches Zeitgefühl tickt in seinem Gehirn – eine penetrante beharrliche Unruhe wie eine Stubenfliege, die man mit blinden Bewegungen erfolglos zu verscheuchen sucht, und ebenso ist es ihm nicht möglich, dieses unsichtbare Geschehen, was auch immer es sein mag, aus seiner wehrlosen Wahrnehmung zu drängen, so daß er sich schließlich auf die Seite dreht und vorsichtig die Augen öffnet, in denen schon der kleinste von seinen Lidern freigegebene Schlitz eine Explosion aus Licht zündet. Das erste, was er schließlich, nachdem sich seine Netzhaut an die Helligkeit gewöhnt hat, zu erkennen vermag, ist eine leuchtende S-Linie und ihr gegenüber einen handartig greifenden, offenbar lebendigen Schatten. Das Licht, daß Fred beim Öffnen der Augen geblendet hat, war nicht die Sonne selbst, sondern Noras eingeölt glänzende rechte Brust, deren malvenfarbene Knospe sich gerade einen halben Meter vor den auffordernd dreinblickenden Augen eines schwarzen Strandhändlers im Rhythmus eines neugierig-interessierten Kopfnickens hebt und senkt.

Der Afrikaner ist mit einem grobgewebten naturfarbenen Leinenkaftan bekleidet und hat, während Fred in der Backröhre seines Schlafs schmorte, ein gespenstisch großes Warenangebot vor Nora ausgebreitet, die sich im Yogasitz darüber beugt. Es ist, als habe ein geheimnisvoller Zauber des Schwarzen Kontinents den Sand in eine Oase aus farbenprächtigen Produkten verwandelt; aus Batiktüchern, Levis-Jeans, weißen Turnschuhen, Ballspielen, Elefanten und Giraffen aus Ebenholz, buntem Modeschmuck, luftigen Oberteilen und Röcken, Gummisandalen, Zigaretten, eisgekühltem Mineralwasser, Silberkettchen, Frotteehandtüchern, aufblasbaren Krokodilen, Jesuslatschen, Swatches, Bikinis, Boxershorts, Ledergürteln, Baseballkappen und einer unübersehbaren Anzahl von Amuletten, Talismanen und sonstigen Glücksbringern einer Vielzahl esoterischer Lehrmeinungen. Und der Herr über all diese Waren knotet gerade eine leuchtend rote Textilie von einer seiner Trageleinen und reicht sie Nora. Das Stoffstück ist ein ärmelloses Oberteil, eine Art Jäckchen ohne Futter und Knöpfe, das über dem Bauchnabel verknotet wird. Nora schlüpft hinein und klappt die spitz zulaufenden Revers über ihren Brüsten zusammen wie die Seitenflügel eines Triptychons. Dann zieht sie den Knoten fest und dreht sich zu Fred.

»Was meinst du? Es ist zu groß, nicht wahr?«

Er richtet sich auf und stützt sich auf den Ellbogen. Im Ausschnitt der Bluse ist ihre linke Brust zu sehen, die unter dem rot aufgebauschten Stoff verloren und klein wirkt. Von der Seite betrachtet ist es nicht so sehr ein S, das die flache Erhebung mit der jetzt chiantirot leuchtenden Spitze charakterisiert, sondern mehr ein J. Und unter dem groben Faltenwurf des Tops bleibt nicht viel davon übrig.

»Good price«, wirbt der Afrikaner für das Kleidungsstück. Das *price* klingt bayerisch wie zum Beispiel in Saupreuß, mit gerolltem R, ungefähr so, wie Nike Meyer es aussprechen würde.

»Ja, zu groß«, sagt Fred.

Nora löst den Knoten und zieht das Oberteil aus. »Schade, die Farbe hätte mir gestanden.« Von vorn – Fred weiß es – bilden ihre Brüste ein in den Spitzen abgerundetes W, besonders wenn sie sich

vorbeugt wie jetzt, um das vor ihren gekreuzten Schienbeinen aus-
gebreitete Warenangebot zu inspizieren. Der Schwarze nimmt das
Top entgegen und betrachtet sie gelassen, hockend im Meer seines
Trödels. Eine kompakte männliche Masse. Das Weiße seiner Augen ist groß und gelblich. Noras Nacktheit, die farblich zwischen
Mandelkernweiß im Winter und Mandelschalenbraun jetzt vari-
iert, beugt sich ihm entgegen. So wie sie dasitzt, könnte sie auch
das Prunkstück seines Sortiments sein. *Good price.* Die Handhal-
tung, mit der der Schwarze seine Waren anpreist, erinnert Fred
daran, wie er selbst Nike Meyer vorzustellen pflegt. Der Händler
deutet auf ein Samtkissen mit Schmuckstücken, und der Schatten
seiner Hand greift dabei zwischen Noras Schenkel in ihren geöffneten Yogaschoß. Schwarze Finger. Afrika ist die Wiege der
Menschheit. Evolution, Zweibeinigkeit, Überlebenskampf. Vier
Millionen Jahre Savannenprägung. Verhaltensprogramme, die
unbewußt immer noch in uns wirken, Noras nackt dargebotenen
Brüste: eine uralte Botschaft. Mitochondriale Eva und genetische
Urmutter; Chromosomen, die sich entlang einer nie abreißenden
Kette von Paarungen über Hunderttausende von Generationen
weiter und weiter vererbt haben, und nun in jeder Zelle ihres schönen schlanken zivilisierten Körpers zu finden sind. Sie ist schwarz,
irgendwo in ihrem Innern. Instinkte gehen nicht verloren. Es ist
die ältere, die tiefere weibliche Erfahrung, sich einem Schwarzen
hinzugeben als einem Weißen. Nicht ein Strandhändler kniet dort
vor Noras bloßem Oberkörper und ihren biskuitfarbenen Brüsten, sondern der Urliebhaber ihres Geschlechts. Der Mythos
unermüdlichen äquatorialen Wollens und Könnens. Weiße
Schwänze: blaßgemaserte Kiefernfigürchen. Schwarze Schwänze:
Ebenholzskulpturen. Die dunkle Potenz des Dschungels, die
Macht der Gene... – Und all das ist einfach nur Wissenschaft, eine
klare Ansammlung von Fakten, die Summe dessen, was in den
Büchern auf Freds Nachttisch nachzulesen ist ...

Nora zeigt auf ein Bustier aus schwarzer Baumwolle, und als sie es entgegennimmt, sieht es so aus, als gäbe ihr der Afrikaner ein Stück seiner Haut. Sie schiebt die Träger über ihre Handgelenke und streckt die Arme über den Kopf, wodurch sich ihre Brüste zu zwei flachen O runden, so wie Fred sie am liebsten mag.

»Das rote Top, das ich eben anhatte«, sagt sie, während der etwa handbreite Stoffstreifen des Bustiers an ihren Armen heruntergleitet und kurzzeitig ihr Gesicht bedeckt, »ist mir aufgefallen, als er bei uns vorbeikam.« *Er* ist der Schwarze. Fred entnimmt ihrem Ton, daß *er* nicht mitbekommen soll, daß sie jetzt über ihn redet. »Die Farbe hat mir gefallen. Die anderen Sachen interessieren mich nicht, aber wir können ihn ja nicht einfach wieder fortschicken, wo er doch alles ausgebreitet hat. Ich habe ihn gar nicht darum gebeten.«

»Du mußt doch nichts kaufen«, sagt Fred.

Ihre Brüste verschwinden unter dem Oberteil, sie zupft daran herum und schüttelt den Kopf. »Zu klein. Ich bekomme kaum Luft. *Too small*«, sagt sie.

Der Schwarze zieht ein anderes hervor. »This good.«

»Was machen wir denn jetzt?«

»Wieso wir?«

»Er hat mir leid getan. Man kann sie doch nicht jedesmal mit einer Handbewegung verscheuchen wie Fliegen.«

»Es ist ja nicht so, als hätte er gar nichts davon.«

»Wovon?« Sie zieht das Bustier aus. »I'm not sure.«

»Er darf mit in die Umkleidekabine.«

»Stört dich das etwa?« Sie legt das Bustier zurück.

»Schon okay …«

»Okay?« Der Schwarze hebt das bunte Bustier hoch.

»No, thank you«, schüttelt Nora den Kopf. Um Zeit zu gewinnen, stochert sie in einem Kästchen voller lakritzfarbener Holzamulette herum. »Ich dachte, es wäre erregend für dich, wenn

andere mich ansehen können. Gefällt das nicht allen Männern?«
Sie ergreift einen Armschmuck, eine Wendel aus leicht angelaufenem Silber, die sie so weit über den Ellbogen schiebt, bis sie
Halt findet. »Das ist eigentlich ganz schön, findest du nicht?«

»Mag sein«, sagt Fred und betrachtet den Silberschmuck, der
sich ein paarmal um ihren Oberarm schlängelt. Dann fügt er
hinzu: »Vielleicht ist dein Busen für *ihn* ein Problem. Er könnte
Moslem sein.«

Sie bewegt ihren Arm hin und her. Der Schmuck verleiht ihrer
Nacktheit eine orientalische Note, einen fernen Eindruck von
Harem. »Sei nicht albern. Wenn ich mir jetzt etwas überziehen
würde, wäre das irgendwie unhöflich. Als ob ich ihm mißtrauen
würde.«

Der Schwarze erscheint Fred jetzt nicht mehr ganz so schwarz,
als hätten sich seine Augen an die Dunkelheit der Haut gewöhnt,
und er glaubt in den Zügen des Afrikaners einen indischen Einschlag zu bemerken. Vielleicht ist er ja Hindu. Wie sieht es eigentlich mit den Sitten in Indien aus? – Darüber weiß man in der
Regel nicht viel. Friedlicher Sex in Ashrams. Meditieren, Tee trinken, vögeln. Kleine Männer, rundgesichtige Frauen. An Inderinnen denkt man nie dabei. Nora sitzt gerade da wie eine von ihren
Göttinnen, nackt und aufrecht, nur daß nicht drei oder vier abgeknickte Armpaare ihren Oberkörper einrahmen, sondern nur
eines. Der Schwarze hält ihr ein Fußkettchen hin, golden und
feingliedrig.

»Nimm halt irgendwas«, sagt Fred.

»So etwas habe ich noch nicht.« Nora löst die Verknotung ihrer
Beine, stellt einen Fuß in den Sand und legt das Kettchen um den
Knöchel. Im Schritt bilden die dunklen Härchen ihrer Scham eine
lockige Böschung am dattelfarbenen Steg ihres Bikinihöschens.

»Very beauty«, versichert der Schwarze.

Der Schmuck macht sich gut an ihrem Körper. Die aus launischer Intelligenz und nervösem Selbstvertrauen gewebte Oberfläche ihres Wesens macht einer konkreteren Weiblichkeit Platz, die Fred gefällt. Das Goldkettchen veredelt die mulden- und erhebungsreiche Landschaft ihrer Fessel, die er im Bett meistens übergeht, und ihr Busen schmiegt sich weich an den silbernen Oberarmreif. »Würde dir so ein Fußkettchen an mir gefallen? Ich bin unsicher. So etwas paßt eigentlich nicht zu mir, oder?«

Fred sagt: »Doch, es hat etwas.«

»Es sieht ein bißchen billig aus, nicht wahr.«

»Kann man so nicht sagen. Ich find's sexy.«

Sie streckt ihr Bein aus, als lasse sich die Wirkung des Schmucks aus größerer Entfernung besser beurteilen. »Ich weiß nicht. Sexy, meinst du?«

»Ja wirklich. *How much?*« wendet Fred sich an den Schwarzen.

»Fourty«, sagt er, streckt vier Finger aus und meint eigentlich vierzigtausend. Italien.

Nora schüttelt den Kopf. »Mir käme das so vor, als würde ich ein Bauchkettchen tragen.«

»Es ist aber kein *Bauch*kettchen, sondern ein *Fuß*kettchen.«

»Ja schon. Aber es ist *wie* ein Bauchkettchen.«

»Vielleicht sind ja auch Bauchkettchen sexy«, sagt Fred. »Ich habe noch nie darüber nachgedacht.«

»In Indien vielleicht. Bei uns sind sie doch primitiv.« Nora winkelt ihr Bein wieder an, das Kettchen rutscht glitzernd über ihren sandigen Knöchel.

»Very cheap«, sagt der Schwarze.

Nora öffnet den Verschluß des Kettchens, schüttelt den Kopf und gibt es zurück. »Was hältst du davon, wenn wir ihm eins dieser Ballspiele abkaufen?«

Zur Zeit ist eine Art Wassertennis in Mode, bunte Kunststoffschläger mit leuchtend farbigen Bällen, die etwa doppelt so groß sind wie Walnüsse und offenbar auch doppelt so hart. Die Spiele tönen wie Spechtklopfen über den Strand. Fred nimmt ein Netz mit Schlägern und Bällen in die Hand.

Der Schwarze hat die Diskussion des Ehepaares abgewartet wie einen kurzen Regen. Es ist ihm gleich, was er verkauft. »Very funny«, sagt er.

Fred nickt. »Wenn du meinst.«

Nora schiebt den Silberreif von ihrem Arm und legt ihn zurück. Schade, denn auch an diesen Anblick hätte man sich gewöhnen können. Fred bezahlt.

Der Schwarze stopft seinen ganzen bizarren Krempel zurück in Tüten und Taschen, verbindet manches durch Schnüre so geschickt miteinander, daß es sich schultern läßt, verliert Posten für Posten seine Individualität und verwandelt sich schließlich zurück in einen Teil der stummen Händlerkarawane, die an den Urlaubern vorüberzieht wie an Hunderten von verschlossenen Türen. Nora sieht ihm nach, und einen Moment lang sieht es so aus, als würden es auch ihre Brüste tun. Fred beugt sich zu ihr hin und schiebt die germanistischen Fachbücher beiseite, die neben ihrer Strandmatte liegen, und drückt ihren Oberkörper sanft zurück in den Sand, senkt seine Lippen auf ihr Bikinihöschen und küßt den straffen, nach Tang und Salz riechenden Stoff.

»Hey! …«, macht sie, und er wandert mit seinen Lippen ihre Bauchdecke hoch, stellt sich vor, wie es wohl wäre, dabei mit der Zungenspitze auf Höhe des Bauchnabels über ein hauchdünnes kühles Silber- oder Goldkettchen zu stolpern, zieht weiter, ihren Brüsten entgegen, diesen malvenfarben schwebenden Zirkumflexen auf der hellen Textur ihres Oberkörpers.

»Wollen wir es nicht mal versuchen?« fragt sie.

»Was? … hier? …« beginnt er an ihren Brustwarzen zu knabbern, die nach Nußöl und Austern schmecken.

»Das Ballspiel …«, lacht sie und übt einen leichten Druck auf seine Schultern aus. »Fred … die Leute gucken ja schon!«

»Du bist doch die ganze Zeit angestarrt worden«, schiebt er provozierend einen Finger unter den Steg ihres Höschens. »Ich hatte nicht den Eindruck, daß es dir etwas ausgemacht hat.«

»Du bist verrückt …« entwindet sie sich ihm durch eine Rolle seitwärts, die ihren Oberkörper feinkörnig und glitzernd paniert, und nimmt das Oberteil ihres Bikinis aus dem Sand. Dann rollt sie sich zurück, beugt sich über Fred, ihre Brüste gleiten über seinen Oberkörper wie feines Schmirgelpapier. »Aufgeschoben ist nicht aufgehoben. Ich möchte erst eine Runde schwimmen. Kommst du mit?«

»Im Moment nicht«, sagt er.

Sie richtet sich auf, schüttelt den BH aus, klopft den Sand von ihren Brüsten und läßt sie in den Körbchen verschwinden, deren dattelfarbene Wölbungen ein größeres Geheimnis versprechen, als zu entdecken wäre. Die Luft über dem Sand flimmert, als sie auf das Wasser zu geht, sie wird kleiner und kleiner und steht schließlich bis zu den Hüften in den Wellen, ihr Oberkörper ein schaumig umglitzerter Scherenschnitt. Dann taucht sie ein.

Wieviel Mühe es das Leben einst gekostet hat, aus dem Wasser ans Land zu gelangen, und wie leicht der Weg zurück ist. Aber das Gepäck der Evolution wird man nicht los. Menschen sind Marionetten, deren Fäden ins Innere ihrer Körper laufen, geknotet ans Geäst ihrer Gene. Fred sitzt da mit einem Ständer, der ihm aus dem Gerede über Fuß- und Bauchkettchen und dem Austerngeschmack von Noras Haut erwachsen ist. Und sie läßt ihn hier zurück und hat seinen Steifen nicht einmal bemerkt! Warum es nicht dort tun: in dem an den Strand grenzenden Pinienwald auf dem langen stillen Weg zu den Eis- und Getränkeständen. Wozu ist die Natur denn da, wenn nicht dazu? Sein Schwanz schmerzt vor Härte. Diese ganzen Frauen um ihn herum, S-Linien, wo man hinsieht, er ist ein Gefangener von Erasmus Darwins Möpse-Hypothese. Er muß sich unbedingt ablenken, *so* kann er unmöglich dieses Wassertennis spielen. Fragt sich, womit er sich ernüchtern könnte? Vielleicht mit der Einsicht, daß er und Nora eigentlich nicht zueinander passen und dies irgendwann herauskommen wird. Was ihn anmacht, findet sie primitiv, und wenn er spontan sein möchte, geht sie sich abkühlen. Er will lecken, sie lernen, irgend etwas ist in der Evolution schiefgelaufen, die Chinesen haben schon recht, Mann und Frau sind wie Ying und Yang: Sie umschleichen einander, Rundung gegen Spitze, Spitze gegen Rundung, und können niemals zueinander finden …

Die Aussichtslosigkeit der Lage tut Fred gut, sein Ständer schrumpft. Um diesen Erfolg nicht zu gefährden, versucht er jetzt an nichts mehr zu denken und sieht hinaus aufs Meer. Ein paar Segelboote balancieren über das gespannte Seil des Horizonts, die Sonne webt auf den Wellen ihren Lichtteppich, und links ragt nun schon seit Millionen von Jahren oder Milliarden der Felsrükken ins Wasser, der den Golf südlich begrenzt, wer weiß, ob nicht schon Dinosaurier auf ihm herumspaziert sind? Irgendwo davor hat der afrikanische Strandhändler neue Kundschaft gefunden, heute muß sein Glückstag sein, er zieht ein hauchdünnes Seidentuch aus seinem Sortiment, in dessen transparentes Blau sofort der Wind fährt, wie eine gewichtslose Welle steigt es auf, flattert in der warmen sanften Brise und sinkt langsam wieder zurück in die glitzernde Dünung. Das Meer, die Ewigkeit. Ein Paar spielt, bis zu den Knien im Wasser stehend, dieses neue Tennis, bei den Schlägen umgeben von Kokons aus spritzendem Licht. Noras Kopf treibt klein und fern wie einer dieser harten Tennisflummis auf den Wellen. Sie scheint zu ahnen, daß Fred sie beobachtet, und winkt. Er richtet sich auf, nimmt die Schläger aus dem Netz und geht ihr entgegen. Als sie aus dem Wasser kommt, ist ihr Körper rein und sind ihre Lippen kühl. Fred gibt ihr den Schläger, und dann stellen sie sich in der Dünung auf, etwa drei, vier Wellenkämme voneinander entfernt. Der kleine Gummiball ist keineswegs so massiv, wie Fred gedacht hat, sondern erstaunlich leicht und weich und rund. Etwa so wie sein Schwanz jetzt. Gott sei Dank! Heute abend muß es passieren, das nimmt er sich vor. Er holt aus und wirft das Bällchen in die Höhe, das sich daraufhin vor seinen Augen im unruhigen Geglitzer der Wellen aufzulösen scheint. Aber irgendwie trifft er es, doch sein ungeübter Schlag verfehlt Nora parabelförmig und weit.

––––––

Nach kühlem Beginn hat der Sommer nun endlich in Berlin Fuß gefasst. Die Wetterberichte am Ende der Nachrichtensendungen im Radio melden Temperaturen um die dreißig Grad, kündigen Tag für Tag neue Wellen allergener Pollen an und enden jedesmal mit dem Hinweis auf stark erhöhte Waldbrandgefahr. Es wird dringend davor gewarnt, in freier Natur zu rauchen oder ein offenes Feuer zu entfachen, so der stets gleichlautende Text der Mahnungen, die so notorisch und einschärfend wiederholt werden, daß man ungeheure Lust bekommt, es einfach zu tun. Die Tage gleißen, die Nächte sind lau, und die Hitzewelle kommt gerade recht zum berühmt-berüchtigten Sommerfest der *ComFilm,* das alljährlich in einem ehemaligen Gutshof am Rande der Fresdorfer Heide im Süden Berlins stattfindet. Das zweistöckige Hauptgebäude aus dem vergangenen Jahrhundert ist Mitte der Neunziger renoviert worden. Man hat das Dach frisch gedeckt, die Fenstereinfassungen weiß abgesetzt und die Fassade in einem warmen italienischen Gelb gestrichen, so daß die Baulichkeit neben den ärmlich grauen Einfamilienhäusern des nahen Dorfes leuchtet wie eine Sonne zwischen kleinen schmutzigen Meteoritenklumpen. Auf einer nahen, zum Anwesen gehörigen Koppel grasen ein paar Pferde, und wie in vielen Dörfern der ehemaligen DDR riecht es noch leicht nach Dung. Wenn es regnet, finden die Festlichkeiten hier in einer geräumigen Scheune mit offenem Dachgebälk statt, in der vor zehn Jahren noch Kühe per Hand gemolken worden sind; heute abend aber stehen Männer und Frauen dicht gedrängt mit ihren Gläsern auf dem Hof herum, der mit groben alten Steinen gepflastert ist, die die Wärme des Tages gespeichert haben und jetzt allmählich wieder abgeben. Darüber hinaus lassen die vielen erhitzten Körper der hier versammelten Gesellschaft die Luft schwül werden, und diese Treibhausatmosphäre paßt gut zum Motto des heutigen Abends: Die *ComFilm* hat in diesem Jahr zu einer *Brasilianischen Nacht* geladen. Auf ovalen silbernen Tabletts schweben mit verschiedenen Gelbtönen gestimmte Glasharfen an einem vorbei, und wie immer hat sich niemand Gedanken darüber gemacht, wo und wie man die vielfarbige Ernte vom Buffet überhaupt verzehren soll …

Fred steht mit einem kühlen Limonen-Kokos-Cocktail in der Nähe des Buffets herum; er mag Partys wie diese. Er mag es, wenn sich alle in Schale werfen und sich sämtliche Eitelkeiten und Attitüden zu einem Versprechen verbinden, auf dessen Einlösung man den ganzen Abend über hofft, ohne zu wissen, worum genau es sich dabei handeln könnte. Aber immer glaubt man, es müsse etwas sein, wonach man auch sonst auf der Suche ist, nur daß man es an anderen Tagen nicht so dringend und fiebrig spürt. Etwas wie Leben, wie es einmal gemeint war. Gerade fällt sein Blick auf Nike Meyer, die irgendeinen Typen im Schlepptau hat, den er noch nie gesehen hat. Nike macht ständig mit irgendwelchen Strolchen rum, die allesamt aussehen wie Versager. Was sie indessen trägt, ist klassisch und schnörkellos sexy: kurzer enger Rock, der die Breite ihres Hinterns betont, der aus zwei spitzen Hügeln und je einer Eindellung rechts und links besteht, die sich im Rhythmus ihrer Schritte abwechselnd vertiefen wie Wangen beim Saugen an einem Strohhalm, und ein bauchfreies Top, das einen zwei oder drei Finger breiten Hautstreifen unbedeckt läßt, in dessen Mitte ihr Nabel hin- und herkullert, der klein ist und offenbar sehr tief. Sie grüßt Fred, er nickt zurück und hebt kurz sein Glas, und dann verschwindet Nike mit ihrem Junkie im Gedränge Richtung Ausschank.

Fred wendet seine Aufmerksamkeit wieder der Runde zu, mit der er hier am Buffet steht, vor zehn Minuten hat er Harald Schlehfeld und Boris Brand mit Andrea Paculi und Rita Zaff bekannt gemacht. Andrea hält einen Teller mit Nachos in der Hand, die sie jedesmal in einen glänzenden Klecks gelblich-grüner Creme taucht, bevor sie sich einen in den Mund steckt, wobei sie dem spitzen gelben Mais-Chip jedesmal ein Stück ihrer roten fleischigen Zunge entgegenschiebt. Rita Zaff ist hochschwanger, ihr Bauch, groß wie ein Kürbis, ragt in die Mitte der Gruppe.

Harald Schlehfeld steht in einem currygelben Seidenhemd neben Andrea Paculi und sagt soeben: »Ich verstehe nicht, wie man auf die Idee kommen kann, Nachos auf ein *brasilianisches* Buffet zu stellen.« Er schiebt seine Bulgari-Uhr hoch, die ihm aufs Handgelenk gerutscht ist, ein wuchtiges Ding aus gebürstetem Platin mit einem breiten, schwarz glänzenden Armband aus Gekkoleder.

Andrea Paculi stippt eine Nacho-Spitze in den Dip auf dem Tellerrand, ihre Lippen glänzen ölig von den Chips. Mit halbvollem Mund sagt sie: »Die Avocado-Litschi-Creme ist exquisit.«

Rita Zaff entblößt eine perfekte Reihe kleiner spitzer Zähne und noch einmal ebensoviel gesundes Zahnfleisch darüber und fragt: »Wieso sollten Nachos denn *nicht* auf einem brasilianischen Buffet stehen?«

»Du würdest ja auch keine Blinis auf ein bayrisches Buffet stellen«, sagt Boris Brand. Er trägt ein karamelfarbenes Polo-Shirt, das – sicher gewollt – eine halbe Nummer zu klein ist.

»Du übertreibst«, sagt Rita. »Brasilien, Mexiko, Kalifornien – wen juckt denn das von hier aus?«

Andrea Paculi sagt: »Die Welt wird kleiner. Irgendwann gibt es Hirse-Nockerln oder Straußen-Paella.«

»Es gibt da so einen neuen *Cajun-Food*-Laden in Pankow«, sagt Harald Schlehfeld. »Die catern auch, soviel ich weiß.«

Andrea sagt: »Ich finde dieses Team hier wirklich kreativ. Ihr solltet mal die Kokos-Sushis dahinten probieren. Die kann ich nur wärmstens empfehlen.«

»*Kokos*-Sushis?« Boris Brand verzieht das Gesicht zu einem Ausdruck echten Leidens. »Ich hasse diese kulinarischen Ethno-mix-Experimente. Man kann Stile nicht mischen, weil es dann zum Teufel keine mehr sind. Nicht das Ozonloch ist das Menschheitsproblem Nummer eins im nächsten Jahrhundert, sondern diese ganzen Multi-Kulti-Experimente!«

Rita Zaff sagt: »Dieser neue Sushi-Laden in der Pestalozzistraße, wie heißt der noch, na, ihr wisst schon, Nagasaki oder so – neulich ist mir dort nach einem schlichten Thunfisch-Sashimi glatt kotzübel geworden, es war wirklich eine Tortur.«

»Wer ißt denn auch *Thunfisch*-Sashimi« wirft Boris Brand abfällig ein.

»Na und!« ereifert sich Rita Zaff. »Tatsache ist, daß die Gesundheitsbehörde den Schuppen schon zweimal hopsgenommen hat, wie ich aber jetzt erst erfahren habe. Wegen Ratten. *Ratten! Und* das, wo ich schwanger bin!«

Betroffenes Schweigen. Dann fragt Boris Brand: »Essen Ratten denn Fisch?«

Harald Schlehfeld behauptet: »Ratten essen *alles!*« Wieder das Hochschieben seiner Uhr, als wolle er die Aufmerksamkeit der Runde auf das Ding lenken. »Ratten tauchen sogar durch Klospülungen, um an Futter zu kommen. Das haben sie irgendwann im Fernsehen gezeigt, so als Beweis für die brutale Intelligenz dieser Viecher. Wußtet ihr, daß Ratten in China eine Delikatesse sind? Stellt euch das mal vor: Ratte *Chopsuey* oder *Sichuan*-Ratte!«

»Die armen Ratten«, sagt Andrea Paculi und wendet sich an Rita Zaff: »Sag mal Rita, wann ist es denn eigentlich soweit?« Sie trägt, wie immer, eine kurzärmelige Bluse, unter der sich, wenn sie sich vorbeugt, um noch ein paar Nachos auf ihren Teller zu schaufeln wie jetzt, die kräftigen Träger ihres BHs abzeichnen, die ihren fleischigen Rücken steppdeckenartig in drei ungefähr gleich große Felder unterteilen.

»In zwei Wochen«, sagt Rita Zaff, »so um den achtzehnten rum. Aber ich werde mein Baby nicht drängen. Es reicht ja, wenn *ich* ein Sklave meines Terminkalenders bin.«

»Wisst ihr, was der neueste Trend bei Buffets ist?«, verkündet Harald Schlehfeld: »Gegrillte Thüringer Rostbratwürste. Im »La Fayette« stapeln sich die Dinger schon. Irgendwann hat man von diesen ganzen Hochseefisch-Carpaccios und Kumquats-Sorbets die Nase voll. Zurück zu den Wurzeln, heißt die Devise. Wir haben ja unsere eigene dritte Welt sozusagen vor der Haustür.«

»Rostbratwürste? Fleisch?!! Ja, bist du denn wahnsinnig?« kreischt Rita Zaff. »Ich will mein Kind doch nicht schon im Mutterleib vergiften!« Ihr Bauch erbebt unter ihrem flammendroten sariartigen Umstandskleid, und mit dieser typischen übertriebenen Schauspielererregung wendet sie sich an alle: »Habt ihr mitbekommen, daß jetzt wieder verseuchtes Rindfleisch aus England verkauft werden darf. Ein Hoch auf die EU! – Das ist vielleicht ein Drecksladen. Aber mir ist das egal. Ich esse nur Fisch. Fische sind nicht klug genug, um wahnsinnig zu werden!«

In diesem Moment stößt Robert Hanson zu der Runde. Er hat die letzte Bemerkung aufgeschnappt und sagt in seiner gepflegten manierierten Schriftstellerart, die sofort hervorsticht: »Menschen auch nicht, wie sich allenthalben zeigt.«

Wie immer ist er gut gekleidet. Lässiges Stehkragenhemd mit verdeckter Knopfleiste und hellgraue Anzughose mit coolem Sechziger-Jahre-Schnitt, den zu tragen Fred sich bedauerlicherweise nicht mehr leisten kann. Woher hat Hanson eigentlich das nötige Kleingeld für solche Klamotten? So sind Schriftsteller: bringen nichts zuwege und verpulvern das Geld ihrer Väter. Fred sagt: »Darf ich vorstellen: Robert Hanson, Andrea Paculi, Rita Zaff.«

Andrea Paculi sagt: »Oho, ein Dichter gibt uns die Ehre!« Aus irgendeinem Grund weiß sie Hanson also einzuordnen. Könnte es etwa sein, daß sie seine Bücher *gelesen* hat? Sie hat keinen Freund und verfügt somit über viel Zeit, die irgendwie ausgefüllt werden will.

Robert Hanson lächelt süffisant: »Auch wir Autoren müssen uns ja mal satt essen.«

»Nur zu«, nickt Andrea. »Ich bin mir nur nicht sicher, ob man von diesem Essen *satt* werden kann.«

Harald Schlehfeld wendet sich an Hanson: »Sag mal, Robert, ich habe gehört, daß am ersten Juli die Rechtschreibung geändert worden ist. Müssen denn jetzt alle deine Bücher neu gedruckt werden, oder wie ist das?«

Robert sagt gelassen: »Ganz wie ich will, ich kann das selbst entscheiden. In Wirklichkeit haben sie nämlich *euch* drangekriegt, Jungs. Ihr müßt jetzt euren ganzen geschäftlichen Schriftverkehr umstellen, wenn ihr nicht von gestern sein wollt!«

»Wie bitte?« Boris Brand sieht ihn ziemlich entgeistert an, und sein Mund bleibt dabei für einen Moment offen stehen, ein dunkles möhrengroßes Loch, in das, wie es Fred auf einmal durch den Kopf schießt, Harald Schlehfeld gelegentlich sein Ding steckt. Fred hat an sich selbst noch nie schwule Neigungen diagnostiziert, er denkt lediglich ab und an, daß die Dinge im Bett sich für Homosexuelle möglicherweise einfacher gestalten, weil sie nicht nur das gleiche Geschlecht, sondern auch die gleichen armseligen Phantasien haben, mit denen ihre Heterobrüder irgendwie alleine fertig werden müssen. Aber *dafür* auf Frauen verzichten? Undenkbar …

Andrea Paculi hat jetzt ihre Nachos aufgeknabbert, stellt den Teller ab und sagt: »Wie will man diese alberne Reform eigentlich durchsetzen?«

Boris Brand sagt: »Scheiße, wenn wir das Barresi erzählen, lacht der sich *tot*. Diese Italiener schreiben doch *garantiert*, wie ihnen der Schnabel gewachsen ist.«

Harald Schlehfeld sagt beruhigend: »Wir installieren einfach neue Rechtschreibprogramme, Hasi! Das ist absolut gar kein Problem. Die bei *Microsoft* reiben sich sicher schon die Hände deswegen.« Und dann wendet er sich an Robert Hanson. »Wieso ist das überhaupt geändert worden?«

Andrea Paculi erklärt: »Stellt euch vor, unsere Damen und Herren Lehrer waren der Meinung, daß die alten Regeln für unsere gebeutelten Schüler zu schwer sind!«

»Verdammt, ich glaub's nicht«, murmelt Boris Brand düster. »Die gehen einfach hin und ändern die Regeln, weil ihnen ihr Job zu anstrengend ist. Warum sagen sie nicht gleich, daß sieben mal sieben fünfzig ist, weil neunundvierzig keiner *kapiert*.«

»Tja, das war's!« sagt Harald Schlehfeld: »Rechenregeln ändern, Umsatz verdoppeln.«

Kurzes Schweigen, dann meldet sich Rita Zaff zu Wort; es hat ein wenig gedauert, aber jetzt hat auch sie sich ihre Meinung zur Rechtschreibreform gebildet. »Also, ich finde es richtig, daß man neue Regeln aufstellt, wenn die alten zu schwer sind. Ich muß schließlich an *mein Kind* denken.«

Fred sagt: »Rita, wenn dein Kind soweit ist, schreibt sowieso keiner mehr selbst. Das nächste, was kommt, ist, daß man direkt in den Computer diktiert. Da sind sie schon ziemlich weit. Mit diesen ganzen Pentium-Chips kommen wir sowieso bald nicht mehr mit.«

»Großer Gott, ich sehe rabenschwarz!« ruft Andrea Paculi voller Betroffenheit und Resignation. »Unsere Gehirne werden auf die Größe von Wachteleiern schrumpfen, weil kein Schwein sie mehr benutzt. Das nächste Jahrtausend gehört dem Islam, Leute, da könnt ihr sicher sein, denn die Imams werden ihre Koranschulen nicht mit irgendwelchen Powerbooks und all diesem elektronischen Schnickschnack vollmüllen. Die werden ihre Suren auch weiterhin schön auswendig lernen.«

»Die Dummheit setzt sich *überall* durch«, sagt Robert Hanson mit dieser typischen Intellektuellenarroganz. »Das ist eine logische Konsequenz der Demokratie: Die Dummheit ist die Mehrheit.«

Wie schmal sein Gesicht ist. Die tiefen Falten, die von seinen Nasenflügeln zu den Mundwinkeln laufen, bilden zusammen mit den schmalen Lippen ein A. Die Furchen im Ohr formen ein B, und die Ohrmuschel als Ganzes ist ein C. Er benutzt nicht nur das Alphabet, er *ist* eins. Er besteht aus Strichen und Linien, während seine Frau aus Rundungen und Gewölben besteht. Wo ist Christa überhaupt? Fred hat sie noch nicht entdeckt.

Harald Schlehfeld nippt nachdenklich an seinem Sekt: »Robert, es können nicht alle so klug sein wie du. Hast du schon mal darüber nachgedacht, was geschehen würde, wenn alle Menschen einen IQ von *160* hätten? Wem willst du denn dann noch was verkaufen? Genies brauchen doch nichts.«

»Okay, Leute«, sagt Andrea Paculi, »ich bin jedenfalls *kein* Genie. Und deswegen *brauche* ich jetzt noch ein paar von diesen Kokos-Sushis, bevor sie weg sind.«

»Andrea, dir ist nicht zu helfen«, sagt Harald und reicht ihr seinen Arm, in den sie ihre schwere Elle einhakt. »Tu mir nur den Gefallen, und nimm *keine Nachos* dazu.«

Sie mögen sich, die drei: Andrea, Harald und Boris. Vielleicht ist Andrea ja lesbisch, aber aus irgendeinem Grund glaubt Fred das nicht. Zu dritt steuern sie die dichte Menschentraube am hinteren Teil des Buffets an, wo die lange Tafel an das Fachwerk der Scheune stößt, Andrea ein Dampfer im Meer der Körper. Im Hof ist es mittlerweile so voll, daß es nicht mehr möglich ist, zu unterscheiden zwischen denen, die schon länger da sind und denen, die neu dazukommen. Die Luft ist ein einziger großer Atem, ein aufsteigender Dunst aus Myriaden von parfümierten Poren, abendblau mit kleinen rötlichen und goldenen Einsprengseln, die von hier und dort herbeiflimmern, von den leuchtenden Spitzen der Pappeln, die hinter der Pferdekoppel aufragen, die Wipfel getaucht in die letzten Sonnenstrahlen, oder von fedrigen Wolkenschleiern, weit oben auf dem unbewegten Blau des Himmels, diesem lichten Dachgeschoß des Abends, dessen stumme silberne Bewohner bald sichtbar werden dürften. Und während Fred seinen Blick über den Hof schweifen läßt, erweist sich einer der goldenen Einsprengsel in diese blaue Stunde als Christa Hansons Haarschopf. Mit einer Reihe von Spangen und Clips hat sie ihre Locken hochgesteckt, und durch einen kurzzeitig zwischen Jacketts, Frisuren und Gesichtern frei werdenden Sichtspalt schlüpft der Anblick von sieben oder acht ihrer Nackenwirbel und zweier halber Schulterblätter durch die Menschenmenge, nichts als bloße Haut, so daß es einen Moment lang so wirkt, als wäre sie nackt.

In diesem Moment schieben sich zwei schmale Schultern und eine verschwitzte Stirn unter einem kleinlockigen Haaransatz in Freds Blickfeld. Es ist Thilo Flatten, dessen dünne Gesichtshaut im Sommer immer die rote Färbung eines gekochten Hummers trägt. Er hat einen Typen im Fahrwasser, den Fred nicht kennt und der irgendwie verschlagen aussieht; er könnte ziemlich dumm sein, aber auch ziemlich intelligent. Wahrscheinlich ersteres. Sein Profil ist eingedrückt, sein Hinterkopf flach. Brille und Koteletten erinnern an einen Siebziger-Jahre-Intellektuellen, und sein Anzug könnte von *Strauß Innovation* oder vom *Pfennigfuchser* sein. Das Jackett ist zu lang, so daß seine Beine äußerst kurz erscheinen.

Thilo Flatten bleibt neben Fred stehen und sagt: »Hier steckst du! Weißt du, was ich gerade gehört habe? Mein Freund hier, Hans Bredow – kennt ihr euch vielleicht? – er war eine Zeitlang beim SFB, hat sich aber wieder nach Vorpommern abgesetzt, wo er herkommt, und ist jetzt bei einem Privatradio an der Ostsee – also Hans meint, daß es hier während der Sonnenfinsternis in fünf Wochen *überhaupt nicht richtig dunkel* wird. Wenn das stimmt, dann glaubt uns die Sache mit Patricks Autounfall kein Schwein!«

Fred sieht sich diesen Bredow noch einmal genauer an, er ist wirklich eine komische Type. Er hat eins von diesen Gesichtern, aus denen man niemals schlau wird, vielleicht liegt es ja daran, daß er aus dem Osten kommt. Obwohl die *ComFilm* ihren Sitz in Babelsberg hat, ist sie eine lupenreine Westfirma, und sich beim Storylining in das rätselhafte Empfinden der Ostdeutschen hineinzuversetzen ist ein echtes Problem. Fred hat gelegentlich darüber nachgedacht, einen Ostler ins Team zu holen, aber bisher ist nie etwas daraus geworden.

»Wir haben das doch geklärt«, sagt er jetzt. »*Achtundachtzig Prozent Verfinsterung.* Das sollte doch wohl reichen.«

Bredow schüttelt den Kopf, schiebt seine Brille hoch, die ihm auf einer Nase sitzt, deren Spitze von vorne aussieht wie ein Kreis mit zwei geröteten Öhrchen, und behauptet ungerührt: »Das merkt man überhaupt nicht.«

Fred bemüht sich, ihn nicht allzu unhöflich – und das heißt: so arrogant, wie Bredow es als Ostler von ihm als Westler vermutlich erwartet – abblitzen zu lassen, und sagt durchaus ruhig und im Ton geduldigen Erklärens: »Wir haben uns astronomisch kundig gemacht. Die Sonne wird zu einer hauchdünnen Sichel. Wie soll es denn möglich sein, *achtundachtzig Prozent Verfinsterung* nicht zu bemerken?«

Bredow läßt sich kein bißchen verunsichern, im Gegenteil, er bleibt bei seiner Behauptung und wird sogar noch frech: »So eine Sonnenfinsternis könnte glatt eine Erfindung des Kapitals sein«, grient er. »Viel Show, wenig Substanz.«

Erstaunlicherweise ist Thilo Flatten, der sich ja sonst nicht so schnell aus der Ruhe bringen läßt, wirklich nervös und sagt: »Fred, es ist ein Schatten, es ist einfach nur ein beschissener *Schatten*. Und wenn man nicht *in* diesem Schatten steht, dann steht man *außerhalb*, und es ist verdammt noch mal hell. Im Prinzip unterscheidet sich der Mondschatten nicht von dem eines Fußballs: Es ist ein kleiner kompakter runder Kreis. Und entweder ist die Ameise *drin*, oder sie ist *draußen*. Verstehst du: Entweder es ist hell, oder es ist dunkel. Diese weltfremden und begriffsstutzigen Wissenschaftler haben überhaupt nicht kapiert, worum es ging. Statt einfach zu sagen, daß es *hell* bleibt, kommen sie einem mit Zahlen. Achtundachtzig Prozent ist noch nicht mal eine vernünftige Dämmerung. Achtundachtzig Prozent ist sozusagen *nichts*. Wir haben echt Scheiße gebaut, Fred.«

Rita Zaff sagt: »Also wenn jetzt irgendwas nachgedreht werden muß, könnt ihr mit mir aber nicht mehr rechnen, ich werde mein Kind keinem vorgeburtlichen Streß aussetzen. Ich steige erst Anfang September wieder ein. Das ist vertraglich so geregelt!«

Fred hat keine Lust, die Sache zu diskutieren, schon gar nicht im Beisein von Rita Zaff. Er sagt: »Wir klären das noch.«

Als Thilo Rita bemerkt, normalisiert sich sein Gesichtsausdruck wieder, was bedeutet, sein dreckiges Grinsen kehrt zurück: »Sag mal, Rita. Stimmt das eigentlich? Ich habe gehört, daß du dich demnächst für den ›Playboy‹ ausziehst?«

Rita Zaffs Konversationslächeln bleibt auf ihrem Gesicht stehen wie die Schale eines ausgeblasenen Eis, aber sie reagiert gefaßt: »Woher weißt du das? Na, was soll's: Ja, es stimmt. Was dagegen?«

»Ich nicht«, sagt er süffisant. »Aber vielleicht sieht man das bei Pampers oder Milupa ja anders.«

Rita richtet ihren großen schwangeren Bauch auf ihn, drohend wie eine Waffe. »Das ist mir doch egal. Ich stehe nicht bei Pampers oder Milupa unter Vertrag.«

»Im Prinzip schon«, grinst er. »Wie war das denn eigentlich? Haben die vom ›Playboy‹ *dich* gefragt oder du *sie?*«

Ritas bräunliche Locken, die sie mit einem glitzernden Straß-Haarreif hinter die Ohren gebauscht hat, erzittern. »Glaubst du denn, ich hätte es nötig, mich *auf*zudrängen?«

Nike Meyer kommt dazu, ohne Begleitung, ihren Spezi hat sie sonstwo gelassen, wahrscheinlich hängt er in irgendeiner Ecke mit einem Bier rum und hofft, daß sie möglichst bald wieder von hier verschwinden. »Geht's um diese ›Playboy‹-Sache?«

»Scheint ja zur Zeit angesagt zu sein, daß Schauspielerinnen sich ausziehen«, stellt Thilo maliziös fest.

Rita Zaff sagt: »Ich fand es einen guten Ansporn, meine frühere Figur nach der Schwangerschaft wieder hinzukriegen. Letztes Jahr war übrigens Meret Becker im ›Playboy‹. Die hat sich wahnsinnig verrenken müssen, damit man nicht sieht, daß sie *überhaupt keine Figur hat.*«

Freds Blick fällt auf Rita Zaffs Füße, die in hochhackigen Sandälchen mit sieben oder acht sprossenartig angeordneten Goldriemchen stecken, zwischen denen Knöchelchen, Gelenke und Haut hervorquellen. Die Ballen sind seitwärts ausgewachsen wie Walnüsse. Fred hat nie darüber nachgedacht, aber jetzt dämmert ihm auf einmal, warum die Playmates, wie nackt auch immer sie sein mögen, stets Pumps tragen.

Wie auch immer, offenbar ist er der einzige, der von dieser ›Playboy‹-Geschichte nichts gewußt hat. Er sagt: »Rita, du bist aber keine Schauspielerin, sondern eine Produktverpackung.«

Ein wütender Blick schießt aus ihren salatgrünen Augen. »Wenn *ich* eine Produktverpackung bin, dann sind deine Dialoge die Packungsbeilage«, giftet sie und fügt eingeschnappt hinzu:

»Im übrigen finde ich, daß wir in einem Boot sitzen. Wir sollten uns von diesen Waschmittel- und Hundefutterfritzen nicht auf der Nase herumtanzen lassen. Ohne uns kriegen die ihren Plunder nämlich über*haupt* nicht verkauft.«

Bredow, der Ostler, hat die ganze Zeit über schweigend daneben gestanden, als seien dies für ihn westliche Dekadenzthemen, aber ausgerechnet er sagt jetzt – und seine Augen erscheinen dabei durch die Brille besonders klein und hintertrieben: »Das ist doch nur eine Frage des *Geldes*. Wieviel bekommt man denn für solche Aufnahmen?«

»Steffi Graf sollen sie vor ein paar Jahren dreihunderttausend geboten haben«, sagt Thilo Flatten. »Nun ja, die dürfte einen ziemlich durchtrainierten Körper haben.«

Rita Zaff sagt: »Über Geld kann man immer reden.«

»Wann sollen die Bilder denn erscheinen?« erkundigt sich Robert Hanson.

»Zu Weihnachten.«

»Ach ja? Dann sind wir vielleicht im selben Heft.«

»Gibt es denn im ›Playboy‹ auch … Männerakte?«

»Sehe ich so aus?« fragt er mit lockerer Selbstgefälligkeit.

»Nun ja«, sagt sie und sieht ihn durchaus interessiert von oben bis unten an, diesen eitlen, magersüchtigen Autorendandy.

Er erklärt: »Ich habe ein paar erotische Kurzgeschichten geschrieben, und sie werden eine drucken. Der ›Playboy‹ hat eine gewisse literarische Tradition.«

»Hey Fred!« staunt Rita, diese dumme Kuh, »er ist ein *echter* Schriftsteller. Das finde ich … total … beeindruckend …«

In diesem Moment sagt Nike Meyer zu Fred: »Kann ich dich mal alleine sprechen?«

»Klar. Was ist denn los?« nickt er, froh um diesen Anlaß, sich abzusetzen.

Sie bahnen sich einen Weg durch die Menge zum Rand des

Hofes, dorthin, wo sich die Welt in zwei Hälften teilt: eine stimmengefüllte und eine schweigende. Auf der einen Seite Kerzen und Halogenstrahler, die aussehen wie die Schaufeln kleiner Planierraupen, die grelles Licht über Schultern und Köpfen ausschütten, eine Insel der Farbe und des Geschnatters – auf der anderen Seite die Wiesen, der Horizont, eine leere Kulisse aus Schatten und Grautönen, die Pappeln, die vorhin noch leuchtende Spitzen gehabt haben, stehen jetzt wie steinerne Säulen am Rand des Anwesens, friedlich breitet sich die Landschaft aus, einladend, Natur eben, am sicheren Rand dieses Reichs der allergenen Pollen und virengeladenen Zecken fühlt Fred sich stets wohl, die vagen Minuten der Dämmerung neigen sich dem Ende zu, und über den Pappeln beginnt ein erster hübscher Stern zu blinken. Die Nacht sinkt herab.

»Traumhafter Abend«, sagt Nike Meyer. Im Gegensatz zur Natur ist ihr Gesicht nah. In ihrem rechten Nasenflügel ist ein kleiner Einstich zu erkennen, rötlich verheilt, in dem sie vor nicht allzulanger Zeit noch einen Ring oder Brillantstecker getragen haben muß. Sie pustet eine fahle bläulichblonde Haarsträhne zur Seite, die ihr aus der Stirn gefallen ist. In ihrer Nervosität, die sie sonst immer überspielt, gefällt sie Fred. Sie sagt: »Also es ist folgendermaßen: Hier läuft so eine Dunkelhaarige rum, die ich noch nie gesehen habe. Gute Figur, mediterraner Typ. Paß auf, ich zeige sie dir. Dahinten, siehst du sie? Die meine ich. Wer ist denn das? Hat die irgend etwas mit diesem Brasilienkonzept zu tun? «

»Du meinst Greta Bergmann? Sie ist eine Bekannte von mir. Stimmt, sie sieht ziemlich südländisch aus, ist aber Deutsche. Was ist denn mit ihr?«

»Also der Typ, den sie da im Schlepptau hat…« Sie zögert. »Kennt sie den schon länger?«

»Keine Ahnung. Ich weiß, daß sie vor einem knappen Jahr eine heftige Affäre hatte. Ich glaube, mit einem Architekten, mit dem sie mehr oder weniger sofort durchbrennen wollte. Daraus ist dann aber irgendwie nichts geworden. Ich habe ihn nie gesehen und weiß nicht, ob's der da vorne ist.«

»Ein Architekt, sagst du?«

»Ja, ich glaube.«

Sie sagt: »Er ist der Mann meiner Schwester.«

Fred braucht einen Moment, um das Puzzle, das sie da so unerwartet vor ihm ausbreitet, in seinem Kopf zusammenzusetzen. Der Mann ihrer Schwester ... Das würde also bedeuten, Greta Bergmanns verheirateter Liebhaber wäre Nike Meyers ...

»Na, so etwas, das heißt ...«

»Der Typ ist mein Schwager«, nickt sie und tritt einen Schritt zur Seite, um einen besseren Blick auf Greta Bergmann zu haben, die gerade etwas in ihrer Handtasche sucht, eine Schachtel Zigaretten, wie sich herausstellt. Im Licht des schwachen bläulichen Feuerzeugflämmchens, daß nach ein paar Zündversuchen vor ihrem Gesicht aufzüngelt, sieht sie blaß aus, machen ihre Züge einen müden, kraftlosen Eindruck. Es ist das erste Mal, daß Fred sie rauchen sieht, und dieses stumme abweisende Rauchen, findet er, steht ihr nicht schlecht. Gelegentlich sagt ihr Freund, Nikes Architektenschwager also, etwas zu ihr, ohne sie anzusehen, ein oder zwei kurze Sätze jeweils, aber sie hört kaum hin, ihr Blick geht ins Leere. Fred muß daran denken, mit was für einem hysterischen Tamtam sie diesen Mann, der jetzt neben ihr steht, im vergangenen Herbst als ihren Zukünftigen angekündigt hat – und nun stellt sich heraus, daß er ein ganz und gar durchschnittliches Gesicht hat: eher breit als hoch, eher klein als groß, aber all das nicht sehr ausgeprägt. Seine Stirn unter den zurückgekämmten Haaren ist rechts und links an den Schläfen ein wenig eingedellt, als habe sich sein Gehirn dort nicht voll entfaltet. Es ist das Gesicht eines Menschen, denkt Fred, den man erst wahrnimmt, wenn man mit ihm aneinandergerät.

»Im Moment ist er, soviel ich weiß, häufig in Rußland«, sagt Nike, »aber vor einem Jahr hatte er regelmäßig in Berlin zu tun, und damals hat er meine Schwester mit ihrem Sohn sitzenlassen, was ihn allerdings nicht darin gehindert hat, ihr kurz darauf noch ein Kind zu machen.«

Was Fred an der Geschichte in gewissem Sinne irritiert, ist, daß Greta Bergmann zu haben ist, einfach so, von einem gewöhnlichen Architekten. »Ein Kind? Ich dachte, sie hätten sich getrennt.«

Nike hebt ihren Arm und streicht sich erneut eine Strähne aus der Stirn, der schattenartige Rest der Härchen in ihrer Achselhöhle, auf die Freds Blick dabei fällt, ist graurosa mit einem hauchdünnen metallischen Schweißfilm darüber.

»Was weiß ich«, fährt sie fort. »Die beiden haben sich halt noch ein paarmal getroffen oder so.«

»Sind sie denn mittlerweile geschieden?«

»Die Sache hat sich lange hingezogen, aber in ein paar Wochen ist es soweit. Ich befürchte allerdings, meine Schwester glaubt noch immer daran, daß er zurückkommt.«

»Besser, sie macht sich keine allzu großen Hoffnungen«, sagt Fred mit nachdenklicher Bestimmtheit, obwohl die beiden, Greta Bergmann und ihr Architekt, nach wie vor stumm nebeneinanderstehen und einen keineswegs glücklichen Eindruck machen, Greta rauchend, ihr Liebhaber mit seinem Blick unterwegs in den Gassen zwischen Gesichtern, Schultern und Dekolletés – vielleicht sagt er es nur, weil er nicht glaubt, daß es einem Mann gelingen kann, von Greta je wieder zu lassen.

»Ich habe ihn nie gemocht«, sagt Nike. »Er ist versessen auf seine Karriere.«

»Das sind wir alle.«

»Ja, aber bei ihm ist es *unsympathisch.*«

»Und deine Schwester? Hat sie das Kind bekommen?«

»Vor anderthalb Monaten, ein Mädchen. Und er ist tatsächlich nach München gekommen und wollte das kleine unschuldige Ding auch noch *sehen*.« Aus ihren gewittergrauen Augen blitzt es. »Ich hätte ihm was gehustet, aber meine Schwester ist zu schwach.«

»Es ist auch sein Kind«, sagt Fred.

»Ich bitte dich, sieh ihn dir doch an! Wundert mich nicht im geringsten, daß er sich so eine Copacabana-Puppe aufgerissen hat. Solchen Typen geht es doch nur darum, sich ein teures Accessoire zuzulegen. Wenn du mich fragst, hat die ihre beste Zeit längst hinter sich. So eine verspricht hundertmal mehr, als sie hält, für so was hab' ich einen Riecher. Ich sehe vielleicht nicht so gut aus wie sie, aber bei mir ist noch jeder auf seine Kosten gekommen, da kannst du sicher sein.«

Fred sieht sie an, er ist versucht, ihr zu glauben. Er sagt: »Greta ist kompliziert.«

»Ach komm, Fred. *Mich* brauchst du nicht zu trösten: Meine Schwester tut mir leid. Sie kommt einfach nicht in die Gänge. Sie sitzt seit Jahren an ihrer Grafikmappe und ist noch nicht *einmal* losgezogen, um sich irgendwo zu bewerben. Sie wird noch in zwanzig Jahren von einem Job träumen.«

»Sie ist Grafikerin?«

»Sagen wir so: Sie könnte es sein.«

»Wenn sie sich so schwertut, können wir ihr ja mal was zuschustern. Das wäre kein Problem.«

Nike überlegt einen Moment. »Ich weiß nicht«, sagt sie zögernd. »Ich finde, sie müßte es aus sich selbst heraus packen.«

»Jetzt liegst *du* falsch«, sagt er und grüßt eine Schauspielerin, deren Namen er vergessen hat. »Du brauchst deine Schwester doch nicht zu erziehen. Wir geben ihr irgendeine kleine Sache, die sie zu Hause erledigen kann. Vielleicht gibt ihr ein Auftrag den nötigen Schub. Wir reden am Montag darüber, okay? Sprich mich drauf an, dann lassen wir uns was einfallen.«

Nike sieht Fred an, unschlüssig, hin- und hergerissen. Und dann, urplötzlich, geht so etwas wie ein Strahlen auf ihrem einfachen Gesicht auf: ein Mädel vom Lande, glücklich und unwissend und frisch. Es gibt Momente, in denen man Gesichter ganz rein zu sehen bekommt wie Landschaften nach einem langem Regen, und dann verlieren sich alle Schichten aus Eitelkeiten und Heucheleien, die im Laufe der Jahre auf die Seelen gerieselt sind, und auf einmal steht da ein Mensch. Das verunsichert Fred. Er kann Nikes ehrliche Dankbarkeit im Moment nicht gut ertragen, nicht hier und nicht jetzt. Er dreht sich zur Seite, aber die flache Scheibe ihres hellen Gesichts scheint mitzuwandern, ihr Strahlen ist eingraviert in seine Wahrnehmung wie eine Silbermünze, die ihm auf der Stirn klebt. Und er steht neben ihr, und weiß nichts Rechtes damit anzufangen. Er will nicht rührselig werden und zu persönlich gegenüber ihr, der Mitarbeiterin, und sieht an ihr hinab auf ihre großen schwarzrot lackierten Zehennägel vor den geknautschten Gelenken, doch ihre rechte Hand legt sich leicht wie ein herabschwebendes Blatt auf seine Schulter, und sie drückt ihm einen Dankbarkeitskuß auf die Wange, der nach Sekt duftet und einem Parfum, das dieses zur Zeit offenbar ziemlich angesagte *Boudoir* von Vivienne Westwood sein könnte.

»Du hast recht«, sagt sie so nah bei ihm, daß ihr Atem in seine Ohrmuschel kriecht, »damit holen wir sie aus diesem ganzen Sumpf heraus, in dem sie steckt. Wir decken sie einfach mit Aufträgen ein, bis sie kapiert, daß sie es *kann!* Ich find's toll, daß du das machen willst!«

Und als sich Nikes Schultern wieder absenken und ihr Mund sich von seiner Wange löst und davonschwebt wie eine Daune, steht dort, wo jene Lücke war, durch die man die ganze Zeit über Greta Bergmann und ihren Architektenfreund hat beobachten können, nun Nora und lächelt schmal.

»Hier bist du!« sagt sie. »Es ist ja nicht leicht, dich zu finden.«

Sie trägt ein streng geschnittenes schwarzblaues Abendkleid, das von einem runden straßbesetzten Halsstück an ihrem Körper hinabfällt, sich schräg nach unten öffnend, so daß ihre leichten knochigen gebräunten Schultern besonders gut zur Geltung kommen. Fred hat sie zu Beginn der Party aus den Augen verloren; jetzt sagt er und weist mit offener Hand auf Nike: »Darf ich dir Nike Meyer vorstellen. Ich habe sie vielleicht hin und wieder mal erwähnt, aber ich glaube, ihr seid euch noch nicht begegnet. Sie ist seit einem knappen Jahr im Team. Nike, das ist Nora, meine Frau.«

»Hallo, wie geht's«, sagt Nike und zieht ihr Stretch-Top nach unten, dessen Saum beim Küssen unter ihren Brustansatz gerutscht ist.

»Hallo«, sagt Nora mit einem eleganten, herablassenden Timbre in der Stimme.

Nike dreht sich zu Fred. »War gut mit dir zu reden – danke, daß du dir die Zeit genommen hast. Ich schau am Montag mal rein, okay? Also dann … Wir sehn uns.«

Sie zwitschert ab, und Fred und Nora bleiben zurück am Rand der Feier, die im Innern des Hofes nun flackert wie ein gutgeschürtes Feuer, von dem sie ein wenig Abstand genommen haben, um seiner Hitze zu entgehen. Fred riecht nach *Boudoir,* wenn es denn *Boudoir* ist.

Nora sagt: »Na, die hat dich aber angestrahlt.«

Fred hebt die Schultern. »Warum nicht?«

»Womit hast du sie denn so glücklich gemacht?«

»Eifersüchtig?«

»Wie kommst du denn *dar*auf? Sie hing ja lediglich halbnackt an deinem Hals, als ich dazugekommen bin …«

»Ich habe ihrer arbeitslosen Schwester einen Auftrag zugesagt. Zufrieden?«

Nora schweigt einen Moment, ihr gebräuntes Gesicht liegt im

Schatten des Festes. Fred spürt, daß es ihr eigentlich um etwas anderes geht. Schließlich sagt sie: »Robert hat mir erzählt, wie du mit Rita Zaff umgesprungen bist.«

»Ach…« Er braucht einen Moment, um sich zu besinnen. Was meint sie denn mit *umgesprungen*?

Nora sieht hinaus in die Dunkelheit, dorthin, wo die Pappeln zu sehen waren und jetzt nur noch Nacht ist. »Was soll ich sagen? Es hat mich getroffen, und ich dachte, du solltest das wissen, und zwar jetzt gleich. Wenn ich solche Geschichten höre, habe ich das Gefühl, dich überhaupt nicht zu kennen. Wie kannst du so anders, so unmenschlich sein, wenn es um deinen Job geht?«

Fred sagt so ruhig wie möglich: »Okay. Ich weiß ja nicht, was Robert dir erzählt hat, aber erstens werde ich heute abend nicht über meinen Job reden, zweitens interessiert es mich nicht im geringsten, was Robert Hanson über meinen Führungsstil denkt, und drittens hättest du sehen sollen, wie schmierig er sich an Rita Zaff rangeschmissen hat. Wußtest du, daß er für ›Playboy‹ eine Kurzgeschichte schreibt?«

»Ja«, sagt sie. »Das wußte ich.«

»So? Na ja… Soll er halt für den ›Playboy‹ schreiben. Aber dann soll er sich nicht darüber aufregen, wie ich meine Arbeit mache. *Wir* holen die Leute nicht mit Titten vor die Glotze.«

»Indem du Robert beleidigst, machst du es nicht besser. Rita Zaff ist vollkommen fertig. Sie ist stinksauer auf dich, weil ihr klar geworden ist, wie sehr du sie als Mensch verachtest.«

»Das hat sie zu Robert gesagt? Du lieber Himmel, er hat keine Ahnung von Schauspielern. Sie hat ihm was vorgespielt, die gute Rita, und er hat es geschluckt. Wenn sich Rita Zaff bei ihm ausheult, dann nur, weil sie es schick findet, ein Schriftstellerjackett mit ihren Tränen zu benetzen. Wenn sie über Roberts Verkaufszahlen im Bilde wäre, würde sie ihn mit dem Arsch nicht angucken.«

Nora sagt: »Ich frage mich, wieso du ihn eigentlich so haßt?«

»Ich hasse ihn nicht, aber vielleicht sollte ich ja. Hast du was mit ihm, oder warum liegt er dir so am Herzen?«

»Wie kommst du denn darauf?«

»Wie denn wohl?«

Nora schweigt einen Moment und sagt dann: »Ach so, jetzt bin *ich* auf einmal das Problem, ja? Na, wunderbar. Ich komme her, um dich zu warnen, daß du dir möglicherweise deine Hauptdarstellerin zum Feind gemacht hast, und du drehst den Spieß um und fragst mich, ob ich ein Verhältnis habe. Sehr komisch. Mit dir kann man ja überhaupt nicht mehr reden.«

»Du hast meine Frage nicht beantwortet.«

Nora wischt mit ihrer schönen schlanken Hand durch die Nacht. »Ich bin nicht bereit, mich ausfragen zu lassen, eh du mir nicht sagst, was mit *dir* los ist?«

»Was soll mit mir los sein? Fühlst du dich vernachlässigt? An mir liegt es jedenfalls nicht, wenn in letzter Zeit kaum noch etwas stattfindet.«

»Was meinst du denn wohl, warum? Ich frage mich manchmal, an wen du eigentlich denkst, wenn wir miteinander schlafen.«

»Scheiße, Nora! Willst du wirklich *da*rüber *hier* mit mir reden?«

Sie sagt kühl: »Ich habe ja nicht damit angefangen.«

Fred sieht sie an. »Vor allem hast du noch nicht auf meine Frage geantwortet.«

»Doch. Habe ich.«

»Nein. Und du weißt es.«

»Na meinetwegen. Und was schließt du jetzt daraus? Ach denk doch, was du willst. Das tust du ja eh …«

In diesem Moment entsteht am gegenüberliegenden Ende des Hofes, dort wo sich die Eingangstür zum Hauptgebäude befindet und ein viereckiger schwarzer *Bose*-Lautsprecher auf einem dünnen Chromrohr über den Köpfen schwebt wie ein dunkler, drohender Götze – es ist der Lautsprecher, aus dem vor gut zweieinhalb Stunden Freds smarte Begrüßung der Partygäste und seine lobhudelnde Eröffnung des brasilianischen Buffets über den Hof geflossen ist –, dort ensteht jetzt eine bis hierher spürbare Unruhe. Ein elektrisches Britzeln und Bratzeln zeigt an, daß soeben das Mikrofon, über das Fred seine Ansprache gehalten hat, wieder eingestöpselt worden ist, und kurz darauf pustet jemand zu Testzwecken hinein, mehrfach hallt ein dunkles trockenes Zischen über den Hof. Die Neugier der Anwesenden richtet sich allmählich auf das noch unsichtbare Geschehen dort, und obwohl vorerst weitergeredet wird, baut sich unter den Gästen eine spürbare Erwartung auf. Fred weiß nichts von einer zusätzlichen Einlage, noch hat er eine Idee, wer hier etwas ankündigen könnte, und so ist er ziemlich überrascht, als sich nach einer Weile, die ihm lang vorkommt und die ihn und Nora in ein angespanntes Zeitvakuum sperrt, ein kleiner Kopf aus der Menge erhebt, dem ein Oberkörper in einem schlechtsitzendem Sakko folgt; es ist Bredow, der Radioreporter aus Mecklenburg-Vorpommern, den Thilo Flatten hier angeschleppt hat, der dort nun über den Köpfen der Partygäste schwebt, offensichtlich auf irgendeinem Stuhl stehend, in einer Hand ein Mikrofon, und sich ungebeten, aber ohne jeden Skrupel zum Conferencier aufschwingt, um die Party mit irgendeiner mysteriösen Showeinlage zu unterbrechen. Und Fred begreift, daß er hier, an den Rand des Geschehens gedrängt und im Käfig seiner Eheszene fest sitzend, keinerlei Chance hat, ihn auch nur im geringsten daran zu hindern.

»Ich wußte gar nicht, daß noch etwas geplant ist«, sagt Nora.

»Das wußte ich auch nicht«, sagt er finster.

Bredow pustet noch ein paarmal ins Mikro, ein gespenstisch körperloses, stetig anschwellendes Rückkopplungspfeifen mischt sich in den Hall, scheint sich den Ohren zu nähern wie ein heller Pfeil in der grauen Landschaft der Schallwellen. Bredow fängt ihn ab, indem er die Hand aufs Mikrofon legt und jemandem zu seinen Füßen eine unhörbare Anweisung gibt. Dann probiert er es noch einmal, und diesmal klappt es: Elektronisch vergrößert übertönt sein knautschiger Bariton die vielen kleinen Mäusestimmen im Hof und bringt diese innerhalb weniger Sekunden samt und sonders zu einem neugierigen Schweigen.

»Meine sehr verehrten Damen und Herren«, fängt er ziemlich gestelzt an, wahrscheinlich, weil er aus dem Osten kommt, denkt Fred, wo sich auch zehn Jahre nach der Wende der lockere Westumgangston noch nicht durchgesetzt hat, »ich werde Ihre Zeit nicht lange in Anspruch nehmen und möchte nur kurz um Ihre Aufmerksamkeit für ein Spiel bitten, das man in so einer angenehmen Gesellschaft wie dieser ideal spielen kann.«

Ein Spiel spielen? Hat dieser Bredow sie noch alle? Wie ist es ihm nur gelungen, sich das Mikro zu erschleichen? Wieso hat denn keiner vom Personal hier, das diese *Bose*-Lautsprecheranlage zu bedienen und also zu bewachen hat, nachgefragt, ob das überhaupt *in Ordnung* geht? Sonst sind sie im Osten doch immer so obrigkeitshörig und geben bei jeder Kleinigkeit die Verantwortung an die nächste Instanz ab. Fred hat kein gutes Gefühl bei der Sache.

Bredow fährt fort: »Aber bevor ich Ihnen die Regeln des Spiels erkläre, möchte ich mich Ihnen kurz vorstellen. Ich bin Hans Bredow aus Schwerin. Für alle, die nicht wissen sollten, wo das liegt: Es liegt in der ehemaligen DDR, ich bin also ein Ossi. Und deswegen heißt das Spiel, das ich Ihnen vorschlagen möchte, auch »Vereinigung«. Es ist wirklich amüsant, denn es geht dabei um die Frage, wer Deutschland bekommt: die Ossis oder die Wessis. Historisch ist die Frage, wie Sie alle wissen, ja schon lange entschieden, aber für unser Spiel tun wir spaßeshalber noch einmal so, als wäre sie es nicht. Um zu beginnen, brauchen wir jetzt also zunächst einmal Deutschland, und was eignet sich – jedenfalls im Moment noch – besser, um Deutschland zu symbolisieren, als die D-Mark. Und da Deutschland ein schönes, großes Land ist, habe ich hier ein Fünfmarkstück, und das steht in dem Spiel jetzt für Deutschland.«

Er fummelt mit der noch unbenötigt aus dem zu langen Jakettärmel heraushängenden linken Hand in der Seitentasche seines Sakkos herum und fischt, als sei es ganz zufällig dort hineingeraten, das angekündigte Fünfmarkstück heraus, das so auffallend glänzt, daß er es mit Metallpolitur gewienert haben muß: Er hat die ganze Sache also von langer Hand eingefädelt, dieser hinterhältige Ossigauner.

Er sagt: »Jetzt, da wir also Deutschland haben, brauchen wir als nächstes noch die Ossis und die Wessis. Die werden aber nicht vorher festgelegt, sondern es ist das Ziel des Spiels zu bestimmen, wer Ossi ist und wer Wessi. Darauf läuft alles hinaus. Und die Regeln, wie wir dies herausfinden werden, sind denkbar einfach: Ich werde dieses Fünfmarkstück hier«, er hebt die Münze noch einmal an wie ein Priester eine Hostie bei ihrer spirituellen Verwandlung in Christi Leib und Blut, »ich werde diese fünf Mark – also Deutschland – jetzt ganz einfach versteigern. Das ist alles. Und das Mindestgebot ist *ein Pfennig*!«

Nora schüttelt den Kopf. »Soll das ein Witz sein?«

Fred hat es geahnt: Dieser Bredow hat nicht mehr alle Tassen im Schrank. »Ich weiß es nicht. Was soll ich machen? Mich durch die Menge boxen und ihm das Mikrofon entreißen?«

Auch im Publikum ist man irritiert, Geraune, Zwischenrufe – »Was soll *das* denn?«, »Hä??«, »Fünf Mark für einen Pfennig?« –, aber Bredow streckt ungerührt den Arm aus wie seinerzeit Erich Honecker, als er irgendwelche Arbeiterparaden abgenommen hat, und sagt: »Ich bin gleich fertig. Ja, ich meine es so, wie ich es sage: Wenn einer einen Pfennig bietet und keiner höhergeht, bekommt er für diesen läppischen Pfennig dieses Fünfmarkstück, also Deutschland.« Er macht eine kurze Pause, klar, daß noch irgend etwas kommen muß. »Weil das Spiel aber Vereinigung heißt und es dabei um Ossis und Wessis geht, gibt es im Unterschied zu einer normalen Versteigerung eine Zusatzregel, die am Ende darüber entscheiden wird, wer bei dem Spiel der Ossi ist, und wer der Wessi. Also, wie ich schon gesagt habe: Der, der das höchste Gebot macht, bekommt dafür dieses Fünfmarkstück, er bekommt Deutschland. Damit ist er ganz klar der Wessi. Die Zusatzregel besagt nun: Nicht nur der muß bezahlen, der das *letzte* Gebot abgegeben und damit diese fünf Mark ersteigert hat, sondern auch der, der das *vorletzte* gemacht hat. Das ist die Zusatzregel. Wer das vorletzte Gebot, also gewissermaßen das Verlierergebot gemacht hat, der muß auch bezahlen, bekommt dafür aber nichts und wird damit zu einem lupenreinen Ossi. Und das wäre auch schon alles. Also wie sieht's aus? Höre ich ein erstes Gebot? Höre ich einen Pfennig für Deutschland?«

Schweigen, Verblüffung. Für ein paar Sekunden ist lediglich das schwache Knistern der Lautsprecheranlage zu hören. Fred erspäht in der Menge Andrea Paculi, deren helles Dekolleté ihn an ein gekentertes Segel erinnert, das auf den großen Wellen ihres ausladenden Busens treibt; selbst sie ist verwirrt, sie, die sonst jeden Trick und jede Betrügerei schnellstens durchschaut, und auch Harald Schlehfeld, der schweigend neben ihr steht und als Immobilienmakler von einem Spiel, bei dem es – und sei es nur spaßeshalber – um den Verkauf von ganz Deutschland geht, doch gewissermaßen an der Wurzel seiner Ehre und seines Ehrgeizes gepackt sein müßte, scheint durch Bredows seltsames Angebot, fünf Mark für einen Pfennig zu erwerben, noch nicht ganz durchzusteigen. Haralds in der spärlichen Beleuchtung nahezu erdfarbene Solariumsbräune wirkt tönern erstarrt, als wäre sein Gesicht im Feuer von Bredows Redeschwall gebrannt worden; in diesem enthusiastischen mitreißenden peinlichen Glauben an seinen grotesken Pfennigpoker und daran, daß er mit irgend so einem miesen Ossitrick – denn um nichts anderes kann es sich bei der ganzen Geschichte ja handeln – all diese hier versammelten ausgekochten Filmbranchenwessis hereinlegen und abzocken und auf diese Weise späte Rache nehmen kann für die Schmach der Vereinigung, die ihn und seine Mitbürger mit einem D-Mark-Regen, neuen Autos und gesunden Nahrungsmitteln gedemütigt hat. Nun, was auch immer dieser Bredow im Schilde führen mag, es wird ihm nicht gelingen, denn allmählich kommt wieder Leben in die – das hat er ja immerhin erreicht – kurzzeitig verblüffte und sprachlose Filmpartygesellschaft. Irgend jemand, den Fred nicht sehen kann, weil er auf der anderen Seite des Hofes steht, brüllt: »Na klar biete ich. Das ist ja vielleicht ein blödsinniges Spiel. Einen Pfennig. Ich biete einen *sagenhaften* Pfennig!«

»Zwei Pfennig«, brüllt daraufhin Boris Brand in die Menge. Auf seinem Gesicht klebt ein breites Grinsen, aus dem hervorgeht, daß er zwar noch nicht kapiert hat, wie der Hase läuft, daß er aber Spaß an der Sache gefunden hat.

»Drei Pfennig«, kichert jetzt Rita Zaff, die übrigens aus Leipzig stammt – na bitte!, Bredow kommt mit seiner Bauernfängerei zu spät, er haut hier nicht nur Westler übers Ohr, sondern auch seine eigenen Leute. Und als hätte Rita Zaff, die auf dieser Party ja von allen Gästen die prominenteste ist und selbst von denen, die sie nicht sehen können, an ihrem Markenzeichen, dieser auffallend melodielosen schleppend-gaumigen Stimme, erkannt werden dürfte – als hätte Rita also mit ihrem Gebot dem Spiel den Ruch des Betrügerischen oder auch nur des Bescheuerten genommen und es gewissermaßen zu einem seriösen Partyspaß hochgeadelt, überbieten sich nun auf einmal alle durcheinanderschreiend mit ihren kindischen Einsätzen, sieben Pfennig ist zu hören, zwölf Pfennig, dreizehn, dreißig …

Und während die Gebote nun in kleinen Schritten der Eine-markgrenze entgegenklettern – seltsamerweise bietet niemand auf einen Schlag vier neunundneunzig, als handele es sich dabei um die Verletzung einer ungeschriebenen Regel –, sagt Nora: »Wer ist dieser Typ?«

»Er heißt Bredow«, sagt Fred. »Mehr weiß ich auch nicht. Thilo Flatten hat ihn angeschleppt.«

»Na, der kriegt euch ja gut dran.«

»Wieso?«

»Wenn's über zwei fünfzig geht, macht er ein Geschäft.«

»Ein Geschäft? Wieso?«

»Weil er doppelt kassiert.«

Fred sagt: »Wenn du ein paar Pfennige ein Geschäft nennst! Na ja, für die Ossis ist's wahrscheinlich eins. Was mich allerdings wundert, ist, daß sich alle so abwartend verhalten und nicht gleich einer auf vier neunundneunzig geht.«

Während er das sagt, nähert sich Bredows Gaga-Auktion allmählich jener von Nora bezeichneten Zwei-Mark-und-fünfzig-Schwelle, die Gebote werden jetzt etwas zögerlicher abgegeben, offenbar dämmert dem einen oder anderen das Prinzip.

»Es ist ganz egal, mit welchem Betrag man einsteigt«, sagt Nora. »Stell dir vor, du hättest vier neunundneunzig geboten und jemand überbietet dich mit fünf. Was würdest du tun? Wenn du aufgibst, zahlst du als Verlierer vier neunundneunzig und bekommst nichts. Oder aber du bietest fünf Mark und eins. Dann verlierst du unter dem Strich lediglich einen Pfennig. Allerdings nur, wenn dein Konkurrent an dieser Stelle nun seinerseits aufgibt, was er aber nicht tun wird, weil er die gleichen Überlegungen anstellt wie du. Tatsache ist: Wenn du einmal in das Spiel einsteigst, lautet die Frage nur noch, wie du am billigsten wieder rauskommst, das ist der Sinn von Bredows kleiner Zusatzregel. Alle Spieler machen Verlust, und der einzige Gewinner ist er.

Wenn dich keiner erlöst, sitzt du in der Falle. Du und irgendein anderer hier. Ihr werdet euch überbieten bis zum Sankt-Nimmerleins-Tag, um auf keinen Fall der zu sein, der den größten Verlust macht. Um auf keinen Fall *der Ossi zu sein.*«

Fred schüttelt den Kopf. »Du denkst wie immer zu kompliziert. Es ist ein Spaß.« Und das einzige, was ihn davon abhält, an diesem Spaß teilzuhaben und sich auf Bredows Versteigerungsschwindel einzulassen, ist seine Position hier, die ihm eine gewisse Zurückhaltung auferlegt, denn sich mit Nike Meyer, die gerade drei Mark neunzig bietet, mit erhobenem Arm, ihre rosagraue Achselhöhle entblößend, um ein paar Groschen zu streiten, wäre denn doch unangebracht. Bredow steht auf seinem Stühlchen, oder was auch immer es ist, mit erhobenem Arm wie ein geschrumpfter vertrottelter Lenin, diese gedrungene Statur, bei der man immer gleich den Verdacht hat, sie müsse eine Folge der bedauernswerten Versorgungslage im planwirtschaftlichen Lager gewesen sein. Wer Fünfjahrespläne schmiedet, versteigert auch Fünfmarkstücke – kein Wunder, daß das System zusammengebrochen ist. Bredows Versteigerung nähert sich allmählich der mathematisch absurden Fünfmarkgrenze, und Nora behält mit ihrer Voraussage recht, daß sich mittlerweile alle aus dem Spiel verabschiedet haben bis auf zwei arme Bieter-Seelen, die den Moment zum Absprung verpaßt haben, ausgerechnet Nike Meyer hat es erwischt und einen Typen auf der anderen Seite des Hofes, den Fred nicht sehen kann und mit dem sich Nike nun einen Zweikampf liefert, bei vier Mark zwanzig steht die Versteigerung, bei vier Mark dreißig, doch aus Nikes überengagiertem, wütendem Blick schließt Fred, daß es kein Zufall gewesen ist, der sie im Spiel hat verbleiben lassen, sondern daß die Groschenfehde, die da vor seinen Augen und den Augen der gesamten Partygesellschaft ausgetragen wird, mehr ist als nur das Zuschnappen von Bredows Vereinigungsfalle. Fred hat einen bestimmten Ver-

dacht, was die Person dieses Unbekannten auf der anderen Hof-
seite angeht, der jetzt die Einschränkung fallen läßt, nur jeweils
um einen oder zwei Groschen zu erhöhen, und das tut, was Fred
schon die ganze Zeit über getan hätte: Er bietet vier Mark neunundneunzig. Stille. Nike Meyers vorgewölbte Fischoberlippe zittert, das gold eingefaßte Schildpattherz an ihrem Ohrläppchen
schwingt hin und her wie eine verlassene Schaukel, und fast flü-
sternd, doch innerlich kochend erhöht sie auf fünf Mark Diese
Verletzung der finanziellen Logik des Spiels läßt ein überraschtes
Murmeln durch die Menge gehen. Fünf Mark für fünf Mark.
Doch bleibt kaum Zeit, das Geschehen zu kommentieren, denn
die Stimme auf der anderen Seite des Hofes überbietet Nike mit
fünf Mark zehn, wieder schwillt das Raunen im Publikum an,
wieder ist Nike an der Reihe, und sie enttäuscht die Erwartungen
der Umstehenden nicht: sechs Mark.

Bredow hat aufgehört, die Gebote zu wiederholen. Auf seinem
eingedellten Gesicht ist eine abwartende Leere eingekehrt. Fast
wirkt es so, als sei er es müde, immer zu gewinnen, immer denselben miesen Trick funktionieren zu sehen. Fred geht um Nora
herum. Köpfe und Schultern verschieben sich gegeneinander,
Lücken schließen sich, andere reißen auf. Starre Nacken, gebann-
te Blicke. Nora mag in der Sache recht gehabt haben, das Spiel
ist zu einem absurden Wettrennen geworden, und doch sieht sie
die Dinge zu kompliziert. Was hat sie vorhin gesagt? *Wenn du
einmal in das Spiel einsteigst, lautet die Frage nur noch, wie du am
billigsten wieder rauskommst.* Den Satz könnte man als Definition
für das nehmen, was Fred unter Leben versteht, nur daß Nora
ihn falsch interpretiert: als Warnung und nicht als Einladung.

Die Versteigerung steht bei acht Mark. Freds Verdacht hat sich
inzwischen bestätigt: Nike kämpft gegen ihren Schwager, den
Architekten, Gretas Freund. Greta, die Schönheit. Sie steht neben ihm, ist nervös, raucht. Ihre dunklen Haare verlieren sich in

der dunklen Umgebung, und ohne diesen Rahmen bekommt ihr Gesicht etwas Formloses, eine enttäuschende Allerweltsnote. Wie glücklich sie damals gewesen ist, als sie bei Nhyre verkündet hat, sie werde in den USA heiraten. Ist wohl nichts draus geworden. Keine ›Bonnie-und-Clyde‹-Geschichte in irgendeiner stickigen Wüstenkapelle. Alle wollen ein Leben wie im Film, und dann ist es nur wie im Leben. Greta ist wütend auf ihren Architekten, das ist deutlich zu sehen, Rauch quillt aus ihren Nasenlöchern wie aus den Triebwerken einer Rakete kurz vor dem Start oder weht, wenn sie zwischen zwei nervösen Zügen etwas zu ihm hin zischelt, bei jedem Wort blaß und stoßweise zwischen ihren Lippen hervor und läßt ihr Gesicht pulsieren.

Achtzehn Mark bietet Nike, zwanzig ihr Schwager, zweiundzwanzig sie, fünfundzwanzig er … Fred möchte sie beschützen, erlösen. Sie sind einander so nah gewesen vorhin, er hat noch ihr Parfum in der Nase, und jetzt steht sie da, voller ohnmächtiger Anspannung. Armes Mädchen. Neunundzwanzig bietet sie, fünfunddreißig ihr Schwager, das Schwein wird sie fertigmachen. Er wird bis auf hundert raufgehen, auf zweihundert, und er wird den Verlust auf seinem Architektenbankkonto nicht einmal bemerken. Nike hat nicht den Hauch einer Chance. Das zusammengesteckte Nest ihrer Haare löst sich zunehmend auf, obwohl sie gar nicht hineinfährt mit ihren Händen, die irgendwo unterhalb der zerklüfteten Schulter- und Dekolletélinie, die Freds Sichtfeld begrenzt, angebunden zu sein scheinen, festgeschweißt von der Unverfrorenheit ihres Schwagers oder ihrer eigenen Machtlosigkeit. Pure Rage ist es, die mit jedem neuen Gebot eine Strähne nach der anderen aus dem grünlichen Blond ihres Frisurturbans herausschießt. Immer leerer scheint der sie umgebende Raum zu werden, obwohl sich niemand der Umstehenden von ihr entfernt. Erstarrt sind alle, als habe sich das Halogenlicht aus den Bauleuchten, vor denen sich Tausende von

Insekten zu Tode schwirren, in eine kompakte undurchdringliche, alles an seinem Platz festbannende Lichtmasse verwandelt. Die Blicke, die auf Nike gerichtet sind, stecken in dieser Masse und durchdringen ihren Körper wie Schwerter in einem Zaubertrick – irgendwann wird der Moment kommen, da werden sie wieder herausgezogen, so ist es ja immer, doch diesmal könnten Wunden bleiben... Dann, ganz unerwartet, beim Stand von fünfzig Mark, sagt der Architekt: »Okay Leute, das war's. Die Show ist vorüber.«

Stille. Nike Meyers Starre, so sinnlos auf einmal. Sie steht da wie ein Filmbild, herausgelöst aus dem Fluß einer Handlung. Für alle anderen dagegen ist es, als hätte jemand das Licht im Kinosaal angemacht: benommenes Dreinschauen, so eingeholt plötzlich von der Normalität dieses Festes, das jetzt wieder irgendwie in Gang gesetzt werden muß, und alle suchen nach den verbalen Hebeln, mit denen dies am ungezwungensten zu bewerkstelligen sein könnte. Nike, die immer noch reglos dasteht, ist die Siegerin, doch niemand weiß, ob und wie dieser Sieg zu feiern wäre. Für fünfzig Mark hat sie ein hochglanzpoliertes Fünfmarkstück erworben, einen blitzenden Adler mit gespreizten Flügeln und Krallen und aufgerissenem Schnabel wie vor stummem Entsetzen, gefangen im kreisrunden Format der Münze. Ob es ihr eine Genugtuung ist, daß ihr Schwager zahlen muß für nichts? Wohl kaum. Sie steht so allein da, so einsam. Niemand traut sich, sie anzusprechen. Wo steckt überhaupt ihr Freund, der Junkie? Ganz langsam senken sich ihre Schultern und zieht sich ein Vorhang aus gepolsterten Jacketts und glänzenden Gesichtern vor ihr zusammen. Die Vorstellung ist vorbei, ein tragfähiger Grund aus Stimmen und Gelächter formiert sich wieder, Bredow steigt herab von seinem Podest und versinkt im Meer der Köpfe, und das übliche Stehpartypalaver steigt schon wieder in diesen hochsommerlichen Nachthimmel, als wäre nichts geschehen...

Allein steht Fred mit Nora am Rand des Festes, ganz unbeachtet. Wer weiß, ob er nicht doch in Bredows Falle gegangen wäre, wenn Nora ihn nicht gewarnt hätte. Er legt den Arm um sie, seine intelligente schöne Frau. Sie ist die einzige, die den Betrug von Anfang an durchschaut hat. Von der Stirn bis zum Kinn umgrenzt eine weiche Lichtlinie ihr Profil. Fred ist nach Versöhnung zumute. Doch Noras Körper ist seltsam hart und unelastisch.

»Fred«, sagt sie und sieht unverwandt auf irgendeinen Punkt im Einerlei der Party, »was würdest du denn sagen, *wenn* ich etwas mit Robert hätte?«

Der Weg zum Parkplatz ist sandig, und jeder Schritt wirbelt feine weiße Staubwölkchen auf, die die Schuhspitzen bepudern. Thomas Hoffmann klopft gegen die Taschen seines Sakkos nach den Wagenschlüsseln, sie klappern in der linken. Vor ihm zwingen Pumps und Abendkleid Greta Bergmann zu kleinen vorsichtigen Schrittchen. Mit zwei spitzen Fingern hat sie auf Hüfthöhe den schwarzsilbernen Laméstoff ihres Abendkleids erfaßt und zieht den Rock ein paar Zentimeter nach oben, so daß sich der Saum von ihren Schuhen löst. Es sieht geziert aus.

Sie sagt: »Ich hasse dich«, und wiederholt es noch einmal: »Ich hasse dich!« Sie konzentriert sich darauf, mit ihren eleganten Schuhen auf dem unbefestigten Weg nicht umzuknicken, und äfft im Gehen den Klang seiner Stimme nach: »*Sieben-siebzig, acht-siebzig …* Das war nicht komisch, du hast dich aufgeführt wie ein verdammtes Arschloch.« Dann wird es ihr zu bunt, sich über ihn zu ärgern und gleichzeitig auf den Weg zu achten. Sie dreht sich herum und bleibt vor ihm stehen. Er sieht sie an: ihre Haare vor dem halbfernen Kiefernsaum des Waldes, ebenso dunkel und naturkraus wie dieser. Vor ein paar Monaten hätte ihn der Anblick verrückt gemacht. Von dem Fest, das sie vor zehn

Minuten verlassen haben, ist hier nichts mehr zu hören. Sie stehen in vollkommener Stille voreinander.

»Willst du was von ihr? Mal 'ne Blonde zur Abwechslung? Oder was sollte das?«

»Sie ist die Schwester meiner Frau.«

»Na und?«

»Sie hat *mich* provoziert.«

»Quatsch.«

»Tut mir leid, aber so war's.«

Sie schleudert ihren ausgestreckten rechten Zeigefinger in seine Richtung: »*Du* hast damit angefangen, sie immer wieder zu überbieten!« Sie dreht sich um und stöckelt wütend-wacklig weiter Richtung Parkplatz, der vor ihnen als See aus Autodächern sichtbar wird, dessen Ufer nach kalten Motoren und dürrem Gras riecht, Blechwellen, von irgendwoher bleich beleuchtet, und kurz darauf schlängeln sie sich zwischen schwarzen Front- und Heckverkleidungen durch. Im Dunkeln geparkte Autos sehen aus wie Geister, farblos und blutleer. Es ist, als würden sie auf einem Friedhof streiten. Gretas Hüften schaukeln zwischen den Stoßstangen her. Die Nacht ist so warm, wie Körper es sind.

Sie bleibt zwischen zwei Motorhauben stehen und läßt Thomas herankommen, ihr Blick ist finster und schön, der Schlitz ihres Kleids verliert sich in der Dunkelheit zwischen den Reifen. Sie sagt: »Es war dir vollkommen gleichgültig, was *ich* denke, und so ist es von Anfang an gewesen. Meine Wünsche haben dich nie interessiert. Das ist mir schon klar geworden, als du gekniffen hast, mich in Las Vegas zu heiraten. Männer. Immer kommt etwas dazwischen. Immer paßt die Liebe gerade nicht.«

»Was hätten wir denn von der Heirat gehabt?«

»Uns! Wir hätten *uns* gehabt. Statt dessen muß ich dich mit deiner Frau teilen.«

»Mit meiner Frau verbindet mich nichts mehr. Das ist schon lange vorbei. Emotional ist sie in mir wie ausradiert.«

»So? Und warum läßt du dich nicht scheiden?«

»Ich lasse mich ja scheiden.«

»Wann?«

»In ein paar Wochen.«

»Das sagst du schon seit einem Jahr.«

»Es stimmt aber.«

»Woher soll ich wissen, daß du mich nicht nur hinhältst?«

Thomas lässt seinen Blick über die Autodächer schweifen, als stünde irgendwo am Ufer dieses Sees aus Glas und Lackierungen Kathrin mit ihren rostbraunen Haaren und dem kleinen Gesicht, die ihn nicht fortläßt, die ihn mit unsichtbaren Fäden zwingt, immer auf der Stelle zu treiben wie eine festverankerte Boje. Frauen. Sie sind eine wie die andere. Immer wollen sie einen ganz.

»Ihr Anwalt ist so ein fetter ausgekochter Sack, der mit immer neuen Forderungen angekommen ist. Dabei wollte ich gar nichts, mir war das völlig egal, glaub mir, wenn's nach mir gegangen wäre, wäre das schon längst über die Bühne.«

Er legt den Arm um Greta, und sie läßt es geschehen, aber sie können zwischen Stoßstangen und Kotflügeln nicht nebeneinander hergehen, und so lösen sie sich wieder voneinander. Als sie seinen Wagen erreichen, nimmt er den Schlüssel aus der Tasche und läßt die Türverriegelungen aufspringen, ein vierfaches geisterhaftes technisches Geräusch in der Naturstille. Alles hängt an unsichtbaren Fernsteuerungsfäden – die Dinge, die Menschen. An Gefühlen, auf die man keinen Einfluß hat. Liebe, Langeweile.

Greta sagt: »Und was hast du gestern in München gemacht?«

»Ich wollte mein Kind sehen. Das hat mit uns nichts zu tun.«

»Doch, *hat* es.«

»Kinder sind ein Teil von einem. Die Mütter nicht.«

Greta öffnet ihr kleines kreisrundes Handtäschchen und zieht eine Schachtel *Benson & Hedges Light* daraus hervor, deren fahl silbernes Design sich im sandigen Boden, im Licht dieser Sommernacht und in der gerade über den Kiefern aufgehenden Mondsichel wiederfindet, als würde sich die Natur der kühlen Ästhetik der Waren beugen. Nur das Flämmchen, mit dem Greta die Zigarette entzündet, ist so golden, wie Flämmchen eben sind, ein Inselchen warmen Leuchtens, das für einen Moment auf ihrem Gesicht flackert und ihre Haut auf einmal grobporig aussehen läßt.

Thomas wendet sich ab. »Du hast immer gesagt, daß du deine Freiheit nicht aufgeben willst, vielleicht hast du das vergessen. Ich hätte mir gewünscht, du wärst nach unserer ersten Nacht geblieben, als es so geregnet hat. Aber ich bin morgens allein aufgewacht.«

»Ich konnte damals nicht länger bleiben.«

»Und warum nicht? Wir haben einen Sommer verloren.«

»Weil ich mich in dich verliebt hatte.«

»Findest du das nicht merkwürdig?«

»Wovor sollte man Angst haben, wenn nicht vor der Liebe?«

Thomas sieht sie an. Die Zigarette in ihrer flach ausgestreckten, knochigen Hand, das Filterchen, eingeklemmt zwischen Mittel- und Zeigefinger, ihr Kleid, das sie umgibt wie schwarzglitzernder Puder, der Rauch, den sie mit gerundeten Lippen und einem nervösen Hauchen in den Nachthimmel bläst. Sie langweilt ihn.

Nach ein paar Zügen läßt sie die Zigarette in den Sand fallen und sagt: »Du hast mich nie geliebt, sondern immer nur benutzt.« Als sie die Glut austritt, teilt ihr Bein das schwarzglitzernde Kleid dort, wo es geschlitzt ist, wie einen Vorhang. Ihre Zehen müssen staubig sein. Sie sagt: »Ich verlasse dich.« Sie streckt ihm die Hand entgegen. »Gib mir die Wagenschlüssel!«

»Es ist mein Wagen.«

»Das ist mir egal.«

Ihr Körper ist angespannt, ihr Kleid vibriert, der Laméstoff schillert wie ferner Regen. Kann man eine Frau verlassen, von der man weiß, daß sie außer ihrem Kleid nichts am Leib trägt als einen G-String? Von ihren Gesten lösen sich leichte Luftwirbel ab, auf den Wellen ihrer Wut reitet ihr Duft. Rose mit Süßholz und ein Hauch Mimose. Davor und zwischen ihnen: ihre fordernd geöffnete Hand, ihr ausgestreckter Arm, dünn, nackt. Die schattige Furche entlang ihres Bizeps. In der Achselbeuge bilden sich erste Falten und ihre Brüste, die die spitz zulaufende Form halbierter Mandeln haben, zeichnen sich flach unter dem Kleid ab. Sie ist immer noch schön, aber die Zeit vergeht zu schnell in unseren Köpfen. Ach, Greta, man kann …

Er gibt ihr die Schlüssel, und sie sagt irritiert und mit fast normaler Stimme: »Du gibst sie mir?«

»Du wolltest sie, da hast du sie.«

Sie sieht ihn an, die Wut in ihrem Blick ist nicht seine Wut. Niemals sind sie etwas anderes füreinander gewesen als das: Fremde. Sie dreht sich um, öffnet die Wagentür und will sich setzen, doch ihr Kleid ist zu eng, als daß sie sich einfach in den Sitz fallen lassen könnte, und so zieht sie den schimmernden, um ihre Taille fließenden Stoff hoch, entblößt ihre Fesseln, es liegt fast Eleganz, fast Grazie in dieser Bewegung … Geh nicht! Laß mich nicht allein ein Teil von dieser Welt sein, die beschissen genug ist … Sie hebt ihre schlanken Füße mit den staubigen Zehen unter den filigranen mattschwarzen Wildlederriemchen der Pumps in den Wagen, aber dann schafft sie es nicht, den Schlüssel ins Schloß zu stecken, sie fummelt und sucht und flucht, nur im Film laufen die Abgänge wie am Schnürchen, es reicht nicht, auf einer Filmparty gewesen zu sein, doch dann springt der Wagen an, und sie schlägt die Tür zu. Ihre dunklen Locken hinter der Scheibe sind kaum zu erkennen. Das Getriebe kracht, die Reifen drehen durch, bleicher Sand und harte Kiesel prasseln gegen das Bodenblech, kein heller Regen, sondern dunkel klingender Hagel, der Wagen ruckt an, schießt aus der Parklücke, ohne Licht, eine Leiche, die einen Stromschlag erhalten hat. Das Rot der Bremslichter mischt sich mit dem Silber-Blau-Schwarz der Nacht zu fahlem Grau. Geh nicht ...

Es ist vorbei. Greta fährt davon, ist nicht mehr aufzuhalten, der Wagen wird kleiner, verschwindet zwischen den Reihen parkender Sportflitzer und Limousinen, wird kurz darauf auf der Straße wieder sichtbar, jetzt mit Licht, und als die Karosserie schon kaum noch zu erkennen ist, schneiden sich die Scheinwerferkegel wie goldene Messer durch das dunkle Fleisch der Nacht ...

Fred steht am Waldrand, der Himmel schwebt wie eine schwarze Platte über der märkischen Landschaft mit metallisch kühlem Mondglanz. Er hat nicht auf der Party bleiben können, aber er kann auch nicht einfach verschwinden, wer eine Schwäche zeigt, zeigt nur, daß er schwach *ist.* Eine Viertelstunde hat er vielleicht, länger kann er hier nicht herumstehen und die Bäume anstieren und die Dunkelheit. Eine Viertelstunde, in der er sich irgendwie verpuppen, konditionieren, maskieren muß, damit er zurück-kann zu diesem Fest, das doch *sein* Fest ist und von dem hier nur ein dünner akustischer Aschenregen aus hohlem Geschwätz niedergeht, als wäre die Luft verseucht, ein Fallout aus aufgesetzter Fröhlichkeit und eitler Wichtigtuerei. Leere Stunden voller Worte, es graut Fed davor, dorthin zurückzukehren, perfekte Gesichter, die hinterher im Wagen zusammenfallen wie Papiertüten, Gesichter, die sich dir nähern wie die Rohlinge zukünftiger Schrumpfköpfe ...

Wie lang mag diese Geschichte mit Nora und Hanson schon gehen? Vielleicht schon seit Ende Februar, als Hanson aus Italien zurückgekommen ist, weil er, wie er blasiert bei jenem Lamm-

Pasta-Abendessen erklärt hat, die kreative Umgebung der Stadt brauche. Sehr komisch! ... Hatten sie es da schon getrieben – soviel Abgebrühtheit hätte Fred weder ihm noch Nora zugetraut. Aber es muß ja einen Grund gegeben haben, daß ihr, der unkonzentrierten Gelegenheitsköchin, diese Pasta so brillant gelungen ist. Oder treiben sie es noch länger miteinander? Schon seit damals, seit diesem ersten Besuch im Hansonschen Sommerhaus mit seinem angeberisch renovierten Wohnzimmer, das ansonsten aber genauso aussieht wie ihr eigenes Haus dort unten – nein, nicht *ihr* Haus, sondern *seins*. Er wird Nora einfach rauswerfen, denn die Mäuse für dieses bröckelige Gemäuer mit den verrotteten und mit giftigem pelzigem Grünspan überwachsenen Wasserleitungsrohren hat *er* verdient und niemand anders. Mit *Wo die Liebe hinfällt* im übrigen und nicht mit irgendwelchen schöngeistigen literarischen Ergüssen. Und eins ist klar: Hanson wird niemals ein halbwegs brauchbares Drehbuch zusammenschustern, er wird immer das Geld seines Hamburger Kaufmannsclans auf den Kopf hauen müssen. Kein Schwein wird ihm je die Idee abkaufen, das ›Truman-Show‹-Prinzip auf den Kopf zu stellen, weil der Kern des Ganzen nicht stimmt: Die Welt ist nicht hell, sondern dunkel, und die Menschen sind nicht gut, sondern alle miteinander Arschlöcher. Dieser Hansonsche Truman kämpft den falschen Kampf: Man braucht nicht gegen ein Glück zu rebellieren, das einem nicht beschieden ist. Niemandem. Und Robert, diese oberverlogene Autorensocke, hat es natürlich gewußt. Als er mit seinem albernen Anti-Truman-Vorschlag zum Spaghettiessen im »Canto« aufgekreuzt ist, da hatte er für seinen Teil die Verkommenheit der Welt mit *seiner* Nudel längst besiegelt. Wahrscheinlich ist sein Ding so wie diese Geschichte, die er dem ›Playboy‹ anzudrehen gedenkt: kurz. Wer weiß, wo er das Material für seine erotischen Storys herhat. Schriftsteller sind Perverse, die mit dem eigenen Leben hausieren gehen, die das armselige Biß-

chen verhökern, was sie an Erlebnissen im Laufe ihrer Jahre zu-
sammenkratzen, nachdem sie es wie einen Ballon aufgeblasen
haben. Und am Ende finden sie jemanden, der an sie glaubt und
ihnen das gibt, was sie längst schon zu haben behaupten. Es ist
zum Kotzen …

Ein helles Geräusch fällt in die Schwärze von Freds Gedanken,
es sind Schritte, die sich ihm nähern und auf dem weichen und
offenbar – wie es seit zwei Wochen immer wieder heißt – ja hoch-
entzündlichen Waldboden feuerartig knistern, und als er sich zur
Seite dreht, ist es Christa Hanson, die sich ihm da nähert, die
schon beinahe neben ihm steht, in einem einteiligen gladiolenro-
ten Sommerkleid, das er im Ganzen noch gar nicht zu Gesicht
bekommen hat.

»So allein hier draußen?« fragt sie, und da Fred nicht gleich
antwortet, fügt sie hinzu: »Oder störe ich dich?«

Er schüttelt den Kopf. »Nein, nein. Ich brauchte lediglich mal
eine Pause. Und du?«

Sie stehen Schulter an Schulter nebeneinander und blicken
gemeinsam dorthin, wo nichts ist, nur Dunkelheit, Nacht.

»Ein wunderbarer Abend«, sagt sie, um das Schweigen nicht
zu gewichtig werden zu lassen. »Manchmal ist es einfach zuviel,
nicht wahr. Als ich dich habe verschwinden sehen, fand ich's eine
gute Idee.«

Fred hat gedacht, er hätte sich unbeobachtet von der Party
geschlichen. Er sagt: »Ja, manchmal hat man einfach genug.«

Reden und reden und reden. In gewissem Sinne, geht man von
ihren Anfängen aus, ist selbst die Affäre zwischen Nora und Robert eine rein verbale, und wahrscheinlich ist es nur Energiever-
geudung, sich überhaupt aufzuregen. Vermutlich sind es zum
Gähnen langweilige Nummern, die die beiden zwischen all ihrem
Gerede aufs Parkett legen. Eine Art Umblättern.

Fred sieht Christa an, die neben ihm schweigt, und auf einmal entsteht eine kontinuierliche Reihe von Bildern in seinem Kopf, als wäre die Zeit dazwischen nichts: Christa, die neben ihm liegt auf der warmen italienischen Erde, den hellen Finger in den dunklen Himmel getaucht, als könne sie dort oben durch Antippen Sterne aufleuchten lassen. Dann Christa, die ihm in Nhyres Küche gegenübersteht, betrunken und schwerfällig und gerade in dieser sackigen Fleischlichkeit so verführerisch, eine Frau eben, in ihrem glasigen Blick zugleich Lust und Resignation. Und jetzt sind ihre Augen verschattet von den Astfächern der alten Kiefer, unter der sie stehen, und ein blasses Make-up aus Mondlicht liegt auf ihren rundlichen Wangen, glättet ihre Haut, macht ihr Gesicht jünger, als es ist. Aber Fred mag es lieber so, wie er es kennt, als Mitte-Ende-Dreißig-Gesicht, diese Mischung aus Noch-etwas-Wollen und der Ahnung, daß man nicht mehr allzuviel bekommen wird.

Er sagt: »Irgendwann hat man das Gefühl, jedes Gespräch schon einmal geführt zu haben und alles und jeden zu kennen. Dann kann man sich wiederholen und wiederholen, bis man stirbt, oder man hält den Mund.«

Sie schüttelt den Kopf: »Das stimmt nicht. Jeder Mensch ist anders, man muß sich nur darauf einlassen, es herauszufinden.«

»Ja vielleicht. Aber irgendwie sind auch alle gleich.«

»Nein, es gibt immer etwas zu entdecken, bei jedem.«

Fred sagt: »Wer ist denn heute noch bereit, sich in die Karten sehen zu lassen? Die Leute reden und reden, bis sie tot umfallen, aber *von sich* erzählen sie dir nichts. Ich kann's sogar verstehen, denn jedes persönliche Wort wird am Ende gegen dich verwendet.« Er bricht ab und er begreift sogleich, warum: Mit dem, was er sagt, legt *er* einen Teil seiner Karten auf den Tisch.

Sie dreht sich zu ihm hin, der entzündliche Waldboden unter ihren Füßen knistert: »Wenn du mich fragst, wollen alle nichts lieber als das: aus ihren Verstecken hervorgelockt werden.«

Nach einer Weile sagt Fred: »Du auch?«

Sie sieht ihn an. »Käme drauf an, von wem.«

Der Raum zwischen ihnen schmilzt.

Er sagt: »Zum Beispiel von mir?«

Sie sagt: »Aber ja, das weißt du doch.«

»Das soll ich wissen?«

»Natürlich weißt du es.«

Und wirklich: Er weiß es. Ganz machtvoll ist dieses Wissen auf einmal in ihm und verwandelt ihn in einen, der sieht, was er zu tun hat, der jeden Handgriff der nächsten Minuten kennt; der die Arme öffnet, in die Christa sinkt, in die sie hineinschmilzt, und er atmet ihren Atem mit der wunderbaren Bitterkeit von zwei oder drei Camparis, saugt ihn in sich hinein, als ihre Lippen sich endlich finden, ihre ganze Wärme steigt auf einmal an ihm hoch, und erst jetzt – als ihre Zunge tief in seinen Mund eindringt und diesen mit dem bitteren Duft ihrer Cocktails auskleidet und der Kuß sie in eine Wolke des Schweigens taucht –, erst jetzt spürt er ihre leibliche Fülle, spürt, wie harmonisch sich die Massen ihrer Körper zueinander verhalten, ihre Brüste drücken sich großflächig durch sein Leinen-Jackett und engen seinen Brustkorb so schmerzlich süß ein wie jener erste Blick über die sommerumflorten Maremma-Täler, damals, vor vier Jahren, als er mit Nora auf Hochzeitsreise war. Er spürt Christas Fingerkuppen an seinem Rücken hinaufgleiten wie kleine italienische Hitzewirbel und greift nun seinerseits entschlossen nach ihrem Hinterkopf, dessen Rundung unter ihren trockenen, blonden Haaren gut in die Wölbung seiner rechten Hand paßt, so daß er die linke an dieser Stelle nicht braucht und sie auf ihre Schulter legt, von der, wie auf Kommando, der Träger ihres Kleids herabrutscht, und Freds Hand tastet sich weiter und weiter hinab, entdeckt glatte Haut, weich, wie eine überlagerte Aprikose, und auf einmal fließt die nachgiebige Schwere von Christas rechter Brust in seine Hand, ihre beachtliche Wölbung bettet sich in seine Lebenslinie, als wäre sie nur für diesen Moment erschaffen worden. Und schon spürt Fred Christas suchende Hand an seinem Hosengürtel, wie von selbst öffnet sich die teure Silberschnalle, und wie von selbst fährt der Reißverschluß auf seinem kurzen Gleis in die Tiefe, doch dann müssen sie sich einen Moment besinnen: Sex im Freien und Sex im Stehen – eine doppelte Herausforderung, die, wie jetzt deutlich wird, weder von ihr noch von ihm mit Routine zu bewältigen ist. Soll er sie ergreifen und hochhieven oder sie auf seine Hüften springen? Oder sollen sich die beiden doch auf den knisternden Waldboden legen? Oder sollte Christa sich eine knorrige Kiefernwurzel suchen, die ihren Standpunkt hinreichend erhöhen würde, so daß er, Fred …? Betrüblich, wie es ist, stellt es sich nach einigem Hin und Her und unter der Vorgabe, daß sie nicht allzuviel Zeit haben, als die einzig erfolgversprechende, praktikable und die Kleidung nicht vollkommen verdreckende Möglichkeit heraus, zum Ziel zu kommen, wenn Christa Fred den Rücken zuwendet und sich mit beiden Händen gegen die verharzte Borke der ehrwürdigen Kiefer stützt, unter der sie stehen, und Fred in der schimmernden Öffnung des auf dem Kopf stehenden V ihrer Beine Aufstellung nimmt, was allerdings bedeutet, daß ihr breites Kreuz ihm den soeben erst gewonnenen Blick auf die S-Linien-Schönheit ihrer reifen Brüste schon wieder nimmt, auf diese wunderbar glockigen Hogarth-Möpse, die ihn so sehr an seine evolutionäre Sommerlektüre und an Casalina Mare erinnern und an irgend etwas, was ihm, so will es ihm jetzt scheinen, schon seit langem fehlt … Aber es hilft nichts. Und so machen sie es schließlich, ohne sich dabei ansehen zu können, ein wenig traurig, ein wenig schnell, ein wenig einsam – aber erfolgreich.

Fred sitzt, vornübergebeugt, die Ellbogen auf die Knie gestützt, den schlanken Stiel eines halbgefüllten Weinglases zwischen

Daumen und Zeigefinger hin- und herzwirbelnd, auf einem Stuhl in der Nähe der schwarzen Lautsprecherbox, die schon vor langem abgestellt worden ist, nach Bredows Versteigerung, ein massiger nutzloser Klotz, und stiert auf das Hofpflaster: runde, rötliche Steine vor seinen staubigen Schuhspitzen, zwischen denen sich die Schlacke der Party in den Furchen angesammelt hat, Zigarettenkippen, Nachos-Krümel, Glassplitter, Olivenkerne, Holzsticker und jede Menge Fettkleckse irgendwelcher Pasten, Cremes und Dips – die Avocado-Litschi-Creme, Fred ist nicht mal dazu gekommen, dieses ganze Zeug zu probieren – vom brasilianischen Buffet, das längst abgeräumt ist, nur noch ein langer Tisch steht dort, gedeckt noch mit einem weißen Tuch, so leer und reinigungsbedürftig wie Freds Gedanken. Er hat den wenigen Kellnern, die hier noch schleppend Dienst tun, vor wenigen Minuten mitgeteilt, daß sie den Laden dichtmachen können, die Party ist gelaufen, alle haben sich verzogen, nur er selbst sitzt hier noch, weil er sich noch nicht hat entscheiden können zu gehen. Wohin denn? Nach Hause? Was soll er da?

Immerhin: Wie ein fernes Echo des heutigen Abends glaubt er manchmal zwischen seinen Schenkeln noch die warme Umhüllung seines Fleisches durch Christas weiten Schoß zu spüren, ein Ziehen, von dem sich nicht sagen läßt, ob es noch Befriedigung ist oder schon wieder Lust … Als Christa und Robert sich von ihm verabschiedet haben, konnte er Hanson erstaunlich gelassen die Hand geben. Robert hatte sein Geheimnis und er, Fred, seines. Genau betrachtet wußte er sogar *mehr* als Hanson, war er ihm um einen Schritt voraus. Christas Augen hatten beim Abschied einen versteckten Glanz, der nur ihm galt, diese Lust auf mehr. Was weiß *sie* eigentlich? Kann es sein, daß Robert ihr sein Verhältnis mit Nora gebeichtet hat? Manche Schriftsteller sind radikale Gegner der Lüge. Vielleicht hat sich Christa nur an ihm rächen wollen. Denkbar wäre es, aber Fred glaubt nicht, daß es so ist. Er glaubt, daß sie ihn wollte, seit langem schon, so wie sie es gesagt hat.

Nora hatte sich kurz darauf, Kopfschmerzen vorschützend, mit den Flattens abgesetzt. Nach einer ersten Phase der Ablehnung findet sie Thilo seit neuestem recht amüsant. Als hätte sie Spaß am Ordinären gefunden, seit sie mit Hanson fickt. Vielleicht gefallen ihr Thilos Anzüglichkeiten ja jetzt, da sie stimmen. Auch Robert ist nur ein Mann. Titten und Ärsche, wonach sonst sucht dieser Tannhäuser denn? … Aber sie ist immer noch seine, Freds, Frau! Die Frau des Storyliners, der sein Geld damit verdient, Männern und Frauen das passieren zu lassen, was Nora und ihm jetzt passiert ist. Wird es dadurch besser? Leichter? Nicht im geringsten. Es bleibt der gleiche Schlamm, der es immer ist …

Fred richtet sich auf, setzt sein Weinglas an, trinkt, der Wein ist warm geworden, so warm wie die Nacht, die schon fast wieder ein Morgen ist. Aus der Dunkelheit jenseits des Kopfsteinpflasters kommt ihm eine Gestalt entgegen. Er hat gedacht, alle seien schon gegangen, aber offenbar gibt es immer einen Restposten, den man übersieht. Und dann ist es, auch das noch!, ausgerechnet dieser Bredow, der nervtötende Ossi – heute bleibt ihm aber auch nichts erspart: Rita Zaff will sich für den ›Playboy‹ ausziehen, er muß irgendwelche Jobs an eine vermutlich unfähige und offenbar antriebsschwache Grafikerin rausgeben, Nora fickt mit einem Schriftsteller, und jetzt rückt ihm auch noch ein betrunkener Vereinigungsverlierer auf die Pelle. Auf einmal will es Fred scheinen, als habe mit Bredows verfluchtem Versteigerungsspiel sein ganzes Unglück überhaupt erst begonnen. Bredow ist an allem schuld, was heute abend schiefgelaufen ist. Allerdings muß man ehrlicherweise ja zugeben, daß heute abend keineswegs *alles* schiefgelaufen ist. Und so setzt Fred also ein halbwegs friedfertiges Gesicht auf, als sich Bredow ihm in seinem *Pfennigfuchser-*

Anzug nähert, dessen Jackett er aber immerhin abgelegt hat, so daß er jetzt sogar einigermaßen zivilisiert aussieht.

»Und?«, sagt er. »Die Party ist gelaufen?«

»Ja«, sagt Fred, »ist sie.«

Bredow zieht sich einen zweiten Stuhl heran und setzt sich. »Ich müßte nämlich noch irgendwie nach Berlin.«

»Geht in Ordnung«, sagt Fred.

Sie schweigen.

»Nicht zufrieden mit dem Abend?« fragt Bredow.

»Es geht so.«

»Ich entschuldige mich hiermit für meine Eigenmächtigkeit«, sagt er förmlich und schlägt gemächlich ein Bein über das andere, »aber wenn man so ein Spiel *ankündigt,* kriegt man es nie durch. Das sind Dinge, die man in der DDR gelernt hat: Entweder man macht etwas, oder man läßt es bleiben. Mit Anträgen kommt man nicht weiter.«

»Ist schon okay. War ja irgendwie originell«, sagt Fred.

»Davon wird noch in fünf Jahren die Rede sein«, schwingt Bredow sich zum Propheten auf. Mit der Fünf haben sie es im Osten ja. Wer weiß, ob es in fünf Jahren die *ComFilm* überhaupt noch gibt, Fred jedenfalls glaubt nicht daran, daß in fünf Jahren irgend etwas auch nur annähernd so sein wird wie jetzt. Das unterscheidet ihn von Lenin.

Sie schweigen wieder, Fred trinkt seinen Wein aus. Über dem Waldrand, ungefähr dort, wo er mit Christa gestanden haben muß, ändert sich jetzt die Farbe der Nacht. Von unten scheint Licht aufzusteigen wie feiner glimmender Nebel. Und schon verblassen die ersten, knapp über der gezackten Baumreihe stehenden Sterne, werden geschluckt von dem auf diese Seite des Planeten sich wälzenden Tag. Noch einer verschwindet und noch einer, fast kann man dabei zusehen; es ist erstaunlich, wie schnell die Erde sich dreht. Seit vier Milliarden Jahren schon. Viel Zeit.

Genug, um den Menschen hervorzubringen, aber was heißt das schon. Der Mensch ist nur ein von der Evolution in geduldiger Arbeit am Detail umgeformter Affe. Ein Kind des Gorillas, ein Bruder des Orang-Utans, ein Cousin des Pavians. Seltsam eigentlich, daß man ausgerechnet die Artenfamilie, der der Mensch angehört, *Primaten* nennt. Ziemlich vermessen. Der Abend heute war demnach eine Primaten-Party. Erstaunlich. *Wenn* die Wissenschaft danebenhaut, dann aber gleich saftig…

»Fahren wir?«

Bredow steht auf. »Ich bin soweit.«

»Ich sollte Ihnen aber sagen, daß ich das eine oder andere Glas getrunken habe.«

»Man riskiert ja sonst nichts.«

»Also dann.«

»Wissen Sie«, sagt Bredow, als sie den Hof hinter sich lassen und in den weichen graublauen Morgen gelangen, »es ist eigentlich egal, was auf einer Party passiert. Hauptsache, es passiert etwas.«

»Klar«, sagt Fred. »So ist es.«

»Vergessen Sie nicht, wo wir sind!« sagt Bredow und fügt hinzu, während der neue Tag über der ehemaligen DDR immer höher hinaufsteigt: »Die Party hat immer recht.«

———

Nichts ist von Dauer, heißt es, aber die Umkehrung gilt auch: Alles zieht sich eine Weile hin. Regen, Scheidungen. Und doch kommt es vor, und mit einem Mal ergießt sich über Straßen, die noch vor wenigen Minuten schmutzig und naßgrau dalagen, über Ölgeruch, Rinnsteinpfützen und die monotone Uhr des Scheibenwischers blauglitzerndes Licht, ein Edelsteinfunkeln, wo man hinsieht.

Kathrin Hoffmann sitzt am Steuer ihres Nissan Sunny und

denkt über ihr Leben nach, das ihr ereignislos und ausgedehnt vorkommt angesichts des wenigen, an das zu erinnern sich lohnt. Sie klappt die Sonnenblende herunter, aber es hilft nicht viel, denn die Reflektion des Lichts auf dem körnig nassen Asphalt ist grell und beißend, und erst nach einer Weile wandert das Gleißen aus ihrem Blickfeld und hinterläßt da und dort aufblitzende Farbjuwelen aus klarem Violett, funkelndem Grün oder reinem Rot, die herumliegen wie die Splitter eines zerbrochenen Regenbogens.

Am Tag ihrer Hochzeit in Endnang herrschte Föhn, und die Alpenkette schien zum Greifen nah. Die Bergspitzen leuchteten so weiß wie ihr Hochzeitskleid, und das breite alte Gesicht ihrer Mutter war angefüllt mit schlichten dörflichen Glücksgefühlen, hinter denen für Momente sogar die Sorge verschwand, Thomas könne der Falsche sein, wovon sie in Wahrheit überzeugt war; ein Städter. Der mißtrauische Stolz ihres Vaters, der seinem künftigen Schwiegersohn die Hand schüttelte, einem Verlierer gleich. Ihre und Thomas' Eltern hatten sich nicht viel zu sagen an dem hellgelb gedeckten Tisch mit den karamelfarbenen Kerzen, an dem die Feier sie zusammenband, und ein Nelkenbukett fiederte Kathrins Sicht auf die Festgesellschaft. Graue Tanten und verwitterte Onkel; weiße Hemden, rote Köpfe. Bei seiner unbeholfenen Rede verriet ihr Vater den Gästen jene Schauspieler, die sie einst als Mädchen verehrt hatte, und was er amüsant und treffend fand, erschien ihr peinlich verfehlt. Von dem Essen, das schwer und ländlich war und übelkeiterregend in seiner fleischstrotzenden Reichlichkeit, konnte sie kaum etwas anrühren, und sie spürte die schweigende Mißbilligung ihrer Mutter, in deren Augen sie zu dünn war, krankhaft mager geradezu, und deren einstige Sorge, ihre Tochter könne nicht genug zu essen bekommen, sich längst in eine Verurteilung all jener Zeitungsdiäten verwandelt hatte, mit denen ihrer Überzeugung nach den jungen Frauen heutzutage der Kopf verdreht wurde. Wenn Gott gewollt hätte, daß wir hungern, dann hätte er im Paradies keine Äpfel wachsen lassen, pflegte sie zu sagen, ohne daß ihr der doppelte Sinn dieses Satzes je aufgegangen wäre. Als ihr Vater seine Rede beendet hatte und applaudiert wurde und auf die Tische geklopft, kam er Kathrin hilflos vor und wie durchgefallen bei einem letzten Examen. Irgendwann wurde sie auf den Hotelparkplatz genötigt zur Brautentführung, mit der ihre bäuerisch-betrunkenen Cousins der Tradition Geltung verschaffen wollten, bis Nike drohte, mit einer gewaltigen Axt, die sie weiß der Teufel wo aufgetrieben hatte, auf die frischgewachste Motorhaube jenes VW-Passat einzuschlagen, in dem Kathrin mit ihren verdatterten Vettern schon saß, falls sie es wagen sollten, den Zündschlüssel auch nur zu berühren, geschweige denn herumzudrehen. Und nachdem die Cousins sich murrend getrollt hatten, standen Nike und Kathrin nebeneinander auf dem menschenleeren Parkplatz in der blauen Bergdämmerung, Kathrin in ihrem weißen Hochzeitskleid, Nike in Schwarz und skandalös figurbetont, und vor ihnen ragten zwei schlanke schimmernde Berggipfel in den tiefblauen Abendhimmel, so fest und groß, als gäbe es auf dieser Welt keine Kraft, die sie jemals trennen könnte.

Es hat aufgehört zu regnen, der Verkehr wirbelt das Wasser auf zu einer feinen Gischt aus Benzinabgasen und winzigen Tröpfchen, hinter der die Fassaden der Häuser aussehen wie auf eine feinkörnige Oberfläche projiziert, flach und kulissenhaft. Kathrin fühlt sich in der Stadt nicht heimisch, aber aufs Land zurückkehren könnte sie nicht. Ihre Mutter dort, ihr grobes Gesicht und ihre Vorwürfe. Sie denkt an das Kind, das sie bei ihren Eltern gelassen hat, was weiß Thomas schon von diesem kleinen Wesen, das gerade mal neun Wochen alt ist und das sie Nike genannt hat, ohne ihn überhaupt zu fragen, sie hat es einfach eintragen lassen, denn er war ja nicht da, als sie darüber hätten sprechen können, es hat ihn nicht interessiert, weil er mit seiner Berliner Hure herumgemacht hat, und deswegen ist es nicht wirklich sein Kind, denn was hat er schon dazugegeben, außer seinem Stöhnen und seinem Schweiß und einem Eierbecher voll *davon*. Was wissen Männer vom Leben, wenn sie sich erst dafür interessieren, da es beginnt ihnen ähnlich zu werden? Als Thomas ins Krankenhaus kam und in der Tür stand mit einem riesigen Strauß Forsythien und Tausendschön, da hätte sie ihn, wenn sie nicht zu schwach gewesen wäre, am liebsten davongejagt mit seinen pompösen Blumen, über die sie sich aber doch auch gefreut hat, weil ihre Eltern so reserviert reagiert hatten auf das Kleine und auf die Geburt. Das alles war nicht so gelaufen, wie sie es gerne gehabt hätten, und so waren ihre Glückwünsche und die Küsse, die sie ihrer Tochter auf die Wange gaben, in ihrer mühsam gespielten Herzlichkeit kühl und vorwurfsvoll. Von dieser Enge des elterlichen Empfindens unangenehm berührt, schlug Kathrin die Augen nieder, und sie sah das Kind in ihren Armen mit seinen dunklen hauchdünnen Härchen, zerzaust von der Anstrengung des Zur-Welt-Kommens, geschlossenen Augen mit zart geröteten, unbewegten, durchscheinenden Lidern und einem stummen Mündchen, dessen winzige Lippen sich schutzsuchend um ihre große Brustwarze geschlossen hatten, die keine Milch gab. *Wirf mich nicht in diese Welt, nicht in diese…*

Kathrin läßt den Wagen an eine Ampel heranrollen, deren Rot ein intensives Loch in das regenzerstäubte Grau der Straße brennt. Das Gewicht der Schwangerschaft hat sie schon wieder verloren und noch mehr. Wahrscheinlich sieht sie furchtbar aus, ein Bild des Jammers und Leidens, und das will sie nicht, sie will die Scheidung nicht aus Mitleid geschenkt bekommen, sondern sich als Recht erkämpfen, sie will Stärke ausstrahlen, Frauen müssen stark sein, sonst bekommen sie nichts. Vielleicht hätte sie Thomas die Berliner Hure ja sogar verziehen, wenn er zurückgekommen wäre zu ihr, denn auch das ist Stärke, zu erkennen, daß in Wahrheit die Männer schwach sind, daß sie nichts dafür können, wenn zwischen ihren Beinen etwas schwillt, denn die eigentliche Macht, die Macht, die alles bewegt, liegt doch in den Händen der Frauen, das war schon immer so, Eroberungszüge und Kriege, die Geschichte ist ein von besessenen Männern geführter Kampf um Frauen. Sie muß sich panzern, muß sich mit Härte und Entschlossenheit umgeben und so kalt und beherrscht werden, daß es selbst Beutler, ihren fetten Anwalt, überrascht. Die Sonne ist hinter Wolken verschwunden, die herumliegenden Farbsplitter sind verblaßt. Es gibt Bilder, in denen man etwas entdeckt, und wenn man ein zweites Mal hinsieht, findet man es nicht wieder, so wie man bei Gesichtern irgendwann nicht mehr weiß, warum man sie einmal geliebt hat. Mit der Zeit verblaßt in allen Zügen die Farbe dieses Versprechens: Glück.

Die Wagen, jeder für sich gefangen in einer verwaschenen Zelle aus aufgewirbeltem Regenwasser, rollen stadteinwärts durch diesen uninteressanten Teil der Stadt, nicht Zentrum, nicht Peripherie, sondern ein Irgendwo im System aus Straßen und Häusern und Zwischenräumen. An den gebogenen Rändern der Frontscheibe werden die Dinge zusammengepreßt; Straßenlaternen, Bürgersteige, Passanten – ohne Farbe wirken Menschen kleiner, als sie sind, aber vielleicht ist es auch umgekehrt: Farbig wirken sie größer. Es ist ein einfacher grafischer Trick, und Kathrin kennt sie alle. Wieso gelingt es ihr nicht, ihre Mappe fertigzustellen und sich zu bewerben? Vielleicht hat Thomas in diesem einen einzigen Punkt ja recht, und die ständigen Verbesserungen ihrer Mappe sind nur ein Vorwand, um sich nicht bewerben zu müssen. Aber was weiß er schon von diesen Dingen: von der Angst, es nicht zu schaffen, nicht gut genug zu sein, weil man als Frau dreimal so gut sein muß wie als Mann, und daß man den Männern zugleich überlegen und unterlegen sein muß, damit sie ei-

nen neben sich dulden, weil sie Qualität wollen, aber nicht über-
flügelt werden, so ist das heutzutage. Vielleicht wird die kleine
Nike es ja einmal besser haben; ihre winzigen Händchen, die sich
zu Fäustchen ballen, klein wie Walnüsse – ja, vielleicht wird sie
sich einmal ein besseres Leben erstreiten, als ihre Mutter es geführt hat, wird ihr gelingen, wozu es für ihre Mutter doch längst
zu spät ist, sich zu behaupten in dieser Welt der Widersprüche,
die alles von einem fordert, den Körper und die Seele, und die
einem nichts zurückgibt, was wirklich etwas wert wäre, keine
Wärme, nichts.

Kathrin steuert den Sunny allmählich nach rechts, läßt ihn
langsamer werden und näher herankommen an die am Straßenrand geparkten Autos, in deren Seitenscheiben sich der Justizpa-
last spiegelt, immer und immer wieder, Wagen für Wagen, eine
endlose Kette von Justizpalästen, die wegen des verzerrenden
Winkels der Reflektion scheinbar turmhoch in den graublauen
Himmel ragen. Aber nicht dort wird die Scheidung stattfinden,
Scheidungen sind viel zu kümmerliche Angelegenheiten, als daß
man sie in einem derartigen Gebäude verhandeln würde, nicht
hinter solch einer großen prunkvollen ehrwürdigen Fassade, sondern irgendwo in einer der Nebenstraßen hier, in einem Verwal-
tungbau, der nichts hermacht und der schwer zu finden ist. In
diese Straße biegt Kathrin jetzt ein, rechts finden sich ein paar
Parkbuchten, und dort, gleich neben der ersten, steht ein Mann
am Rand einer Pfütze, mit hochgeschlagenem Jackenkragen und
Händen, die tief in den Taschen vergraben sind. Er muß schon
eine Weile dort gestanden haben, denn die Nässe scheint in ihn
hineingekrochen zu sein und hat ihn klein werden lassen. Er
wirkt verloren und mitleiderregend, und Kathrin haßt ihn schon
jetzt dafür.

Sie bringt den Wagen auf seiner Höhe zum Stehen und läßt
das rechte Seitenfenster herunter. Ohne den Motor abzustellen

oder dort hinzusehen, wo nun sein Gesicht erscheint, sagt sie: »Was soll das? Wieso stehst du hier herum?«

»Ich habe auf dich gewartet«, sagt er.

»Dafür hättest du dich nicht auf die Straße stellen müssen.«

»Ich wollte dich nicht erst im Gerichtssaal sehen.«

»Ich will dich nicht einmal mehr dort sehen. Aber es läßt sich ja nicht verhindern.«

»Ich wollte mit dir reden.«

»Du hattest ein Jahr lang Zeit, mit mir zu reden, und hast es nicht getan. – Du stehst mir im Weg. Ich möchte hier parken.«

Sie betätigt den Fensterheber, und das monotone, unaufhaltsame Laufsurren des Elektromotors und die Gleichmäßigkeit, mit der die Scheibe nach oben fährt, geben ihr ein vages Gefühl der Sicherheit.

Thomas sagt: »Kathrin, bitte, können wir nicht wenigstens eine Minute miteinander reden. Eine Minute – mehr nicht.«

Seit er aufgetaucht ist, hat sich der Himmel wieder bezogen, Kathrin sieht unverwandt geradeaus, dorthin, wo sich der blasse Regen zu kleinen, auf der Frontscheibe abwärts kriechenden Rinnsalen verdichtet. Sie sagt: »Was gibt es in einer Minute zu sagen, was sich ein ganzes Jahr lang nicht hat sagen lassen?«

Er zögert, und kühle und feuchte Luft füllt den Wagen. »Ich hätte es nicht ertragen, dich erst vor Gericht wiederzusehen.«

»Du hast es ertragen, mich ein Jahr lang überhaupt nicht zu sehen.«

»Ich habe es *nicht* ertragen. Du wolltest mich nicht sehen – das verstehe ich ja. Aber als unser Kind zur Welt gekommen ist, da mußte ich bei euch sein. Ich konnte nicht anders.«

Wie er das sagt: *unser* Kind. Neun Monate lang hat ihn dieses Kind nicht interessiert. »Du *konntest* nicht anders! Und die ganzen Monate über mit diesem Weibsstück in Berlin – konntest du da auch nicht anders?«

»Das ist auch etwas, worüber ich mit dir reden wollte«, sagt er und fügt hinzu: »Wir haben uns getrennt.«

»Na und?«

»Wir werden uns nicht wiedersehen.«

»Was hat das mit mir zu tun? Von mir aus kannst du sie so oft sehen, wie du willst. Oder auch nicht. Es ist eine Entscheidung, die *dein* Leben betrifft, nicht *meins*. Vergiß nicht, daß wir in einer halben Stunde geschieden sind.«

Sie sieht auf die Uhr. Genaugenommen ist es noch eine knappe Stunde bis zum Beginn des Prozesses. Beutler wird bereits voller Ungeduld auf sie warten, und sie muß sich vorstellen, wie er seinen schweren Leib durch die hohen kahlen Gänge des Gerichtsgebäudes schleppt. Sie hat ihn nie gemocht. Er hat die Scheidung nach seinen Vorstellungen arrangiert und immer behauptet, so seien nun einmal die Gesetze. Immer gerät sie an Männer, die auf ihre Wünsche keine Rücksicht nehmen. Aber was tut das zur Sache? Alles, was vor Gericht verhandelt wird, endet als Papier, und mit ihrer Ehe wird es ebenso sein, die Justiz steht kurz davor, sich diesen Happen einzuverleiben wie schon abertausende zuvor. Und am Ende verstauben sämtliche Versuche, glücklich zu sein, in irgendwelchen Archiven.

Thomas sagt: »Kann ich mich denn nicht so lange in den Wagen setzen, bis es losgeht? Diese halbe Stunde? Ich bin ziemlich durchnäßt.«

Sie sieht ihn jetzt an, sein Gesicht ist zweigeteilt: über der Glaskante die Augen, sein Mund darunter, verwaschen vom Film des Regens. Er ist übermüdet und unrasiert, ihn umgibt der Hauch einer schlaflosen Nacht, die sein Gesicht in Einzelteile hat zerfallen lassen: die flache Stirn, der kurze, breite Nasenrücken, das ovale, vorspringende Kinn. Er ist gealtert, und die Harmonie seiner Züge beginnt sich zu verlieren, die kleinen Fehler mitteln sich nicht mehr aus. Die Schatten unter seinen Augen sind so grau wie der Regen.

Sie sagt: »Meinetwegen. Aber ich verstehe nicht, was du damit erreichen willst. Glaubst du etwa, du könntest nach einem Jahr – nach *diesem* Jahr – noch einmal etwas ändern?«

Er öffnet die Tür und setzt sich, und mit ihm schwappt der stechende Geruch des nassen braunen Wildleders seiner Jacke in den Wagen. Ein dünner Feuchtigkeitsfilm überzieht sein Gesicht, seine hohen Wangenknochen, die ihm immer eine weltläufig spöttische Ausstrahlung verliehen haben, umgibt auf einmal etwas hervordrängend Schädelartiges.

»Nein«, sagt er, »das glaube ich nicht. Aber vielleicht können wir uns wie zivilisierte Menschen trennen, wir sollten es zumindest versuchen – unseren Kindern zuliebe. Hast du die beiden zu deinen Eltern gebracht?«

»Ja, wohin sonst?«

»Stillst du denn nicht mehr?«

»Ich hatte von Anfang an keine Milch. Unter Streß funktioniert es nicht. Frauen sind keine Automaten, die sich in jeder Hinsicht benutzen lassen.« Sie schließt das Fenster, und das Rauschen des Regens wird leiser.

»Weißt du«, sagt er, und seine Stimme scheint näher gekommen zu sein in der Abgeschlossenheit der Karosserie, »ich habe eigentlich nur den Wunsch, dir zu sagen, daß ich mich wie ein Idiot benommen habe.«

Sie schüttelt den Kopf und bereut es schon, ihn hineingelassen zu haben. »Hör auf damit, Thomas! Ich bin *einmal* schwach geworden. Ein zweites Mal wird mir das nicht passieren.«

»Darum geht es mir nicht.«

»So? Worum geht es dir denn? Du kannst bei mir keine Beichte ablegen, es gibt genügend Kirchen in München, falls dir das ein Bedürfnis sein sollte.«

Er sagt: »Es gefällt mir einfach nicht, daß unsere Angelegenheit in den Händen irgendwelcher Anwälte liegt, die an unserem Scheitern auch noch verdienen.«

»Das hättest du dir früher überlegen müssen. Warum hast du nicht auf das Recht verzichtet, deine Kinder jemals wiederzusehen? Irgendwie muß ich sie ja vor dir schützen.«

»Hältst du mich für so schlecht?«

»Du hast uns im Stich gelassen.«

»Ich sage ja: Ich war ein Idiot.«

Die Farben der Autolacke zerfließen im Regen, der über die Frontscheibe rinnt. Der Rückspiegel, fast ohne Bild. Wie isoliert sie hier sitzen, während hinter ihnen, in dieser wassergrauen Welt, gelegentlich ein Wagen vorüberrollt auf der Suche nach einem Parkplatz und Menschen ihres Weges gehen, die ein Ziel haben. Woher wissen alle, was sie zu tun haben, wer sagt es ihnen jeden Morgen? Thomas stiert hinaus. Schatten überflecken sein Gesicht wie alterndes Obst. Das Violett seines nächtlichen Bartwuchses ist trüb und stumpf. Seine Hände liegen auf dem schlaffen feuchten Stoff der Hose. Diese Hände haben ihr von Anfang an gefallen: Hände, die Pläne zeichneten. Sie hat an seine Pläne geglaubt, und jetzt erscheinen sie ihr ebenso aufgeblasen wie seine Haltlosigkeit.

»Wieso habt ihr euch denn getrennt?« sagt sie. »War sie etwa nicht deine große Liebe?«

»Sie war eine hysterische Kuh.«

»Na, großartig. Und um das herauszufinden, hast du ein Jahr gebraucht?«

Er sagt: »Ich möchte nur, daß du weißt, daß es zwischen ihr und mir aus ist. Ich weiß nicht, was mit mir los war, als ich dich verlassen habe. Das Haus, das Kind … – Männer haben so eine Angst, ihre Freiheit zu verlieren, als wäre die Zeit eine Brücke, und mit jeder Sekunde bröckelt ein Ziegelstein hinter dir ab. Ständig

283

schaut man in den Abgrund, und irgendwann wird der Spielraum knapp. Jahre sind ziemlich brüchige Pfeiler. Vielleicht habe ich geglaubt, ich könnte für immer der bleiben, der ich war, ich wollte noch einmal so frei sein wie zu der Zeit, als wir uns kennengelernt haben, aber man kann die Vergangenheit nicht festhalten. Mir ist klar geworden, wo ich hingehöre – das ist es, was ich dir sagen wollte. Ich will nicht, daß du von mir denkst, ich wäre nicht in der Lage, mich zu ändern.«

Unter seinen Augen haben sich scharfe Falten gebildet; es hat ihr immer gefallen, daß er nicht getrunken hat, aber jetzt umweht ihn ein leichter einsamer Alkoholgeruch, als hätte er eine neue Rolle für sich ausprobiert – die des Verlierers. Obwohl sie ihn durchschaut, fühlt sie sich von seinem Auftritt erpreßt, von dieser zerknirschten unausgesprochenen Behauptung, ohne sie den Boden unter den Füßen zu verlieren. Sie will ihm nicht glauben und sie darf es nicht; es hat sie zuviel Kraft gekostet, bis sie begriffen hat, daß es vorbei war, ein paar Herbst- und ein paar trügerisch weiße Wintermonate sind ins Land gegangen, bis sie sich endlich damit abgefunden hatte. Ineinandersickernde Tage und schlaflose Nächte. Sie stand auf der Terrasse ihres Hauses, dem schwarzen Gebirge des Gartens gegenüber, und irgendwo hoch oben das bleiche Grinsen des Mondes.

Sie sagt: »Es ist mir egal, ob du dich änderst oder nicht. Mit mir hat das nichts zu tun, verstehst du: Es betrifft mich nicht mehr.«

Mit sanfter Stimme sagt er: »Kannst du denn vergessen, was gewesen ist? Einfach so?«

Sie wendet sich ab. »Einfach so?! Ich habe ein Jahr gebraucht, es zu vergessen. Und ich bin heilfroh, daß es vorbei ist. Sieh dich doch an. Sieh dir an, was die Hure aus dir gemacht hat!«

»Das war nicht sie, das war ich selbst. Ich habe die ganze Nacht darüber nachgedacht, ob ich dich wirklich verlieren will. – Kathrin, ich will es nicht.«

»Ich bitte dich! Wenn du dich hören könntest. Dein Ton ist abgeschmackt.«

»Es ist aber so. Es ist die Wahrheit.«

»Die Wahrheit! Was soll denn aus dieser Wahrheit folgen? In einer Stunde ist deine großartige Wahrheit nicht das geringste mehr wert.«

»Es liegt nur an uns, was geschieht«, sagt er und versucht, ihre Hand zu ergreifen, die auf dem Steuerrad liegt, doch sie verwehrt ihm die Berührung und legt ihre Finger im Schoß zusammen.

»Nein«, widerspricht sie. »Nicht mehr.«

»Doch. Immer noch.« Seine Stimme wird drängender, wird zu der Überredungsstimme, die sie kennt: *Laß es uns einfach tun, jetzt, jetzt …* Er sagt: »Es kann uns niemand zwingen, dort in dieses Gebäude zu gehen und uns von unseren Anwälten und irgendeinem Richter, den wir nicht kennen, entmündigen zu lassen.«

»Hör auf, Thomas! Ich werde mich nicht von dem abbringen lassen, womit zurechtzukommen mich ein Jahr meines Lebens gekostet hat. Nicht von dir.«

»Wenn nicht von mir, dann vielleicht von unseren Kindern. Denk doch mal darüber nach. Willst du sie wirklich alleine großziehen und ihnen von morgens bis abends erklären, daß ihr Vater ein Schwein ist, das euch hat sitzenlassen? Willst du ihnen *das* sagen, wenn es noch nicht einmal die Wahrheit ist? Kathrin, ich will dich nicht verlieren. Dich nicht und die Kinder nicht.«

In seine Arme sinken, sich fallen lassen, *komm …* Aber so war es schon einmal, schon einmal hat sie nachgegeben, hat sie geglaubt, sie könne sich an ihn lehnen wie an eins seiner Häuser. Aber die Architektur seines Lebens ist auf nichts gebaut, auf den Sand seines Charakters. Alles an ihm ist nichts: Wie er die Lippen aufeinanderpreßt in Zerknirschung; sie kennt ihn, sie hat das Gefühl, als zitiere er nur noch sich selbst.

Sie sagt: »Ich glaube dir nicht.«

Er sagt: »Doch, du glaubst mir. Du *willst* mir nur nicht glauben. Laß uns einfach losfahren, wohin auch immer. Wir nehmen die Autobahn und sind heute nachmittag in Italien. Wir trinken in Bozen einen Espresso und essen in Verona zu Abend. Hier regnet es, und dort scheint die Sonne. Es ist ein Katzensprung, und niemand kann uns davon abhalten. Wir sind frei. Wir sind frei, das zu tun, was wir wollen und nichts anderes. Die dort drüben«, sagt er und sieht hinüber zum Gerichtsgebäude, »die interessieren sich einen Dreck für uns. Wenn wir nicht erscheinen, klappen sie nach einer Viertelstunde die Aktendeckel zu und gehen zum nächsten Fall über, und Hoffmann gegen Hoffmann ist für sie erledigt. Dieser fette Beutler und mein Lackaffe Sackinger werden sich die Hände reiben, weil sie kassieren, ohne einen Finger krumm gemacht zu haben, und das war's für die. Denen ist es egal, was aus uns wird, die geben sich anschließend die Hand, während wir geschiedene Leute wären.« Er sieht sie an, und sein Blick ist der eines Tieres: warm und doch leer. »Kathrin, es ist unser Leben, wir sind keine Marionetten irgendeines Justiz- oder Verwaltungssystems und können nicht mehr anders, nur weil wir uns irgendwann für irgend etwas entschieden haben. Laß uns nach Verona fahren oder wohin auch immer du willst. Und morgen kommen wir zurück, holen die Kinder ab und fahren nach Hause. Nach Hause!«

Ihr Blick sucht Schutz in der Ruhe der erloschenen Anzeigen hinter dem Steuerrad, auf den waagerechten Lüftungsschlitzen links davon und auf der Ablage darüber, auf der sich Parkzettelchen angesammelt haben wie Laub in einer herbstlichen Straßenecke; der Wagen ist so alt wie ihre Ehe.

Leise sagt sie: »Die Antwort ist nein. Du machst dir etwas vor, wir können nicht jeden Tag nach Verona fahren. Es wird keine zwei Monate dauern, und du wirst dich wieder mit uns langweilen. Kinder wollen keine ständigen Veränderungen, sie wollen Sicherheit.«

Als er noch einmal nach ihrer Hand greift, gelingt es ihr nicht, sie ihm zu entziehen. Die Wärme der Berührung; wann hat sie diese Wärme zuletzt gespürt? Als sie sich gerade erst kannten, hat sie einmal aus seiner Hand gelesen, und die Lebenslinie war kurz und brüchig.

Er sagt: »Glaub mir, ich will euch nicht verlieren. Ich will *dich* nicht verlieren. Vor Gericht unterzeichnen wir nur unser Scheitern, gewinnen können wir dort nicht, gewinnen können wir nur zu zweit. Bitte. Laß uns losfahren. Laß uns irgendwohin fahren, wo wir über alles reden können. Ich will nicht von vorne anfangen, sondern ich möchte dorthin zurück, wo wir schon einmal waren. Vielleicht ist es schon eine Weile her, aber doch nicht so lange, daß wir uns nicht mehr daran erinnern könnten. Es war doch nicht alles schlecht, was wir hatten.«

Er sieht sie an, sein Gesicht ist alles, was sie einmal geliebt hat und was ihr bleibt: ein Versprechen. Sanfte Berührungen, sichere Führung. Warum hat sie sich so sehr darauf versteift, ihn zu hassen? Er ist kein anderer als der, der er war, nur daß er gegangen ist, weil Männer gehen müssen, vielleicht ist das so. Vielleicht sollte man sie nicht hassen dafür, daß sie gehen, sondern lieben dafür, daß sie zurückkehren. Der Regen webt sein Tuch um den Wagen, um sie beide. Sie sagt: »Nein, natürlich nicht …«

Und als er sie in den Arm nimmt, spürt sie, daß er sich nicht verändert hat: noch immer weiß er, ihr im richtigen Moment die Wärme zu geben, die sie zum Leben braucht, ohne die ihr alles – Menschen und Tiere und Pflanzen und Dinge – zur Bedrohung wird, zu einem großen Ansturm von Gefahren, denen sie sich nicht gewachsen fühlt, zu dieser großen Lawine: Welt.

Nach einer Weile sagt er: »Soll ich fahren?«

»Ich weiß es nicht.« Sie muß sich die Worte abringen, doch

287

jedes ist ein Riegel auf ihrer Seele, der sich öffnet, so daß Luft einströmt: er. Und leise wiederholt sie: »Ich weiß nicht, was ich tun soll.«

Seine Stimme so nah: »Tu einfach gar nichts. Laß uns von hier verschwinden.«

Und vorsichtig entläßt er ihren Körper in eine veränderte Welt: weniger grau, weiträumiger. Lavendelfarbener Regen, aufhellendes Licht. Er öffnet die Wagentür, und die Luft, die hereindringt, ist trotz der Feuchtigkeit sommerlich. Im Laufe des Tages, hieß es, soll der Regen nachlassen, soll es aufklaren. Langsam rutscht sie auf den Beifahrersitz, und er setzt sich ans Steuer. Die Straße, von irgendwoher angeleuchtet, glänzt wie ein Stück des Himmels. Silbernes Band, hauchdünne Folie, verletzliche Haut …

In dem Moment, als sie an dem Hotel vorbeigefahren sind und er vorgeschlagen hat, sie sollten sich ein paar Stunden ausruhen, er sei todmüde, hat der tonlose Klang seiner Stimme sie erschreckt; es schien, als hätte die Erschöpfung nach diesem Kampf um ihre Ehe und um sie ihn ausgehöhlt, als wäre auch der Sieg für ihn nur das: etwas, das vorbeigeht. Und doch war es nicht nur verwirrend, sondern auch rätselhaft schön, mit ihm da am Hoteltresen zu stehen und ein Zimmer zu nehmen; es war so, als gäbe es nur sie zwei auf der Welt, und sie mußten einen Unterschlupf finden für ihre Körper und ihre Liebe. Aus alten Filmen weiß sie, daß es früher immer dann besonders schwierig war, ein Hotelzimmer zu finden, wenn man nicht verheiratet war, als würde die Welt den Liebespaaren in besonderer Weise mißtrauen. Und erst, wenn sich die Liebe abgekühlt hatte, durfte man tun und lassen, was man wollte. Aber heute ist das anders, und der Argwohn, der sie zu einem der Liebespaare jener früheren Zeiten hätte werden lassen können, schlug ihnen nicht entgegen, als sie den kleinen Anmeldezettel an der Rezeption ausfüllten. Und doch war es ein wenig so: Er und sie, irgendwo am Rand der Alpen, erschöpft und durchnäßt, weil die Feuchtigkeit aus seiner Kleidung in ihre gekrochen war. Und der gemeinsame Name hätte ja eine Lüge sein können, wäre es fast geworden, nur eine Stunde hat dazu gefehlt.

Sie liegt neben ihm im Hotelbett, und auf der Straße rauscht der Verkehr durch den Regen. Als Thomas auf das Hotel zuging, schwebten die Tröpfchen unsichtbar wie ein Spinnennetz herab und überzogen seine Haare mit einem hellen Schleier, so daß es aussah, als sei er innerhalb von Sekunden grau geworden. Vom Bett aus zeigt die Fensterscheibe den Himmel als Decke eines zweiten großen Zimmers dort draußen: gräulich, strukturlos und angefüllt mit monotonem Licht. Wie ungewöhnlich es ist, um diese Tageszeit im Bett zu liegen. Sieben Minuten nach drei zeigen die roten Buchstaben des Digitalweckers, der auf dem Nachttisch steht und das Verstreichen der Stunden verzeichnet, egal ob jemand hinsieht oder nicht. Auch der Verkehr ist eine Art Uhr; Wagen, die sich nähern und entfernen, nähern und entfernen. Seltsam, daß man altert, auch wenn überhaupt nichts geschieht.

Manchmal wünscht man sich, daß es einfach anhält, aufhört; aber es hört nicht auf, und das Seltsame ist, daß Thomas es wußte: Er wußte, daß ihre Tage sich zu einem Gewicht addieren würden, das sie nicht aushalten konnte; er wußte, daß sie immer wieder daran würde denken müssen, wie sie sich geliebt hatten, und daß es sogar dann noch einmal geschehen war, als es längst schon vorbei zu sein schien und es dennoch dazu kam. Sie erinnert sich, wie sie damals, vor fast einem Jahr, neben ihm lag, versunken in die Bereitschaft, alles geschehen zu lassen, dieses Wollen und diese Konzentration, als müsse es dieses eine Mal besonders gut gelingen, als stehe nun alles auf dem Spiel. Leicht ist es ihr nie gefallen, aber sie hat nie aufgegeben, hat ihn nie ziehen lassen, sondern wollte es mit ihm, und auf einmal bäumte sie sich auf, irgend etwas war dort ganz ungeahnt in ihrem Leib, das es gar nicht erwarten konnte, und sie spürte, wie er voller Erstaunen ihr Vorwärtsdrängen beobachtete und sah, daß noch etwas anderes im Spiel war, das aber weder er noch sie in dem Moment zu benennen vermochten, obwohl sie es hätten wissen können, denn es war ja nicht das erste Mal. Aber Thomas mußte die Augen davor verschließen, weil er gegangen ist nach dieser Nacht und nicht mehr zurückgekommen und sie allein gelassen hat mit diesem Neuen in ihrem Leib.

Jetzt schläft er. Seit geschehen ist, was in Hotelzimmern geschieht, liegt sie da, hineingeschmiegt in ihn, ihre Hand zu einer weißen Pfote gerollt, der behütende Bau der Vertrautheit, in dessen Wärme der Zeitraum des vergangenen Jahres geschmolzen ist wie ein Schneefeld aus Wochen und Monaten, darunter die Erde ihrer Liebe, die vielleicht noch einmal erblühen kann, aber was für eine Rolle spielt das im Moment? Thomas hat langsam die Decke über ihre Schultern gezogen und die Federn mit leichten Stübern zurechtgetupft, bevor er eingeschlafen ist, aber sie kann es nicht, kann sich nicht fallen lassen in diese schlichte menschliche Situation, nie kann sie sich fallen lassen, es gelingt ihr nicht, woran liegt das? Alles hat seine Ursache in der Kindheit, in einer Zeit, die in den Gehirnen unserer Eltern lagert und dort allmählich zerfällt. Warum man ist, wie man ist, bleibt für immer im Dunkeln, und vielleicht stimmt es ja und es sind die Gene, die uns zu dem werden lassen, womit wir uns eines Tages abfinden müssen. Es gibt Nutten und es gibt Mütter, und irgendwie scheint alles festgelegt, scheint sich nie etwas daran zu ändern, daß die Männer die Macht für sich beanspruchen; Lenni, dem sie nie etwas anderes beigebracht hat, als höflich, gerecht und rücksichtsvoll zu sein, soll im Kindergarten ein Mädchen geschlagen haben, sie glaubt es nicht, aber seine Hände sind ungeschickt,

große plumpe Hände, die die Hände ihres Vaters sind; und kann
es sein, daß ihr Vater ihre Mutter geschlagen hat, in diesem dunklen Endnanger Haus im Nordschatten der Dorfkirche, das Nike
so sehr haßt? Wenn alles in den Genen läge, bräuchte man sich
über nichts Gedanken zu machen, nicht über Lenni oder darüber,
daß es mit ihrer Mappe wohl niemals etwas wird, weil sie nicht
wirklich daran glaubt, es schaffen zu können, und nicht darüber,
daß sie von Thomas nicht loskommt, der neben ihr liegt mit
Schultern, blaß vom Schlaf. Vor einer Stunde hat er sich bemüht,
ihrem Körper gerecht zu werden, und als er begann, an ihren
Brustwarzen zu saugen, war sein Mund plötzlich rund, stumm
und leer; und dann beugte er sich vor und bedeckte ihren Slip
mit seinen Küssen, wie auch der Papst erst einmal die Erde eines
Landes küßt, bevor er beginnt, es zu erkunden; geübt begann er
mit seiner Zunge, den toten Winkel ihrer Wahrnehmung abzu-
tasten, um jenen Punkt dort unten zu finden, von dem er sich
etwas für sie versprach, er wollte sie nicht nur benutzen, und
irgendwann richtete er sich auf und zog sich aus, nackt kam er
ihr älter vor. Wie nah die Dinge beieinanderliegen; Lust und
Unmut, Liebe und Leere. Es ging nicht, aber sie ließ es ihn nicht
wissen, und die Begegnung in ihrem Körper war nah und fern
zugleich. Thomas kam hastig und ohne greifbaren Rhythmus.
Männer, die kommen, sind so hilflos, so ausgeliefert einer Natur,
die sie niemals beherrschen werden, Verlierer …

Kathrin steht auf und geht zum Fenster, leise, sie will ihn nicht
wecken, sie will allein sein mit sich und ihren Gedanken, und
zum ersten Mal seit mehr als einem Jahr schreckt der Gedanke
an dieses Alleinsein sie nicht. Thomas, der Vater ihrer Kinder, der
Mann, der immer noch ihr Mann ist, liegt da wie ein Teil des
Regens, sanft und ausdruckslos, das entfernte Ein- und Ausströ-
eines Atems. Man bekommt, was man will – an diesen Satz
hat er immer geglaubt, und er er glaubt wohl noch daran, obwohl

291

er als Architekt nicht jeden Auftrag bekommen hat, den er gerne gehabt hätte. Die einen geben, die anderen nehmen, die Architektur der Gesellschaft, erst die präzise Ausrichtung von Kräften fügt diese zu tragfähigen Konstruktionen zusammen und so weiter ... Thomas. Hat er jetzt, was er will? Sie? Ihren großen, schlanken und trotz ihrer beiden Entbindungen noch kaum in die Breite gegangenen Körper, dessen Wert sie sich zwar bewußt ist, den gewinnbringend einzusetzen sie aber im Gegensatz zu Nike nie in der Lage war. Und jetzt steht sie hier, in diesem Hotelzimmer, nackt, und sieht hinaus in den Regen, der dort draußen auf die Schindeldächer fällt, und fühlt nichts. Tropfende rotbraun gestrichene Fensterläden, die weiten Hänge der Almwiesen, die sich hinter den Häusern erheben, das schuppige Schwarzgrün ferner Tannen. – Die Landschaft, der sie entstammt, kommt ihr kühl und verschlossen vor. Doch irgendwo in diesem weitwelligen verläßlichen Auf und Ab warten zwei Kinder auf sie, denen sie mehr Liebe zu geben hat, als sie von Thomas zu empfangen vermag. Es liegt nichts daran, an dieser Sache. Irgendwo in der Ferne bricht Licht durch die Wolken, eine klare farblose Helligkeit. Nein, es liegt nichts daran. Sie dreht sich um. Das Zimmer, das Bett, er. Wie dumm, sich nicht einfach fallen zu lassen, wie dumm diese Angst ... Lenni, Nike. Sie geht zum Stuhl und nimmt ihre Kleidung von der Lehne. Und am Horizont ihres Bewußtseins taucht ein Gedanke auf, der allem, was geschehen ist, eine Art Sinn zu geben scheint: Nicht sie braucht das Leben, sondern das Leben braucht sie.

5

Evolution

Bill: Im großen und ganzen
denken Frauen nicht in
diese Richtung.

Alice: Millionen Jahre Evolution,
nicht? Männer müssen ihn
reinstecken, wo es geht.
Aber für Frauen geht es nur
um Geborgenheit und
Bindungswunsch und wer
weiß was für einen Scheiß.

EYES WIDE SHUT

*Oh, Roßwitha! – Vielleicht hat er das ß, diesen tief dekolletierten
Buchstaben, selbst eingefügt, aber wie treffend läßt die kleine ortho-
grafische Eigenmächtigkeit den Namen werden, der, gestanzt in ein
rotes Schildchen, auf ihrem von Mohairmaschen umflossenen Busen
ruht! Nein, nicht ins Jahrzehnt der Halbfettmargarinen und Energy-
Drinks noch überhaupt in dieses Jahrhundert gehört sie, die vor
der schmalbändigen Kulisse der Taschenbuchregale sofort seine Aufmerksamkeit erregt hat: Ihre Haare so golden wie das Gestell ihrer
Brille, die, etwas dickglasig, ihre Augen in eine unerreichbare Ferne
rückt, in ein anderes Zeitalter, ein goldenes, ein ehernes, es ist gleich,
eines nur, in dem es nicht darum geht, den kleinen Hunger zu stillen,
sondern den großen ...*

Er bleibt vor ihr stehen, leise Aufregung kitzelt ihn, als rieselten

293

Buchstaben über seine Haut. Wie gerne hätte er sie zu einem anderen Thema zu Rate gezogen als ausgerechnet zum Schachspiel. Gibt es denn eine unsinnlichere Materie als die Mathematik des Mattsetzens? Ist es denn nicht eine rein akademische Frage, warum Schach ausgerechnet auf 64 Feldern gespielt wird? Warum sucht er heute nicht nach den großen Epen der Liebe, den Gesängen der Minne, nach Gottfried von Straßburg oder Petrarca? Vielleicht hätte Dante ihre Lippen bewässern können, deren Farbe ihn an das blasse Löschpapierrosa eines Schulheftes erinnert: ein passives Rosa, aber eine rätselhafte Ahnung sagt ihm, daß sich dunkler Samt darunter verbirgt.

Er folgt ihrem von einer geranienroten Schleife zusammengehaltenen Pferdeschwanz über das blasse Lila des Teppichbodens: eine antistatische Auslegware in der Farbe ungewaschener Pflaumen, die allerdings der elektrischen Aufladung seiner Sinne, dem lautlosen Knistern seiner Ahnung nicht gewachsen ist. Allein, wohin er ihr folgt! In eine abgelegene Nische führt sie ihn, ein auf den ersten Blick lebloser Quadratmeter, begrenzt durch eine graugemaserte Betonsäule auf der einen und schweigendes Doppelglas auf der anderen Seite. Und vor ihm das Regal mit den Büchern, die er ja gesucht hat, die ihm aber nun ganz nutzlos erscheinen: Was interessiert ihn ein Spiel, in dem die Figuren aus Holz sind, wenn sie lebendig und warm neben ihm steht?

Mit senkrechten Blicken starren die Buchrücken ihn an, eine geschlossene, unüberwindlich scheinende Front, aber sie, seine Heroine, seine Schröder-Devrient, sie lässt sich nicht einschüchtern, sie greift hinein in die lückenlose Phalanx – sie, die Herrin der Regale, die Königin der Nische.

»Wonach suchen Sie denn genau?«, erkundigt sie sich. Mit was für einer Vornehmheit sie ihn quält! Als wenn sie es nicht wüßte. Als wenn sie es nicht ebenso spürte wie er! Gegen das durch die Fenster hereinfallende Licht erscheint ihr weißer Teint dunkler. Südlicher.

Die weit geschwungenen Schriftzüge ihrer Figur wirken vor der Betonsäule zart und zerbrechlich.

Sie wartet die Antwort, die doch unmöglich ist, nicht ab und wendet sich den Büchern zu wie eine Gebieterin ihren Bauern. Sie fährt die Buchrücken mit dem lackierten Nagel ihres ausgestreckten kleinen Fingers ab, Titel für Titel, langsam, zum Mitlesen, und so – welche Raffinesse! – gibt sie ihm endlich zu verstehen, daß sie verstanden hat, daß ihre Gleichgültigkeit nur eine Buchhändlerinnenmaske ist, ein Inkognito, das sie, die Zeitlose in dürftiger Zeit, sich zugelegt hat, denn was für Geheimnisse bietet sie ihm an! Französisch, liest er auf den Einbänden, und Indisch, Schottisch, Russisch … – Ja, ist es denn möglich, ist es wirklich wahr? Hier, in dieser kaum frequentierten Nische liegt die Pforte zu den verbotensten Genüssen der Völker? Seine Ahnung hat ihn nicht getäuscht: Als verberge sich nichts Besonderes dahinter, sondern als offeriere sie ihm damit nur eine Quelle des Vergnügens unter Tausenden, zieht sie – die Verschwenderin – ein Buch mit der Aufschrift Persisch aus dem Regal und reicht es ihm. Die Kuppe ihres Zeigefingers berührt die des seinen, und trotz des Antistatikteppichs springt ein kleiner Funke leise blitzend von Haut zu Haut, ein moussierender Kurzschluß, ein prickelnder, ein persischer Schmerz. Sie wendet sich dem Regal zu, ohne der elektrischen Frivolität ein weiteres Signal folgen zu lassen. Will sie ihm sagen, daß er selbst die Schätze heben muß, zu denen sie ihn geführt hat? Aber wie sind diese Bücher zu lesen? Seite um Seite stehen – nein liegen – stilisierte Springer, Türme, Könige leblos auf weißen oder schraffierten Feldern, kreuzworträtselartige Zeichnungen, die durch kurzzeilige Verse einer abstrakten Da6xTd3-Lyrik kommentiert werden, einem Koordinatenkamasutra, dessen Zauber sich ihm, dem Novizen, nicht erschließt. Aber geht seine Suche nicht überhaupt in die falsche Richtung? Persisch, indisch – blenden ihn denn nicht Techniken?

»An Stellungen bin ich nicht interessiert«, sagt er und versucht, die Worte nicht zu Läufern seiner Nervosität werden zu lassen.

Sie nickt, es bedarf keiner Worte mehr zwischen ihnen. Stumm stellt sie das Buch zurück und geht langsam in die Hocke. Regalbrett für Regalbrett taucht ihr gewölbter Rücken vor ihm ab. Hinter ihr stehend, atmet er den von ihrem Körper aufsteigenden Geruch halbtrockenen Schweißes, den sie nicht unter dem Mantel eines Deos verbirgt – warum auch? Hat nicht Napoleon seine Josephine gebeten, sich im Schritt nicht allzu häufig zu waschen? Napoleon, der große Stratege, der europäische Schachspieler …

»Ich interessiere mich für die Geschichte, die Ursprünge«, sagt er, und: »Was ist schon die Gegenwart …«

Kein Zweifel: Sie weiß, wovon er redet, auch wenn der breite Hang ihres Kreuzes keine Reaktion zeigt, denn erneut fährt sie mit dem weichen, rot beflaggten Turm ihres kleinen Fingers die Buchrücken ab. Wie ein Katzenkopf sieht ihre Hand aus, weil sie auch den Daumen ausstreckt, oder wie der Schattenwurf eines bekrönten Königinnenhauptes. Um die Titel, die sie ihm nun weist, besser lesen zu können, beugt er sich leicht über sie, und zusammen formen sein gerundeter Rücken und sie, die vor ihm Kauernde, jetzt die Silhouette der magischen Zahl des Spiels: 64 – was für eine Position! Ja, allmählich beginnt er zu verstehen. Ist denn nicht die waagerechte Acht, diese einfachste Stilisierung einer liegenden Venus, das Symbol des Unendlichen? Was anderes also bedeutet die aus 8x8 geborene 64, als die Begegnung der Unendlichkeit mit sich selbst? Venus und Dionysos – ja, er versteht.

Ein graues, ganz unscheinbares Bändchen reicht sie ihm, aber als er es aufschlägt und die Seiten unter dem Daumen durchgleiten läßt, strömt eine fremde, geheimnisvolle Welt auf ihn ein. Sie, die Königin selbst ist es, die ihn aus dem monotonen Heute des Turnierschachs entführt in das Reich des geheimnisvollen chinesischen Orakelschachs Xiangqi und der mesopotamischen Brillenfiguren aus Alabaster, der phallischen Harappa-Spielsteine aus Lapislazuli, dem gewundenen Schlangenbrett aus Shar-i-Sokhta und dem gefährlichen babyloni-

schen Schatrandsch, einem Spiel mit lebenden Personen, getöteten
Figuren, verkauften Frauen, und der stets drohenden Sonnenfinster-
nis, dem Shah-caim. Und was für eine üppige Vielfalt an Figuren!
Zwischen Wazir und Rukh, Dabbabah, Frezin und Zarafah ragt die
Rakete des Xiangqi hervor, dieser mächtige Spielstein, der über die
Köpfe aller Offiziere hinweg schlägt und dem nur der böse Blick,
jener geheimnisvolle und bis heute nicht vollständig verstandene Da-
menzug, gefährlich werden kann. Ganz langsam richtet sich die ala-
basterweiß aufragende Rakete gegen die schwarze Königin, deren
Rösser nervös zu scharren beginnen, aber sie, deren vernichtender
Blick alles beenden, alles in ewige Lichtlosigkeit stürzen könnte, fiat
nox ... *– ist denn nicht das Ziel eines jeden auf einem dampfenden,*
wolkenschwitzenden strahlreitenden Stoßes die Schwärze des Alls,
das Reich der dunklen Mutter und Herrin? – sie streckt ihre Hand
aus und gebietet ihrem Gefolge mit einem gemessenen Zug Ruhe,
keine Laut mehr jetzt, kein Strudeln von Luft durch erhitzte Nü-
stern, Feld um Feld schreitet sie die schweigende Geometrie ihres
Staates ab, jener hoch aufgerichteten Anbetung entgegen, die ihr ge-
bührt, bis nur noch der Abgrund zwischen schwarz und weiß sie
voneinander trennt, der tiefe Riss zwischen Tag und Nacht, und nur
ihr, der Mächtigen, ist es gegeben, den Fortgang zu bestimmen: Ma-
ter Aeternitatis, *große Schmerzbringerin, laß das sprudelnde Feuer-*
werk des Xiangqi seinen hellen Leitstrahl senden, seinen silbernen
Erstschlag ... – und ohne daß ihr kalter Blick sich für den Unwür-
digen erwärmte, gewährt sie ihm die unverdiente Gnade, die Grenze
zu überschreiten ... Sie, die Hüterin der ersten und einzigen Nacht,
gibt den Weg zum Ursprung frei, in den der endlose Faden der Zeit
einschlagen wird wie flüssiger Alabaster ...

»Mehr kann ich Ihnen nicht anbieten«, sagt sie und richtet sich
auf, ihren Josephinen-Geruch beiseite schiebend, der verweht und
trockener, antistatischer Ladenluft weicht. Die bauchigen Linsen der
Brille rücken ihre Augen, deren Farbe auf einmal an mageres Dü-

nengras erinnert, in eine kühle Ferne, und ganz unbeteiligt und leer,
ja desinteressiert bewegt sie sich, ihm den Rücken zuwendend, zur
Kasse ...

Was ist geschehen? Innerhalb weniger Sekunden scheint sie eine
andere geworden. Gleichgültig nimmt sie das Buch entgegen, das
doch nicht weniger enthält als die feinsten Lüsternheiten, die unmo-
ralischsten Angebote – nicht weniger als ihre Liebe ... Vorbei, es ist
vorbei ... Das kurze Piepsen des Scanners und die roten Leuchtdioden der Preispistole strahlen mehr Sinnlichkeit aus als sie ...

Hat er sich doch getäuscht? Ist es denn wahr? Die Zeiten des Xiangqi sind vorbei? Die Welt ist in einem nicht mehr endenden Patt
gefangen? Und der Kampf der Geschlechter geht dem Remistod entgegen?

Ach, Roßwitha, warum gibst du mir kein Zeichen?

Robert Hanson steht am Fenster eines Hotelzimmers, gegen das
sich ein heftiger Gewitterregen wirft, in nervösen Abständen
durchleuchtet von Blitzen, die die flach gepreßte Tropfenmasse
auf der Glasscheibe zu einem glitzernden Regenraum weiten, in
dem für Sekundenbruchteile die bleichen Giebel kleinstädtischer
Häuser sichtbar werden, parkende Wagen, eine Bushaltestelle ...
Irgendwo dort unten hat er vor ein paar Stunden in einer Buch-
handlung gesessen, vor einem spärlichen versteinerten Publikum,
und aus seinen Büchern gelesen. Das Licht im Raum war gedämpft, und man hatte die Tische im Verkaufsraum an den Rand
gerückt, um Platz für die Chromrohrstühle zu schaffen, die durch
seitlich angebrachte Haken miteinander verkettet waren wie Ge-
fangene. Ein Strahler blendete Robert, und in dem Wasserglas auf
dem weißen Tisch erschien die erste Zuhörerreihe wie in weite
Ferne gerückt. Am Anfang sprudelte das Wasser leise, doch irgendwann stieg nur noch müde hin und wieder ein Kohlensäu-
rebläschen auf, als würde sich der Ablauf der Zeit mit jedem

gelesenen Satz verlangsamen und verlangsamen. Am Ende las er einen Text aus dem vor einem Jahr erschienenen Sammelband mit erotischen Kurzgeschichten, und mal folgte sein Blick dabei den Zeilen auf der Seite vor ihm, mal den löcherigen Gesichterreihen ihm gegenüber. Fünfunddreißig oder vierzig Zuhörer, vielleicht auch ein paar mehr, manche jünger, manche älter, waren zu seiner Lesung erschienen, ein aufmerksames Publikum, und hier und da hatte die innere Konzentration nach außen hin die Form von Schlaf angenommen. Manche hielten die Augen geschlossen und die Köpfe gesenkt, andere wiederum stierten andächtig hohl und stoisch irgendwohin. Fast alle vermieden es, ihn direkt anzusehen, wie in dem Wissen um eine unheilbare Krankheit. Die Leere in ihren Blicken schien Robert die Leere seiner Texte widerzuspiegeln, als lähmte seine Anwesenheit alle, und er wollte fortrennen. Er wollte dort draußen sein, in dieser wirklichen Welt hinter den Fenstern, auf die sein Blick gelegentlich fiel, dort, wo das geräuschlose Aufflammen von Blitzen in einem drückenden, tief hängenden Schwarzblau das verläßliche Nahen eines abendlichen Hitzegewitters versprach.

Jetzt entlädt sich dieses Gewitter, das Wasser prasselt gegen die Fensterscheibe, nur Armlänge von ihm entfernt; die Hand ausstrecken, hineingreifen … Seltsam, hier zu stehen, in dieser umtosten trockenen Schachtel des Zimmers, befriedigt wie schon lange nicht mehr, obwohl es nicht anders war, als er es kennt, diese Nähe, die im Innersten eine Unerreichbarkeit ist … – Vor ein paar Minuten ist Corinna gegangen, sie muß nun dort hinaus, in dieses Unwetter, das mit gewaltigem Getöse auf den Boden niederkracht, der Himmel stürzt ein, Gottes Haus ist baufällig, war es wohl seit langem schon. Immerhin bietet der Sturm ihr eine Erklärung dafür, daß sie so spät zurückkehren wird zu ihrem Mann und ihren beiden Kindern, Gott ist gnädig mit ihr, der Pastorin. Robert wartet noch eine Weile, ob er sie dort unten zu ihrem Wagen hasten sieht, mit über den Kopf gezogener Jacke, die Schlüssel schon in der Hand, aber so unvermittelt, wie sie nach zwanzig Jahren noch einmal in sein Leben getreten ist, entfernt sie sich auch wieder daraus. Sie muß seinem wartenden Blick in der Finsternis zwischen zwei Blitzen entkommen sein.

Corinna. Was für eine Überraschung, als sie ihn ansprach nach der Lesung, als wollte sie nur, daß er sein Buch signiert, und nicht das Aussehen, sondern ihre Stimme verriet ihm, daß sie sich einst geliebt hatten. Auf einmal war es, als lösten sich die Jahre von ihrem Gesicht, und es erschien etwas Vertrautes darauf, als steige ein fest verankert geglaubtes Stück Vergangenheit innerhalb von Sekunden aus den Tiefen der Zeit an deren Oberfläche. Ein Zimmer, das man einmal bewohnt hat, ein Spielzeug, das man auf einem Dachboden findet, ein Foto, das man über Jahre nicht betrachtet hat ...

Erinnerungen: Ihre zierlichen schönen Schultern, ihr leicht gebogener Rücken, ihr kurzer Hals, das zarte Sonnenaufgangsrosa auf ihren Wangen. Die Augen blaßblau, frappierend unverändert. Ihre Gebärdensprache, verhaltene Gesten, vorsichtige Betonungen. Ihre leichte Kurzatmigkeit, als berge jede Situation eine unsichtbare Gefahr, etwas, das die dünne, brüchige Hülle ihrer femininen Selbstsicherheit zu durchstoßen drohte. Keine Erinnerung an ihren Geruch; man kann Gerüche als Vorstellung nicht abrufen wie Bilder oder Töne, sondern muß sie suchen, herstellen durch Nähe. In ihrem Blick ein Rest jener Befangenheit der Zwanzigjährigen, die sie durch einen etwas gekünstelten engagierten Eifer in allen Dingen überspielt hatte; der Versuch Verständnis aufzubringen für alles Mögliche – zu viel Verständnis, wie er schon damals fand. Man war politisch in den frühen Achtzigern, so war die Zeit. Er kannte sie in Jeans und T-Shirt, und nun war ihre sandbeige Hose gebügelt und ihre Jacke in der Taille gerüscht und mausgraugrün. Die Kleidung war es vor allem, die diesen Eindruck von Fremdheit erzeugte, als wäre ihr Alter ein Kostüm, eine schlecht sitzende Maske auf der Wahrheit ihrer Jugend in seiner Erinnerung.

Daß sie Pastorin geworden war, überraschte ihn.

»Was willst du denn in der Kirche?« konnte er sich nicht verkneifen zu fragen. »Es ist allgemein bekannt, daß es sich da um einen Saftladen handelt.«

»Ach, ist es nicht vielmehr allgemein bekannt, daß alle Läden Saftläden sind?« sagte sie. »Universitäten, Konzerne, Regierungen. Wenn es danach ginge, könnte man gar nichts machen.«

Sie schlenderten durch Straßen, auf denen kaum noch jemand unterwegs war, Schaufenster zu beiden Seiten, eine Fußgängerzone in der Provinz, der Himmel schwarz bis auf ein paar leuchtende blaue Risse in der aufgetürmten Wolkenmenge. Das Gewitter lag wie ein großes Wetterraubtier irgendwo hinter den Fassaden auf dem Sprung. Die Häuser kamen ihm so niedrig vor, als würden sie unter dem Gewicht des Himmels nachgeben. Der bescheidene Maßstab der Kleinstädte; dieses scheinbare Einverständnis mit dem Schicksal, wie man es immer dort findet, wo man nicht in der Lage wäre zu leben.

Neben dieser zugleich fremden und doch vertrauten Corinna herschlendernd, hatte Robert das Gefühl, die Haut einer zweiten Realität zu berühren, ein Gefühl, wie es sich manchmal einstellt, als trenne einen nur eine hauchdünne unsichtbare Membran von einer parallelen Wirklichkeit, in der man irgendeine Entscheidung im Leben anders getroffen und damit alles verändert hat und in die hinüberzuwechseln einem mit einem Mal verlockend und ganz einfach vorkommt.

»Bis zum Vordiplom habe ich Biologie studiert, dann aber aufgehört«, sagte sie. »Anstatt die Schöpfung zu sezieren, schien es mir sinnvoller, mich um sie zu kümmern. Ich glaube, es war keine schlechte Entscheidung. Jedenfalls bereue ich sie bis heute nicht.«

Sie legte ihren Kopf in den Nacken und blinzelte in die schwarzen Wolken über den Giebeln der Häuser, und die Geste überbrückte Jahrzehnte: Wie sie auch früher den Kopf zurückgelegt und die Augen zusammengekniffen hatte, als müsse sie – und dieses Bild fällt ihm erst jetzt ein – Gottes klein geschriebene Botschaft dort oben entziffern. Dann sah sie nach vorne, dorthin, wo die Fußgängerzone in einem hell erleuchteten Warenhaus endete, und fügte hinzu: »Ich würde sagen, ich habe meine Gemeinde und du deine. Nur ist meine offenbar größer. Jedenfalls wenn man den heutigen Abend als Maßstab zugrunde legt.« Ein Blitz flammte auf und schien ihr entweder recht zu geben oder sie für ihren unchristlichen Hochmut zu tadeln.

Es muß neunundsiebzig oder achtzig gewesen sein, als sie einander begegnet sind, die Zeit der Friedensdemonstrationen und des Glaubens an die Heilkräfte der Natur. Menschenketten und Meditation. Sie trug diese weiten unförmigen Sachen, die damals Mode waren, grobgemusterte Pullover aus kratzender Schafwolle und knöchellange Wickelröcke mit hinduistischer Ornamentik, und stets war eine Menge Stoff zur Seite zu schieben, um zu ihren Schenkeln vorzudringen und ihren Brüsten, die spitz waren und fest und getrennt durch einen handbreiten Steg dünner, fast bläulicher Haut, und die dunklen, ziegelfarbenen Brustwarzen bewegten sich, wenn sie geredet und sich ereifert hat, nicht auf und ab, sondern seitwärts, zitternd im Sturm ihrer Empörung. Die Raketenrüstung wühlte sie auf und die Unterdrückung all der Befreiungsbewegungen dieser Welt, doch ihn, den Neunzehn- oder Zwanzigjährigen, der er nur über unvollständige sexuelle Erfahrungen verfügte, schockierte die Dunkelheit ihres Schoßes …

Was für eine sonderbare Zeit diese frühen achtziger Jahre doch waren, und auch wenn er sich seiner selbst damals noch nicht sehr bewußt war, hat er wohl geahnt, daß ihn Corinna in all ihrem Engagement schon bald langweilen würde. Außerdem mochte sie das Geld nicht, das ihm immer zur Verfügung stand, es bedeutete ihr nicht Freiheit zu tun, wozu immer man aufgelegt war, sondern eine spezielle Form von Abhängigkeit, die Robert logisch gesehen nur als Abhängigkeit von der Unabhängigkeit definieren konnte, und somit als irrationales Konstrukt, dem keine Bedeutung zukam. Für Corinnas Freunde stand er auf der Seite der Herrschenden, und er spürte, daß sie den Spagat zwischen Politischem und Privatem nicht lange würde bewältigen können. Er führte ihren Wunsch nach gesellschaftlicher Veränderung auf das schwierige Verhältnis zu ihrem Vater zurück, einem gefragten Tierarzt in der Holsteinischen Schweiz, der, soweit Robert sich jetzt erinnert, ihre Mutter verlassen hatte, als Corinna in der Pubertät war, und dagegen, so schien es ihm, werde er als Mann wohl nicht ankommen. In Wahrheit aber hat sie ihm, der er sich damals in der Rolle des freigeistigen großstädtischen Existentialisten sah, in ihrer einfachen, ländlichen, etwas hausbackenen Frische wohl nicht genug bedeutet, als daß er bereit gewesen wäre, um sie zu kämpfen. Irgendwann trennten sie sich in beiderseitigem Einverständnis und so gründlich, daß sie sich danach nicht wiedergesehen haben, ein nahezu sang- und klangloses Vergessen, ein stilles Davonschweben in der leeren Weite der Zeit …

Fast überrascht es Robert jetzt, wie genau er sich dennoch an so vieles erinnert. Diese Tiefe der Wahrnehmung mit zwanzig: Die Straßen Hamburgs, rauher und narbiger als heute, und das Licht mal rötlich staubig oder von klarem Violett, je nachdem, wie der Wind stand, und irgendwo auf dem Asphalt, am Fuß dieses Lichts, schlenderte er mit ihr durch die Straßen. Dann diese schamvolle Ungeduld, mit der sie einander begehrten und ihre unangetasteten Körper darboten, tagsüber ebensooft wie nachts, auf der abgenutzten schmalen, geduldig nachgebenden Federkernmatratze in ihrem Zimmer, in dem es nach frischem Bienenwachs roch und nach getrockneten Blütenblättern, die sie in kleinen Weidenkörbchen aufbewahrte, die überall herumstanden. Das Sonnenlicht, zurückgeworfen von einer vor ihrem Fenster hoch aufragenden Brandmauer, spannte am Nachmittag dattelfarbene Schleier quer durch den Raum. Manchmal hatte er Sorge, in ihrem Dunkel die Pforte zu verfehlen; oder er erforschte mit seiner Zunge ihren Schoß, der mit einer herb riechenden Patina überzogen war, doch erreichte er nie sehr viel damit, und er war überrascht, wie schwierig es war. Er konnte nicht einmal mit Sicherheit in Erfahrung bringen, ob es an ihm lag oder daran, daß sich in ihr etwas dagegen sträubte und es ihr einfach nicht gelang, sich zu entspannen, während er nach der richtigen Kombination aus Zärtlichkeit und Zielgenauigkeit suchte. Nie wurde er das Gefühl los, als warte sie nur ab oder horche in sich hinein, in die unaufgewühlte Stille ihres Körpers, und es enttäuschte ihn, daß seine Bemühungen, zu denen er sich genaugenommen sogar überwinden musste, so wirkungslos blieben …

Wie oft haben sie sich geliebt? Es hat einen Vorteil, denkt er, zwanzig Jahre älter geworden zu sein: Man könnte darüber reden. Ihre Körper sind zu erschlossenen Territorien der Erfahrung und Gewöhnung geworden; wollen und sich überreden lassen, Lust und Ermattung, Höhepunkte und Versagen. Man weiß, was geschehen kann, und man kann es geschehen lassen, ohne Gefahr zu laufen, sich im Labyrinth des Begehrens zu verirren. Man kann es nur besser haben als damals, denn man weiß, was man tut.

Als er neben ihr an der Hotelbar saß, einem Mahagonitresen ohne stilistische Identität, den eine Atmosphäre dienstverpflichteten lustlosen Daseins umgab, dachte er, wie einfach es sein könnte: Sie bräuchten nur zu bezahlen und aufzustehen, mit dem verspiegelten Fahrstuhl lautlos in jenes altrosa und erbsengrün ausgekleidete Stockwerk zu fahren, in dem sich sein Zimmer befand, und könnten in nicht einmal fünf Minuten die Tür dieses Zimmers hinter sich schließen. Es wäre kein Versuch, Vergangenes wieder aufleben zu lassen, sondern ein Tun, das der Logik ihres Alters entspräche: Sie gewähren sich nichts, was sie sich nicht schon zugestanden hätten. Sie enthüllen sich mit ihren Körpern kein Geheimnis mehr und haben längst gelernt, daß ihr Verlangen keines ist, das sich aufzubewahren lohnt für wen auch immer. Niemand wird kommen, der das Ersparte wert wäre. Und doch würde es mehr sein, dachte er, als nur ein wohl kalkulierter Handel zu beiderseitigem Nutzen. Sie würden manchen Fehler des Anfangs nicht wiederholen, und vielleicht käme ein sonderbarer Reiz hinzu: ein Seitensprung, der nicht die Rechte der Ehepartner verletzt, sondern die Ordnung der Zeit. Es wäre der perfekte Betrug, weil es keiner wäre; weil ihm kein Vorsatz zugrunde läge noch die Sehnsucht nach Neuem, sondern nichts als der reine Zufall ihrer Begegnung. Sie müßten sich nur dazu entschließen, mehr nicht.

Der Regen läßt nach, und allmählich gewinnen Fassaden und Gehwege vor dem Hotel in der verschüchterten Beleuchtung der Straßenlaternen wieder Konturen, so wie die Dinge nach einer Blendung erst langsam in ihrer Normalität wieder sichtbar werden. Nebeneinandersitzend im gelben Tresenlicht, sie vor einem Glas Rotwein, er vor einer Tasse Kaffee, redeten sie irgendwann über den Text, mit dem er die Lesung beendet hatte.

Er fragte sie: »Hat er dir gefallen?«

»Ich weiß nicht, ob ich ihn verstanden habe.«

»Ist er denn schwer zu verstehen?«

»Nun ja«, versuchte sie eine Interpretation, »es scheint mir, du machst darin ein Schachspiel zum Bild für einen absurden Geschlechtsakt.« Sie ließ ihr Weinglas mit aufgestütztem Arm eine Weile in der Luft schweben. Lichtreflexe flirrten über die Oberfläche der roten Flüssigkeit.

»Sex *ist* ein Spiel«, sagte er. »Jedenfalls leben wir in einer Zeit, die nicht müde wird, eben das zu behaupten.«

»Ich weiß nicht, ob man es ein Spiel nennen sollte«, sagte sie, »aber wenn, dann doch wohl nicht eines, das darauf hinausläuft, jemanden zu besiegen.«

»Bist du dir da sicher?«

Sie schien sich über ihn zu ärgern, doch hatte er das Gefühl, daß sie sich näherkamen dadurch; die Auseinandersetzung stellte eine alte Vertrautheit wieder her. Der grundsätzliche Konflikt, der sie einst getrennt hatte, verband sie nun, als habe sich die Richtung der wirkenden Kräfte im Laufe der Jahre umgekehrt. Sie hob die Hand (und er wußte, daß diese sich jetzt im Gegen-uhrzeigersinn bewegen würde, wußte, daß sich ihre Augen immer dann besonders weit und hellblau öffneten, wenn sie sich in einem Punkt unsicher war) und sagte: »Du hast dich ja schon immer davor gefürchtet, an etwas zu glauben, weil in jedem Glauben die Gefahr des Scheiterns steckt. Aber es ist ein Fehler, sich vor Niederlagen zu fürchten. Angst vor dem Scheitern macht einen zum Zyniker. Ich weiß ja nicht, wie du es heute damit hältst, aber so allmählich sollten wir aufpassen, daß wir nicht voller Haß sind, wenn es eines Tages vorbei ist.«

»Soweit ist es noch nicht.«

»Du kennst nicht den Tag noch die Stunde.«

»Verschone mich.«

»Ich schäme mich nicht, an etwas zu glauben. Du magst es lächerlich finden, aber ich weiß, daß *dir* etwas fehlt, nicht mir.«

»Na ja, mag sein.«

»Stört es dich, was ich sage?«

»Nicht im geringsten. Es wäre mir nur lieber, du würdest aufhören zu predigen. Weißt du, was mir am Christentum am meisten mißfällt? Daß es jedem Spiel die Grundlage raubt. Wozu soll man gewinnen, wenn am Ende der Verlierer zum eigentlichen Sieger erklärt wird. Die Letzten werden die Ersten sein – ich finde, das ist unerträglich.«

»Nein«, widersprach sie, »es ist unsere einzige Hoffnung, daß wir uns nicht alle gegenseitig umbringen. Was ist denn mit deinem Schachspieler? Er steht am Ende so einsam da wie zu Beginn. Eigentlich sogar noch einsamer, weil er begreift, daß er das, was er sucht, nicht bekommen wird. Er muß einen anderen Weg einschlagen, das macht deine Geschichte deutlich. Dein Text ist klüger als du.«

»Wo steht, daß er einen anderen Weg gehen muss? Mein Held ist einsam, das stimmt, aber er ist doch nicht der einzige, dem es so geht. In Wirklichkeit wollen alle zurück ins schützende Nest der Masse, aber es führt kein Weg zurück. Schon jetzt ist abzusehen, daß man, sobald es technisch möglich ist, nicht einmal mehr die Liebe zu zweit vollziehen wird. So gesehen haben wir eigentlich noch Glück: Vielleicht gehören wir zu den letzten Exoten, die es noch zu zweit tun und gelegentlich sogar Spaß daran haben. Auch wenn wir danach ebenso einsam dastehen wie zuvor.«

»Glaubst du das wirklich?« sagte sie. »Hast du es denn immer so erlebt? Ich habe es ganz anders in Erinnerung. Nicht als etwas, das uns einsam hat werden lassen.«

Es gefiel ihm, dieses *uns*. Er sagte: »Ich finde, wir waren sehr ungeschickt damals, und wir konnten nicht einmal darüber reden. Als Generation sind wir ziemlich verpfuscht. Wir haben uns auf breiter Front nicht durchgesetzt. Wir sind mit dem Anspruch groß geworden, frei zu sein, aber natürlich sind wir es nicht, und daraus folgt eine latente Schizophrenie: Wir könnten, aber wir tun's nicht. Ich glaube, die ganzen Allergien haben darin ihren Ursprung, Allergien sind ja so eine Art von Kontaktverweigerung. Als man noch nichts von den Triebzusammenhängen wußte, war es mit Sicherheit einfacher, sich auf alles Mögliche einzulassen, ohne Fragen zu stellen. Komisch ist es jedenfalls schon: Wir wissen, daß nichts dahintersteckt, und trotzdem lassen wir im großen und ganzen die Finger davon.«

Messing und Mahagoni. Ihr Blick verlor sich zwischen den in Reih und Glied dastehenden goldverschraubten Spirituosen- und Likörflaschen hinter dem Tresen. Weich gespülte Songs aus den Siebzigern rieselten seit geraumer Zeit von der Decke, ›Stairway to Heaven‹ im Klanggrab von Violinen und Panflöte, kunstlederne Clubsessel, dunkel wie Ornate, umzingelten einen kleinen Glastisch, auf dem ein Schälchen mit gerösteten Nüssen stand, kleine salzige Knabbereien, auf die Zungenspitze zu legen, wenn man welche in Reichweite gehabt hätte, aber hier, auf dem Tresen, fanden sich keine, und das Licht, in das alles getaucht war, barg nicht das geringste Geheimnis. Sie lächelte melancholisch. Wie deutlich er nach beinahe zwei Stunden all dies wieder sah: Ihren Glauben an Ideale und die anfängliche Scheu, mit der sie nackt unter die Bettdecke gehuscht war …

»Ja, meistens lassen wir die Finger davon …«, sagte sie; und als wollte sie das Thema beenden, lag in ihrem Ton etwas Abschließendes, doch zugleich auch Offenes, und sie fügte hinzu: »Weißt du übrigens, was mir gefällt? Daß du mit dem Rauchen aufgehört hast …«

Robert dreht sich um, und das Zimmer mit dem leeren Bett und dem aufgeklappten Koffer auf der Ablage links erscheint ihm überraschend hell von dem wenigen hereindringenden Licht, als hätte Corinna einen schwachen Glanz darin hinterlassen, einen Pastorinnenglanz, der sie vielleicht immer umgibt, doch erst in der Ansammlung einer Stunde sichtbar wird – einer schlichten und, wenn man so will, harmonischen Stunde. Sie haben sich dabei angesehen und in ihren Gesichtern wohl so etwas wie die verflossenen Jahre gesucht, die nicht zurückkommen werden. Ihre blaßblauen Augen, die sich in der Gewitterdunkelheit zu schwarzem Glanz öffneten, als sie soweit war … Wie wenig Bedeutung es irgendwann noch hat, wovon man einmal überzeugt war.

Robert öffnet die Tür der Minibar und nimmt die kleine Flasche Wein heraus, die sich dort findet. Er leert sie in ein Glas und stellt sich wieder ans Fenster. Gut zehn Lesungen sind es, die er in den vergangenen zwei Wochen hinter sich gebracht hat – Zeit, endlich wieder nach Berlin zurückzukehren. Es stimmt, er raucht nicht mehr. Trotzdem sollte man den Sommer in den Straßencafés der Großstädte zubringen, von morgens bis abends dort sitzen und dabei zusehen, wie der Tag vergeht. Die Erde dreht sich weiter, egal was auf ihr geschieht. Im Sommer kann man es aushalten in Berlin, gut aushalten …

Er trinkt einen Schluck Wein, der Regen hat nachgelassen. Nora hat heute ihre Doktorprüfung, aber sie haben verabredet, daß er sie nicht anruft, und doch hat er auf einmal das Bedürfnis, mit ihr zu sprechen, als sei ausgerechnet sie eine geeignete Vertraute, der er erzählen könnte, was geschehen ist. Seit einem halben Jahr schlafen sie miteinander, seit er zurückgekehrt ist aus Italien: im Januar auf der Terrasse sitzen, vor den Wellen dieser Landschaft dort, gehüllt in eine Hose aus weichem Stoff und einen weiten wärmenden Pullover, auf dem silbergrauen Holztisch ein Buch und eine Tasse Espresso, und ein Geruch in der Luft wie von fernem Blühen. Fast nie fiel die Farbe des Himmels unter einen bestimmten zarten Blauwert, und nie verloren die Hügelketten darunter die letzten Reserven ihres sonnenartigen Farbtons. Berlin dagegen schwamm in einem Meer schwerer, tief hängender Wolken, als er zurückkehrte, doch irgendwo in all diesem Grau befand sich Nora, an die er in Italien gelegentlich mit einer sonderbaren Intensität hatte denken müssen, immer dann, wenn er im Saltzschen Haus, in dem er gelegentlich nach dem Rechten sah, durch die unbeheizten Räume gegangen war, in deren leerer, feuchter Kälte sich hier und da kleine reizende Hinweise auf ihre sommerliche Anwesenheit fanden: Bücher, die sie gelesen hatte, dünne Hosen und Röcke und Tops in den Schränken, leichteste Kleidungsstücke, ein wenig abgetragen und nicht mehr ganz der

Mode entsprechend, so daß es in Berlin kaum noch passende Gelegenheiten gegeben hätte, sie anzuziehen, aber hier, in diesen seltsam zeit- und modelosen Feriensommern, in dieser mediterranen Hülle des Nur-Seins, hier war jedes dieser Kleidungsstücke ein kleiner Beweis für den Stillstand der Zeit, für das Anhalten dieses Laufrads: Leben. Und für Robert waren viele davon darüber hinaus mit einer Reihe äußerst angenehmer Erinnerungen verknüpft: Nora bei ihrem ersten Besuch – ein graziles, von leichtem lachsfarbenem Stoff umwehtes Wesen mit Sonnenbrille und kurzen schwarzen lichtschimmernden Haaren, oder Nora, wie sie ihm ein paar Tage später beim Einkaufen in Tatti begegnet war, ihre blaugrüne Stehkragen-Bluse aus dünner Seide im Siebziger-Jahre-Stil vor dem Bauch verknotet. Wie fest solche Szenen in seinem Gedächtnis verankert waren, wurde Robert bei diesen Streifzügen mit unerwarteter Deutlichkeit bewußt. Die einzigen Kleidungsstücke dort, die nicht von der Mode überholt waren, fanden sich in einer der unteren Schubladen des Schlafzimmerschranks. Sie brauchten nicht viel Platz, denn es waren Bikinis, durchweg teure elegante Stücke, die Robert schmerzlich klarmachten, daß nicht er, sondern Fred es war, der das Recht hatte, mit Nora durch Boutiquen zu streifen, seinen Kopf durch den Vorhang der Umkleidekabinen zu stecken und ihr dabei zuzusehen, wie sie sich ein Höschen nach dem anderen überstreifte, um am Ende zu entscheiden, welches ihren Po am vorteilhaftesten kleidete. Und sogar von den Sonnenölen im Badezimmer ging eine erregende Nora-Aura aus, allein die rein bildliche Vorstellung, daß sie sich mit diesen Ölen eincremte … Alles in allem begriff Robert bei diesen Gängen durchs winterlich kühle Saltzsche Haus, daß es mehr als nur ihr Intellekt war, den er an Nora bewunderte. Fast schien es ihm, als sei er verliebt.

Als er in Berlin ankam, das sich zementgrau unter dem Flügel des Airbus in sein Blickfeld schob, so langsam, als zögerte die

Maschine, ob sich eine Landung überhaupt lohnte, rief er noch am selben Tag Nora an und verabredete sich mit ihr für den kommenden Abend. Er hatte den unbedingten Wunsch, mit ihr allein zu sein, doch noch bevor er ihr vorschlagen konnte, sich mit ihm in einem Restaurant zu treffen, was zweifellos ungewöhnlich und nach der langen Abwesenheit Fred gegenüber auch ziemlich unhöflich gewesen wäre, wenn nicht sogar schon eine Art Affront, erklärte sie auch schon, wie sehr sie sich freue, ihn zu sehen! Sie werde eine Kleinigkeit zu essen vorbereiten, denn zur Zeit seien die Abende, auch wenn sie diese zur Vollendung ihrer Dissertation nutze, ein wenig einsam, da Fred üblicherweise erst gegen halb elf oder noch später aus Babelsberg zurückkehre. Irgendeine Schauspielerin sei schwanger geworden und nun müsse in aller Eile ein schlüssiges Serienkonzept für die kommenden Monate unter dieser Prämisse zusammengeschustert werden, da, wie Nora abschließend nicht ohne ironisch-abfälligen Unterton bemerkte, sich die ursprünglich angedachte Idee einer Leihmutterschaft als zu gewagt herausgestellt habe.

»Es ist absurd«, sagte sie, als sie sich am nächsten Tag endlich sahen, »eine Geschichte zu schreiben, der die Realität ihren Verlauf aufzwingt. Es ist so, als würdest du dir im Fortgang dessen, was du in deinen Romanen geschehen läßt, gewisse Möglichkeiten verbieten.«

Sie stand am Kühlschrank, auf dem Herd blubberte ein violetter Auberginensugo, sie sah bezaubernd aus, sie trug ein schlichtes knielanges Kleid im Blau von blühendem Rosmarin, und ihre Füße steckten in Holzsandaletten mit einem breiten silbernen Lackband, vor dem die geschwungene Reihe ihrer abgesplittert-roten Zehnägel sowohl eine hausfrauliche Selbstvernachlässigung als auch eine interessante Schlampigkeit ausstrahlte.

»Ich weiß ja«, fuhr sie fort, »daß es Fred nicht darum geht, etwas Bedeutendes, irgend etwas von bleibendem Wert zu schaffen, aber der Vorgang ist doch bemerkenswert, findest du nicht? Stell dir vor – ich meine nur als Beispiel – stell dir vor, du würdest mich zur Vorlage einer deiner Romanfiguren machen, und nun würde ich etwas tun, was überhaupt nicht zu dieser Figur paßt, was ihr geradezu widerspräche. Du müßtest von vorne beginnen, wenn du dich an die Realität halten wolltest.«

Sie legte eine Hand auf die Hüfte und die andere in den Nakken und drehte sich mit fahrig über Arbeitsplatten und Fensterbänke schweifendem Blick um sich selbst auf der Suche nach einem Korkenzieher. Ihre Waden, die sie Robert dabei für einen Moment zuwandte und die er vom letzten Herbst – er hatte Nora zuletzt bei jenem afrikanischen Abendessen gesehen, in dessen Folge es auf seinen Vorschlag hin zu einer Runde des Lexikonspiels gekommen war – gebräunter in Erinnerung hatte, waren im Berliner Winter weiß geworden. Die Haut ihrer knochigen Fersen presste sich zartlila auf die Holzsohlen der Sandaletten.

»Vielleicht hast du ja gar nicht die Freiheit, etwas zu tun, was deinem Typ widerspricht«, sagte er.

Sie sah ihn an. »Oh, du meinst, wir sind alle Marionetten? Das sagt Fred auch hin und wieder. Vielleicht seid ihr euch ja näher, als ihr denkt.«

Sie kam auf ihn zu und streifte ihn leicht, als sie nach dem Korkenzieher griff, den sie auf dem halb geöffneten Topfkarussell entdeckt hatte. Ihr Geruch nach einem fliederderhaften Eau de Toilette und Auberginensugo betörte ihn.

»Wer sagt denn«, hörte er sich, Fred gegenüber sehr versöhnlich gestimmt, sagen, »daß Fred und ich weit voneinander entfernt sind?«

»Seid ihr es denn nicht? Ich finde ja schon lange, ihr solltet euch zusammensetzen und irgendein Projekt in Angriff nehmen. Fred möchte raus aus dem Seriengeschäft. Wir gehen am Sonnabend in die ›Tannhäuser‹-Premiere. Möchtest du, ich meine, sofern Christa und du, sofern ihr noch nichts anderes vorhabt, möchtet *ihr* nicht mitkommen? Vielleicht kann Fred über die *ComFilm* noch an Karten kommen. Manchmal funktioniert es.«

Sie ging zum Kühlschrank und nahm eine Flasche Löwengang heraus, die sie ihm in die Linke drückte, während sie seiner Rechten zwei dünn gestielte Weingläser anvertraute. Sie selbst ergriff den Korkenzieher und ein Schälchen mit mild gerösteten Pistazien.

»Wagner ... ich weiß nicht. Bist du dir denn sicher, daß Fred das Serienschreiben satt hat?«

»Er sagt es selbst. Beziehungsweise ich spüre, daß er es denkt. Eigentlich langweilt ihn das Storylining, aber er kann es sich nicht eingestehen, weil man sich in seinem Metier keine Schwäche gestatten darf.«

»Und was sollten wir deiner Meinung nach tun?«

Sie ging voraus ins Wohnzimmer, und er folgte dem Klappern ihrer Sandaletten auf dem abgezogenen Dielenfußboden. Hier und da fanden sich Spuren alltäglicher Unordnung: im Wohnungsflur herumstehende Schuhe, ein über die Klinke der Badezimmertür gehängtes Handtuch, auf dem Eßtisch irgendwann abgelegte und dort vergessene Bücher – Spuren, die vor einer der üblichen Abendeinladungen beseitigt worden wären und die ihrer Begegnung jetzt einen Hauch von Intimität, ja Illegalität verliehen im System der ungeschriebenen Gesetze zwischen den Paaren in ihren Kreisen. Nora stellte das Pistazienschälchen und den Korkenzieher auf dem Tisch ab und wandte sich dem Sofa in der anderen Ecke des Raumes zu.

»Was ist mit deinen Drehbuchideen?« erkundigte sie sich. »Du hast gesagt, du hättest welche.«

»Ja, schon«, sagte er und ging, ihr folgend, auf das schwarze Ledersofa zu, eine raffinierte Schweizer Design-Konstruktion mit drehbar gelagerten Sitzflächen, deren Funktionsweise Fred beim

ersten Abendessen der beiden Paare voller Begeisterung vorgeführt hatte: Die Polster ließen sich in einer Weise verstellen, die
aus der einen Couch zwei längliche Sessel entstehen ließ, die so-
dann auf den Großbildfernseher gerichtet waren, vor dem jetzt –
ebenfalls Teil jenes maßvollen intimitätsschaffenden Durchein-
anders – ein ungeordneter Berg von VHS-Kassetten herumlag.

Robert fuhr fort: »Aber meine Figuren halten sich nicht immer
an das, was ich mir ausdenke. Irgendwie verändern sich die Geschichten immer wieder, sie sind im Fluß, ich kann sie nicht
festhalten. Immer wenn ich versuche, sie aufzuschreiben, zerfallen sie. Es ist wie mit Atomen: Je näher man ihnen kommt, um
so weniger versteht man sie. Und je mehr ich meine Figuren in
ein Handlungsgerüst einzuspannen versuche, um so größer
scheint ihr Freiheitsdrang zu werden.«

Nora beugte sich zu dem Sofa hinab. Die sowohl zum trägen
Dämmern vor Videos als auch zur Einnahme eines gepflegten
Aperitifs geeignete Couch-Konstruktion befand sich noch in der
falschen, in der spätabendlichen Videostellung.

»Da ist es ja, was ich vorhin meinte«, sagte sie und versuchte
die Sitzfläche einwärts zu drehen, die offenbar klemmte, und für
einen kurzen Moment öffnete sich unter ihrer abgetauchten Kehle ihr Dekolleté Roberts erstauntem Blick. »Deine Figuren sind
mehr als Marionetten, und deine Geschichten leben. Man kann
nicht berechnen, was in der nächsten Sekunde geschehen wird.
Das ist es doch, was das Leben lebenswert macht.«

In diesem Moment löste sich die Sperre, die das Sitzpolster in
Position hielt, es schwang herum, und Nora, nach vorne getragen
von der Energie ihrer Bewegung, landete geradewegs in Roberts
Armen, die er eben noch ausbreiten konnte, damit ihm ihr auf-
prallender Körper nicht den Hals der Flasche und die feinen Kri-
stallglasstiele der Weingläser in den Bauch trieb. Und noch damit
beschäftigt, nicht selbst aus dem Gleichgewicht zu geraten, da

sein hagerer Körper dem ihren kaum bremsende Masse entgegen-
zusetzen hatte, spürte er mit einem Mal ihre Lippen auf den
seinen, weit geöffnet vom Schreck dieses Unfalls, dem aus seiner
Sicht eine zweite Überraschung folgte, als sich in der enstandenen
dunklen warmen Mund-zu-Mund-Verbindung ihrer Körper mit
einem Mal ihre Zungenspitzen berührten und, nachdem sich dieser Kontakt nun einmal eingestellt hatte, ganz offensichtlich
nicht mehr voneinander lassen konnten. Langsam und doch entschieden sanken sie nieder auf das nun in der Aperitifposition
arretierte Designer-Sofa, dessen weiches schwarzes Leder sich
seltsam temperaturlos und ihrer unvorhergesehenen Liebe gegenüber ganz gleichgültig anfühlte. Ein gutes Sofa, ein diskretes Sofa;
ein Sofa dieses alten, mürben, ausgelutschten und jeglichen
Schwungs beraubten zwanzigsten Jahrhunderts, dem längst alles
egal geworden war. Schien es Robert, und er tastete nach dem
Reißverschluß von Noras rosmarinblütenfarbenem Kleid und
zerrte an dem Metallhäkchen, und am anderen Ende der Couch
fielen ihre Holzsandaletten auf den Parkettfußboden. Klack,
klack. Ihr Kleid dagegen rutschte mit einem leisen, dezenten Rascheln von ihren Schultern, und als sich ihre kleinen, erstaunlich
kühlen Brüste auf seinen flachen, behaarten Brustkorb preßten,
begriff Robert, daß er in wenigen Minuten zum ersten Mal in
seinem ereignisarmen Schriftstellerleben über eine der ältesten
und unverwüstlichsten Erfahrungen verfügen würde, die der Literatur ihren unwiderstehlichen Charme verliehen: die, eine Geliebte zu haben …

Das Gewitter ist weitergezogen, die Nacht liegt in glänzendem
Schwarz auf der Straße. Davor Roberts durchscheinendes, farb-
loses Spiegelbild, seine Haut, fahlweiß wie alte Leinwand, über
den Schultern sein länglicher Kopf und die Haare, die er seit dem
Winter, seit er in Italien war, so kurz schneiden läßt, daß sie fast
nur noch ein Schatten sind, und seitdem fühlt er sich wohler, als

sitze der Anzug der beginnenden mittleren Jahre jetzt besser. Der Anzug seines Alters und seines Geschlechts. Die Falten, die sich im Laufe der Jahre in sein Gesicht gegraben haben, sind das, was er ist: Siege, Niederlagen. Die Summe seiner Entscheidungen. Vor langer Zeit hat er Corinna verlassen, und er bereut es nicht. Er hat Christa geheiratet, die ihn mit einer Entschiedenheit und Zielstrebigkeit wollte, wie keine Frau zuvor, und auch das bereut er nicht, von ihr hat er die körperliche Liebe erlernt, für die ihm das Talent nicht angeboren war, hat gelernt, was er bei Corinna vergeblich versucht hat, ihren vollen Leib mit der Zungenspitze zu erhitzen, und sie hatte keine ideellen Schwierigkeiten mit seinem Geld, weil sie als einzige Tochter eines mittelständischen Pharmaunternehmers selbst reichlich damit versorgt war. Und er bereut sein Verhältnis mit Nora nicht, auch wenn dieses sich lange nicht so spontaneitätsvoll entwickelt hat, wie es sich nach jenem unverhofften Beginn anzulassen schien. Nora ... In sechs Wochen wird sie mit Fred nach Italien fahren, und zur gleichen Zeit wird er mit Christa dort sein, sie werden sich fast jeden Tag sehen und werden doch nicht sie selbst sein dürfen. Sie heute nicht anzurufen ist ein Vorgeschmack darauf, alles, womit sie in Berührung kommt, wird kompliziert, nicht nur die Liebe. Es gibt Momente, hat sie ihm anvertraut, da verzweifelt sie daran, wie unfair ihr Verhalten Fred gegenüber ist. Sie hält ihre Entscheidungen nicht durch, oder sie hält sie durch, aber immer in dem Gefühl der Unzulänglichkeit. Sie haben darüber geredet, und er hat versucht, es ihr zu erklären: Die Liebe ist immer unzulänglich. Und doch haben sie sich immer wieder geliebt, auch wenn es zunehmend schwieriger geworden ist. Ihr bloßer erhitzter Körper in der Helle des Wohnzimmers. Und die fernen Geräusche von der Straße oder aus dem Treppenhaus, die sonst nichts bedeuten, bedeuteten auf einmal soviel ...

»Was haben wir getan?«

»Wir haben uns geliebt.«

»Mein Gott, was machen wir denn jetzt? Wie konnte das denn nur passieren? Und die Soße, die Auberginen... Gott, wie konnte das nur passieren...«

»Gott hat nichts damit zu tun.«

»Oh, ich liebe dich, ich liebe dich...«

————

Wenn man von Potsdam-Babelsberg nach Berlin-Dahlem fährt, nimmt man üblicherweise die Autobahn, die man in östlicher Richtung über einen Zubringer erreicht, vorbei an jener für viele Vorstädte der ehemaligen DDR charakteristischen Mischung aus prächtig renovierten neben nahezu verfallenen Gründerzeitvillen, kleinen staubgrau verputzten Funktionärsbungalows, Plattenbauten und erst vor kurzem fertiggestellten Einkaufszentren aus hellgrau vermörtelten Backsteinen und spiegelndem Glas, die noch ein Glanz umgibt wie von ungeöffneten Zellophanverpackungen. Die Autobahn, die man nach zehn Minuten erreicht, ist seit einem Jahr sechsspurig ausgebaut, die alten rumpelnden Betonplatten sind durch neue ersetzt worden, die so eben sind, daß sie kaum noch ein Fahrgeräusch in den Wagen senden. Man gleitet auf einem breiten Straßenstrom durch die ehemals verödete Grenzregion, die sich nun zu entwickeln beginnt, vorbei an der Ausfahrt zum *Europark-Center* in Klein-Machnow und jener einzelnen Betonstehle, deren Spitze einst das rot-goldene Hammer-und-Zirkel-Emblem trug, dessen kreisrunde Fassung nun funktionslos in den Brandenburger Himmel ragt, leer wie ein ausgestochenes Auge. Die Stadtgrenze von Berlin markiert immer noch das ehemalige Zollamt Dreilinden. Das Gebäude wurde einst als ein Art Straßenriegel konzipiert und ist ein langgestreckter, vermutlich aus den Siebzigern stammender, brückenartig quer über der Fahrbahn schwebender Betonklotz, dem jetzt

nur noch die Funktion eines ständig offen stehendes Tores zukommt, durch das der Verkehr nach Berlin hereinweht und wieder hinaus. Aus irgendeinem Grund, einem wehmütigen Gefühl
vielleicht, hat man sich von diesem Relikt aus den Zeiten von
Mauer und Stacheldraht noch nicht trennen können. Und auch
der nördliche Sommerhimmel darüber ist so, wie er wohl immer
war, bewegungslos und weit ...

Es gibt noch einen zweiten Weg, der von den Filmstudios auf
dem ehemaligen Ufa-Gelände in Babelsberg nach Berlin führt,
einen über alte wurzeldurchstoßene Alleen, über denen jetzt, im
Hochsommer, die Baumkronen mit grünem Glitzern schweben,
so daß ein beständiger Lichtregen auf das Kopfsteinpflaster und
die Windschutzscheibe niederzutropfen scheint, wenn man gemächlich darunter herrollt. Das ist der Weg, den Fred Saltz bevorzugt, wenn er abends die Büros der *ComFilm* verläßt und sich
in seinen Citroën setzt, den er vorige Woche für eine leider nicht
ganz unbeträchtliche Summe, die ihn aber nicht reut, wieder einmal durch den TÜV bekommen hat. Er passiert die Pförtnerloge
und die rot-weiße Schranke an der Ausfahrt des Ufa-Geländes
und biegt nach links in die August-Bebel-Straße. Wer zum Teufel
war August Bebel?

Er ist früh dran heute, das Licht liegt noch mittagsträge auf
dem Asphalt, als er den neuerrichteten zweistöckigen Gebäude-
komplex auf der rechten Straßenseite passiert, in dem seit kurzem
die Büros des ORB untergebracht sind und der wegen der über-
höhten Mieten ansonsten leer steht. Nach der Kreuzung August-
Bebel-Straße, Emil-Jannigs-Straße treten die Sommerlinden an
den Rändern der Straße dichter zusammen, und Fred läßt den
Citroën ohne Eile an ihren graubraunen Stämmen vorbeirollen.
Seit Nora ihm gesagt hat, daß sie ihn betrügt, und seit er mit
Christa Hanson schläft – seit dem Sommerfest der *ComFilm* vor
drei Wochen also –, haben Nora und er sich nur selten gesehen.

Jetzt, da das Team im Urlaub ist – Thilo Flatten und seine Frau Dagmar Beeren und Wurzeln verzehrend bei irgendeiner Survival-Geschichte am Nordkap, Andrea Paculi den sanften Lehren malvenrot gewandeter kahlgeschorener Hindumönche im tibetanischen Hochland lauschend, Paul Gilles herumwerkelnd an irgendeiner Bauernhausruine in der Haute-Provence oder so, die vermutlich einmal sein Alterssitz werden soll, und Nike Meyer ihre bayrischen Brüste bräunend an irgendeinem der Strände dieser Welt –, jetzt hat Fred die Babelsberger *ComFilm*-Büros für sich, und er genießt die hochsommerliche Ruhe, die es ihm ermöglicht, sich ungestört in seine Serie zu vergraben und das Schicksal seiner Geschöpfe zu formen als alleiniger Herr über ihr Wohl und Wehe. Die Wärme, die durch das geöffnete Fenster in sein Büro fließt, und die Stille, die ihn umgibt, erfüllen ihn mit dem wehmütigen Gefühl, weit fort zu sein von allem, und in dieser Stimmung kommen ihm die besten Ideen, wenn er hinaussieht, dorthin, wo schon seit Tagen ein unverändert weißlich staubiger Sommerhimmel über dem Gelände liegt, das im Süden, am Eingang des Filmparks, von der fußballfeldgroßen Pappmaché-Nachbildung des Ayers-Rock begrenzt wird und nach rechts hin von Janoschs Traumland, einem Park für Kinder, der letztes Jahr angelegt worden ist und in dem man mit großem Tamtam alle möglichen Bäume angepflanzt hat, für die sich die Kinder vermutlich am allerwenigsten interessieren, wie Felsenbirnen, Hainbuchen, Feld- und Spitzahorn, Mehlbeeren, Traubenkirschen, Sandbirken und Kopfweiden. Wie unterschiedlich Bäume in den Himmel wachsen. Manche ihrer Kronen sind gelb, andere nahezu schwarz, manche tippen nur an die Wolken, andere verknoten sich mit ihnen, und wieder andere scheinen sie regelrecht herunterreißen zu wollen. Am eigenartigsten findet Fred diese spirreligen Ginkgos mit ihren mageren Ästen und extravaganten gezierten Blättern. Wenn Nora ein Baum wäre, wäre sie ein Ginkgo. Erstaunlich, daß es sich dabei um die genetisch ältesten Bäume überhaupt handelt, die die Evolution hervorgebracht hat, als wäre die Affektiertheit eine ihrer stabilsten Größen. Fred fragt sich, was für ein Baum er wohl wäre, sollte er jemals in solcher Form auf diesen Planeten zurückkehren. Immerhin trägt er mit seiner Serie Früchte, wenn auch welche, die nicht besonders wertvoll sind, schnell verderblich und etwas zu süß. – Litschis, diese chinesischen Liebespflaumen vielleicht, warum auch nicht?

Fred unterquert die alte S-Bahn-Trasse und biegt auf die Karl-Marx-Straße, eine der schönsten Straßen in Potsdam, was ihn immer wieder erstaunt, mußte doch Karl Marx meistens für diese sozialistischen Reißbrettschluchten seinen Namen hergeben. In Potsdam war man entweder gnädig oder besonders gemein: Auf dem ansteigenden Parkgelände links von der Straße liegen jene wunderbaren Villen mit Erkern und Dachgauben und großzügigen Fensterfronten, in denen in den zwanziger und dreißiger Jahren irgendwelche Reichsmark-Millionäre und die Babelsberger Filmstars residiert haben. Die Rita Zaffs der damaligen Zeit. Manchmal ist es seltsam, ständig mit Schauspielern zu tun zu haben und zu sehen, wie wenig hinter all diesen Rollen steckt, die sie spielen. Es ist seltsam, weil es einem irgendwann so vorkommt, als sei es immer so: Alle spielen eine Rolle und dahinter steckt nichts.

Fred sieht auf die Uhr, es ist kurz nach eins, ein gebrauchter Tag. Von den Sommerlinden mit ihren herzförmigen Blättern träufelt eine seichte impressionistische Gartenhelligkeit herab. Der Citroën schaukelt sanft übers Kopfsteinpflaster. Wenn Fred abends nach Hause kommt, sitzt Nora über ihren Büchern, ihre dunklen Augen ganz bei sich, schweigendes schwarzbraunes Email: zu ihr hingehen, sie umarmen. Meistens trägt sie eine dünne Sommerhose, die sie bis zu den Knien aufgekrempelt hat, und eine ärmellose Bluse darüber, es heißt, Frauen, die einen

Liebhaber haben, seien besonders schön, beim Lesen ist ihr schmaler Nacken so deutlich zu sehen wie sonst nie, die letzten zwei oder drei Halswirbel, kleine ferne Erhebungen unter einer Haut, die in diesem Sommer der Bücher ungewöhnlich weiß geblieben ist, und rechts und links davon die beiden Sehnen, die ihren Kopf halten, als wäre sie eine Marionette, geknotet an sich selbst, und darüber ihre kurzen, von all dem ununterbrochenen Begreifen niedlich aufgeplusterten Haare, amselgefiederschwarz, überzogen mit dem blausilbernen Glanz des nördlichen Abends. Und dann diese traurigen, wortlosen Nächte, in denen sie zusammen einsam sind ...

Am Ende der Karl-Marx-Straße vor dem Eingang zum Park Babelsberg mit seinem Museum für Ur- und Frühgeschichte steuert Fred den Wagen nach rechts und dann wieder nach links vor eine Ampel, die soeben auf Grün springt, ein kleines abschüssiges Kopfsteinpflaster-Sträßchen freigebend, das hinabführt zu einer einspurigen Brücke, dort, wo der Jungfernsee in den spaltfömigen Griebnitzsee übergeht, und dahinter beginnt Berlin, beginnt das Reich der normalen Straßennamen, Fred folgt dem Verlauf der ansteigenden Wannseestraße, biegt in eine kleine Zeile mit der zutreffenden Benennung *Am Waldrand* und erreicht schließlich die breite schnurgerade Schneise der Königstraße, die als B 1 bis ins Herz von Berlin vorstößt, in dieses vielkammerige, ständig infarktgefährdete Baustellengebilde.

Wortlose Tage, wortlose Nächte. Irgend etwas wird sich ändern heute, denn es ist der Tag X, auf den Nora fast fünf Jahre lang hingearbeitet hat, – deswegen sitzt Fred zu dieser ungewöhnlichen Stunde im Wagen. Wenn alles pünktlich vonstatten geht, steht Nora gerade vor einem Auditorium aus Dozenten, Assistenten und streberhaften Studenten und erläutert diesem die Ergebnisse ihrer fünfhundertseitigen Analyse über ›Die frühen und mittleren Frauengestalten Döblins zwischen Mystizismus und

321

Biologismus‹. Fred hat sich heute morgen nicht dazu durchringen können, irgendwelchen Partnerschaftskonventionen zu genügen und ihr seelischen Beistand vor der Verteidigung ihrer Doktorarbeit zu leisten, die im übrigen ja offenbar nicht mehr ist als eine akademische Formalie, denn von Nora selbst weiß er, daß von all den Promotionen, die an ihrem Institut in den vergangenen Jahren stattgefunden haben, noch nicht eine einzige in diesem letzten Moment aller Doktoratsanstrengungen geplatzt ist. Und daher hat er sich wie jeden Morgen zwischen acht und halb neun auf den Weg in die hochsommerliche Ruhe seines Büros gemacht, das er noch mehr liebt seit dem Umzug im Frühjahr, als die *Com-Film* den niedrigen Funktionärsplattenbau, der inzwischen abgerissen worden ist, verlassen hat, um sich im Obergeschoß der Studiohalle 4 neu und angemessener einzurichten. Und wie jeden Morgen hat er hoch über dem kleinen Platz aus gestampftem Kies gestanden und in Gedanken aus dem Fenster gesehen auf das Filmgelände, das seit Tagen so trocken und grau wie Asche unter dem weißlich dampfenden Himmel liegt, als wäre die Welt ein erloschenes Feuer.

Aber so weit, mit Nora noch nicht einmal ein Glas Sekt auf den errungenen Titel zu trinken, möchte Fred dann doch nicht gehen. Im Seitenfenster ziehen die ersten Häuser Zehlendorfs vorüber, Villen, denen der Verkehr auf der Bundesstraße nach der Grenzöffnung ihren Wert geraubt hat, weswegen in jüngerer Zeit keine Mühe mehr darauf verwandt worden ist, verbliebene Baulücken mit repräsentativen Gebäuden aufzufüllen, eigentlich sehen alle neueren Häuser aus wie das, in dem das China-Restaurant »Hong-Lo« untergekommen ist, an dem Fred gerade vorüberrollt und das wiederum so aussieht wie alle Häuser an Stadträndern, in denen sich China-Restaurants befinden. Diese trostlose, aber verlässliche Einförmigkeit. Vielleicht ist das Leben einfacher, wenn man von vornherein auf jede Individualität verzichtet. Man bräuchte sich nicht zu betrügen, weil man stets und überall das gleiche fände. Aber die Wahrheit ist: Immer wenn Fred sich mit Christa trifft, ist es nicht so wie mit Nora, es ist anders, und es gefällt ihm. Und auch Christa scheint es zu gefallen: Seit drei Wochen kommt sie fast jeden Abend in die frisch bezogenen Räume der *ComFilm,* die im Moment so wunderbar menschenleer sind, daß es nicht einmal großes Gerede darum gibt. Er liebt es, die Tür hinter ihr zuzuziehen, das Geräusch dabei, dieser diskrete mechanische Flüsterton, den Schlüssel herumzudrehen und sich in ihr geöffnetes gebrauchtes Fleisch zu vergraben. Es macht das Leben leichter, wenn Schrammen und Kratzer keine Rollen mehr spielen. Auf dem weichen blauen Büroteppich sieht Christas Leib aus, als wäre er aus bleichem Marmor, eine gefallene Statue auf dem Meeresgrund; und hier und da finden sich blasse Male ihres Tuns auf dem frisch ausgelegten Boden. Warum nur scheint es zum Wesen der Liebe zu gehören, daß sie Spuren hinterlässt? Es hat Fred von jeher irritiert, daß dieses eigenste, was man Frauen gibt, hinterher einfach wieder aus ihnen herausrinnt. Als würden sie einen im Innersten doch zurückweisen.

Er überquert die Autobahn, über der dieser typische Geruch aus sommerwarmen Abgasen liegt, und rollt die Potsdamer Chaussee hinauf, die um diese Zeit kaum befahren ist, vorbei an dem unkrautbewachsenen Mittelstreifen, aus dessen vertrocknet grünem Gras die zartvioletten Blütenstauden von Rittersporn ragen, sich wiegend in den Luftwirbeln des trägen mittäglichen Verkehrs. Der Weg ist derselbe, den er in der vergangenen Woche gefahren ist, als er Christa in ihrem Büro am Potsdamer Platz eine Art Gegenbesuch abgestattet hat. In einem der nagelneuen Hochhäuser dort arbeitet sie, in einem mittleren Stockwerk mit Blick auf das Brandenburger Tor und den Reichstag, eine Aussicht passend zu ihrem Job, Berlinprogramme für Firmengäste zusammenzustellen, und als Fred aus dem Fenster sah und Chri-

sta sich hinter ihm aus ihrem lavendelgrauen Leinenkostüm schäl-
te, hatte er das Gefühl, einer dieser von ihr mit gelassener Routine
betreuten Kunden zu sein. Im Spiegel der Thermopenverglasung
vervielfältigten sich ihre vollen cremefarbenen Brüste an den
Rändern, wurden zu Brustkonturen, hintereinander aufgereiht
wie in einem Supermarktregal, und er, Fred, stand davor und
hatte die Wahl. Die Lichtkegel des Straßenverkehrs durchschnit-
ten ihre sich vervollständigende Nacktheit. Das eigenartig sanfte
Geräusch, mit dem Röcke über Strumpfhosen gleiten. Wie sonderbar es ist, eine nackte Frau in seinem Rücken zu wissen, gibt
es nicht einen Mythos, in dem man verloren ist, in dem Moment,
da man sich umdreht? Die Intensität des abendlichen Sommer-
blaus über der Stadt, der Himmel so fern, so unerreichbar. Als sie
dabei waren, mußte Fred an den Tod denken, daran, daß man es
irgendwann zum letzten Mal gemacht haben wird, nicht so bald,
aber irgendwann, so zwischen sechzig und siebzig vermutlich,
falls er so alt werden sollte, und das eigentlich Erschreckende
daran ist, daß man in dem Moment, da es geschieht, nicht wissen
wird, daß es das letzte Mal ist, man wird es tun ohne die Chance,
es noch einmal besonders auszukosten, es in die Länge zu ziehen
oder noch einmal all jene Techniken zur Anwendung zu bringen,
bis zu denen man sich in fünfzig Jahren sexuellem Wagemut vor-
gearbeitet haben wird, dieses kleine Wegstück auf der großen
Landkarte der körperlichen Lust, so in etwa, als hätte man es in
Deutschland von Köln bis nach Düsseldorf geschafft, aber wie
auch immer, man möchte diese Stunden nicht missen, die sich
da im Laufe der Jahre angesammelt haben, wie viele eigentlich?,
angenommen, man würde sie zu einer einzigen ununterbrochenen Nacht der Liebe zusammenfassen, wie lang wäre die?, zwei
Monate oder drei?, in jedem Falle zu kurz, um nicht an dem
Wissen zu verzweifeln, daß es irgendwann vorbei ist, daß man
irgendwann ein letztes Mal zur Seite sinken wird, zufrieden, es

noch einmal geschafft zu haben, um anschließend in einen alten, schweren, gnädigen Schlaf zu fallen.

Schlaf und Traum. Vielleicht stimmt es ja, und alles ist nur virtuell, ist eine Datenimplantation oder weiß der Teufel was, und wenn man erwacht, ist es vorbei beziehungsweise fängt es auf einer anderen Realitätsebene von vorn an; man ist nicht mehr Storyliner, sondern sonst was, Eisverkäufer oder Taxifahrer oder irgendeine von den Rollen, die man geschrieben hat. Warum denn nicht? Woher will man wissen, ob sich hinter dem Horizont dessen, was man sieht und riecht und hört, nicht nur Puppen oder elektronische Impulse befinden, die irgend jemand zum Leben erweckt oder unter Strom setzt, sobald man sich ihnen nähert? So, wie Arnold Schwarzenegger in ›Total Recall‹ bis zum Schluss nicht weiß, ob das, was er erlebt, nicht nur eine Fiktion ist: Während er glaubt, als Geheimagent im Alleingang den ganzen Mars in eine blühende Oase zu verwandeln, bratzelt ihm in Wirklichkeit eine bebrillte Neuro-Technikerin den Glauben ins Hirn, er sei ein Held. Das wäre eine herbes Erwachen für ihn, beim Öffnen der Augen wieder Bauarbeiter zu sein und keineswegs mehr mit Sharon Stone verheiratet, die sich vor seinen Glubschaugen Knöpfchen für Knöpfchen ihr entzückendes Spitzennachthemdchen von den Schultern streift. So gesehen, denkt Fred, geht es ihm nicht einmal schlecht: Er fühlt, daß die Welt echt ist, und das ist ein gutes Gefühl …

Fast ohne Laufgeräusch gleitet der frisch gewartete Citroën die B 1 hinauf, vorbei am *Tauchprofi*, einem neuen Geschäft für Wassersport und Hochseefischerei, dem Sonnenstudio *Ambiente* und dem Steinmetz Grauel, vor dessen Laden die Grabplatten herumstehen wie Dominosteine. Irgendwann biegt Fred in die Boltzmannstraße und die Van-t'Hoff-Allee und stellt den Wagen kurz vor der Thielallee am Straßenrand ab. Wenn man eine Zeitlang in der niedrigen Enge eines Wagens gesessen und seinen Gedan-

ken nachgehangen hat, kommt einem beim Aussteigen der Himmel unerreichbar hoch vor.

Fred geht auf das Hauptgebäude der Universität zu, das im
Studentenjargon, wie er weiß, Rostlaube heißt und ein flacher
häßlicher, mit Eisenplatten verkleideter Bau ist, der selbst im
Sommer schwer und düster an der Straße liegt in jenem Güter-
waggonbraun, das für Fred eine Vorstadt-Kindheitserinnerung
ist, und das schwere dunkle Gut, denkt er, das hier transportiert
wird, heißt Bildung. Er stößt die Tür auf und richtet seine Konzentration auf den Weg, der vor ihm liegt, jedesmal wenn er Nora
hier aufsucht, muß er sich aufs neue orientieren, denn das System aus alphabetisch geordneten Längsgängen, die Straßen heißen, und numerisch durchgezählten Quergängen, die ebenfalls
Straßen heißen, ist kaum zu durchschauen. Es gibt einen vagen
Farbcode, die verschossene und von Brandflecken durchlöcherte
Auslegware im K-Gang, in dem Fred sich gerade befindet, ist von
einem bräunlichen Rot, und das bedeutet, wenn er sich recht
erinnert, daß er sich jetzt nach rechts wenden muß, dem J-Gang
zu, dessen Boden in einem bräunlichen Rosé gehalten ist. Er folgt
der Straße 33, die sich allerdings nach ein paar Betonsäulen und
Bürotüren als Sackgasse erweist, so daß er kehrtmacht und es mit
Straße 34 versucht. Die Schwarzen Bretter in der Mitte der Gänge
sind übersät mit den üblichen studentischen Ankündigungen
und Angeboten: Billigflugreisen, Esoterik- und Polit-AGs und
Partys. Das ›From-Dusk-Till-Dawn‹-Party-Plakat springt Fred
ins Auge, auf dem einem dieser smarte Frauenmagnet George
Clooney den Lauf seiner stahlblauen Achtunddreißiger in Na-
senwurzelhöhe entgegenhält, hinter ihm Quentin Tarantino, der
seinen neurotisch verklemmten durchgeknallten Bruder spielt, so
jemanden wie diesen George Clooney, der als begnadeter Kinder-
arzt in ›Emergency Room‹ eine Krankenschwester nach der anderen flachlegt, könnte man gut gebrauchen in ›Wo die Liebe hinfällt‹,

denkt Fred und biegt in die Straße 34, die sehr schmal ist, aber wie erhofft in den J-Gang mit seiner bräunlichen Auslegware mündet, jetzt kann es nicht mehr weit sein bis zu dem Hörsaal, in dem Nora mit der Verteidigung ihrer Doktorarbeit allmählich zum Ende kommen müßte.

Nora. Irgendwie hat er sie allmählich vergessen auf dem Weg von Babelsberg hierher. Und jetzt, da er, unschlüssig, ob er sich nach rechts oder links wenden soll, in diesem langen trüben J-Gang steht, der nirgendwo ein Ende und einen Ausgang zu haben scheint und dessen fahles still stehendes Licht sich irgendwo in einer unklaren Korridorferne verliert, fällt sie ihm wieder ein. Vielleicht hätte er sie heute morgen nicht allein lassen sollen, aber er konnte dem Drang nicht widerstehen, ihr weh zu tun. Irgend etwas hat ihn verhärtet, und manchmal hat er Angst, daß die Dinge ihm entgleiten, daß es nicht nur ein Spiel ist, das sie spielen, und sich ihr Leben nicht jederzeit umschreiben läßt, wie eine Serie, sondern das alles, was geschieht, nicht nur nicht virtuell ist, sondern in einem grausamen Sinne real. Die Gegenwart ist nichts und zugleich alles, ist die Brutstätte einer Geschichte, die man nicht mehr loswird …

Auf einmal ist er dort, wo er hinwill: Vor dem Hörsaal J3210. Daß er sein Ziel erreicht hat, signalisiert ihm eine kleine Traube von Menschen, die sich vor der Tür eingefunden haben und von denen er den einen oder anderen schon einmal meint gesehen zu haben. Er bleibt neben einem Mann mit einem langweiligen gelben Hemd und einer tapetenbeigen Popelinehose stehen, der ihm nickend ein Erkennen signalisiert und sich ihm mit ausgestreckter Hand vorstellt.

»Raul Angler. Unsere Frauen haben sich mit vergleichbaren Themen beschäftigt.« Er spricht mit gedämpfter halbblauter Stimme, als würden sie sich im Wartezimmer einer Arztpraxis über ihre Krankheiten unterhalten. Die Fensterscheiben, die den schmalen Gang begrenzen, sind schon lange nicht mehr geputzt worden. Man hört, den Universitäten geht allmählich das Geld aus. So sind die Zeiten, die *ComFilm* weiß nicht, wohin damit. Der Schmutz auf dem Glas scheint sich zu verfangen in dem Licht, das in den Gang dringt.

Fred fragt: »Sie arbeiten hier am Institut?«

Angler nickt. »Als Privatdozent. Ich sollte jetzt eigentlich den Ausführungen Ihrer Frau folgen, aber ich kenne ihre Arbeit ja und finde sie sehr anregend.« Er macht eine Pause, und das letzte Wort vermischt sich mit dem Getuschel der anderen zehn oder zwölf Studenten oder Assistenten, die hier herumstehen und darauf warten, daß die Tür des Hörsaals sich öffnet. »Der Stau auf der Avus hat mich aufgehalten. Sie auch, nehme ich an«, fügt er hinzu.

Fred nickt, um keine weitere Erklärung für sein verspätetes Erscheinen abgeben zu müssen. Raul Angler spricht mit einer schleppend näselnden, irgendwie sämigen Stimme. Was genau hat man sich eigentlich unter einem Privatdozenten vorzustellen? Die gescheitelten kölnischwasserblonden Haare, die etwas wächserne Haut. Mit ausgestrecktem Zeigefinger schiebt er seine dünnglasige Goldrandbrille auf dem gebogenen Nasenrücken nach oben.

Fred sagt: »Viel würde ich allemal nicht verstehen von dem, was meine Frau in den vergangenen Jahren zutage gefördert hat.«

»Döblin war Naturwissenschaftler«, erklärt Angler. »Ich schätze ihn nicht so sehr. Er war überzeugt, daß wir alle nur psychiatrische Maschinen sind.«

Obwohl Fred ebenfalls dieser Meinung ist, betrachtet er, ohne auf die Bemerkung einzugehen, die verkratzte blaue Eingangstür des Hörsaals, neben der ein grellroter Feuerlöscher an der Betonwand hängt, wenngleich man nicht den Eindruck hat, daß es hier jemals etwas zu löschen geben könnte. Auch Raul Angler wirkt irgendwie unentzündlich. Mit einem Mal erscheint er Fred als typischer Vertreter einer sonderbaren Generation, einer weder besonders aufsässigen noch vergnügungssüchtigen noch in sonst einer Weise bemerkenswerten Generation: seiner.

»War Döblin nicht ursprünglich Arme-Leute-Arzt?« fragt er, um das Gespräch nicht versiegen zu lassen, das ihm, so empfindet er es, eine gewisse Aufenthaltsberechtigung verschafft hier in dieser Universitätsumgebung, in der er sich nicht besonders wohl fühlt.

Angler stützt den rechten Ellbogen in die linke Hand, preßt knetend sein Kinn zwischen Daumen und Zeigefinger und sagt: »Was immer Döblin auch gewesen sein mag, im Grunde war er Opportunist und gar nicht fähig, sich eine eigene Meinung zu bilden. Mal war er Futurist, mal Bohémien, mal Sozialist. Er hatte kein Rückgrat und hat sich immer an irgendwelche intellektuellen Moden rangehängt.«

»Na ja«, sagt Fred ein wenig geistesabwesend und gelangweilt, »warum auch nicht?« Er fragt sich, ob dieser Gang, in dem sie stehen, irgendwohin führt oder nicht. Sollte es eine direkte Verbindung zum K-Korridor geben, hätte er mit seiner Route über die J-Zone einen Umweg hinter sich, aber er kann sich nicht entsinnen, das bräunliche Rosa des Nadelfilzes hier bereits im K-Gang erspäht zu haben als Farbcode eines der gelegentlich nach rechts abzweigenden Flure. »Gott sei Dank ist es heute ja mehr oder weniger bedeutungslos, was man ist«, fügt er hinzu und erkundigt sich: »Ist Ihre Frau noch hier am Institut, oder hat sie sich eine Arbeit gesucht? Ist ja vermutlich nicht so leicht zur Zeit, was zu finden, nehme ich an. Wie sieht es mit diesen Internetgeschichten aus? Die suchen ja händeringend Leute. Aber wahrscheinlich können die keine Doktoren gebrauchen. Heutzutage ist Bildung ja eher ein Klotz am Bein.«

Fred denkt: Vielleicht wird die Farbe der Auslegware hier im Gang ja durch den schmutzigen Lichteinfall vefälscht. Es ist nicht richtig, daß man die Universitäten derart verkommen und in den finanziellen Ruin sausen läßt. In gewissem Sinne sieht er sich als Kommunist: Er ist der Meinung, was er hat, sollten auch alle anderen haben. Vor der verdreckten Fensterscheibe wirkt Raul Angler auf eine seltsam puppenhafte Weise sauber; er sagt: »Sie ist in einer Consulting-Firma untergekommen und macht Trainee-Programme auf Abteilungsleiterebene. Als Frau hat sie eine angeborene kommunikative Kompetenz.«

»Hm«, macht Fred und sieht auf seine Uhr. Wie lange dauern solche Doktorarbeitsverteidigungen eigentlich? Dieser Angler ist schon ein merkwürdiger Bursche; als ob Männer unkommunikativ wären. Das Licht draußen, soweit sich das hier im Gang erahnen läßt, nimmt allmählich eine nachmittägliche Färbung an, ein weiches Sommergelb, das vielleicht sogar dem Rost ein wenig Leben einzuhauchen vermag, der das Gebäude umgibt, und auf einmal muß Fred an die Reichstagsverhüllung vor ein paar Jahren denken, der silberne Stoff, der immer die Farbe der Tageszeit und des Wetters gehabt hat, und für zwei Wochen war dieser dunkle Reichstagsklotz ein Gebäudeengel. Einmal hat er sich vorgestellt, durch diesen schimmernden Vorhang zu treten und in einer anderen lichten Wolkenwelt anzukommen, auf der Seite der Heiligen vielleicht, aber sogleich wurde ihm klar, daß er dort nicht hingehören würde, die Welt der Sünder ist seine Welt, die der fünf Millionen, die es gewesen sein sollen, die da waren, und Nora und er waren ein Teil dieser glücklichen Herde … Wann war das? Fünfundneunzig? Noch einmal dort sein, im Frühsommer ihrer Liebe …

In diesem Moment öffnet sich die verkratzte blaue Tür des Hörsaals J3210, und alle Gesichter wenden sich dorthin, wo nun ein kleines, im Alter gemischtes Publikum herauskleckert, das einen aufgeräumten Eindruck macht, wie in etwa nach einem Godard-Film. Fred steht so, daß er einen Blick in den Hörsaal werfen kann, der einen sehr unfestlichen Eindruck macht, die dünnbeinigen Tische und Stühle auf der bräunlich gelben Auslegeware stehen diagonal zu den Betonwänden, deren Grau erst in drei Metern Höhe von einer schmalen Reihe Oberlichter unterbrochen wird, die an die Gipskarton-Funktionsdecke mit eingelassenen Energiesparlampen stoßen. Um dem Ganzen etwas mehr Atmosphäre zu geben, ist die rechte der beiden Hörsaalwände, die sich Freds Blick darbietet, großflächig und plakativ im Geiste des sozialistischen Realismus bemalt worden; eine Mischung aus Jeanne d'Arc, Gutemine und Dunja Raiter schwingt eine rote Fahne mit einem Gummibärchen im Zentrum, dort wo üblicherweise die geballte Faust zu finden ist, und fordert in schwarzen Graffiti-Lettern die *befraute Universität*. Und davor – ebenso dunkelhaarig, doch kleiner, nachdenklicher und eleganter – erkennt Fred jetzt Nora, die mit einer Gleichaltrigen in einem birnengelb schimmernden Mikrofaserkostüm – Fred identifiziert sie in einem Moment des Erinnerns als Sabine Angler – auf den Hörsaalausgang zugeht. Trotz der Tatsache, daß ihre Ehe auf einem Tiefpunkt angekommen ist und er Nora heute morgen im Stich gelassen hat, kränkt es ihn irgendwie, daß ihr Blick ihn überhaupt nicht sucht. Zudem irritiert ihn die verhaltene Stimmung um ihn herum. Ist denn jetzt nicht alles klar? Wie lange soll sich diese Geschichte nach fünf Jahren, die in etwa die fünf Jahre ihrer Ehe sind, denn noch hinziehen?

Nachdem Sabine Angler ihrem Mann ein Lächeln zugeworfen hat, erscheint auch auf Noras Gesicht ein Ausdruck unterkühlten Erkennens. Der kurze wehmütige Moment des Erinnerns an den Sommer ihrer Liebe zerbricht. Wieso halten sie die Fassade der intakten Ehe gegenüber ihren Professoren und Kollegen überhaupt aufrecht? Es gibt einen Grad von Verlogenheit, der Fred abstößt. Als sie bei ihm ist, küßt sie ihn kurz auf den Mund. Ihre Lippen sind trocken und kühl vom vielen Reden.

»Und?«, erkundigt sich Raul Angler als erster nach dem Verlauf der Prüfung, vielleicht davon ausgehend, daß es Fred vor Rührung die Sprache verschlagen hat.

»Ich weiß nicht«, sagt Nora, ihre Stimme ist heiser. »Ich glaube, ich habe nur Unsinn dahergeredet.«

»Sie war brillant«, korrigiert Sabine Angler euphorisch Noras noble Untertreibung. Ihre Haare sind fahlrot, ungefähr so, wie man es von manchen Weichhölzern kennt. Freds Erinnerung an sie wird jetzt etwas deutlicher, auf irgendeiner Party haben sie sich einmal eine Stunde oder so unterhalten, rückblickend glaubt er noch zu wissen, daß sie erstaunliche Mengen Weißwein verträgt. Sie gehört zu der Sorte Frauen, die die Fähigkeit oder die Störung haben, in jeder Situation Konversation treiben zu können. Sie wendet sich an ihren Mann und gleichermaßen an Fred: »Ihr hättet Nora erleben müssen. Es war ein intellektueller Genuß!«

Raul Angler hebt bedauernd die Schultern. »Auf der Avus hat sich wieder einmal jemand zu Tode fahren müssen. Wir haben im Stau gestanden.«

»Im Stau? Wie schade«, sagt Nora und sieht Fred dabei mit einem distanzierten Blick aus ihren dunklen Augen an. Durch die Sache mit Hanson hat sie abgenommen. Das chamoixfarbene *Kenzo*-Jackett, das Fred ihr im vergangenen Jahr zum Geburtstag geschenkt hat, hängt schlaff an ihr herab. Immer wenn sie mit ihren Germanisten zusammen ist, ist ihr Wesen getränkt mit etwas Artifiziellem, das ihm gegen den Strich geht. Ob Hanson hier gelegentlich aufkreuzt? Fragt sich, ob sein Schriftstellertum Nora in den Augen ihrer Dozenten nützt oder schadet. Dichter werden erst anerkannt, wenn sie tot sind. Oder sie werden vergessen.

Inzwischen hat sich eine neugierige Gruppe dieser Kollegen um Nora und ihn und diese Anglers geschart. Nora sagt immer und jedem dasselbe: Daß sie befürchtet, kaum etwas Vernünftiges von sich gegeben und es nicht vermocht zu haben, auch nur *einen* jener traumatologisch-literarischen Zusammenhänge zu erklären, die ihr selbst doch so sonnenklar seien, diese Nähe von Neurotischem und Narrativem.

»Das libidinös-erotische Verhältnis von männlichen Autoren zu ihren weiblichen Geschöpfen ist ja immer die Sublimation einer minderwertigen sexuellen Primärerfahrung«, sagt sie mit einem sich selbst belehrenden Ton in der Stimme, als habe sie vorhin genau das Gegenteil behauptet.

»Aber das ist wirklich rübergekommen!« ruft Sabine Angler, deren Gesicht vaselinenhaft glänzt, als habe sie vor Aufregung vergessen, sich zu pudern. Der entschlossene Optimismus, den sie an den Tag legt, ist ihr offenbar schon seit Jahren zur zweiten Haut geworden, und den Hang zum hysterischen Mitfiebern hat sie mit Rita Zaff gemeinsam.

Mit der akademischen Abgeklärtheit des Privatdozenten sagt ihr Mann: »Man hat hinterher immer das Gefühl, nicht das getroffen zu haben, was man sagen wollte. Aber wenn man einmal darüber nachdenkt, ist das ja nicht nur bei Prüfungen so, sondern nahezu immer.«

Fred muß sich vorstellen, wie dieser Raul Angler mit seiner sämigen Stimme eines Tages selbst junge Doktorantinnen betreuen wird. Was die Professoren, die im Hörsaal zurückgeblieben sind, dessen Tür wieder verschlossen ist, jetzt wohl miteinander bereden? Vielleicht überlegen sie sich, wo sie anschließend essen gehen. Oder sie fragen sich, wieso Nora in den vergangenen Monaten so abgenommen hat. Was auch immer sie dort drinnen miteinander abkarten, mit ihrer Arbeit wird es nicht allzuviel zu tun haben. So, wie Nora dort steht, ein zugleich scheuer und selbstbewußter Mittelpunkt, scheint niemand von denen, die sie umgeben, zu glauben, daß in wenigen Minuten irgend etwas anderes verkündet werden wird, als daß sie es geschafft hat. Nicht mehr lange, und es wird einen neuen Doktor auf dieser Welt geben. Alles ufert aus: die Dummheit, die Klugheit.

Nora steht im Mittelpunkt, und es gelingt ihr, jeden Satz in dem gekünstelt rauschhaften Tonfall zu sprechen, in den sie sich hineingesteigert hat. Wenn sich die Tür des Hörsaals nicht bald öffnet, werden alle des erregten Getues bald müde werden. Die Betonpfeiler, die in regelmäßigem Abstand den Gang an der Fensterseite säumen, stehen da wie Universitätsveteranen, die schon zu viele Promotionen gesehen haben, stumm und bewegungslos und allem, was um sie herum geschieht, keine Bedeutung mehr beimessend. Der Sommer dahinter – verschmiert, unwirklich und fern.

Und dann ist es endlich soweit. Das Warten hat ein Ende, die Tür des Hörsaals öffnet sich, und die drei Professoren schreiten der Reihe nach heraus, ihre klugen Köpfe etwa in Höhe des Schoßes von Dunja Raiter, deren Forderung nach einer befrauten Universität zumindest in diesem Gremium noch keine Wirkung gezeitigt hat. Eine Gasse öffnet sich für die Herren, es ist erstaunlich, wie sie es vermögen, sich mit einer Aura der Bedeutung zu umgeben. Der Zigarettenrauch, zu dem sich die gesammelte Nervosität der Anwesenden verdichtet hat, weicht vor ihnen zurück. Und das erste Lächeln eines ihrer Münder bringt die Erlösung!

Noras Gesicht, das sich entspannt. Sie sieht so verletzlich aus nach all den Anstrengungen, die, obwohl ihr nun alle gratulieren, nicht wirklich von ihr abfallen wollen. Was erwartet sie, was will sie? Den Titel? Vielleicht ist Fred der einzige, der es sieht: ihre bleiche Unerfülltheit unter dem leichten sommerlichen Braun ihrer Haut, das dieses Jahr, nach den vielen sonnenlosen Stunden an ihrem Schreibtisch, noch zarter, noch weicher ist als sonst. Alle applaudieren, alle schütteln ihr die Hand, alle umarmen sie. Wirf ihn hin! denkt Fred, den Titel …

Professor Albrecht Seiding ist ein energievoller Mann Mitte
Fünfzig mit drahtigen platingrauen Haaren und einem routiniert
freudigen Ausdruck in den Augen. Er ist kleiner als Nora, und als
er ihr die Hand schüttelt, umfaßt er sie zusätzlich mit seiner
Linken, als wollte er sie zu sich herüberziehen, auf sein untergehendes Universitätsschiff. Es stellt sich heraus, was Fred gar nicht
wußte, daß die beiden sich duzen. Die anderen beiden Professoren, die die herzliche Gratulationsszene einrahmen, um dann
selbst Noras Hand zu ergreifen und auf- und abzuschütteln, sprechen sie dagegen augenzwinkernd und doch auch ernst gemeint
mit Frau Doktor Saltz an, und es irritiert Fred, einen Teil seiner
banalen lautlichen Identität in dieser gestelzten akademischen
Fügung zu vernehmen, doch bevor er diese Veredelung seines
Allerweltsnamens auf sich wirken lassen kann, muß er selbst
Hände schütteln und herzlichste Glückwünsche entgegenneh-
men, die er sich mit nichts verdient hat, und auf einmal hat er
das Gefühl, daß hier nicht ein Institut beisammen steht, sondern
eine kleine tapfere Gemeinde, die zusammenhalten muß, die fetten Jahre sind vorüber, wer studiert noch Germanistik in den
Zeiten von Dow-Jones- und Nikkei-Index, und so ist hier jeder
willkommen, sogar er... Von irgendwoher taucht ein Talar auf,
ein riesiges schwarzes Stoffmonstrum aus schwerem verstaubtem
Samt, den irgendein längst verstorbener Universitätskanzler einst
getragen haben könnte und der jetzt von hinten über Noras magere Schultern geworfen wird, so daß das bronzebraune *Kenzo*-
Jackett unter dem dunklen Robenberg vollständig begraben
wird. Zudem haben Noras Kollegen einen Doktorhut gebastelt,
der der Form nach in etwa einem umgedrehten Zylinder mit
quadratischem Deckel entspricht und Noras hübschen schlanken
Kopf in einem unschönen Ausmaß verlängert. In dem gutge-
meinten Versuch, Thema und Wesen ihrer Arbeit zu versinnbild-
lichen und dabei nicht einfach ein paar Bücher oder die Toner-

kartusche eines Laserdruckers auf dem Hutdeckel zu befestigen, hat man dort ein ungefähr dreißig Zentimeter hohes Modell des Fernsehturms auf dem ›Alexanderplatz‹ angebracht, eine Anspielung, die von allen verstanden wird, wenngleich der Turm ja nicht gerade ein Baumonument aus den Zeiten Döblins ist. Mit seiner facettierten Glaskugel, für die ein mit metallicgrauer Farbe angesprühter Minigolfball verwendet worden ist, und dem roten Draht, der die Antenne darstellen soll, ragt das Turmmodell wie ein Insektenfühler aus Noras Schädel. Sie steht nicht oft im Mittelpunkt und die Behauptung von Lockerheit und guter Laune in ihrem frischgebackenen Doktorenlächeln, das von aufflammenden Kompaktkamerablitzen grell eingefroren wird, kommt Fred falsch vor, so falsch, daß es allen ins Auge springen müßte, denkt er, doch ihr Professor lacht und scherzt mit ihr und legt schließlich seine kleine weichfleischige Hand auf ihren Rücken, um sie sanft Richtung J-Gang zu drehen, woraufhin sich die ganze Gruppe, den beiden folgend, in Bewegung setzt, über den schäbigen Nadelfilz, der in regelmäßigen Abständen mit einem bräunlichen Klebeband geflickt ist, um sich kurz darauf in dem eine Treppe höher gelegenen »Goetropa« wieder zu versammeln, dem Germanistencafé, das einen autonomen Eindruck macht mit seinen durchgesessenen fleckigen Plüschmöbeln vom Sperrmüll und zusammengewürfelten Tischen. Die Neonröhren an der Decke sind mit brüchigen Bahnen aus cremefarbenem Segeltuch verhängt, was als Mailänder Design eine ordentliche Stange Geld kostet, wie Fred von Harald und Boris weiß, die mit edleren Tüchern, aber nach dem gleichen Prinzip seit neuestem die Lichtstimmung in ihrem Büro am ehemaligen Checkpoint Charlie verfeinert haben. Auf ein paar schlichten Sevierplatten werden mit Salami- und Schinkenröllchen oder Camembertdreiecken belegte Baguetteschnittchen herumgereicht, und irgendwann hält Fred ein Sektglas in der Hand, das er schnell leert, nachdem er der Form halber mit Nora angestoßen hat, unter dem Beifall der Anwesenden, als würden sie ein zweites Mal heiraten, während ihre Blicke sich mit gestellter leerer Liebe berührungslos durchdrangen.

Professor Albrecht Seiding, stellt sich kurz darauf heraus, ist ein listiger Redner. Bei seiner wortreichen Ansprache zieht er alle Register publikumswirksamer Sentimentalität und strahlt eine schmierige, korrupte Würde aus, wie man sie sonst nur bei einem sizilianischen Dorfbürgermeister erwarten würde. Er sagt: »Liebste Nora, ich kann dir gar nicht sagen, wie sehr ich mich freue, hier zu stehen und dir als dein Doktorvater zu deiner Promotion gratulieren zu dürfen. Eine Promotion – man darf nicht müde werden, das zu betonen – ist eine selbständige wissenschaftliche Arbeit, und das bedeutet, daß mein Beitrag dazu lediglich ein passiver, unbedeutend beratender war. Eine Dissertation ist wie das Leben! Man gerät zwangsläufig auf Abwege und in Sackgassen, und dir aus diesen herauszuhelfen, war mir vergönnt. Doch ich kann sagen, ich habe nie an deinem Projekt gezweifelt, ich habe immer daran geglaubt!«

Durch den Doktorhut mit dem Fernsehturm auf dem Kopf überragt Nora ihn regelrecht. Er hat also immer an sie geglaubt – Kunststück, wenn man hinterher die Befugnis hat, diesen Glauben persönlich abzusegnen. Fred würde auch an alles Mögliche glauben, wenn er es am Ende für wahr erklären könnte. Raul Angler, dessen Sektglas kaum zu erkennen ist, weil sein kurzärmeliges Hemd die gleiche wäßrige Farbe hat, nickt während der Laudatio immerzu. Vielleicht erinnert er sich gerade daran, wie er selbst dort gestanden hat. All diese Hoffnungen, mit denen man einmal startet. Noras Gesicht überzieht sich während der süßholzraspelnden Rede Seidings mit einem Ausdruck schmerzlicher Gerührtheit, selbst sie, die Nüchterne, ist gegen soviel ölige Emotionalität machtlos. Sabine Angler starrt leeren Blickes

auf den bauchigen Milchglasfuß einer Sechziger-Jahre-Tisch-
leuchte mit rosarotem Schirm, die auf der linken Seite des impro-
visierten Tresens steht, und scheint sich darauf zu konzentrieren,
Tränen in die Augen zu bekommen. Fred hätte gerne noch einen
Sekt, und noch einen und noch einen.

Schließlich ist es doch soweit, daß der kleine Professor mit
seiner rührseligen Ansprache, die er, wie es scheint, ganz aus dem
Stehgreif gehalten hat, allmählich zum Ende kommt. Alle sind
ergriffen, und auf einmal durchfährt Fred ein stummer drückender Schmerz darüber, wie alles gekommen ist, diese kalten wortlosen Nächte, was ist nur geschehen?, und in ihm öffnet sich eine
rostige schwergängige Schleuse, durch die, als er klatscht, weil alle
klatschen, Feuchtigkeit in seine Augenwinkel rinnt, die sich zu
einem Schleier aus Tränen verdichtet, durch den er mitbekommt,
daß Nora ihn ansieht, verwundert, überrascht, ungläubig und
auf einmal mit einem Anflug von Zärtlichkeit und Rührung im
Blick, sie lächelt ihn an, für irgend etwas dankbar, während er
klatscht und diese Trauer von innen gegen seine Augen drängt,
so machtvoll, daß er sich nicht dagegen wehren kann, und erst
als Nora sich ihrem Professor zuwendet und ihn umarmt und das
Modell des Fernsehturms dabei auf ihrem Kopf hin- und her-
schwankt, kommt er wieder zu sich, was für ein lächerlicher Anblick, er hat sich immer gefragt, wozu dieser Brauch mit den
Doktorhüten eigentlich da ist, jetzt weiß er es, die Tränen versiegen zu lassen, deren Fließen in ihm ein brennendes Gefühl der
Reinheit hinterläßt, ein Gefühl des Neu- und Verwandelt-Seins,
das ihn an jenen Zustand erinnert, der sich bei ihm einstellte, als
er einmal eine Woche lang unter der Anleitung von Andrea Paculi
nach einer tibetanischen Methode gefastet hat, die helle Transparenz eines frisch gelüfteten Zimmers, die morgendliche Atmosphäre des weiten leeren Meeres …

Nachdem sich die Aufregung gelegt hat, spült das Hin und

Her um Schnittchen und Sekt Sabine Angler an Freds Seite. »Nicht wahr«, sagt sie, »es war ergreifend!«

Fred nickt. Noras Doktorenfernsehturm schwebt über Köpfen und Schultern, als wären diese tatsächlich eine Stadt: jede Frisur ein Dach, die Augen Fenster; nur daß man das Netz nicht sieht, das alle mit allen verbindet, die Hauptstraßen, die Nebenstraßen, die Abwege und Sackgassen ... Alles ist wie das Leben, weil das Leben alles ist. Wieso rühren einen eigentlich die größten Banalitäten am verläßlichsten zu Tränen? Er sagt: »Dieser Seiding hätte auch Geistlicher werden können.«

Sabine Angler leert ihr halbvolles Glas in einem routinierten Zug. »Ja, das stimmt. Das sind Reden, wie man sie bei Hochzeiten bräuchte!«

Fred nimmt die Sektflasche zur Hand, die er organisiert und in dem Metallregal abgestellt hat, neben dem er steht und das eine kleine Büchersammlung beherbergt. Mark Twain findet sich dort, Tolstoi, de Sade. Wie viele Schriftsteller es gibt. Er füllt Sabine Anglers Glas auf, etwas zu hastig, so daß der Sekt überzuschäumen droht. Sie hebt es an die Lippen und trinkt ab, ein wenig mehr, als nötig wäre. Fred stellt die Flasche ins Regal zurück. Oder bei Beerdigungen, denkt er.

Draußen, über den schwarzen Fassaden der Häuser, wölbt sich der Himmel in jenem sonderbar unwirklichen Mitternachtsblau, das er hier in Berlin für zwei oder drei Wochen um die Sonnenwende herum anzunehmen vermag, wenn das Wetter mitspielt und sich nicht mit einer Wolkendecke oder auch nur einem Dunstschleier zwischen uns und das Weltall schiebt, dessen Größe auf einmal den einleuchtenden Sinn zu haben scheint, eben jene Farbtiefe zu erzeugen, in die sich Freds Blick soeben voller Staunen und stummer Ehrfurcht vergraben hat, am Fenster seines Schlafzimmers stehend, obwohl dieser Himmel ihm aus den vielen Berliner Sommern, die er mittlerweile hinter sich gebracht hat, ja vertraut ist, die unglaubliche Reinheit des Lichts. Vielleicht hätte Gott mit der Schöpfung nach dem ersten Tag aufhören sollen …

Fred dreht sich zur Seite. In den Milchglasschiebetüren des im japanischen Stil fest eingebauten Kleiderschranks steht er sich gegenüber wie ein durchscheinendes Gespenst. Er hat bei der Promotionsfeier einigermaßen Haltung bewahrt, hat den Sekt irgendwann stehen lassen und ist auf Kaffee umgestiegen. Nora ist im Bad, duscht und schminkt sich ab. Fred geht in den Wohnungsflur, der lang ist und schmal und dunkel. Rechts der Schuhschrank aus eloxiertem, wellenförmig gelochtem Eisenblech, eine von diesen scheinbar pfiffigen Designerkonstruktionen, bei denen sich alle Fächer wie aufklappende Münder gleichzeitig öffnen sollen, egal an welchem man zieht. Der Schrank klemmt, er hat nie richtig funktioniert, ein Hochzeitsgeschenk. Den Garderobenspiegel daneben hat Fred selbst angedübelt, als sie eingezogen sind, mit einer alten verstaubten, kaum je genutzten Bohrmaschine aus den weit zurückliegenden Tagen irgendeiner verstrittenen Wohngemeinschaft, und weil er handwerklich nicht besonders geschickt ist, wartet er Tag für Tag darauf, daß ihm die schwere mannshohe Kristallglasplatte mit Keilschliff entgegenfällt und mit ihr sein Spiegelbild, so daß er nur noch zur Seite springen und hilflos dabei zusehen kann, wie Bild und Glas auf dem Dielenboden zu Bruch gehen. Er setzt sich auf den lederbezogenen Klavierhocker unter dem Schlüsselbrett, um sich die Schuhe auszuziehen. Er beugt sich vor, der Hocker knarrt. Das zugehörige Klavier gibt es schon lange nicht mehr, es hatte einmal einer alleinstehenden Schwester seiner Mutter gehört. Sie war bei einem Autounfall ums Leben gekommen, oder sie hatte sich umgebracht – die Sache ließ sich aus den Umständen im nachhinein nicht mehr rekonstruieren. Ihr Haushalt wurde aufgelöst, und da niemand eine

Idee hatte, wohin mit dem Klavier, und man es aus Pietät angesichts des rätselhaften Todes auch nicht für angemessen hielt, es einfach zu verkaufen, ging es an die Partei mit der größten Wohnung – Freds Eltern. Und eigentlich war der Plan, daß, wo das Klavier nun schon einmal da sei, Fred doch auch lernen könne, darauf zu spielen, aber wie mit allen Dingen, die eine gewisse Konzentration und eine Menge Geduld erfordern, kam er damit nicht weit. Am Ende erwies sich der Hocker als nützlicher als das Klavier. Fred richtet sich auf und betrachtet seine leeren Schuhe. Vielleicht hat er den Hocker als Erinnerung daran behalten, daß ohne Stehvermögen nichts zu erreichen ist. Klavier üben und Verheiratet sein haben eines gemeinsam: man weiß nicht, ob all die langwierigen täglichen Etüden zu irgend etwas führen. Vielleicht hängt er auch nur an dem kleinen Möbelstück, weil es ihn an den mysteriösen Tod jener Tante erinnert, die, wie er irgendwann erfahren hat, innerhalb der Familie den Ruf hatte, ein Flittchen zu sein, und seitdem fühlt er sich ihr irgendwie nah.

Fred kehrt ins Schlafzimmer zurück. Unter anderen Umständen hätte aus dem Abend etwas werden können: Der Citroën erstrahlte merlotfarben in der Abendsonne, als sie vor ein paar Stunden eingestiegen sind, und die Menschen auf den Bürgersteigen, an denen der Wagen vorüberglitt, machten einen so friedsamen Eindruck. Der Citroën rollte an der Auferstehungskirche neben der Allround-Autovermietung vorbei, und durch die milchige Glasscheibe der moosgrün eingefaßten, mit einem schmiedeeisernen Gitter gesicherten Kirchentür, huschten blasse Schemen. Die Häuserzeilen leuchteten oder sanken langsam ins Dunkel – das Licht war geborgt, die Schatten warfen sie selbst. Und in den Nebenstraßen, in die sie irgendwann einbogen, wurde der Sommerabend zu einem fernen hellen Lichtband weit oben. Als Fred den Wagen abstellte und Nora und er nebeneinanderhergingen, die achtzig oder hundert Meter, die sie noch zu gehen hatten, bis zu dem Restaurant, in dem Noras Eltern bereits warteten, schlossen die Baumkronen über ihnen die letzten Lükken dieses vergehenden, vergangenen Tages …

Was für ein fröhliches Geschrei, als Noras Eltern endlich ihre Tochter in die Arme schließen konnten! Margot Hirsch schlang ihre hautumspannten Ellen um Noras Rücken, um sie drücken und küssen zu können, während ihr Vater erst einmal ihre Oberarme erfaßte, bevor es auch ihn überwältigte und er sie umarmte, mit seinen kurzen Fingern auf ihren Rücken einklöpfelnd, und sein Hals schien vollkommen zu verschwinden, als sich die Schulterpolster seiner grauen Anzugjacke bei der Umarmung hoben. Einen Moment lang war Fred bestürzt vom Anblick des alten Mannes, den er immer gemocht hat, es war, als würde er in einen Spiegel sehen, der Jahre überbrückte, und er sah sich selbst gealtert, sah sich mit dünnen gelben Haaren, geriffelten Fingernägeln, kleiner und trüber gewordenen Augen und deutlich sichtbaren Abständen zwischen den Zähnen, als würde die äußere Hülle eines Menschen im Laufe seines Lebens immer mehr zusammenschrumpfen und an den sich ablösenden Rändern den Blick freigeben auf das, was darunter ist, ein höhlenartiges Nichts, das wahre Gesicht der Materie.

Aus irgendeinem Grund war Nora von Anfang an für eine Trennung gewesen: nachmittäglicher Stehempfang mit Freunden und Kollegen im »Goetropa« und abendliches Candlelight-Dinner mit ihren Eltern und niemandem sonst. Das große intime Dankeschön dafür, daß sie sie als ihre Tochter mit all ihren Erziehungstricks zu einer derart umfassend gebildeten Person haben heranreifen lassen. Bei den ›Golden Girls‹ gibt es eine Folge, wo Dorothy mit ihrer Mutter Sophia unbedingt ein Wochenende zu zweit verbringen will, um noch einmal mit ihr *geredet* zu haben, bevor sie stirbt. Aber weder reden die beiden irgend etwas Bemerkenswertes miteinander noch bequemt sich die alte Dame zu sterben. Wie auch immer, jedenfalls hat Fred sich über Noras rühr-

seligen Anfall von Töchterlichkeit gewundert, der selbstverständlich auch beinhaltete, daß für ihn bei diesem Abendessen die Rolle
des Ehemanns vorgesehen war, der er ja irgendwie auch ist. So
weit ging Noras Familiensentimentalität nämlich nicht, daß sie
den alten Herrschaften erzählt hätte, daß sie gerade mit einem
anderen Mann herummurkst. Fred fragt sich, warum er ihr den
Gefallen getan hat, diese Komödie überhaupt mitzuspielen, aber
natürlich hatte er selbst keine Lust, mit Noras Eltern die erstaunliche Lage zu diskutieren, daß Nora ihn betrügt und er etwas mit
der Frau ihres Liebhabers hat. Manchmal überkommt ihn das
sonderbare Gefühl, Nora in diesem zweiten Punkt endlich ein
Geständnis machen zu müssen …

Die Restauranteinrichtung war düster, viel gedrechseltes
schwarzes Holz, vor dem die Kerzenflammen wie Schweißpunkte
herunterbrannten, als würde der Raum mit großer Langsamkeit,
aber unaufhaltsam zerlegt. An den kassettierten Wandpaneelen
hingen Ölgemälde, glänzend wie buttrige Schnitzel, in schweren
und mit tiefgefurchten Ranken- und Rosettenornamenten über-
frachteten Goldrahmen, die heroische Alpenpanoramen zeigten,
wie sie wohl nur in den Köpfen irgendwelcher längst verstorbener
Künstler jemals existiert haben, zu einer Zeit, als es noch keine
Autobahnen gab, auf denen es sich in ein paar Stunden zum
Großglockner oder zum Stilfser Joch gondeln ließ. Wo sind sie
hin, all die Heroen? Eines verbindet ihn mit Nora, dachte Fred:
Sie werden niemals Helden sein.

Irgendwann erschien eine Flasche Champagner auf dem Tisch,
und sie stießen an. Margot Hirsch trug eine jagdgrüne Jacke mit
schmalen Revers und saß ihm kerzengerade gegenüber, in ihrem
alten stolzen Gesicht alle Elemente, die auch Noras Züge prägen.
Manchmal ist Fred fasziniert von der alten Dame, von ihrer dis-
ziplinierten, selbstbeherrschten Oberstudienrätinnenausstrah-
lung. Es scheint, als habe sie das, was sie im Leben gewollt hat,

auch immer bekommen. Sie hat so eine Art, ihren Mund auf eine bestimmte, keinen Widerspruch duldende Weise zu schließen, und vermutlich hat sie eine Menge Schüler damit zum Schweigen gebracht. – Dann wieder stößt sie ihn ab, er spürt hinter ihrer Freundlichkeit und Mutterliebe Geringschätzung. Sie hält Nora und ihn für typische Vetreter jener Pillenknick-Weichlinge, die ihrer Überzeugung nach diese verwöhnte Sechziger-Jahre-Generation prägen, mit der sie sich in ihren dreißig Dienstjahren weiß Gott genug herumgeplagt hat. Das Überlebensethos dieser strammen Vorkriegsjahrgänge …

Irgendwann bat sie ihn, einen Beutel mit Familienfotos aus der Restaurantgarderobe zu holen. Lothar, Noras älterer Bruder, glücklicher Vater zweier Kinder und Verfahrenstechniker bei irgendeiner Brauerei in Norddeutschland, baut gerade ein Haus für seine Familie. Das Richtfest hatte vor drei Wochen stattgefunden. Als Fred aufstand, um den Beutel mit den Fotografien zu holen, mußte er sich Lothar vorstellen, der den Champagnerkorken knallen läßt und seine obere Zahnreihe entblößt, die über dem langen Kinn lückenlos und weiß leuchtet wie die Schaumkrone eines gepflegt gezapften Pilseners. Immer wenn sie sich sehen, wissen sie sich mannhaft die Hand zu geben und ein paar Bemerkungen über Autos oder Aktienkurse auszutauschen. Beim letzten Mal hatte Lothar ihm China-Telekom ans Herz gelegt, während Fred sich fragte, ob er wohl ein Verhältnis hat. Vermutlich ist es so, alle Männer um die Vierzig haben Verhältnisse, wahrscheinlich macht er mit irgendeiner Brauereiangestellten rum. Der strenge Geruch der Maische, der in sämtliche Büros und unter die Kleidung dringt. Leben in einer Wolke aus Gärungsdünsten. Mit Christa genehmigt Fred sich in der Regel zwei oder drei Campari-Orange dabei oder eine Flasche Prosecco. Seltsame Vorstellung, ein Bier dazu zu trinken …

Die Garderobe war eine nischenhafte palisandervertäfelte Erweiterung des schmalen Gangs, der zu den Toiletten führte. Links war ein Kartenständer mit Werbepostkarten angebracht, die man einstecken konnte, wenn man wollte. Auf einer dieser Karten war eins von diesen minderjährigen Girlie-Models zu sehen, mit einem Blick, als wäre sie von ihrem Mathelehrer soeben nach dem Symbol für leere Mengen gefragt worden. Diese nägelkauenden, apathischen jungen Dinger mit Sommersprossen und verschleiertem Blick von all dem Kokain. Über ihrer Bauchdecke, die so plan war wie eine Bratpfanne, knöpfte sie sich ihre *Lee*-Jeans auf, und quer über das Bild lief der Spruch: »Ausziehen macht nur Spaß, wenn man etwas Passendes anhat«, der angeblich von einer gewissen Gypsy Rose Lee stammte, die in den dreißiger Jahren eine legendäre, begnadete amerikanische Striptease-Künstlerin gewesen sein soll, wie es darunter hieß. Auf der Karte daneben hatte irgendein Klamottenhersteller, ›Spy‹, das berühmte Leibowitz-Foto von John Lennon und Yoko Ono nachgestellt, das entstanden war an jenem achten Dezember 1980, als John Lennon erschossen worden ist, und auf dem er sich in Embryohaltung nackt an die schwarzgekleidete Yoko Ono klammert, nur daß sich die dunkelhaarige Yoko auf dieser Werbepostkarte in einen locker in die Kamera grinsenden blonden Siegertypen verwandelt hatte, dessen breite gebräunte beringte Grapschhand auf dem Hintern eines in Embryohaltung an ihn geklammerten splitternackten Linda-Evangelista-Models mit erstklassigen Titten lag ... Und auf einer der Postkarten im unteren Drittel des Ständers schließlich glitt die majestätisch aufragende, vom Aussterben bedrohte Schwanzflosse irgendeines Walfischs für *Greenpeace* über einen orange-blauen ›Titanic‹-Ozean dem Sonnenuntergang entgegen ...

Fred angelte die Baumwolltüte mit den Richtfestbildern von der Hutablage. Eigentlich mag er Familienfotos, all diese Momente vermeintlichen Glücks, Eltern haben keine Ahnung von ihren Kindern, so wie Kinder keine Ahnung von ihren Eltern haben. Mal sehen, dachte er, wie sich Lothar, Noras Bruder, als stolzer Hausbesitzer macht, wie er dort oben steht, auf dem Dach, beidhändig den Baum aufrichtend, mit strahlendem Blick, seht her, Leute!, das bin ich, das ist mein Leben! ...

Nora kommt aus dem Bad, Fred hört ihre Schritte auf der schurwollenen Auslegware. Hunderte Male hat er die Bewegungen gesehen, die sie jetzt nacheinander ausführt, beginnend damit, daß sie ihre Arme auf dem Rücken verschränkt, um dort nach dem Reißverschluß des Kleids zu tasten, der an jener einzigen Stelle des Körpers sitzt, die man mit den Händen praktisch nicht zu erreichen vermag. Es ist das fliederblaue einteilige Sommerkleid, das sie bei ihrer ersten Erkundungsfahrt durch die Täler der Maremma in Grosseto gekauft haben und dessen Material so schimmert wie der Stoff, mit dem Christo den Reichstag verhüllt hat. Fred hört, wie das Schieberchen des Reißverschlusses ihrem Po entgegengleitet. Dann ist es einen Moment still, und er spürt, daß sie ihn ansieht.

»Findest du nicht«, durchbricht sie das Schweigen zwischen ihnen, »daß wir zumindest ein paar alltägliche Worte miteinander wechseln sollten?«

Fred wendet den Blick nicht ab von dem ruhigen, unbeweglichen Blau über den Dächern. Die Häuser stören ihn, sie verstellen ihm die Aussicht, jedes Haus verkleinert den Himmel, es gibt zu viele Menschen. »Warum sollten wir das tun?« fragt er.

»Warum?« Sie macht eine kurze Pause, als wolle sie ihm die Gelegenheit geben, sich umzudrehen. »Ich weiß nicht. Vielleicht, weil wir immer noch in derselben Wohnung wohnen und im selben Schlafzimmer schlafen. *Darum* vielleicht.«

»Ich finde, das hat nicht viel zu bedeuten«, sagt er und dreht sich nun aus eigenem Antrieb um, weil er das traurige Gefühl hat, die Reinheit des Himmels mit ihrem billigen Gezänk zu trüben.

In Noras Haaren glänzt noch eine Spur Feuchtigkeit vom Duschen. Sie steht neben dem japanischen Einbauschrank. In ihren schlanken Konturen liegt etwas, daß einen an jene Federstriche denken läßt, aus denen sie auf der anderen Seite der Welt ihre rätselhaften Schriftzeichen komponieren.

Sie nimmt aus dem Schrank einen Bügel heraus und bemüht sich, einen leichteren Ton anzuschlagen. »Fred, verhältst du dich denn fair? Ich habe Robert in den vergangenen drei Wochen nicht gesehen, weil ich über alles nachdenken wollte. So habe ich es ihm gesagt, und so ist es.«

Er ergreift den Krawattenknoten, zieht ihn auf und wirft das schlaffe Stück Stoff mit den sich wiederholenden Reihen von honigfarbenen Äpfeln aufs Bett. Er schläft auf der linken Seite, dort, wo Nora jetzt steht, den Stapel seiner Evolutionslektüre zu ihren Füßen, während sie rechts schläft, neben jenen Büchern, die sie bis zur letzten Nacht für ihre Promotion gelesen hat. Sie haben sich nie darüber verständigt, wie sie das Bett teilen, und sonderbar: da Nora auf dem Bauch schläft und er auf dem Rükken, haben ihre Herzen, so wie sie liegen, nachts den größten Abstand voneinander, der in dem Bett möglich ist.

»Du machst dir etwas vor«, sagt er. »Du hast Robert deswegen nicht getroffen, weil du die Zeit für deine Prüfungsvorbereitungen brauchtest.«

»Das stimmt nicht. Oder sagen wir, es ist nur die eine Hälfte der Wahrheit.«

»Wahr ist, daß Robert mit seinen Büchern durch die Lande tourt und sich die Frage, ob ihr euch seht oder nicht, im Moment gar nicht stellt.« Er hat das Bedürfnis, sie mit einer Grobheit zu verletzen und fügt hinzu: »Wahrscheinlich bumst er irgendwelche Buchhändlerinnen. Er ist Schriftsteller und muß etwas für sein Image tun.«

Nora verfällt in ihre Gewohnheit, nervös mit ihrem Ehering

zu spielen, ihn über den papierweißen Fingerknöchel zu schieben und wieder zurück, so als drohe sie damit, ihn endgültig aus dem Fenster zu werfen. Sie sagt: »Ist es denn wirklich so, daß wir nicht mehr wie vernünftige Menschen miteinander reden können?«

Er löst seine Manschettenknöpfe und legt sie auf den Hocker neben dem schmalen hohen Schlafzimmerspiegel, der auf einem geschwungenen kufenartigen Bakelitfuß steht, so daß Fred, wenn er sich darin sieht, immer das Gefühl hat, im nächsten Moment nach hinten wegzukippen und als Bild wie von einem Katapult an die Zimmerdecke geschleudert zu werden. Möglicherweise hat er ein Problem mit Spiegeln, irgendeine beschissene neuartige Psychoneurose, deren erstes Opfer er ist, Mirrolepsie, warum nicht … »Na gut«, sagt er, »wie du willst. Reden wir wie vernünftige Menschen miteinander. Ich frage mich nur, worüber.«

»Zum Beispiel über meine Eltern. Oder über den Tag.« Sie sieht ihn eindringlich an. »Fred, ich habe fünf Jahre auf diesen Tag hingearbeitet!« In ihrem Blick liegt eine offene Bitte: Sie will nicht, daß er *so* endet.

»In Ordnung«, sagt er, »reden wir über deine Eltern. Sie sind alt geworden, findest du nicht?«

Sie nimmt die Provokation, die darin liegt, hin. Das Thema verspricht eine Form von Normalität zwischen ihnen, nach der sie sich sehnt. Sie sagt: »Sie waren so stolz auf mich. Ich hatte das Gefühl, daß alle Schwierigkeiten und Differenzen, die wir im Laufe der Jahre miteinander gehabt haben, mit dem heutigen Tag bedeutungslos geworden sind.«

»Ich habe deine Mutter immer gemocht«, sagt er.

Nora wendet sich zum Schrank, offenbar unschlüssig, ob sie sich ein Nachthemd herausnehmen oder nackt ins Bett schlüpfen soll. Fred hat das Gefühl, daß sie Zärtlichkeit sucht am Ende dieses Tages, aber über ihre Eltern zu reden, lenkt sie vorübergehend von dem Bedürfnis nach Wärme ab. »Du solltest meine Mutter nicht immer in Schutz nehmen«, sagt sie. »Als Lehrerin hätte sie dich eiskalt sitzenbleiben lassen.«

»Wer sagt denn, daß ich in der Gefahr war, sitzenzubleiben?«

»Und? Warst du's?«

Er knöpft sein Hemd auf, der Geruch seines Körpers steigt ihm in die Nase, die säuerliche Tagesproduktion all dieser Höhlen: der Achseln und Beugen, des Schritts. »Sagen wir so: Es wäre mir egal gewesen.«

Wie Nora dort vor dem Schrank steht, kurz davor, sich das Kleid abzustreifen, erregt sie ihn. Er kann sich nicht dagegen wehren, und seine Machtlosigkeit steigert seinen Unmut. Seit mehr als sechs Jahren schlafen sie miteinander, und es wäre nicht mehr als eine Randnotiz, wenn sie es wieder tun würden, heute abend, jetzt. Und er fühlt, daß sie dazu bereit wäre. Wieder spüren, wie sie sich an ihn klammert. Diese Einsamkeit im Innersten, die einen in Wahrheit nicht einen Unterleib suchen läßt, sondern die Nähe eines fremden Atems am Ohr. Zu ihr hingehen, sie auf den Arm nehmen, sie betten in die eigene Wärme ... Auf einmal, ohne daß er es irgendwie verhindern könnte, hört er sich sagen: »Findest du es nicht absurd, daß wir über deine Mutter reden? Ich will dir nichts vormachen: Ich schlafe mit Christa.«

Der Satz füllt für einen Moment den Raum, dehnt sich aus, ein freigelassenes Wesen, das lebt. Das Zimmer, das Bett, Nora. Es gibt Dinge, die wollen herausgeschrien werden, und Glück gehört dazu. Erst dadurch, daß er es herausschreien mußte, begreift Fred es selbst: daß er die Abende mit Christa glücklich gewesen ist, ein Gefühl, das einen von innen ganz ausfüllt, das einen weitet, das herauswill. Er platzt: »Deswegen bin ich in den letzten Wochen immer so spät nach Hause gekommen. Deswegen haben wir uns nicht mehr gesehen. Nicht wegen der neuen Sendestaffel, nicht wegen Rita Zaff. Als du mir das mit Robert gesagt hast, bei dem Fest vor ein paar Wochen, das war, wie soll ich sagen, so eine Art Startschuß, ich will nicht übertreiben, aber Christa und ich, wir sind noch am gleichen Abend übereinander hergefallen. Was soll ich drum herumreden, du willst, daß ich fair bin, und ich denke, es ist nur fair, daß du es weißt.«

Das Zimmer, Nora. Und seltsam: Ihre Züge entspannen sich. Es ist der bedeutungslos gewordene Wille, sich mit ihm zu versöhnen, und sei es nur für diesen einen Abend, der sich auflöst in nichts. Fred meint das Geräusch seines fließenden Blutes zu hören, das in seinen Ohren rauscht, erregt von dieser Lust an der Wahrheit, dieser Lust am Untergang, er könnte schreien vor Freude, daß er noch lebt, daß diese Sekunde ein Brennpunkt ist, in dem sich vierzig Jahre seines Lebens fokussieren zu einer grellen Gefühlsexplosion, zu einem Licht, das ihm früher so hell geleuchtet hat, doch das ihm schon lange verloschen zu sein schien.

Nora steht da, knochig erstarrt, häßlich und schön. Allmählich begreift sie. Ihr Gesicht wird schmaler, ihre Augenbrauen straffen sich. Sie findet ihre Stimme wieder: »Das glaube ich nicht, du blödes Schwein. Soll das ein Witz sein, oder was? Du machst mich drei Wochen lang fix und fertig. Du gehst morgens wortlos aus dieser Wohnung und kommst abends wortlos zurück. Du redest nicht mit mir, oder wenn, dann machst du mir Vorwürfe, machst mich fertig, tust mir weh, so daß ich kaum noch denken kann und aus nichts anderem mehr bestehe, als aus schlechtem Gewissen und verfluchten Schuldgefühlen. Du läßt mich in der schwersten Phase meines Lebens hängen wie ein Stück Vieh im Kühlhaus, wo ich in irgendeiner Ecke vor mich hinfriere … – Und jetzt sagst du mir, daß du es die ganze Zeit über mit einer anderen treibst?!! Mit Christa?!«

Ihre wütende Anklage, die immer lauter geworden ist wie ein heranrollender Zug, bricht ab. Das grelle euphorische Licht, das Fred so sehr in Hochstimmung versetzt und ihm das machtvolle irrwitzige Gefühl gegeben hat zu existieren, dämmert schon wieder von dannen. Er kann es nicht festhalten. Das poesielose Wissen, sich nun verteidigen zu müssen, waten zu müssen durch diesen Sumpf aus Beschuldigung, Verteidigung und Zerknirschung, macht ihm seine leibliche Schwere bewußt. Seine Hände liegen schlaff an der Gürtelschnalle, die er noch vor wenigen Sekunden im Begriff war zu öffnen.

Noras Körper ist angespannt und voller Wut. Das Bett mit seiner kühlen Futon-Ästhetik steht unberührt zwischen ihnen. Ihr Streit ist so sehr viel häßlicher als dieses kultivierte Möbelstück. Würden sie sich schlagen, wenn sie direkt voreinander stünden? Vielleicht ist es die stilvolle Einrichtung, die sie lähmt, Fred weiß, daß er kein Mensch der körperlichen Gewalt ist, die ältesten evolutionären Programme rosten in ihm vor sich hin. Nora bebt. Alles in ihr, ihre Muskeln und Sehnen, suchen nach einer Möglichkeit, die Wut loszuwerden, die sie ohnmächtig durchdringt, sie in Bewegung umzusetzen, irgendwie, und sie bückt sich und ergreift eines von Freds Büchern, die zu ihren Füßen liegen.

»Oh, das ist billig«, zischt sie und schleudert das erste in seine Richtung, einen Bildband, ›Neandertaler‹, von Ian Tattersall, der die Theorie vertritt, daß die keulenschwingenden, flachstirnigen Wilden unserer europäischen Vorzeit nicht etwa der letzten Eiszeit zum Opfer gefallen sind, sondern der Aggressivität des von Afrika her einwandernden Homo sapiens, daß es ein Krieg war, mit dem alles begann, »das ist ja so billig! Du und Christa! Damit unterbietest du ja noch deine Fernsehserie. Ich fasse es nicht. Damit unterbietest du diesen gesamten Schwachsinn, den du dir von morgens bis abends mit deinem *Team* ausdenkst!« – Das nächste Buch, ›Puzzle Menschwerdung‹, ebenfalls von diesem Anthropologen Tattersall, fliegt in Freds Richtung, verfehlt ihn aber wie das erste und trifft statt dessen den schlanken, frei stehenden

Schlafzimmerspiegel auf seinen geschwungenen Bakelitfüßchen, der daraufhin in jenes Wanken gerät, das Fred schon beim bloßen Hinsehen immer verspürt hat, und als das dritte Buch, ›Die Nachtseite des Lebens‹, des Johannesburger Zoodirektors Llyall Watson, noch einmal die gleiche Stelle trifft, nähert sich der Spiegel bedrohlich jenem Grenzpunkt der Gravitation, von dem aus es nur noch abwärts geht, und Fred, immer noch in diesem psychischen Nirgendwo zwischen höchstem Glück und lähmender Depression, ist unfähig, sich zu bewegen, machtlos verfolgt er die Kippbewegung der schmalen Spiegelfläche, die eine champagnerfarbene Scheibe des Zimmers mit sich nimmt und, wie er es schon immer vorausgesehen hat, auch ihn erfaßt, und er meint schon das Poltern zu hören, mit dem der Spiegel auf den Boden zerbrechen wird zu kühlen Scherben, als wären es vom Himmel gefallene Sterne ... Nora schreit: »Du bleibst hinter deiner eigenen trivialen Phantasie zurück, Fred! Du bist auf deinem persönlichen Tiefpunkt angekommen!« Ihr Körper, ihre absurden Bewegungen, das Schattenspiel der Schultergelenke, die überreizte Spannung der Sehnen. Immer wenn Nora sich nach einem der Bücher bückt, spannt sich der dünne Stoff des Kleids über die gekrümmte Kette der Wirbelsäule. Und man sieht förmlich die Stelle, die man treffen müßte, um sie zu brechen. »Das ist ...« ihre Stimme überschlägt sich, verliert sich in der hysterischen Höhe zwischen Gelächter und Gewimmer, »... nein, das glaube ich einfach nicht. Ich glaube es einfach nicht!«

Mit einer Bewegung irgendwo zwischen werfen und fallen lassen, in etwa so, wie man Erde in ein Grab befördert, rutscht das letzte Buch aus ihrer Hand, ›Das egoistische Gen‹ von Richard Dawkins, es erreicht nur noch Freds Kopfkissen und bleibt darauf liegen mit einem verpuffenden kurzen Geräusch.

Irgendwann sagt Fred: »Ich habe es nicht darauf angelegt. Es ist einfach geschehen.«

Nora hat sich auf die Bettkante gesetzt und wendet ihm ihren Rücken zu, den er so gut kennt. Ihre blassen zarten Schultern und ihr schmaler, sehniger Marionettennacken sehen so hilflos aus, und Fred hat das Bedürfnis, das Licht auszumachen, den schützenden Mantel der Dunkelheit um ihren Körper zu legen, der in den zurückliegenden Monaten so abgemagert ist. Sie sagt: »Es ist einfach *geschehen*? Was willst du denn damit sagen? Sind wir etwa nur Marionetten?«

»Vielleicht«, sagt er, beugt sich herunter und knipst die kleine Leselampe aus, die die ganze Zeit über gebrannt hat. Zuerst ist es ganz dunkel im Zimmer, dann schälen sie sich geisterhaft aus der Nacht. »Ja, manchmal glaube ich, wir sind Marionetten. Die Freiheit macht uns zu Marionetten unserer selbst. Das ist schlimmer, als wenn einem die Regeln diktiert werden. Man hat keine Ausreden mehr.«

Sie sagt leise: »Und ich habe gedacht, wir könnten es schaffen. Als du mich heute angesehen hast, als mir alle gratuliert haben, da hast du geweint. Es hat mich so sehr berührt.«

Er schüttelt den Kopf für niemanden; er sagt (und warum sagt er ihr auch dies, denn er müßte es nicht?): »Ich habe nicht aus Rührung geweint, sondern aus Selbstmitleid.«

Noras Worte werden immer leiser, als würde sie sich stetig von ihm entfernen. »Was hat dich so hart werden lassen?«

Er sagt: »Ich bin nicht hart.« Beinahe hofft er, daß sie ihm mit ihrem Verstand das Gegenteil beweist. Er möchte wieder weich werden, aus der spröden Haut seines Lebens schlüpfen, um wieder zu sein, wie er einmal war: schmerzempfindlich.

Sie sagt: »Du *bist* hart. Daß du mich nicht mehr liebst, scheint dir ja nichts auszumachen, aber daß du *dich* nicht mehr liebst, dich und dein Leben, darüber solltest du dir Gedanken machen.«

»Wieso reden wir nur über mich?«

»Du hättest es einfach nicht zu tun brauchen«, sagt sie, als gäbe

353

es nur seine Verfehlung und nicht auch ihre. »Nicht so regelmäßig. Nicht so systematisch.«

»Und was ist mit dir?« Ein beklemmendes Gefühl erschwert ihm das Atmen, als fräßen die Worte die Luft im Zimmer. »Liebst du ihn?«

Sie antwortet lange nicht. Zu lange. Irgendwann sagt sie: »Ich weiß es nicht.«

Das sagt man, wenn man liebt. Fred wendet sich ab. Er trägt noch sein Hemd und seine Hose. Er kann den Raum verlassen so, wie er ist; er könnte die Wohnung verlassen. Er dreht sich zur Zimmertür, ohne noch einmal einen Blick auf Nora zu werfen, die immer noch auf der Bettkante sitzt, ein blasses erloschenes Wesen. Er geht durch den lichtlosen Flur ins Wohnzimmer mit seinen drei zur Straße gelegenen Fenstern, in dem nur wenige Möbelstücke auf dem im Fischgrätenverband verlegten Eichenparkett herumstehen, Nachtschatten werfend. Das CD-Regal sieht aus wie ein miniaturisiertes Bücherregal. Alles wird kleiner: die Platten, die Telefone, die Gefühle. Ihr Streit ist klein. Warum erschießt sie ihn nicht einfach, so wie dieser Verrückte John Lennon erschossen hat? Statt dessen wirft sie Bücher durchs Zimmer. Auch das eine Erfindung ihrer Generation: Gewalt gegen Sachen, anstatt gegen Personen. Alles, was ein Ausdruck direkten Lebens ist, haben sie verbannt, eingesperrt in die Käfige ihrer Seelen. Und der Spiegel ist nicht einmal umgefallen. Wahrscheinlich hat dieser Verrückte Yoko Ono wirklich geliebt. Armer John Lennon. *Let me take you down cause I'm going to strawberry fields. Nothing is real.* Was er damit wohl gemeint hat? Jede Erdbeere, die du bekommen kannst, ist in Wahrheit nichts. Ungefähr so. Vielleicht hat ja irgend jemand auf John Lennons Grab ein paar Erdbeeren gepflanzt, und Fred fragt sich, was man auf seinem Grab pflanzen könnte, aber ihm fällt nichts ein. Werden und vergehen. Eltern existieren nur, damit ihre Kinder existieren und die Chance haben, eine höhere Stufe der Evolution zu erklimmen. Im unsichtbar Kleinen des menschlichen Zeithorizonts verhalten sich Eltern zu ihren Kindern wie Affen zu Menschen – so stellt es sich aus dem Blickwinkel der Wissenschaft dar, auch wenn es heute abend ein wenig anders ausgesehen haben mag.

Fred legt sich auf das Sofa. Man hört nicht viel von der Stadt hier oben. Nebenstraßen sind unangenehm ruhig, verweigern einem die tröstende Eintönigkeit des nächtlichen Verkehrs, das helle Ostinato der Mittelklassewagen, der gelegentliche Baß eines Lkws. Ab und an läßt einer der vorbeifahrenden Wagen auf der langsamen Suche nach einem Parkplatz die Fensterkreuze über die Decke streichen. Fred sieht dem Ziehen dieser Kreuze zu. Früher hat Gott seine Zeichen noch mit Sturmwinden ans Firmament gemalt, bevor er alles von der Erdoberfläche gefegt hat. Diesen ganzen Müllhaufen, den die Menschen zyklisch errichten. Sieh dich nicht um, sonst erstarrst du! So wie Nora auf der Bettkante erstarrt ist, ihr Körper bleiches Salz, das in die klaffende Wunde von Freds Seele rieselt …

Irgendwann erwacht er mit einem Wadenkrampf. Er steht auf und hievt sein ganzes massiges Gewicht auf das schmerzende Bein, in der Hoffnung, daß das Ziehen vergeht. Der Himmel wird licht, verfärbt sich im kühlen Grau der Dämmerung, aber das heißt nicht viel um diese Jahreszeit. Vielleicht hat Fred nur eine Stunde dort auf dem Sofa gelegen oder anderthalb. Gott hat die Welt nicht untergehen lassen, er will, daß es weitergeht, und weiter und immer weiter. Nicht ein Erdbeben ist seine Strafe, sondern kein Erdbeben. Während wir uns vor dem großen grausamen Schicksalsschlag fürchten, bringen uns die vielen kleinen Nadelstiche des blinden Zufalls um. Was für ein Zufall, Nora vor sechs Jahren überhaupt getroffen zu haben, sie sind sich über den Weg gelaufen in einer bestimmten Sekunde ihres Lebens, und hätte sich nur einer ihrer Wege an diesem Tag um ein paar Minuten verschoben, hätten sie sich nie kennengelernt. Aber wenn Nora es nicht gewesen wäre, wäre es eine andere an einem anderen Tag gewesen; und nicht mit Nora, sondern mit dieser anderen wäre er heute verheiratet. Seltsame Vorstellung, daß es da draußen zig Frauen gibt, vielleicht hunderte oder tausende, mit denen man verheiratet sein könnte, und man kennt nicht eine davon, man läuft im Kaufhaus oder in der Fußgängerzone an ihnen vorbei, ohne zu wissen, daß man in einer anderen Realität jeden Abend neben ihnen im Bett liegen würde, ihre Wärme spürend, ihre Kälte. Man klettert und klettert, beginnt auf dem starken Ast der tausend Möglichkeiten und landet auf den immer dünner werdenden Zweigen der Liebe, der Ehe, des Todes. Als Fred Nora kennengelernt hat, gab es Momente, in denen sie ihn an jene Zwanzigjährige erinnerte, die sie einmal gewesen sein muß. Jetzt kommt es gelegentlich vor, daß er glaubt, bereits die Vierzigjährige zu sehen, die sie einmal sein wird. Ob sie schläft? Ihr von all dem Jammer in sich selbst gerollter knochiger Körper. Niemand wird eines Tages unsere Skelette ausgraben, weil die Erdschichten dieser Epoche so voller Gebeine sein werden, daß man ganze Gebirge damit aufwerfen könnte. Das blasse Grau der Dämmerung verwandelt sich in ein leichtes frisches Blau. Es könnte noch einmal ein warmer Tag werden, obwohl schon seit längerem kühle Luftmassen angesagt sind. Vögel zwitschern in den Kronen der Straßenbäume. Der ziehende Schmerz in Freds Bein läßt allmählich nach. Er geht zur Balkontür, öffnet sie und tritt hinaus. Der Großstadtmorgen begrüßt ihn mit dem stechend würzigen Geruch der blühenden Linden. Tage haben das Glück, immer wieder von vorne beginnen zu können. Und für ein paar Momente gelingt Fred die tröstliche Illusion, er sei nichts als das: einer dieser namenlosen Tage, eine Aneinanderreihung von leeren, verstreichenden Sekunden …

———

Überlege nicht – tu es einfach! Gehe dorthin, wo man bezahlen muß, und bezahle. Sei dankbar, daß wenigstens der Tod etwas kostet, wenn schon das Leben umsonst ist. Und dann stehst du dort, in dem metallenen Käfig, der dich nach oben befördert, und siehst, wie alles kleiner wird: die Menschen, die Hunde. Die Perspektive läßt sie schrumpfen, herabsinken auf kurze Beine und plumpe Leiber. Gesichter verschwinden, nur Schädel bleiben, mal mehr, mal weniger behaart, blinde Knochenschalen. Man muß sich verrenken, um als Mensch den Himmel zu sehen. Die rostigen Verstrebungen des Krans ziehen senkrecht an dir vorüber wie eine riesige Zeile aus Buchstaben, die nichts bedeuten; T und X, A und V … Weiter, höher … Die Erde entfernt sich, doch die Wolken kommen nicht näher. Klein, grau und dicht gepackt ziehen sie von Westen nach Osten. Die Häuser rücken zusammen, du steigst auf aus einem Kelch von Häusern, aus deinem Kelch steigst du auf, und die Knopfmenschen starren hoch, du spürst es, spürst ihre erschauernd-ehrfürchtigen Blicke, bevor sie weitergehen, ihre Puppenmeter. Erde und platt getretenes Gras. Wind erfaßt dich, je höher du kommst. Die Farben verändern sich, werden metallischer und sich immer ähnlicher … Wie flach die Welt ist. Von oben sieht sie dreckig aus, hausgrau, die Stadt ist ein großer grauer breiiger Teller, eine Suppe, die ihre Bewohner auslöffeln müssen. Die Wolken hängen darüber wie ein Spiegel, und eine Sekunde lang denkst du an *sie*. Ihre Stimme hat dich stets an jenes Hauchen erinnert, mit dem man die glitzernden Blüten von Pusteblumen auf die Reise schickte, vor langer Zeit. Und dann geht eine kurze Erschütterung durch den Käfig, eine Böe reißt an deinen Kleidern, und du bist da: Du stehst auf einem Zahnstocher und begibst dich ganz in *seine* Hände. Tu, was er sagt, folge ihm auf die Plattform, sieh nicht hinab, denke an nichts, denke nicht an Frau und Kinder, wenn es vorbei ist, ist all das ohne Bedeutung, wie dieses schwere Hämmern in deiner Brust, das deinen Leib zu sprengen droht, als

357

dir die Füße zusammengebunden werden und du die Macht über dich und dein Leben endgültig verlierst. Und nun, da alles gleich ist, siehst du doch hinab, in diese aufgerissene Tiefe, die du zu deiner Tiefe machen willst, als wäre die Oberfläche deines Wesens nur in diesem Akt fallender Gewalt zu durchstoßen. Aber was, wenn darunter nichts ist? Es ist zu spät. Du hast dich entschieden. *Er* hat alle Vorbereitungen getroffen. Du fühlst die Fesseln an deinen Füßen und den Wind in deinen Haaren. Du stehst am Rand dieses Sprungbretts: Tod. Laß dich fallen. In ein paar Sekunden ist alles vorbei. Du kannst nicht zurück, und du spürst, daß *er* wartet, *er* hat nicht unbegrenzt Zeit, du hältst ihn auf, sein bizarres Geschäft, deine kleine Angst hält ihn auf. Geh! Laß alles hinter dir. Schließe die Augen oder schließe sie nicht ... und auf einmal kippst du, kippt die Welt, richtet der Boden sich auf zu einer Wand, auf die du zurast ... und alles ist dir genommen, dein Gewicht, deine Gedanken, deine Zeit ... du fällst ... endlich ...

Und dann ist es doch nicht der Tod. Etwas zieht an ihm, bremst ihn, bremst den Fall. Die braungrüne Erde über ihm und der hellgraue Himmel unter ihm – er hängt am Seil, kopfüber wie ein Stück Vieh. Nicht der Tod also ist das Ende, Saltz, sondern die Lächerlichkeit. Sein Leib schwingt auf und ab, Spielball des Seils. Gut, daß *sie* ihn so nicht sieht, deren Stimme er nicht aus dem Kopf bekommt. In sie möchte er fallen, in ihre Dunkelheit, und möchte es nicht – es ist alles gleich, jetzt noch mehr als vorher ist alles gleich. Sein Leib pendelt, ein Stück Materie, und die Wolken ziehen unter seinen Füßen hin wie ein endloser Strom von Himmelsvertriebenen ...

———

Im italienischen Ferienhaus von Robert und Christa Hanson steht Fred am Schlafzimmerfenster und ist verblüfft von dessen lupenreiner Transparenz. Die gelbgrünen Hügel der Maremma, auf die der Ausblick geht, liegen in der Nachmittagssonne, die am Himmel festgebrannt zu sein scheint, so spätsommerlich ruhig da, daß er für einen Moment das beklemmende Gefühl hat, der Zeitpunkt sei gekommen, in dem alle Lügen der vergangenen drei Monate mit großem Getöse auffliegen müßten. Das Fenster ist frisch eingesetzt, schwefelgelber Isolierschaum quillt zwischen dem alten fugen- und spaltenreichen Mauerwerk und der rechtwinkligen Präzision des neuen fuchsbraun gebeizten Holzrahmens hervor. Von den Insekten, den schillernden Käfern, Zitronenfaltern und Stechfliegen, die auf der anderen Seite der Scheibe umherschwirren ist kein Ton zu hören, die Natur ist ein Stummfilm, wenn auch in Farbe. Die Hitze dort draußen ist nicht mehr als eine unsichtbare, ferne Gegebenheit, von der hier drinnen nur das geduldige Säuseln der Klimaanlage zeugt.

Robert Hanson hat in diesem Frühjahr damit begonnen, sein Haus mit Modernisierungen zu verschandeln. Offenbar geht es ihm darum, alles Südliche aus dessen Mauern zu verbannen: Die Hitze, den mittäglichen Stillstand der Zeit, den erdig weiten Geruch der Trockenheit und sogar den Geruch menschlicher Anwesenheit, den des eigenen Schweißes, so daß man für sich selbst hier in diesen vier Wänden seltsam unexistent wird, Freds Haut ist trocken und leicht, und seine Nacktheit umgibt ihn wie ein kühler geisterhafter Schleier. Einen Moment lang stellt er sich vor, der Sommer, der in Berlin schon zu Ende ist, aber hier noch einmal alles gibt, habe gar nicht stattgefunden. Ist es denn überhaupt zutreffend, von Lügen zu sprechen, wenn man von den vergangenen Wochen und Monaten redet? Und wenn ja, wer belügt dann wen? Belügt er Hanson? Oder belügt er Nora? Oder beide zusammen, oder diese ihn? Oder ist nicht vielmehr alles, was geschehen ist, mit Notwendigkeit geschehen? Hier in Italien, dieses Gefühl drängt sich Fred immer wieder auf, ist man den Gesetzen der Evolution näher als andernorts. Und was anderes ist

Evolution als eine monumentale Soap aus Revierkämpfen, Neid, Mißgunst und Paarungsritualen? Nur daß es kein göttliches Weltenexposé gibt, das in irgendeiner kosmischen Schublade versteckt wäre, kein Treatment des Seins, in dem man nachschlagen könnte, wie es weitergeht. Das Leben hat sich selbst verfaßt, alles ist Veränderung, Anpassung, Selektion, alles ist im Fluß, strebt vorwärts. Die große Wanderung der Gene. Die Endgültigkeit der Ehe bedeutet Parken mitten auf der Autobahn der Evolution. Und die Liebe ist ein überfordertes Gefühl. Man kann nicht stärker sein als das Prinzip, das einen hervorgebracht hat. Nicht der Tod scheidet die Menschen, sondern das Leben. Und was Nietzsche für Gott ist, ist Darwin für die Liebe. So ungefähr.

Fred sieht hinaus in die Landschaft, die ihm einstmals als das Ideal einer Landschaft erschienen ist, allerdings ist sie von hier aus, also vom Hansonschen Schlafzimmerfenster aus betrachtet, nicht wirklich perfekt in ihren Proportionen – nicht so, wie sie sich Fred auf der Terrasse seines eigenen, auf der anderen Seite von Tatti gelegenen Hauses darbietet. Die Hügel hier sind zu nah und drängen den Himmel zu weit nach oben, quetschen ihn gewissermaßen an den Rand des Blickfelds, wo er durch das nahe Gleißen der Sonne ziemlich bleich erscheint und nicht in diesem fernen diesigen, nach Grenzenlosigkeit aussehenden Blau schwimmt, das Fred so sehr liebt. Er wendet sich vom Fenster ab, und in diesem Moment kommt Christa Hanson mit zwei Gläsern voller silbriger Eisstücke, die sich in rotgelben Säulen aus Campari-Orange stapeln, ins Zimmer. Als sie in die Küche gegangen ist, hat sie sich einen Slip übergezogen, der ihre mittlere Bräune mit Stegen aus lavendelblauer Spitze in drei Teile zergliedert, die sich – wie die Landschaft hier – in ihren Proportionen ebenfalls nicht recht zueinander fügen wollen; ihre Schenkel sind kräftig und drängen in der Breite weit über die Grenzen ihres Beckens hinaus, ihre Taille hingegen ist schmal und wird von zwei beinahe zierlichen Knochenbögen eingerahmt, an denen sich die schmalen Bündchen ihres Slips mit weichen Schwüngen entlangschmiegen. Die Schritte ihrer bloßen Füße hinterlassen auf dem Terrakotta-Fußboden einen hübschen hellen Klang, als sie auf Fred zukommt und ihm sein Glas reicht.

Er nimmt es entgegen, aber anstatt zu trinken sagt er: »Glaubst du, daß es einen Moment gibt, ab dem gewisse Dinge unumkehrbar werden, oder schliddert man allmählich in den Sumpf?«

»Wie meinst du das?«

»Ich meine, trifft man einmal eine *große falsche* Entscheidung oder laufend *viele kleine*?«

Sie geht zum Bett und stellt ihr Glas auf dem Nachttisch ab. Als sie sich setzt, sieht ihre Bauchdecke für einen Moment aus wie eine große, fragend gerunzelte Stirn, deren Ausläufer sich bis hinauf zu ihren Brüsten kräuseln. Die Hornhaut an ihren Fußsohlen ist rauh und gelb wie Parmesan.

»Findest du denn, daß dein Leben in die falsche Richtung läuft?«

»Ich bin mir nicht sicher. Jedenfalls glaube ich nicht, daß man sagen kann, daß es richtig läuft, so wie es läuft, oder?«

»Das mußt du wissen.«

»Du meinst, es geht dich nichts an?«

»Nein, das nicht. Ich kann nur nicht in dich hineinschauen. Ich bin zufrieden damit, wie es im Moment ist.«

Aus dem Glas in Freds Hand steigt säuerlicher Orangengeruch und herbes alkoholisches Campari-Aroma in seine Nase, das ihn im ersten Moment stört, aber als er trinkt, durchströmt ihn die Flüssigkeit kühl und weich. Er geht zum Bett und setzt sich auf die Kante. Auf dem Nachttisch und auf dem Boden davor liegt eine stattliche Anzahl von Büchern, zehn bestimmt, mittelstarke Romane und zwei oder drei Schwarten, die Robert, wie es aussieht, gerade liest und von deren Autoren Fred, soweit er die

Namenszüge zu erkennen vermag, noch nie etwas gehört hat. Offensichtlich gibt es eine Menge Autoren, die zum Einschlafen taugen. Jedenfalls bleibt kein Platz für das Campari-Glas, so daß Fred es in der Hand behält, als er sich herumdreht und Christa zuwendet. Weil sie einen Slip trägt, gibt ihm sein bloßer Schwanz, der bei der Drehung seines Körpers willenlos von seinem rechten auf den linken Schenkel purzelt, ein Gefühl der Unterlegenheit. Zurückversetzt in seinen Normalzustand ist das gute Stück nicht immer gleich groß; mal macht es einen ganz stattlichen Eindruck, mal einen ziemlich verkümmerten, und im Moment, muß man sagen, ist zweiteres der Fall: Das Ding ist unangenehm klein, in etwa so wie ein Daumen oder eine heruntergebrannte Haushaltskerze.

Fred trinkt noch einen Schluck, dann sagt er: »Du bist zufrieden damit, daß Robert und Nora sich miteinander vergnügen?«

Christa richtet sich auf, stützt sich auf den rechten Arm und legt ihre linke Hand mit weichen Fingerkuppen und rosalackierten Nägeln auf Freds Oberschenkel. »Du machst dir zu viele Gedanken. Sie schlafen miteinander, so wie wir es tun. Es ist vielleicht nicht die beste Lösung, aber für den Augenblick finde ich es … wie soll ich sagen … eine Möglichkeit.« Sie läßt ihre Fingerspitzen auf seinem Bein aufwärts krabbeln. »Fred! Ich weiß, du glaubst nicht an so was, aber ich wollte dich vom ersten Moment an. Und jetzt habe ich dich. Also stelle ich keine Fragen. Im Moment nicht.«

»Woran soll ich nicht glauben? Glück, Liebe?« Er winkelt das linke Bein an, so daß sein Oberschenkel seinen Schwanz verdeckt.

Sie zieht ihre Hand zurück und legt sich auf die Seite, den Kopf aufgestützt, die Beine ausgestreckt. Nachmittagsfarbenes Licht fällt auf ihre Schultern, Hüften, Waden, deren Linien weit geschwungen sind wie die Maremma-Anhöhen. Als Fred vorhin mit ihr geschlafen hat, pflanzte sich jeder seiner Stöße durch ihren Leib wellenartig fort, und für Momente kam er sich vor wie ein kleiner Junge, der Steine ins Wasser wirft und mit großen Augen deren Sprünge zählt. Er hat den Eindruck, als habe sie zugenommen in diesem Sommer ihrer Liebe, was ihrer Nacktheit, wenn sie sich auf die Seite dreht, manchmal etwas Aufgeschwemmtes gibt, als wäre sie ihm schon ähnlicher geworden.

Sie sagt nachdenklich »Du bist hier, und ich bin hier. Das reicht mir für den Moment. Warum sollte ich mich denn dagegen wehren, glücklich zu sein?«

»Bist du's denn?«

»Irgendwie schon. Ja.«

»Irgendwie?«

»Fred ... Was *ist* denn Glück? Laß es uns bitte nicht zerreden.«

»Und vorher warst du unglücklich?«

Sie dreht sich auf ihre andere Seite und streckt sich nach ihrem Campari-Glas; die Eiswürfel klimpern leise, als sie nippt. »Ich weiß es nicht. So kann man das nicht sagen. Vorher waren die Dinge irgendwie normal. Zwischen Robert und mir lief es halt nicht besonders gut. Er hat gearbeitet, wenn ich mit ihm schlafen wollte, und wenn er es wollte, was nicht so häufig vorgekommen ist ... was soll ich sagen – er ist nicht besonders engagiert in letzter Zeit, es geht schnell, und irgendwie kommt er nicht richtig in Fahrt ... So halt. Als wir uns kennengelernt haben, war er ganz unbeholfen dabei, und ich hatte das Gefühl, ich muß ihm alles beibringen. Weißt du, es hat mir gefallen, in diesen Dingen Lehrerin zu sein. Ich dachte, wenn ich seinen Körper befreie, dann befreie ich auch seinen Kopf.«

In der Zimmerecke auf dem quadratisch gekachelten Terrakotta-Fußboden liegen Roberts Hanteln, eiserne stumme Zeugen seiner Hausherrenschaft. Die Härte des Metalls und die Weichheit von Christas Hüften. Er stemmt das Falsche.

Fred sagt: »Ihr paßt ja eigentlich nicht zusammen.«

»Wie meinst du das?«

»Na ja, er mit seinen Büchern und du mit deinem Job.«

»Was soll das denn heißen? Willst du damit sagen, ich bin nicht *intelligent* genug für ihn oder so was?« Sie trinkt ihren Campari-Orange aus, im Glas bleibt ein glitzernder, aber fragiler, brüchiger Turm aus Eis zurück, weißgrau jetzt, wie sein großer Bruder in Pisa. »Ehrlich gesagt, hätte ich von dir so ein Schubladendenken nicht erwartet. Passen *wir* denn zusammen, oder bin ich nur irgend so eine Blondine für dich?«

»Nein, ich meine ja, wir passen zusammen, ich denke nur, die PR-Branche und der Literaturbetrieb sind zwei, wie soll ich sagen … sehr unterschiedliche Milieus.« Er reicht ihr sein Glas. »Machst du mir noch einen?«

Als sie das Zimmer verläßt, erscheint sie Fred auf einmal fremd und nicht mehr so begehrenswert. Die Frau eines anderen und nicht die, die er sich ausgesucht hätte. So im Gehen, von hinten und von seinem niedrigen Standpunkt auf dem Bett aus verwandelt sich ihre Nacktheit in etwas unerwartet Gewöhnliches. Egal wo man hinsieht, immer ist ihr mächtiger Po im Bild. Fred steht auf und nimmt seine Boxershorts vom Boden, deren Stoff kalt ist wie die Steinfliesen. Er folgt Christa in die Küche, wo sie vor dem geöffneten Eisschrank steht, leicht vorgebeugt, mit eindrucksvoll herunterhängenden fleischlichen Brüsten. Ungefähr so muß sie von der Seite ausgesehen haben, als sie und er es zum ersten Mal getan haben, vor gut drei Monaten, an dieser Kiefer, die zwei Tage später immer noch am selben Fleck stand, als Fred wieder dort war, weil es noch ein paar Dinge zu erledigen gab und er es sich nicht versagen konnte, ein zweites Mal diesen Tatort aufzusuchen, der nach einem heftigen Gewitterregen moosig-modrig roch und irgendwie fruchtbar. Warum es nicht noch einmal so tun? Hier in der Küche, vor dem Kühlschrank?

Christa würde ihn nicht abweisen, und auf einmal fühlt er sich in seiner Liebe zu ihr seltsam frei. Vielleicht stimmt es ja: Er ist einfach glücklich.

Sie nimmt eine Schale Eiswürfel aus dem Gefrierfach, schlägt die Kühlschranktür zu, füllt klirrend die Gläser und läßt aus der steil gehaltenen Flasche gluckernd Campari darüberlaufen. Verärgert sagt sie: »Meinst du etwa, Schriftsteller könnten nur mit Schriftsteller*innen* verheiratet sein? Oder Germanistinnen? Ist es das, was du sagen willst? Daß Nora klüger ist als ich und Robert deswegen auf sie fliegt?« Sie ergreift ein Messer, wendet sich einer flachen Tonschale zu, in der sich Orangen stapeln wie ein Haufen Reservesonnen, halbiert ein paar und legt die Apfelsinenhälften eine nach der andern auf den durchlöcherten Quetschkonus der mechanischen Obstpresse, die vom Funktionsprinzip und vom Aussehen her gewisse Ähnlichkeiten mit einer Guillotine aufweist. Energisch mißmutig zieht sie den verchromten Hebel herunter, und dickflüssiger, gelber Saft quillt auf die Eiswürfel, mischt sich mit dem Campari zu einer bräunlich trüben Soße. »Vielleicht liebst du mich ja nur«, wettert sie, »weil ich nicht so gebildet bin wie deine Nora. Beziehungsweise du liebst mich gar nicht, sondern machst nur Urlaub. Du suchst ein leichteres *Milieu* zum Entspannen.«

Die Routine, mit der sie ihm die Meinung sagen *und* Orangen auspressen kann, fasziniert Fred. Wenn Nora etwas nicht paßt und sie glaubt, streiten zu müssen, wird sie hysterisch und unfähig zu jeder anderen Tätigkeit. Er geht auf Christa zu und lehnt sich neben sie an den Kühlschrank. »Hey!« gibt er seiner Stimme einen plüschigen Klang, von dem er hofft, daß ihre Verärgerung darin sanft versickern könnte. »Uns geht's gut: Wir sind in Italien, wir trinken Campari, wir ficken.«

Sie wirft die ausgepreßten Orangenschalen ins Waschbecken. »Sag nicht ficken. Ich mag es nicht, wenn du so redest.« Das

Fenster in der Küche ist noch nicht erneuert worden, es ist klein und läßt nur wenig Helligkeit ein. Wahrscheinlich hält sich Hanson, dieses leptosome Gerippe, in der Nähe von Nahrungsmitteln nie auf.

»Manchmal macht es mir Spaß, die Dinge so zu benennen, wie sie sind«, sagt Fred.

»Sie sind aber nicht so. Nicht für mich. Wenn du mich fragst, willst du dich mit solchen Ausdrücken nur bestrafen.«

»Wofür denn?«

»Keine Ahnung. Dafür, daß du nicht lieben kannst.«

»Findest du das nicht ein wenig zu, hm ..., melodramatisch ausgedrückt?«

»Was weiß ich. Vielleicht.«

Die annähernd eheliche Offenheit, mit der sie ihm hier in der Küche ihre großen Brüste zuwendet, frappiert Fred, und auf einmal fühlt er sich aufgerufen, etwas Ehrliches und Ernstes zu sagen, etwas, das sein Inneres in einer ähnlich klaren Weise sichtbar macht wie das ungenierte Gebaren ihres Körpers beim Orangenpressen. »Weißt du«, sagt er, »manchmal sehe ich mich an und sage mir: Du bist ein Fettsack, und vielmehr außer – entschuldige – ficken kannst du sowieso nicht. Was ist das denn schon: Serienschreiber! Und dann sage ich mir: Nein, es ist okay, für dieses verkommene Ende des Jahrhunderts ist es okay, ist es ein halbwegs ehrlicher Job. Jeder behauptet heutzutage, den Leuten die Wahrheit zu sagen und belügt sie in Wirklichkeit nach Strich und Faden. Ich mach's umgekehrt, ich belüge sie, und jeder weiß das, aber vielleicht steckt in meinen Geschichten ja ein Stück Wahrheit.« Er wendet sich ab, und Christa wird zu einer schemenhaften Gestalt in seinem Augenwinkel. »Na ja, ein sehr kleines Stück, aber was soll's.«

Sie schweigen einen Moment, dann reicht sie ihm seinen Campari. »Jedenfalls wird es nicht *größer*, indem man statt von der Liebe vom Ficken redet.«

366

»Alle Welt redet davon.«

»Ich nicht.«

»Es ist doch nur ein Wort.«

»Für mich nicht«, sagt sie und fügt hinzu: »Im übrigen ist es jetzt genug!« Sie dreht sich zur Tür und geht hinaus. Im Schlafzimmer hat sie ihre Meinung aber offenbar wieder geändert und sagt nachdenklich, nachdem sie ein- oder zweimal an ihrem Glas genippt hat: »Vielleicht passen Robert und ich ja wirklich nicht zusammen. Als wir uns kennengelernt haben, hatte er so eine Aura. Der junge Schriftsteller – das hat mir gefallen, weil ich es nicht kannte. Ich dachte, er wäre etwas Besonderes, und außerdem hatte er so eine Art, durchscheinen zu lassen, daß Geld für ihn keine Thema war. Ich bin mit Geld aufgewachsen und mochte es nicht, wenn jemand keins hatte. Ich war damals noch ziemlich jung.«

»Geld ist okay«, sagt Fred. Er steht in der Tür, und sie sitzt auf dem Bett. Die Farben im Raum haben sich geändert, mehr Rotanteile jetzt und weniger Blau, der Nachmittag welkt schon, die Zeit vergeht auf Christas Haut, eine Uhr aus Farbschattierungen.

»Irgendwann«, fährt sie fort, »war die Aura weg, aber ich habe gedacht, es läge an mir, ich würde sie nur nicht mehr sehen. Robert war gerade mitten in seinem ersten Roman, da konnte ich ihn nicht verlassen. Irgendwie erschien mir das zu brutal. Es hätte ja auch sein können, daß es ein großer Erfolg wird.«

Fred setzt sich neben sie auf die Bettkante und stiert auf seine Füße, die hier in Italien braun geworden sind, nur zwischen den Zehen ist die Haut weiß geblieben, wodurch sie länger und dünner wirken, so wie man sich Thilo Flattens Zehen wohl vorzustellen hat. Oder Roberts. Eine Armlänge von Fred entfernt hockt ihm auf dem unregelmäßigen Mauerwerk sein Schatten gegenüber. »Als ich Nora kennen gelernt habe«, sagt er, »war sie ziemlich begehrt. Sie assistierte damals bei einer dieser Nachmittags-

Talkshows für Minderjährige. Das war natürlich ein Witz, und sie hat es nicht länger als vielleicht zwei Monate ausgehalten. Ich glaube, sie wollte sich irgend etwas damit beweisen. Daß sie auch an diesem Mediengeschrei teilnehmen kann und nicht die ist, die sie ist, oder so. Na ja, es hat gereicht, daß wir uns begegnet sind, und sie gefiel mir sofort, womit ich allerdings nicht der einzige war. Sie sah gut aus, und ihre etwas unterkühlte Intellektualität, hinter der sie ihre Schutzbedürftigkeit verbirgt, hat natürlich gezogen. Ich war ziemlich stolz, als ich sie geheiratet habe und alle anderen dazu verurteilt waren, Reistüten zu kaufen. Ich finde sogar, daß unsere Ehe seither ganz ordentlich gelaufen ist, und eigentlich ist es mir ein Rätsel, was genau schiefgegangen ist. Das ist es ja, was ich meine: Man versinkt so peu à peu im Sumpf und merkt es nicht einmal.«

»Warum meinst du denn, daß etwas schiefgegangen sein muß?« fragt Christa und stellt ihr Glas ab. »So außergewöhnlich ist eure Geschichte ja nicht. Weißt du, was ich glaube? Daß alles, was geschieht, irgendeinen Sinn hat. Irgend etwas treibt uns dazu, das Richtige zu tun, selbst wenn wir das Gefühl haben, einen Fehler nach dem anderen zu machen.«

»Ja, vielleicht hast du recht«, sagt Fred und dreht sich um. Das Licht zerläuft auf ihrem Körper zu einem großen frühabendlichen Farbsee, rot-orange wie der Campari-Cocktail, nur zarter und fließender. »Eines muß man sich ja immer wieder klarmachen: Unser Gehirn ist nicht dazu erschaffen worden, Ehen zu führen, sondern Bananen von Bäumen zu pflücken.«

Christa streckt ihren bloßen Leib aus, kreuzt die Arme hinter dem Kopf und sieht an die Decke, auf deren Weiß durch eine Reflexion ein netzartiges Lichtmuster entstanden ist, ein kompliziertes Geflecht voller vergänglicher Schönheit.

Sie sagt: »Was machen wir denn jetzt?«

Wie sie so daliegt, entspannt und den Oberkörper ihm offen

darbietend, kann Fred nicht widerstehen: Er beugt sich über sie, und als er mit seinen Lippen ihre Brustwarzen berührt, ist es, als küsse er die warm hereinfallenden Sonnenstrahlen. Sie wölbt ihm ihren runden willigen Leib entgegen, ergreift seine Schultern und zieht ihn zu sich, ihrem erwartungsvoll geöffneten camparinassen Mund entgegen. – Oh! wie er diesen Geschmack kennt, der der Geschmack ihrer Liebe ist, der Geschmack des ersten Mals, den er noch nicht vergessen hat, und während sie sich küssen, rollt er sich auf sie, rollt sie sich auf ihn, rollt er sich auf sie und noch einmal zurück, bis Fred am Ende mit dem Rücken auf der Matratzenritze liegenbleibt, die ansonsten den Schlaf der Hansons trennt, seine Wirbelsäule drückt sich in diese Vertiefung, so daß er sich nur schwerlich noch hochrappeln kann und machtlos lustvoll dabei zusehen muß, wie Christa es sich auf ihm bequem macht und er ihren Körper von unten zu sehen bekommt: ihr Rumpf so nah und mächtig, ihr Kopf so klein und fern, und dazwischen ihre Brüste, zwei große helle Laternen, die über ihm in der späten Sonne dieses Tages leuchten, und erst in diesem Moment wird ihm bewußt, daß sie in der Heftigkeit ihres Begehrens vergessen haben, sich von Slip und Shorts zu befreien, Fred zieht Christa wieder zu sich herab und läßt ihren schweren Leib zur Seite plumpsen, so daß er selbst, wie ein Gegengewicht, aus den Tiefen der Hansonschen Matratzenritze aufzutauchen vermag, und eilig schiebt er den engen Bund seiner bordeauxrot gemusterten Boxershorts hinunter zu seinen Füßen, ist endlich nackt, und läßt, was er befreit hat, über ihren Augen kreisen, hoffend, daß sie errät, woran er so denkt, und sie errät es, er liebt sie, und für einige Minuten, die, wenn es nach ihm ginge, niemals zu enden bräuchten, hat er das Gefühl, schwerelos zu treiben im südlichen Licht des Abends, in dieser aprikosenfarbenen Helle. Irgendwann aber, und leider recht bald schon, muß er achtgeben, nicht zu schnell zu sein, muss er sich ihr entziehen, ihren gerundeten Lippen, ihrem geübten Griff, denn fast übertreibt sie es jetzt da unten, rüttelt sie mit merkwürdig unangebrachter Heftigkeit an ihm, überhaupt gehen auf einmal seltsame Dinge an den Rändern seines so himmlisch eingelullten Bewußtseins vor, kleine unlogische Vorkommnisse, die von Ferne mit Macht in seine Wahrnehmung drängen: Wie von Geisterhand angetrieben, wälzen sich Hansons Hanteln über den Boden auf das Bett zu, drohend in ihrer plumpen metallischen Schwere, und aus der leeren Küche tönt wisperndes Geschirrgeklapper. Freds Schatten, sein auf dem fugenreichen Mauerwerk zerknautschter Oberkörper, vibriert mitsamt des linken Bettpfostens im rötlich ruhigen Abendlicht, in das Christa nun jenes Werk entläßt, das sie an ihm verrichtet hat, und das Haus gibt unergründliche, nie gehörte Geräusche von sich: das Knistern uralten Mörtels, das Zwitschern von Türscharnieren, das ledrige Knarzen von Glas. Fred sieht Christa an und sie ihn, und mehr noch als aus dem, was um sie herum geschieht, lesen sie aus ihren Blicken, was vor sich geht: Bett, Mauern, Haus und Hanteln erzittern unter einer anschwellenden Serie von Erdstößen. Dies zu begreifen lähmt Fred vollständig, und für ein paar Sekunden ist das einzige Geschehen im Raum eines, das zwischen seinen Beinen passiert, absurd schnell, lächerlich. *Er* ist lächerlich. Sein Schatten klebt an der Wand. Er ist vollkommen ungeübt im Umgang mit lebensbedrohlichen Situationen. Er wird sterben. Christa springt auf, und die vollschlanken Konturen ihres Körpers erbeben unter der Heftigkeit dieser Bewegung. Sie schreit ihn an, sie ist schon in der Tür, und eine der Hanteln rumpelt ungelenk auf Freds Shorts und bleibt auf dem Stoff liegen. Eisen. Dumme, schwere Materie, der das Beben nichts anhaben kann. Ein Knochen der Erde selbst. Fred rennt jetzt, und Christa rennt vor ihm her, ihr großer Po ein ohnmächtiges Auf und Ab, Fleisch wie sein Fleisch, vollgesogen mit bleischwerer Angst. Sie tauchen in die Dunkelheit des Flurs, sie laufen um ihr Leben, Tische und Stühle stehen im Wohnzimmer im Weg, doch am Ende des Raumes leuchtet die blendende Helle der Fenster und der Spalt der halb offen stehenden Terrassentür. Christa ist schon dort. Ihre Nacktheit lodert auf, als sie die Terrasse erreicht, und Fred rennt und rennt und nähert sich ebenfalls dieser Tür, die nicht nur hinausführt ins Freie, sondern hinaus aus dem bröckelnden Tunnel dieses Augenblicks zurück in den großen, stabilen Raum der Zeit. Und dann ist er draußen, ist in einer ungeahnten Wärme, in diesem zarten hellen gnädigen Licht. Er hat es geschafft, er ist nicht gestorben. Leben, du unglaubliches Geschenk!

Christa und Fred, die Geretteten. Nackt stehen sie nebeneinander im Garten des Hansonschen Sommerhauses, dessen Sonnenseite im Abendlicht bernsteinfarben aufflammt. Atemlos, glücklich. Kein Geräusch ist zu hören bis auf das Summen der Insekten, der Stechfliegen und Mücken, die herbeigeflogen kommen, neugierig, voller Aufregung über diese beiden riesigen paradiesisch nackten Körper, diese beiden üppigen Mahlzeiten. Fred hört sie kaum. Das Beben ist vorbei. Gerettet! – was für ein reinigendes Gefühl. Das einzige, was er hört, ist sein Herz. Ein dumpfes doppeltes Pochen, das ihm wie eine unendliche Kette von Glücksfällen vorkommt, die klingen wie: Du bist da, du bist da, du bist da …

Doch dann steigt ein neuer Gedanke in ihm auf, ein Gedanke, von dem er sofort weiß, daß er dieses Glück zerstören wird, und dieser Gedanke nimmt so stetig Gestalt an wie ein Zug, der aus heiterer Ferne auf einen zurollt. Es ist eine Frage. Eine furchtbare, quälende, unausweichliche Frage: Was ist mit Nora?

Irgendwo am Ende der erdfarbenen, trichterförmigen Ebene muß das Meer liegen, dort, wo weiße Quellwolken im graublauen Dunst des späten Nachmittags schwimmen wie kleine Eisportionen, immer vier oder fünf Kugeln, in denen ein vages Verspre-chen von Abkühlung liegt, das sich aber gegen Abend hin stets auflöst. Nora blinzelt in Richtung dieser fernen vagen Grenze zwischen Land und Wasser und wünscht sich einen Moment lang, sie wäre dort und läge in den Wellen und ließe sich treiben. Sie muß daran denken, wie sie das erste Mal hier gestanden hat, neben Fred, dessen Blick sich so glücklich und gierig in diese Weite vergrub, die in der Morgensonne glitzerte. Die blasse blaue Farbe der Fensterläden, abgeblättert zu den verschnörkelten Landkarten ferner unbekannter Kontinente. Die Luft war so leicht, und die erste Wärme, die vom Boden aufstieg, verfing sich unter der Sommerkleidung. Es hat sie verwirrt, die Weiträumig-keit ihres Empfindens, nur weil sie da stand, ihre Seele bestochen von der Landschaft und dem Duft der Rosmarinsträucher, die die Terrasse seitlich begrenzten, und dieser Makler scharwenzelte um sie herum wie ein Jäger, der seine Beute in der Falle weiß.

Die Luft, die sich jetzt vom Tal herauf auf die Terrasse wälzt, ist schwer und heiß, in allem ist die Hitze des Tages gespeichert, nur das Weinglas in Noras Hand, das sie sich eingeschenkt hat, bevor sie aus dem Haus gekommen ist, strahlt ein wenig Kühle aus. Sie schließt die Augen, weil das Licht sie blendet, doch ein Farbenecho der Welt bleibt auf der Innenseite ihrer Netzhaut zurück, seltsam leuchtende Schemen, die in unbestimmter Ent-fernung zu treiben scheinen, als gebe es irgendeine Macht, die einen von der Gegenwart nicht loskommen läßt.

Nora hört, daß Robert aus dem Haus kommt und sich neben sie stellt. Er hält ein Weinglas in der Hand wie sie, und eine Weile stehen sie schweigend da. Dann fragt er: »Irgend etwas nicht in Ordnung?«

Sie trinkt einen Schluck. »Doch«, sagt sie. »Alles in Ordnung. Was meinst du denn?«

»Es ging nicht, nicht wahr?«

Sie wendet sich ab, geht zum Tisch und stellt das Glas ab. »Das bedeutet nichts. Es hat mir trotzdem gefallen.«

»Liegt es an mir?«

Sie muß blinzeln, um ihn anzusehen, weil der sechseckige Sonnenschirm noch dort steht, wo Fred ihn morgens aufgespannt hat, zu weit links jetzt, sein Schatten liegt nutzlos auf dem kleinen Beet aus Salbei- und Basilikumpflänzchen, das er im Frühjahr mit Sorgfalt angelegt hat, doch es ist nichts daraus geworden; in dem späten Nachmittagslicht jetzt haben die blaugrünen Salbeiblätter die Farbe seiner Augen – das ist ihr noch nie aufgefallen.

Sie sagt: »Nein, es liegt nicht an dir. Ich konnte nicht. Es ist, als wäre in mir ein Hindernis, das ich weder sehen noch sonstwie wahrnehmen kann. Aber ich komme nicht daran vorbei … Ich glaube, es sind diese Hormone.«

»Dann wäre es doch meine Schuld«, sagt er und kommt zum Tisch, er ist barfuß wie sie, und seine Zehen, die bewachsen sind mit dunklen schütteren Haarbüscheln, äugen unter dem Saum seiner Hose hervor wie unschuldige Beobachter aus einer anderen Welt.

Sie möchte es nicht, aber etwas treibt sie zu sagen: »Es stimmt, daß es mir ohne Chemie lieber wäre. Fred und ich sind immer gut zurechtgekommen.«

»Mit Kondomen spüre ich nichts«, sagt er etwas zu unwirsch, denn das kann er nicht ihr vorwerfen. Er setzt sich, seine schmale Gestalt ist ein Rinnsal auf der breiten Gartenbank. Fred strömt auf die Sitzfläche. Fred spürt immer was. Am liebsten hat er es, wenn sie auf ihm sitzt, mit geschlossenen Augen, ganz bei sich, mit Zügen, die weich sind und forderungslos. Manchmal ist es leicht, ihm einen Orgasmus vorzuspielen, sie hat es schon oft getan. Bei Robert ist es umgekehrt, so ungeschickt er ist, so genau vernimmt er die Schwingungen ihres Körpers, als wäre sie ein

Instrument, dessen Klang er liebt, auch wenn er nicht darauf zu spielen vermag.

Er sagt: »Vielleicht traue ich diesen Gummis nicht. Man hört immer so Geschichten. Hast du dir nie Gedanken darüber gemacht, es könnte mal schiefgehen?«

»Nein, nie.« Im Tal trifft die Sonne auf ein paar unsichtbare Häuser, Fenster leuchten auf wie Scherben, die verstreut dort herumliegen. Sie sagt: »Nein, das stimmt nicht, ich habe mir einmal Gedanken darüber gemacht. Es ist noch gar nicht so lange her, es war, als du aus Italien zurückgekommen bist und wir das erste Mal miteinander geschlafen haben. Wir haben nicht verhütet, und es war an einem von den Tagen, an denen man es besser bleibenläßt. Ich hatte sogar Angst, ja, ich war wirklich panisch, es *wäre* passiert. Und weißt du, was ich zwei Tage danach getan habe? Ich habe mit Fred geschlafen. Ich habe ihn dazu überredet, weil ich wirklich Angst hatte, schwanger zu sein. Hinterher habe ich mich deswegen geschämt, aber dann geschah etwas Seltsames: Als ich in dieser Nacht neben ihm lag und nicht einschlafen konnte, habe ich mir vorgestellt, es wäre anders: Ich wäre nicht von dir schwanger, sondern es gerade von ihm geworden. Und das Merkwürdige war, daß es mir da auf einmal keine Angst mehr gemacht hat. Wenn ich ehrlich bin, hat es mir in dieser Nacht, als ich da lag, sogar gefallen, obwohl ich es danach nie wieder so weit habe kommen lassen.«

Robert nimmt sein Glas zur Hand, und der Wein bündelt das Sonnenlicht zu einem nervös zitternden Muster auf seinem Hemd. »Davon hast du nie etwas gesagt.«

»Warum auch? Ich wollte in diesem Moment ja nicht von *dir* schwanger sein. Und was mein Verhalten Fred gegenüber angeht … Ich meine, es war nicht unbedingt ein Höhepunkt meines Lebens.«

Er dreht sich dorthin, wo sich das Tal verengt. Die weichen

Farben und Falten seiner Hose spiegeln sich in den umliegenden Hügeln wider, fließendes Leinen. Vielleicht ließe sich der Schatten der Verstimmung, der sich zwischen sie geschoben hat, mit einer Geste oder einer Bemerkung beiseite wischen, aber *er* müßte dieses Wort oder diesen Blick finden. Wie hilflos er manchmal in Situationen festsitzt, ohne den Ausgang zu finden. Dabei wäre es so leicht. Ein Kuß, ein Lächeln, eine Berührung ... Jede Sackgasse hat einen Ausgang: den nächsten Augenblick.

Sie fragt: »Will Christa Kinder?«

»Schon seit längerem, es ist wohl doch ein Naturgesetz ...«

Noras Blick bleibt an Freds verdorrten Salbeipflänzchen hängen. Vor ein paar Tagen hat er ein paar armselige Blättchen geerntet und Spaghetti damit zubereitet, die auf dem Teller dufteten wie die Landschaft. Es war ein fast normaler Abend, und doch kam es ihr mit einem Mal seltsam vor, dort zu sitzen und zu essen, diese tägliche Notwendigkeit, etwas Fremdes aufzunehmen, um ein Selbst sein zu können. Fred war sehr sensibel, und er war unterhaltend. Wenn man weiß, daß man sich betrügt, bekommen alle Unterhaltungen etwas sonderbar Schwereloses, sofern es einem gelingt, sich nicht zu beleidigen. Und mit Robert, jetzt, ist es so kompliziert.

Sie sagt: »Du wehrst dich gegen ein Phantom. Was stört dich daran, daß Christa Kinder will? Unsere Karrieren sind nicht die, die uns keine Zeit für ein Familienleben lassen. Kinder wären nicht unser Problem. – Komm, laß uns über was anderes reden.«

Robert verscheucht eine Fliege und schüttelt gleichzeitig den Kopf, und beide Bewegungen verschmelzen miteinander zu einer Geste unwilligen Abwehrens. »Wir haben ja nicht über *irgend etwas* geredet, sondern über uns.« Er macht eine Pause und will noch etwas hinzufügen, aber er braucht Zeit dazu. »Wie ist es mit Fred? Schläfst du mit ihm? Ich will, daß du ehrlich bist.«

Will er das wirklich? Seine Augen sind verborgen im Schatten der tief stehenden Sonne, deren Farbe allmählich in einen warmen Honigton übergeht. »Wir haben diesen Sommer zwei- oder dreimal miteinander geschlafen. Nicht viel für ein Ehepaar.«

»Und?«

»Was, und?«

»Bist du gekommen?«

»Ist das so wichtig?«

»Ich will's wissen.«

Sie verknotet ihre Beine im Stuhl. »Na gut, wenn du es so willst: Ja, ich bin gekommen. Ich war selbst überrascht, aber es hat jedesmal geklappt.«

Er steht auf, als halte er diese Tatsache im Sitzen nicht aus. »Es liegt also nicht an irgendwelchen Tabletten, sondern an mir!«

»Ich glaube, es hat etwas mit Gewohnheit zu tun. Wir haben aus Gewohnheit miteinander geschlafen, und ich bin aus Gewohnheit gekommen. Was spielt denn das für eine Rolle?«

»Für mich spielt es eine.«

Er wendet sich ab, sein Körper verliert im Gegenlicht einen Teil seiner Individualität, reduziert sich auf schmale Konturen und die klare Form seines nahezu unbehaarten Kopfes. Wie viele Männer gibt es, denen eine Frau sich hingeben kann, im Schnitt, mit denen es denkbar wäre? Ein Vorteil daran, mit vielen Männern zu schlafen, wäre es vielleicht, daß es mehr werden, weil eine Erfahrung dabei ist, keine Wunder zu erwarten. Wie eigenartig es ist zu wissen, wie oft sie mit Fred im letzten halben Jahr geschlafen hat. Vielleicht tut man es irgendwann so selten, daß man Buch darüber führen könnte, und was am Ende bleibt, ist diese Strichliste: Zeit. Wie würde Fred sie jetzt sehen? Ihr T-Shirt, das elfenbeinfarben um ihren Körper fällt, ihre Haut, die im späten Licht des Tages seidenmatt glänzt: eine Puppe im Schaufenster dieses Abends. Er würde sie haben wollen, und sie vielleicht ihn. Man sollte weniger Aufhebens darum machen. Er war so sanft mit ihr, als er glaubte, sie wolle schwanger werden, doch danach haben sie diesen Rhythmus nicht wiedergefunden, hat es – wie immer schon – mal besser geklappt, mal weniger gut. Aber gekommen ist sie immer – das stimmt, und es wundert sie selbst.

Sie steht auf und geht auf Robert zu, aus der Nähe riecht er nach ihr, ein Körper, den sie umklammert hat. Sie sagt: »Glaub mir doch: Es hat mir wirklich gefallen vorhin.«

»Ach, komm.«

Ihre Unfähigkeit, ihn zu belügen, erfüllt sie mit dem Wunsch, ihn zu verletzen. Vor kurzem hat er ihr erzählt, wie er sich einst bemüht hat, seine erste Freundin mit der Zunge zu erregen, und daß es ihm nie gelungen ist. Und wie er davon redete, klang es so, als habe er in einem dunklen Zimmer den Lichtschalter nicht gefunden. Sie sagt: »Bist du eifersüchtig? Ich finde, dazu hast du keinen Grund.«

»Vielleicht ist Eifersucht nicht das richtige Wort. Ich habe eher das Gefühl, bei einem Deal der Dumme zu sein. Fred ist eitel, selbstgerecht und primitiv, und wie sich jetzt herausstellt, hat er nicht nur meine Frau, sondern auch immer noch dich!«

»Er *hat* mich nicht. Niemand *hat* mich. Du wolltest eine ehrliche Antwort, und ich habe sie dir gegeben. Ich mag es nicht, wenn Männer Ehrlichkeit verlangen, nur um sich selbst zu quälen oder für irgend etwas zu bestrafen.«

Sie wendet sich zur Seite, dorthin, wo das Meer liegt, und die Bewegung läßt sie ganz unerwartet den Duft der Natur wahrnehmen. Warum kommt einem der Geruch von Kräutern abends immer besonders intensiv vor? Es ist die schönste Tageszeit jetzt, und sie streiten über Begriffe! Eifersucht. Hat er denn einen Grund, eifersüchtig zu sein? Sein kahler Kopf über dem dunklen Horizont ihrer Scham – es ist noch keine halbe Stunde her. Fred war vom ersten Moment an eifersüchtig auf Robert, einfach weil er Schriftsteller ist. Schon die Nächte, die sie mit seinen Büchern zugebracht hat, waren ihm zuviel. Zwar schlief er, aber sein Atem schien in der Stille der Nacht immer lauter, immer vorwurfsvoller zu werden, schien ihn zu umgeben wie ein dumpfes Gewölbe. Er schläft fast immer auf dem Rücken, aber in letzter Zeit liegt er manchmal auf dem Bauch mit von sich gestreckten Armen, über den Kopf gewinkelt, als treibe er ertrunken auf der Matratze. Robert hat kein Recht, ihm etwas vorzuwerfen, und er hat kein Recht, ihr etwas vorzuwerfen. Aber wie er dort steht, ist es auch nicht Härte, die er ausstrahlt, sondern Unschlüssigkeit. Die klaren, kontrastreichen Farbtöne des Abends umfließen ihn. Wie schnell die Sonne vom Himmel fällt, wenn sie einmal damit anfängt.

»Du tust Fred Unrecht«, sagt sie. »Als wir uns kennengelernt haben, war ich fasziniert von dem, was du eitel, selbstgerecht und primitiv nennst. Ich habe gespürt, daß er etwas hat, was mir fehlt. Worüber beschwerst du dich denn? Um es mit deinen Worten zu sagen: Du hast deine Frau und mich. Also nicht mehr und nicht weniger als er.«

»Ich habe Christa schon lange nicht mehr. Ich weiß nicht einmal, wann wir das letzte Mal miteinander geschlafen haben, es muß also schon eine Weile her sein. Vielleicht war es ein Irrtum, daß wir geheiratet haben – ich denke das in letzter Zeit manchmal.«

»Wäre denn eine andere besser gewesen? Diese erste, mit der du zusammen warst?«

»Nein, das nicht.«

»Oder eine andere? Wie viele Frauen hast du gehabt?«

Er stiert eine Weile in die herabsinkende Sonne. Dann sagt er: »Vielleicht sollten Schriftsteller nicht heiraten.«

»Das ist ein Klischee.«

»Mag sein. Vielleicht aber auch nicht. Vielleicht darf man nicht einmal Freunde haben. Sobald man über Menschen schreibt, läuft man Gefahr, einen zu verletzen, dem man nahesteht. Man hält sich zurück, um keinem weh zu tun, und das ist fatal.«

»Fatal für wen?« Nora sieht ihn an. Er geht, wie immer, von sich aus. Schriftsteller begreifen nie, daß es eine Welt gibt, die ganz unabhängig von ihnen funktioniert.

Er sieht sie an. »Habe ich dir eigentlich schon gesagt, das ich mit meinem Roman fertig bin?«

Die Mitteilung kommt zu unvermittelt, als daß sie angemessen reagieren könnte. »Nein, hast du noch nicht ...« Sie stehen einander gegenüber, er sieht müde aus. Seine Haare, die ihm ausfallen, noch bevor sie grau werden, sind von vorne nicht mehr als ein Schatten an seinen Schläfen. »Das ist ja ... wunderbar ...«

»Und weißt du, was ich denke?« sagt er und wendet sich wieder ab. »Vielleicht sollte ich es dabei belassen. Drei Romane sind ein guter Zeitpunkt, um aufzuhören. Ich sollte mich auf etwas anderes konzentrieren. Es gibt so vieles, was man tun könnte. Manchmal habe ich das Gefühl, es ist das größere, eine Frau zu befriedigen, als ein Buch zu schreiben.«

Sie versucht einen leichteren Ton anzuschlagen, doch er gelingt ihr nicht besonders. Sie sagt: »Weißt du was? Vielleicht hast du da sogar recht. Vielleicht ist es das wirklich.«

Sie stehen nebeneinander, und auf einmal ist es, als gäbe es nichts mehr zu sagen jetzt, da er mit seinem Roman fertig ist. Als wäre es die Angelegenheit von Literaten, Seiten zu füllen, und die des Lebens, sie zu leeren.

Der Maulbeerbaum lodert auf: rote und schwarze Früchte in einer hoch aufragenden Flamme aus Grüntönen und Bernstein. Welche Schönheit ohne jede Anstrengung. Durch die Äste des Baums geht ein sanftes Rascheln, und das Licht zittert auf den Blättern, als wären diese den Strahlen zu heiß, um darauf zu verweilen. Die gesamte aufgeheizte insektensummende Welt ge-

379

rät in einen seltsamen Aufruhr, wie von einem ersten Wind nach einem überheißen Tag, doch es ist kein Wind. Und auf einmal scheint es, als gehe ein Spuk vor sich: Die Weingläser beginnen leise rappelnd damit, sich geisterhaft in Bewegung zu setzen, werfen zitternde goldene Lichtnetze über die hölzerne Tischplatte, deren Kante sie sich entgegenschieben, und dann fällt das erste Glas hinab, eine Explosion aus Abendlicht, und das zweite, leuchtende Splitter, verstreut auf dem Boden. Alles rappelt und schlägt jetzt, die Terrasse vibriert wie von tonnenschweren Lastern, die Fensterläden klappern in den rostigen Angeln, als wollten sie aufspringen, die Glassplitter wandern über den Boden, kriechen Noras Zehen entgegen, glitzernd und langsam wie der Saum einer auslaufenden Welle am Strand. Robert steht neben ihr, stumm, sie beide sind sprachlos, immer noch, und jetzt gibt es einen Grund dafür: ein Erdbeben, es muß ein Erdbeben sein! Nora fühlt sich hilflos und verwundbar, sie müßte Roberts Hand ergreifen und er die ihre. Sind sie in Sicherheit hier draußen? Luft kann nicht einstürzen, Hitze hat keine Masse, Insektensummen kein Gewicht. Und trotzdem. Sie beginnt zu zittern, ganz leicht. Noch immer steht Robert neben ihr, ebenso unfähig, sich zu bewegen, wie sie selbst. Ihre beiden Schatten liegen grotesk dünn und abendlich endlos am Boden und verlieren sich irgendwo hinter Freds Beeten auf dem Abhang. Zwei Parallelen, die sich erst im Unendlichen schneiden, wie es heißt.

Fred schleicht durch das dunkle Wohnzimmer des Hansonschen Ferienhauses. Er wagt kaum, die Füße aufzusetzen. Die Möbel sind schlafende Raubtiere, der Terrakottaboden ist eine hauchdünne Kruste erkalteter Lava. Die Erde: eine Seifenblase. Wehrloser Spielball von Urkräften. Vulkanismus, Grabenbrüche, Tsunamis – alles mal gelernt oder irgendwo gelesen. Die Richterskala. Eine fremde, ferne Maßeinheit. Geißel der dritten Welt,

der Armut. Tausende von Toten in grauen Wellblechslums. Süd-
amerika. Armenien. Türkei. Kann sein Sizilien, Ätna et cetera,
okay. Aber hier? Diese sanften Hügel dort draußen nichts als eine
hauchdünne, verletzliche Haut? Darunter gieriges, hungriges
Fleisch? Erde warst du, zu Erde wirst du. Und dieses Haus hier
eine Grabkammer. Seine Grabkammer? Ausgerechnet in Robert
Hansons Sommerhaus soll er sterben?!

Fred schleicht vorbei an dem graugemaserten antiken Ange-
ber-Holztisch, der zweihundert oder vielleicht dreihundert Jahre
alt geworden ist, nur um heute möglicherweise unter einer
Schicht staubigen Schutts begraben zu werden. Woher soll man
wissen, wann so ein Erdbeben vorbei ist? Nach Minuten? Stunden? Oder Tagen? Wer Zeitung liest, weiß doch: Es gibt *immer*
Nachbeben. So wie die Gegenstände vorhin verrückt gespielt haben, kommen sie Fred jetzt unnatürlich erstarrt vor. Die Zeit
steht, er geistert durch eine Welt, die auf den nächsten Glocken-
schlag wartet. Die Dinosaurier sind durch einen gigantischen
Meteoriteneinschlag ausgestorben – für ihn, Fred, würde ein Zie-
gel ausreichen. Die Tür zur Küche, in deren Fensteröffnung die
Hansons ein paar Butzenscheiben eingesetzt haben, die bei dem
Erdbeben wie durch ein Wunder nicht zu Bruch gegangen sind,
kommt näher. Seltsamerweise scheint mehr oder weniger *alles* das
Erdbeben überstanden zu haben, aber gerade das beunruhigt
Fred, läßt ihn wachsam sein. Was bedeutet es schon, daß die
Fensterscheiben gehalten haben? Bei Butzenglas mag das überra-
schen, nicht aber bei diesen hochmodernen Isolierdingern, die
Hanson in diesem Frühjahr hier hat einsetzen lassen und die
nigelnagelneu sind und nicht Hunderte von Jahren alt wie die
Fundamente. Mit bloßem Auge ist überhaupt nicht abzuschät-
zen, welche Schäden an den Mauern und Decken so eines alten
Kastens entstanden sein könnten. Von einem Erdbeben ohne
Sachschaden und Todesopfer hat man noch nie etwas gehört.

Angenommen er, Fred, wäre das einzige Opfer – wäre er in diesem Fall den im Anschluß an ›Wo die Liebe hinfällt‹ ausgestrahlten ›Headline News‹ eine Meldung wert? *Babelsberger Storyliner und Schöpfer von Sonja Liebstein bei Erdbeben in Mittelitalien von zweihundert Jahre altem Lehmziegel erschlagen. Seine schockierte Geliebte mußte mit ansehen, wie das Haus über ihm einkrachte …* Hm … *Wäre* Christa überhaupt schockiert? Vielleicht ist sie ja beleidigt, daß er das Risiko auf sich nimmt, dieses Haus überhaupt noch einmal zu betreten, nur um den Telefonhörer zu suchen – von dem sie glaubt, daß sie ihn zuletzt in der Küche gesehen hat –, um Nora anzurufen … Und eigentlich hat sie ja recht: Es *ist* Irrsinn. Fred hat das Gefühl, in einem steinernen Kartenhaus herumzuschleichen, in dem irgendwo ein winziger Telefonhörer herumliegt. Was für eine wunderbare Welt das sein müßte, in der es keine Häuser gibt und keine Schlafzimmer … Er muß verrückt sein.

Er betritt die Küche, deren Tür beim Öffnen leise quietscht, irgendwie verängstigt. Fred kann sich gar nicht erinnern, sie geschlossen zu haben, als er Christa ins Schlafzimmer gefolgt ist. Wie lange ist das jetzt her? Sein Zeitgefühl gleicht einer Uhr, die stehengeblieben ist, als sein Schwengel aus Christas Mund flutschte und auf fünf vor zwölf sprang, allerdings nicht lange. Wie dunkel es in dieser Küche ist. Im ganzen Hansonschen Haus ist es dunkel, aber hier besonders. Im Waschbecken stapeln sich die halbierten ausgepreßten Orangen. Welke, braune Halbschalen mit zerfetzten Innereien. Umsummt, ausgesaugt. Nicht dem Erdbeben zum Opfer gefallen, sondern der Saftpresse. Raubtier Mensch. Irrweg der Evolution. Die Erde schüttelt sich, um ihre Quälgeister wieder loszuwerden. Die einzige Gattung, die die Apokalypse überleben wird, werden Insekten sein wie diese Fliegen, die die halbierten Orangenschalen umschwirren. Perfekte Konstruktionen, Anpassungsgenies. Fressen, Scheiße und Müll.

Instinktgeleitete Minimaschinen. Paarungen huckepack. Und der Mensch? Vor vielleicht gerade mal zwei Stunden hat Fred hinter Christa gekniet, die auf allen vieren sanft vor- und zurückwogte, ihr Rücken weich wie frisches Pizzabrot. Der glänzende Hebel der Saftpresse zeigt steil nach oben.

Der Telefonhörer liegt neben dem Salzstreuer. Als Fred wählen will, weiß er die Nummer nicht sofort, und er befürchtet schon, die von ihm so selten benötigte Zahlenreihe werde ihm überhaupt nicht einfallen. Dann müßte er Christa danach fragen, die sie in letzter Zeit regelmäßig gewählt hat. Vielleicht ist die Nummer ja gespeichert. Aber worunter? Fred, Saltz, Geliebter, Hengst? Das Zahlenfeld starrt Fred an wie ein Kreuzworträtsel, aber dann tropft aus der Leere seines Gedächtnisses eine Zahl und noch eine und noch eine. Er wählt. Und wirklich: ein Freizeichen tönt aus dem Hörer, dringt mit brutaler gleichgültiger Regelmäßigkeit an Freds Ohr, drei Rufe, vier Rufe – es ist grausam, doch wenn man genau darüber nachdenkt, hat er es nicht anders verdient …

»Fred! Bist du's?«

»Ja, ich.«

»Wie geht's dir? Hast du …«

»Mir geht's gut. Und dir?«

»Mir ist nichts passiert.«

»Gott sei Dank.«

»Kommst du?«

»Ja, ich komme.«

»Bitte, komm! Komm, so schnell es geht.«

»Ich fahre gleich los.«

»Bitte, komm …«

Nora sitzt auf einem Stuhl, den sie an den äußersten Rand des Gartens gerückt hat, in die größtmögliche Entfernung zum Haus. Sie steht auf, als Fred die Terrasse betritt, und kommt ihm entgegen. Dann stehen sie einander gegenüber. Tische und Stühle haben lange fliehende Schatten, als hätten sie sich absurd gestreckt bei dem Versuch, von dieser Terrasse zu entkommen. Hinter Nora, auf der anderen Seite des Tals, sinkt die Sonne auf die Hügel, nicht kreisrund, sondern ein wenig in die Breite gedrückt, als laste das Gewicht dieses Tages allzusehr auf ihrem orangefarbenen Rand.

»Was für eine furchtbare Sache«, sagt Fred, und der Satz kommt ihm, kaum hat er ihn ausgesprochen, auch schon unpassend vor. Er hat sich nicht überlegt, was er sagen könnte, weil er sich sicher war, alle Worte und Tröstungen würden sich aus der Einmaligkeit der Situation ergeben. Aber als er das Haus betreten hat und durch den Flur mit den leer herumstehenden Schuhen gegangen ist und durch das Wohnzimmer mit den beiden Espressotäßchen auf dem Tisch und den über den Stuhllehnen hängenden Badesachen, war all dies so gewöhnlich, daß sich jene intensive Nähe zu Nora, die er am Telefon so deutlich gespürt hat, nicht mehr einstellen will. Er redet einfach weiter: »Wir haben gedacht, das Haus kracht über uns zusammen. Warst du drinnen oder draußen?« Doch auch das *Wir* scheint ihm ungeschickt zu sein, es muß sich in ihm gebildet haben, als er vor wenigen Sekunden die zerbrochenen Weingläser auf dem Terrassenboden gesehen hat, nicht eines eben, sondern zwei. Ihres und Roberts.

»Draußen«, sagt Nora mit einer Stimme, deren Klang Fred vom Telefon her kleiner und schutzbedürftiger im Ohr hatte. »Es hat ganz schön gerumpelt. Das Epizentrum lag in Umbrien.«

Erst jetzt bemerkt er den vokalreichen Singsang einer italienischen Radiostimme, die aus dem Haus über die Terrasse trällert. Selbst die schlimmsten Nachrichten klingen hier wie eingängige Melodien. Nora hat im Winter Italienisch gelernt und ist mittlerweile in der Lage, das Gerüst der Fakten aus diesen Informationsarien herauszufiltern.

»Gottlob war es nicht so schlimm wie sechsundneunzig«, fügt sie hinzu.

Es hat sich also, wie damit klar ist, offenbar nur um ein sehr schwaches unbedeutendes Beben gehandelt. Irgend etwas bedrückt Fred daran. Egal, ob Nora ihn mit Büchern bewirft oder die Erde bebt: nie geht etwas zu Bruch. Und auch in Noras Stimme findet sich nicht mehr jenes Zittern, das ihn vor einer halben Stunde noch so bewegt hat. Vielleicht ist es kein Zufall, daß Telefonate mit ihrer Ferne, ihrer ausschließlichen Existenz in einem geistigen Raum und den Löchern im Hörer eine perfekte formale Identität besitzen mit der katholischen Beichte. Und sobald man einander gegenübersteht ist es, als sei nichts gewesen.

»Komisch«, sagt er, »eigentlich habe ich immer gedacht, wenn ich jemals so etwas Einzigartiges wie ein Erdbeben erleben sollte, dann müßte das doch etwas sein, bei dem man, wie soll ich sagen, zum Helden werden kann. Zumindest theoretisch. Und dann dauert es anderthalb Minuten und nicht eine einzige Scheibe geht zu Bruch, und kaum daß es angefangen hat, kaum daß man begreift, was überhaupt los ist, ist es auch schon wieder vorbei. Wie diese Sonnenfinsternis vor ein paar Wochen, von der man überhaupt nichts gemerkt hat. Irgendwie hat man immer das Gefühl, als wäre das Epizentrum des Lebens woanders. Dabei müßte man doch eigentlich heilfroh sein, daß nichts passiert ist, daß wir ..., ich meine ...«

Und dann plötzlich überkommt es ihn, und es überkommt Nora. Sie schlingt ihre Arme um ihn, und er schlingt seine um sie und drückt sie fest an sich, als müsse er bei all dem Geiz des Lebens mit Außergewöhnlichem wenigstens sie festhalten wie eine Tatsache, ein bedeutendes Geschehen, das ihm keiner mehr nehmen kann. Ihr harter Leib preßt sich schutzsuchend und kühl an ihn, ihr Gesicht gräbt sich in seinen Hals, und dann küssen sie sich, und Noras Zunge dringt tief in ihn ein, als suche sie dort, in seinem Innern, nach irgendeinem Halt, etwas Verläß-lichem, und sucht und sucht, und am Rand der Welt, auf der sie so innig eng umschlungen stehen, sinkt jetzt die Sonne auf den Horizont, zerfließt über den Hügeln in jenem intensiven Rot von Blutorangen, das für den nächsten Tag regnerisches Wetter an-kündigt.

Stranden

Barbara: Du liebst sie noch immer.
Rusty: Es ist nie Liebe gewesen.
Barbara: Was war es dann?
Rusty: Es ist nie Liebe gewesen.
AUS MANGEL AN BEWEISEN

Aufsteigen. Die Nähe des Himmels, sie gefällt ihm noch, obwohl er nicht zu sagen wüßte, wie oft er schon hier oben gewesen ist, in diesem weiten Blau. Seit sich die Reifen vom Boden gelöst haben, ist es ruhig im Innern der Maschine, keine Wolkendecke hat sie heute zu durchstoßen auf ihrem Weg hinauf, nicht einmal den zartesten Dunstschleier müssen die Tragflächen zerteilen, um den Rumpf der Reiseflughöhe entgegenzuheben. Nur am äußersten Rand der Atmosphäre ist eine milchige Grenzschicht zwischen Himmel und Erde zu erkennen, ein blasser ferner Bewölkungsfaden, dünn und knotig wie frisch gedrehte Wolle, der Ausläufer eines Tiefs wohl, das sich irgendwo im Westen dort aufwickelt, einer dieser hübschen, an Zuckerwatte erinnernden Wirbel, die so oft Regen bedeuten. Er lehnt sich zurück und schließt die Augen. Regen ...

Auch an jenem Tag, als es zur Scheidung kommen sollte und doch nicht gekommen ist, hat es geregnet und nicht aufgehört bis zum Abend, als er aufgewacht ist und Kathrin nicht neben ihm lag, so daß er für einen Moment gedacht hat, sie sei gegangen, und es hat ihn daran erinnert, wie er nach jener ersten Nacht mit Greta am Morgen alleine aufgewacht war, vor anderthalb Jahren in Berlin. Aber Kathrin hatte ihn nicht verlassen, sondern ihm eine Nachricht an der Rezeption hinterlegt, daß sie die Kinder bei ihren Eltern abhole und dann wiederkommen werde, um mit ihm nach Hause zu fahren, zurück nach München. Er hat etwas für sie empfunden, damals an diesem Regentag im Sommer, aber das Gefühl verblaßt schon wieder. Eines war seltsam daran: sie zu lieben, war anders als früher. Sie hatten sich so wenig gesehen in dem Jahr davor und nur ab und an wegen des Jungen miteinander telefoniert, und als Kathrin dann neben ihm lag und leise Worte der Versöhnung wisperte, schloß er für einen Moment die Augen, um nur ihre Stimme zu hören, und so schien es richtig zu sein, nur so schienen sie wirklich zusammenzugehören, waren sie sich wirklich nah: als Stimmen. Als hätten sie sich in der Zeit der Trennung schon ganz an die Körperlosigkeit ihrer Begegnungen gewöhnt, an die Hörergröße ihrer Existenzen.

Thomas sieht hinaus. Die Erde ist eine braun-grüne Scheibe, auf der winzige Autos gezwungen sind, sich entlang dünner grauer Bänder zu bewegen. Die Konturen der Landschaft drehen sich unter dem Flügel weg, und langsam, mit der Stetigkeit eines technischen Vorgangs, schwenkt eine Küstenlinie in den Fensterausschnitt, flache graue Felder und daran grenzend tiefblaues Meer. Kathrin war nicht gekommen damals, obwohl er es anders gewollt hatte. Ihr Gesicht, so verletzlich im Nest ihrer aufgelösten Haare, ihr Blick, so hungrig nach Harmonie. Sie fordert es nie ein, so wie Greta es eingefordert hat. Kathrin. Wenn sie weint, bleiben die Spuren ihrer Tränen auf ihren Wangen zurück wie verkrustete Salzränder an trüben Wintertagen. In ein paar Wochen ist es schon wieder soweit. Ist Winter, ist Sommer, ist Winter …

Der Maschinenrumpf senkt sich allmählich zurück in die Horizontale, Wassertröpfchen kriechen zitternd über das Fenster, hinterlassen Spuren wie die von Kathrins Tränen. Vielleicht war es ein Fehler, zu ihr zurückzukehren, aber es wäre ein noch größerer Fehler gewesen, sich endgültig von ihr zu trennen, von der Mutter seiner Kinder. Als sie sich an jenem Nachmittag in dem Hotelzimmer geliebt haben, hat ihn ihr verzweifelter Wunsch, glücklich zu sein, auf einmal über alle Unterschiede hinweg an Greta erinnert. Die gleiche Hoffnung, irgendwann einmal in diesem kurzen Geschehen Liebe zu finden. Vielleicht liegt der Fehler in der Sprache, darin, zwei Dinge mit dem gleichen Wort zu benennen, die so verschieden voneinander sind. Die Emotion und die Sache.

Als er Greta im vergangenen Jahr, zwei Monate nach ihrer ersten Begegnung, im Spätsommer wiedergetroffen hatte, war die Unterhaltung fast schwierig gewesen. Sie hatten miteinander geschlafen, und nun mußten sie miteinander reden. Es dauerte eine Weile, bis sie durch die Fremdheit hindurch, die zwischen ihnen bestand, den richtigen Ton trafen, aber eines war von Anfang an zu spüren: daß es wieder dahin kommen würde, wo es schon einmal hingekommen war. Als wären es letztlich die Körper, die wissen, was zu tun ist ... Sich daran erinnern, wie sie auf dir sitzt, ihr schlanker dunkler Körper mit diesem Gipfel aus schwarzen Haaren, eine Tanne bei Nacht, die sich auf dir wiegt, das Spiel der festen Muskeln unter der kühlen Haut ihrer Oberschenkel, ihre Schultern, überpudert vom blassen Licht der Straßen, wie es in Hotelzimmern ist, ihre Liebe war eine Hotelzimmerliebe, das sind die besten, eine Liebe ohne Raum, ohne Ort, ein vagabundierendes Verlangen, an das man zurückdenkt wie an eine lange Reise, wie sie die Augen immer im letzten Moment geöffnet und ihn angesehen hat mit einer Weite, die die Nähe ihres Höhepunkts ankündigte, in ihrem Blick Staunen und Wollen und Gewöhnlichkeit, und er als Mann war verwirrt von diesem Gefühl, den Membranen ihres Seins so nahezusein und an den Wurzeln der Materie etwas wie

Sinn gefunden zu haben, in diesem kurzen letzten Moment der Liebe, einen Sinn, der sich nicht festhalten läßt, der sofort vergangen und vergessen ist, die leiser werdenden Wellen ihres Atems und das ferne Geräusch des Großstadtverkehrs.

Thomas sieht auf, das Gurtsymbol mit der Aufforderung zum Anschnallen ist erloschen. Er versucht die Gedanken an die beiden Frauen, die sein Leben im vergangenen Jahr bestimmt haben, zu vertreiben, Gedanken, die nichts an den Dingen ändern, wie sie sind, und warum überhaupt sollte man etwas ändern wollen an dem, was geschehen ist? Welche Möglichkeiten läßt einem ein Leben, wie man es heutzutage führt, schon groß? Alle sind, wie sie sind, es gibt keine Geheimnisse mehr, die zu entdecken wären, und von jeder Änderung, die man sich vorstellen kann, kann man sich zugleich vorstellen, daß sie nutzlos ist. Wie immer man die Dinge auch dreht und wendet, sie bleiben sich gleich. Vielleicht gab es einmal Zeiten, da es anders war, aber jetzt ist es so.

Er löst den Sitzgurt, und beim Verstellen der Rückenlehne schieben sich die Knie seiner Sitznachbarin in seine Wahrnehmung. Zwei nylonschimmernde Winkel am linken Rand seines Blickfelds, in dem rechts der Himmel leuchtet. Von der kurzen Begrüßung beim Einsteigen sind ihm blaßbraune Augen in einem hellen, flächigen geschminkten Gesicht in Erinnerung geblieben, und etwas in der Art, mit der ihr Blick über die Seiten der Zeitschrift wandert, die sie in den Händen hält, weckt seine Aufmerksamkeit. Er glaubt darin eine Flüchtigkeit zu bemerken und die Bereitschaft, sich ansprechen zu lassen, sich die Flugzeit mit einer Plauderei zu verkürzen, man könnte sich über Rußland unterhalten, über Sankt Petersburg, eine Stadt, über die sie vielleicht ebensowenig weiß wie er und in der auch sie vielleicht ein paar Tage zubringen wird und ein paar Nächte, in einem Hotel, das wäre möglich, es sei denn, sie wäre Russin, und darin läge erst recht ein Reiz. Sie blättert um und schlägt das linke Bein über das rechte. Erinnere dich: einer Geliebten die Strümpfe so zart und unmerklich von den Beinen streifen wie die Schatten dahinziehender Wolken ...

In diesem Moment geht ein leichter Stoß durch die Maschine, und ihr Bug beginnt, kaum merklich, sich zu neigen wie bei einem Landeanflug oder einer Korrektur der Flughöhe, einer Anpassung an die Gegebenheiten des Luftraumes. Die Veränderung des Winkels, mit dem der Rumpf in der Luft liegt, spürt man mehr, als daß man sie sieht, weil es keinen Bezugspunkt gibt hier drinnen, außer den starren, fest verschraubten Sitzreihen; jede Bewegung der Maschine ist eine Bewegung der Dinge, die einen umgeben. Ein Gefühl des Leichterwerdens stellt sich ein, des kurzen Schwebens, wie man es von einem Luftloch kennt, ein Empfinden beginnender Schwerelosigkeit, mehr nicht, und genaugenommen ist es so, als wäre nichts gewesen.

Und was soll schon geschehen sein? Du bist immer noch der, der du ein Leben lang gewesen bist. Du riechst und du hörst, und auf einmal hast du Lust auf einen dieser dünnen lauwarmen Flugzeugkaffees. Wieviel Zeit sie sich heute damit lassen. Aber was macht das schon, irgendwann werden sie kommen. Sie kommen immer. Freundlich lächelnd mit Gesichtern, von denen man glaubt, es müsse sie irgendwo zu kaufen geben. Auch heute werden es diese Gesichter sein, die sich dir nähern. Warum denn nicht? Es ist alles noch so, wie es vor ein paar Sekunden war. Sogar das Gefühl des Schwebens vergeht schon wieder. Und immer noch schimmern links dieselben Beine und leuchtet rechts derselbe Himmel ...

———

Großer Himmel über der Ostsee, nie hat man Usedom heller gesehen. Die Pommersche Bucht ist eine weite blaue Meeresmatte, gewebt aus Wellen, deren Kronen hier und da aufschäumen,

391

weiße Kleckse auf der strahlenden Grundfarbe des Planeten. Sogar die Silbermöwen weit oben scheinen zu staunen, schrauben sich ohne Flügelschlag in die Höhe, wie vor Ehrfurcht erstarrt, kreisen sie über dem Strand, diesem perfekt gebleichten Kragen von Poseidons Sonntagsanzug. Es ist spät im Jahr, fast schon November, und bis auf ein leises Murmeln der See ist es ganz ruhig hier, wo sonst zu dieser Zeit Herbststürme toben. In der Badesaison ist der Küstenstreifen übersät mit Strandkörben wie mit Tausenden von Souffleurkästen, aus denen ein sommerliches Sammelsurium von Stimmen auf die riesige Bühne des Wassers weht. Jetzt hingegen hinterlassen nur wenige Menschen Spuren im Sand, um die sich vereinzelt die Girlanden von Hundefährten winden. In wenigen Wochen werden sich hier Eisschollen übereinandertürmen, auf denen Füchse Jagd auf Schwäne machen.

Ruhig, im kühlen Sand der flachen Dünen sitzt Paul Gilles. Das Storylining-Team, dem er angehört, hat nach der Sommerpause entschieden, für ›Wo die Liebe hinfällt‹ einen Nebenschauplatz im Osten Deutschlands zu suchen. Gilles hat sich eine Zigarette angezündet und raucht. Im Morgengrauen ist er hier angekommen und hat diesem Sonnenaufgang zugesehen, der das Wasser mit weicher horizontaler Helligkeit überstrich. Jetzt ist es Mittag, und er überläßt sich der ungewöhlichen Wärme und dem Licht. Der Rauch seiner Zigarette steigt zwischen den Zügen geradlinig in den Himmel wie ein Nylonfaden, an dem seine Hand hängt. Geführt von einem unsichtbaren Puppenspieler im hohen Blau über ihm, bewegt sie sich regelmäßig an seinen Mund und schwingt wieder zurück zum Knie, auf dem sie bis zum nächsten Zug liegenbleibt. Nur manchmal zittert der dünne Faden ein wenig, und die Büschel des Strandhafers zur Rechten und Linken rascheln kurz in den Brisen. Die langen Halme biegen sich in schlanken Bögen hinunter auf den hellen Dünensand, in den ihre Spitzen präzise Halbkreise geritzt haben wie Zirkel, die der Wind um ihre Achse dreht. Die entstandenen Ringe sind nahezu konzentrisch und sehen aus wie künstlich erschaffen, wie bronzezeitliche Ornamentierungen oder Funkwellen auf alten Radioplakaten aus den dreißiger Jahren, oder vielleicht würde manch einer angesichts dieser Rillen sogar an Außerirdische denken, die der Menschheit etwas mitteilen möchten, so übersät, wie die Dünenböschung mit den hypnotisierenden Gravuren ist. In einer Welt, die nach Zeichen dürstet, wäre die Botschaft der Ringe einfach und klar: Es gibt ein Zentrum. Es gibt einen Mittelpunkt, auf den hin sich alles organisiert, aus dem heraus die Dinge keimen.

Paul Gilles schnippt die Zigarette fort, das Filterchen kullert holpernd über den Sand und verfängt sich zwischen den Halmen eines Büschels Strandhafer. Ein dumpfer Windstoß verwischt das Ringmuster dort, und Gilles sieht auf. Das leuchtende Blau über dem Meeresgewebe hat einen Kratzer bekommen, scharf und gerade zieht sich der Kondensstreifen einer Verkehrsmaschine von Westen nach Osten, weiß wie frischer Schnee, lediglich an der Spitze des Streifens, an der Stelle, wo noch vor wenigen Sekunden der metallisch glänzende Flugzeugrumpf war, verfärbt er sich grau, ein seltsam schweres und dichtes Grau, ein Maschinengrau. Die Spaziergänger am Strand drehen sich zur See und starren dorthin, wo die Spitze einer großen unsichtbaren Feder mit dunkler Tinte eine absteigende Linie in das Himmelsblau zu ritzen scheint, ein schlanker Strich, der sich bald aufspaltet und verästelt und zerfasert, hier und da wieder weiß wird und an anderen Stellen grau bleibt, und für Momente erinnert das dort allmählich entstehende Bild an eine Lithographie, die ein herabhängendes Farnblatt zeigt, das dem Meereshorizont entgegenwächst, bis sich schließlich alle Fäden miteinander zu einem melierten Vorhang verweben und verwischen, der lautlos herabsinkt und irgendwann die Meereslinie berührt und hinter ihr verschwindet, ganz ohne Paukenschlag, als würde die Materie dort einfach weiterfallen, weiter und weiter. Das Ende der Katastrophe, der physikalische Moment des Todes unterscheidet sich in nichts von allen ihm vorangegangenen. Nicht nur von den Radarschirmen – wie es später in den Meldungen heißen wird – ist die Maschine spurlos verschwunden, sondern auch aus der Realität dieses Vormittags.

Ein leise und entfernt rollender Donner ist kurz zu hören, das Meer schmatzt ungerührt vor sich hin, die Skizze am Himmel verweht. Irgendwann ist es, als wäre nichts geschehen. Gilles geht zum Wasser, dorthin, wo zehn oder fünfzehn Spaziergänger beieinanderstehen. Niemand redet, das Bedürfnis nach Distanz ist dem Wunsch nach Nähe gewichen. Obwohl niemand in Gefahr war, verbindet ein Gefühl des Noch-einmal-davongekommen-Seins für Momente alle miteinander. Zu sagen gibt es nichts, denn was geschehen ist, war eindeutig und endgültig.

Als dann doch wieder geredet wird, kehrt Gilles zu seinem Platz auf der Düne zurück. Die Gruppe, von der er sich entfernt, wird bald zum Ziel einer um sich greifenden Neugier. Manche gehen, andere kommen mit fragenden Blicken hinzu, die Augenzeugen sind bald in der Minderzahl, und für die, die nicht dabei waren, ist der Absturz eine Nachricht, an deren Wahrheit sie so recht erst glauben, als von, wie es heißt, noch unbestätigten Radiomeldungen die Rede ist. Die allerdings reichen aus, um schon bald eine dritte Generation von Schaulustigen anzulocken, und irgendwann ist der Strand voller Menschen. Hunde bellen, blinkende Radioantennen zeigen in den leeren Himmel, Bruchstücke von Sondersendungen tönen über das Areal. Von einem Feuerball ist irgendwo die Rede, und niemand widerspricht. Wer wirklich dabeigewesen ist, läßt sich nicht mehr bestimmen. Viele behaupten es. Zu viele.

Paul Gilles sieht sich das bald zum Jahrmarkt gewordene Treiben am Strand an, raucht und behält die Züge lange und tief in seiner Lunge. Halb angelehnt steht er am hüfthohen Pfeiler eines rostigen Drahtzauns, der das Dünengras schützen soll, doch die Menschen sind nicht aufzuhalten bei ihrer Suche nach dem kürzesten Weg zur Katastrophe. Die stillen konzentrischen Kreise, die der Strandhafer in den Sand geritzt hat, sind zertreten.

Drei Helikopter donnern von Land her über den Strand Richtung offene See, dorthin, wo der große Vorhang gefallen ist. Der Sturm, auf dem sie reisen, schäumt das Wasser zu weißer Gischt auf, als seien sie die Rösser großer Zauberer, die gekommen sind, die Zeit rückwärts laufen zu lassen und die dampfenden Moleküle des Wracks wieder aus den Tiefen der See heraufzubeschwören und zurück in jenen Kondensstreifen zu trichtern, mit dem es begonnen hat. Vor zwei Stunden, vor drei? Die Zeit hat hier keine Bedeutung. Sie schlägt im Takt von Radiomeldungen und möwenweißen Zigaretten.

Bald verschmelzen die Hubschrauber mit dem Horizont, lösen sich auf, als wären auch sie dem großen Ungeheuer dort draußen zum Opfer gefallen, der Gravitation, dem Appetit der Naturgesetze. Am Strand haben sich Radioreporter mit kleinen Rekordern und großen Mikrofonen unter die Menschen gemischt, um die Echos dessen aufzufangen, was ihre Kollegen aus fernen, schalldichten Funkhäusern vor kurzem gesendet haben, Mutmaßungen und Agenturmeldungen, die hier zu Augenzeugenberichten veredelt und zurückgestopft werden in die große Informationsschleife.

Gilles nimmt einen letzten Zug von der Zigarette, die er gerade raucht, schnippt sie in den Sand und geht auf einen der Journalisten zu.

»Paul Gilles,« stellt er sich vor. »Wir sind uns vor ein paar Monaten in Berlin beim Sommerfest der *ComFilm* begegnet. Sie haben dort diese Fünfmark-Versteigerung veranstaltet.«

»Oh ja…« Bredows breiter Mund dehnt sich zu einem Lächeln, in seinen Augenwinkeln kräuseln sich rauhe Fältchen. »Sie gehören zu diesem Storyliner-Team, in dem Thilo Flatten mitarbeitet, nicht wahr?« Er streckt Gilles seine Hand entgegen. »Hans Bredow. Thilo und ich sind alte Bekannte. Wir haben eine Zeitlang für den SFB gearbeitet.« Er stopft das Mikrofon, dessen Schaumstoffkugel rot ist wie eine Clownsnase, in die Seitentasche seiner braunen, an den Ellbogen dunkel glänzenden Wildlederjacke und nestelt an seinem DAT-Rekorder herum, bis dessen Leuchtdioden ihm anzeigen, was er sehen möchte. Dann sieht er auf. »Aber Berlin war auf Dauer nichts für mich.«

»Vielleicht würde es Ihnen jetzt besser gefallen«, sagt Paul Gilles. »Es hat sich viel verändert. Wann waren Sie denn da?«

»Neunzig und einundneunzig«, sagt er. »Kurz nach der Wende. Die beim SFB waren froh, 'nen Ossi zu haben.« Ein kleiner schnüffelnder Terrier versucht schwanzwedelnd Freundschaft mit seinen Schuhspitzen zu schließen, jagt aber schon nach wenigen Sekunden einer schwarzglänzenden Dackelin hinterher. »Ende einundneunzig habe ich dann meine Koffer gepackt und bin hierhergekommen.«

Sie schlendern über den Strand. Gilles sagt: »Eine gescheiterte Ost-West-Geschichte?«

»Nein, eine gescheiterte Mann-Frau-Geschichte.« Bredow blinzelt in die Sonne. »Ich habe mich damals scheiden lassen und wollte weg aus Berlin.«

»Und hier kann man leben?«

»Geschmackssache, denke ich. Mir gefällt's.«

Sie bleiben an der Wasserlinie stehen. Kleine Wellen versuchen vergeblich, die flache Steigung zu überwinden und kehren seufzend um. Bredow dreht sich zur See, dorthin, wo er die Unglücksstelle vermutet. Er fragt: »Haben Sie gesehen, wie es passiert ist?«

Gilles hebt einen Kiesel auf, beinahe handtellergroß flach wie eine Münze und schüttelt den Kopf. »Nein.« Er schießt den

Stein ab, guter Wurf, fünf- oder sechsmal klatscht die fliegende Untertasse hell aufs Wasser und hinterläßt dort die gleichen Ringmuster, die das Dünengras in den Sand geritzt hat.

Bredow sagt: »Da sind Sie ja beinahe der einzige.«

»Ich recherchiere für die Serie«, sagt Gilles und fixiert eine der Möwen, deren Gefieder in der Sonne aufleuchtet. »Wir suchen was für Sonja Liebstein. Eine Datscha oder eine Laube oder so.«

»Na ja, warum auch nicht«, sagt Bredow. »Ist Ihnen eigentlich klar, daß es im Osten auch *Häuser* gibt?«

Eine zweimotorige Turboprop-Maschine röhrt in hundert Metern Höhe über dem Strand, kurz darauf eine zweite. Das Wasser liegt vor ihnen wie ein Kontinent, für den Menschen kein Visum haben. Eine Welle treibt Gilles einen halben Meter zurück. Er sagt: »Im Grunde ist es nicht so wichtig. Es ist mir lieber, wenn wir die Dinge so vorfinden, wie wir sie in der Serie brauchen, aber es ist keine notwendige Voraussetzung.«

Bredow sieht den Maschinen nach, sein Schatten verliert sich im Wasser. »Es war eine Iljuschin. Unterwegs nach St. Petersburg.«

Sie kehren um. Die See wird mit jeder Minute schöner, hat jetzt die Farbe einer riesigen Delfter Kachel. Die Flugzeuge, die dort draußen kreisen, sind kaum zu erkennen, aber das beständige Dröhnen ihrer Motoren liegt in der Luft. Zwei Fregatten nähern sich der Unfallstelle, lang und schmal wie taubengraue Messerklingen, die mit unendlicher Geduld das Wasser zerteilen wie für einen chirurgischen Eingriff. Das Wrack, soviel steht inzwischen fest, ist entdeckt, ist von oben mit bloßem Auge auf dem Meeresgrund zu erkennen, gerade mal zwanzig oder dreißig Meter unter dem Kiel der Schiffe. Was für eine lächerliche Tiefe – so unangemessen für den Tod von mehr als zweihundert Menschen. Koffer, heißt es, treiben auf den Wellen, unbenutzte Schwimmwesten, Decken und Zeitungspapier und dazwischen immer wieder Leichen, die beim Aufprall aus dem geborstenen Rumpf der Maschine geschleudert worden sind und flach in den Wellen treiben. Ein Bild des Grauens, schaudern Radiosprecher, die dieses Bild nie gesehen haben, und stellen Spekulationen an über die Ursache der Katastrophe: Eine Explosion sei beobachtet worden, so ist zu hören, und es gibt die Vermutung, eines der Triebwerke habe sich gelöst. Auch sei die Iljuschin nicht genau auf Kurs gewesen, heißt es, als sie von den Radarschirmen verschwand. Irgendwann fällt das Zauberwort des Tages: Der Flugschreiber ist es, auf den sich alle Hoffnungen richten. Die Blackbox soll Licht in die Dunkelheit der Katastrophe bringen.

Während Bredow sich auf die Suche nach neuen Augenzeugen macht, schlendert Gilles zum Parkplatz und stellt sich ans Ende der Schlange vor dem dort inzwischen eingerichteten Würstchenstand. Die Wagen stehen dicht an dicht und haben die vor kurzem noch grau und ziemlich verlassen daliegende Asphaltfläche in ein buntes Labyrinth verwandelt, das offenbar keinen Ausgang mehr hat. Die fünf Minuten, die Gilles warten muß, machen ihn zum Zeugen der erfolglosen Bemühungen eines Cabriolet-Fahrers, den Platz zu verlassen. Zwischendurch riecht es nach säuerlichem Würstchensenf, der auf gewellten Papptellerchen an der Warteschlange vorbeigetragen wird. Irgendwann ist Gilles an der Reihe. Auf einem dünnbeinigen, verschrammten Klapptisch steht ein großer, am Boden blau angelaufener Kessel, in dem die bleichen Würstchen nebeneinanderhertreiben.

»Ich hab's mir anders überlegt,« sagt er und kehrt zurück zum Strand.

Unermüdlich kreisen die Helikopter und Turboprops über der Unfallstelle. Irgendwann wird feststehen, warum alles hat kommen müssen, wie es gekommen ist, wird klar sein, daß weder der blinde Zufall noch ein irrationales Schicksal die Iljuschin in ihr Grab gerissen haben, sondern eine Ursachenkette, in der kein

Platz ist für akausale Glieder und Diskontinuitäten. Das wird die Botschaft dieses Tages sein: Die Technik hat nicht versagt, sondern ist einer tödlichen Logik gefolgt. Sie hat sich nicht widerlegt, sondern grausam bestätigt.

Bredow hält sein Mikrofon gerade einer Blonden vors Gesicht, deren helle hochgesteckte Haare im Gegenlicht rötlich leuchten. Sie muß blinzeln, und die präzisen Schatten des späten Nachmittags füllen die Fältchen in ihren Augenwinkeln. Gilles schätzt sie auf Ende Zwanzig. Fröstelnd zieht sie die Schultern hoch, denn über ihrer Jeans trägt sie lediglich eine weiße Baumwollbluse, die trotz der Herbstwärme zu dünn ist, und deren Weiß über dem verwaschenen Blaugrau der Hose sie einen Moment lang aussehen läßt wie eine Möwe, die sich in einen Menschen verwandelt hat.

»Ich arbeite dort hinten als Kellnerin,« sagt sie und weist auf eins der Strandrestaurants. »Immer abends.«

Bredow benutzt einen Trick, wenn er mit den Leuten redet: Er läßt es so aussehen, als sei ihm die digitale Aufnahmetechnik über den Kopf gewachsen. Scheinbar überfordert regelt er an seinem Rekorder herum, so daß man den Eindruck gewinnt, mit der Aufzeichnung werde es nie etwas. Er tut einem derart leid, daß man redet und redet.

»Also, ich muß jetzt los«, sagt die Blonde irgendwann, und es klingt so, als wäre sie ganz gerne noch geblieben, weil es hier interessanter ist als in jenem Restaurant, in dem sie kellnert. Sie dreht sich noch einmal zu jenem Punkt am Horizont, an dem die beiden Fregatten vor Anker gegangen sind. Dann wendet sie sich blinzelnd an Gilles. »Wollen Sie auch ein Interview?«

»Hm«, sagt er, »kommt drauf an, was Sie gesehen haben.«

Die Hände in den Hosentaschen, leicht vorgebeugt, steht sie ihm gegenüber. »Eine Menge,« sagt sie. »Ich bin von hier.«

Er nickt langsam. »Können wir uns denn irgendwo in Ruhe unterhalten?«

Sie zieht die rechte Hand aus der Tasche, schirmt ihre Augen gegen die Sonne ab und sieht ihn an. »Hm … Das wäre schon möglich. Aber jetzt muß ich los.« Und dann dreht sie sich um und geht hinter dem langen Zeiger ihres Schattens her, der auf eine Düne weist, die daliegt wie eine Welle aus Abendlicht.

Bredow wartet, bis sie außer Hörweite ist. »Nettes Mädchen, nicht wahr.«

Das Meer ist dunkler geworden, die Schaumkronen heller. »Ja, ganz nett«, nickt Gilles.

Bredow stopft sein Mikrofon wieder in die Jackentasche. »Das Material muß zum Sender. Ich könnte Ihnen die Insel zeigen.«

»Mein Wagen ist zugeparkt.«

»Kommen Sie«, sagt er, »ich stehe hinter den Dünen.«

Sie stapfen los. Die Düne, die sie zu überqueren haben, ist nicht besonders hoch, die Ostsee scheint – zumindest Land betreffend – nicht sehr gefräßig zu sein. Bredow hat seinen Wagen, einen braunen Kadett, neben der Straße zwischen zwei Kiefern abgestellt. Als er zurücksetzt, schleudern die Reifen ein Gemisch aus Nadeln, Sand und kleinen vertrockneten Ästchen fort, bis die Profile greifen und sich der Wagen mit einem Ruck in Bewegung setzt. Die Straßen, vormittags noch hell und leer, sind jetzt beidseitig zugeparkt. Dünen aus Blech.

Hinter Zinnowitz schnürt sich die Insel zusammen, als wringe sie sich aus wegen all des Wassers um sie herum: links die Ostsee, rechts, wie Bredow erklärt, das Achterwasser, eine Ausbuchtung des Peenestroms, glasblau im Moment, ein Spiegel. Dann wieder fließen haubenförmige Wäldchen vorbei, flache Dörfer und sisalgelbe Wiesen. Über den Baumkronen beginnt im Osten die Dämmerung.

»Was hat sie eigentlich erzählt?« erkundigt sich Gilles und fingert die Zigarettenschachtel aus der Jacke. »Kann ich rauchen?«

»Wer? Das Mädchen?« Bredow zieht den Aschenbecher aus

den Armaturen, der vollgestopft ist mit Schokoriegelverpackungen, die leise knistern. »Sie sagt, sie hätte eine Explosion gehört.«

»Und dann?« Die Zigarette leuchtet im Abendlicht, noch ehe sie angezündet ist.

»Was viele sagen. Es hat gebrannt, und die Maschine ist wie ein Feuerregen niedergegangen.«

»Flammen, die vom Himmel züngeln?« Gilles läßt das Feuerzeug schnappen und zieht. »Klingt irgendwie nach einer anderen Jahreszeit.« Er kurbelt das Fenster herunter. Zwischen Pudagla und Neppermin überzieht sich das Achterwasser im Gegenlicht mit abendlicher Dunkelheit, die in Richtung der Sonne glitzert, als verbinde ein schmaler Läufer aus Goldlamé das Ufer mit dem Horizont. Und wie um dem Lichtzauber die Krone aufzusetzen, schwebt von links eine Windmühle heran, verkleidet mit Millionen leuchtender Holzschindeln. Gilles bläst den Rauch in die Märchenlandschaft. »Hat sie denn gesehen, *wo* die Explosion stattgefunden hat?«

Bredow weist auf ein paar reetgedeckte Häuser am Straßenrand und einen kleinen Naturhafen mit fünf oder sechs abgetakelten, träge schaukelnden Segelbooten. Alles sehr malerisch. »Sie hat eine weiße Spur gesehen, die dort endete, wo es geknallt haben muß.«

»Den Kondensstreifen der Iljuschin. Die Maschine ist ja nicht aus dem Nichts dort aufgetaucht.«

Bredow sagt: »Es soll da noch eine zweite Spur gegeben haben. Eine schmalere, von der Seite. Ein Gerücht. Haben aber mehrere beobachtet.«

»Das Mädchen auch?«

»Sie ist sich nicht sicher.«

»Ein abgefallenes Triebwerk, ein Koffer … Weiß der Teufel.«

Die Krone einer gewaltigen Eiche wächst vor ihnen aus dem Horizont wie ein majestätisch aufgehender grüner Planet, gleichsam das astronomische Gegengewicht zur hinter ihnen versinkenden Sonne. Zu beiden Seiten der Straße greifen Birken und Kiefern in den Himmel und verfilzen dort zu einem Dach, dessen First nur noch ein blaues Rinnsal weit oben ist. In einer Lichtung weiden Schafe, dicht an dicht stehend, die Köpfe getaucht in unsichtbares Gras, verschmolzen zu einer einzigen Fläche aus ungeschorenen Schafsrücken, wolkenweich, als wären auch sie vom Himmel gefallen. In Usedom-Stadt liegen die Schatten der Häuser wie die Balken riesiger Kreuze über den Straßen.

»Wieso interessiert Sie der Absturz eigentlich so?« erkundigt sich Bredow. Wenn sie eine Kreuzung überfahren, leuchtet sein Kopf auf wie eine Glühbirne. Er klappt die Sonnenblende herunter.

»Bin ja nicht der einzige.« Gilles schnippt die Zigarette auf den Asphalt.

Bredow steuert den Wagen in eine Seitenstraße und bringt ihn dort mit einem ruppigen Bremsmanöver auf dem Bürgersteig zum Stehen. »Spekulieren können andere. Ich gebe nur weiter, was die Leute sagen ...« Er steigt aus, doch bevor er die Tür zuschlägt, dreht er sich noch einmal um. In einem erstaunlichen mimischen Balanceakt verbindet sich in seinem verbeulten Gesicht ein Ausdruck realen Unbehagens mit einer deutlichen Portion anarchischer Selbstironie. »Scheiße, ich glaub, *jetzt* bin ich IM ... Bin in fünf Minuten wieder da ...«

Nachdem er gegangen ist, empfiehlt sich auch die Sonne. Die Gesetze der Lichtbrechung zeigen noch einmal, was in ihnen steckt, und verschaffen dem Tag einen starken Abgang. Mit einem letzten fruchtigen Rot auf den Hauswänden und einem durchlässigen Blau über den Dächern landet er für immer auf dieser Halde: Zeit. Es ist die Stunde der Nachrichtensprecher, Gilles stellt das Radio an, mit ihren seifigen Stimmen reinigen sie die Ereignisse des Tages von den Rückständen der Realität und führen sie auf den kurzen Weg zum Vergessen. Gilles steigt aus und lehnt sich gegen einen der Kotflügel. Er raucht, und der Rauch bleibt in der Dämmerung fast unsichtbar, als wäre er ein Teil von ihr. Hier draußen ist die Stimme des Radiosprechers fern und körperlos und verliert sich nasal in der Leere der Straße. Die Untersuchung der Absturzstelle und der Wrackteile, heißt es, wird auch über Nacht fortgesetzt. Hoffnung auf Überlebende gibt es keine.

Die Luft, die vorhin beim Fahren fast sommerlich nah war, zieht sich allmählich zurück. Aus einem Fenster der umliegenden, körnig verputzten Häuser verdoppeln sich die Nachrichten, die Worte klingen fast wie ein Gebet: Ein Auto und ein Haus sprechen in der Abendstunde die Liturgie des Geschehenen. Ein seltsamer Text ist es, einer der um Worte kreist, die akustisch durch U untereinander verbunden sind: Usedom, Absturz, ungeklärte Ursache, Iljuschin, Flugschreiber – es ist, als ob in der Klangstruktur der Sprache die Katastrophe schon von jeher vorhanden gewesen wäre, als ob die Agenturmeldungen Botschaften seien aus dem tiefen Innern von Ursache und Wirkung, dem Maschinenraum der Realität. Dort müßte man suchen, um zu erfahren, was geschehen ist. Die Taucher durchkämmen das falsche Medium. Nicht auf dem Meeresgrund liegen die Trümmer des Tages, sondern längst in den Meldungen …

Nach einer halben Stunde taucht Bredow aus dem einstöckigen Plattenbau wieder auf. Sie steigen ein und schließen die Tür. Bei der Rückfahrt zeigt sich, daß der Sommer nicht wirklich war, eine Tagestäuschung, die jetzt im herbstlich frühen Hereinbrechen der Nacht versinkt. Bredow zieht aus der Brusttasche seiner Jacke einen Schokoriegel. »Was ist eigentlich eher zu verurteilen?« sagt er. »Die Leute in Vorabendserien zu belügen oder an der Wahrheit einer Katastrophe zu verdienen?«

Gilles sieht hinaus. »Wer lügt, ist ehrlicher.«

»Hm …« Bredow nimmt die Hände vom Steuer und reißt die Verpackung des Schokoriegels auf. »Nach allem, was mir Thilo Flatten erzählt hat, muß man sich die Arbeit eines Storylining-Teams wohl etwa so vorstellen wie die des Politbüros.«

»Schon möglich«, sagt Gilles.

»Ein kleiner Zirkel bestimmt, was geschieht.«

Die Insellandschaft zieht mit flachen grauen Schatten vorüber, die Windmühle ist ein dunkles Kreuz, das hinter dem Licht-schein des Feuerzeugs verschwindet, als Gilles das Flämmchen golden züngeln läßt. »Nur daß wir bessere Quoten haben. Wer weiß, ob mehr als vier Millionen freiwillig in der DDR geblieben wären.«

Bredow drückt den Schokoriegel aus dem Papierchen. »Kön-nen Sie sich noch an Erich Mielkes Auftritt vor der Volkskammer erinnern, als er den Abgeordneten flehentlich *Ich liebe euch doch!* oder so zugerufen hat?« Er beißt ab und fügt kauend hinzu: »Das muß man sich erst mal ausdenken.«

Gilles sagt: »Ich hatte mal die Idee – als Stehpartygag, wenn Sie so wollen – nach einer Anekdote, die irgendein Gast aus sei-nem Leben zum besten gibt, zu sagen: Das ist von mir.«

»Wenn Sie Shakespeare wären, könnte es einen ja mit Stolz erfüllen, von Ihnen erfunden worden zu sein.« Bredow schmatzt leise und fügt nach einer Weile hinzu: »Stellen Sie sich vor, je-mand wie Dante oder Shakespeare hätte unser Leben verfaßt. Na ja, ich gebe zu, das ist ziemlich unwahrscheinlich …«

Irgendwann liegt hinter den flachen Dünen wieder die See, groß und schwarz. Nicht einmal bleiche Schaumkronen sind auf dem Wasser als letzte Reste des Tages zu erkennen. Sie fahren über verschiedene Nebenstraßen, auf denen Sand und Schotter unter den Rädern knirschen. Auf den Dünen liegen Bänke aus zartem Nebel.

Bredow überlegt: »Aber die Frage wäre schon interessant, ob

man seine Freiheit aufgeben würde, wenn man statt dessen ein Leben von Shakespeare bekäme.«

Die Häuser von Koserow liegen wie schwarze Ziegelsteine auf dem Horizont, kaum ein Fenster ist erleuchtet. Gilles stiert auf die Zigarettenspitze, unter deren grauer Asche es ruhig glüht. »Sie schicken gerade Taucher in die Maschine«, sagt er und zieht.

Bredow stopft das Schokoriegelpapierchen in den überfüllten Aschenbecher. »Als ich von dem Absturz gehört habe, mußte ich erst einmal Luft holen, obwohl es ja eigentlich kein Unterschied ist, ob es hier passiert oder irgendwo auf der Welt.«

»Wer zum Teufel denkt sich eigentlich Flugzeugabstürze aus? Hitler? Stalin?« Gilles kurbelt das Fenster herunter und schnippt die Zigarette aus dem Wagen, die Asche stiebt davon. »Seltsam, aber irgendwie traut man Erich Honecker in diesem Zusammenhang ja höchstens die Entgleisung einer Straßenbahn zu.«

»Da wäre ich vorsichtig«, sagt Bredow. Seine Zunge fahndet zwischen seinen Zähnen nach Karamelresten. »Sein Hut und diese tatterige Rentnermasche waren ein Trick. Er mag ein mieser Storyliner gewesen sein, aber als Autokrat sollte man ihn nicht unterschätzen. Na gut, Shakespearesches Format hatte er wohl nicht. Das mag sein.«

Nach einer Weile sagt Gilles: »Seien Sie froh, keine Figur von Shakespeare zu sein. Man weiß ja, wohin so ein Heldenleben in der Regel führt.«

»Es könnte ja auch die unsterbliche Liebe sein, die einem entgeht«, sagt Bredow und parkt den Wagen am Straßenrand, das heißt, es gelingt ihm, ihn so abzustellen, daß mit etwas Geschick eigentlich jeder an ihm vorbeikommen müßte.

»Ja schon«, sagt Gilles. »Kann sein.«

Ohne sich darüber zu verständigen, nehmen sie den Weg zum Strand, auf dem sich trotz der Dunkelheit noch Schaulustige herumtreiben. Weiße Lichter auf dem Wasser lassen vermuten, daß dort die Bergungsarbeiten fortgesetzt werden. Das Meer ist nicht mehr so schwarz wie vor einer halben Stunde, eine Kuppel aus silbrigem Dunst liegt über dem Unglücksort, in einer guten Viertelstunde wird der Mond aufgehen. Irgendwann werden Taucher metallisch zerrissene Wrackteile an die Oberfläche des Meeres holen, erstarrte Armaturen, zerstört beim Aufprall auf die Null ihrer jeweiligen Skalen. Wie Besucher aus einer anderen Welt werden sie durch den Rumpf der gesunkenen Maschine schweben, in Zeitlupe, als gingen die Uhren langsamer dort unten, auf halbem Wege ins Jenseits. Rechts und links, weniger als eine Armlänge von ihnen entfernt, stehen die Uhren ganz, oder vielleicht gehen sie noch, springen Sekunde um Sekunde weiter, an den Handgelenken ihrer toten Besitzer. Leichen ruhen farblos auf ihren Plätzen, angeschnallt wie ordentliche Passagiere, und an vorhängenden Schultern schweben dirigentenartig Paare von Armen und Ellbogen. Sauerstoffmasken wachsen den Gesichtern von der Kabinendecke entgegen wie rätselhafte Tiefseeorganismen, zwischen denen Fische vor den Lichtkegeln der Unterwasserscheinwerfer fliehen wie die Splitter einer Zeit, die es nicht mehr gibt. Die zerborstene Iljuschin-Zeit. Huschende, geisterhafte russische Sekunden, die eigentlich in St. Petersburg und längst vergangen sein sollten, doch nun auf immer hier unten festgehalten werden: der Moment des Todes. Von Tag und Nacht dringt nicht mehr hier herunter als lautlose schattenhafte Wechsel zwischen fahlem metallischem Blau und dichter Finsternis.

»Hier geschieht heute nichts mehr«, sagt Bredow und dreht sich um. »Gehen wir noch was essen?« Vermutlich ist das seine Art an Gräbern zu stehen: fatalistisch, achselzuckend. Sie stapfen zurück durch den Sand.

In dem Restaurant, vor dem er geparkt hat, einem renovierten Hotelbau aus den zwanziger Jahren mit Ziertürmchen und Stuck, sitzt ein Heer von gutaufgelegten Journalisten und Fernsehleuten vor gebackenem Zander, Kalbsbrust oder Spickaal in Dillsahne. Als sie am Eingang stehen, sausen mit einem Mal zwei helle, fröhlich gerufene Silben, *Gil-les!*, durch den Raum, losgeschickt von einem Tisch im hinteren Teil der Gaststube. Ein Arm ragt dort wie ein schaukelnder Mast aus dem Meer der Köpfe, und auf dem zugehörigen Gesicht erkennt man beim Näherkommen unter einem melierten Fönmecki und einer wohlgebräunten Stirn ein breites, froschartiges Grinsen.

»Schätze, wir haben soeben zwei Plätze gefunden«, sagt Gilles zu Bredow, und sie arbeiten sich zwischen den Tischen durch. Angekommen stellt er ihm seinen Bekannten vor: »Hartmut Nohl. Wir haben anderthalb Jahre lang in derselben Nachrichtenredaktion gearbeitet.«

Nohl zieht seine Augenbrauen hoch, wobei sich die Haut seiner Stirn zu flachen Wellen zusammenschiebt. »Paul Gilles! Ich glaub's nicht, so ein Zufall!« Er deutet auf zwei leer gebliebene Stühle, die, wie sich irgendwann herausstellt, für sein Team gedacht sind, einen Kameramann und einen Sendetechniker, die zur Zeit unterwegs sind, draußen am Strand. »Bist du im Moment nicht bei irgendeiner Serie?«

Gilles nickt. »Bei ›Wo die Liebe hinfällt‹.«

Nohl beginnt zu wiehern, auf seinem Teller liegt eine zur Hälfte filetierte Makrele. »Nein wirklich! Du bastelst am Schicksal von dieser Sonja Liebstein herum? Ich fass' es nicht. Setzt euch doch! Dieser Absturz läßt hier ja ganz schön die Kasse klingeln, was.«

Bredow blättert in der Speisekarte. »Irgendwie komisch, heute Fisch zu essen.«

Nohl nimmt die Arbeit an seiner Makrele wieder auf und zieht die Mittelgräte inklusive Kopf vom unteren Filet ab. »Und? Was habt *ihr* so gehört?« Er dreht sich zum Tresen und winkt. »Jetzt trinken wir erst mal einen.«

Es ist die Blonde vom Strand, die kurz darauf an den Tisch kommt. »Hey, Sie wieder!« sagt sie und freut sich, Bredow und Gilles wiederzusehen. Nervös tänzelnd balanciert sie ein Tablett, das vollgestellt ist mit den schlanken zerbrechlichen Rümpfen dünnwandiger Gläser. »Haben Sie Ihre Interviews bekommen?«

»Die Leute erzählen einem das, was man hören möchte«, sagt Gilles.

»Ich muß weiter«, sagt sie. »Wollen Sie was essen?«

Bredow läßt sich eine gebratene Gänsekeule bringen, Gilles winkt ab. Als sie gegangen ist, erklärt Nohl: »Flugzeugabstürze sind journalistische Routine. Das Medieninteresse läßt sich ziemlich genau aus wenigen Faktoren berechnen: die räumliche Nähe der Katastrophe, Anzahl der Absturzopfer, Anzahl der *deutschen* Absturzopfer und ob es einen Zusammenhang zum internationalen Terrorismus geben könnte.« Er schluckt die letzten Bissen seiner Makrele hinunter und wendet sich an Gilles: »Mal im Ernst: Bist du tatsächlich nur wegen deiner Soap hier?« Es ist ihm anzusehen, daß er nicht daran glaubt, als könne es an einem Tag wie diesem keine Zufälle geben, als lägen die feinverästelten Nerven der Fügung heute blank.

Die Biere werden gebracht, hastig gezapft, mit schmaler Krone. Die dunklen Brauen der Blonden segeln Gilles auf dem Blau ihrer Augen entgegen. Er klopft eine Zigarette aus der Schachtel. »Es ist aber so.«

»Na denn!« sagt Nohl und hebt sein Glas. Anschließend erzählt er, daß er *dort* gewesen ist. »Wer im Namen der Katastrophe aufbricht«, erklärt er, »kann nicht zurückkehren, ohne ihr ins Angesicht gesehen zu haben, ohne sie nicht zumindest von Ferne erblickt, gerochen, gefühlt zu haben, jenen Rauch am Horizont, der beweist, es gibt ihn wirklich, den Tod, wir fürchten uns zu Recht. Das ist es, was die Leute erfahren wollen!«

Er sagt es nicht, aber es ist zu spüren: Er betrachtet sich als verwegenen Kundschafter tief verwurzelter Ängste, als Lot unserer schlimmsten Alpträume. Unerschrocken ist er mitgeflogen in einem der Hubschrauber, die heute nachmittag ihre Runden über der Absturzstelle gedreht haben wie Fliegen über einer Wunde. Ja, dort oben war Nohl! Hoch über dem Wrack, das auf dem Meeresgrund liegt wie ein riesiges Kreuz, hat er stellvertretend für Millionen die Lage sondiert, hat versucht zu bestimmen, was wir wissen können, was wir tun sollen, was wir glauben dürfen … Aber vorerst ist alles Spekulation. Während Techniker damit beginnen, in einem Hangar ihr dreidimensionales Trümmerpuzzle auszulegen, durchschreitet Nohl den unendlich dimensionalen Raum der Mutmaßungen und Munkeleien. Aus alternden Augenzeugenberichten und offiziellen Erklärungen webt er einen Teppich aus Hypothesen. Seine Aufgabe ist es, die spartanische Welt der Kausalität mit Prosa zu polstern. Als Nachtisch läßt er sich eine glasierte Birne bringen.

»Wieso kommt es immer wieder zu diesen Unglücken?« sagt er. »Man könnte glatt an eine Verschwörung in den Naturgesetzen glauben.«

Bredow nimmt seine Gänsekeule entgegen. »Ist die nicht längst bewiesen? Seit Einstein oder so? Wenn Gott nicht würfelt, muß er ja schließlich wissen, was er tut.«

Vor ein paar Stunden, erzählt Nohl, als es ihm einen Moment lang so scheinen wollte, als würde sich die gläserne Kapsel des Hubschraubers unter selbstmörderischem Brüllen in das vom Rotor aufgewühlte Meer hinunterschrauben, dem schattenhaften Kreuz des Iljuschin-Wracks entgegen, hatte er mit einem Mal eine Art Offenbarung. Er beugt sich vor und senkt seine Stimme. »Ich habe recherchiert: 1969 war das bis dahin schwerste Unglück der polnischen Luftfahrt in Krakau, 1979 das schwerste der Amerikaner, bei dem es in Chicago eine DC10 erwischt hat, und wieder zehn Jahre später, kurz vor Weihnachten achtundachtzig, das schwerste in England, nämlich dieser Lockerbie-Anschlag. Und jetzt, noch mal zehn Jahre später, der deutsche Rekord! Verdammt«, sagt er, »aber das *kann* doch kein Zufall sein.« Er trinkt sein Bier aus, besinnt sich einen Moment und erklärt dann: »Regelmäßigkeiten bedeuten nie etwas Gutes. Mit Kometen zum Beispiel, die alle Jubeljahre so pünktlich auftauchen, daß man die Uhr nach ihnen stellen könnte, haben die Menschen schon immer Katastrophen in Verbindung gebracht. Ich vermute, mit Abstürzen ist es ähnlich: Da tickt eine eiskalte Uhr, aber niemand hört sie.«

Irgendwann flaut der Restaurantbetrieb ab, huscht die Blonde seltener durch die Augenwinkel der Gäste. Gelegentlich steht sie am Tresen, in Gedanken versunken, bis ein Ruf oder Zeichen sie zurück in die Gegenwart holt.

Nohl sagt: »Mal angenommen, man würde an jeder Ecke und überhaupt überall einen Journalisten postieren? Was würde dabei herauskommen? Die Wahrheit? Das wäre naiv. Soll ich euch etwas sagen: Der Absturz heute hat gar nicht stattgefunden! Er existiert nur noch in unseren Köpfen, er ist längst virtuell. *Unsere Storys* sind der Absturz, das ist die verdammte Wahrheit.«

»Nach der Gans brauche ich einen Klaren«, sagt Bredow.

Gilles sagt: »Und was ist mit den Toten? Sind die auch virtuell?«

Nohl sieht ihn an, als wisse er nicht so recht, was er von diesem altmodischen Einwurf halten soll, ob ihm da eine ironische Pointe entgangen ist oder ob Gilles wirklich an jenen närrischen positivistischen Dogmen hängt, die philosophisch längst widerlegt sind.

»Glaubt mir, aber irgendwann im nächsten Jahrhundert wird diese Frage niemand mehr verstehen«, sagt er und fügt hinzu: »Das mit dem Klaren geht okay. Einen Kurzen nehmen wir noch auf meine Rechnung, und dann muß ich los. Wir senden live vom Strand aus mit den Lichtern der Fregatten im Hintergrund. Ich sage euch: Schön ist es nicht, wenn man den Leuten keine Hoffnung machen kann.«

Er bezahlt und zieht seine mattgewachste englische Herbstjacke über seinen kompakten, durchtrainierten Oberkörper. Den Schnaps trinkt er im Stehen, dann verabschiedet er sich und hebt spaßeshalber den Zeigefinger: »Und wehe, ich erfahre hinterher, daß ihr *doch* eine Story habt.«

Es ist leicht, sich vorzustellen, wie er mit seiner flachen, von Natur aus eher kleinen Stimme, der er jedoch ein bewegtes, dem Ausmaß der Katastrophe geschuldetes Timbre zu geben vermag, das bittere Ergebnis seiner Recherchen vor Ort verkünden wird, während hinter ihm, weit draußen und unbewegt, die Lichter der Bergungsschiffe auf See liegen wie ein müde in sich zusammengesunkenes Sternbild, das jedes traurige Wort und jede quälende Vermutung des heutigen Abends zu bezeugen scheint. Nohl, mit seinem Mikrofon allein in der Usedomer Nacht stehend, gibt dem Unfassbaren verbale Gestalt, das ist sein Job, und er wird ihn gut machen …

Die Zigarettenschachtel ist leer, Gilles kickt sie mit dem Zeigefinger neben das graue, mit Kippenbojen übersäte Becken des Aschenbechers. Daneben, auf dem weißen Leinen des Tischtuchs, finden sich graue Einschläge von Makrelenfett. Es ist leiser geworden, die Brandung aus Gerüchten, Hypothesen und Hysterien flaut ab.

Bredow trinkt sein Bier aus. »Ich verschwinde dann auch mal.«

Gilles streckt ihm die Hand entgegen. »War nett, Sie getroffen zu haben.«

»Vielleicht sehen wir uns mal wieder.«

»Bis dahin.«

Irgendwann, auf der Suche nach einem Zigarettenautomaten, kommt Gilles bei der Blonden vorbei, die am Tresen auf das Ende des Tages wartet. Mit der offenen Landschaft ihres Gesichts kehren die hellen Linien der Dünen zurück, mit ihren Augen die vieldeutige Farbe des Meeres, dort, wo es den Horizont berührt, und über der Stirn versprühen ihre Haare eine feine Gischt aus hellem Tresenlicht, als sie nickt, weil er sie nach Münzen gefragt hat. Ein dickes Portemonnaie voll davon hat sie. Ein dickes, mit Journalistenkleingeld gemästetes Kellnerinnenportemonnaie.

»Für Zigaretten?« Sie krault mit ihrem Zeigefinger durch den klimpernden Geldspeicher, in dem vor lauter blinkendem Metall kaum noch Prägungen voneinander zu unterscheiden sind. »Sie können auch eine von mir haben.«

»Hier ist wohl bald Schluß?« fragt er, nimmt sich eine und gibt ihr Feuer.

»Sie sind kein Journalist?« erkundigt sie sich.

»Nein.«

»Wie lange wird das noch so weitergehen?«

»Schwer zu sagen. Die meisten werden wohl schon morgen wieder verschwinden.«

Sie zieht gedankenverloren. Auf ihrem Handrücken treten die Sehnen hervor wie die regelmäßigen Kämme aufeinanderfolgender Wellenfronten. Sie ist kaum kleiner als er.

Sie sagt: »Normalerweise ist hier um diese Jahreszeit nichts los. Die meisten Restaurants haben geschlossen.«

»Ich nehme an, Sie sind froh, wenn der Tag vorbei ist.«

»Es hat sich gelohnt«, sagt sie und klopft auf ihr Portemonnaie. »Das Unglück hat die Leute spendabel gemacht.«

»Ich muß noch bezahlen«, sagt er.

»Vergessen Sie's. Heute blickt sowieso keiner durch.«

Sie kassiert den letzten Tisch ab und löst, als sie zurückkehrt, den Knoten ihrer weißen Kellnerinnenschürze in der Taille.

»Bekommt man in meinem Hotel noch was zu trinken?« fragt er.

»Wo wohnen Sie denn?«

»Ich glaube, es heißt ›Dünenhof‹.«

»Sieht schlecht aus. Haben Sie einen Wagen?«

»Auf dem Strandparkplatz.«

»Ich bin in zehn Minuten da, ist das okay?« fragt sie.

»Ein alter Volvo. Groß und eckig«, nickt er.

Als sie die Restauranttür hinter ihm abschließt, sieht er ihr Gesicht für einen Augenblick durch Glas, ihre geschwungenen Augenbrauen, getrennt von ihm und doch nah. Er wendet sich zum Parkplatz, es ist kalt geworden. Die Kiefernnadeln haben sich mit Feuchtigkeit vollgesogen und verströmen den harzigen Geruch nach großen Zeiträumen. Das Licht des Vollmonds liegt auf der See wie Kristallstaub. Gilles lehnt sich gegen seinen Wagen und wartet und raucht. Er hat sie noch nicht nach ihrem Namen gefragt. Als sie kommt, tritt er die Zigarette aus.

»Und wohin nun?«

»Sieh mal!« Ihr Blick geht hinaus aufs Meer, den Mond. Er folgt ihr zum Wasser, vor dem sie stehenbleibt, die Hände in den Taschen ihrer Jacke, die Schultern hochgezogen wie nachmittags. »Mir kam's heute vor, als wäre es Sommer. Was für ein Tag!«

Gilles steht neben ihr: »Beschissener Tag, um zu sterben.«

Draußen auf dem Wasser liegen die Lichter der Bergungsschiffe so ruhig wie die See selbst, die hier, am Strand, leicht gekräuselt und ganz schüchtern auf ihre Schuhe zukrabbelt: Seine tödliche Mahlzeit hat das Wasser gehabt, jetzt verspricht es, wieder lieb zu sein.

Sie sagt: »Jeder Tag ist beschissen, um zu sterben.«

Er schlägt den Kragen seines Jacketts hoch. »Ich heiße Paul«, sagt er.

Sie dreht sich zu ihm. »Marga.« Sie zittert. Ihre Jacke ist zu dünn, und ihre Bluse machtlos gegen die salzige Kälte. Er zieht sein Jackett aus und legt es über ihre Schultern.

Er sagt: »Können wir eigentlich zu dir?«

Sie schüttelt den Kopf. »Besetzt.«

Die Stille, in die sie ihre kargen Sätze hineinsprechen, ist weiträumig. Die Zivilisation schweigt, die Elemente schweigen, die Natur schweigt. Es ist nichts mehr zu sagen nach all den Worten, die hier noch vor ein paar Stunden gesprochen worden sind. Das Wasser hat die Toten bekommen, der Himmel die Kommentare.

Irgendwann sagt er: »Wieso hast du Bredow erzählt, du hättest es gesehen?«

»Bredow? War das der Reporter?« Sie zieht das Jackett vor ihrer Brust zusammen und sagt: »Mir ist kühl. Laß uns fahren.«

Sie gehen zurück zum Parkplatz. Myriaden Wassertröpfchen haben den Volvo seidig verpuppt, ihn in einen hauchdünnen Autokokon verwandelt, durch den man glaubt, hindurchgreifen zu können wie durch perlgraue Spinnweben. Der matte Glanz gerinnt zu dünnen Bächlein, die an der Seitenscheibe herabrinnen, als Gilles die Tür aufschließt und sie Marga öffnet.

»Nach rechts,« sagt sie, als er neben ihr sitzt und den Motor anläßt. Die Scheibenwischer pflügen die Sicht frei, um die Stämme der Kiefern schlieren wäßrige Lichthöfe, mal nach rechts geschoben, mal nach links.

Er steuert den Wagen auf die Straße. »Du warst gar nicht am Strand, als es passiert ist, nicht wahr?«

Sie sagt: »Wie kommst du darauf?«

Er pegelt die Heizung ein. »Weil *ich* da war.«

Ihr dunkles Profil wendet sich ihm zu, und für Momente geben ein paar ferne Neonleuchten ihren Augen eine trotzige Kühle. »Der Strand ist groß.«

»Es hat keine Explosion gegeben, keinen Feuerregen und keine rätselhafte helle Spur.« Ein paar Schlaglöcher vom vergangenen Winter versetzen den schweren Wagen in langsame Schwingungen. »Es hat überhaupt keine nennenswerten Details gegeben. Sie ist einfach runtergefallen. Das war alles.«

Sie wendet sich nach vorn, zur Straße. Nach einer Weile sagt sie: »Ja, kann sein.«

Die Feuchtigkeit auf den Wagenscheiben verdunstet allmählich und gibt den Blick frei auf eine durch sandigen Wald führende, von Frostadern durchzogene Landstraße, die so gerade ist, daß sich die Lichtkegel der Scheinwerfer minutenlang auf ihr verlieren.

Marga sagt: »Vielleicht wollte ich nicht, daß es so... im Nichts endet.«

An den Rändern zu beiden Seiten der Straße wachsen niedrige Büsche, auf deren Zweigen das Mondlicht schimmert, weiß wie Salz. Am Ende der Landzunge muß das Meer liegen und darüber die Nacht so, wie sie war, so, wie sie ist: transparent, überdeutlich. Irgendwo dort oben sind die Toten. Wie einsam sie sein müssen in all diesem Raum. Als die Bäume zu beiden Seiten niedriger werden, legt sich das Mondlicht als blasse Helligkeit auf Margas Gesicht. Ab und an wischen die Schatten hochstämmiger Pappeln über die niedrigen Sterne. Alte, kaum mehr lesbare Wegweiser, nach denen sich schon lange niemand mehr richtet, stehen rostig dunkel am Straßenrand und fließen, als wären sie verwachsen mit dem Hintergrund aus rotborkigen Strandkiefern, Weißdorn und sandigen Verwerfungen, im Rückspiegel rötlich schimmernd in die Nacht. Nach altem Kunststoff, verharztem Öl und dem nahen Meer riechende Luft steigt aus den Heizungsschlitzen auf und füllt den Wagen mit karger technischer Wärme.

Marga weist auf eine Abzweigung, einen schmalen Sandweg, der mit einer Schranke gesichert ist, die sich aber umfahren läßt. Die Scheinwerferkegel tasten sich unruhig über knotige Wurzeln, kriechen, richten sich auf, schrammen an Baumstämmen entlang, prallen gegen dornige Gestrüppwände und robben wieder durchs Unterholz. Dann öffnet sich der Wald, rechts geht es

415

hinauf auf die Düne und von dort aus, so scheint es, geradewegs weiter zu den Sternen. Links führt der Weg in eine flache Mulde zwischen dem Wald auf der einen und der rückwärtigen Dünenböschung auf der anderen Seite. Dorthin steuert Gilles den Wagen. Er stellt den Motor ab, und für einen Moment ist nichts mehr zu hören, nicht einmal mehr sein eigener Atem.

Marga läßt das Jackett von ihren Schultern gleiten, und Gilles dreht die Rücklehnen herunter. Danach küssen sie sich, und er legt sich zu ihr auf den gepolsterten Steg ihres Sitzes, der so schmal ist wie der Himmel für Menschen. Sie schweben, und sie halten sich aneinander fest, um nicht zu fallen. Die schlichten, fast stimmlos heiseren Laute ihres Wollens vergehen im Wagen. Dicht pressen sie ihre Körper aneinander, umklammern und beschützen und retten sich. Die Fenster beschlagen wieder, diesmal von innen, und das ist es, was hier geschieht: Die Welt verschwindet hinter dem Atem der Liebenden.

Irgendwann trägt die Nacht eine empfindliche Kühle in den Wagen, und sie ziehen sich wieder an. Auf dem Weg zurück scheint die Nacht dunkler geworden zu sein, obwohl es allmählich auf den Morgen zugeht. Die große Uhr über ihren Köpfen dreht sich ihrem Startpunkt entgegen, und irgendwann um die Mittagszeit wird sie an derselben Stelle vorüberziehen wie gestern. An einem blauen, leeren Himmel.

Marga läßt ihn an einer Straßenecke halten. »Die letzten Meter gehe ich zu Fuß«, sagt sie, und er weiß, warum. »Bist du morgen noch hier?«

Er hebt die Schultern. »Ich glaube nicht. Mal sehen.«

Sie nickt. »Du weißt ja, wo ich arbeite.«

»In ein paar Tagen seid ihr die Meute wieder los«, sagt er.

Sie hebt die Schultern. »Es ist ja Leben«, sagt sie.

Er nickt. »Ja, das ist es.«

Sie küssen sich kurz, dann öffnet sie die Tür und steigt aus. Eine aufsteigende Welle dreht sich durch ihren Körper, hebt sie aus dem Wagen an die Oberfläche der Nacht. Für einen Augenblick taucht sie noch einmal hinab, und mit einer letzten Berührung ihrer Blicke trennen sie sich. Als sie sich entfernt, verblaßt sie Schritt für Schritt im Licht der Straßenlaterne, neben der er gehalten hat. Dann taucht sie im Schein der nächsten wieder auf, der übernächsten, jedesmal kleiner, als treibe sich durch blasse Wellen davon.

Gilles dreht den Wagen und steuert ihn dorthin zurück, wo er gestern morgen angekommen ist, wo er auf Marga gewartet hat und von wo aus er ihr zum Strand gefolgt ist, zu den starren Lichtern der Bergungsschiffe. Jetzt sind die Scheinwerfer abgeschaltet dort draußen. Der Sand haftet feucht und schwer am Boden, im Osten liegt schon eine schwache, birkenfarbene Helligkeit auf dem Wasser, die Rinde des neuen Tages. Gilles stellt sich dorthin, wo es für ihn begonnen hat, im Sand sitzend, rauchend. Der Boden ist zu feucht, um sich zu setzen, aber Rauchen geht. Noch ist das Flämmchen des Feuerzeugs heller als der Morgen. Hält man das Licht etwas tiefer, auf Kniehöhe etwa, so erkennt man den Strandhafer, der schwache, mikadoartig auseinanderstrebende Schatten wirft. Von den Kreisen, die die Spitzen der Halme in den Sand geritzt haben, ist nichts mehr zu sehen. Statt der Ruhe eines Mandalas hat man die zerrissene Gestalt einer Explosion vor Augen. Gilles steckt das Feuerzeug ein und richtet sich auf. Irgendwann gewinnt der neue Tag von Osten her zunehmend Raum. Sterne sind keine mehr zu sehen, aber noch ist nicht zu entscheiden, ob die aufsteigende Helligkeit sie verblassen läßt oder eine dünne Dunst- oder Wolkendecke, die herangezogenen sein könnte. Es ist die Stunde, da man noch nicht weiß, wie der Tag werden wird. Um diese Zeit etwa ist er gestern hier angekommen. Vierundzwanzig Stunden, die vergangen sind.

———

Die Seiten des Gebetbuchs sind dünn und durchscheinend, und immer wenn eine Böe hineinfährt, rascheln sie matt. Liedanfänge blättern vorüber, mal vorwärts, mal rückwärts: ›Und muss ich auch wandeln in finstrer Au‹… ›O Haupt voll Blut und Wunden‹. In den sechziger Jahren, erinnert sich Fred, haben katholische Priester einem die Hostien noch auf die Zunge gelegt, mit fleischigen oder knochigen Händen, die immer seltsam schwielen- und makellos waren, *dies ist mein Leib, dies ist mein Blut*, Hände, die ihm als Kind immer groß und wichtig erschienen sind, nur die Hände einer gewissen Anzahl von Frauen und ein paar Zahnarzthände sind seinem Mund je näher gewesen.

Er steht an seinem Wagen, mit dem Rücken gegen die Fahrertür gelehnt. Kaum zu glauben, daß er ein Kind dieser sechziger Jahre ist, als es nur zwei Fernsehkanäle gab und keine Videorekorder, keine PCs, Fax- oder Kopiergeräte, kein mobiles Telefonieren, keine Werbeunterbrechungen, keine italienischen Restaurants, keinen Treibhauseffekt, keinen Telefonsex. Fred klappt das Gebetbuch zu. Er weiß gar nicht, wieso er es überhaupt mit nach draußen genommen hat, es war einfach in seiner Hand. Ein platingrauer schwerer Himmel liegt auf den Dächern der Häuser und dem hoch aufragenden Bau der Kirche, deren dunkle Backsteinmauern die Farbe von altem, verkrustetem Schorf haben. Irgendwo, ganz in der Nähe, muß das Meer sein, aber was sollte man dort jetzt? Es wird nicht anders aussehen, als der Himmel darüber: Fels und Asche, eine riesige Grabplatte. Und drinnen in der Kirche, da singen und hoffen und beten sie für ihre Toten, hoffen, daß sie irgendwo noch am Leben sind, in irgendeiner Form, erreichbar, ansprechbar, und nicht so tot, wie der knappe dunkle geschlossene Klang des Wortes es nahelegt. Fred hofft es auch, aber er glaubt es nicht. Vielleicht verbindet ihn das ja tiefer mit Nora, als er annimmt: Sie haben sich beide noch nicht dazu entschließen können, an irgendetwas zu glauben, weder an eine gütige noch an eine grausame Macht. Die Befürchtung, daß man keine Hilfe zu erwarten hat, von wem auch immer, schweißt zusammen. So wie Fred die Dinge sieht, muß man alles, was man hier unten an Müll produziert, hier unten auch wieder loswerden.

Nora ist in der Kirche geblieben, sie sitzt dort neben Nike Meyer. Wenn man ihm vor ein paar Monaten gesagt hätte, daß es einmal so kommen würde, hätte er nur müde abgewinkt. Aber was hält man schon für möglich von dem, was auf einen zukommt? Nur das Allerbanalste, daß man jeden Morgen frühstückt, daß man jeden Tag zur Arbeit geht, daß man gelegentlich Sex hat. Nora neben Nike und dahinter Kathrin Hoffmann, Nike Meyers Schwester. Die Profile der drei Frauengesichter, einander in unterschiedlicher Blässe folgend wie die Hügelketten der Maremma. Ihre Blicke leer gespült von Tränen, ihre Trauer untergegangen in der Übergröße des Unglücks. Zweihundertdrei Tote, derer vor ihren Augen gedacht wird. Auch Fred war vor zehn Minuten noch dort. Tote, mit denen ihn nichts verbindet, nicht mehr, als daß er einen von ihnen vor ein paar Monaten einmal von weitem gesehen hat, so flüchtig, daß er sich an das Gesicht schon kaum noch erinnert. Er hatte keinen besonders guten Eindruck gewonnen von diesem Thomas Hoffmann, Greta Bergmanns Geliebten, der sich mit Nike Meyer, seiner Schwägerin, was Fred damals noch nicht wußte, um ein Fünfmarkstück stritt. Und jetzt ist er tot. Vielleicht hat er ihn im falschen Moment erlebt, vielleicht war der Mann betrunken oder stand sonstwie unter Druck. Jeder haut gelegentlich daneben.

Es fängt an zu regnen, und aus der Kirche sind düster gewaltige Orgelakkorde zu vernehmen, die hier draußen klingen wie fernes aufgewühltes Meeresrauschen. Niemand hat einen Flugzeugabsturz verdient. Diese Minute des Wissens darum, daß es vorbei ist. Daß der Film reißt, einfach so, ritsch, das war's. Keine

Schlußpointe, nicht einmal mehr ein würdiger Abspann. Diese Minute wiegt in Freds Augen sämtliche Sünden auf, die ein Mensch in seinem Leben je begehen kann. Es mag Ausnahmen geben, Ausnahmen gibt es immer. Das Gewicht *seiner* Sünden jedenfalls schätzt Fred nicht höher ein als das jenes minutenlangen Sterbens, das sich mit einem Ruck, einem Knall, einem Aufzüngeln von Feuer oder, wer weiß, vielleicht auch nur mit einem scheinbar grundlosen allmählichen Absacken ankündigt. Und Fred hat es *gesehen.* Von außen hat er es gesehen, mit den Augen von Paul Gilles, der am Strand gesessen hat, eine Zigarette rauchend, und währenddessen kommen vor seinen Augen zweihundertdrei Menschen ums Leben. Der Tod eine Kippenlänge. Vielleicht hatte Gilles die Zigarette ja auch schon ausgedrückt, Fred weiß es nicht mehr. Gilles' sachliche Schilderung vorige Woche hat ihn fertiggemacht. Der Tod ein Lungenzug.

Fred läßt das Gebetbuch in die Manteltasche gleiten. Am Fuß der Kirche stehen ein paar Übertragungswagen, an denen sich hier und da Techniker zu schaffen machen. Die kahlen Bäume greifen in den Himmel wie die klagend emporgehobenen knotigen Hände von Greisen. Die Hausdächer scheiteln den Regen. Anfang der Woche ist Nike Meyer in seinem Büro aufgekreuzt und hat ihn gefragt, ob er sie nicht begleiten könne zu diesem Trauergottesdienst für die Opfer des Flugzeugabsturzes vom neunundzwanzigsten, und als sie hinzufügte, ihr Schwager habe in der Maschine gesessen, ließ er sie ausreden. Ihre Schwester, erzählte sie, habe sich mit ihrem Mann im Sommer versöhnt und sei fest entschlossen, diese Messe zu besuchen. Sie selbst sei zwar der Meinung, soviel Ehre habe dieser Dreckskerl nicht verdient, aber jetzt, da er tot sei, sehe sie keinen Sinn mehr darin, sich über diesen Punkt mit ihrer Schwester zu streiten, deren psychischen Zustand sie im übrigen in ziemlich düsteren Farben schilderte. Man müsse die Gelegenheit unbedingt nutzen, sagte sie, mit ihr über diese Grafikaufträge zu sprechen, die Fred ihr ja schon vor längerem habe zuschustern wollen und die nun wichtiger denn je seien, um sie zu stabilisieren. Und ganz unabhängig davon, meinte Nike, wäre es doch sicher sinnvoll – falls man wirklich einen Handlungsfaden an die Ostsee spinnen wolle –, wenn Fred sich selbst ein Bild von den Zuständen dort machen würde. Und drittens fühle sie sich im Moment überfordert, ihrer Schwester eine Stütze zu sein, weil sie gerade erst ihren Freund aus der Wohnung geworfen habe, der ein Schlappschwanz und Schnorrer gewesen sei. Mit diesem letzten Punkt hatte Fred genaugenommen ja nichts zu tun, aber nachdem Nike ihre Liste von moralischen und sachlichen und persönlichen Argumenten vor ihm ausgebreitet hatte, brachte er es nicht fertig, ihr den Wunsch abzuschlagen, sie zu dem Trauergottesdienst zu begleiten.

Stille liegt jetzt auf dem Parkplatz. Fred horcht in die Kirche hinein, aber weder die wütende Klage einer Toccata oder die demütig trauernde Meditation einer Fuge dringen gedämpft aus dem dunklen hohen Bau, dessen schmale gotische Fenster von draußen grau und blind aussehen, noch das verhallte Echo eines fernen, hundertfach gesprochenen Gebets. Es ist, als würden alle dort drinnen den Atem anhalten, und deswegen tut es auch der Platz, als sei die Kirche seine Lunge. Eine angespannte, an Freds Nerven zehrende Andacht breitet sich aus und währt und währt und scheint gar nicht mehr aufhören zu wollen. Wie mürbe, wie machtlos es einen macht, wenn Hunderte von Menschen schweigen. Es ist, als würde die Zeit stocken und sich die Tür zum Empfangszimmer des Todes einen Spalt öffnen. Wenn an den Rändern dieser lastenden Stille nicht ein leises Verkehrsrauschen wahrzunehmen wäre, das gewöhnliche Laufen von Motoren, der trotzige Aufschrei einer Kreissäge oder das gutmütige Rumpeln irgendeines Güterzugs über ein System aus Weichen, das Gleisstränge miteinander verbindet, die weit, weit fort von diesem Ort hier führen –, wenn dieses ferne Versprechen von Normalität und Alltag nicht wäre, dann würde Fred dem Verlangen, sich in den Wagen zu setzen und von hier zu verschwinden, vielleicht nicht widerstehen können: Den Motor anlassen, spüren, wie die Hydraulik den Wagen langsam in die Höhe hebt, fort vom Kopfsteinpflaster, fort von diesem feuchten graubraunen Boden der Trauer. Dann Gas geben und den Parkplatz verlassen, so wie Fred vor einer Viertelstunde die Kirche verlassen hat, verlassen mußte. Fahren. Alles ist zu ertragen, die verhangene Nähe des Himmels, der Nieselregen, wenn man sich nur bewegt.

Die Trauerreden und all dieses Leid um ihn herum. Fred hat es nicht ausgehalten, er kam sich vor wie ein Eindringling. Das Unglück erschreckt ihn, aber mit den Menschen, die den Verlust ihrer Angehörigen beklagen, verbindet ihn nichts. Diese Blicke, die hundertfach zum Altar flossen wie ein großer Strom aus Hoffnungslosigkeit, in dem ein Bischof mit Worten ruderte, um nicht unterzugehen. Über seinem Kopf die große Leere des Kirchengewölbes, zu seiner Rechten der Gekreuzigte: ein zerklüfteter Körper mit genau gearbeiteten Zehen, im Bluten erstarrten Wunden, und Achselhöhlen, aufgerissen wie zu einem stummen Schrei. Es waren Menschen, die Christus ans Kreuz geschlagen haben, aber wer hatte vor zwei Wochen jenes Flugzeug zum Absturz verurteilt, in dem die zweihundertdrei Passagiere saßen, die hier betrauert wurden? Darauf wußte auch der Bischof keine Antwort. Niemand war es. Der blinde Zufall. Flugzeuge sind Kreuze, soviel steht fest. Fred hat in der hölzernen Kirchenbank gesessen und der bischöflichen Stimme gelauscht, die irgendwann zu einem kontinuierlichen Fluß ineinanderhallender Worte wurde, die ihm in ihrer Größe leer erschienen. Seine Gedanken begannen abzuschweifen und ebenso seine Sinne. Das Licht, das von draußen hereinfiel, hatte die Farbe von Eisen. Die Stimme des Bischofs war so groß im Raum und dieser selbst so klein darunter, daß er an ihr zu hängen schien wie ein Korb an einem Heißluftballon. Am irritierendsten waren die Gerüche. Rasierwässer, Deodorants und Eau de Toilettes, die sich ganz alltäglich mischten. Es gibt keinen Trauergeruch, den man bewußt anlegen könnte wie schwarze Kleidung. Lediglich der Kirchenbau selbst, die weißverputzten Mauern und die ziegelroten Säulen fügten dem Geruchsganzen eine kalkig sakrale Komponente hinzu. Es soll ihn geben, diesen Geruch des Todes, aber Fred hat ihn noch nicht in der Nase. Noch bilden die Toten, derer er zu gedenken hat, lediglich ein kleines versprengtes Häufchen im Jenseits. Eine selten beachtete Mahnwache irgendwo im Getriebe seines Lebens.

Irgendwann ist er aufgestanden und gegangen. Nora sah ihn fragend an, er signalisierte ihr kurz, daß alles in Ordnung sei, und dann stahl er sich im Schutz der Säulen zum Seitenportal der Kirche, vorbei an all diesen Trauernden, die ihn weder beachteten noch wußten, daß er keiner von ihnen war, sondern einer – so kommt es ihm auch jetzt noch vor –, der ihren Schmerz entweiht hat, einen Schmerz, in den er nicht eindringen kann, den er immer nur von außen sieht. Und all dieser Schmerz bündelt sich für ihn jetzt im Anblick dieser dunklen, von der Seeluft zerfressenen Kirchenmasse vor ihm, an deren Turmspitze hin und wieder ein nasser Wolkenlappen hängenbleibt, so daß sie manchmal wie amputiert aussieht, ein Turmstumpf, vom Himmel selbst geschliffen – so muß er sein, der Tod: kalt, grau und von beißender Ironie. Vielleicht sieht man, wenn es mit einem vorbei ist, einfach nur das eigene Leben in aller Deutlichkeit, das, was war, tagein tagaus, als immer denselben unabänderlichen Film, von vorne und nochmals von vorne …

Fred schlägt seinen Mantelkragen hoch. Der Regen ist stärker geworden, sein Grau noch einmal grauer, aber er kann sich nicht entschließen, in die Trockenheit des Wagens zu flüchten, mit seinen weichen, dunkelroten Sitzen, wenn alle anderen hier keinen Ort haben, an dem sie sich vor ihren Schmerzen verkriechen können. In seinen Augenbrauen sammelt sich Wasser, er spürt es als nasses Gewicht am unteren Rand seiner Stirn. Das Seitenportal der Kirche öffnet sich erneut, er hofft, es könnte Nora sein, aber sie ist es nicht, sondern eine Frau mit blassen blonden Haaren, die er nicht kennt, wie sollte er auch? Zusammen mit ihr schlüpft ein kurzer bischöflicher Satz ins Freie, der hier draußen, im Regen und seines Halls entkleidet, karg und zerbrechlich klingt, ohnmächtige Worte, die sich im steten Rauschen des Regens gleich verlieren. Dann fällt die schwere Tür ins Schloß, alles scheint wieder zu sein, wie es war, aber dann bemerkt Fred, daß die Frau, die soeben die Kirche verlassen hat, sich nicht in irgendeine Richtung wendet, zu einem der Sendewagen oder den Häuserfronten, sondern in seine, was Zufall sein könnte, aber ein Gefühl sagt ihm, daß es so nicht ist. Er beobachtet sie aus den Augenwinkeln: Ihre mittelgroße, in einen taubenblauen Mantel gehüllte Gestalt bewegt sich auf einem Zickzack-Kurs, zu dem Stoßstangen und Motorhauben sie zwingen, auf ihn zu, bald sind ihre Schritte zu hören, stumpf und körperlos, alle Geräusche sind hier draußen bloße Schatten ihrer selbst.

Fred kann ihr jetzt ins Gesicht sehen, es ist ein schmales Gesicht mit ausgeprägten Wangenknochen, die ihm die Form einer Vase geben. Er versucht in seinem Gedächtnis Züge zu finden, die diesen gleichen, aber er findet sie nicht, zu viele Gesichter haben sich in den vergangenen Jahren in seiner Erinnerung angesammelt, Schauspielergesichter, nur ein- oder zweimal gesehen und dann nie wieder, Gesichter, denen irgend etwas gefehlt hat, denen kein Publikum sich zugewandt hätte. Es gelingt Fred nicht, in dieser langen Galerie von ausgemusterten Gesichtern dasjenige ausfindig zu machen, das ihm da entgegenkommt. Er würde gerne ein Erkennen signalisieren, um wenigstens freundlich zu sein an einem Tag wie diesem. Wenn Flugzeuge unter ungeklärten Umständen so machtlos wie beschissene Steine vom Himmel fallen, wie schön wäre es da, wenigstens den Hinterbliebenen das Gefühl zu geben, daß sie, die Lebenden, Spuren hinterlassen, und sei es auch nur in den unbedeutenden Gehirnen unbedeutender Storyliner – aber Spuren eben. Doch Fred kann keine Spur dieser Frau in seinem Gehirn finden, so sehr er sich auch anstrengt. Alles, was er findet, ist ein höchst vages Gefühl des Schon-einmal-gesehen-Habens, das ebensogut eine Täuschung sein könnte. Und dann ist es zu spät, sie bleibt vor ihm stehen, auf den dünnen kartoffelblonden Haaren ein silbriges Netz aus winzigen Regentröpfchen. »Hallo«, sagt sie, »ich glaube, wir kennen uns.« »Ach?« sagt Fred, wie er es immer tut, wenn jemand behauptet, ihn zu kennen. »Hm, ja ... könnte sein ... Bei welcher Gelegenheit war das doch?«

»Conny«, stellt sie sich vor. »Conny Nohl. Wir sind uns vor etwa anderthalb Jahren einmal auf einer Party, nun ja, wie soll ich sagen: begegnet? Ich glaube, unser Gastgeber hieß Bernd.«

Oha! – *Jetzt* erinnert sich Fred. Er hat in der falschen Abteilung seines Gedächtnisses gekramt, in dem großen überfüllten Zimmer für nicht engagierte Schauspielerinnen, statt in der sehr viel übersichtlicheren, intimeren Kammer für jene Frauen, die er einmal geliebt hat. Allerdings hat er sie, diese Conny, von der Statur her kräftiger in Erinnerung und zudem stärker gebräunt; eine Hautfarbe, die amarettohaft ins Orange spielte. Jetzt dagegen ist sie so bleich wie der November.

»Ja«, sagt Fred, »das ist ... das war ... na, so etwas.«

Momente, Bilder: Der gastgebende Bernd mit einem Gesicht so zerknittert wie ein Bettlaken am Morgen. Die überhitzten Räume, die wollig weichen Berber und all die ineinander verflochtenen Leiber, rosa wie gestapelte Bockwürstchen. Und schließlich Conny, dieses blonde figurlose kurzbeinige Wesen mit dem Traumbusen.

425

Er sagt: »Hat es damals nicht auch in Strömen geregnet?«

Sie nickt: »Ja, hat es.« Ihre dünnen Haare werden vom Wasser an ihren Schädel gepreßt und in die Länge gezogen, an ihrer Stirn kleben einzelne Strähnen. Er könnte ihr anbieten, sich mit ihm in den Wagen zu setzen, aber es ist ihm lieber, wie es gerade ist.

Er sagt: »Tut mir leid, daß ich dich nicht gleich erkannt habe. In dem trüben Licht hier sehen wir wohl beide nicht so aus wie vor einem Jahr …«

»Ich habe dich erkannt, als du in der Kirche an den ewigen Lichtern vorbeigehuscht bist«, sagt sie und sieht ihn aus Augen an, deren helles Grün Fred jetzt glaubt wiederzuerkennen. »Was für ein Zufall.«

Fred schweigt. Wo die Liebe hinfällt, wo der Tod hinfällt. Alles ist Zufall. Das Wetter, der Regen. Vor anderthalb Jahren – Freds Erinnerung wird immer deutlicher – haben sie unter einer milchigen Dachluke gestanden, auf die ein Regen trommelte, der schon seit Tagen über der Stadt niederging. Alles schien unterzugehen, und im Kino lief ›Titanic‹. Jetzt läuft ›Eyes Wide Shut‹ und in acht Wochen ist das Jahrhundert vorbei.

»Weswegen bist du denn hier?« fragt er. »Ich meine, es ist doch hoffentlich nicht …«

Sie schüttelt den Kopf, Wasser tropft auf die Schulterpolster ihres Mantels: »Nein, das Gott sei Dank nicht …« Sie schweigt einen Moment, und auf einmal weiß sie nicht, wohin mit ihren Händen. Klein und ein wenig verloren schweben sie vor der Schnalle ihres Mantels. Fred erinnert sich, daß sie geraucht hat damals. Vielleicht würde sie sich auch jetzt gerne eine anstecken, allein der Beschäftigung wegen. Sie ist nervös. »Ehrlich gesagt, bin ich hier nicht mehr als ein Zaungast. Es gefällt mir nicht, zwischen all denen zu stehen, die ihre Angehörigen verloren haben. Hier draußen fühle ich mich wohler.« Sie macht wieder eine Pause und fügt dann rasch hinzu: »Und du? Hast du denn …?«

426

Er schüttelt den Kopf. »Nein, zum Glück auch nicht. Eine Mitarbeiterin von mir hat bei dem Unglück ihren Schwager verloren. Als der Bischof mit seiner Trauerrede anfing, bin ich gegangen.«

Conny nickt. Es gibt Lebende, und es gibt Lebende, die mit dem Tod in Berührung gekommen sind, und zu denen gehören sie nicht.

Sie sagt: »Mein Mann ist beruflich hier, du kennst ihn ja. Er berichtet über die Katastrophe, er hat die Sache ziemlich souverän im Griff. Für ihn wird der Absturz wohl ein Aufstieg werden.«

Fred erinnert sich: Die Fernsehbilder vor zwei Wochen, die gleichen auf allen Kanälen, Zappen zwecklos, Hubschrauber, die über der Absturzstelle kreisen, Menschen, die am Strand stehen und aufs Meer hinausgaffen, dorthin, wo nichts ist, zwei Schiffe, winzig klein, Verdickungen des Horizonts, und der Himmel darüber so unglaublich blau. Und dann die Live-Schaltungen nachts, der Strand und das Meer, ein einziges großes Schwarz, und davor, etwas überbelichtet, strahlend bleich wie ein Engel mit zwei kleinen Knopfäuglein, einem graumelierten Fönmecki und einer fahlgelben Mikrofonkugel vor dem Mund: Hartmut Nohl. In Freds Erinnerung schieben sich jetzt die beiden Bilder übereinander: der Reporter und der Rammler – wer hätte das gedacht …

Er sagt: »Mit guten Nachrichten ist noch nie jemand berühmt geworden.«

Nach einer Weile sagt Conny: »Wir hängen noch zwei Tage in Heringsdorf dran. Vielleicht haben wir mit dem Wetter ja Glück. Im Laufe des Tages soll es aufhören zu regnen.«

Aus der Kirche ertönt jetzt wieder das ferne Brausen der Orgel, mit vollem Werk angeschlagene düstere Akkorde, offenbar hat der Bischof seine Ansprache beendet.

427

»Wart ihr eigentlich noch mal dort?« erkundigt sich Fred. »Bei diesem Bernd, meine ich?«

»Noch zwei- oder dreimal. Und ihr?«

»Nein. Nicht.«

Sie holt eine Schachtel Zigaretten aus ihrer Handtasche, etwas fahrig in ihren Bewegungen, und sagt: »Wir haben dort ein Paar kennengelernt und uns privat ein paarmal getroffen. Aber weißt du, das mit dem Tauschen führt irgendwie zu nichts.«

»Hm …«, macht er.

Mit nassen Fingern zieht sie eine Zigarette aus der Schachtel, sie raucht *Gauloises blondes*. »Ich höre gerade mit dem Rauchen auf, aber heute morgen im Hotel habe ich mir ein Päckchen gezogen.« Das weiße Zigarettenpapier färbt sich grau, als es von einem Tropfen getroffen wird. Gibt es nicht eine *Gauloises*-Reklame, die in strömendem Regen spielt? »Und du? Bist du noch mit deiner Frau zusammen? Wie heißt sie noch?«

»Nora. Ja, wir sind noch zusammen.«

»Ich denke, zu zweit fährt man besser.«

»Sag mal«, erkundigt sich Fred, »weiß Hartmut eigentlich … nun ja … von dieser Geschichte im Bad?«

»Aus irgendeinem Grund habe ich es ihm nie erzählt, obwohl es, was diesen Abend angeht, ja nur ein Detail gewesen wäre.« Der Himmel über den Backsteingiebeln wird allmählich heller. Sie fügt hinzu: »Ich habe ihn allerdings auch nie gefragt, was zwischen ihm und Nora gewesen ist.«

»Ach, da war nichts.« Fred winkt ab. »Nora hat es mir hinterher gesagt.«

Conny hebt ihre tropfenden Augenbrauen. »Du meinst, so wie *du* ihr gesagt hast, daß zwischen *uns* nichts war?«

»Na ja«, sagt Fred. »Es war eine einmalige Sache.« Nach einer Weile erkundigt er sich: »Und bei euch sind die Dinge wieder im Lot? Ich meine, bei Hartmut und dir ist wieder alles beim Alten?«

»Ja, alles wieder beim Alten, wenn du so willst«, nickt sie und steckt die graugesprenkelte Zigarette in den Mund. Das Feuerzeug zischelt, sie taucht die Spitze der *Gauloise* in das Flämmchen, aber es ist, als wäre sie aus Asbest. Nach einer Weile gibt sie auf, und läßt die Zigarette auf den Boden fallen, wo sie noch einmal grauer wird und weich und gelb vom herausgeschwemmten Nikotin.

Das mit dem Regen, erinnert sich Fred, war eine *Tuborg*-Reklame, allerdings eine, die ganz nach Art der aktuellen *Gauloises-blondes*-Kampagne gestrickt ist: Nonkonformistischer Pfiffikus zeigt arrivierten Spießern, wie locker das Leben sein könnte. Der Tod wird nie locker sein.

»Schon mal versucht, im Regen eine Zigarette zu rauchen?«

»Ich habe nie geraucht.«

»Wäre mir auch lieber«, sagt sie.

In dem Moment wird links das Kirchenportal geöffnet, und das erste, was von jenseits der dunklen Kirchenmauern ins Freie strömt, ist eine drückende Stille, die sogar das Rauschen des Regens zu schlucken scheint, der aber, wie Fred erst jetzt bemerkt, irgendwann in den vergangenen Minuten aufgehört haben muß. Die Wolkendecke, obwohl immer noch grau, hat sich aufgehellt, und jetzt kommen die ersten Trauernden auf den Platz, langsam und ohne jedes Gedränge. Beerdigungen machen die Menschen sanft. Gelegentlich sieht einer nach oben, ob es denn auch wirklich stimmt: Der Himmel hat keine Tränen mehr, hat aufgehört zu weinen und wird irgendwann wieder lachen. Die Welt ein Kind.

»War schön, dich wiederzusehen«, sagt Conny und sieht Fred an, wobei sich ein paar Wassertropfen von ihren Augenbrauen lösen und herunterfallen wie von Regenrinnen, kurz bevor die Sonne durchbricht. So wird es auch diesmal sein. Der Himmel ist den Dingen immer einen Schritt voraus.

»Ja«, sagt Fred, »fand ich auch.«

Aus der Kirche strömen die Menschen jetzt so zahlreich auf den Platz, wie die gedrückte Stimmung und das Portal es zulassen. Wie groß die Gebäude sind, in denen wir uns aufhalten, und wie klein ihre Ausgänge. Leben und Tod. Wenn man ja wüßte, daß man nicht ins Nichts, sondern in ein Jenseits hinaustritt, und sei es noch so verregnet und grau, ein beschissener trostloser Parkplatz, das würde Fred schon reichen, ein Ort, wo man atmen, herumstehen und sich mit seinen Verflossenen unterhalten kann. Vielleicht läßt einen das Seelendasein ja wieder zusammenrücken, wer weiß. Aber die Chancen, daß so ein Jenseits existiert, und sei es noch so kärglich, scheinen ihm von Tag zu Tag schlechter zu stehen.

»Also dann«, sagt Conny. »Vielleicht sehen wir uns ja mal bei einer erfreulicheren Gelegenheit wieder.«

»Ja. Warum nicht.« Im gleichen Maße, in dem sich der Himmel aufhellt, scheint der Platz, auf dem sie stehen, größer zu werden. Die graubraune Ziegelwand der Häuserfassaden löst sich in einzelne Geschäfte auf, ein Bäcker, ein Optiker, ein Restaurant. Tröstlicher Alltag. Auch wird jetzt wieder geredet und irgendwo ein erster Wagen angelassen – es ist, als breite sich allmählich eine Atmosphäre der Entschlossenheit aus, der Entschlossenheit, zur Normalität zurückzukehren. Conny dreht sich um, das Rückenstück ihres Mantels ist V-förmig durchnäßt, von den Schultern bis zum Gürtel, ein dunkler Ausschnitt in der Farbe des nassen Pflasters. Zwischen tropfenden Stoßstangen und Kühlern hindurch geht sie auf die rechts vom Seitenportal geparkten Sendewagen zu. Dort, wo sie gerade noch gestanden hat, liegt die ungerauchte Gauloise, gelbbraun, ein winziges, vermoderndes Stück Frankreich neben triefenden Reifen des Citroën. Fred sieht auf. Von links kommt Nora auf ihn zu, durch die parkenden Autos zu demselben umständlichen Bewegungsprinzip aus kurzen Geraden und rechten Winkeln gezwungen wie Conny, und so wie die eine sich von Fred entfernt und die andere auf ihn zukommt, ist es, als wären die Frauen durch ein unsichtbares Seil miteinander verbunden, dessen Umlenkrolle er ist. Er hängt an den Frauen, und sie an ihm. Irgendwann verschmilzt Conny mit den Trauernden und ist Nora ihm nah. Seile, Stricke. Freiheit – was ist das?

Ein Himmel, der aufklart. Kein strahlender Tag ist aus dem grauen Ei dieses Morgens geschlüpft, aber ein durchwachsener sauberer Himmel liegt auf den herbstbraunen Feldern Usedoms, die, gesäumt von entlaubten Bäumen, an die Straßen grenzen. Novemberalleen. Die feinen Verästelungen der Zweige greifen ineinander, alles hängt mit allem zusammen, wie riesige Nester ziehen die Baumkronen über das Blechdach des Citroën hinweg, und die wattigen Wolken darüber sind Küken, die mit dem Wind fortziehen, flügge geworden, ein salziger Seewind ist es, der über die Insel streicht, die Nähe des Meeres ist auch im Wagen zu spüren, die Luft ist herb, für Fred ist sie Medizin. Die Heizung umpustet seine feuchten Hosenbeine wie ein Wäschetrockner, seinen Mantel hat er ausgezogen und auf den Rücksitz gelegt, und allmählich breitet sich so etwas wie ein Wohlgefühl in ihm aus, das jenem angenehmen Zustand kurz nach Antritt einer Reise gleicht, wenn sich die Aufregung des Aufbruchs gelegt hat und sich das Bewußtsein durchsetzt, daß es nun wirklich wahr ist: Man ist unterwegs, vor sich nichts als Raum und Zeit.

Neben ihm sitzt Nora, sie haben nur wenig geredet, seitdem sie aufgebrochen sind. Sie sagt: »Wie sehr so ein Trauergottesdienst einen mitnimmt.«

Fred lauscht dem Säuseln der Reifen auf dem nassen Asphalt hinterher. Ein paar Möwen glitzern weit oben in der Sonne wie Scherben. Er sagt: »Irgendwie konnte ich nicht dort sitzen bleiben als Fremder, als einer, der gar keinen Verlust zu beklagen hat.«

»Ach weißt du«, sagt Nora nachdenklich und sieht aus dem Seitenfenster, an dem ein paar einfache Häuser vorbeiziehen, »es ist doch nur Zufall, wen es trifft. Du fliegst regelmäßig, ich fliege, unsere Eltern fliegen, unsere Freunde.«

Ihre Bemerkung ruft wieder diese Abfolge von Bildern in Fred wach, die Paul Gilles ihm beschrieben hat: dieses vollkommen geräuschlose Zerbrechen der Maschine in einem wolkenlosen Himmel, sichtbar nur als eine Art Auffächern, als abwärts gerichtetes Wachstum einer Pflanze, sich verästelnde Spuren aus Wasserdampf und verbrennendem Kerosin, die irgendwann den Horizont berühren und einfach hinter ihm zu verschwinden scheinen. Aber mehr noch als das, was Paul Gilles gesehen hat, sind es Bilder aus ›Fearless‹ von Peter Weir, die Fred nicht aus dem Kopf bekommt, die seine Vorstellungen von einem Flugzeugabsturz prägen: das hektische Einsammeln von spitzen Gegenständen, von Schmuck, Ohrringen, Stöckelschuhen und Kugelschreibern durch das Bordpersonal, und alle Passagiere klammern sich an diese Dinge, als könnten sie ihnen noch irgend etwas nützen, obwohl längst schon Panik herrscht, aber die Stewardessen tun so, als hätten sie die Lage im Griff, und gehen, soweit das bei einem Absturz möglich ist, halbwegs kontrolliert mit schweren Tüten voller Wertgegenstände und Pumps zum Heck der Maschine und öffnen die Toilettentür. Und dort, wo sie keiner mehr sehen kann, dort lassen sie alle Kontrolle fahren, werfen den ganzen nutzlosen eingesammelten Klunker- und Lacklederramsch auf den Boden der kleinen Flugzeugtoilette, in der niemals jemand mehr scheißen wird, und kriegen einen Heulkrampf. Vielleicht sollte man nie im Leben wieder ein Flugzeug besteigen …

Er sagt: »Ja, sicher. Es ist Zufall. Wahrscheinlich ist alles Zufall.«

Nora sieht aus dem Seitenfenster. »Was macht uns eigentlich so sicher, daß wir weiterleben?«

»Unsere Art zu denken ist so beschaffen. Es ist ein Ergebnis der Evolution.«

»Ich habe den Eindruck, wir sind viel zu sorglos. Vielleicht macht man deswegen ständig Fehler.«

»Was für Fehler?«

Sie schweigt. Manchmal leuchtet der Asphalt vor ihnen auf, dann wieder ist er stumpf, je nachdem, ob die Sonne draufscheint oder nicht. Licht und Schatten. Die Sonnenfinsternis im August war ein gewaltiger Reinfall, es ist wirklich kein bißchen dunkel geworden, genauso wie dieser Bredow es vorausgesagt hat, aber für ›Wo die Liebe hinfällt‹ war es letztlich egal. Patrick, Sonja Liebsteins Mann, hat trotzdem seinen Autounfall gehabt, Beckenbruch und Schleudertrauma, es mußte kaum etwas geändert werden. Diese märkischen Alleebäume laden zu jeder Tages- und Nachtzeit dazu ein, in sie reinzurauschen, die Sonnenfinsternis wäre da mehr eine elegante Dreingabe gewesen, aber es ging auch ohne. Die Menschen rund um Berlin fahren sich auf ihren Alleen regelmäßig zu Tode. Diese Straßen sind der Schrecken aller Notärzte, jedes Wochenende Großeinsatz, aber natürlich sind es nicht die Straßen, die uns umbringen, Straßen sind unschuldig, Asphaltbänder, die uns dorthin tragen, wo wir hinwollen, nein, es sind die Menschen, es sind die Köpfe, die den Homo sapiens zwingen, immer wieder die gleichen Fehler zu begehen, weil sie so beschaffen sind.

Nora sagt: »Als du gegangen bist und der Platz neben mir in der Kirchenbank leer war, habe ich mir auf einmal vorgestellt, was wäre, wenn *du* in dieser Maschine gesessen hättest.« Sie dreht sich jetzt zu ihm, ihr Gesicht ist blaß und schmal. Der Sommer hat an ihr gezehrt, ihre Affäre hat ihr zwei schmale, noch haarfeine Falten eingetragen, die ihren Mund rechts und links mit einem längeren Apostroph versehen, ihn älter machen. Robert Hanson hat ganz ähnliche. Vielleicht hinterläßt jede Affäre bei uns die

Spuren eines fremden Körpers. Ein leibliches Souvenir. Und das Kilo, das Fred zugenommen hat, wäre nicht alleine sein Fleisch.

»Versteh mich nicht falsch«, sagt sie. »Ich dachte plötzlich: Was verbindet uns? Es ist seltsam, aber ich habe mich dir in diesem Sommer manchmal so nah gefühlt wie niemals zuvor.«

»So? Ist mir nicht aufgefallen. Wann denn?«

»Ich meine es ernst. Wie oft habe ich mich nach einem Vertrauten gesehnt, mit dem ich über alles hätte reden können. Und der einzige, der mir in diesen Momenten eingefallen ist, warst du. Aber du warst so weit weg, so unerreichbar. Ich war rasend eifersüchtig.«

»Hm«, macht Fred. »Du warst wirklich eifersüchtig?«

»Hast du denn geglaubt, für mich wäre das alles nur ein Spiel?«

»Manchmal war ich mir unsicher, ob es eins ist oder nicht. Ich glaube, das hängt mit unserer Generation zusammen. Wir wissen nicht so genau, ob das Leben wirklich ernst gemeint ist oder eher so ein Rumprobieren.«

»Du solltest die Dinge nicht immer auf alles Mögliche schieben, auf die anderen, die Zeit oder die Evolution – nur nicht auf dich.«

Sie wendet sich nach vorne, wo die Straße in einem großen Bogen nach rechts schwenkt. Irgendwann führt links eine Abzweigung nach Karlshagen und Peenemünde, die Fred aus einem Gefühl heraus nimmt. Sie sieht weniger befahren aus, und er hat das Bedürfnis, alles hinter sich zu lassen. Auf dem Stück, in das er einbiegt, stehen die Bäume noch enger zusammen. Er stellt sich vor, all diese Stämme wären die Menschen, die einem im Leben begegnen: Sie kommen auf einen zu, sind einem einen Moment lang nah, und dann entfernen sie sich wieder und verschmelzen im Rückspiegel miteinander zu einer grauen Vergangenheitsmasse.

»Was hältst du davon«, überlegt er, »wenn wir in Italien eine Heizung einbauen lassen würden?«

»Wie kommst du denn jetzt darauf?«

»Man könnte auch im Herbst hinfahren, jetzt zum Beispiel, oder im Winter.«

Die Straße dehnt sich nach ein paar Biegungen zu einer langen Geraden, rechts schieben sich die Bäume zu einem dichten Wald zusammen. Nora fragt: »Hast du nach dem Erdbeben noch mal mit Christa geschlafen?«

Nach einer Weile sagt er: »Nein, habe ich nicht.«

»Vielleicht hast du dich noch nicht von ihr gelöst.«

»Bist du denn sicher, daß du dich von Robert gelöst hast? Wie wäre es gewesen, wenn du dir vorgestellt hättest, daß *er* in dieser Maschine gesessen hätte?«

»Ich brauche Robert nicht sterben zu lassen, um zu wissen, daß ich ihn nicht mehr liebe. Ich weiß es auch so. Wir passen nicht zueinander, weil wir uns auf eine Art zu ähnlich sind.«

»Ist mir gottlob nie aufgefallen. In Robert könnte ich mich nämlich nie verlieben.«

Sie sagt und sieht ihn dabei an: »Kannst du dich noch daran erinnern, wie es war, als du dich in mich verliebt hast?«

»Als wäre es gestern gewesen.«

»Das klingt sehr schön«, sagt sie und fügt dann hinzu, als wehre sich etwas in ihr gegen die unerwartet versöhnliche Stimmung: »Es *war* aber nicht gestern.«

»Nein«, sagt Fred. »War es nicht.«

Nora sagt: »Hast du dich denn … Ich meine, habe ich dir denn den ganzen Sommer über gar nicht gefehlt?«

»Wir waren ja nicht getrennt.«

»Doch, waren wir.«

»Vielleicht *hätten* wir uns trennen sollen. Einfach um zu wissen, wie es ist.«

»Für mich war es dasselbe.«

»Und wie ist es?«

435

»Es tut weh.«

Fred sagt: »Als wir einmal einen Abend zusammen verbracht haben, auf der Terrasse, ich habe gekocht, da fand ich es, wie soll ich sagen, auf einmal erregend, in dir die Frau eines anderen zu sehen und mir vorzustellen, jemanden mit dir zu betrügen.« Da sie nichts sagt, fügt er hinzu: »Ich wollte dich gewissermaßen nicht als meine Frau, sondern als Geliebte. Ich finde, das ist doch was ...«

»Du glaubst, wir könnten noch einmal ein Liebespaar sein?«

Jetzt wehrt sich in ihm etwas gegen die Antwort, die sie erwartet, und er sagt: »Ich weiß es nicht. Ich habe den Eindruck, bis auf Harald und Boris besteht unser ganzer Bekanntenkreis wohl eher aus gescheiterten Liebespaaren. Das mit Christa war für mich – wie soll ich sagen? – eine Affäre, zumindest sehe ich es im nachhinein so. Und ich denke, daß Affären nicht zwangsläufig dazu führen, Paare voneinander zu entfernen. Gelegentlich hört man sogar, das Gegenteil wäre der Fall.«

»Das sind Behauptungen«, widerspricht sie. »Wieso sollte es zwei Menschen einander näherbringen, wenn sie sich gegenseitig verletzen?«

In den Wald, der hinter ihr vorbeizieht, fällt Sonnenlicht in flachem herbstlichem Winkel, eine von Schatten zerschnittene nervöse Helligkeit hervorbringend, ein Flackern auf den Armaturen des Citroën.

»Es ist alles so kompliziert«, fügt sie irgendwann hinzu. »Was ist zum Beispiel mit Kathrin Hoffmann? Es könnte doch sein, daß sie aus einem einfachen Grund heute in der Kirche war: Vielleicht hat sie ihren Mann geliebt.«

Fred ruft sie sich in Erinnerung, Kathrin Hoffmann, wie sie neben ihrer Schwester in der harten Kirchenbank gesessen hat, trauernd um den Mann, der sie ein Jahr lang betrogen hat. Sie ist Nike recht ähnlich: die gleichen länglichen Ohren und die gleiche flache Stirn, deren helle Ausdehnung die Brauen nach unten zu schieben scheint, so daß nur wenig Platz in der Mitte ihrer Gesichter bleibt. Die kleinen Augen, die leicht gekrümmte Nase. Allerdings sind Kathrin Hoffmanns Haare rostbraun im Gegensatz zu Nikes grünlichem Blond, und sie hat nicht die Fischoberlippe ihrer jüngeren Schwester, sondern einen schmallippigen Mund, aus dem über Jahre die Lebenskraft herausgesaugt worden ist, von ihrem Mann oder ihrem Sohn oder den Umständen, wer weiß. Daß sie Schwarz trug, hat Fred irritiert, die erste Witwe in seinem Umfeld. Überhaupt all dieses Schwarz um ihn herum. Während der Himmel immer heller wurde, schien sich der Platz von unten her mehr und mehr zu verfinstern. Schwer zu sagen, ob Kathrin Hoffman eine gute Grafikerin sein könnte, in solchen Dingen verläßt sich Fred auf sein Gefühl, das geschwiegen hat heute unter dem Gewicht der Trauer, aber er steht im Wort, und deshalb hat er ihr vorgeschlagen, ein neues *ComFilm*-Logo zu entwerfen, weil das alte ihn in letzter Zeit stört: zuviel C, zuwenig F. Als er sich von ihr verabschiedet hat, lag ihre Hand schlaff und kalt in der seinen wie eine Zahnpastatube, und als er sie losließ, fiel sie nach unten, einfach so, ein Ding. Wer weiß, welchem Reich sie sich in diesem Moment näher fühlte: dem der Toten, in dem ihr Mann sich jetzt herumtrieb, oder dem der Lebenden, in dem Fred ihr gegenüberstand.

»Ja vielleicht«, sagt er.

Das Ortsschild von Karlshagen schwebt heran, vorbei. Niedrige Häuser, die unbelebt wirken, niemand auf der Straße.

Nora fragt: »Was ist eigentlich mit Greta?«

In letzter Zeit nennen sie Greta Bergmann immer seltener die *verrückte Ärztin* wie noch vor einem Jahr. Fred hat den Eindruck, daß eine tiefere Bedeutung darin liegt, als falle mit jedem in Vergessenheit geratenen Spitznamen ein Blatt vom Baum der Zeit.

Er sagt: »Ich weiß nicht. Was soll mit ihr sein?«

»Weißt du noch, wie sie nach Amerika fliegen wollte, um zu heiraten? Und jetzt ist ihr damaliger Geliebter tot. Stell dir vor, sie *hätten* geheiratet. Vielleicht wäre sie mitgeflogen nach Petersburg.«

Sie lassen die menschenleeren Bürgersteige von Karlshagen hinter sich. Wald jetzt zu beiden Seiten, der lediglich zwei- oder dreimal durch Parkplätze unterbrochen wird, ungenutzte längliche Flächen um diese Jahreszeit, sandige Areale, übersät mit Laub, das golden in den großen blauschwarzen Pfützen schwimmt, die der Regen hinterlassen hat. Blätter fallen so sanft vom Himmel.

Fred sagt: »Sie könnten auch beide noch leben, weil alles irgendwie anders gekommen wäre. Vielleicht hätte Greta ein Kind von ihm, er hätte sich eine Stelle in Berlin gesucht, und es wäre nie zu dieser Dienstreise nach Petersburg gekommen. Vielleicht wären sie ja – so utopisch es auch ist – miteinander glücklich geworden.«

Im Vorbeifahren erwischt er rechts gelegentlich einen Blick auf weißgraue Dünen, die kurz aufleuchten am Ende von schmalen Schneisen, die durch den Waldsaum führen, der nicht besonders breit ist. Fred läßt den Citroën langsamer werden, um abbiegen zu können, falls sich eine Gelegenheit dazu ergeben sollte. Die Sonne bricht hervor und taucht die Straße in grelles Licht, herbstlich elfenbeinfarben. Nora schließt die Augen – was ihr wohl gerade durch den Kopf geht? ›Eyes Wide Shut‹. So jemand wie Stanley Kubrick wäre Fred gerne. Am liebsten mochte er die Szene, als Tom Cruise behauptet hat, Frauen würden nicht so sehr drauf abfahren, und Nicole Kidman kurz darauf einen Lachanfall bekommen hat. Wenn sie nicht lange blonde gelockte Haare hätte, sondern kurze schwarze glatte, müßte sie Nora eigentlich ziemlich ähnlich sehen; was die Figur betrifft, könnten die beiden glatt Schwestern sein. Keine nennenswerten Brüste, aber alles schlank und fest. Seltsam, die Menschen werden immer schöner und immer unglücklicher.

Rechts wird eine Einbuchtung im Waldsaum sichtbar, zwischen den Bäumen steht eine Holzschranke, die nicht sehr breit ist, der Citroën läßt sich um den linken Pfosten herummanövrieren, und Fred steuert den Wagen vorsichtig über den schmalen, mit violetten Mulden und knotigen Wurzeln übersäten Sandweg auf die Düne zu, die am Ende zu erkennen ist – eine moosgraue zarte Erhebung, nicht sehr hoch, kein Bollwerk des Festlands gegen das Meer, sondern eher dessen erste Welle, über die man in seine Weite einzudringen vermag.

Als sie den Waldsaum erreichen, sagt Nora: »Ja, vielleicht hast du recht. Vielleicht wären sie glücklich geworden. Es scheinen immer Zufälle zu sein, die darüber entscheiden.« Sie dreht sich zu ihm. »Wenn ich nicht zwei Monate in Babelsberg gearbeitet hätte, wären wir uns nie begegnet.«

»Und warum hast du dort gearbeitet?«

»Ich wollte es gar nicht. Es war wirklich Zufall.«

»Wer weiß«, sagt Fred. »Kann doch sein, daß wir uns auf jeden Fall begegnet wären. Wo auch immer. Irgendwelche Fügungen muß es in diesem Saftladen von Welt ja geben.«

Vor dem Scheitel der Düne teilt sich der Weg. Nach links hin zweigt er ab in eine flache, schattige Senke, die von Dünengras auf der See- und von rotstämmigen Kiefern auf der Landseite begrenzt wird. Nach rechts hin steigt der Weg noch einmal sanft an und führt hinauf auf den schmalen Dünenwall. Dorthin steuert Fred den Wagen, der sich schaukelnd durch den feuchten Sand wühlt, und auf einmal liegt vor ihnen das Meer, groß, aber ohne einheitliche Färbung, eine unbestimmte dunstige Weite, zugleich einladend und abweisend, und zusammengesetzt aus vielerlei Sorten Grau.

Irgendwo dort draußen muß die Maschine auf dem Grund der See liegen. Menschen, Metall. Vielleicht muß das Wrack als Ganzes geborgen werden, um die Unglücksursache zu klären, darüber ist noch nicht entschieden. Bei dem TWA-Jumbo vor drei Jahren hat man es so gemacht, hat man die Maschine Stück für Stück aus dem Meer gefischt und wieder zusammengesetzt, ein riesenhaftes Puzzle aus Nähten und Rissen und Brüchen. Der Rumpf war an mehreren Stellen aufgebogen wie von einem Büchsenöffner. Bleche, zerknautscht wie Papier. Nur dem Lack hat der Absturz kaum etwas angehabt.

Fred stellt den Motor ab, das Klappern des Schlüsselanhängers ist für ein paar Momente das einzige Geräusch im Wagen. »Weißt du, was mir eingefallen ist, als ich vorhin auf dem Parkplatz stand? Einer dieser Fernsehreporter, die die Berichterstattung über den Absturz gemacht haben, so ein gutgebräunter, mittelgroßer Typ mit graumeliertem Mecki, den haben wir vor einem guten Jahr mit seiner Frau bei dieser Pärchenparty getroffen.«

Nora sieht ihn an. »Ach?« Hinter ihrer hellen Stirn versucht sie, sich das Bild dieses Mannes ins Gedächtnis zu rufen. »Bist du dir sicher?«

»Ziemlich.«

»Nun ja, vielleicht …«

Sie wendet sich wieder dem Meer zu, auf dem hier und da Sonnenlicht treibt, glitzernde Schollen, die plötzlich aufleuchten, eine Weile mit dem Wind ziehen und dann allmählich verglühen.

Fred sagt: »Hattest du eigentlich wirklich nichts mit ihm?«

»Mit wem?«

»Na, mit diesem Reporter. Als ihr in der Garderobe wart.«

»Wie kommst du denn jetzt darauf?«

»Es ging mir durch den Kopf.«

»Wieso hätte ich dich damals belügen sollen?«

»Weil ich es nicht verkraftet hätte.«

»Nein, da war nichts. Ich habe ihn ja, wie du siehst, nicht einmal wiedererkannt. Wenn man mit jemandem schläft, merkt man sich ja mindestens mal sein Gesicht.«

»Hm, mag sein …«

Möwen kreisen stumm über dem Strand, weiß und grau und fast ohne Flügelschlag. Stürzen Vögel eigentlich ab?

»Komisch, daß du jetzt an diese Party denkst. Was haben wir da eigentlich gesucht? Ich weiß es schon gar nicht mehr.«

»Das Leben oder so.«

»In letzter Zeit kommt mir Sex ganz unwichtig vor.«

»Ich glaube, dich hat nur der Tod erschreckt.«

»Mag sein.«

»Da hinten, direkt vor uns, muß es passiert sein«, sagt er.

»Es ist schrecklich.« Auf einmal gleitet ihr Oberkörper vom Beifahrersitz zu ihm herüber, ihr schmales Gesicht, ihre kurzen dunklen Haare. Sein Vogel, seine Amsel. Sie ist erschöpft, als habe sie eine lange Anstrengung hinter sich, als wäre der ganze Sommer nur ein einziger Tag gewesen. Gestern.

Nachdem sie eine Weile aneinandergeschmiegt schweigend dagesessen haben, sagt er: »Aber *so* unwichtig ist Sex auch wieder nicht.«

»Nein, natürlich nicht.«

Und wieder eine Weile später: »Wir könnten in ein Hotel gehen. Sind wir eigentlich schon jemals in ein Hotel gegangen, *nur* um es zu tun? Ich kann mich nicht daran erinnern. Aber irgendwie ist das doch eine Erfahrung, die zum Leben dazugehört.«

»Müßte ich dafür nicht deine Geliebte sein?«

»Ich stelle mir einfach vor, du wärst es.«

»Und als Ehefrau begehrst du mich nicht?«

»Ich liebe dich, als was immer du geliebt werden möchtest.«

»Weil es dir nur um dein Vergnügen geht.«

»Das stimmt nicht. Es geht mir um *unser* Vergnügen.«

441

»Ich weiß nicht, ob ich schon soweit bin.«

Er sagt: »Bitte. Sei soweit!« Er legt zärtlich seinen Arm um ihre Schultern und stellt dann bei dem mißglückenden Versuch, ihren Nacken zu küssen, fest, daß er immer noch angegurtet ist.

»Fred …« sagt sie.

»Ja …«

»Ich muß dir etwas … gestehen …«

Sein Herz bleibt einen Moment stehen. »Du schläfst noch mit Robert.«

»Nein, das ist es nicht.«

»Sondern?«

»Erinnerst du dich noch daran, als wir einmal miteinander geschlafen haben, und ich … ein Kind von dir wollte?«

»Ja«, sagt er, und wenn es das ist, was sie auch jetzt will, würde er den Motor sofort wieder starten.

Sie sagt: »In Wahrheit war es ein wenig anders …«

»Wie meinst du das?«

Sie braucht einen Moment, um weiterzureden. »Ich hatte zwei Tage vorher mit Robert geschlafen, und ich hatte Angst, ich könnte schwanger *sein*. Es war das erste Mal, daß zwischen Robert und mir etwas war, glaub mir, ich hatte es wirklich nicht geplant. Ich sage dir das, weil ich glaube, daß wir jetzt in allen Punkten ehrlich sein müssen. Das ist ganz wichtig. Erst wenn wir uns alles gesagt haben, können wir in ein Hotel fahren, meinst du nicht auch? Wir müssen uns alles sagen und uns alles verzeihen.«

Fred sieht hinaus aufs Meer, dorthin, wo das Wrack auf dem Grund liegen muß. Der Tod anderer leuchtet schlagartig die Länge des eigenen Lebens aus, dieses riesige Zeitmeer ohne Feuerschiffe und Leuchttürme, an denen man sich orientieren könnte, eine See von verstörender Größe, deren vielfältige Routen man bis auf wenige niemals befährt …

442

»Na gut«, sagt er, »vergessen wir's …«

»Ich habe mir damals wirklich gewünscht, schwanger zu sein. Von dir.«

»Viel habe ich davon aber nicht gespürt.«

Sie überlegt, ob sie noch etwas hinzufügen soll. Dann sagt sie: »Jetzt du. Mach mir ein Geständnis. Ich werde es hinterher ebenso vergessen. Egal, was es ist.«

Er sagt: »Du weißt längst alles. Du weißt, daß ich mit Christa geschlafen habe.«

»Nein«, widerspricht sie, »es gibt sicher noch mehr, bestimmt ist es so. Wir haben jetzt die Chance, uns alles zu sagen, ohne daß es Konsequenzen haben wird. Wir reinigen uns. Wir dürfen uns diese Chance nicht entgehen lassen.«

Fred sieht sie an, in ihrem Gesicht dieser feste Glaube daran, diese Stunde nicht ungenutzt vorüberziehen lassen zu dürfen. Sie will vor der Liebe eine Offenheit, wie sie eigentlich nur vor dem Tod möglich ist. Wenn sie in dieser Maschine gesessen hätten, die dort auf dem Grund der See liegt, hätten sie sich alles sagen können, weil es folgenlos geblieben wäre. Aber wieviel Zeit hätten sie dazu gehabt? Eine Minute reicht nicht aus für sämtliche Sünden des Lebens. Offenbar muß man mit dem Beichten rechtzeitig beginnen, um pünktlich damit fertig zu werden. Fred muß daran denken, daß er vor gut zwei Stunden noch dieser anderen Frau gegenübergestanden hat, deren Namen ihm schon wieder entfallen ist und die ihm in einem Moment seines Lebens einmal nah war, einem Moment, von dem er geglaubt hat, er würde so spurlos verschwinden wie seine Erektion damals, nachdem sie miteinander fertig waren, und nun ist dieses grünäugige Gesicht in sein Leben zurückgekehrt … Wenn er Nora etwas gestehen müßte, dann daß er irgendwann, nachdem sie im Wagen saßen und über die Insel gefahren sind, gedacht hat, wie einfach es mit dieser Frau jetzt eigentlich sein müßte, nun da sie wußten, wer sie waren, und wußten, daß ihre Körper zueinander paßten und daß sie nichts voneinander zu erwarten haben würden, außer dem, was sie einander schon gegeben hatten. Er hat sich gefragt, ob es denn nicht die einfachste Sache der Welt wäre, diese Nähe wieder aufleben zu lassen und *alles* zu tun in dem Bewußtsein, daß es *nichts* bedeutet ... Doch irgend etwas in ihm weigert sich, diese Überlegungen laut werden zu lassen, als verliere man mit jedem Gedanken, den man äußert, einen Teil seines Wesens.

Er sagt: »Es gibt nichts, was ich dir gestehen könnte, was uns wirklich betrifft. Und weißt du«, fügt er rasch hinzu, »in zwei Monaten ist dieses verdammte Jahrhundert vorbei. Wir sollten alles vergessen, was war, und bei Null anfangen.«

Nora schüttelt den Kopf: »Wovor hast du Angst? Alles, was du jetzt sagst, ist wie nicht gesagt. Glaube mir, es ist besser, die Dinge loszuwerden.«

Und auf einmal denkt er: Vielleicht hat sie recht. Es ist alles egal. Die Iljuschin zerfällt, und das Leben geht weiter. Noch der größte Knall ist am Ende nichts. Sämtliche Spekulationen, eine Rakete habe die Maschine getroffen, sind falsch, denn Gilles hat es gesehen: Sie ist vom Himmel gefallen, und das war's. Es gibt keine unsichtbaren Mächte, und es gibt keine Verschwörung. Kein Glücks-Chip- und kein Katastrophenkartell. Nur eins ist sicher: Irgendwann ist der Film vorbei ...

»Na gut«, sagt er und spürt auf einmal, daß er in Wahrheit erschöpft ist und daß er wirklich neu anfangen möchte, aber erst, nachdem er sich wochenlang ausgeschlafen hat. »Es ist bei dieser Party passiert. Mit der Frau dieses Reporters, als wir uns umgezogen haben. Es war praktisch nichts. Ich glaube, wir haben nicht einmal ein einziges Wort miteinander geredet, und nach ein paar Minuten war alles vorbei. Ich habe es dir nie erzählt, weil ich dachte, du könntest es nur mißverstehen. Es hat schon damals nichts bedeutet, und jetzt bedeutet es noch weniger. Es bedeutet nicht mehr als irgendeine dieser Wellen da draußen.«

Nora sieht eine Weile aufs Meer hinaus und sagt schließlich: »Irgendwie habe ich es immer gespürt, wenn wir über diesen Abend geredet haben.«

Dann schweigt sie. Sie hält ihr Versprechen, nicht weiter in ihn zu dringen, und läßt ihren Kopf an seiner Schulter liegen, als wäre es tatsächlich nichts, was sie soeben erfahren hat. All diese unbedeutenden Wellen vor ihnen verweben sich zu einem Teppich, dessen Größe das einzige ist, für das Fred jemals Ehrfurcht empfunden hat.

Irgendwann sagt Nora: »Weißt du, daß es gar nicht stimmt?«

»Daß *was* nicht stimmt?«

»Daß in zwei Monaten das neue Jahrhundert beginnt.«

»Wann soll es denn sonst beginnen?«

»Erst ein Jahr später.«

»Wieso das denn?«

»Weil es nie ein Jahr Null gegeben hat.«

»Na und?«

»Die Zeitrechnung hat mit dem Jahr eins begonnen, und deshalb wird das neue Jahrhundert mit dem Jahr zweitausend*eins* beginnen.«

»Hm.« So hat Fred die Dinge noch nie betrachtet. »Das heißt, unser Jahrhundert geht in Wirklichkeit noch weiter?«

»So ist es.«

»Woher weißt du das?«

»Steht alles in irgendwelchen Büchern.«

»Hmm ...«, sagt er. »Weißt du eigentlich, daß es mir gefällt, wenn du liest? Dein Blick ist so ... unverfälscht dabei. Ich liebe diese Konzentration an dir, die ich selbst nie aufbringen könnte.« Er läßt seine Hand auf ihre Taille herabrutschen und ertastet ihren Körper unter dem Stoff des Mantels. Irgendwann sagt er:

»Mir gefällt es hier auf der Düne. Ich finde, diese Stelle hat eine gute Ausstrahlung. Man spürt nicht die Kälte des Todes, sondern irgendeine Wärme, die übriggeblieben ist wie von einem guten Ereignis. Ein Rest des Sommers vielleicht.«

»Ich weiß nicht«, sagt sie. »So gut war er ja nicht.«

»Trotzdem.«

»Du liebst eben das Meer.«

»Ja, das stimmt…« Und als sie nichts sagt, fügt er hinzu: »Auch wenn wir eines Tages allesamt drin ersaufen werden. Irgendwann wird Berlin untergehen, das ist wissenschaftlich erwiesen.«

Sie schmiegt sich noch fester an ihn und sagt: »Ach, Fred, nein, so pessimistisch muß man die Dinge nicht sehen.«

Vielleicht will er gar nicht mit ihr schlafen, vielleicht will er ihr nur nah sein. Ihre Wärme in seiner Wärme… Er sagt: »Meinst du? Ich hoffe, du hast recht … «

Er wünscht es sich wirklich. Und doch ist im September der größte Hurrikan seit Beginn irgendwelcher Wetteraufzeichnungen auf die Küste Floridas zugerast, zweieinhalb Millionen Menschen mußten evakuiert werden, Flüchtlinge im reichsten Land der Erde, als wollte das alte Jahrhundert noch einmal zeigen, was in ihm steckt. Erdbeben in der Türkei, Erdbeben in Griechenland. Die Katastrophen kommen näher. Wer weiß schon, welche Stärke das nächste Beben in Italien haben wird? Wer weiß, ob sie noch einmal so glimpflich davonkommen werden wie beim letzten Mal. Flugzeuge stürzen ab, in Rußland herrscht Krieg, und jetzt soll es sogar noch eine Verlängerung geben, eine Ehrenrunde dieses verlotterten Jahrhunderts, aber was spielt das schon für eine Rolle? Eigentlich kann es nur besser werden, oder es geht einfach weiter wie bisher. Vermutlich wird es so sein. Wie man weiß, bedeuten Jahrhundertwenden nichts. Die Welt hat den Menschen noch nie den Gefallen getan unterzugehen. Und außerdem, findet Fred, ist sie zu schön, um *wirklich* grausam zu

446

sein. Man muß nur die Augen weit öffnen, muß hören, riechen und sehen: das graue Samtgewebe des Meeres, immer in Bewegung, und doch immer gleich; das Rätsel der Zeit. Mikroben, die irgendwann an Land gespült worden sind, Schaum auf weißen Stränden: Leben. Und jetzt sind es Menschen. Nora, die an seiner Schulter liegt und aus dem Seitenfenster sieht. Wie schmal Dünen sind. Zerbrechliche sandige Bänder. Ein Seil, auf dem sie balancieren. Und sie sehen, sie riechen, sie hören, sie atmen. Sie sind da. Ein Mann und eine Frau. Hier. Zu zweit.